仰 角

徐贵祥◎著

中国言实出版社

图书在版编目(CIP)数据

仰角 / 徐贵祥著 . -- 北京：中国言实出版社，
2022.6

ISBN 978-7-5171-4154-9

Ⅰ.①仰… Ⅱ.①徐… Ⅲ.①长篇小说 – 中国 – 当代
Ⅳ.①I247.5

中国版本图书馆 CIP 数据核字（2022）第 101766 号

仰角

责任编辑：张国旗
责任校对：张馨睿

出版发行：中国言实出版社
　　　　地　　址：北京市朝阳区北苑路180号加利大厦5号楼105室
　　　　邮　　编：100101
　　　　编辑部：北京市海淀区花园路6号院B座6层
　　　　邮　　编：100088
　　　　电　　话：010-64924853（总编室）　010-64924716（发行部）
　　　　网　　址：www.zgyscbs.cn　电子邮箱：zgyscbs@263.net

经　　销：新华书店
印　　刷：北京温林源印刷有限公司
版　　次：2023年1月第1版　2023年1月第1次印刷
规　　格：710毫米×1000毫米　1/16　24.5印张
字　　数：400千字

定　　价：98.00元
书　　号：ISBN 978-7-5171-4154-9

目　录

第一章

一

　　不下雪的冬天不像个冬天。凛冽的风从天穹尽头喧嚣而来，渐渐地洗净了树梢上的叶子，枝丫们便成了裸体，在干硬的冷风中呜咽不已。一个漫长的季节就这么萧萧瑟瑟地在北纬30—40度和东经110—120度之间的辽阔地区铺展开来，直到进入岁尾，毛茸茸如柳絮的雪花才洋洋洒洒摩肩接踵地压下来，在地面上分分厘厘地增加着海拔高度。分扬的风沙沉寂了，沉默了半个冬季的植被终于有了湿润。一夜工夫，长江黄河之间和京广线以西方圆数百里广袤的山峦和原野上，便蒙上了一层厚厚的绵软的雪毯。世界倏然安静下来，只有无根雪域无声蔓延，涟漪一般扑向天涯。

　　就在这一派皑皑白雪的覆盖下，一项重要而又紧急的活动却不动声色隐蔽地进行着。这几天，W战区各炮兵部队的数千份材料，从不同的省份和地区，越过莽莽雪原，呈集束状涌向W市，涌向W战区最高指挥机关，最终，它们落在了军区炮兵司令部作训处参谋韩陌阡的案头。

　　根据萧天英副司令员的授意，韩陌阡将在近日内对本战区炮兵部队四年来的训练尖子做一个全面的统计。统计的内容包括：本战区范围内炮兵骨干名单，军区炮兵或军以上机关组织的比武和考核中综合成绩在前五名的人次，单项成绩前三名的人次，重复获得以上成绩的人次，立过三等功以上的人次，纳入各

1

级预备提拔使用的干部苗子的数字和这些人的文化程度、基层管理经验和政治素质修养，他们的爱好和性格……

萧副司令员的意思很明白，这个来之不易的预提干部速成培训中队，要确保训练精华的精华。精华不能流失，最后的这个机会，要首先保证尖子能够参加公平竞争，别人他现在管不了那么多了，但是尖子他不能不管。

问题是，怎样才能算是尖子？硬指标有一些，无非是训练成绩、政治表现，等等。但是，炮兵业务种类繁多，轻重不一，打实弹百发百中是不是尖子？是。计算诸元万无一失是不是尖子？是。这两种谁比谁更重要？对于士兵来说，前者更重要，而对于军官来说，后者更为重要，对于统帅来说，二者都是重要的。如果仅仅依此衡量，倒不是太麻烦，问题是现实并非这样丁是丁，卯是卯。如此一来，韩陌阡的任务就艰巨了，以至于夏玫玫几次约他去看她的节目都被谢绝了，弄得夏玫玫老大的不高兴，在电话里阴阳怪气地讥讽他："又要升官了吧？"

韩陌阡对此一笑了之。韩陌阡比夏玫玫本人更清楚，哪怕她把电话打得像救火警报，其实也没有多大个事。看节目只是一个借口，夏玫玫无非是又遇到了什么不痛快的事情，要找他发泄一通罢了。但是眼下，韩陌阡实在顾不上照顾关心她。

就形象而言，韩陌阡并不是那种典型的案头工作者，秀气不足，粗犷也不足，无论是脸上还是眼中都看不出有多少锋芒，甚至还有一些老气横秋。但是，当他进入到某种境界的时候，如果对他进行近距离观察，就会发现，他是生动而且富有朝气的。眼下，在对这些来自全军区的炮兵尖子进行优劣衡量的时候，他的目光犀利而充满了热情。这些材料无一例外是诸如姓名、年龄、籍贯、政治面貌、入伍年限，等等，鉴定也多是"政治思想优良"或"军事技术过硬"或"工作能力突出"之类，乍看起来大同小异，但韩陌阡却不这么看。他不仅要从那些"大同"的部分里读出不同，更重要的是从"小异"的部分里读出大异。譬如说"优良"，到底是优还是良，优到什么程度，怎么个优法，有什么根据来证明这种优良的成立；再譬如"过硬"，究竟硬到什么程度，谁是最硬的，谁是次硬的，谁的过硬是一贯的并将是持久的，谁的过硬是暂时的可能不是持久的；再譬如"突出"，是偶然的突出还是必然的突出，是先天素质的突出还是后天努力的突出，是在至关重要问题上的突出还是在日常工作中鸡零狗碎方面的突出；等等。

如果按照夏玫玫的观点，问题恐怕还会更复杂一些。夏玫玫认为，所有的人都应该生活在宗教和艺术当中，总统有总统的宗教和艺术，老百姓有老百姓的宗教和艺术。

对于这样一种观点，韩陌阡觉得没有驳斥的必要，但是夏玫玫近来老是攻击韩陌阡是"官迷"，就似乎有驳斥的必要了，韩陌阡却仍然不予驳斥。他和夏玫玫的关系不是一般关系，不是一个两个诸如爱呀喜欢呀或者不爱不喜欢之类的概念能够清晰表达的。当然，夏玫玫本身就对这些概念嗤之以鼻，她曾经一针见血地指出过——什么情呀爱的？就是个两性关系嘛。所谓的爱情也好婚姻也罢，说这样结合那样结合都是欲盖弥彰，说白了不就是个两性结合嘛。但有一条，夏玫玫从来不在穿着军装的时候说粗话或者发表奇谈怪论，这说明她还是很看重职业精神的。夏玫玫有她的艺术，她是个舞蹈演员，并且是一个没有太大名堂的舞蹈演员。前不久，她自编自演的那套节目，还被萧副司令员痛斥为崇洋媚外，这几天她的心情正恶劣着，韩陌阡可不想在这个时候去给她当气门芯。

他韩陌阡也有他自己的艺术，筛选出真正的尖子并且保证他们能够参加选拔考核，最终进入 W 军区炮兵教导大队预提干部速成培训中队，这就是韩陌阡眼下的最高艺术。重要的是，这不仅仅是任务，他本身也热衷于这门艺术——这委实是一件充满了乐趣的工作——人研究人总是令人愉快的，更何况，在这种研究中，还带有筛选和淘汰的目的，至少可以从理论上行使决定他人前程和命运的权力，这就更是一桩意义非同寻常的工作了，无论是工作需要还是个人兴趣，他都有理由以饱满的热情投入到这项工作之中。

这就好比读书，而这本书又是多么丰富多么耐人寻味啊，每一页都是一片深邃的海洋，每一页都有着极其生动的故事，他不仅要读懂读透它们，而且可以对他们的前程命运进行预测。信手翻动那些名单，韩陌阡简直有一种挥洒自如支配千军万马的惬意。萧副司令员之所以把这个任务交给他而没有交给别人，这里面无疑潜藏着极大的信任。无论是对上对下，他都有责任把这些工作做得滴水不漏。什么叫参谋？参谋的职责就是以其严谨的努力为首长提供决策的准确依据。

二

关于这次选拔训练尖子组建预提干部培训中队，萧副司令员有很多具体的指示。

指示之一：小韩你要给我把账算清楚了，这是尖子队，要尽量让尖子进来。不能让那些阿猫阿狗钻这个空子。什么警卫员、首长司机、七大姑八大姨三孙子小舅子，统统不要，要防止他们移花接木，又弄一些乌合之众进来。

指示之二：以专业技能为主，带兵能力为辅，文化成绩供参考。炮兵把炮弄明白了是正经活儿，又不是造原子弹的，把数理化搞那么明白干什么？都搞明白了他不早就考大学了？小学文化不要，大学生更不要，高中生最好，特别好的初中生也可网开一面。

指示之三：现在提干难了，凡是有空子就有人钻。政审要搞好，入伍就在战斗班排的才有报名资格；父母和直系亲属中有师以上领导干部的，原则上不要；特别优秀的，集中在独立师考场，我亲自监考。

指示之四：体检要严格，有家族传染病遗传史的不要，罗圈腿不要，长鸡眼的不要，牙齿焦黄的不要，严重口臭的不要，酒糟鼻子——坚决不要。

指示之五：品质关要把住，硬项有两条，一是不投机取巧，二是不贪生怕死。

还有指示之六之七之八之九，等等，等等。

韩陌阡心领神会，按萧副司令员的意思，六十三个提干名额，最好就由六十三个尖子参加考试，那将比差额选举还要稳当。

萧副司令员的这些指示，其他的都好办，有的由干部部门落实，有的由卫生部门落实，体检严格是没问题的，但是，具体到"指示之四"，就让下面办事的人有些为难了。

在 W 军区，萧天英是主抓训练的常务副司令员，在相同级别的干部中，被"尊称"为"萧天狼"。之所以获此殊荣，是因为萧天英在抓部队训练中自始至终贯串了四个字——精、刁、细、刻。所谓精，自然是指精确，精益求精；刁，则是指这位首长出的偏题僻题多，考核内容刁钻、形式古怪；细，说的是事无巨细，只要是训练内容，大到革命导师军事思想军事原则、世界军事理论、本国历代兵法谋略，小到一师一团攻防演习、一枪一炮实弹射击，都有可能躬身亲问；刻，指的就是对人才的要求和使用了，大到品质修养政治表现，小到带兵用兵条条框框和生活习性，无不按照自己的标准进行打磨镂刻。但是，这一切又恰好说明，萧天英是真正的求贤若渴爱才如命，他曾经发表过一个著名论断——人才就是军队的生命，战争的胜负永远都是由人决定的，但决定战争胜负的不是一般意义的人，而是能够称得上是人才的人。他以他特殊的方式筛选和塑造他所钟爱的人才。

这位首长不好伺候，用他自己的话说，他的毛病和优点一样多——你要是认为他说这话是谦虚，那你就错了。他还有一个注释，说他的毛病和优点在数量上一样多，在质量上则优点和缺点之比是百分之九十五比五，而且他的优点是大优点，毛病是小毛病——单凭这句话，你就知道他好不好伺候了。

韩陌阡对萧副司令员其人是深有研究的，他的优点有多少，他就希望你的优点有多少，但是你的优点过多地多出了他的范围，他又不一定喜欢，又有可能把你的多出来的那部分优点看成是缺点；他的缺点有多少，他就能容忍你有多少缺点，但是你的缺点要是过多地多于他的缺点，他同样要敲打你，而且是狠狠地敲打，严重的甚至会危及他对你的信任和使用。

萧天英是在读中学时参加地下党的，有高中文化，这让他在那个时代那一批革命者中，算得上是个知识分子。抗日战争时期他奉上级的指示在别茨山组建了驰名中原的萧支队，解放战争时期从这里拉了一个野战旅南下，新中国成立后到 W 军区当了军区炮兵的第一任司令员，任上力主高级军官专业化，并且身体力行，以五十高龄亲自操练各种火炮，并且创造了军级干部加农炮两千米直瞄五发五中的惊人成绩。

在萧天英担任 W 军区炮兵司令员时期，有一次炮兵召开团以上干部会议，强调现代干部专业化问题。大军区头头脑脑来了三四个，别人做报告都是打了稿子，引经据典要么是毛主席的关于干部要先行一步的指示，要么是恩格斯关于职业道德的阐述，都是权威理论，无懈可击、滴水不漏。轮到萧天英做总结，开始还能沿着会前常委研究的思路，可是讲了一会儿觉得不过瘾，索性扔掉发言稿信口开河抡开了。说现在的干部至少有一半是草包，一个在射击指挥理论考核中成绩连良好都很勉强的干部，居然也能当团长，一个本来在后勤保障方面颇有建树的干部，为了体现重用，居然让他去当政委，简直是乱点将。

　　那几年，军队相当一部分干部都是"支左"之后下来的或者是通过其他渠道调整的，包括军区的个别首长，来路都不是很明白。在这种情况下提到干部素质问题，别人都是如履薄冰，他老人家却大言不惭肆无忌惮，当场点出了一个副师长和一个团的政委，让前者回答步炮协同基本原则，让后者阐释政工条令第五至第八节。也算这两个干部撞到枪口了，果然就出了洋相。

　　这下萧天英就抓住了把柄，更加洋洋得意，稀里哗啦滔滔不绝，将干部队伍中种种不称职的现象和盘托出，并且不断点出干部来证明自己是有的放矢。"古人都知道以不二之心，发于事业，夙夜在公，有一尺之才，必尽一尺之用。现在倒好，连一寸的才都没有，就放到一尺的位置上，能力与职位差距太大，还不好好学习，精力不去放在自身提高上，而去找关系拉关系靠山头，无将心也就毫无将德可言，这样的干部在我们的部队不是没有，而是太多太多，谁不服气我们可以当场测验。我萧某也不出偏题僻题，我就考你们职责范围以内的常识，我敢断定及格者不上半数，你们信不信？现在世界科技发展得很快，知识更新速度更快，如果连常规的知识都掌握不了，怎么能谈得上同先进知识接轨呢？你们要当心，那种稀里糊涂的所谓的'工农干部'再也不能'工农'下去了。在我们炮兵部队里，只有炮兵军官，没有工农干部，谁再以工农干部自居，我老萧就请你滚蛋。"

　　有人不痛快了——你萧天英什么意思？你能亲自上炮五发五中，别人也就非得跟你一样不可？你能把步炮协同合同战术烂熟于心，难道别人也得倒背如流？你专业水平有两下子是不错，可是你就不让别人过啦？你没大没小疯疯癫癫地去跟兵们一道摸爬滚打那是你有毛病，别说同级干部做不到，就是师团干部也坚持不下来。

　　萧天英说话向来是不看别人脸色的，他恰好就没有顾忌到，这些不称职的干部之所以能够登上现职，并不是天上掉下来的馅饼，一个团级干部的成长，至少在兵种或军一级有他的后台，而一个师级干部的任命，如果大军区一级没有赏识者那是根本就不可能的。萧天英是真不知道还是假不知道？显然他是知道这个利害关系的。但是他不在乎，没准他就是把话放给自己的同级甚至是上级听的，他萧天英对于干部的现状早就一肚子牢骚了，现在一让整顿干部，别人还要慢走几步看一看，他萧天英是一分钟也看不下去了，不干便罢，一旦把盖子揭开，就一竿子插到底。

类似这样的事情不止一次两次了。更为恶劣的是，他还当真搞了一个师团营连四级干部业务考核制度，并经常下去检查，将成绩公布于众，不管是师长还是连长，以成绩排队，搞得干部队伍鸡飞狗跳，相当一部分中高级干部人心惶惶。十几年都没有真刀实枪地训练了，有不少干部担任现职并不是靠这个素质那个素质上来的，一下子抠得这么严，心理上难以接受，真想提高更是力不从心。所以在本军区炮兵部队提起炮兵的萧副司令员萧天英，人们的反应是不一样的，有由衷称赞的，有满腹牢骚的，也有缄默不语的。

原来的军区主要领导中，就有人对萧天英的作为很不以为然，数次在很重要的会议上说，萧天英这个人不老实，爱标新立异哗众取宠，大几十岁的人了，越活反而越不成熟，司令员不像个司令员的样子。

顶头上司有这种看法，萧天英的日子自然不会太顺当，以至于长期受到压抑，炮兵司令员从五十年代末一直当到七十年代初，干了十几年才当上大军区的副司令员，而原先在他手下工作的，早有十几个人都先后当了大军区正职。"不让当官可以，不让说话不行。说话不一定就是为了当官，但当官就是为了说话的。"这也是萧天英的重要看法之一。

三

对于韩陌阡，萧天英不仅有知遇之恩，同时，站在一个下属的立场上，韩陌阡对萧天英还有一点真诚的崇拜。为将之道，这个人委实堪称楷模。但是，你又不能不认识到，这个人不仅有战功，不仅有显赫的历史，他还有一套自己的思想，他有文化，但也有文化人通常容易暴露的弱点，譬如他刚愎自用，他固执己见，在有些问题上，他甚至还有一些一定之规。越是进入老年，他越是有些跋扈的表现。他经常按照自己的好恶来要求部属，并且影响到他对人才的判断，有时候甚至有点不讲道理。

譬如说酒糟鼻子问题——瞧瞧吧，"坚决不要"。

韩陌阡知道，萧副司令员讨厌酒糟鼻子，已经很有历史了。萧副司令员常说，他这几十年都在跟酒糟鼻子做斗争，并且枪毙过三个酒糟鼻子。要不是后来政策严格了，可能还有第四个、第五个。

第一个被枪毙的是他手下的一个叫朱铁锁的连长。那时候萧副司令员在别茨山当支队司令员，组织部队到马家桥截击日军军火。本来计划得很周密，还有地方游击队配合。战斗还没开始，担任扎口袋断敌后路的朱铁锁发现自己方向地形较好，在未经请示的情况下，率先指挥部队打了个伏击，虽然干掉了日军的一个班和伪军的一个小队，但是使整个夺取军火的作战计划流产，此举造成了打草惊蛇的后果，眼看就要到手的一大批军火又不翼而飞。更为严重的是，押解军火的敌军一看形势不妙，调整兵力掉头打了一个回马枪，集中主力于来路。一顿炮火猛砸，子弹倾盆而下。朱铁锁抵挡不住，打了一阵子，干脆带部队撒腿就跑，结果导致二线上地方游击队一个区中队几乎全军覆没。战斗结束后，萧天英就让人把这个长着酒糟鼻子的朱铁锁捆到了支队部，只说了两个字："毙了。"

当时连以上干部都在场，没有一个人敢给朱铁锁求情。

把朱铁锁毙了之后，萧天英之乎者也地给土八路干部们上了一堂治军课："兵有纪律，令行禁止，士卒心一而力齐，勇者不能独进，怯者不能独退。左右前后如手足腹背之相为用，以守则固，以攻则取，以战则克。朱铁锁见有利可图便独断专行轻兵冒进，利令智昏，置全盘计划于脑后。重兵之下又逃之夭夭，惊慌失措，置兄弟部队安危于不顾，不杀不足以振纪。今后作战，凡有擅自行动者，朱铁锁就是下场。"

这些干部别说没有读过《登坛必究》，听都没有听说过。但是萧司令员的意思大家却是听明白了——不按作战计划行动者，砍脑壳。

第二个被杀的酒糟鼻子是别茨山当地抗日政府的一名干部。抗战进入大反攻之前，别茨山支队的行动情况屡次被汝定城里的敌军掌握，萧天英怀疑内部有奸细。有一次当地县政府来几个干部受领任务，萧天英对县长说，我看你们某某某区的那个武委会主任某某某不像好人。大家都在吃糠咽菜，他凭什么红光满面的？还长了一个红了吧唧的酒糟鼻子，查一查，他是吃什么吃的？

县长回去一留心，还真发现了蛛丝马迹，这个人果然是个奸细，还在敌占区和根据地接壤的地方养了个小老婆，隔三岔五地去打牙祭。县长把这人捆起来送交萧支队处置。萧天英十分得意，哈哈大笑说："怎么样，本司令眼力不差吧？啊哈哈……怎么办？好办。毙了。"

第三个被毙的是一个副营长，本来是首长的警卫员，一身过硬功夫，手持双枪，不说百发百中弹无虚发，但命中率一般说来都在百分之九十以上。可是萧天英怎么看怎么觉得这个警卫员不顺眼，就是因为他长了一个硕大的酒糟鼻子。硬是把他提拔到下面部队当了副营长。在西南剿匪的时候，这个副营长有一次大胜之后狂饮烂醉，当夜半醒之后找水喝，找到了女房东的屋里，强奸未遂。事情败露之后，当然毙了。

差点儿还有第四个酒糟鼻子，是在剿匪中俘获的一个国民党军官，萧天英一看是个酒糟鼻子，就对执法队的人说，这种东西不仅是反革命，而且估计是个贪官，枪毙算了。但是因为这个军官已经缴了武器投降了，杀俘虏违反政策，由政委出面做工作，这才保住了一条命。

韩陌阡的为难在于，关于组建培训中队，军区党委已经形成了决议，学员选拔标准由干部部门制定了专门的细则，也经常委通过了。政审、专业考核、文化考核、体格检查都有职能部门各司其职。但萧副司令员又提出许多"不要"，不说是另搞一套吧，也多少有点节外生枝的嫌疑。

这倒也罢了。问题是他老人家提出来的这些标准确实有点苛刻。你说有家族遗传病史的和罗圈腿、鸡眼不要，还勉勉强强能说得过去，可是所谓牙齿焦黄、严重口臭、酒糟鼻子，既不算什么大的疾病，好像也不能算生理缺陷，尤其是不传染，凭什么不要？尤其是酒糟鼻子，其实就是个皮肤病，一般不过是"螨虫"引发的，医学术语上称"多泌性蠕螨"，不是什么原则性疾病。可是萧副司令员强调坚决不要，一点通融的余地都没有，这就太过分了。你老人家虽然在战争年代里毙过几个酒糟鼻子，并且实践证明都没有毙错，但那毕竟是一种偶然，没道理以此判断所有的酒糟鼻子都不是好人，这不是唯心主义吗？你老人家在战争年代毙过的人多了，有仁丹胡子的那是日本鬼子，杀不足惜，你还毙过有疤瘌眼的，你就能断定所有的疤瘌眼都不是好人？你还毙过既没有酒糟鼻子也没有疤瘌眼的，那些人难道都不是好人？据说美军五星上将马歇尔用人时也有一个偏见，酗酒的人坚决不用，有的仅仅是喜欢喝两杯，远远达不到酒鬼的档次，但一旦让马歇尔知道了，这个人的前程就要打折扣了。即便如此，比起萧副司令员，马歇尔的道理也似乎还要充分一些，爱喝点小酒虽然不算政治品质问题，但毕竟修身养性差把火候。可是人家酒糟鼻子碍你什么事了？既不是政治问题，也不是品质问题，长相不由己，道路可选择嘛。

韩陌阡有一次便毫不含糊地向萧副司令员表达过自己的看法——也只有他韩陌阡敢在萧副司令员面前肆无忌惮地提出不同意见。韩陌阡说："罗圈腿可以不要，有损形象，但长鸡眼的不能控制死了，当兵的野营拉练，走的路多，长几个鸡眼是正常的，一支部队要是没有几个人长鸡眼，反而不正常了。"

这个意见被萧副司令员欣然接受了。萧副司令员认错态度还很诚恳，说："有道理，我忽视了鸡眼是后天形成的。当兵的跑路多，长几个鸡眼天经地义，不能因为这个错怪了我们的好同志。"

韩陌阡又说："牙齿问题，也不能一棍子敲死，有的虽然牙齿黄一点，但是嘴唇厚，能够包住，只要政审和专业没问题，也不能光因为有口黄牙就排斥在外。"

萧副司令员断然说："这个没有余地。我说的是牙齿焦黄，没包金牙也像包了个大金牙。国民党军官都不包金牙，只有土匪和土豪劣绅才爱包金牙。当然了，牙黄不是故意的。但是，一个军官，要是老是露出一副'假金牙'，你说像个什么样子？不要！还有口臭，也不行。酒糟鼻子更不行，一滴酒不沾也红个鼻子，像个醉醺醺的样子，往队列里一站，一排大红鼻子，成何体统？这样的人最容易让人把他跟贪官联系在一起，你没见电影里演坏人的很多是酒糟鼻子？不是贪官也像个贪官，给人印象不好。"

韩陌阡说："可是，无论是党章还是条令，都没有规定酒糟鼻子不能提干，干部部门制定的条例细则也没有规定，这个……"

萧副司令员大手一挥说："那好，现在我口述，你记录——W军区常务副司令员萧天英同志规定，凡是长有酒糟鼻子的同志，一律不许参加此次炮兵教导大队预提干部培训中队选拔考核。此通知下发到全区师以上单位。"

韩陌阡既不惊讶也没动作，木然的表情像是没听明白。

萧天英哈哈大笑，狡黠地说："怎么啦？作为分管这项工作的党委常委、常务副司令员，我老人家就不能有几条补充规定？我告诉你韩陌阡，我这几条补充规定还不是一言堂，不信你去问问司令员和政委，他们同意不同意？我们都是通过气的。"

韩陌阡不是傻瓜，他当然不会去问司令员和政委。不讲道理就不讲道理吧，谁让他是副司令员而你是参谋呢？再说，他老人家的这个不讲道理里面，也不是完全没有道理，精益求精优中选优嘛，和平时期的军官，一表人才还是必要的。当然，他也不会当真把萧副司令员的这条指示下发到师以上单位，这是只可意会不可言传的事情，暗中把关就是了。

四

一份材料在韩陌阡的手里停了三分十二秒钟，然后变成一个纸团，从掌心弹出，准确地飞向门后巨大的纸篓里。接着是第二份材料。再经过三分钟左右，又一份材料被揉成团，接踵飞向纸篓……半天工夫，纸篓便满了。有时候，韩陌阡还会放下手里的东西，重新去倒腾废纸篓，并把其中的某一份重新抻展开来，让目光再一次降临其上，某个人便又获得一次"死里逃生"的机会，当然，能不能最终在韩陌阡的桌子上站稳并长期盘踞下去，还得看其他方面的造化。

崔鹏飞，男，某某年八月出生。籍贯：某某某省虎灵县。民族：朝鲜族。家庭出身：工人。本人成分：学生。文化程度：高中。某某某某年十二月参军……某年五月全班参加"加强陆军师野战阵地攻防演习"，组织指挥全班快速占领阵地，比预定时间提前一分四十秒完成射击准备，标尺误差仅零点七，创集团军该项业务最好纪录，受检阅此次演习的总部首长亲切接见……

像这样的，韩陌阡基本上一目十行，速战速决，看完就扔。这样的情况太普通了，在集团军一级闹个一名二名的，立几个三等功的，韩陌阡办公桌上比比皆是。接见一下有什么了不起的？多啦，那都不是硬指标。韩陌阡有几千份材料要看，不可能在每个人的身上都下同样的功夫。

一堆表格、鉴定、事迹等材料，就像一桌纷繁零乱的扑克牌堆在韩陌阡的面前。他一遍遍地洗这些牌，正着洗反着洗，循序渐进地洗和参差渗透着洗。每洗一遍，桌子的压力就减轻了一部分——一批人被打入另册，而另一批姓名却紧紧抓住命运的船舷死不松手，咬紧牙关坚持在桌面上。于是再洗，又有一批姓名纷纷淘汰，桌面上的队伍更加短小精悍。

这俨然就是一场严酷的战争，几千个人在他们本人并不知道真相的情况下，他们的品行和他们的经历却被别人派遣出去，集合在韩陌阡的桌面上角逐厮杀，他们使用的兵器不是刀剑枪炮，也不是炸药导弹，甚至就连谋略智慧在这个战场上也派不上用场——结局的胜负似乎是早就决定了的，当然，胜负并不是由韩陌阡来决定的，而是他们自己——他们在此前为自己积累的能量在此刻骤然相撞，狼奔豕突于不足两平方米的战场。

在大量材料进入到废纸篓的同时，韩陌阡关注的视野也逐渐收拢。最终，另外一批人像群星一样冉冉升起在夜幕降临的空中，这些名字在韩陌阡的脑海里终于具体化了。当然现在他还无法判断他们是否有"酒糟鼻子"或者有"焦黄的牙齿"。

五

准确时间是某年某月某日北京时间十一点四十五分，韩陌阡将第三部分最后一份简介扔进废纸篓，将桌子上林林总总的东西归拢整齐，锁上抽屉，便起身夹起皮包，准备离开办公室。这已经是下班时间了。但是在下了两层楼之后，韩陌阡似乎觉得有什么地方不对劲，心里隐隐地冒出一件事，便停住了步子，思忖片刻，自我一笑，又接着往下走。

在楼底下遇见了夏玫玫的配偶康平和政治部机要员吴丽云，两人说说笑笑地往外走，韩陌阡躲避不及，只好硬着头皮迎了上去，公事公办地打了个招呼，然后走向相反的方向。他边走边想，吴丽云的嘴唇也太红了，为什么会这么红？莫不是涂了什么东西？机关干部是不许化妆的，她居然敢明知故犯，她是从哪里来的精神力量？又暗笑自己，狗拿耗子多管闲事。忙了一个上午，腰酸背疼，遇上个红嘴唇，不是个坏事也不是个好事，管他的呢。妻子林丰今天在门诊部值班，儿子韩大江全托，这顿饭还是在单身食堂吃，吃完饭，务必迷糊半个小时以上，下午结束工作，给萧副司令员提供一份翔实可靠的名单。

往前再走几步，突然又有什么东西跳进了脑子里，想想不对，还是回去先看看，万一有什么隐蔽的事情忘记了，搁到下午那就是大海捞针了。想到此处，便不再踌躇，转身按原路返回，打开办公室，把纸篓拖出来，将上面的几个纸团一一打开，终于就找到了要找的那一张：

> 蔡德罕，男，某某某某年一月出生，某某某某年十二月入伍，某某某某年六月入党，民族：汉。籍贯：某某省曹县前桥乡蔡村。家庭出身：富农。本人成分：学生。文化程度：初中。历任战士、班长、代理排长。在某某某某年六月B集团军炮兵直接瞄准射击考核中，以首发命中、七发六

中成绩，获集团军该项目第一，所带班获集团军同炮种直接瞄准射击总成绩第一、军区年终考核成绩第四。间接瞄准射击居集团军某某某某年年终考核成绩第二名，构筑阵地工事总分成绩第一。荣立三等功三次，被驻地市政府授予"优秀校外辅导员"和"精神文明建设先进个人"、"新长征突击手"等称号。

家庭主要成员情况：父母早逝，无兄弟姐妹……

就成绩而言，一般，各种荣誉称号也不算特别突出。这个基础，即使能够参加选拔考核，估计也很悬。但韩陌阡重视的是这个人的文化程度和家庭背景。文化程度初中，这在韩陌阡目前浏览过的那些资料里，尚属首例，把尖子当到军区一级，就很少有初中生出现了，一方面是各级把关，另一方面，相当的高中生对于炮兵指挥中的对数函数计算都感到吃力，"文革"期间的初中生基本没学过高次方的函数，两眼一抹黑。但是蔡德罕却逢山开道遇水架桥地一路杀了过来，可见是有些身手的，至少毅力和勤奋可嘉。再有，这个人一无所有，穷得上无片瓦下无立足之地，父母姐妹兄弟一个没有，只落下一个"蔡德罕"的名字顶在自己的头上，了无牵挂，想要人累赘都没有人累赘他，那他不好好当兵还能干什么？

最让韩陌阡重视的是，这个人自幼就丧父丧母，这一点恰好命中了韩陌阡心中的一处薄弱环节。韩陌阡也是自幼就失去了父母，他的父亲是新中国一支石油勘探队的队长，在他出生之后不久，死于一次油井喷发事故。他的母亲则在他十二岁那年死于突如其来的全国性大面积饥馑。那时候韩陌阡刚刚考上初中，每天中午放学回家，锅里都有一碗碎米南瓜粥和一块棒子饼，每次韩陌阡都要问，妈妈吃了吗？妈妈每次都回答，妈妈吃了。韩陌阡那时候正在长身体，饭量极大，妈妈既然说吃了，他也就信以为真了，每次都把碎米粥和棒子饼吃个精光，连掉在桌上的渣子都用手划拉到一起倒进嘴里。后来终于有一天，放学回来，锅里没有了碎米粥和棒子饼，家里也没有了妈妈，妈妈被人送到医院去了，不久就死了。韩陌阡是跟着外公外婆长大的。为了少年时代贪吃的那点碎米粥和棒子饼，韩陌阡悔恨终生。

蔡德罕和韩陌阡纵使有千条万条不同，但自幼丧失父母这一条是完全可以画等号的。在城市长大的孤儿韩陌阡比别人更能理解一个农村孤儿的精神苦难，也更能深切地体会到这苦难对他的一生将会产生多大的影响。

韩陌阡将那张薄薄的十六开书写纸又从头到尾看了两遍，便将它放回到预备入选的那一堆表格里，他甚至产生一个念头，是不是可以向萧副司令员报告，通过干部部门，对蔡德罕这样的初中生，在文化考试的时候给予适当的关照。

但韩陌阡最后打消了这个念头。他能帮蔡德罕做的，就是将他的名字填写在将要送到萧副司令员手中的报告里。这就天高地厚了。

蔡德罕自然无从得知军区炮兵司令部参谋韩陌阡在这个中午，在已经下班之后又反复再三，重新回到办公室的这件事情对他会产生何等重要的意义，他跟这个人无亲无故素不相识，要不是大家都是炮兵，这个人既没有理由收拾他也没有理由援助他。

蔡德罕后来知道的事实是，先是团里和师里把他作为重点人选报了名，后来军里干部处又来了通知，初中生一律取消参加选拔考核的资格。听到这个消息后，他笑笑，他早就料到会有这个结果，尽管他十分不希望有这个结果。

再往后，军里和师里又来了一个补充通知，凡是在军区挂上号的训练尖子必须参加选拔考核，在师里下发的这个补充通知的后面附有"军区挂上号的""必须参加考核的"人员名单，这份名单里就有他蔡德罕，而且只有他一个人是初中生。

得到这个消息后，蔡德罕跑到营房后面的小河边，独自小哭一场，也直到这时候，他才知道他是军区挂上号了的训练尖子，就算这次考不上也值了——组织上对得起咱了。

第二章

一

　　一场大雪，给进到山里冬训的兵们带来了许多乐趣。未下雪的那些日子，每日里望着草灰一样乌蒙蒙的天，望着破军帽一样黄了吧唧的太阳，再迎着粗粝刺骨的北风，手上裂出了口子，脸上堆起了泡子，日子过得从头到脚都是冰凉，喝稀饭咬馒头攒下的那点子热量，连铅笔都焐不热。镍铝合金的计算盘在手里端久了，就冻得粘皮。这下可好了，总算下雪了。下雪了，就可以停止野外作业了。而雪一停，杨树就要绽芽了，到那时候，就开始实弹射击了——老兵们很有把握地对新兵们这样说。

　　跟随一连进山的副营长李建武一脚雪一团雾，一路踢腾着走向半山坡上的一幢独立房。那幢房子原是靶场的警戒站，现在驻扎着师属炮兵团二营一连一班。李建武膀大腰圆，步子也甩得蔚为壮观，要是天晴没有障碍物的话，这四五百米的路程，走起来也就是三五分钟的事。但现在不行了。底下的雪还没有结板实，上面又落上一层绒絮，走起来就轻飘飘的，进一步要退回大半步，一会儿就走出了一身虚汗。

　　李副营长焦躁起来，索性不走了，就在半山腰上喘气，呼呼喷薄的热气像乳白色的云团，出口便四分五裂。再回头俯瞰山下，玉絮飞舞，雪野无垠，空旷旷万里皑皑，莽苍苍天地混沌。李副营长立马觉得心旷神怡，一股豪情陡然从肚脐眼处炸开，沿胃壁冉冉升起，充溢在胸腔里热热地鼓荡，情不自禁就哼了起来——北国风光，千里冰封，万里雪飘。望长城内外，惟余莽莽，大河上下，顿失滔滔。山舞银蛇，原驰蜡象，欲与天公试比高……欲与天公试比高……李建武不是诗人，也不可能有那种经天纬地吞吐乾坤的胸怀，但这并不影响他在这个狂雪滔天的上午，站在由冰雪耸起并且凭空增加了海拔高度的亚热带某个高地上，迸发出"欲与天公试比高"的豪情壮志，这种豪情壮志使得李副营长有机会让自己狠狠地痛快了一阵子。

然后，他再往上走，一脚一个雪窝，狗熊一般笨拙，乌龟一般执着。走到一个位置上，就站住了，两只手卷成个土喇叭安装在嘴上，扯起喉咙放声喊叫："谭——文——韬！"

果然是炮兵副营长的嗓门，久经考验了，一嗓子吼出去，铿锵有力，在雪原上碾出一片咔咔嚓嚓的回声。炮兵副营长在分工上是阵地指挥员，实弹射击的时候，往往需要在几门或者几十门火炮发射的间隙传诵口令，在那一片嘈杂咆哮的世界里下达口令，没有一副坚强有力的好嗓子当然不行。

独立房子被狂雪裹了起来，对李副营长高亢的喊叫没有做出任何反应。

此刻，一连一班以一个火塘为几何圆心，以班长谭文韬占据的那个地方为思想圆心，正在开展无精打采的读报活动。

"大家注意了，现在我读最新的这张。某月某日，某某某副主席会见某某某总统，某某某副总理会见某某某外长，某某某到某某某某某国访问，某某某和某某某到机场送行……西哈努克亲王来了。朝鲜人民的伟大领袖金日成在平壤发表重要讲话。某某省粮食增产形势大好，某某研究所又研制出新的棉花嫁接品种，填补了世界该行业的一项空白……"

担任读报工作的是副班长侯其明，河南籍老兵。本来，他那一口侉腔就很让大伙别扭，再加上报纸上的那些永远大同小异的内容，很有些催眠作用，于是就难怪全体同志有气无力昏昏欲睡了。就连班长谭文韬也触景生情，居然有些想家了。

想家这种情调当然不太符合一个老兵尤其是班长的身份，但是一个老兵一旦想起家来，那种滋味同新兵又有很大的不同。新兵想家天经地义，从内容到形式都很单纯。训练苦了想家，生活差了想家，下雨了想家，下雪了想家，就算是没有任何外在因素诱发，他没理由也照样想家，想父母，想伙伴，想刚刚才结束的童少年生活，想家乡雪地里的热闹和新年的欢乐，甚至还有可能想到某位女生漂亮的大眼睛。但老兵想家却要复杂得多，老兵想家，多半要同自己这几年当兵的经历结合起来，譬如进步啦，将来啦，父母的希望啦，自己的理想啦，等等。一言以蔽之，老兵想家不像新兵表现得那样明显，但一旦想起来，就更强烈，多了些许想象也多了些许憧憬，甚至往往还有些失落和伤感——谭文韬现在进入的就是这种境界。

二

七十年代中期，谭文韬是沧圜江北岸百泉镇的一名高中毕业生，但是这个高中毕业生成色有些不足。谭文韬上小学三年级那年就遇上了"教育革命"，娃娃们欢天喜地地迎来了不用交作业的幸福岁月，乐得下棋打球踢毽子。在十三岁那年，少年谭文韬下象棋在百泉镇就只剩下了一个对手，那就是他的父亲。而他的父亲在"文革"期间靠边站，曾经被关到粮仓里住了两年，无所事事百无聊赖中研究过两年多棋谱，研究得出神入化，以至于后来成为当地的棋王，能够击败这样功底深厚的老将，可见谭文韬天资不凡。

谭文韬家吃的是商品粮，老爸又是国家干部，担任本镇的镇长，家境自然比别的孩子优越，不愁将来谋不到一碗饭吃，当一个工农兵大学生也是极有可能的。

岂料，到了七十年代末期，形势陡变，再靠工农兵推荐上大学看来是没指望了，谭镇长紧急行动起来，蚂蚁搬山似的给儿子弄来一大堆数理化教材和习题。可是为时已晚。已经轻松地拿到了高中毕业证的谭文韬原以为这个世界翻来覆去从此不会再有考试一说了，没想到还有致命的一击，差点儿没被淹死在庞大的书海里。那段时间日子过得昏天黑地，脑子里汹涌澎湃的全是未知数。

第一次报考的是文科，名落孙山倒也在预料之中，至于在孙山之后第几名还是第几十几百名，连他自己也不知道。他当然不会善罢甘休，咬紧牙关继续战斗，坚信"科学有险阻，苦战能过关"，殊不知苦战不是一天两天的事，过关也不是说过就能过的。这回就看出来了谭文韬的聪明的确不是溢美之词，至少在本镇那些待考青年中还是鹤立鸡群的。经过一年多的突击，果然澄清了不少未知数，底气增添了许多。第二次上阵，就有些踌躇满志了。这次换了进攻方向，报考的是理科。可结果名字还是落在了孙山之后，好在这次离孙山已经不远了，只差了三分。

几个回合下来，就有些鼻青脸肿心灰意冷，面子上也过不去。一恼之下索性算了，后退一步就地下乡，咬牙切齿地操起了锄把子。

然而又不甘心。虽说没有多的学问，肚子里好歹也算装了几瓶墨水，整日价修理地球委实委屈了这个知识不多的知识青年，何况又是一个风华正茂、胸怀世界革命风云的青年呢？劳作之余便捣鼓点文字游戏，居然舞文弄墨地写起了诗。其中有一首诗的大意是这样的——既然地球是圆的，美国又在我们脚的那一头，那我们为什么就不能深挖洞钻长沟，穿透地球放水淹死脚下那边的美帝国主义呢？

以这首气壮山河豪情万丈而又想象出奇的"诗歌"为引导，谭文韬被抽调到公社的业余宣传队，编节目，拉二胡，也演快板书。

可后来就出问题了。令谭镇长始料不及的是，槐树大队一个女知青对谭文韬产生了好感。女知青是个靠边站将军的女儿，因为扎根农村表现突出，当了大队的团支部书记，要到地区出席先进知青讲用会，半吊子笔杆子谭文韬被抽过去帮助她写讲话稿。初稿写完之后，还没送到公社审查，女知青先念了几遍，把自己的眼泪都念出来了，她自己都没有想到她的事迹会是那样感人。

那时候大队干部都在家里吃饭，为了解决谭文韬和女知青的生活问题，大队食堂又重新开了伙，只做他们两个人的饭。讲话稿写了改，改了再写，谭文韬一共在女知青所在的槐树大队住了八天。大队部跟村里的小学在一起，学校的外面有半副篮球架，有时候吃了晚饭，两人还会在夕阳里往篮板上扔几个球，惹得放学晚了的乡下孩子迟迟不肯离开，围在外面看稀奇。再后来，从百泉镇民间流行出一个传说，说是谭文韬同女知青闹起了恋爱，两个小青年逮住空子就往油菜地青纱帐里钻。这个传说的覆盖面很大，就百泉镇而言，它的影响力不亚于当年风靡一时的手抄本《第二次握手》。

民间演义传到谭镇长耳朵里已经是几个月以后的事了，老人家还是被吓出了一身冷汗，那是闹着玩的吗？这小子眼看已经十九周岁了，还没个正当职业，年轻血旺正憋得慌，说不定狗东西哪天上足了发条，一时犯傻做出什么不得体的事，那就是破坏知识青年上山下乡了。在那年头，担上这个罪名是要坐牢的，过火了杀头都是有可能的。

就在谭镇长惶惶不可终日之际，一年一度的征兵开始了。到百泉镇接兵的最高长官是 W 军区炮兵某部连长李建武。那时候部队派遣的接兵干部是很有决定权的。最初，李建武并没有相中谭文韬，这小子乍看起来有点蔫乎乎的，耷拉个脸没个朝气，不像个机灵人。而且，作为一个贫苦农民的儿子，他有理由对谭文韬这样的小干部子弟的品行和吃苦精神表示怀疑。但是，在当地颇有威望的谭镇长亲自提出来要谭文韬到部队锻炼锻炼，李建武也不能置若罔闻。

来到百泉之后，李建武曾有好几次听镇里的人讲，说谭镇长的象棋下得如何如何了得。开始不介意，听说的次数多了，心里就有些痒，终于就在一个晚上接受了谭镇长的邀请，到他家里下象棋。

他没想到这是谭镇长蓄谋已久的一次"攻心战"。一共下了三局，从晚上七点下到深夜十二点。结局是各胜一局，平了一局，当然也就各负一局。一场鏖战下来，谭镇长和李建武都是精疲力竭。谭镇长已经让老伴准备了几个小菜，要留李连长小酌。李建武却坚辞不受，一副满脸正气的样子，两袖清风出的门。

但这天夜里李建武失眠了，越想越疑惑，他明显发现他不是谭镇长的对手，却下平了，而且看不出来他是在让你。这就有名堂了。第二天晚上，李建武又去找谭镇长接着下。这回谭镇长果然没有客气，一点儿也没让。这个在本连棋坛上曾经不可一世的人民解放军连长，还没回过神来，就落了个两局两负的结果，输得如秋风扫落叶。他要求再下一局，谭镇长笑了。谭镇长说："我下棋有个规矩，跟棋友下，只下一局，一局定乾坤，输赢都是它。好朋友来了，我跟他下三局，胜他两局输他一局。要是遇到贵客，跟他下第一次要下五局，譬如对你就是这样的。我不会让你赢，但这中间有个原则。这五局，我的原则是胜、平、负、胜、胜。第一局不胜，你会认为我是故意让你，提不起兴趣。第二局倘若再胜，又对你打击太大，怕你失去信心。当然也不能马上就输，一反一正也没意思，所以第二局最好的结局是平，平了也可以吊你的胃口。第三局就可以输给你了，让你觉得咱们是棋逢对手，再下下去还有赢的可能，胃口更吊上来了。但是，最后两局我是不会让的，第四局让你输了，你还不服气，可是第五局再输了，你就没话说了。我不能让你，让你就是对朋友不坦诚了。既然是朋友，我得说真话，下棋你不行，别说我了，你连谭文韬都下不过。你不要看他不爱吭气，这小子肚子里有牙，你把他带到部队去，不会给你丢脸。"

李建武不接正茬，说："谭镇长你就没有个输的时候？"

谭镇长说："当然有，不然我就去参加国际比赛了。不过，走了十步我就摸了他的底，要是下不过，我只下一盘，输了走人。"

李建武心想，这是什么作风？典型的农村干部嘛。但他不能不承认，这个典型的农村干部是很有重量的。

下完棋的第二天，李建武单独接见了谭文韬。

参军对于谭文韬来说，本是可有可无的事情，他的态度没有他老爸积极，但也不是完全不积极。在小集镇里前程无望，考个大学还老是碰壁，再说，就算考上了又怎样？考上了也不一定比参军好到哪里去，如果给个大学生和军官的头衔让他选择，他还是选择当一个军官。古人都说，宁为百夫长，胜作一书生嘛。当然，他之所以有点兴趣，是认准了要当军官的。那时候，军官这个身份对于广大的待业青年还是很有吸引力的。

那晚李建武同谭文韬谈了许多，当然都是带有考验性质的，譬如说理想啊，抱负啊，事业啊，等等，都让谭文韬谈了看法。最后，就谈到了所谓的"早恋"问题。但谭文韬拒不承认，说："李连长你是偏听偏信了，我跟人家一张条子也没有写过，那叫恋爱？连手都没拉过一回，算什么恋爱？"李建武说："恋不恋爱，不在乎拉不拉手写不写条子，关键是心里有没有那个意思？"谭文韬毫不含糊地回答："咱心里没有那个意思，咱还要求进步混个人样出来呢。"

李建武说："那好，一、你得保证，跟人家姑娘没有什么瓜葛，别这里你人到部队，那里人家就到部队找纰漏。二、你还得保证，到了部队，不要跟那个女孩子通信。保证了这两条，你当兵问题基本上就不大了……"

谭文韬仍然站着，红着脸盯着李建武，半天才瓮声瓮气地说："第一条咱能做到，第二条咱做不到。不管是谁给咱写信，咱都得回信。"停了停又问，"李连长你说的两条是队伍上的规定吗？"李建武微笑着说："不是，是我自己规定的。"

谭文韬把头低了低，看了看自己的脚尖，再抬起头来，口气就突然硬了起来："算了，你那个熊兵咱不当了。不当你那个熊兵，咱在广阔天地照样大有作为。"说完，转身就要走。李建武心里叫了一声："好一个小土豪的崽子，这副牛脾气果然名不虚传。"李建武笑嘻嘻地喊回了谭文韬，说："看不出你小子还挺有骨气的。那好，这个问题以后再谈。你说说，除了戳笔头子，你还有什么特长？"谭文韬大言不惭："会下棋。""还会什么？""会打篮球。"

"还会什么？""会拉胡琴。""还会什么？"谭文韬极不痛快地瞅着李建武，瞅了一阵，底气很足地吼了一嗓子："会——种——地！"

三

篮球赛是李建武挑起来的。作为一名炮兵军官，李建武不仅热衷于下象棋，也十分热爱业余的篮球事业，三天不打球手就痒得慌。这倒也符合职业精神——当兵的嘛，讲究的就是一个"打"字。

比赛双方是接兵队和百泉镇联队。但接兵来的现役军人只有四个，李建武于是将几个排名靠前的应征青年作为准军人拉过去凑数。

又一次有眼无珠了——挑选人员的时候，李连长居然没有看上谭文韬，大约是头天晚上对谭文韬的印象不怎么样，觉得这小子不仅蔫乎乎的，还有点倔头倔脑的。

谭文韬憋着一肚子窝囊气，愤然参加了自己家乡的联队，成为主力中锋，在场上化愤怒为力量，龙腾虎跃势不可当，无论是带球穿插还是三步上篮，也无论是进攻偷袭还是远距离投射，都打得敏捷凌厉游刃有余，以至于接兵队防不胜防。

李建武眼看自己的队伍越来越力不从心，分数不仅没有拉开，反而随时都有被人家追上的可能，两眼便噼里啪啦地急出火来。李建武大动肝火是有道理的——在百泉镇备受瞩目的堂堂接兵队倘若输给了土了吧唧的地方队，岂不是把解放军的人丢大了？还牛哄哄的炮兵呢，回去要是让团长师长晓得了，那就不仅仅是挨顿臭骂的问题了。

李建武一急就使狠招，调整了兵力部署，屈驾以统帅之躯专门对付百泉镇联队的主攻手谭文韬。岂料百泉镇联队越打越勇，谭文韬更是视死如归冲锋陷阵，大有报仇雪耻的架势。

比赛到了最后四十秒，无论接兵队怎样出生入死围追堵截，比分还是平的，更要命的是，四班长一招失手，手中的球便不翼而飞，并且迅速就被谭文韬从裆下运将出去，冲过中线，径直奔向对方软肋。李建武见状大惊，急忙阻击，一边东奔西跑张牙舞爪地挡住谭文韬，一边气喘吁吁地威胁："你小子还想不想参军啦？想参军就留个退路。"

谭文韬却不理这个茬，说："你管我想不想参军呢！咱打完这个球再说。"

李建武说："打完这个球就迟了，你敢赢了我这个球，我就敢撸掉你这个兵。"

谭文韬说："你就是撸掉我这个兵，我也得打完这个球！"

话落人起，一个漂亮的弹跳空悬，瓜皮篮球便脱手而出，在空中画了一道流畅的弧线，然后不见波澜地落入球圈穿心而下——是空心球。

比赛最后以百泉镇联队的胜利而告结束。下场之后李建武问谭文韬："你小子是不是吃了饿虎胆啦，怎么那么凶狠？"谭文韬说："都是被你气的。狗逼急了还跳墙呢，人一气急了，杀人的胆量都有。实话对你讲，这回打球，是我打球史上发挥得最好的一次。"

李建武说："行，你小子只要没有乙型肝炎，就是有痔疮疝气，我也要了。"

半个月以后，谭文韬就跟着李建武满怀豪情地到了部队。临走的时候，谭镇长关起门来跟儿子说了半夜话。谭镇长能够忍痛割爱送独生儿子当兵是下了天大的决心的，毋庸置疑是希望儿子能够当一名军官。龙生龙，凤生凤，老鼠的儿子会打洞，他谭某人在百泉镇是个头面人物，倘若别人家的孩子当了军官，自己的儿子却灰头灰脸地老是当个大头兵，最后还拎个铺盖卷子"社来社去"，那就现世了。

已是深秋，夜里很静，只有秋虫轻吟浅唱。此时离新兵"告别杨树庄"还有三四个小时。老子用很复杂的眼光长时间注视着儿子，好大一会儿才开腔，并且轻轻地叹了一口气，说："文韬啊，你明天就要走了，爸爸心里还真不是个滋味。就你这么一个儿子，我舍得让你走吗？可是不走吧，就让你在家里也不是个事。这么聪明的孩子，却没赶上个好时光，上学上得屁淡紧松，荒废掉了。老话说好男儿志在四方，大丈夫纵天下横也天下。还是出去闯一闯吧，以你的心气和才气，也许当兵是你的一条好出路。"

儿子没吭气，儿子在心里想别的事。老爸的身上穿的是一件军上衣，那是本镇一个在东北当兵的人回来探亲时送给老爸的，上面只有两个口袋。儿子想，老爸穿这件军上衣与老爸的身份有点不太协调。儿子在算计，能给老爸搞回来一件四个兜的军官服，老爸穿在身上就比较妥帖了。

谭镇长按照镇长的思维方式和习惯，给儿子提了许多要求，什么尊敬领导团结同志啦，不睡懒觉多做好事啦，艰苦朴素勤俭节约啦，遵守纪律不拿群众一针一线啦，等等，等等，诸如此类的具有普遍意义的真理自然不会忘记交代。最后，镇长积三十余年基层领导工作经验，给儿子上了一堂至关重要处世课程——

"你这熊孩子聪明是聪明，就是心气太高，这是好事，但是做什么都有一个分寸的问题。做人和下棋有一些差不多的道理，是个人下棋都想赢，这是不用讲的。但是想赢不一定就赢得了，你得有招。你爸爸虽然没有当过兵，但是从咱们百泉镇送走的兵，这些年少说也有千把人，我注意了一下，凡是在部队当了军官的，大部分是有文化的，这也是不用说的。但是有文化的不一定都能提拔，还有好多文化程度拔尖的，干工作也很卖力，军事技术也不比别人差，可是为什么提不起来呢？一句话，人缘差。爸爸对你别的方面都放心，最不放心的就是你人缘差，你的骄傲是出了名的，不爱理人。上次你们大队青年选团支书，按说你比张雨有能耐吧，干啥都不比他弱，可是为什么票数比他少？就是因为你骄傲。记住一条，千万别骄傲。"

儿子说："记住了。"

老子又说："干什么都要争先。"

儿子说："记住了。"

老子又说："不过也别太争先了。该争的争，该让的也得让别人一点。别太锋芒了，太锋芒了容易遭人嫉恨。"

儿子说："记住了。"

老子最后咬咬牙说："你爸爸一辈子没当过大官，但好歹也是个基层干部，管着几万人，算是个营级干部吧？你在部队上干，不能比你老子差。开弓没有回头箭，去了就给我混个人样儿出来。"

儿子也咬咬牙说："记住了。"

然后谭文韬就走了。在家的时候，谭文韬他们听说要去的地方是"W军区某部"，满心欢喜地以为是要到大城市风光一番，落到营盘才知道，所谓的"W军区某部"，是在九派河北岸的一个山窟窿里，离W市还差好几百里地呢。

山窟窿里长了许多柿子树，还长了一些蚂蚱似的长腿长颈子的大炮，老兵们管那炮叫加农炮。再往后，谭文韬就和这些加农炮较上劲了，用李连长的话说："我看你小子拉胡琴拉提琴写文章都是二半吊子，大老爷们儿玩那些酸唧唧的都不是正经活儿。我看你小子就是当炮手算是找准了感觉。你投两个篮我就知道你是个炮手的料。"

李连长又说："在咱们的部队里，真正的城市兵和真正的农村兵都好带，城市兵有城市兵的毛病也有城市兵的优势，农村兵有农村兵的优势也有农村兵的毛病，咱管起来都是熟门熟路。就你这样既不是城市人也不是农村人的人咱还没号准脉，好像还挺有个性的。不过呢，在我看来，就你们这些小街痞子其实最适合当兵。进城了吧，你是乡下人；在乡下吧，你又吃个蛋商品粮。在城市在乡下都找不到感觉，那你不当兵你还能干啥？"

李连长还说："什么是男人，男人就活一个字，那就是一个'打'字。打铁，打猎，打球，打炮，打仗……当然了，不能打老婆，打老婆的男人是最没有本事的男人，别的都不敢招惹，只能打老婆，那算什么玩意儿？谭文韬你要记住，你小子是跟我吹过牛的，你不是要当这个家当那个家吗，那些通通都是空想扯淡，你先给我老老实实地当个好炮手，把炮这玩意儿侍候好了，你就是炮兵专家，那就不光是皮鞋和四个兜的问题了，那是你真正的前程。"

那时候谭文韬觉得李连长挺哥们儿。可是很快谭文韬就发现远不是这么回事。在训练场上，李连长简直就是一匹豺狼，对他谭文韬尤其凶狠，十个班长同室操戈，哪怕他谭文韬考核成绩第二第三，那都是过不了关的。李建武对谭文韬只有一个标准，那就是第一。按照李建武的思路，军队是要打仗的，而在战争中，只有第一，没有第二；当兵的应该只争第一，不争第二。狭路相逢勇者胜，看看外国电影就知道了，两人决斗，第一名存而第二名亡。

这以后，谭文韬就很少见到李连长的笑脸了，取而代之的是无休无止的口令和咆哮。炮手那份差事，既需要体力又需要智力，谭文韬就在李建武的冷面之前、咆哮之中从三炮手当到一炮手，然后是瞄准手。第二年谭文韬以全师炮兵瞄准手对抗赛第一名的资格当了一班班长，年底名字便纳入团干部股的"干部苗子"花名册，并从此成为李某与他人一比高低的一张重要王牌。按照部队传统的经验，一个干部苗子，如果经历了一年到两年的考验，只要不出纰漏，各项工作能够保持到应有的水准，这个"干部苗子"一般来说是提定了。谭文韬在这几年中，纰漏当然是没出半点，训练标兵的名声却与日俱增。个人野外地形考核是本军第一，所带领的班在军区炮兵战术技术考核中两次夺魁，成为

W 军区著名的训练标杆。

至此，谭文韬就体察到李连长的一片苦心了。连长那是恨铁不成钢啊。

四

"谭文——韬！谭——文韬！"

李副营长站在山下，久喊不应，只好加大力度，且伴有动作配合——先拍一下屁股，再微微伸出脖子，引擎点火般扑扑哧哧酝酿一番，憋足了一口气，甚至还抑扬顿挫地喊出了曲里拐弯的四川味儿。不料喊声刚一出口，又被扑面而来的北风兜住，转了一个圈儿，同旋风一道回到了身后。

李建武被噎了一口，差点儿呛了肺管，回过神来便鼓起眼珠子，咬牙切齿地吐了句国骂，张嘴想再喊，又咽了回去，然后愤愤地再往上爬了十几步，这才满怀深仇大恨一般又吼了一声："谭——文——韬！——班——长！"

独立房子里面总算有了动静。侯其明念了一阵报纸，自己也觉得乏味，便停了下来，把报纸撂在腿上，将全班（包括班长谭文韬在内）七个人的面部表情挨个检阅了一遍，对他们昏昏欲睡的表情十分不满，先隆重地咳嗽一声，提醒大家注意了，然后便精神抖擞地咋呼起来："都坐好，都坐好，看看你们什么态度，我读报你们打瞌睡，太不严肃了，这不光是对我本人的劳动不尊重，也是……"

谭文韬一个激灵，从遥远的油菜地里抽出身来，坐直了腰杆，赶紧掐断副班长的话头，说："好了好了，别上纲上线了，也别光埋怨别人，也不看看你念的都是些什么玩意儿。"

侯其明正要反驳，又突然噤住了，突出的喉结醒目地跳动了两下，调动一双硕大的炮手的耳朵，做聆听状，听了一阵，对谭文韬说："咦，老谭，像是有人喊你，恁大的雪，是谁呢？"

一扇破旧的木板门终于被吼开了。先是探出一颗朦胧的脑袋，朝坡下瞅了瞅，大约瞅清了是营副，便有一团人影连滚带爬地滑下坡来。片刻工夫，刚刚从家乡那片温馨的油菜地里归队的谭文韬，就白乎乎地竖在李建武的面前："副营长，是喊我吗？"

李建武原地不动，咳了两声，很有风度地耸了耸鼻子，恢复了副营级的威严，瞪着眼睛骂道："你个龟儿子耳朵里塞上耗子毛啦，啊？喊破喉咙喊你，总喊不应。"

谭文韬穿着肥厚的棉衣，并且戴着棉帽。不过他没有像李副营长那样把护耳放下来，小炉匠似的。占了个头高的便宜，他虽然同样一身棉装，倒也不显臃肿。谭文韬捂着耳朵，瓮声瓮气地说："咱们正在读报呢，再加上风大……"

"读……报？"李副营长狐疑地瞟了谭文韬一眼，"天高皇帝远，你们还会那么规矩？老实坦白，你们是不是在'捉鳖'？"

谭文韬嘿嘿一笑，不屑地说："嗨，谁玩那玩意儿，咋咋呼呼低级趣味，没意思。"

李副营长想了想，换个角度又瞪了谭文韬一眼。这鸟人，自己没情趣不说，还贬低别人，好像就你他妈的品味很高似的。李建武略一沉吟，又拖起副营级腔调问道："你们读报，都读了些什么内容啊？"

谭文韬便把从侯其明那张河南嘴里听到的最新消息断章取义又加油添醋地说了一遍。

"行啦行啦……"李建武不耐烦地摆了摆手，弯腰掬了一捧雪，两只大手合在一起，将雪捏成坚硬的一团，奋力一掷，雪团在苍茫的天幕上划过一道若有若无的痕迹，迅速地消失了。李建武皮笑肉不笑地说："你们还挺关心国家大事的呢。你那报纸都是上个星期的了。知道咱部队有什么新情况吗？"

谭文韬不得要领，傻乎乎地看着副营长，说："十天半月送一次报纸，我们知道的啥新闻都变成旧闻了。部队的动向到咱这一级，普天之下也都晓得了。我们能知道个啥？"

李建武严肃地看了谭文韬一眼，很矜持的样子，然后向谭文韬一挥手说："走，下山，本营副给你透露一个最新情况，没准儿你小子要倒霉……嘿嘿，也没准儿是要走运了。"

谭文韬说："那我回去交代一下。"

李建武说："你告诉你们那个鸟副班长，把我的派克笔还给我。开个玩笑他还当真了，想担个赌博罪写检查啊？"

谭文韬笑笑说："李副营长的指示我可以传达，东西能不能要来就两说了。那猴子可不是省油的灯。"

昨天下午在黄龙坡训练小憩的时候，侯其明跟连队干部叫板抵杠，赢了一个党支部。所谓抵杠，是这支部队的另一项娱乐节目，同"捉鳖"的区别是体力作用大于脑力，但也是很有技巧讲究的，一根擦炮杆骑在两个人的裆下，两人相向而对倚杠挤对，一是逼迫对方后退，二是将对方撅翻，都算胜利。河南汉子侯其明五短身材，却膂力过人，叫嚣抵遍全连无对手。李建武见这狗日的过于嚣张，亲自上阵，不料三个回合下来，也是落荒而逃。总结了经验再要扳回面子，侯其明却不干了。侯其明说："再抵就要下赌注了，干抵抵来抵去没意思。"李建武说："你说赌什么吧，本营副难道还怕你不成？"

侯其明牛哄哄地说："我输了免费给你擦半年皮鞋，你输了嘛……嘿嘿，咱穷当兵的没有皮鞋供你擦，你就把你兜上的那支水笔给咱吧。"

李建武说一言为定。两人于是接着抵杠，连续两次，又是侯其明大获全胜。

轮到侯其明索要战利品的时候，李建武却反悔了。妈的，那是一支派克笔啊，岂能让这小子轻而易举地掠夺了去？侯其明是个超期服役的老兵了，仗着炮上功夫有两下子，平时就跟营连干部们稀拉惯了，一贯没大没小，不由分说，大呼小叫几乎撺了里把路，差点儿没把李副营长撺得屁滚尿流，硬是把那支派克笔抢走了，心疼得李副营长晚饭都没有吃好。

谭文韬去了不久便返回了，出门的时候后面还跟着侯其明。侯其明没有下来，站在独立房子门口居高临下地朝李副营长喊："李副营长不讲信用，自己扫自己的威信。输赢乃兵家常事，赢了得支钢笔理所当然。要命一条，要笔没有。"

李副营长也恨恨地喊："你狗日的侯其明等着瞧，下礼拜考核的时候我不让你出洋相你打掉我的门牙。"

侯其明当然不吃这一套。侯其明说："你要敢给我小鞋穿，我半夜里往你被窝里塞冰坨子，让你跟你老婆共同伤寒一下子。"

李副营长见吓唬不住这个老兵油子，对谭文韬挥了挥手说："算了算了，大人不见小人怪，老子不跟这猴子一般见识了，下回再找他算账。咱们走吧，我有要紧的正经事要跟你讲。"

五

某某某某年，中国人民解放军全军干部制度改革，于是乎，这支军队自成立后延续了几十年的直接从士兵中提拔干部（军官）的惯例至此突然终止。未来的基层干部全部来自院校。这年冬天，一道红头命令下来，成千上万个已经纳入"干部苗子"的、在实践中摸爬滚打出来的士兵骨干在一夜之间粉碎了向往已久的前程之梦，同时也使各级首长和机关处于惶惑和忧虑之中。

谭文韬等人又碰巧赶上了人生的一次重大转折。

从长远战略上讲，干部全部来源于院校，无疑是改变部队知识结构提高现代化素质的有力举措，但刹车太急，惯性难当，部队面临着许多现实问题。譬如练兵，这些老兵骨干们都是一遍遍熬炼出来的，对于一门炮一个班，性能烂熟于心，性情水乳交融，指挥起来得心应手，组织训练游刃有余。再譬如管理，这些骨干与战士们同寒同暑、甘苦与共、荣辱分担，彼此之间理解支持情同手足，如果说战士们是一些板块，那么正是这些骨干充当了桶箍的作用，就是靠他们把战士们牢牢地箍在一起，形成一个严密的整体。一律不提，姑且不论这些骨干个人的前途命运，部队管理也的确出现了青黄不接的问题。

荒诞岁月结束恢复高考制度之后，首批考入军校的几千名"学生官"拥向了部队后，果然证实了各级首长的担忧。"学生官"们初来乍到，面对陌生而强硬的军营生活十分茫然，炮场上操场上局促窘迫，甚至连言谈举止都扭扭捏捏的。别的不说，单是操练口令，他们就喊不出老兵们那气壮山河的效果。显然，他们需要一个很长的适应过程，他们需要适应部队，部队也需要适应他们。而在这些"学生官"们尚未完全适应和熟悉部队生活之时，在传统的军营文化氛围和新的知识结构尚未融洽地接轨之时，最直接靠近部队的基层管理势必要出现薄弱环节。

各级都纷纷向上反映了他们的忧虑。于是，对于极少数人来说，就峰回路转，又有了好消息——这就是李建武要对谭文韬讲的"正经事"。

到达李建武的临时营部，已经是傍晚了。李副营长的房间支着炭火，暗红的火块将四壁映出了玫瑰色的光晕。屋子里暖暖的，散发着浓郁的生活气息。通信员倒完开水，李建武便挥挥手把他撵了出去，并且关上了门。谭文韬立即意识到，副营长这次找他谈话，意义非同寻常。

"谭文韬啊，你是想听好消息还是想听坏消息啊？"

谭文韬有些发蒙，想了想才说："要是好消息坏消息都有，我当然都想听听。"

"那好，我就先讲坏消息。"李建武撮了一撮茶叶扔进军用茶缸里，再将茶缸放在火塘边煨上，点了一支烟，慢悠悠地说，"你也不用紧张，你是个老兵了，相信你能正确对待。这坏消息嘛……我一句话说明了吧，你们那些干部苗子恐怕要泡汤。"

谭文韬一时没有反应过来，最初的感觉是有一个像虫子一样的声音在耳朵里飞来飞去，似乎有点不太真切。窗外的大雪还在一如既往地洋洋洒洒，视野里仍然是皑皑无垠。除了火塘里偶尔毕剥作响地炸出一星半点动静，万籁俱寂。他茫然地看着李建武，在很长一段时间内都以为他是在开玩笑，或者是自己听错了。怎么可能呢？一批兵有那么多人，能当上班长的就是十里挑一，一个团的班长副班长又有二百多个，能进入干部部门"干部苗子"花名册的也就是二十来个，可以说又是十里挑一。十分之一乘以十分之一就是百分之一。百里挑一啊。掰着指头算算，现在的这些干部哪一个不是从干部苗子里提起来的呢？

"副营长，你是说……是我一个人不行了还是……还是都不行了？"

李建武抹了一把嘴，噼里啪啦地扇了自己几个耳光，像是要把僵硬的冻脸扇出热气来，扇快活了才说："统统不作数了。有了新的精神，往后，将不再从战士中直接提干。"李建武手里捏着一根拨火的棍子，咔嚓一声折成两截，恨恨地骂了一句，"娘的，咱当兵的就这一条闯天下的路子，又被堵死了。"

谭文韬听得呆了，此刻脑子里一片空白，突然感到一阵疼痛：这算怎么回事啊，这是为什么？不是干部苗子吗？这可是干部股的花名册啊，怎么说不作数了就不作数了呢？这不是拿我们老兵开玩笑吗？但这些话他没有说出来，仍然怔怔地看着李建武，仍然希望他是在开玩笑。

李建武心里也很不是滋味。他李建武也是从"干部苗子"的路上成长起来的，他知道"干部苗子"们从"苗子"到"干部"要付出多少努力。可是这些话他只能在心里想。作为一个领导，他必须保持冷静，以健康的情绪去感染他喜爱的骨干。何况，路还没有完全堵死呢。

火塘里的水开了，汩汩地翻着花，乳白色的热气袅袅升腾，给屋子里增添了不少暖意。李建武用毛巾裹着茶缸把，端起来给谭文韬添水。

"谭文韬，我说过我相信你能正确对待，也理解你的心情，暂时想不通是不可避免的。遇到这个局面，谁也不会痛快，可是不痛快的也不是你一个人。远的不说，就说咱军区，各兵种加起来，榜上有名的干部苗子就有两千多人，眼看都是今年明年就要提的，可是……谁料到会有这一招啊？不过话又说回来了，是块好钢，哪怕是打把铁锹也比别人挖得深。你是老兵，老兵要有老兵的觉悟，老兵要有老兵的风度。我今天把这个坏消息告诉你，你……我相信你不会想不开。"

谭文韬先是不吭气，抿着厚厚的嘴唇，阴沉着脸往远处看，看着看着就笑了，开始是冷笑，然后是苦笑。

谭文韬转过脸来苦笑着对李副营长说："我是你接来的兵，也是你带出来的兵，你还不了解我吗？我是想不通，但想不通不等于乱想。不管怎么说，我也吃了三年军粮穿了三年军装。常言说泰山压顶还不弯腰呢，我这个一米八一的汉子就那么没出息？就那么不堪一击？副营长你放心，干部苗子拔掉了，军区标兵班长的骨头软不掉，老兵的腰不会弯。该怎么干我还怎么干。"

"好——！"李建武情不自禁地叫了一声，"我李某没看错，龙生龙，凤生凤，老鼠的儿子会打洞，我李建武带出来的骨干，再怎么着也不会当孬种。你能站在这样的高度认识问题，我就没有话说了——我对你的考验正式结束。刚才我不是跟你说过有一个坏消息，还有一个好消息吗？现在我就告诉你什么是好消息。"

然后一五一十开讲。

李建武告诉谭文韬，为了保留一批业务骨干，从老兵中抢救最后一批老兵人才，W军区将在军区炮兵教导大队增建一个预提干部培训中队，学期一年半，毕业后定级提干。团党委已经研究了，选送谭文韬和刘海文、金广学等十二名"干部苗子"参加考试。

李建武说："这可是最后的机会了。你得搞清楚，十二比一啊，这十二个人当中，你只能是第一，你要是考了个第二那就完了。考第二名跟考第十二名尿的区别都没有。"

谭文韬听了李建武通报了所谓的好消息，愣了半晌。刚刚才死下的那条心，转眼之间又活蹦乱跳了。闷着头想了一会儿才抬起头来说："十二比一，这概率也太低了。"

李副营长笑了，说："概率是低了点。我看你小子最近是有点疲软，好像没什么把握。以没把握之心打没把握之仗，那当然没有把握了。"

谭文韬的嘴巴张了张，把话又咽了下去。

　　李建武的脸色陡然一沉："十二比一概率就低啦？我告诉你，你知道你那一批再加上前一批后一批，这几年我们炮兵接过多少新兵吗？我跟你讲，少说也有七八万，这三茬子兵都赶上这个时候了。七八万兵当中，最后能提起来当干部的，就是这六十三个人，这是千分之一的概率，你已经从千分之一的可能性闯到了十二分之一的可能性，较起真来，就是一个刘海文跟你有一比。你当年考大学不是只差三分吗？文化考试我断定他整不过你。玩炮，你一直也是压他一头的，偶尔一次失利不能说明问题，从总体上看，你还是比他有优势。我看这个卵子教导大队你是上定了。不过不能大意，关云长多牛，还大意失荆州呢。我把丑话说在前面，你要是考砸了，我活剥了你。"

第三章

一

就在李建武和谭文韬在大雪茫茫的某个山野里计算"概率"的时候，他们并不知道，谭文韬等人的大名已经当仁不让地上了韩陌阡的案头。韩陌阡现在所做的工作，叫作"保底"。命运的太阳已经初露熹微，在几千个骨干当中，能够披荆斩棘攀上高山之巅，幸运地沐浴到这缕阳光的，毕竟只有极少数人，在他们尚且惶惑茫然的时候，他们并不知道，在千里之外，在本战区的心脏，一个叫作韩陌阡的三十四岁的年轻老成的参谋，已经把他们的未来输进他的铝合金计算盘里，一遍遍地搅拌着清理着，进行了接近于真理的预估——挑选挑选再挑选，淘汰淘汰再淘汰，凝练凝练再凝练，删繁就简，提炼出含金量最高的那一部分，形成书面报告，然后以萧副司令员和组织的名义通报到部队，保证他们在第一轮政审中顺利过关——当然，这只是为他们取得参加选拔资格所做的初步努力，也只是向他们提供一试身手的基本保障。把他们放进这个角斗场上，他们还要接受各种类型的考核，最终能不能入选，就连萧副司令员也不能给谁打包票。

经过几番比较，那山峦一样高耸的材料便摊成了五堆，韩陌阡的视野于是就清晰了——本战区炮兵现有四年以下兵龄的训练骨干（战斗连队的代理排长、班长、副班长）共有三千四百二十六人，已经纳入各级预备提拔使用的在册干部苗子一千一百三十三人，在军以上机关组织的各种竞赛或考核中得过名次的二百五十七人，其中获得过前两名的一百六十二人次，获得过综合成绩和单项成绩第一名的二十八人次，重复获得过第一名的有九个人。

如此一来，不幸和幸运、胜利和失败便同时诞生了——成百上千个年轻的小伙子最终落马，韩陌阡有一千条理由对他们的前景不予乐观的估计，他一边将他们的材料从桌子上扒拉下来，塞进桌边一只硕大的废纸篓里，一边由衷地替他们惋惜——殊不知，这些人也都是优秀的炮兵，在一个单位、一个连、一个营，乃至一个师，都是独领一方风骚、叱咤风云的人物，而在这里，却被不容置疑地排除在韩陌阡的视野之外了，这的确是优中选优精益求精，这次抢救部分老兵骨干组建成培训中队的行动，甚至可以看成是萧副司令员军旅生涯的又一重要战役，他韩陌阡作为萧天英最器重和最信任的参谋，只能做一件事情，那就是高度负责，给首长提供正确的决策依据——这一点，韩陌阡本人也是自信的。

韩陌阡同萧副司令员的关系源远流长。

韩陌阡是六十年代毕业的大学生，学的是生物学专业。自从父母相继去世之后，他就被外公外婆接到了另一座城市，外公外婆家里的状况要比他爷爷奶奶家好得多，至少可以吃个半饱。韩陌阡就在这半饱的状态下完成了初中学业，而等他上了高中之后，终于就可以比较放心地吃个全饱了。

韩陌阡的遗憾在于，大学刚刚上了两年，就赶上了一个荒诞岁月。当时正是血气方刚，自然要怀着解放全人类的雄心壮志投入到那场史无前例的"大革命"中去，以鲜红的太阳照遍全球为自己的最高理想。不幸的是，不久之后那场"革命"成了暴力行动，他亲眼看见了一些人毫无道理地挨揍或者死去，方领悟他的理想和荒诞的游戏搅和到一起去了，大失所望之余，毅然投笔从戎，先是在一个连队当文书，然后提干当了副指导员。

到了七十年代中期，军队有点规矩的趋势了，开始重视知识了，才把他调到军区炮兵司令部当了参谋。虽然满腹经纶，但由于资历浅薄，很受具有丰富革命斗争经验的工农干部的蔑视。自己倒也知趣，即使满肚子这个想法那个主意，也始终是深藏不露的，默默无闻一干就是五个年头，一直都是夹着尾巴做人的。没有想到，这个极不起眼的小人物引起了萧天英的重视，既不是因为韩陌阡在大战决策当中起了作用，也不是在危难时候舍卒保车，而仅仅是在一次招待会上显露了头角。

二

　　那正是被少数人称之为"某某某某路线回潮"的岁月，天下大乱将近十个年头，中央又起用了几个务实的领导人，某某某同志回到了中央领导岗位，经过几年的努力，曾经在特殊年代里被搅乱的秩序又逐步走上了正轨，方方面面的关系也已经理顺了，一批老首长从领导岗位上退了下来。

　　这年的建军节，军区党委决定举行一次老干部招待会，这项工作由萧天英分管负责。那时候这种事情很好办，没有山珍海味这一说，也没有名目繁多的活动，无非就是让招待所多加几个菜，红烧肉炖萝卜炖烂一点就是了。

　　到了建军节这一天，因为司令员和政委被临时召往北京参加活动，便由萧天英全权代表主持老干部招待会。当一切都准备就绪之后，萧天英带着几个工作人员检查了筹备情况，其他问题都不是问题，却有一件事让萧天英犯起了踌躇，那就是座位问题。在这批退下来的老干部中，就前不久担任的职务而言，有兵团级的军级的也有师级的，就资历而言，有老红军老八路也有老地下党，有的还在地方担任过省长省委书记之类的职务。一共有七十九个人，开了七桌，能在主宾席上就座的最多也就是十一二个人吧，无论是按资历还是按职务，都摆不平。

　　萧天英拿着名单圈了又圈，改了又改，没想到越改心里越没底，越不是个滋味——都是老革命老战友老伙计了，过去都是龙吟虎啸八面威风的，如今一个个都老了，我萧天英当这个副司令员，恐怕也是去日无多了（那时候正有风声传说他也要下台），能在这个位置上招待大家，没准这就是最后一次了。

　　想到这里，萧天英就不免有些感伤，对身边的人说："这个名单还真让我为难，正兵团级的七个，参加过长征的十二个，还有几个当过书记省长的，综合实力都差不多，我看这些同志都应该在主宾席上就座，把谁划拉下去都不好。退下去的老家伙们格外敏感，弄得不好要伤感情，那就把好事办坏了。你们出出主意。"

　　当时在萧天英身边的干部，有军区机关的，也有各兵种来的人。有的提议以原部别为单位分桌，有的提议按入场先后分，当然都不是好主意。政治部的一个二级部副部长提议搞"圆桌会议"，马上被司令部管理局的局长否定了，理由是人太多，乱了，没那么大的圆桌，也不成体统。

大家想来想去没有什么高招，这时候就有个怯生生的声音出现了，说："我有个不成熟的想法，是不是可以这样……"然后一五一十地把"不成熟"的想法说了出来。

这个人就是W军区炮兵司令部的参谋韩陌阡。大家听了韩陌阡的意见都不吭气，萧副司令员盯着那张略显苍白的脸看了一阵子，又看了看众人，摸了摸下巴说："哎，别说，这还真是没有办法的办法。我看可以。"

事情就这么定下了。到了建军节那天，老干部们陆续赶到，充当工作人员的机关干部们迎在门口招呼：老首长随便坐，怎么高兴怎么坐。离退休老干部们进到大餐厅，一看七张桌子围成一圈，也没显示个大小主次，便随便坐了，互相熟悉的、合脾气的、老搭档老上下级自然而然地就坐到了一起。

萧天英在七张桌子中间的空地上发表了热情洋溢的祝酒词，讲完了，才大声说道："今天我们都是老革命，本人给各位老伙计当了几天工作人员，也该入席痛饮一杯啊。哪里还有空位置？"

J军原副政委便喊："我们这里还空一个，欢迎萧副司令员光临本桌。"

这时候众老首长才发现今天的招待会别具一格，居然没个主宾席，人员布局全是随心所欲。有的（正兵团以上和其他德高望重的）原来是理所当然要打算坐主宾席的，虽然稍有失落，但很快就释然了——老王老陈也在下面嘛。大家都是一个样子，就没什么可挑的了，反倒觉得萧天英此举别有匠心，倒不失明智。也有的（主要是副兵团级上下的）原先估计自己在今天的招待会上，可能处于上主宾席或不上两可之间，这个地位是很尴尬的，上和不上都不自在，一看没有主宾席了，反而长长地松了一口气。至于那些副军级和师级离退休干部，却是打心眼里拥护萧天英的创新。是啊，妈的都靠边站了，过去的敢死队都一样成了等死队，还讲究什么级别资历？就这样好，这样就没大没小了，这样吃得痛快喝得来劲儿。

然后就"把酒酹滔滔"了。一切都很正常。席间，萧副司令员还专门到工作人员席上敬酒，到了韩陌阡面前，萧副司令员当着许多人的面，没有表扬，却向韩陌阡伸出大拇指晃了两下，说："干三杯。"韩陌阡诚惶诚恐，说："首长，我惭愧，我是滴酒不沾的，沾了就醉。"萧副司令员做意外状，说："怎么？不会喝酒？不会喝酒怎么能当炮兵军官呢？喝，不会喝你也得把这三杯酒干了，在萧某人眼皮底下，只有不敢喝酒的孬种，没有不会喝酒的参谋。"韩陌阡一看势头不妙，头皮一硬，心想，砍头不过碗大的疤，死都不怕，还怕喝酒吗？一股豪气涌上来，便脱口而出："好，喝！首长喝完，我意思意思。"萧天英哈哈大笑，说："好大的胆子，跟首长在一起喝酒，要首长喝完，你意思意思？口气大得像什么！"韩陌阡大窘。他的本意是要豁出去了，要首长意思意思，可是见酒心慌，急不择言，恰好把"意思"意思反了。自此之后，韩陌阡就渐渐地浮出了水面。招待会上略施雕虫小技，就使萧天英对他刮目相看了。那次接待不仅没有出纰漏——要知道，那些刚刚退下来的老干部多少还有一些怨气，脾气大点的当场放两炮都是有可能的——反而给萧天英赢得了很不错的声誉，暖了广大老干部的心，这可是一笔不容忽视的财富啊。

不久，萧天英又对韩陌阡其人进行了调查，得知这是一个很有特点的年轻人，读书多，善于思考，而且，对于炮兵建设，已经不吭不哈地发表过若干具有新鲜见解的论文了。再下部队，萧天英就经常从炮兵司令部要人了，而且多数是点名韩陌阡跟着去。但是出乎意料的是，当萧天英提出要调韩陌阡给他担任秘书的时候，韩陌阡表态却十分不明朗。

韩陌阡说："如果是首长决定了呢，我当然得服从。如果征求我个人意见，我倒是觉得我还是更适合于在炮兵机关当参谋，首长信得过我，交办的事情我办好就是了。"

对这个态度，萧天英有些意外，不高兴地问："什么意思？你也信'伴君如伴虎'那一套？一、我萧天英只是个小小的副司令员，不是帝王，没有生杀大权，也没有那么大的脾气。二、我萧天英用人不搞强行命令，既然勉强，那就算了。"

韩陌阡讷讷地说："我别的什么意思都没有，我只是觉得，我不太适合当秘书。我留在机关工作，其实也能更好地为首长服务。"

萧天英哼了一声："你小子耍滑头。"

但萧天英并没有对其勉强，这件事情也就不了了之了。

平心而论，说韩陌阡耍滑头，此话不一定全对，也不一定全不对。韩陌阡说留在机关能够更好地为首长服务，自然有他一定的道理，这里面也不能不说还有一些个人的小九九。既然已经得到赏识了，那就要把握住分寸，"度"的问题是个重要的问题。像他这样一肚子聪明的人，是深谙官场心态的，距离产生魅力，不在身边，又能时常出谋划策，这就能够保证始终立于不败之地。靠得太近了，谁能担保事事顺心？让首长把你看透了，那可不是好事。再说，当一个秘书，成天像一只乖巧的猫唯唯诺诺地跟在首长的身后，行动蹑手蹑脚，说话低眉顺眼，那种做派也不符合他的性格，一次两次可以伪装，时间长了他是坚持不下来的，他不打算改掉自己自以为是的毛病和自作主张的习惯，他觉得他还是比较适合直接当一个小首长，而不是当大首长的秘书。

三

萧副司令员这几年的日子其实并不好过。前些年，机关大院里一直对他有所谓"家长作风"的说法——但只有很少的几个人知道，萧天英之所以背这个黑锅，跟特殊年代里留下的后遗症不无关系。这里面有些说头。那还是在特殊的岁月中，在造反派的嘴里，W 军区里有兰体系和萧体系之分。说兰体系是以 C 军为主体的，萧体系是以军区炮兵为主体的。军区炮兵机关前身就是七纵机关，七纵的前身是贯山独立旅和别茨山分区部队合并而成的，贯山独立旅和别茨山分区都是从萧支队派生出来的。这话虽然不完全是空穴来风，却有别有用心之嫌。

韩陌阡到炮兵当了参谋之后，曾经研究过本军区几大块的历史，战争年代的电报很有意思，上级给下级的命令写的就是萧支队兰支队，萧旅兰旅，萧纵兰纵，萧部兰部。造反派批斗萧副司令员和兰副司令员，就抓住了这个，说他们各有山头，把自己的部队叫成萧部兰部，C 军是某野某某的舰队，军区炮兵是某野某某某的铁杆嫡系部队，又说萧副司令员和兰副司令员分别受某某和某某某的指挥，阴谋篡党夺权，等等。

后来萧副司令员和兰副司令员在大会上联合起来反抗，萧副司令员说："什么几野几野？我们都是人民解放军，都是毛主席和共产党指挥的军队，有编制序列之分，没有山头之说。叫兰部萧部，那不是我们叫的，那是在战争年代的特殊叫法，连毛主席都这么叫，难道是毛主席给我们分了山头吗？"

而事实上，萧天英只是对于自己曾经领导过的部队多一些重视罢了，要求更严格罢了，这能算家长作风吗？萧天英自己也不承认这一点，萧天英有一次对一个老同志说："手心手背都是肉，我萧天英都是大区的副司令员了，我不会把自己降低到萧支队司令员的位置上看问题，全中国人民解放军都是共产党的部队，打起仗来都是我们这些当指挥员的心头肉，你能说这是你的那是他的？无稽之谈。"

一番话说得振振有词，你就是鸡蛋里面挑骨头，也挑不出什么名堂。但是话又说回来了，如果说萧天英就没有一点偏心，也不是事实，这次要为炮兵组建一个预提干部速成培训中队就是个活生生的例子。他老人家毕竟是萧支队的司令员，毕竟是军区炮兵的第一任司令员，这支部队是他惨淡经营拉扯大的，他当然要给予过多的关注，所以当干部制度改革的通知下来之后，他首先想到的就是要为炮兵留下一批训练骨干，理由也是冠冕堂皇的——炮兵乃常规战争的火力突击骨干，连革命导师恩格斯都说过，重视并正确使用炮兵，是现代战争制胜的重要依据。

相比之下，其他兵种就没有这么权威的理论和权威的人物支撑了。出身于装甲兵的一位首长就开玩笑说过，他们吃亏就吃亏在没有恩格斯这位前炮兵中尉和后来的革命导师撑腰。萧副司令员则反唇相讥说，哈哈，划山头竟然把恩格斯划到萧部来了，真让人诚惶诚恐啊。

这一次，老爷子对于这支费了许多周折才建立的炮兵培训中队显然是寄予莫大厚望的，这算不算是家长作风的一种表现？自古道，强将手下无弱兵，谁不希望自己的麾下多一些龙虎之辈？强将喜爱强兵，乃天经地义。

可是，你不能堵住人家的嘴不让人家发表议论。

私下里，萧天英偶尔也在韩陌阡面前发点小牢骚，韩陌阡则表达了很让萧天英惊讶的观点。在韩陌阡看来，适当的家长式统治是必要的。历史上那些比较著名的军队，大都带有家族统治的色彩，什么杨家将，岳家军，戚家军，曾国藩的湘军，李宗仁和白崇禧的桂系，都是很有战斗力的。外国军队也是这样，拿破仑的军队团以上建制都有旗帜，上面都有拿破仑的名字，他麾下的两个团在一次战役中因麻痹而败，拿破仑将这两个团的士兵召集在一起宣布，这两个团已经不配再当拿破仑手下的士兵了，并且叫参谋长在这两个团的团旗上写上"我们不再是拿破仑的士兵"字样。士兵们羞愧难当，哭泣着请求拿破仑宽恕，允许他们再获得一次当拿破仑士兵的荣誉。拿破仑终于同意了。这两个团的士兵在下一次战斗中化耻辱为力量，奋勇作战，立下赫赫战功，成为拿破仑手下最有战斗力的精锐部队之一。拿破仑靠的就是家族式统治的凝聚力。你能说家长作风就一点可取之处也没有？

听了这番话，萧天英就释然了，开了韩陌阡一个玩笑，说："小韩你拍马屁还有系统理论呢，你要注意呢，你可不能为了投我所好丧失原则啊，助长了我的家长作风，我犯了错误，你也脱不了助纣为虐的干系啊。"韩陌阡坦然回答："一、我刚才所说的不是投您所好的拍马屁，也算不上什么系统理论。这是我的一己之见。二、首长有首长的判断力和识别力，更有控制力。不应该是参谋人员轻易就能左右的。如果首长的思想里确实有家长制的种子，有没有理论依托，它早晚都是要发芽的。三、首长犯的错误，算在工作人员的身上，永远都是不合适的。"

萧天英听了这话，愣了一下，旋即哈哈大笑，转过话题说："好你个韩陌阡，不失时机又给老子上了一课。你的意思是说，领导干部犯了错误，工作人员就一点责任都没有？"

韩陌阡说："我的看法是，工作人员的责任，也应该算在领导的身上。至少也是领导知人善任做得不好。"

萧天英说："如此说来，当首长的还真是有许多危险呢……当然了，正常的情况是，领导越大越难当，越是危险。谁让你工资比人家高待遇比人家好呢。说领导越大越好当，越是大原则越不费脑筋，这是不正常的。"然后又回到原先话题说："所谓家长作风，我同意你的观点，也不全是十恶不赦。关键要看用这个风把部队往哪里刮，只要是往积极的健康的方向引导，就不妨偶尔用之。当然，这里面有个'度'的问题，'度'之一字，奥妙无穷。把握得好，是健康的，否则就是不健康的，就应该抵制。小韩你说是不是？"

韩陌阡说："是。这是首长一贯的辩证法。"

四

关于在 W 军区保留一批老兵骨干，组建预提干部速成培训中队，最早的动议自然是萧天英提出来的，并在军区党委会上获得了多数支持。韩陌阡在这个问题上则充当了重要的谋士和具体的操作者。

动议之初，萧副司令员和韩陌阡之间有这样一段对话。萧天英说："小韩你说说，组建这个培训中队，还有哪些站住脚的理由？"

韩陌阡想了想，说："那我先请教首长一个问题，首长您认为在未来战争中，常规炮种会起多大的作用？"

萧天英微微一笑，但很快就把笑容收敛了，他显然对这个问题也是有过一番深思熟虑的："从我掌握的情况看，西方各国的军备都是日新月异的，世界军事出现了新的格局。第二次世界大战结束之后，东西方大国都十分重视核武器的发展，但是，本副司令员认为，核武器这东西是个吓人的东西，不能没有，但多了用处也不大。我们是立足于保家卫国，不去搞侵略扩张，本土作战，在未来的二三十年乃至半个世纪之内，常规炮种依然是战争的主角，至少我们的军队是这样的。"

"我还要请教首长一个问题：如果没有这个培训中队，对本军区的炮兵是不是个损失？"

萧天英沉吟了一下，说："可以这样认为，人才流失当然是个损失。但是话也不能说绝对了。炮兵那一套，又不是什么尖端技术，铁打的营盘流水的兵，一茬一茬的兵也都有尖子嘛。"

韩陌阡说："既然首长站在这样的高度，那我就从培训中队的意义谈点个人看法。我认为，如果仅仅从部队教育训练的实际看，留下一个培训中队和没有这个培训中队都不至于产生太大的影响。而且，宏观地长远地看，培训中队的拿手好戏，被他们操练得出神入化的那些炮种，可以说已经远远地落后于未来战争的需要了。我敢断言，不出二十年，某某某口径榴弹炮和某某口径加农炮都要从炮兵的序列里被淘汰出去。"

萧天英怔了一下，若有所思地说："有这个可能。"

韩陌阡说："近几年有些国家提出了新浪潮、新军事革命，武器装备发展很快，科技含量越来越大，可惜我们国家这些年被耽搁了，都八十年代了，我们的常规武器还是五几式六几式，差距确实是很大的。未来的装备先进到什么程度，眼下还不好估计，但是在世界一些局部战争里，电子激光已经运用于战争了，这是有目共睹的。计算机技术运用于军事领域，将给战争样式带来革命性的变化。未来战争再也不会是单纯的面对面的厮杀了，常规武器甚至有可能失去用武之地。所以，改变军官知识结构，由体能技能型转向智能型提高，已经是迫在眉睫的事情了。"

萧天英说："是啊，大势所趋，不可逆转。在这个问题上我是出了名的保守派，就连我这个保守派也明白这个道理，还是要大力培养知识型的军官。"

韩陌阡说："我认为，一支部队不仅需要先进的装备，也不仅需要先进的知识，重要的是必须延续一股精神气，也就是我们通常说的传统。无论世界军事革命出现多么大的变化，但中国战争有中国战争的特点，我们还是要根据我们的实际情况锻炼干部。在我看来，培训中队不同于土生土长的干部，也不同于稚气未脱的'学生官'，他们先当兵，后上学，筋骨炼出来了，带兵之道也揣摩出来了，如今又到理论的炉膛里冶炼，土的洋的粗的细的都有了。可以这样说，培训中队是在特殊时期通过特殊方式选拔出来的特殊人才，土包子比不了，洋秀才也比不了。萧副司令员，我不是投您所好，这块试验田有着非同寻常的意义。其实，我个人认为，恰好就是在像培训中队这样环境中成长起来的军官，才是最有战斗力的军官。他们将成为我军向科技建军方向发展的一支重要的过渡力量。"

萧天英听了这番话，长时间沉思不语。当然，没有根据说韩陌阡在 W 军区组建炮兵预提干部培训中队的问题上起了决定性作用，但一个不容忽视的事实是，他的思想也的确在一定程度上更加坚定了萧副司令员的决心，并为萧天英后来在军区党委会上据理力争提供了一些有相当说服力的依据。只是，在这个时候韩陌阡还没有意识到，此后不久，他就要同这个培训中队的命运紧紧地联系在一起了。

第四章

一

常双群所在的 W 军区炮兵独立师驻扎在靠近沧圌江的一座县城里，同谭文韬的部队相去千里。别茨山弯弯曲曲地走过来，到了这里虽然只剩下结束语了，但青山秀水却始终未减姿色，即使进入严冬，这里也还执拗地保持着亚热带的温暖和湿润。

天空是蓝色的，山峦是粉红色的，心情是明朗的。

因为没有进山训练，还因为部队驻扎集中，又挨着指挥机关，所以常双群们得到干部制度改革的消息，就要比谭文韬们早得多。起先是干部们私下里传说，后来就进入到战士阶层，再然后，常双群这群预提的"干部苗子"们也就知道了。

常双群个头不高，脑袋不大，眼睛鼻子都似乎比别人的小一号，那模样要是在嘴唇上蓄一抹胡子，就很有一点鲁迅的派头，严肃而又锐利。不论做什么事，一律有板有眼，绝不东张西望，总像是在老谋深算地思考着什么。话是绝不肯多说半句，说出来的话都有一些曲里拐弯的哲学味道。二十啷当岁的年纪，脸上却很少见到笑容，像个小老头儿。休息的时间嘴角还常常叼根烟卷，就更显得老气横秋的。

为了那根烟卷，连队的首长们曾跟他进行过不屈不挠的斗争，但是没用。

常双群毫不含糊地说过，不让吃饭可以，不让抽烟不行。

鉴于此人所带的班是本师训练标兵班，又常常在军区拿名次，就连师长高兴了都给他发烟，连队干部对其抽烟劣迹也只能睁一只眼闭一只眼，至多也就是提醒一下，少抽一点，注意点形象——常双群本来个头就不高，嘴角上再怪里怪气地叼根烟卷，有时烟卷燃到根儿了还舍不得吐掉，熏得小眼睛眯一只斜一只，那副尊容委实不雅，用该连某排长的话说，就像兵痞。问题是这个小个子兵痞指挥一个班在全师几百个炮兵班考核竞赛中连续两年六次夺了冠军，前不久还在军区大出了一把风头。

别的毛病他没有，就是爱叼个烟卷，你能把他怎么样？

除了操炮炉火纯青，常双群还有一个爱好，就是种菜。

有个晚上连点名完毕，常双群便乘着月色去看菜地。这是他的老习惯，哪怕白天训练再累，只要晚上有月亮，熄灯以前的那段时光，他就必然要到菜地去消磨掉。常双群并不是货真价实的农家子弟，但当了班长之后却对种菜产生了浓厚的兴趣，这大约和他喜欢抽烟是一个道理，就像有人喜欢"捉鳖"有人喜欢抠脚丫子一样，没有什么明确的目的，就是喜欢。尤其是喜欢在月光下蹲在菜地埂上，捏一根小棍拨拨水渠，看那一条细细的银色在菜棵间汩汩地循环，再看着嫩嫩的菜叶上晃动着星星般的亮色，侧耳细听，菜地里似乎还有一些微小的生命低吟浅唱，每当这个时候，心里便油然滋生出一种清凉的——舒服。

栗智高是西院三团的，是常双群他们那批"干部苗子"中最讲风度最爱干净的一个，虽然生长于灰头土脸的河南小县，却也相貌白净，仪表堂堂，即使连队不让蓄长发，他的平头也比别人的多些分寸，方正整齐，军装一尘不染。

军中规定不许战士穿尼龙袜子和的确良衬衣，要穿部队发的线袜和白洋布衬衣，但洋布不洋，而且皱皱巴巴的，难看不说，出汗还粘皮，像栗智高这样注重仪表的人当然有理由对此表示不满。每当节假日进城，这小子总要在军装里面藏一件蛋青色的的确良衬衣，仅从军装领子里露出一条细细的的确良领边，便显得比别人多出几分格调。

在这个师里的骨干中，论军事技术，常双群和栗智高是第一和第二的关系。他们是在全师模范班长经验交流会上认识的。在一定的范围内（尤其是在没有利益冲突的前提下），优秀的人还是更容易接受同样优秀的人。而且栗智高还有一点让常双群颇为佩服，这小子不仅炮上功夫过硬，还写得一手好文章。他们那批兵刚入伍不久，就遇上了南方发生了局部战事，大家都去走了一遭，都是新兵，建功立业的机会不多，但栗智高另辟蹊径，逮住一个大功连队和几个战斗英雄猛写报道，一个月内就在各类报纸上发表报道十几篇，差不多成了本师家喻户晓的笔杆子。

这晚栗智高来了，从连队问到排里，最后才风风火火地在菜地找到常双群，开口便道："嗨，常双群，你可真是心闲，一个军区上榜的尖子班长，怎么老是在菜地转来转去，就跟十里铺的老百姓似的。"常双群嘿嘿一笑说："你看，这棵茄秧原先栽偏了，吃不上水，前天我来看，都快干死了，我把它挪了个位置，现在好了，叶子秆子颜色都鲜亮了。"栗智高只好蹲下来，跟常双群一道看那棵茄秧，压低声音说："常双群你知不知道，坏菜啦！干部制度要改革，文件已经到军区炮兵了。"常双群哦了一声，不知道是真懵懂还是装蒜，随口问道："干部制度改革，与你有什么相干？"栗智高说："你真是小事聪明大事糊涂。这次干部制度改革，其实就是一个内容，以后不再从战士中直接提干。我们几个人的提干报告不是已经报到师里了吗？现在都不算数了，一律冻结。"

常双群这才意识到问题的严重性，放下手里的小棍，慢腾腾站起来问："你这是小道消息还是大路消息？造谣惑众可是要上法庭的啊。"

栗智高说："绝对可靠。你一琢磨就明白了。听我们副连长说，他们提干时，上午谈话，下午填表，再过十天半个月就该补发工资了。咱们填表多长时间啦？快三个月了还没影子，原来是在等上级的新精神呢。"

常双群听了半天不吭气，摸出一根烟卷叼在嘴角上，十分投入地吸了几口，又十分痛快地长长地吐了一口烟气，吸了半天闷烟，然后才仰起脸来，不痛不痒地说："提不了拉倒，不让我在部队干，我就滚蛋。"说完，车转身子，两手一背，走了。其悠然自得的架势和超然物外的态度与其班长的身份很不协调。

栗智高急了，跟在后面嘟哝："你看你这个人，这么大个事怎么就不当回事呢？还开个屁玩笑，没心没肺的，糊涂蛋一个……"

常双群把烟卷从嘴角上取下来，用左手的拇指和食指捏住，举在眼前，看了看栗智高，说："当回事怎么样？不当回事又怎么样？当回事不当回事都是一个熊样。这棵菜秧子我叫它死它就不能活，我不让它死它就可以活下去。可是干部制度一改革，老天爷给咱出的难题，咱就没招了，总不能去游行示威吧？"

栗智高嗫嚅着说："你不是跟师长……关系很好吗？我来找你，就是想跟你商量，赶快去找师长，咱俩一起去。趁正式文件还没下来，抢在前面把这批人的命令下了……"

常双群笑了，捏着烟卷的左手挥了起来："你开什么玩笑？我跟师长有什么关系？师长班长，码子差大了。他管万把人，我管七个人，差一千倍还多。再说了，他老人家要是有办法，你我这些干部苗子早都穿上四个兜了。命令之所以现在还没下来，肯定是有原因的。我料定，师长也没招，我可不去讨那个没趣，出洋相的事情我常某是绝对不会干的。算了，快熄灯了，你也回去，按时作息，明天我还要到八连帮人家杀猪呢。"

二

独立师的营区集中，除坦克团在山里之外，其他部队都在县城的北边，师直、师后和一个摩步团在路东，三个炮兵团路西，大院子套着小院子，一个院子连着一个院子，马路两边连成一片的都是式样相似的建筑，连住宅区家属区在内，加上炮场训练场和服务场所，地盘子差不多占了十几平方公里。这里委实是一个颇具规模的兵城。

离开常双群的菜地，栗智高快快地往三团自己的营房赶，一路上沮丧不已。干部制度改革的消息来源是可靠的。他本来是想去同常双群商量个主意的，作为本师最有实力的骨干，如果他和常双群两个人一道到师里侦察活动一番，说不定柳暗花明还真有一线转机呢。却没想到热脸碰了个冷屁股，常双群这鸟人真不是个东西，就算你不愿意去找师长，可是咱们也得有个主意啊，至少也得把底摸实了，也好争取主动嘛。

越想心里越不是个味道。没想到回到宿舍之后，还有一件更不是味道的事情在等着他。

与常双群一样，栗智高也是代理排长。部队的营房是苏联人帮助造的，一个排一个大宿舍，大宿舍里面还有一个小间，本来设计的作用是装精密器材的，但是到本军手里，这个小间同时还兼着排部。栗智高还没进排部的门，就觉得不对劲，抽动鼻子嗅了嗅，不禁倒吸一口冷气：天啊，狗日的马程度来了。

推门一看，栗智高的眼睛立马被灼痛了——果然是马程度，这老兄不仅脱了鞋子，而且还大模大样地盘腿坐在他的铺上，雪白的床单在那副肥厚的屁股底下皱得惨不忍睹。栗智高心疼得差不多快要呻吟了，说话都有点语无伦次了："马程度，你……你你……坐我的床干什么？这……这不是有凳子吗……凳子！"

马程度倒是不惊不乍，宽大的圆脸盘子上堆着傻乎乎的憨笑，挪了挪屁股说："你这床就坐不得？又不是金銮殿。"

栗智高见他不当回事，气急败坏地沉下脸，喝了一声："你给我滚下来！"

马程度见栗智高真上火了，才穿上胶鞋，从床上搬动笨重的躯体，坐到两屉桌前的凳子上，嘴里嘟嘟哝哝地说："啥态度！我还跟你表妹谈过恋爱呢，坐你个床都发火……"

栗智高冷笑说："我表妹要嫁给你，我就跟她彻底断绝外交关系。"

马程度是炮兵独立师二团六连四班长，跟栗智高是一个县的老乡。军中有个流行说法，老乡见老乡，两眼泪汪汪。这话是针对新兵说的，意思是老乡聚在一起就想家，一想到共同的家，老乡之间就亲热。但是这个说法也很片面，实际上有些老乡之间反而关系不好，甚至还互相提防。都是一起来的，你呼呼隆隆地往上进步，一道回家探亲的时候你穿了四个兜，别人怎么办？那脸上好看吗？

栗智高就很不喜欢马程度，不过这种不喜欢倒不是因为妒忌，他不喜欢马程度恰好就是因为马程度身上最不会让人妒忌的那一面。马程度其人短矮粗壮，年纪轻轻的就堆了一脸横肉，有点像日本人，尤其严重的是，鼻子下面人中上还长了一颗比绿豆大点的黑痣，就更像"太君"了，在本连的老兵中被荣幸地誉为"土肥原"，但土肥原并非草包，在专业训练中笨笨拙拙地也有一些神出鬼没的招数，也是个榜上有名的干部苗子。马程度在做人上毛病委实不少，譬如说爱占小便宜，譬如爱拍领导马屁，譬如爱瞎吹牛，譬如爱东拉西扯传播小道消息。这些都尚且能够谅解，而让人特别不能忍受的是，这个人有个十分顽固的坏习惯——爱抠脚丫子。刚当新兵的时候，几个老乡在节假日聚会，这老兄高兴了就把胶鞋脱下来，用手不厌其烦地捻脚丫子，捻得津津有味，甚至能捻出一些黑白掺杂的细条条，一边捻还一边拿到鼻子底下嗅，好像那是法国香水。马程度有脚气，这是人所共知的事实。从他那双非同寻常的脚丫子上散发的那股恶臭，具有很大的冲击力和杀伤力，倘若林黛玉那样弱不禁风"水"做的千金小姐遇上这股恶臭，即使不大病一场也恐怕会晕厥一阵子。用众老乡的话说，只要有马程度和他的脚丫子在场，苍蝇蚊子都不敢靠近。栗智高以及众多的受害者对马程度的那双臭脚无不深恶痛绝，并且进行过艰苦卓绝的斗争。可是这老兄却全然不顾别人的痛苦，你只要跟他在一起待上一小时以上，他就必然要脱一次以上胶鞋。

斗争也没有用，他说他脚痒，除非你不跟他接触，既然是老乡，你就得忍着点。

老乡们（特别是那些没有当上干部苗子的老乡们）无论如何也想不明白，一个人有一双臭脚丫子就已经够不道德的了，还老是喜欢在公共场所抠来抠去，那就更不道德了。虽然是老乡在一起可以包涵，可你自己也得注意一点啊，在哪里也得讲究起码的社会公德啊。这样的人居然还作为干部苗子培养，简直是对中国人民解放军的亵渎。再说，就表现而言，他的训练成绩即使是在二团也不是第一流的，充其量不过排在三五名，有人说这狗日的跟师里某个首长套上了近乎，要不，又入党又当班长又当干部苗子，这狗日的走的路怎么就那么顺呢？

与马程度的窝囊行径形成鲜明对比的是，栗智高偏偏是个极其讲究又很爱干净的人，饭前便后洗手自不必说，裤头一天一洗，枕巾三天一换，桌上窗下一尘不染，别人翻过的书坚决不看，他自己的教程永远都是锁在床头柜里的，谁坐他的床，差不多就是割了他的肉。本排的兵是知道代理排长这个特点的，没人敢坐他的床，副连长刚从七连调过来的时候不知道栗智高的这个规矩，来跟他聊天的时候坐了一下床，副连长离开还没过三分钟，栗智高就把床单扯出去洗了。现在马程度（还有那么一双无比恶劣的臭脚）居然如此这般肆无忌惮地蹂躏他的床单，简直就像捅了他一刀，是可忍孰不可忍！天知道他那张毫无教养的屁股刚才在哪个肮脏的角落坐过呀？

"我不是跟你说过了吗，有事打电话给我。你看都快熄灯了，咱们两个还在这里会老乡，影响多不好。"

"嘿嘿……嗨，你别那么严肃嘛，我来问你，你有没有听说……"说到这里，马程度顿了一下，显得神秘兮兮的。

"有话快说，说了快走。没看见快熄灯了吗？"

"老栗，咱俩是最近的老乡了，你给我说实话，你听没听说……提干的事？"

栗智高的心里一动，矜持了一下，说："没有。谁像你老鼠一样一天到晚四处打洞啊？"

马程度瞪着一双不大的眼睛，认真地观察着栗智高的表情。这么大的事情，他不相信栗智高不知道。栗智高说："什么提干不提干的？就你那德行，也想提干？就凭你那双脚丫子，首先就应该把你撸了。不提了好，人民解放军的干部队伍里，再也不能让你这样的恶臭分子混进去了，有损军容。"

马程度哪怕浑身都是毛病，但他有一个优点谁也不能不承认，就是有副好脾气，随便你怎么奚落怎么开玩笑，他是绝对不会上火的，你就是骂他，他脸上也是笑模笑样憨态可掬，颇有几分大将风度。马程度说："你这个人就这点不好，小家子气。不就是坐个床嘛，有啥值得生气的？他人气我我不气，我若生气中他计。你要是到我那里，我的床不光是让你坐，还让你睡，你在那上面放屁我都没意见。"

栗智高冷笑一声说："哼哼，你那个床……你那个床打死我我都不会去坐，给我个师长旅长的我都不会挨你那个臭床。我在你那床上放屁我还嫌弄脏了我的屁。"

马程度说："别扯淡了，我问你，关于咱们提干的事情你当真没有听到什么消息？"

栗智高断然回答："没有。"

马程度大张着嘴巴，疑惑地看着栗智高说："怪了，别人都知道了，你怎么一点动静都没有嗅出来呢？"

栗智高心想，我知道了又怎么样？我知道了也不告诉你，告诉你也没用。他不想跟马程度多纠缠。栗智高说："求求你了马程度，你要是还想说一会儿话，先去水管洗个脚怎么样？我免费赠送你一块香胰子，用过了你还可以带回去。"说完，当真从抽屉里摸出一块香皂。

马程度接过香皂，看了看说："咦唏，还是兰草牌的呢，家乡货，我留着作纪念吧。"说完，歪歪屁股，毫不谦虚地将香皂装进了自己的裤兜。

栗智高哭笑不得，说："你这鸟人，真是……就这德行，还想当干部，真是活见鬼了。"

马程度豁达大度地笑笑说："你要是当真不知道，我就告诉你，咱们那些干部苗子不作数了。"

栗智高看着马程度，没吭气。在没有摸清马程度来意之前，他是不会跟他多说什么的。马程度嘴快，遇事沉不住气，爱到处瞎咧咧，重大问题还是不跟他掺和在一起为好。

马程度接着说："看在这块香胰子和你表妹的面子上，我再给你通报另一个消息，还有希望，听说要把部分苗子推荐到炮兵教导大队去，由军区陆军学校发代培毕业证，一年半就可以定级，不过要考试。"

栗智高愣了一下，这回不能不重视了，瞪着眼睛问："你这消息是从哪里来的？"

马程度并不急于回答，一副高深莫测的样子，眼珠子转了一圈子才煞有介事不紧不慢地说："这你就不用管了。反正咱俩不是一个团的，我把这个消息给你，就是跟你打个招呼，要把连里团里关系理顺了，先解决推荐这一关。这一关不过，下面就没戏了。不过这个消息你千万不能透露出去了，尤其是不能透露给一团的常双群。我知道你老爱跟着那小子转，但是这件事情你不能跟他讲，跟他讲了就等于跟全国人民讲了，他们那群安徽人个个贼精，他们要是有了准备，就没咱们吃的菜了。"

栗智高的脑子飞快地转动，如果信息来源可靠，马程度没有说瞎话，这还真是一个重要情况。心里突然就涌上一层感动：亲不亲故乡人，到底还是老乡啊。马程度虽然脚臭一点，毕竟还是念那一份乡情。常双群当真不知道吗？没准这鸟人跟我留一手呢。这样一想，就觉得刚才对马程度的态度过于那个了一点。但是转念一想，又觉得马程度主动提供这个信息的热情有点可疑，这鸟人自私是著了名的，老乡在一起聚会，连烟都吸不到他的一根，个把月没见了，难道他还学好了不成？这回来通风报信，估计是有所图谋的。于是便说："马程度你也不要搞坑蒙拐骗那一套，你那信息真的假的并不重要。有话就明说。都是老乡了，还搞交易？"马程度说："我讲的这个消息不说百分之百可靠，至少有九成把握。"栗智高说："好了好了，是不是又要找我借钱去开后门？"马程度大手一挥说："嗨，你把咱老马看成什么人了？我什么也不求你，就是来跟你商量的，提醒你有个准备。"

栗智高愣住了，顿时无比感动，甚至后悔刚才不该对马程度的态度那样恶劣。

三

不久，关于干部制度改革和今后将不再从战士中直接提干的消息，果然在炮兵独立师大面积流行开了，弄得全师一百多个待提未提的干部苗子人心惶惶。有门路的四处活动，看看有没有争取的余地；没有门路的四处打听，巴不得再传来下一个消息推翻上一个消息。

没有谁看见常双群有什么异常举动，似乎这一切与他自己无关，天塌下来都是别人的事，该干什么他还干什么，那双不太大的眼睛还是那么不显山不露水地微微眯着，一连一班这条小船仍然稳稳当当地行进在全师全团先进的河道上。

连首长就感叹，这小子也确实能沉得住气，明明知道自己提不了干了，还是一如既往地不松劲，可见这个人的优秀品质是骨子眼里的而不是做样子的。这样的好苗子不提起来确实可惜了。也有人猜测，这小子八成是上面有什么背景，给他吃了定心丸，所以才这样不动声色。马程度就在背后跟栗智高嘀咕过，安徽人最有心计了，你说常双群他怎么这么能沉得住气，私下里肯定有动作了。师长那么看重他，能袖手旁观吗？

栗智高也觉得马程度这话有一定的道理。心想狗日的常双群还真阴险，平时装得正人君子似的，挺仗义，关键的时候就没真话了。

感慨也好，猜测也罢，常双群是毫不理会的。但是这并不等于说常双群的心里就平静如水。新兵刚分下班，春训已箭在弦上，排长半年前就提为副连长，他是代理排长，自然比别的班长多费一些脑筋。好在兵当老了，又有一堆标兵冠军的头衔顶着，其他的骨干老兵也都很尊重他，只要把任务布置下去了，不用盯着也都能把训练组织得有声有色。

春天的阳光很温和，落在身上痒酥酥的。

常双群不大爱穿新军装，一套旧得发白的军装穿在身上，再配上一双松松垮垮的旧胶鞋，就很有些历史感和成就感。

代理排长仍然重任在肩。有时候蹲在炮场一角，一边吸烟一边看兵们操炮，就难免神游八荒，关于前程的问题便会从内心最隐秘的地方钻出来，似乎在阴阳怪气地向他发问：常双群，你已经是第四年的老兵了，你热肝热肺地干了这几年，图的是个什么？你老实说，你真的不在乎吗？自欺欺人罢了，你就是想当干部，你一直都以为自己是个当军官的料，你这几年都在设计着自己怎样当上军官怎样玩出花样，当兵三年多你狗日的一直不探亲，别人说你是一心扑在训练上，其实你是想等穿了四个兜才回去，你是想给街坊邻居们一个惊喜，你想看见你那瘫在床上的老爹高兴得从床上蹦起来，你是想看见那个嫌你家穷个头矮很不客气地跟你拜拜的姑娘惭愧地再来找你，而你再很客气地跟她拜拜。你狗日的就像个阴谋家，你把自己藏得那么深干什么？你个孬种夜里窝在被子里淌猫尿算什么玩意儿，为什么不去找师长听听他的？

突然就有了冲动，就真的想去找师长。师长是说过的，像常双群这样的，当个排长没问题，当个连长营长的也没问题。

四

师长注意到常双群还是在全师第一次尖子班对抗赛前，那时候他还没有出过像样的风头，基本上还处于"怀才不遇"阶段。上场之前师长把他招呼到跟前，问他："你这么小的个头，是怎么当上兵的？"

常双群挺着胸膛回答说："我刚刚达到当兵的标准高度。"

师长又问："你有把握取胜吗？"

常双群仍然挺着胸膛，回答说："个头不如人，必有过人处。不然就来不了这里。"

师长愣了一下，点点头，说："嗬，好大的口气。那就让我们来欣赏你的过人处吧。"

此次对抗赛，全班综合成绩第二，常双群个人得了三项第一。比赛完毕，师长就把他单独叫了过去。师长说："你小子行啊，还真不是瞎吹牛。说说看，你是从哪里来的这么大的……精神力量？"

常双群倒也不在乎，胸脯一挺，大言不惭："我争第一有三个动力，一是为团里争光，二是为连里争光，三是为我们矮子争光。我想让首长们看看，咱们矮个子在部队吃了多大的亏啊，首长您是个大高个儿就不说了，您高大魁梧。再从团往排，有几个干部是小低个儿？干部政策里倒是没有个头高低一说，可是首长们一看谁是小低个儿，先就从心里把他看矮了。其实这有点不公平，个头小不等于能量小，不信您问问我们连首长，扛炮弹我也不比他们大个子扛得少。"

师长哈哈大笑，说："过去没注意，听你这么一说，好像还真有那么一点……你小子好好干，再这么干两年，我就向党委提议，我们就是要提一个小个子来指挥一群大个子。"

果然就过了两年，这两年他常双群带着他的班，不仅稳稳当当地占据了本师训练的头把交椅，还在军区名列前茅。可是，师长的许诺还没有兑现，一份红头文件便粉碎了他的军官梦。

常双群最终没有去找师长。冲动毕竟只是冲动，想法也仅仅只能是想法而已。他常双群是个很讲自尊的人。虽然师长单独接见他不是一次两次了，但那是一个首长和一个标兵之间的交往，和个人交情不是一个性质。师长请他吃过饭，师长到兄弟部队参观把他也带了去，师长还送过他一条烟，但那都不足以说明他有理由向师长提出个人要求。

老兵了，什么叫老兵？老兵就是要能够把握自己，什么事做得，什么事做不得，分寸是能把握住的。去找师长干什么？要求自己提干？那种话能说出口吗？打死也不能说。以常双群的分析，师长难道就不知道他们这群人面临的问题吗？师长肯定知道。知道了而没做动作，就是做不了动作。如果师长能解决，又何必等他去找呢？能做的会水到渠成，不能做的找也白搭。一是给首长添烦，二是给自己丢脸，是万万做不得的。如此一想就释然了，继续老老实实地跟班作业，尽职尽责地监督指导训练。再看场上的那些兵，感觉就有些不一样，就像看见了自己的过去。自己刚当兵的时候也是一脸懵懂，一脸的虔诚，往炮位前一站，就觉得这东西很神秘很了不起。看班长和老兵们那份熟练那副神气，心里就有些怯怯的，老疑惑自己比人家缺弦少心眼。起先也是笨手笨脚，屁大个动作不到位，老兵再一咋呼，就更加笨手笨脚。后来就好了，熟能生巧，巧能生风。任何事情都是这样，枪也好炮也好，瞄准也好装填也好，指挥也好操作也好，就跟农民种地工人做工理发师傅剃头一样，只要熟练了，闭着眼睛也不会出错。熟练到一定程度了，就是艺术了，而一旦进入到艺术的境界，怎么玩怎么是，怎么玩都是艺术。用不上一年，关于炮的要领新兵们都会熟练，而再过一段时间，肯定就会有人进入到艺术的境界。铁打的营盘流水的兵，军队是长久的，而兵永远都是短暂的，常双群算得了什么？没有一个人是这个世界上不可缺少的，这个世界上少了任何人都不会有太大的改变。

常双群终于想通了。既然部队留不下咱，想必天老爷对咱另有安排。凡事都讲究个水到渠成，不能强求，还是要讲究个顺其自然。不当兵了，没准有更适合自己做的事情。

出现在老兵新兵视野里的常双群，仍然是那副雷霆于前不惊、山崩于后不乱的做派，走路还是那么慢腾腾怡然自得，上了炮场还是那么挑三拣四，似乎提干不提干对他来说是一件无所谓的事情。可谁要是以为代理排长心里没有一点思想斗争，那他就大错特错了。

五

出乎常双群意料的是，他没去找师长，师长却通知团里把他叫了去。

会见场所是在师长的办公室里。更让常双群想不到的是，师政委也在场，这就使常双群意识到这次接见意义非同寻常的重要。

师长首先告诉他军区炮兵教导大队要成立预提干部速成培训中队的消息。师长面无表情地说："为什么要单独告诉你呢，是因为名额极其有限，竞争对手很多而且很强，尤其是还要考文化，怕你没有把握。不过不要紧，我和政委都坐在这里，我们的决心已经定下了，一定要保障你入队学习，成为我军的一名炮兵干部。"

常双群顿时愣住了，他没有想到他作为一个士兵，竟然得到了师首长如此高度的重视。那一瞬间真是百感交集，眼泪不由自主地就从心窝里涌了上来，热热地在眼眶里直转圈。

政委见他不说话，从沙发上站起身，坐在他身边的位置上，给了他一根烟，笑了笑："常双群啊，我是一贯反对战士吸烟的。你问问师长，我连师长都没有递过烟，但今天我给你点根烟。"然后就打着火递了过来。

常双群慌忙站起来，立正，却不敢接火。

师长在一旁说："政委把火打着了，你就点嘛。点着火，政委还有话说。"

常双群又犹豫了一下，终于低下头来，双手捂着，由于紧张和激动，接火的时候两只手像发动机似的哆嗦不停，以至于火苗差点儿燎着了政委的手。终于把火点着了，一个全师著名的战士烟鬼，此刻却尝不出烟是啥味，竟然还被呛住了，趁着咳嗽的工夫，把眼泪也悄悄地抹了去。政委等常双群平息下来，拍了拍他的肩膀说："常双群，你想必也看出来了，师里对你是很重视的，这也是应该的。一支部队，靠的是什么，叫我说，靠的就是老兵骨干，靠的就是标兵尖子。我们当首长的成天也是工作，可是我们做来做去，做的就是你们的工作。如果说部队是一座大厦，老兵骨干们就是支撑这座大厦的钢筋。论起部队作风，怎么看？看什么？有的时候就是看几个人。譬如上次到军区比武，你们一个班拿了第一，就是我们全师拿了第一。人家不会说是某某班拿了第一，人家只会说是某某师拿了第一。所以，从这个意义上讲，你们对我们师的贡献，不比我们当师长政委的少。我说这些是什么意思呢？就是说，该我们来为我们的老兵骨干们做点什么了。"

说到这里，政委停了下来，看了一下常双群的反应。常双群怔怔地坐在沙发上，准确地说只是半个屁股搭在沙发沿上，没有什么显著的反应。政委沉吟片刻，接着说下去："刚才师长说了，军区炮兵要在教导大队成立一个预提干部速成培训中队，抢救那些在部队做出突出贡献的骨干，保留优秀战士，这些人可能就是我军最后一批直接从战士中提拔起来的干部了……不过我们有点担忧，名额少，只有六十三个，第一轮组织筛选之后，全区还有六百多人参加竞争，我们师取六个，预选也有六十七人。这且不说，还要考试。考业务我们丝毫不担心，就算你发挥失常，也不至于从第一掉到第六十四名吧？我们顾虑的是文化考试。"

师长接过话头说："这几年我们都看在眼里，你是在炮场上度过的。政委专门把你的档案调过来了，我们两个数了数，四个三等功，六十次嘉奖。你当班长期间，班里立过两次二等功，如果不是你个人坚辞不受，你还应该有两个二等功。以这样的工作成就判断，你平时不可能有太多的时间去复习文化。现在我跟你摊个牌，上级对我们独立师有一个特殊政策，只要是师党委认为是特别优秀的，可以免考保送一个。政委，还有张副师长、刘主任、马参谋长我们都交换了意见，我们可以以师党委的名义保送你入队，确保万无一失。"

政委说："老实讲，特殊政策是师长到军区去争来的，明白了，也就是为你争的。为什么？就是怕你文化考试出纰漏。军区比武第一，要是这一锤子买卖砸了，对你是痛失良机，我们也不好交代……是不好对自己的职责和良心交代。"

常双群一直静静地聆听两位首长对他的命运所做的安排，竭力控制着内心不断翻涌的东西，他想我这个兵当的是值了，就是提不了干也值了。一个普通士兵受到这么多这么大的首长的重视，这说明什么呢？说明自己这个兵当得好？不错，自己是努力了，努力是可以得到回报的。

常双群庆幸自己当了个好兵，同时也为自己曾经闪过的一丝阴暗的想法而愧疚。

师长和政委要说的话都说完了，偌大的办公室寂静无声。这是冬末的下午，从窗子里望出去，院子里的花圃奇卉正艳，阳光从白桦的缝隙里筛下来，落下一地斑驳。更远处是一方湛蓝的天空，像是一块透明的宝石，上面游弋着雪白的云团。

常双群的心里此刻也是晴空一片。他知道，就是在这个艳阳高悬的晴朗下午，他的人生之路，就要进行一次重大转折了。自从点着火之后，常双群就没再抽那支由师政委亲自帮他点燃的中华牌香烟，他觉得他的心里有一种东西在拼命地抵制着生理上的欲望。他不是不敢抽这根烟，坐在师长的办公室里，他确实是没了抽烟的欲望。他终于掐灭了烟蒂，站起身子，站直了，挺起了一米六五的腰杆，目视两位首长，似乎想说点什么，然而却什么也没有说出来，缓慢地却是庄重地抬起了右臂，无言地敬了一个军礼。

两位首长对视一笑，长长地松了一口气。师长满面春风地说："行啦。这个情况，全师的干部战士当中，除了师里的常委，你是唯一知道的。相信你知道该怎么做。"

常双群站着没动，只是点了点头，然后平静地说："首长，让我参加考试吧，把那个保送的指标让给别的同志，我……我想自己考。"

两位首长又对视了一眼，似乎有些意外，但是很快，脸上都恢复了正常，一起很有兴趣地看着这个身怀绝技的老兵。师长说："啊，没错，这才是常双群。你能想到这一步，我们不感到奇怪。"政委说："够种，不愧是全区的标兵。不过我可要提醒你……"

"我知道首长们是担心我的文化成绩过不了关，可这毕竟是……六十二个人都是考进去的，我不能戴上……"常双群说道。

师长挥手打断了常双群的话头："明白你的意思。不是后门，是组织上打开大门请你进去的。"

　　"首长，还是让我考吧，不然的话，即使去了，我的心里也不踏实。请首长相信我，我不会败阵的。"

　　政委背起手踱了两步，又转过身去看了看师长，两人交换了一下目光，再扭头问道："常双群，这可是你的最后机会了，你是不是再想想？"常双群说："我想好了，我还是请求参加考试，而且向首长保证，一定要考上。"

　　政委复把目光移向师长："你看呢？"

　　师长微微一笑："也好，尊重他个人的意见吧。"

第五章

一

    一条铁路犹如一条长长的弹道弧线，穿越九派河上空，至中原某省某地向东一偏，便落进一座小小的山城。这就是汝定城了。从南门出汝定城，过汝定桥，乘几十分钟车，走十几公里路，翻过两道山坎，绕过几座村庄，再往大山腹地拐几个弯，便可看见相貌普通的贯山主峰，和另外一座山峰相对而立，呈雄关对峙之势。两山之间，是一片林莽葳蕤的峡谷，峡谷之间有一片方圆几里的小型平原。

    晴天丽日之下，倘若站在别茨山境内最高的贯山之巅向北俯瞰，便可看见群山环绕着的一片绿色的平原，一马平川的阡陌之上，突兀地卧着一道贯穿东西的青石垒就的城墙，宛若一道横空出世的天堑，虽经岁月千年风化，依然巍峨耸立，将广袤的原野和巍峨的山巅分割开来。

    这就是在历史上颇负盛名的朔阳关了，这也是沿铁路线向别茨山南进的唯一捷径。相传是在中古某某时期，南蓼军数次兴师动众，屡伐中原，而北蓼军依山傍水，据别茨山之险，扼朔阳关之要，以六向连横合纵之势，连续十年挫败了南蓼军的进攻，并且在这里创造了南蓼军七万大军无一生还、双方死伤十万余众的惨烈战例。

    朔阳关，这是历史留给别茨山的唯一一篇名著，也是战争留给生活在别茨山腹地的军人们的唯一一面旗帜。这座城墙千百年来以不屈不挠的立正的姿势，迎着四季来风，鸣奏着低沉嘶哑的旋律，犹如深沉的洞箫。哪怕你对它视而不见，也不管你多少次从它身边匆匆走过，你可以忽视它，但它依旧存在。倘若没有了它，谁能想到，在这样一片莺歌燕舞姹紫嫣红的美丽的平原和山峦里，竟然发生过那样一场浩大惨烈的战争呢？于是你有可能恍然大悟，我们脚下的每一片土地，都有可能是战场，低下头来，用心寻找，你随时有可能踢腾出一颗空洞了内容的头颅，一根被虫子噬空了的小腿胫骨，或者几颗牙齿几绺糟发，也有可能找到一枚锈迹斑斑的古老的箭镞，或者一柄青铜铸造的方天画戟，然而你却无法辨别他们谁是胜利者，谁是失败者，胜利者和失败者的骨骸连同他们使用过的兵器，纠结交错在一起，拥抱叠摞在一起，不分彼此。

若干年后，朔阳关成了一个象征，成为一段历史片段的不完整的记忆。它的现实作用仅仅作为一道建筑在人们意识形态里的栅栏，虚设了一道防线，将一片平原沃土和深奥的山谷割裂成两个世界，前者供农人躬耕垄里，提供生存的基本需要，后者则成为军事禁区，提供为摧毁生存训练技能的场所。

过了朔阳关，公路沿山根盘旋进入纵深，渐渐地又有一片灰色建筑迎面走来，这些建筑掩映在群山褶皱之中，布局虽然占地很大星罗棋布，却又错落有致。走到近处方能看见，所有的房屋都是厚砖大瓦，高窗巨庭，房前房后垒有十几米长的方体土圩子，显示了厚重敦实的气派。

这里是别茨山腹地，远离交通枢纽，潜藏在峡谷之中，有一夫当关，万夫莫开之险，自古就是屯兵要地。那些笨砣砣原先是苏联顾问为国民党军设计建筑的弹药库，而在几十年后，在 W 战区的大幅地形图上，这些建筑物被标注为"N-017"。

N-017 偏僻而不孤立，从地形图上看，汝定城北有一个庞大的军事后勤保障系统，东边驻有一个炮兵独立师，贯山之西四十公里处有一个巨大的炮兵实弹射击靶场——这一带是本战区最大的屯兵和练兵基地。

N-017 自然不是地名，它是出现在军事机密文件中的一个注记，这片营区对外的代号是 34182 部队，真正的番号则是 W 军区炮兵教导大队，而十几年前，此地有个十分响亮的番号，叫 W 军区军官训练团。

教导大队虽然是个副师级单位，其实自身并没有多少兵力，除了一个用于训练示范和保障的战教连和一个警卫排齐装满员，便只有一些保障人员了。女兵分队二十四个人分为三个班，通讯班最大，共有十个人，负责全大队的有线通信和训练中的野外通信保障；卫生班次之，共有八个人，除了轮流在卫生所值班，还要担负各学员中队的卫生巡查工作和野外医护保障。剩下来的，便是勤务班了，勤务班名称有点不大像正规部队，承担的任务却十分重要，绘图、放映、图书资料管理、打字等，都是勤务班的事情。

<h1 style="text-align:center">二</h1>

在各路炮兵精英绷紧神经向他们军旅生涯的挪亚方舟奋力遨游的时候，他们不知道，在他们即将集中的地方，在他们将要登上的那艘不大的船上，却有几个柔弱的女子正面临着被排除在方舟之外的危险。这艘方舟是雄性之船，它只搭载那些经过精心筛选的雄性炮手们。

对于她们来说，前面的路上又注定多了一些坎坷。

这里没有下雪，没有下雨，但是也没有出太阳。下午的天空阴沉沉的，有风越过朔阳关，从峡谷的缝隙里灌进来，在树梢上弹拨出锐利的尖啸。

一辆解放牌军用卡车从镶嵌着碎石的红土路面上驶过，卷起一溜苍凉的尘雾。

卡车途经大队部，停下，爬上去几个士兵，然后继续往东边开。开到不远处的山根下，在一幢厚实的大房子前熄火，然后兵们便开始往下卸东西——那是一批崭新的木板高低床，它们是为即将成立的预提干部速成培训中队准备的。

在忙碌着的士兵当中，有几个是女的。她们同男兵们一样，抬着沉重的木床，将它们安置在房间的适当位置，以女性特有的细腻，在采光和彼此间的距离等问题上尽可能地形成合理的布局。

一个女兵抬起了头，这是 N-017 女兵当中最漂亮的一张脸蛋，清秀白皙，此刻虽然绽放着红晕，但仍然掩盖不住白皙的本色。她的漂亮与她高挑的身材相辅相成。此刻，她的目光中闪烁的是妖媚而又伤感的色彩。

又一个女兵抬起了头，这是 N-017 女兵当中最不漂亮的一张脸蛋，主要的问题是额头太大，形成上松下紧的结构，不大适合于传统的审美标准。再说，那张嘴巴也显得稍微大了一点，个头又恰好低了一点。她的眼睛里跳动着玩世不恭的倔强。

　　第三个女兵抬起了头，这是 N-017 女兵当中既不算最漂亮也不算最不漂亮的一张脸蛋，但这是一张充满了真诚和善良的脸，并且还出人意料地长了一双很有魅力的流星眼。这姑娘中等个头，比起最漂亮的那位，就显得丰满了一些。她的眸子里洋溢着劳动的快乐。

　　"岂有此理，这些走运的家伙，人还没到 N-017，就开始折腾阶级姐妹了。"

　　说这话的是不漂亮的姑娘，她宽阔的额头上挂着晶亮的汗珠，为了尽量减少别人对她嘴巴的注意力，她在说话的时候总是避免把嘴张得太开，所以发音就有些嘟嘟囔囔的味道。她已经习惯于这样做了。可她偏偏是个爱说话的姑娘，她那张偏大的嘴巴是无法隐蔽的，她嘟囔着说话很有点像掩耳盗铃。

　　"不要不平衡，要知道，这些人将是我们这一茬老兵留在部队的最后的革命火种了，能为他们做点事，也算是份老兵的心意。"

　　说这话的是那个既不是最漂亮的也不是最不漂亮的姑娘，说她不是最不漂亮的，是因为她有一双十分漂亮的眼睛，水灵黑亮，说她不是最漂亮的，是因为她的脸蛋很圆，圆得有些胖乎乎的。

　　"嗬，楚兰你可是胸怀大度啊，纯粹的布尔什维克，崇高的无私奉献。我把你安置的那张床做个记号，没准那个家伙就是你的初恋呢。"

　　"柳激你可真不要脸，动不动就是恋爱那一套。历史的经验值得注意，你可再不要随便拉关系了，别再弄出了一个蒋志强的悲剧。蒋志强是个志愿兵，走了就走了，这些人可都是未来的军官，别让人一失足成千古恨。"

　　楚兰毫不客气地往柳激的痛处踢了一脚。

　　蒋志强是上一届三中队的学员，就是因为跟柳激闹恋爱，没毕业就被退回了原部队。

　　柳激瞪了楚兰一眼，大大咧咧地说："我可不像你那么假正经，只要遇上我喜欢的，我就不客气。提干提不成，连恋爱自由也剥夺了？我没那么高的觉悟？"

　　"我看你有反革命嫌疑，你是不是想通过拉他们下水而达到拉组织下水的目的啊？"

　　柳激说："是又怎么样？为什么不给我们女兵也办一个速成队？哪里都是重男轻女。"又说，"楚兰跟坤苕你们想想，咱们这批人可真赶上时候了，刚出生的时候全国人民都在挨饿，想想那时候都不该到这个世界上来跟饿人们抢那点粮食。刚刚有粮食吃了吧，荒诞岁月又开始了，教室也成了战场，成天硝烟弥漫，十年寒窗咱们坐了八年晕车，好在学制缩短了两年。然后叫咱们下乡，那时候也认了，下乡就下乡吧，咱们正好也没有什么文化，跟农民一比咱们还算是知识青年，广阔天地正好大有作为，所以十四五岁就当了农民。可是扎根还不到一年，政策又变了，照顾咱们这些没着落的子女，叫当兵。咱回过神来一想，不爱红装爱武装，这回可有机会保卫祖国了，咱们一定得好好干，像《上甘岭》里的女卫生员，把自己的青春和生命献给亲爱的祖国。可是还没等咱美梦醒来，一道命令下来，一律不从士兵中提干，咱想把青春和生命献给祖国，祖国还不稀罕，祖国叫咱们去考学，可是就凭咱们这点底子，别说考大学，再回过头来叫咱们重新考初中，我看能不能考得上都是问题。"

楚兰说："那你还发什么牢骚？沉舟侧畔千帆过，病树前头万木春。既然连重考初中的把握都没有，那你还不老老实实地抬床板，别的你还能干什么？"

柳激说："床板要抬，坏事我也准备做件把，等他们来了，说不定我还真要拉一个下水，谁让军区不给我们女兵办个预提培训队的？我报复他们一下。"

最漂亮的姑娘没有吭气，在唇枪舌剑中始终保持缄默，不动声色地并且是认真地干着活。因为沉默，脸上就多了几分成熟的庄重。事实上，她也的确比另外两位姑娘大两岁。她叫丛坤茗。

三

在这个阴阳怪气的上午，丛坤茗突然有一种感觉——后来她闹明白了，这种感觉叫作酸楚。尽管在抬床板的时候她一言不发尽心尽力，可是内心的波动却实实在在地拍打着她心灵的堤岸，她没有理由拒绝这些繁重的体力劳动，她也从来没有想到过要对诸如此类的公差勤务持抵触态度。女兵也是兵，当兵的嘛，服从命令是天经地义的事情，革命战士是块砖，哪里需要哪里搬，这是没说的。

但是，她无法强作笑颜，她有理由在这个灰蒙蒙的天气里保留一片不好的心情——这一段时间，大队部超期服役的老兵们心情都不怎么好。

算起来，丛坤茗也是 N-017 的元老之一了。她从十七岁当兵那天起，就把自己的梦想和追求交给了别茨山下这所偏僻的军营，从一个少不经事的女孩，成为一个思想稳定业务熟练的老兵，可以说这里凝结了她青春期最美妙阶段的最虔诚的努力。在干部制度没有变化的那些岁月里，部队医院的护士甚至军医，都有很大一部分是直接从士兵当中提拔的。实践证明，这些人同样可以开处方可以做手术，同那些没有经过院校的干部能够带兵打仗一个道理，借用一句伟人的话说，这叫作"从战争中学习战争"。

像丛坤茗这样的，在一个卫生所里当卫生员，提干的机会应该更多。由于人员奇缺技术力量薄弱，这些卫生员当中的每一个都必须能够独当一面，既当护士又当医生。她先后在友邻独立师的卫训队里四次受训，也曾到军区总医院学习过，护理保健那一摊子自然是得心应手，一般诊断治疗也不在话下，她甚至还独立地为一个急性病号做过阑尾切除手术，抢救过食物中毒病人，每年数次为驻地百姓的产妇接生，从无一例失手。

当然，由于条件局限，她不太可能成为某一方面的尖端专家，但是自己掂量，按她现在拥有的理论和经验，当一个担任中转医疗机构的医生，她是绝对绰绰有余的。她热爱自己的这份工作——一般说来，一个人精通什么，他就会热爱什么，热爱什么，他就会把什么当成自己的艺术，只要他把自己的工作看成是自己的艺术，那么，创造力便会应运而生并无限拓展。委实，丛坤茗是把自己的工作作为自己的艺术的，她一直期待她能像以往许多人曾经得到过的那样，得到一个公平的认同。她想成为一个女军官，一个从事救死扶伤高尚工作的女军官。以前她不觉得这是什么奢望，那时候一切迹象都表明，她当个军官是天经地义的，是理所当然的，只是个时间问题，可是现在，这个并不过分的愿望却变得十分遥远了。

她恍惚是在突然间才醒悟过来，自己已经是一个老兵——一个有着六年兵龄的老兵了。随着那项新政策的颁布，她曾经无数次企盼的无数次等待的希望，转眼之间就成了泡影。而在三个月以前，她还充满了自信，凭借自己的努力，凭借自己点点滴滴的积累，她所追求的，终归是会属于她的。而现在，现实无情地宣告了她梦幻的破灭，这不是她一个人遇到的坎坷，几乎是整整一代人都被再一次坎坷了一下。

她想她的愿望没有错，一百个女兵当中，至少会有九十九个想当女军官，恐怕很少有军官愿意退回去再当士兵。军官和士兵有多大的区别呢？也许有时候就是一步之差，甚至是一个偶然的因素导致美好的前程失之交臂。

她曾经失去过多少机会啊。那时候之所以失去这些机会，是因为她敢于失去这些机会，自信和自尊像一双敏锐的眼睛，无时无刻不在监视着她提醒着她，促使她寻找一种最为磊落和纯洁的道路。

自信和自尊在造就她的同时也使她付出了相当的代价。远的不说，就譬如去年提干的康霏霏，比她还晚一年入伍，在卫训队里成绩平平，工作上也是得过且过，学员们闹点毛病，到卫生所多数要找她丛坤茗或者柳漱，连打针都不愿意让康霏霏插手，可是提干指标还没下来，康霏霏的父亲就在军区活动好了，教导大队连一点自主权都没有。

大队领导也知道这件事情不合适，会挫伤好兵的积极性，当时，余副政委说了一大堆安抚丛坤茗和柳漱的话，说是山不转水转，说是今年情况特殊，说是之所以提了康霏霏是上面的意思，说是明年还有机会，等等。

可是丛坤茗和柳漱心里清楚，什么情况特殊？无非就特殊在康霏霏的父亲是军区司令部的副参谋长，她丛坤茗和柳漱比父亲是比不过人家的，柳漱的父亲是个离休的副师长，而丛坤茗的父亲则是个老军医。无论是副师长还是军医，当然都是不能同大军区现职副参谋长相提并论的，尽管理论上大家都是人民的勤务员。

那时候她没有想到要比个高低，如果撇开个人素质真要比背景的话，她丛坤茗也未必就没有门路。她的父亲在朝鲜战场上救过那么多伤员，其中有许多已经成为军队的高级将领。章阿姨那双漂亮的眼睛就是父亲给她精心保全的，而如果没有父亲高超的医术，章阿姨的爱人、当时的师长贺伯伯恐怕早已不在人间了。

丛坤茗记得她小的时候，贺伯伯一家已经搬到北京了，当时贺伯伯在总部工作，是总参某部中将部长。章阿姨有一次到 W 城，还专门到她家里看望父亲，把七岁的她拉到膝前，说好漂亮的孩子，等长大了我们让豹子来求婚。父亲说那怎么敢当啊，豹子是将门之后，坤茗是个医生的孩子，门庭悬殊太大。

章阿姨说，老丛也亏你是老革命了，还有这么封建的思想，什么悬殊？我们都是革命家庭，还搞封建社会门当户对那一套？门庭是不存在的，就怕孩子大了不依娘。我们现在也不搞包办婚姻指腹为婚那一套，等孩子大了让他们自己选择。但是这个孩子眉眼清秀，细皮嫩肉，确实让我喜爱。我看这样，就先给我当个闺女吧。我和老贺不知道得罪了哪路神仙，连生四胎都是秃小子。我们想女儿想得慌。

章阿姨当时说这话是认真的，后来居然提出来，说老丛我看你们现在挺困难的，不行我就把坤茗带走，户口落到我那里，在北京上学总比 W 城条件要好。

可是这个提议被父亲客气而又坚决地推辞了。父亲的指导思想很明确，条件再好，也没有在父母身边放心。实际上，他有另一层顾虑，把自己一个医生的孩子送到那样高贵的门庭里，会产生攀龙附凤的嫌疑——一个知识分子的清高秉性不支持他这样做。

荒诞岁月开始后不久，贺伯伯和章阿姨就被发配到南方某地改造去了，那个比丛坤茗大四岁的豹子哥哥在一次学生兵团的造反活动中被打折了一条胳膊，由贺伯伯的老战友、丛教授的另外一名老上级也是老伤员秘密将贺先豹送到 W城，在丛家养了半年伤，跟坤茗可以说是青梅竹马。当然，那时候还没有上升到恋爱这个高度，一是因为年龄小，二是因为生活在一起，亲如兄妹，反而没有其他想法了。以后贺伯伯官复原职，不久又进了中央，丛教授一家就同贺家稀了来往。直到有一年贺伯伯到 W 城视察，再一次偕夫人到丛家做客。那天章阿姨看到小姑娘长大了，长得更鲜亮了，也更懂事了，喜不自禁，拉着她的手说，乖乖，这么个如花似玉的姑娘，我们的豹子哪里配得上，算了算了，让豹子去跟他那个工人阶级小姐妹山盟海誓吧。这孩子的终身大事交给我，没有个当大官的爹，没有个当科学家的头脑，没有个当肖飞郭建光的人品，我不会把我们的女儿嫁给他的。

那时候，大家都是一笑了之。以后丛坤茗甚至不愿意再见到章阿姨了，生怕她再提出个肖飞郭建光什么的。她当兵的事，章阿姨也知道，还专门打了电话，问什么兵种，在什么地方，说贺伯伯也很关心这件事情，如果需要，她就让老贺给军区打个招呼，分个好点的单位，要保证孩子能够顺利进步。

可是章阿姨的这些好心无一例外又被婉言谢绝了。十七岁的丛坤茗和她的学究爹同样心高气盛，在他们的意识里，个人的一切都要凭自己的努力，靠关系找后台硬往上面镀金，那算是怎么回事？非读书人所为，更非君子所为。

几年过去了，丛坤茗现在想来，自己似乎当真有些没肝没肺的，她完全清楚，章阿姨之所以对她这样重视，除了有对父亲的历史性的感恩以外，也有对她的真实喜爱。而且章阿姨并没有对她要求什么，也压根儿就没有打算拿她去做什么交易，豹子哥哥后来果然同一个工人阶级的后代组成了家庭。贺伯伯和章阿姨都是那种非常开明和宽厚的长辈。而她却无缘无故地对那两位长辈有了多余的警惕，或者说是因为某种心理障碍导致的疏远，这种疏远是没有理由的——恰恰是过分的自尊一次又一次地堵住了她的光明的坦途。

去年，只要贺伯伯给军区某首长打个招呼，不说有把握顶掉康霏霏，两个人至少也有一争。还有一种可能是两个人最后都提起来。今年看来情况更复杂了：一是因为贺伯伯已经去世了；二是因为干部制度刚刚改革，一项新的制度出台伊始，一般说来都卡得很严。

但是，话又说回来了，如果章阿姨能出来说句话，能动用贺伯伯当年的老部下和老关系，改变一个士兵的命运应该说还是有可能的。可是她的灵魂仍然在徘徊着，她一遍又一遍地问自己：能这样做吗？这样做地道吗？

她再一次在自尊的重负下迷惘了。

四

同丛坤菁一样，楚兰也是一个拥有六年兵龄的老兵。老兵有老兵的优势，当然也就有老兵的苦衷。

在这个偏僻的山沟里当兵，一当就是六年，青春就像小河的流水，不见惊涛骇浪，不起波澜涟漪，在不知不觉中汩汩流淌，从一个天真烂漫的纯真少女，到一个经历丰富的成熟老兵，年复一年地忙碌在 N-017 这块土地上，除了年龄不可阻止地不断增加，个人的前途依然茫然。

她热爱自己的这身军装。在中国的服装色彩还很单调的岁月里，绿色的军装不仅使青春年华的姑娘们光彩照人，而且，军装本身所蕴含的社会意义又使这些有幸穿上军装的姑娘们平添了几分神秘的魅力。当个女兵是幸福的，女兵曾经是那样令人瞩目，走在大街上，充满朝气的军装裹着线条匀称的女性的躯体，曾经招来多少艳羡的目光啊。

然而时过境迁了，这种艳羡毕竟不能从根本上改变人的命运，尽义务是责无旁贷的，但是一再超期服役，就不能不让人产生危机感了。超期服役的楚兰和丛坤菁她们连最后的幸运也没有了，干部制度一改革，也就差不多彻底堵死了她们继续在军中出力报效的道路。再往后，提干的机会几趋于零，幸存的希望突如其来被粉碎了，着实让这些数年如一日服务于军队的女孩子在惊愕之后，产生了巨大的失落和惶惑。

在大队部的勤杂分队中，楚兰除了担任六人小班的班长，个人还是图书管理员和政治部的新闻报道员。政治部只有八个干部，其中还有四个人是政治教员，她这个老兵差不多顶上一个新闻干事和半个文化干事。

从二号营院搬完床板回来，楚兰感到身心俱累，洗漱完毕，连晚饭也没有吃，跟分队长田丽芬打了个招呼，便把自己扔上了床铺。一觉睡到半夜，又异常清醒起来，这才突然想起来了，这一天正好是她二十一岁生日。

在这个无人知晓的生日之夜，楚兰梦想着自己过去的梦想，心里涌起无限的怅惘。当兵这几年里，她也并不是完全没有机会离开这里，去实现自己的理想，可是机会一次次都被错过或者说是心甘情愿地放弃了。

三年前楚兰就是女兵勤务班的班长了，教导大队第一次选送战士到军校深造，她和丛坤茗都是候选人，可是大队首长硬是把她们卡了下来。说起来动机也是好的，那时候干部制度并没有一刀切，还可以从战士中直接提干，大队首长是看她们业务能力强，又尽职尽责，舍不得放她们走，想留下来自己提拔使用。她们虽然心里有想法，却没有勇气给组织找别扭。

却没有料到这一耽搁就耽搁了根本。去年下半年刮了一阵风，战士考学的风气呼啦一下热了起来，班里的小姐妹疯了似的搂起了课本，公差勤务压根儿就落实不下去，学员队的教材要人打印，成绩要人统计，训练图纸要人描绘，资料要人管理，她这个当班长的当老大姐的，只能把自己当一头黄牛超负荷使用。她一边做着那些勤务一边在心里感叹班里的小姐妹们不懂事，你们想考学，也不能不顾一切啊，你们想进步，我这个当老兵的就不想了吗？可是工作总得有人来做，里里外外那么多事情，总不能大家都撒手不管吧？

确定参考人员的那天下午，副班长于小慧泪眼闪烁地找到她，跟她说了一个令她瞠目结舌的故事，于小慧说她已经知道大队定的参考人员是楚兰，她恳求楚兰把这个机会让给她。于小慧坦诚地向她诉说了理由——那是多么难以启齿的理由啊——之后，她在震惊之余，自己跟自己斗争了一个晚上，于小慧在她的邻铺也紧张地折腾了一个夜晚。

尽管条令规定战士服役期间不容许谈恋爱，更不许发生那样的事情，楚兰完全可以理直气壮地汇报于小慧的犯规行为，从而粉碎她的考学企图，也尽管她明知于小慧的理由根本站不住脚，完全可以置之不理，可是，在后半夜里，她还是同于小慧进行了一番密谋，答应了于小慧的无耻请求。

那天夜里，于小慧感动得热泪涟涟，搂着她的肩膀把她的衬衣都哭湿了，就差没有喊她是再生父母了。

她当时既没有觉得这样做有多么崇高，也压根儿没打算接受于小慧的报恩，她依然心情沉重地尽她的班长职责——对于小慧一边安慰一边批评，要她接受教训，以后千万不能那么轻率了，既要爱护女孩子的脸面，又要珍惜当兵的荣誉。

于小慧几乎是哽咽着接受了她的教诲。

到了第二天，她当真向大队政治部主任提出不参加考学的请求，并且举出十分充足的理由说服大队首长，把这次考学的机会转让给于小慧。

事后丛坤茗和柳潋骂她软弱，骂她装蒜，骂得她一声不吭。为什么要那样做，她自己也说不清楚。她们问她于小慧到底用了什么法术，她更是一字不提。可她就是那样做了，也许她是不忍见到那样一双哀怜的眼神，也许她觉得一个老兵，一个班长，在利益攸关的时候不应该同班里的姐妹争夺。总之她是把机会拱手出让了。

她相信她还有机会，因为她是那样出色，那样勤奋。可是，这个冬天啊，这个冬天给人们带来多少意外啊。一纸命令，便驱散了千万个梦想。下一步该怎么办呢？

没有头绪，只有灰心。

五

同样在 N-017 的山沟大院里，在这段灰蒙蒙的日子里，却有一个人朝气蓬勃地亢奋起来，此人就是祝敬亚。祝敬亚是教导大队年龄最老的教员，五十岁冒尖的人了。原先是军区司令部的参谋，二十世纪六十年代末就是连级干部了，后来在一场突如其来的运动中，被莫名其妙地下放到 N-017 军官训练团里当了教官，再然后又稀里糊涂地当了几年"阶级异己分子"，直到荒诞岁月结束才摘了帽子，恢复了军籍。十几年过去了，总算熬了个正营职。

偏偏命运多蹇。

祝敬亚半生无后，后来娶的是汝定城里的一个小学教师，费了九牛二虎之力，四十多岁才生了个女儿，自然欢喜得心花怒放，却没料到祸从天降，女儿攥拳而来，母亲撒手而去。老婆在女儿一岁半的时候得了肺病，因为医疗跟不上，就在汝定人民医院一命呜呼。

往后，祝敬亚的日子就过得昏天黑地。爹娘的职务不用说是一身兼任了，有时候给学员讲课，也不得不像农村大嫂一样，一根布带将小囡兜屁股捆在背上，在教室里一边讲授火炮战术技术性能诸元，一边又哼哼叽叽地给小囡制造催眠曲，构成了硝烟战火和儿女情长交相辉映的别致景观。

不成体统，但是没有办法。这大约也是祝教员在职务问题上多年停滞不前的原因之一吧。老子辛苦，孩子受罪，每逢野外作业，便将小囡寄托给同事的家属，孩子的日子反而好受一些，至少屎尿不用拉在老爹的背上了，伙食也比老爹弄得好。时间长了，家属区里的热心大姐大娘四处张罗给老祝续弦，祝敬亚担心继母对小囡不好，坚辞不受。

因为没有老伴了，家就不怎么像家，倒更像个临时宿舍。小囡六岁那年，正式取大号祝小瑜，每天自己背着书包到大队部旁边的西马堰村读小学。

祝教员一辈子没有别的爱好，也没有别的特长，钱财不沾，女色不近，见风使舵不会，拍马溜须不屑，连下棋打扑克都不会，除了爱喝两口小酒，就是会弄个炮，从操作到计算，从阵地指挥到观察所程序，一套完整的炮兵流水作业烂熟于心，除了教程上写着的那些条条框框，自己还有许多来自实践并且被实践证明是切实可行的经验体会。传说他早年当过炮兵连长，实弹射击的时候，一不用射表，二不用计算器材，一个人挎一个望远镜，再背一军用水壶烧酒，往观察所一坐，指哪儿打哪儿。

应该说，这是一个很地道的炮兵专家。可是，如此精湛的业务能力却没给祝敬亚带来多少好处，反而让其大吃苦头。

直到那场奇怪的运动结束几年之后，祝敬亚才疑疑惑惑地弄清楚他当初之所以被下放到 N-017 的大致情况。他在一九五八年就是中尉军衔，当时刚刚二十岁出头一点，而且在军区司令部这样的大机关供职，可以说年轻气盛志得意满。六十年代初，他的顶头上司、W 军区某部某某处副处长把炮兵七项基础运算时间提高到一分四十一秒，这个成绩一直是全军炮兵参谋业务最好纪录，副处长也因此成为处长，再然后是副部长。可是祝敬亚不识相，居然不服气，跟七项基础运算较上劲了。在经过几年厉兵秣马准备之后，终于有一天在公开场合下扬言，他可以把七项基础运算时间再提前一点，而且果真搞了个一分三十九秒。功是立了一个，可是麻烦却也惹上了，把副部长的权威给盖了。祝敬亚甚至还说，一分三十九秒算个鸟，以前是因为生搬硬套苏联的公式，我把程序理顺了，还能提高速度。副部长把他狠狠地表扬了一段日子，说，好啊，江山代有人才出，长江后浪推前浪嘛。可是副部长他心里是不是痛快那就只有天知道了。程序不顺这么多年了，副部长都没有意识到这个问题，就你祝敬亚高明？

没有人能够证实祝敬亚之所以被赶出军区司令部是那位副部长做了手脚。那时候让他到 N-017 来，理由是冠冕堂皇的——学有所用、下部队充实基层、锻炼年轻干部，等等，都是可以摆在桌面说的，至于以后怎么又成了"阶级异己分子"，又被革除了军籍，那就是你祝敬亚自己的事了。如此一来，祝敬亚只好哑巴吃黄连了，并且在 N-017 这块对他并不厚道的土地上修炼出与世无争的好心态，乐于教学也乐于平庸，倘若不是妻子早殁，倒也悠然于山水田园之间的纸上谈兵。

即将成立的预提炮兵排长培训中队给祝敬亚的生活带来了很大的变化，首先他被任命为教务处副处长兼基础教研室主任，主管未来的培训中队的教学。终于，这个出土文物被抖落了出来。这对怀才不遇多年的祝敬亚来说，不能不说是一件大事。这么多年来，他一直本本分分，当年的锋芒收敛无存，形同默默耕耘的老农，没想到还有东山再起的可能。

后来得知，祝敬亚被重新起用，是军区副司令员萧天英下的决心。还有一个他从未谋面的参谋韩陌阡也在其中起了重要作用。

萧天英在考虑加强培训中队师资力量的时候要韩陌阡考察，教导大队现有教员中谁最适合承担培训中队的主教任务，主持该中队的教学计划和具体的实施方案。韩陌阡经过一番调查，举荐了祝敬亚，说祝敬亚是老牌大学毕业生。至于思想素质、业务能力和教学经验，韩陌阡向萧天英信誓旦旦地打了包票，说此人绝对敬业。萧天英当时没表态，沉吟了一阵子，说："祝敬亚这个人我知道，当年曾经是军区机关的风云人物，可惜了。要不是背时摊上个人整人的年头，这个人现在不应该在这个位置上。可是彼一时，此一时，这么多年过去了，人老了，锐气恐怕也就差了，这么多年也没看他有什么建树，好像暮气沉沉的。把培训中队的教学交给他主持，我心里不是很有底。"韩陌阡说："祝敬亚不是庸碌之辈，这么多年无声无息，不是他本人没有朝气，虎落平原他施展不开啊。他憋了这么多年，浑身的劲没地方使，给他一片天地，也就是给了他一个焕发青春的机会。"萧天英权衡再三，认为韩陌阡言之有理，便向军区炮兵党委推荐了祝敬亚。

祝敬亚的亢奋当然不仅仅是提职升官，而委实像韩陌阡预言的那样，给他一个位置，就是给他一个焕发青春的机会。在教导大队姚大队长把组织的决定通知他本人之后，他当时恍若置身梦境，几乎不敢相信是真的，当证实确凿无误之后，他那颗已经苍老的心突然一阵颤动，一种相去遥远的激情在那一瞬间缓慢而又激烈地复苏了。

我还能行吗？他一遍又一遍地问自己。我还能行，我还不老啊，我的记忆是这样地清晰，我的精力是这样地充沛，我的眼睛还是这样地明亮。我为什么不行？我行！别说一个中队，就是给我一个炮兵群，我还是能够把它指挥得滴水不漏。

连续几天，祝敬亚都在做一件事，那就是翻箱倒柜。他从床下倒腾出已经尘封了几十年的教程和资料，给自己削了十几支铅笔并重新配了一副眼镜，在培训中队尚未正式成立的时候，一套严谨的教学方案已经从祝敬亚那双布满青筋的老手上诞生了。

第六章

一

　　凌云河前腿弓后腿绷，双手擎着五九式测地机，一只手拧动着方向旋钮，呈扇形扫描着前方。视界从左至右，构成四十五度锐角，目标依次是一号方位物山坡独立树，二号方位物山根突出岩，三号方位物石板桥头，四号方位物树林中黄色植被……一直到九号方位物居民房左角。

　　这是一项很有诗情画意的工作。把世界拉近了看，把被距离缩小了的景物放大了看，然后再从一比五万的炮兵专用地图上确定他们的位置，量出它们的方位和与站立点的距离，根据对数射表计算出射击表尺和方向诸元，判断出高程。

　　至此，凌云河作为"射击指挥员"的第一步工作就完成了。

　　剩下来的事情是什么呢？这就要看背景了。如果是训练，剩下来的工作就是通过电台将上述若干计算结果下达给身后五公里处的阵地，在电台里对照复述，听那一片"表尺×××，基准射向××——××，高低××，修正量××"的吼声，当然还有"一炮一发，装填……"或者"全连急火射向，××发——放！"之类的口令。

　　然后，一切都一如既往地复归平静，山川依旧，小河潺潺，蓝天白云优哉游哉，绿叶红花相映成趣。可是如果是实战呢，那就有好戏看了。只要他凌云河对着电台说出几个字，哪怕他是轻轻说的，那也了不得。须臾之间，便会有排山倒海般的啸鸣从头顶上空掠过，然后一切都将被撕裂，蓝色的天空，绿色的森林，清澈的河流，黄色的阡陌，当然还有红色的村落，彩色的人群，失色的眼睛……

在凌云河的世界里，这不是一幅历史的场景，也不是一帧遥远的图画，这一切都真实地发生过。每当他置身于观察所的高地上，每当他的双手触上冰冷的测地机柄或者高倍望远镜柄，每当他的视野里出现那些被称之为目标的形形色色的方位物，炮击就在他的灵魂深处真实地展开了。快感于是应运而生。

一个指挥员意志的力量是无法用数据估量的。军人的神奇就在于此。打击或被打击，消灭或被消灭，摧毁或被摧毁，征服或被征服……然后是复苏，新生，重建，回归，再然后是新的一轮……世界就在这周而复始的战争的履带下循环，碾过了一个又一个世纪。

作为一个出生于五十年代末就学于六七十年代的青年，凌云河不可能有太好的学业，那个乱哄哄的时代，学校自然是不像样子了，课堂犹如战场，课本几乎当了卫生纸。农村的孩子巴不得无学可上，回去帮助爹娘放鹅放鸭拾麦穗，城里的孩子尤其是像凌云河这样出生在小县城小干部家庭的孩子却大都成了游手好闲的无聊少年。

凌云河的外公是个老教书先生，满腹经纶满嘴学问，经常要给孙子外孙们灌输诸如"书中自有黄金屋""书中自有颜如玉"一类的古训，可是到了凌云河的境界里，却尽在书里发掘司令旅长的故事。他喜欢当司令或者旅长（而且坚信不疑自己将来准能当得上），他想那一定是很过瘾很气派的。即使是在少不更事的童年，凌云河也知道指挥别人是一件愉快的事情。可喜的是那时候虽然没有电影了，却还有革命的样板戏，高大忠诚的革命英雄常常让十来岁的凌云河热血沸腾。

如果不是数年之后参加过一场也来匆匆去也匆匆的边境局部战斗，甚至可以说他对真正的战争滋味毫无所知，但是在他人生道路上有一个不可忽视的事实是，在他的童年，却豪情满怀地当过司令和旅长，在他所居住的那条街道南北两端娃娃兵团开展巷战的时候，他曾经机智灵活地使用过声东击西的战术，指挥过若干军马攻打过对方的威虎山并且奇袭过白虎团。

然而那毕竟是过去的光荣。十年之后，这位昔日的"司令"和"旅长"却不得不放弃童年的高位，揣着一肚子生不逢时怀才不遇的牢骚，背着一卷子毛了边的破书，心甘情愿地来到中原某地，当了人民解放军的一名炮兵士兵，然后是班长。

班长这个职务对于凌云河显然是小了一点，不说当司令旅长吧，以凌云河自己的想法，当个炮兵连长或者炮兵团长应该是没有问题的。凌云河总觉得自己是将才而不是兵才，更适合于指挥，而委实不大适应操作，尤其是不适应接受平庸的指挥。

当个班长算什么玩意儿？班长能够指挥的天地实在是太局限了，当了两年班长之后，凌云河沮丧地发现了一个现象，他并不比别人高超，差不多是个人有两只手都能当班长，炮手那一套要领，训练好了猴子也能操作。

<h2 style="text-align:center">二</h2>

现在，魏文建就跟凌云河同在一个山头上，也抱着一架五九式测地机在做着同样的作业。军区炮兵教导大队预提干部速成中队学员的选拔考核分片进行，除了高炮团以外，J军地炮团加上步兵师三个炮兵团和九个步兵团队的炮兵营，相当于七个团的建制，只分了八个指标，总共有一百六十二人参考，由军区炮兵司令部派员坐镇出题监考，压力不能说不大。阵地指挥那一套已经结束，半数落马。

现在的课目是确定目标点，就是把主考官在现地指示给你的方位物——在战场上就是敌人所在的位置——标在图上，然后才可以计算其他诸元。那个方位物图上可能标注的有，也可能没有，如果判断失误，距离和方向就要出错，将会导致一系列错误。阵地是瞎子，观察所怎么说他就怎么打，只负责在炮上装定，观察所说怎么修正他就怎么修正。下一步实弹射击，要是把错误的诸元下达给阵地，轻则打偏打飞，重则打错打砸，实战中下达错误口令，将炮弹打在自己步兵头上甚至落在观察所的现象屡见不鲜，这是炮兵最忌讳也是最常见的。

凌云河相信自己的经验和判断力。在等待主考官通报精确答案之前的这段空闲里，他悠闲地向周围扫视了一遍，多少有点幸灾乐祸地欣赏着对手们的紧张乃至痛苦的表情。

他基本上用不着担心。这些对手没有什么可怕的。他凌云河的队伍已经两次作为 J 军炮兵的第一代表队参加军区比赛了，军区来的那些主考官他差不多都认识，不过是装着不认识罢了。他丝毫用不着他们高抬贵手。整个观察所真正能跟他抗衡的人寥若晨星。即使是魏文建，对他也是甘拜下风。

凌云河和魏文建是一对老对手。从小就开始较劲儿，一起念的书，又一起当的兵。这小子很聪明，新兵基础训练的时候，搞滚加滚减，小子算得飞快，不是连长死活不放，差点儿就被营部指挥排挖了去。那时候跟魏文建比起来，凌云河沮丧得一塌糊涂，整个新兵基础训练阶段，凌云河始终都是蒙的，做火炮分解动作的时候，手忙脚乱，差点儿砸断了手指，以至于常常遭到班长的呵斥，说他个头虽大却笨得像只狗熊。他想，他这个兵算完蛋了，第一印象就无比糟糕，整个找不到感觉。

但是基础训练一过，轮到实际操作，凌云河就如鱼得水了。首先是力气大，抢占阵地挖助锄构工事虎虎生风。魏文建却不行了，魏文建个头没有凌云河大，底气自然也不足。

再后来，炮上的要领凌云河也熟悉了，一熟悉就了不得，这个人一找到感觉，那就没完没了，注定要把功夫练得神出鬼没炉火纯青。班长表扬几次之后，凌云河愈发来劲，不仅力气活儿，装定表尺，赋予射向，瞄准手的一套游刃有余，连班长的计算修正量也越俎代庖地学会了。于是凌云河就先当了班长，于是凌云河也就有理由认为魏文建的聪明只是小聪明。为了发挥尖子的作用，凌云河当了班长之后，营里把魏文建调到八连，也当了班长。

凌云河真诚地希望魏文建在这次考核当中获胜。在 J 军炮团，这毕竟还是可以跟他一比的对手。没有了对手，他什么也不是。

当然，此刻在凌云河的心目中，魏文建还只是个能够凑合上阵的对手，还算不上强手。他突然想起了另外的几个人。那几个人像是很早以前就认识了，却又是那么的陌生，似乎跟他有着与生俱来的恩怨，其实彼此的距离又十分遥远。那几个人既像是他的兄弟，又像是他的前进路上的障碍。他觉得自己既亲他们如手足，又视他们如劲敌，他在心里一次又一次地蔑视他们没有什么了不起，但事实上又恰好在灵魂深处希望自己就是他们，希望站在他们那个位置上的不是他们而是自己。

凌云河完全能够想象得出来，那几个家伙此刻想必也正同他一样，正在某个高地或者教室里接受命运对他们的考验，正在进行一轮新的角逐吧？他们怎么样了呢？他们会不会考砸败北？谁敢肯定呢？天有不测风云，人有旦夕祸福。生不逢时的并不是他凌云河一个人，他们这一茬子兵都够倒霉的了。又是停课又是下放，一会儿造反一会儿恢复高考，该轮上的没轮上，不该轮上的全轮上了。就是当了兵也没有摊上个好天气，当年一场边境局部战事，打得全国人民热血沸腾，大江南北一起情深意切地喊起了"新一代最可爱的人"，干部苗子们本来以为从此可以在这方绿色的土地上大显身手了，岂料又兜头来了一个干部制度改革，眼看就要煮熟的鸭子又飞了。没有比他们这一代更尴尬的了。

如果这一次——当然也可能是最后的一次机会，他们再与苦苦追求的那个目标失之交臂，那就说不上来是命运在故意捉弄他们还是要刻意造就他们了。

是的，他凌云河真诚地渴望遇上强劲对手。他要当最好的（在职务上他追求最大的），所以他就必须首先寻找到目前是最好的作为目标。他把自己的这种追求看作一个职业军人应有的理想，尽管他还不是一个职业军人，但是他始终都是以一个职业军人的精神来策动自己。真正杰出的人物是怎样成长起来的？他读过希尔各的《奋斗》，也读过弗林多纳的《英雄的历程》，他发现真正称之为杰出的人物都是被对手磨砺出来的，都是站在对手的肩膀上攀向顶峰的。只有有了一百分的甲，才有可能出现一百零一分的乙。在本团，是魏文建匹配着他，在 J 军，还是魏文建跟他此起彼伏，可魏文建毕竟不是谭文韬也不是常双群，他和魏文建的境界只是 J 军的境界，所以才在军区只拿了第三第四。

啊，这一切都快开始了。也许，在自己的军旅生涯中，就要同那几个人纠缠在一起了。真正的事业开始了。他情不自禁在心底哼了一句：穿林海——跨雪原——气冲霄汉……

三

观察所的这套作业对魏文建来说自然轻车熟路，但是他并不急于交卷。只要规定的优秀时间没有超过，他就要再论证一遍。这就是他和凌云河的不同之处了。

团机关管训练的参谋里有人说魏文建比凌云河稳当，这是他高过凌云河的地方，也有人说他不如凌云河那么自信那么雷厉风行，这又是他不如凌云河的地方。但是不论别人怎么看，他魏文建只要没有绝对把握，一般是不轻易出手的，在任何得意的时候他也不会表现出得意，不会像凌云河那么趾高气扬，更不屑于卖弄。正是这种不惊不乍的稳健作风，使他得以在本军始终能够和凌云河抗衡；同时也恰好是这种稳当，又使他多次失去了一举领先的机会。如今是决定命运的一次考核，他魏文建更没有必要去跟凌云河一决雌雄，他的战术是稳中求胜，后发制人。从确定站立点到确定目标点，每个步骤他都做得一丝不苟。

凌云河常常把一句话挂在嘴边：多看看书嘛——好像他是个知识分子似的。魏文建则笃守一个信条，你来得快那是你的强项，咱不跟你比那个，笑到最后那才是真正的笑。

射击诸元计算出来之后，魏文建向凌云河瞟了一眼，凌云河则回了一个皮笑肉不笑。魏文建仍然迟迟不交卷。主考官设置的情况并不复杂，按说只要掌握了射击的常识理论，都可以对付。在这样的前提下，就要看精度了。

同凌云河比较起来，魏文建似乎小了一号，中等偏低的个头，脸上却长着永远也刮不净的络腮胡子，乌青的底幕上镶嵌着一双精亮的眼睛，应该说是一双很漂亮很有魅力的眼睛。从这双眼睛里看不出有多大的野心和抱负，更看不出凌云河那样桀骜不驯的锋芒，它们甚至是温柔的谦逊的。但只要上了炮位，这双眼睛往往就眯成了细线，从中透出来的光线锐利而寒冷，使你没法不相信那目光具有钢铁般的强硬和坚韧。

就其带兵手段而言，凌云河虽然严厉，兵们却怕而不畏，上了炮位他是爷，走出炮场彼此就是哥们儿。魏文建的兵对他却是又怕又畏，上炮位下炮场都是一副冷面。如果他在炮场上露出笑容，那绝对不是好事。

炮兵有个说法，带兵带兵，其实看的就是会不会带差兵，是好兵谁不会带呢？是个骨干，带兵都有两下子。杀猪杀屁股，各有各的道。凌云河的床头柜里，也不乏论述带兵的书籍，其中有专门谈带差兵的书，但是这本书魏文建一直没有看到，每回去借，凌云河都说自己没有看完。魏文建后来就不借了，心想那家伙对咱还留一手呢。

尽管没有理论指引，但是魏文建在带兵方面的绝招，却是凌云河始料不及而又不能不刮目相看的。

去年新兵下连的时候，有一个小干部家庭出身的新战士，在新兵连里是个有名的刺头，资历新一点的班长都不敢要他。指导员便做魏文建的工作，说："老魏你是老班长了，又是训练尖子，威望高魄力足，这个兵你要是不要，别人就更不敢要了。好歹是个兵，总不至于退回去吧？那就显得我们解放军大学校太无能了。"

以魏文建的一贯原则，他本应该拒绝的，但架不住指导员反复做工作。魏文建说："指导员你让我再考虑考虑，我跟班里的同志商量一下。"回到班里一商量，大伙都不同意，七嘴八舌一致抵制。说一个老鼠带坏一锅汤，咱们班本来是全军挂号的先行班，有这小子拖住，别说先行，恐怕连正常的标准都达不到。

大家说来说去，反而把魏文建惹火了，眯起眼睛吼了起来："哟，好大个事吗？不就是一个鸟兵吗？我们共产党把石头都能炼成钢，我就不信改造不了一个部乒乓。"就这么头皮一硬，把邹乒乓收留过来。

邹乒乓过来不到两天，魏文建就悔之不迭。这果然是个出类拔萃的孬兵，其牛气程度史无前例。一说训练就装病压床板，早晨起床内务不整，端来病号饭不吃，夜里站岗不去。每次连里点名，一班总是缺员。一个好好的训练先行班，被搅得七零八落。魏文建找他谈了几次，软的硬的都说了，小子硬是刀枪不入，躺在床上闭着眼睛充耳不闻。

没有办法，魏文建只好再去找指导员。指导员却不像原先那样客气了，一个人见人烦的后进战士，好不容易才落实到班里，指导员岂肯将拔出去的刺再扎回自己的手上？

指导员说："老魏啊，你是先进班的班长，先进先进，什么是先进？全面过硬才算真先进。好兵谁不会带？把后进兵带成了先进那才见功夫。这个不要那个不要，难道这个兵是我指导员私人的？你别说了，这个人活是你的兵，死是你的鬼。你要也得要，不要也得要。"

魏文建气不打一处来，指导员这家伙也真够黑的，前几天动员他接受邹乒乓，满脸堆笑，说的都是好话。如今倒好，倒像是我求他似的。魏文建嘿嘿冷笑一声说："指导员你这话说得好。真要我带这个兵也行，不过我得按照我的办法调教他，连里要配合我。"

指导员打着不大不小的官腔说："一不能放任自流，二不能搞法西斯。有这两条原则，你采取什么办法我不管。"

魏文建拿定主意，一项措施便不动声色地开始了。仅仅用了五天时间，邹乒乓就从床板上爬了起来，第六天开始上岗，第七天跟班训练，两个月后，居然受到连嘉奖一次。

此事在炮团干部骨干中引起了不小的反响。凌云河也听说了，一次遇上魏文建，狐疑地问："你狗日的究竟使了什么法术，这么差的一个兵，怎么说好了就好了？"魏文建笑而不答，一副天机不可泄漏的神秘相。问急了，才仰起脸背起手煞有介事地说："连这个都不知道了？多看看书嘛。你那不是有一本专门讲带差兵的书吗？"凌云河使劲地看着魏文建，阴阳怪气的目光像条猎狗的鼻子，在魏文建的脸上嗅来嗅去，说："别给我卖弄啦，就你那点文化，什么书不书的，亵渎文明。"魏文建嘿嘿一笑说："你看了那么多这个谋略那个技巧，其实我看都没啥实际作用。兵们本身也是书，就看你会读不会读，读得深不深了。"凌云河说："你少来这一套，具体问题要具体分析，我手下又没有这么个混球，你怎么知道我就没把兵读懂？"

魏文建说："那我考考你，一个人生病了，你知道他最听谁的话吗？"凌云河不解其意，张了张嘴巴说："当然是最听医生的话。"

魏文建说："我就知道你不行。告诉你吧，病人最愿听的就是病人的话，尤其相信跟他得了同样的病而且病情比他更重的那个人的话。"

凌云河仍然稀里糊涂："挺玄乎的。你这是什么意思？"

魏文建说："你自己琢磨吧，这里头学问大了。不过我现在还不能讲，我还要照顾到一个战士的心理承受能力。"

半年后邹乒乓当了副班长，魏文建才把他的绝招"传授"给凌云河。魏文建对凌云河说："其实很简单，这个兵不是很差吗？我培养了一个比他更差的兵来对付他，问题就迎刃而解了。"

月光下凌云河扭过脸，表情很夸张地看着魏文建说："会有这样的事？这是哪家的秘方？歪门邪道吧？"

魏文建说："这个兵到班里之后，我做了一些调查，他从新兵阶段就没有搞好，队列不行，内务不行，三大技术不行，下到老兵连队后，基础训练不行，专业技术不行。他当兵那几个月，听到的全是批评呵斥，越是不行就越是更不行，没自信了，绝望了，破罐子破摔了，那你还能指望他好到哪里去？干脆躺倒，任你把天说穿一个窟窿，他就是不理你，简直毫无办法。你想啊，一个兵死活这么闷着，那是好事啊？说实话，要不是我及时采取措施，他自杀的可能性都有。"

凌云河也不禁为之瞠目："啊，这么严重？"

魏文建说："把准了他的脉，我就有方子了。首先从解决他的自信开始。我自己找他谈行不行？未必不行，不过那肯定要耗很长时间，而且效果不会太明显。我采取的是敲山震虎和以毒攻毒的办法。"

然后一五一十娓娓道来："有一次班里另外一个新兵在内务检查中比较落后，我就狠狠地批评他，甚至骂了娘，直到这个新兵痛哭流涕我还是不放过他，晚上开班务会接着再批。第二天早操这个兵动作慢了一步，又是一顿狗血淋头，就这样一鼓作气地把这个兵也骂到了床板上。再批他他装死狗，说老子反正是不行了，老子就是不起床，要杀要剐你们看着办吧。操课的时候这两个兵都留在家里。邹乒乓已经被折腾得毫无自信了，很高兴有了一个跟他一样差甚至比他更差的人作为同一战壕的战友。同病相怜，两个兵自然而然地接上了头，两个人一起骂狗日的老魏是法西斯，骂得很起劲……"

凌云河拍拍屁股笑了："也亏你想得出来，还打进敌人内部呢。"

魏文建说："这一招还真灵。这是邹乒乓到部队后说话最多的一次。他能开口说话了，突破口就算打开了。骂累了，那个兵说，我算完蛋了，这也不行，那也不行，连火炮性能都背不下来，一看教程就要了命。这句话一下子就挠到邹乒乓的痒处。这家伙虽然动作跟不上趟，但反应并不慢，尤其是会背书——他主要是被搞紧张了。邹乒乓奇怪地问：你怎么连火炮性能都背不下来？不就是那几个数字吗？那个兵说，我跟你不一样，我文化浅，理解力差，什么最大射程、最大射击距离，我就是分不清。邹乒乓想了一会儿，说这有什么分不清的，射程就是火炮自己能打的距离，射击距离就是加上刮风、地势能打到的距离，给你打个比方吧，我只有五十公斤的力气，可是要是惹急眼了憋足了劲，把老魏扳倒在地上让我打，我一拳能砸他七十公斤你信不信？你看，这个比方还蛮形象的吧？后来两个兵就讨论开了，讨论教程，讨论内务，讨论木马双杠。当天晚上我就知道情况了，但我装着什么也不知道，照样不理他们。第二天我带着班里其他人出去训练，两个兵又在一起嘀咕。那个兵说，邹乒乓啊，你看咱俩混的是什么熊样，醒不如人，睡不如鳖，班长们不理咱，老兵们讨厌咱，新兵们看不起咱，心里啥滋味儿？邹乒乓说：我也是啊，是人都有张脸。可……我怕改变不了坏印象了，只能破罐子破摔了。那个兵说：有啥了不起，裤裆里长的是一样的玩意儿，不信他们比咱多长一个卵子。邹乒乓你文化比我强，你帮帮我。我只要把炮书啃下来，别的就不在他们话下。邹乒乓就动心了，说：咱这样落后的兵还能上进吗？那个兵说，我哪一头也不如你，我都敢说行，你怎么不行？咱也别吭气。他们训练他们的，咱在家吃小灶。到上炮那天咱们也去，让狗日的老魏瞪大狗眼看看究竟谁是后进战士。后来两个兵就从床板上下来，把内务整得整整齐齐的，然后从队列动作开始……这以后你就可想而知了。"

凌云河听天书般地听完，撇撇嘴不屑地说："我还当你有多大的锦囊妙计，不过是雕虫小技而已。我要是遇上了这样的兵，肯定比你的招数还绝，你信不信？"

魏文建说："我知道你嘴里不服心里服。不管怎样你都得承认我的办法确实管用。嘿嘿，当然了，这种办法只能在小范围根据具体的对象偶尔一试，不能推广普及到大雅之堂。"

凌云河问："现在这两个兵怎么样？"

"都当上了副班长。当然，那个兵本来就是个好兵，而且很会用计，我看他以后可以当指导员。"

凌云河哈哈大笑："这么说来，你是当政委的料了？"

魏文建说："眼下我只想把排长先当上。"

当初在说这番话时，他们并不知道军队干部制度已经发生了重大的变革。哪里想到还有这么多的周折呢？哪里会想到悬在头顶上方伸手可及的果实会倏然远去，原先是均分给每一个人的东西，在一夜之间几百倍上千倍地消失了，只剩下寥寥无几的希望之星悬在众人的头上，在这个春暖花开的日子里，还要为之进行激烈的甚至是无情的角逐。

四

图上作业全部结束了。当主考官公布了目标诸元的精确数据之后，凌云河和魏文建心里的石头同时落地。

即将进行的将是战术考核，要测验的是指挥员的应变能力和决心。随着主考官一声"观察所注意"的口令，这个被临时命名为"六号高地"的山头上顿时一片寂静，唯有心跳在各自的隐秘世界里隆隆滚动。风和阳光一起从远处落下，摇曳着视野里的树枝和花茎。

魏文建用眼角的余光左右扫视了一遍。经过阵地业务考核，一百六十四人已经落马七十三人，还剩下九十一人。九十一个人的表情都很庄重，像是进入了临战状态。没错，这里进行的正是一场战争，尽管这里不是战场，但这里委实是一场更为激烈的搏斗。作战的对象模糊而又清晰，这个山头上的所有的参考者互为对手，都有必要被击垮或者受到驱逐。九十一比七，正好是十三分之一。不知源于何处，魏文建从心里产生了一丝别扭。十三取一，这个概率让他联想到了一个似是而非的人或者神。他突然想，这是怎么回事啊？这是谁跟谁啊？干吗要通过这种方式来决定呢？不都是"干部苗子"吗？这么多年了，大家都是起早贪黑呕心沥血地使用自己消耗自己，都在向往着同一个目标，渴望着自己的价值得到理解和承认，渴望自己的努力有一个恰当的回报。可是，这一轮角逐下来，势必又有绝大多数人不得不离开这场竞争，甚至最终离开炮兵，他们从此将结束这一段刻骨铭心的生活，天各一方。竞争的结果带给他们的是什么呢？是无奈，是痛苦，是心灰意冷，是辉煌梦想的破灭。胜利了又会怎么样呢？这种胜利正是建立在失败者痛苦的肩上的啊！一个人的胜利是需要十二个人付出失败的代价才能成立的。

魏文建不敢再往下想，时间也不容他多想。主考官已经出情况——群指二号通报：步兵第四连进攻黄庄受阻，敌一个加强营沿榆林公路反扑，距三号方位物七百米处向四连迂回包抄，炮兵群指示你连支援！

在这场考核中，考生们担负的全部是连长的角色。

"干部苗子"们举目望去，右前方果然出现了一支打着蓝旗的队伍，表示是敌军的一个加强营。考生们几乎是同时敛声屏气，山头上只有怦怦的心跳和翻动射表的声音。魏文建很快便从图上判明这支队伍所在地的坐标，拉开计算盘确定了修正量和射击性质：

"阵地注意：三号目标，表尺加三，基准射向向右 0-04，高低减二，压制射击，全连六发急促射，一炮一发，放——！"整个山头在一瞬间沸腾了，考生们争先恐后地下达了自己的口令，一片表尺加二减三方向向右向左的吼声。

主考官示意暂停，从远而近，每个人的计算结果都看了看。走到魏文建面前，低下头看了看他的作业夹，没有表态，再抬起头，面无表情地向观察所宣布："情况紧急，取消试射，七号上机指挥，直接行效力射。"七号就是魏文建。魏文建愣了一下。他们是用简易法确定的诸元。教程规定，除了精密法，其他方法确定的诸元都要试射才能行效力射。成果法和夹差法实际上都是经过试射检验的。而精密法别说他们，相当的营长连长都不一定熟练。他们这些"干部苗子"多是班长或者代理排长，虽说指挥原理相同，但毕竟没有实际指挥过，以简易法确定的诸元而不行试射是要担很大风险的，全连几十发炮弹一下子撒出去，打偏了怎么办？打远了不要紧，打近了怎么办？砸到"步兵四连"的头上怎么办？

就在这时，他看见不远处的凌云河向他晃了晃大拇指，顿时恍然大悟——主考官首先点他上机指挥，那就是说以他的诸元为统一诸元——他的答案就是正确的答案或者说是最接近正确答案的——他已经取得了第一个回合的胜利。

魏文建的思维在这一瞬间凝固了，凝固在视野里两千五百米的假想阵地上。那是群山之间的一片开阔地段。一守一攻，一攻一追。在攻方"步兵四连"到守方阵地之间是三百米的开阔地，也同时是三百米的死亡地带。"步兵四连"待机地域到守方加强营之间，又有五百余米的山坳。这便是螳螂捕蝉，黄雀在后。战争是一个链条，由进攻与被进攻、胜利与失败和得而复失失而复得的链条构成的。在每一个环节间就是一段距离。而胜败往往就是由距离决定的，时间又恰好是空间转换的保障。

他突然悟出了一个道理：炮兵是什么？教程上说，炮兵是合成军队的重要组成部分，是陆军火力突击的骨干力量。现代战斗，火力已经成为消灭对手的主要手段，炮兵担负着火力突击的主要任务。在第二次世界大战中，炮兵曾被誉为"战争之神"。如果说时间就是生命，时间就是胜利，而炮兵就是时间，炮兵是一个无形的魔术师，以其准确和神速，在战争的舞台上施行障眼法，以配合甚至是绝对保障步兵神出鬼没。

现在，魏文建已经顾不上思考失败还是胜利的命运了。在这个大任已经降于肩上的时刻，他对于自己所进行的事业——他坚信这是一桩严肃的事业——有了新的认识：在常规战争中谁是主角？是步兵？装甲兵？抑或是其他兵种？

不，现代常规战争中，炮兵已经势不可当地浮出了水面，炮兵即使不是绝对的
主角，也是重要的主角之一。

　　一种前所未有的豪迈情绪油然而生。魏文建抖擞了精神，再一次检查了手
中已被认可的诸元和射击性质，果断地向阵地下达了口令："表尺加二，全连一
个基数——放！"

第七章

一

终于，W军区的炮手精英们过五关斩六将一路披荆斩棘地走过来了，会聚在一起，头上顶着盎然的春天，意气风发地开进了N-017。这个新组建的特殊的中队在编制序列上被命名为第七中队。

以前，W军区炮兵教导大队常设四个骨干培训中队和两个轮训中队，以大队部所在的一号营院贯山为中心，环绕在贯山脚下的几道沟壑里。大山深处藏龙卧虎，每日清晨都要掀起一阵波澜，军号声起，口令激荡，搅和出一山喧嚣。然后朝霞淡去太阳升起，学员中队各自进入自己的训练科目，大队机关和各个教研室重新恢复平静，一切工作又都按部就班有条不紊地进行，日子过得一如既往。

自从新组建了一个七中队，N-017的故事就增加了新的内容。

大约是为了体现七中队的重要性，也或许是因为别的什么原因，七中队没有像其他中队那样被安置在远离中心的山谷沟壑里，而是就近在距离大队部只有三华里的二号营区扎下了营盘。因为与大队部离得近，就格外得到一些便利。比如买个牙膏毛巾、到资料室借个图书什么的，磕了碰了伤风感冒什么的，到卫生所去（包括不带什么目的地看一看女兵）也比别的中队少走一些路程。

N-017的历史说短也不算短了，重要的是这里还曾经是"大比武"时期的军官训练团，一般老营盘里有的那些陈芝麻烂谷子的故事，这里也都有，有光荣的也有不光荣的，有有意思的也有没意思的。七中队学员住进二号营区之后不久，对于这片生存环境最初的了解，不是那些撼人心魄的历史的辉煌，也不是从无到有的光荣的发展业绩，而居然是一个凄怨哀婉的爱情（从中队部老兵嘴里吐出来的是"偷情"）故事。

话说十几年前，造反有理，军官训练团中途撤销，机关干部和教官作鸟兽散，仅有的几家留守人员都集中在一号院里，这里便成了一片废墟，几幢宽大厚实的老式建筑被孤零零地抛弃在荒郊野外，四周杂草横生，荆棘遍地，成了蛇鼠狐兔之辈安居乐业的悠闲场所。

忽一日，不知道是哪一位造反领袖想起了这块闲置的地盘，将军区机关一批牛鬼蛇神送到此地改造，种菜养鸡，谓之立功赎罪。起先分到二号营区的是六个人，奇怪的是，两个月之后死了一个，而且闹不清楚是什么毛病。再过两个月，又死了一个，还是不知道什么毛病。到某某年代初，形势有了一点变化，走了三个，只剩下一个人，据说是叛徒的后代，三十来岁的知识分子，一重身份是哈尔滨军工的毕业生、前解放军炮兵的中尉军官，另一重身份是"阶级异己分子"。"阶级异己分子"当然是要被再踩上一脚，并且是永世不得翻身的，只好年复一年在这里养鸡种菜。

后来故事就发生了。

故事的另一个主角是原军官训练团团部的一个女医助，据说也是因为出身问题，在训练团撤销之后没能离开，留在这里改造，住在一号营区也就是现在的大队部里。

至于女医助是怎样和"阶级异己分子""勾结"上的，后来又怎样发生了"不正当的男女关系"，细节没有人知道，更没有文字记载，中队部的老兵都是一茬一茬往下传的，几经演义，故事就有了许多可疑之处，但是有一个事实是毋庸置疑的，那就是，那个女医助后来死了，就葬在二号营区东边的贯山坡上。

中队部服务学员的老兵有文书、卫生员和一个四人炊事班，最老的是文书，跟学员们差不多的兵龄。文书对于十几年前发生的事情也不甚了了，但是他曾很认真地对学员（当然是个别学员）说过：咱们这个中队没组建的时候，这几幢房子全部当教室用，只有几个勤务兵住在这里看守。这鬼地方阴气重啊，你们没来的时候，晚上大家都不敢出门，阴雨天里常常闹鬼。前年，有一个阴天，七五年兵张二柱半夜里起来撒尿，正碰上一个闪电，张二柱看见好几个人，有男有女，就在他面前站着，还笑，当时就把张二柱吓瘫了，尿了一裤子，以后再也不敢半夜里撒尿了。

显然，文书的故事主要来源就是那个被吓瘫了的张二柱。而且还有一种说法，这个故事同教员祝敬亚有关。

七中队的学员听了这些故事，权当一部新聊斋，没有谁在乎。六十三个人都是血气方刚，寝室里虎踞龙盘，炮场上龙腾虎跃，岂能被这些荒诞不经的鬼怪故事吓倒？自从二号营区来了个七中队，这里就天翻地覆慨而慷了，白日里是歌声吼声口令声，夜里是梦声鼾声放屁声，一个阴森浓重的偏僻山谷，被这群年轻雄壮的躯体激活了，这里是前所未有的喧闹，显示了蓬勃的生机。

<h1 style="text-align:center">二</h1>

星期天的上午，大队阅览室照例开放。

以往这个时候，来看报纸杂志或借书的多是机关干部和教员。学员们很少来，一是因为学员们负荷较重，委实缺少读书的闲情逸致。第二个原因大约就是因为管理图书的楚兰是个女兵，而且是个比较好看的女兵。女兵漂亮了，对男兵无形中就构成了压力，没有良好的心理素质和技术准备，男兵跟女兵打交道往往不是对手。学员很少来，偌大的阅览室就显得很冷清。

已经是货真价实的春天了。冰雪消融，春风一刮，便像在漫山遍野撒下了显影的药液，九派河南岸的这片山峦于是从漫长的冬季脱颖而出，朔阳关以南春行更早，渐渐地凸现了碧绿的林带和苍翠的峰岭，还有逶迤缠绵的河流以及河岸上簇拥的花丛。

阳春三月，中午的阳光从山坡上滑下来，泻进阅览室的南窗，跳跃着团团盎然的春意。

风景这边独好。

这天来了几个学员，一看就是七中队的人，在窗外徘徊了很久。后来，其中一个穿着很整洁的学员便弯下腰从窗口向内张望，底气不足地问有没有新到的《十月》杂志。楚兰注意地看了学员一眼，发现他的领口不易察觉地露出了一溜鸭蛋青，把新领章衬得格外鲜艳。楚兰明知故问："你是几中队的？"回答说是七中队的。楚兰说:"你们七中队一个个汗流浃背都忙着向国防事业的高峰攀登,你还有闲心看闲书啊?"鸭蛋青学员的脸倏然红了,吞吞吐吐地说:"我们七中队也不是训练机器嘛,业余爱好还是有的。"

楚兰说:"你们进来吧,都在架子上摆着的,你爱好什么就随便看好了。"

鸭蛋青学员显得有些意外的惊喜,说:"我们都没有阅读证,可以吗?"

楚兰说:"既然没有阅读证,你还来干什么?明知麻烦自找麻烦吗?"

这时候从鸭蛋青的背后蹿出来一个眼睛晶亮的中等个子学员,脸上的络腮胡子虽然刮了又刮,还是没能斩草除根,两边脸颊像是被谁用耳刮子扇得泛青。络腮胡子说:"情况是这样的……我们五班副栗智高是文学爱好者,到你们贯山来之后,有很多感想,写了几首诗歌,今天是想来看看发表了没有。"

楚兰做惊喜状,夸张地眨了眨眼,说:"哎呀,真是有眼不识泰山了,原来是诗人到了。那还有什么说的,你们尽管进来翻,要是有大作发表了,没准我们要敲竹杠呢。"

鸭蛋青讪讪地说:"别听魏胡子瞎吹,咱不过是个业余爱好者,胡诌那些破玩意儿,离发表的码子差大了。我们只是想来看看新杂志。"说着,几个人便鱼贯走进了阅览室。进了屋,楚兰才点清人头,一共是三个人,除了鸭蛋青和络腮胡子,后面还跟着一个瘦瘦的高挑个儿,此人一直没有说话,始终都在微笑,笑得很自然也很自信。楚兰觉得这个人的身上有些怪怪的东西,至于怎么怪了,又似乎说不清楚。

几个人分别在报刊架前和书柜前寻觅了一番,鸭蛋青虽然表现得若无其事,但还是看得出失望的情绪。

楚兰想,这家伙可怜!他的那些大作没准是被哪个编辑老爷扔进了废纸篓,这种情况她也是经常遇到的。鸭蛋青在翻杂志的时候,偶尔会朝楚兰瞟一眼,楚兰便机警地把目光闪开,她知道投稿不中的复杂心情,那是一种很不好受的失落和自卑,同病相怜啊。但是转个念头想,这个人也是吃饱了撑的,四个兜已经在向你招手了,还挖空心思去写什么诗歌,不是自讨苦吃吗?你还想把好事都占全啊?

络腮胡子问道:"我们能借几本书走吗?"

楚兰想了想说:"按说你们没有借书证是不能借书的,不过……"她顿了顿,"谁让你们是七中队呢?咱们这些老兵,能留在部队的,恐怕也就是你们这些革命的火种了。你们打个借条吧，我这个革命老兵也就只有这点后门的权利了。"鸭蛋青有些奇怪地看了看楚兰："你也是老兵？"楚兰反问："我怎么就不能是老兵？你们是哪年参军的？"鸭蛋青说："我们三个都是七八年参军的。"楚兰得意地笑了，"跟我比起来，你们都还是新兵蛋子呢。不谦虚地说，本人是七七年参军的，已经超期服役两年多了。"鸭蛋青像是吃了一惊，和络腮胡子面面相觑："啊，看不出来，看不出来，还是个小丫头嘛。"楚兰正色道："我年龄未必比你们大，但是革命资历绝对比你们老……不过这又算是什么资本呢？"然后轻轻地叹息一声说，"好了，你们要借什么书，打条子吧。"

鸭蛋青借的是世界文学名著《红与黑》，络腮胡子借的是克劳塞维茨的《战争论》，都是家喻户晓的经典著作。那个高挑个儿学员在书柜前反复浏览，最后居然从灰头土脑的旧书堆里挑了一本烂了封皮的连环画册《小兵张嘎》。

打了借条，楚兰把这几个人对上号了，鸭蛋青叫栗智高，络腮胡子叫魏文建，而令楚兰颇为困惑的是抖落出连环画册《小兵张嘎》的那个瘦高挑儿，居然就是在本军区炮兵内闻名遐迩的头号训练尖子谭文韬——他怎么会喜欢这种小人书？

楚兰对谭文韬笑笑说："这本就不用登记了，送给你好了。"

三

二号营区在 N-017 东侧，东北临山，南边铁丝网外是当地居民的水稻田，往西有一片很大的杨树林，碎石公路就从树林里穿过，上一个坡再下一个坡，往南一拐，绕过一口大水塘，就是七中队的队部了。再往南走几十米，似乎是山坡的一面在往下滑行的时候突然改变了角度，水平地伸出去一块，于是形成了一块面积约有半平方公里的坝地，东边是篮球场，西边是炮场。篮球场的南北两端和东南角，是七中队的三个学员区队。

那房间委实很大，一百多平方米，差不多就是个小礼堂，一个区队二十一个人住进去，高低床贴墙角摆了一圈，中间还空落落的。

四月的中午已有些燥热。窗外一轮热辣辣的太阳高悬，阳光和嫩白的小杨花清香的气息一同从窗户缝隙里飘进屋里，弥漫着浓浓的春意。这已经是"春眠不觉晓"的季节了，人到此时，最容易犯困。被理论课绷了一个上午神经的学员们大都疲惫地躺在铺上，底子差点儿的把目光固定在天花板上的某处，回味刚刚灌输进来的讲义。情况好一点的便抓紧这点宝贵的时间，闭目养神。

七中队共有三个地炮区队，九个班，每班七个人，骨干的配备体现出了对专业的重视程度。这次总考第一名的谭文韬是中队指定的一区队区队长，常双群是总考第二名，本来也应该成为学员区队长的，至少也应该是个班长。可是因为个头矮了一点，集合站队的时候，他排在前面，一说向右看齐，排头的把脸右转四十五度，还得向下斜视，不是蔑视也像蔑视，中队干部觉得不妥，就让常双群屈尊当了二班副，二区队区队长的位置让给了总考第四名的阚珍奇。凌云河虽然总考成绩排在第八，但因为人高马大仪表堂堂，占了形象的便宜，当了一班班长，一班既是基准班也是门面班，无论纵队横队，一班的位置都十分显赫，操练的时候一班先上，检阅的时候先看一班。总考第六名的魏文建和第十一名栗智高则在二区队分别担任了四班长和五班的副班长。虽然有个官衔，却又不是正经八百的干部，况且大家在原部队也都是班长或代理排长，在这里则一律是两个兜的学员，努力方向一致，自己给自己卖力，用不着做多少"工作"。区队长是临时的，基本的身份还是学员，谭文韬参加一班训练。三区队学员多数来自地方部队，相对而言，同野战军和独立师的炮手们交往就少了一些。一、二区队的学员则多数都神交已久。物以类聚，报到后没几天，凌云河和谭文韬、常双群、魏文建等人就成了莫逆之交。魏文建和栗智高虽然被分到了二区队，但是在课余或是到野外作业，还是要往这几个人靠拢。此后就形成了一个约定俗成的核心，这几个人的言行在本中队一直领导时代潮流，而潮流往往都是由基准班班长凌云河率先炮制出来的。尽管中队只给了凌云河一个正班级别，但他自己却理直气壮地以领袖自居。

自从进了N-017，特别是被宣布担任一班班长之后，凌云河就始终处于活跃和亢奋的状态，甚至主动扮演了副区队长或区队参谋长的角色，经常越过区队长谭文韬，在本区队指手画脚，用马程度的话说是"进行一系列丑恶的表演"。受训任务空前紧张，他却大大咧咧地该玩照玩，前几天他摇唇鼓舌秘密组织了一支篮球队，而且当仁不让地自封为队长，几乎每天中午晚上都要四处挑衅。后来中队发现了，担心影响训练，规定每周只允许打一次，而且还把球收回去由中队文书统一保管，从根本上限制了凌云河的自由。但是中队领导忽视了一个十分流行的真理——天下事难不倒共产党员。胸怀革命豪情的凌云河敢上九天揽月，敢下五洋捉鳖，有什么事他办不到的？

这天凌云河不知道又从哪里找来一个半新的牛皮篮球，在宿舍中间的空场上拍得咚咚山响，一边拍还一边吼："起来起来，球队的同志都起来，就个把小时还睡什么睡？起来打球了。"

二班的马程度最怕上理论课，这天正在烦着，见凌云河全然不顾别人的死活，就代表广大群众提出抗议，嘟嘟嚷嚷地说："老凌你怎么回事？你成绩好是你的，别人就不管啦？我坐了一个上午晕车，这会儿脑子里好不容易才清醒一点，你又搞得乱哄哄的，简直是不讲社会公德。"

凌云河不急不恼，仍然噼里啪啦轰轰烈烈地拍着篮球，说："马程度你死脑筋，你以为你这么成天愁眉苦脸就能把成绩搞上去啦？冰冻三尺非一日之寒，学习之道一张一弛，脑力和体力结合起来身心轻松。你越是着急越是钻牛角尖。起来起来，跟我打球去。打完球我帮你补课。"

马程度说："滚你的蛋，谁稀罕你补课？你自己有没有弄明白我还怀疑呢。"说完，扯过被子蒙住了自己的脑袋。

凌云河仍不气馁，继续一轻一重地拍着球，并且移到马程度的床前去拍，一边拍还一边嬉皮笑脸地拽马程度的被角："你这个忘恩负义的牲口，分床的时候全体人民嫌你脚臭，要不是本同志高风亮节，你问问谁愿意挨着你睡？起来起来，打球喽。"马程度说："你以为你脚不臭啊，你狗日的夜里还磨牙呢。"凌云河说："你不起来，我今天就在你床上扣篮。"马程度被纠缠不过，便喊谭文韬："老谭，你管不管啦？哪有逼人打球的道理！狗日的凌青松（'青松'乃七中队广大群众同仇敌忾赠送给凌云河的雅号，取'泰山顶上一青松'顶天立地之意）专门拣咱成绩差的欺负，老谭你这区队长要不制止他的错误行为，我就要进行自卫还击了。"

谭文韬这当口也想小憩片刻，见两个人闹得严重，便爬起来，冲凌云河做了个苦笑："凌云河你怎么回事啊？就不能安静一会儿？"凌云河龇牙咧嘴嘿嘿一笑说："你安静个屁，你也给我起来。走，打球去！"说完，一球砸了过来。

谭文韬扬臂稳稳地接住球，倒是没有还回去，想了想，突然一跃而起，从床头柜上的作业盒里摸出一根定点用的细钢针，找到气眼就往气门芯里捅。

凌云河一看不妙，惨叫一声，赶紧来抢。但是慢了一步，只听扑哧一声，眼看着篮球就瘪了下去。

谭文韬把瘪球往凌云河怀里一扔，得意地哼了一声："嘿嘿，马程度，看出来了吧，什么叫水平？这就是区队长的水平。凌青松，你可以抱着你的球儿子进芦苇荡了。"

凌云河接过瘪球，左着右看，牙痛似的倒吸一口冷气，瞪着眼睛看谭文韬："你狗日的谭老一好黑，不打就不打嘛，干吗下此毒手？"谭文韬说："在有些问题上，对敌人的仁慈，就是对人民的残忍。大家都想休息，就你弄个破球搅和得全宿舍鸡飞狗跳，本区队长要是不采取坚决措施，岂不是要失信于民？"

凌云河对准篮球气眼，鼓起腮帮子一阵猛吹，吹得面红耳赤，两个眼珠子往外凸出，仍然毫无起色。"这可是我从三中队借来的，你让我怎么去还人家？你这个区队长也太粗暴了点，就不知道做点思想工作？"

谭文韬还没说话，那边马程度则幸灾乐祸地拍屁股大叫："人民大众欢庆胜利之日，便是反动派难受之时。谭老一你别理凌青松，我代表一区队被凌青松欺压的苦大仇深的广大的革命群众，坚决支持你的正义行动。"凌云河恨恨地将瘪球向马程度扔过去，紧接着纵身扑了过去，说："好小子，你小子成天装疯卖傻的，看不出还挺会借刀杀人这一套啊。我今天豁出去了，偏不让你睡觉，球瘪了你也得陪我去打。"两人于是又闹成一团。马程度斗不过凌云河，杀猪一般四处求援，当然不会有人理他，几乎是惨叫着被凌云河架出了宿舍，只好怀着深仇大恨陪着凌云河去摔那只瘪球。

四

给七中队讲地形课的是基础教研室的教员拐五洞，也就是祝敬亚。拐五洞是暗中流行于教导大队干部战士中的另外一种戏谑称呼，因为不含贬义，所以就不能算是绰号，甚至还可以看作尊称。

祝敬亚这段时间当真像焕发了二度青春。当然，祝敬亚的快乐主要是建立在教学上的。倘若请他讲起那些经典的战例，他会口若悬河如数家珍，讲起弹道与地形构成的各种奇妙的关系，能讲得眉飞色舞。听祝敬亚讲课，你往往会误认为人类只有一门艺术，或者说这门艺术可以覆盖或解释其他所有的艺术原理。

譬如，什么样的抛物线是最优美的抛物线？祝敬亚有他的理解，他执拗地认为某某某口径加榴炮在三百二十个基本表尺上，也就是在四十五度的时候发射的弹道弧线是最优美的抛物线，弹道舒展，起落对称，恰如飞虹横空出世。他并且能从这条曲线的上升和滑落征引出许多人生哲理，从弹丸出膛的初速和加速度以及自由落体现象上，形象地阐述出带兵之道和为官之道，他能把火炮的方向密位和距离同人格和做人应该把握的尺度结合起来讲，让你耳目一新又印象至深。尽管他自己的日子过得一塌糊涂。

学员们对祝敬亚自然佩服得五体投地。凌云河有一次感叹地说，祝教员是个好教员，但不是一个人物，他硬是自己把天才给耽搁了。往好里说，他充其量不过是一个教学上的炮兵专家、理论上的民间哲学家和生活中的糊涂虫。

尽管只是一个为期一年半的速成培训队，但是祝敬亚却无比地投入，差不多像带研究生一样灌输这些满身铁药味的老炮手。祝敬亚认为，战争的所有学问实际上就包括在两个概念中：一个是速度，一个是精度。精度即是指空间意义，瞄准目标讲究精度，布阵谋局也要讲究精度。时间的转换就是为了解决空间的问题。速度即是指时间意义，军队运行的快慢是时间，弹丸飞行的快慢也是时间。一个巴掌大的石头在这里相对静止，我们可以认为它的相对速度是零，那它便没有任何杀伤力，如果赋予它速度，把它扔到一个人的身上，它就有可能把人砸伤，如果是从高空落下来，凭借它的重力加速度，它可能会击中人的头颅，砸碎人的胸膛，可能会把骨头砸成齑粉。一枚十克重的铁块加上每秒千米的速度可以在单位面积上产生十几吨重的压力。一支小分队给它以高度的机动力准确地运用于战场的某些部位，可以几十倍地提高战斗效力。往往是越快的东西越有杀伤力，浓缩时间的意义就在于增大杀伤力。这就是我们炮兵之所以是"战争之神"的根本原理。我们凭借的力量无非就是两个字——爆和炸。爆和炸是所有的时间效力转换为空间效力的最典型的运用。

关于炮兵的学说，祝敬亚还有许多学员们闻所未闻的高论。有的通俗，有的深奥，有的联系实际，有的云遮雾罩。学员们就觉得很了不起，觉得自己很浅薄，自己对于伟大的炮兵的那点儿认识理解不过是一鳞片爪。

五

五一节放了一天假，加上一个星期天，共有两天自由活动时间。凌云河当然不会放过这个机会，到处游说，并且鼓动几个铁杆球员，抱着一只篮球从一中队打到六中队。

七中队都是老班长，场上战斗经历得多，再加上都是预提干部，自我感觉激情旺盛，打起球来气势汹汹，发扬连续作战的作风，一鼓作气连战连捷，六个中队都被稀里哗啦地打了下去。当然，七中队也付出了代价，凌云河在最后一场跳投的时候被六中队的后卫顶撞了一下。那一顶非同小可，本身起跳较高，力度凶猛，对方也是孤注一掷，就在凌云河离地三尺球将出手之际，对方后卫斜刺里跃来，出其不意地横在凌云河的面前，飞身截球，球没截住，却将凌云河撞出两米开外，脚下落空，全身失重，泰山顶上一青松顿时变成了一堆肉山，轰轰烈烈地砸在地上。黄泥巴地岿然不动，凌云河却差点儿摔断一条腿——除了脸上被蹭破了皮，左脚还脱臼了。

光荣负伤的还有马程度。马程度本来是很不情愿上场的，平时连球都不愿意跟凌云河在一个场上打。凌云河球技不差，但是球德欠佳，自封队长，在场上任意指点江山不算，还爱凶人。关键时候你要是传球不到位，或者是失手丢了球，他能扯着喉咙骂你。要是赢了还好说，倘若输了，那就坏了，他不仅在场上给你难堪，下来之后他还揪住你不放，查你的责任，弄得你好几天心里不痛快。训练紧张，打场球本来是个娱乐，但凌云河偏偏较真，把它变成一场货真价实的战斗，谁得分谁丢分锱铢必较，一场球下来他要骂你好几天，实在是件吃力不落好的事情。

马程度虽然在业务上反应迟钝一点，但在球场上还是生龙活虎的，攻势凌厉，出手凶狠，铁皮脑袋不怕打，有勇往直前视死如归的牺牲精神，能够在重围之中带球突破，而且投篮命中率很高，是凌云河最为理想的前锋搭档。

马程度虽然不乐意跟凌云河并肩战斗，但这没用，他抵挡不住凌云河软硬兼施，凌云河偏偏就喜欢跟他玩球。吵归吵，大战之际，凌云河绝不会让这个棒打不散的伙计一边歇着乘凉去。用凌云河的话说，这不是他凌云河个人的事情，它关系到七中队的声誉。个人利益服从组织需要，不打也得打。

这一次跟六中队交手，七中队球队由于连续作战，均已人困马乏，最后的拼搏十分艰巨。马程度先是被人绊了一跤，趴在地上差点儿就没有起来，后来球到眼前了，才一个鲤鱼打挺振作了精神。至后半场，三步上篮的时候被对方一名队员高空盖帽，一掌拍在脸上，顿时眼冒金花，鼻子下血红一片。

球赛结束之后，两个人便相依为命赶到卫生所求援。马程度一脸沮丧，神态就像刚刚挨了一顿狠揍的狗。凌云河虽然一拐一瘸，却神采飞扬，龇牙咧嘴地总结胜利果实。

六

大队卫生所那天值班的碰巧是卫生班长丛坤茗。

但不巧的是那天丛坤茗的心情不太好。这天丛坤茗又接到了一封信，当然是求爱信——总是有人不厌其烦地给她写这种信，六中队那个叫崔大山的人尤其执着，可是她不喜欢崔大山，尤其不喜欢他的那双恶劣的肉眼泡和装腔作势的表情。什么玩意儿？也敢乘人之危，什么情有独钟，什么心比天高，命比纸薄，什么嫁给他是最佳选择，简直是死乞白赖。他是看我提干没有希望了，就以为我会降低标准了，真不是个东西！

正在气恼，凌云河和马程度互相帮衬着，残兵败将一般蹒跚而来。

丛坤茗一见凌云河和马程度那副阴死阳活的德行，不愉快的心情顿时化为乌有，差点儿没有笑出声来："嗬，这是从哪个战场上下来的英雄啊？"

凌云河还没开口，马程度就呻吟起来了，哼哼叽叽说："什么英雄啊，狗熊。六中队不规范，打不好球还老打人。医生你帮我看看，我这鼻梁骨是不是断了。"

丛坤茗俏脸一沉，喝道："什么医生？就你那点毛病，还要医生看？那你就等着吧。这里没有医生，只有卫生员。"

马程度顿时噤声。凌云河怔怔地看着丛坤茗，闹不清这个漂亮的丫头平白无故怎么会有这么大的火气。凌云河想了想，赔笑说："早就听说卫生所的丛坤茗一个班长顶俩医生，拜托啦，这腿确实疼得奇怪，快来帮咱实行革命的人道主义吧。"

丛坤茗面无表情地说："进去，躺下。"

凌云河便蹦蹦跶跶地进了门诊室，正要躺下，又看了看马程度，说："老马，你先来？"马程度连忙摆手，说："你先来你先来，你是重伤嘛。"凌云河心里笑了一声——这个兔崽子，他是看人家一个卫生员，还信不过呢。连看个病都要充分体现他的农民意识。

丛坤茗让凌云河挽起裤腿，两边看了看，又上下捏了捏，问道："你们是几中队的？"凌云河老老实实地回答说："七中队的。"丛坤茗说："嚯，是祖国的花朵军队的栋梁啊，那你这毛病我可不敢随便摆弄了。万一有个好歹，把你的腿弄坏了，我可担当不起啊。"

凌云河苦笑一下说："你不要吓唬我，我知道你在卫生所是独当一面的。这点小问题，在你手下还不是小菜一碟。"

"怕不怕疼？"

"当然怕了，最好不要太疼。"

丛坤茗终于启齿一笑说："你咬紧牙关，我要下手了。"

凌云河便咬紧牙关，作视死如归状。

丛坤茗朝凌云河的左腿脚腕处轻轻一掰，说："挺住啊，我要下手了。"

凌云河感到腿下一阵裂疼，恶狠狠地哼了一声，攥紧双拳说："要下手你就下嘛，干吗光打雷不下雨，弄得我胆战心惊的。"

丛坤茗皱皱眉头说："你这脚可真臭。"

凌云河大声喊冤，说："哪里是我的脚臭啊，马程度的脚臭在全军都是著名的，要是评臭脚模范，他可以把大红花戴到天安门。他就在你旁边站着，臭源在他那里啊。"

马程度当即涨红了脸，义愤填膺地抗议说："青松你干什么你，球场上我跟着你赴汤蹈火浴血奋战，可是在人家女同志面前你就出卖朋友了，真不是个玩意儿。"

丛坤茗蹙了蹙眉头说："你不要推卸责任，这个臭味就是从你脚上散发出来的，不要冤枉好人。"

凌云河嬉皮笑脸地说："是我就是我吧。可你想想，我年轻火大，又穿胶鞋打了一天球，它能不臭吗？不臭就不正常了。我要是七老八十，就是想让它臭它也臭不起来了。"

丛坤茗不再理他，又捏了捏他的脚腕子。凌云河屏住呼吸，估计她这回真是要下手了，便绷紧了神经等待，岂料丛坤茗拍拍手说："好啦，你可以下床了。"

凌云河的脸上出现了巨大的惊愕，问："怎么，这就好啦？"

丛坤茗朝他笑了笑，转身到水管下面冲了冲手，又吆喝马程度："你怎么啦？"

马程度立即换上一副可怜巴巴的模样，仰起脑袋把一张脏乎乎的汗脸送到丛坤茗的眼皮底下："你看，我的鼻子。"

丛坤茗对马程度说："拜托了，你先去把脸洗洗行不行？"

马程度便屁颠屁颠地到水池旁边去洗脸。这时候凌云河已经从床上翻了下来，先是试探性地在地上活动了几下腿脚，又小心翼翼地走了几步，走着走着就一蹦子蹦了起来。

"哈哈！我没事了。丛坤茗……同志，你可真神啊！"

丛坤茗淡淡一笑说："连个螺丝都拧不上，我还是革命老战士吗？"

"我看你这水平到大医院当个骨科大夫都没问题。"

丛坤茗头也不抬地叹了一口气说："怎么没问题？问题大着了。就等着你凌云河当上了首长提拔咱了。"

凌云河一惊一喜："咦，你怎么知道我叫凌云河？"

丛坤茗也怔住了，脸色微微一红，想了想，反问道："你怎么知道我叫丛坤茗？"

凌云河眼珠子骨碌了一圈，讪讪地说："全大队就这几个女兵，明摆着的嘛。再说……嘿嘿，我其实早就认识你了。没想到你也认识凌某……"

丛坤茗说："你是七中队球队队长，泰山顶上一青松，凌青松嘛，你名气大着呢。"然后又补充了一句，"你别以为我挺注意你的，我只是对你的青松名字有印象。"

凌云河嬉皮笑脸地朝丛坤茗晃了一下脑袋："我没说你注意我啊？你当然有权利不注意我。可是你为什么不注意我呢？"

丛坤茗瞪了凌云河一眼，不再理睬他，然后集中精力检查马程度的鼻子。

凌云河不敢再胡说八道了，便老老实实待在一边观看丛坤茗给马程度拾掇鼻子。此时太阳已经西斜，从西墙窗子里泻进来的阳光中掺杂着些许橘黄色，落在水泥地板上，再反弹上去，映在丛坤茗的脸上。

丛坤茗神情专注，用一把小镊子夹着一团酒精棉球，小心翼翼地擦拭着马程度肮脏的鼻孔。凌云河注意到了那双手，手指纤细，手背的皮肤凝如白玉。

也许是落日余晖映照的缘故吧，凌云河想，一双经常在各种药液和水中浸泡的手，也是一双缺乏保养的劳动人民的手，是没有理由这么漂亮的，但它们确实是漂亮的。还有那双眼睛——那是一双正在工作中的眼睛，长长的睫毛将优美的曲线静止在黑眸的上下，可是，那双眼睛，那双正在工作的眼睛里竟然还有一缕忧郁的潮湿。是忧郁吗？是的，可这忧郁却成了一种点缀。在这个宁静的下午，在这间简陋的小屋子里，一个漂亮的女兵沐浴在橘黄色的落日余晖里，神情因专注而典雅端庄乃至神圣。

这一瞬间，小屋里的构图安静得犹如一幅色彩亮丽的画面，唯一流动着的是从那双美丽的眸子里不经意间飘散出来的那缕轻烟般淡淡的忧郁，像一条思想的小渠，它使这帧天然的油画画面有了生命的律动……凌云河打算在恰当的时候对丛坤茗进行有节制的赞美，而在一分钟前，在他的心里，这种赞美是无节制的。

终于，马程度的鼻子被收拾一新，脸上还多了一块白色的补丁。丛坤茗如释重负，站起身子，做了个扩胸运动，说：“好啦，你可以走了。”马程度见屋子里有面镜子，赶紧跑过去欣赏自己的尊容。凌云河问道：“我呢？”

“你早就可以走了。”

凌云河说：“我早就可以走了但是没走，是因为要等着跟你告个别，谢谢！”

丛坤茗说：“谢倒是没什么可谢的。下次再来看病，请你先把脚洗洗干净。”

七

不久就在汝定公园里发生了“4·26事件”——后来被凌云河标榜为“惩治土流氓”的事件。

入队的第六个星期天，大队有组织地安排学员们进城，派了两辆解放牌卡车，大队部几个女兵也跟着沾光爬了上去。上车之后大家都还装着不认识，可是后来遇到麻烦，就不能再装不认识了。事情最初是因为几个女兵在公园里照相引起的，丛坤茗在一个摊子前照相，楚兰和柳漱在一旁等待，相没照完，过来几个年轻人围观，说话很不严肃。开始女兵们没打算理他们，不想这几个家伙反而来劲儿了，又说了一些更加下流的话。

这时候凌云河和谭文韬、常双群从不远处的假山背后出现了。丛坤茗她们正在窘境，一下子看见了七中队学员，就像掉队的红军找到了组织，喜出望外，激动得眼泪差点儿都流出来了，赶紧挥手致意。

凌云河他们马上就明白了这里有情况，以百米短跑的速度冲刺，几分钟就到达女兵们的面前。凌云河兴高采烈地问："有敌情吗？"

丛坤茗说："算了，也没啥。"然后息事宁人地推着男兵女兵一起走。岂料还走不掉了，一个蓬头垢面的家伙趁着众人没注意，伸手揽过丛坤茗的腰，流里流气地喊："照一张，快给咱哥们儿照一张军爱民。"丛坤茗挣脱之后气得直哭。

凌云河笑了。凌云河笑着看看谭文韬和常双群，心平气和地说："同志们，机会来了，今天可能要飞兵奇袭沙家浜。"

谭文韬倒是不慌不忙，说："炮手嘛，遇到这种事情当然机不可失了。但是要掌握政策，控制力度，减装药，重创就行了，不能摧毁。"谭文韬代理着区队长的职务，当然要慎重了。但是箭在弦上，也不得不发。常双群虽然平时蔫了吧唧的见不出多少精神气，可是一到战场上就精神抖擞了，早已经拉开了架势，前腿弓后腿绷，一拳开路，一拳护胸，蠢蠢欲动，还急不可耐傻乎乎地问："急促射还是一炮一发？"

凌云河说："当然是一炮一发。各个击破，打一个扔一个，打了就走，不要纠缠。"

谭文韬担心事态扩大，又说："等一等，我看这样，咱们都是学过擒拿格斗的，也别打了，练两手把他们吓跑算了。"

凌云河不满地说："老谭你怎么回事？瞻前顾后的，就这样子能当团长吗？大丈夫敢作敢为，好汉做事好汉当，出了事都是我挑起来的，姓凌的全兜着。打！"常双群说："老谭你大小是个负责人，按说应该回避一下。要不你就在边上看着，我和凌云河就够他们喝一壶的了。"谭文韬说："你们把老谭看成什么人了，既然动手，就都是一根绳子上拴的蚂蚱，有了责任谁也跑不掉，本区队长岂有袖手旁观的道理？不过大家要把握分寸，火力不要太猛了。"

然后就没有异议了，好在七中队学员这天没有穿军装，一律黄军裤扎白衬衣，有点民兵形象，民兵打流氓，也算是名正言顺。于是开打。

痞子是四个，毕竟是个小县城出身的，见识不多，土流氓素质的确不高，显然是没有经过正规训练的，说流氓有点抬举了他们。一来没想到这几个人当真会出手打人，二来都是虚张声势，战术上没有练过协调配合。而对手就不一样了，都是老炮手了，当新兵的时候就练装炮弹，练到最后，几十公斤的药筒托在手上玩儿似的，再加上近年边境有点动作，部队都搞了擒拿格斗应急训练，多少还算是有点真功夫的，更为严重的是有点功夫而功夫不深，还没有到炉火纯青大智若愚的地步，正愁找不到地方露一手，恰好有这几个痞子屁颠屁颠送上来，可以说是雪里送炭，虽说质量差点，但好歹也是活人，总比在靶子上操练要实惠得多。再说，有几个漂亮的女兵在场，根本就不用做思想工作，大家的战斗积极性说上来就上来了。

凌云河首先进攻揽住丛坤茗照相的家伙，以迅雷不及掩耳之势，劈脸就是一掌，先打他个趔趄，再追上一步，将其摔倒在地。旁边三个一拥而上，却被谭文韬和常双群挡在圈外开辟了新的战场。

正在鏖战，又来了两个痞子，还张牙舞爪地举着小刀。这就是全副武装的坏人了，更该打。几个女兵咋咋呼呼地要上来助战，却被凌云河挡在身后。凌云河一副骑士派头，意气风发地说："这是我们男同志的事，你们一边凉快去。"说完，出其不意地弯腰踢出一个扫堂腿，呼啦一下掀翻两个，这两个家伙还没有爬起来，手里的小刀已经牢牢地攥在常双群的手里了。

常双群却没有使用这些小刀，挤眼弄眉地笑了笑，说："咱炮兵大老爷们还用这女里女气的绣花刀？不是个玩意儿嘛。看好——"两道银光一闪而过，两柄小刀便稳稳当当地扎在前面的小树上了。这一手厉害，看得痞子们目瞪口呆。

那边谭文韬同时废了两个，正骑在人家背上作威作福，朝丛坤茗们笑笑说："同志们，考验你们的时候到了，开展战场喊话，让敌人缴枪。"

战斗十分神速地结束了，从正式发起到凌云河手里的一号痞子跪下求饶，不到十分钟。

后来凌云河让鼻青脸肿的痞子们集合站好，并且搞了几次立正稍息，晚点名似的训了一通话，又让他们认真地检查了伤势，直到确认没有伤筋动骨，这才客客气气说："滚吧。回去要是发现有内伤，到贯山七中队找凌老板。但有一条，不得声张。我已经记住你们的丑恶嘴脸了，谁敢宣扬今天的事，抓住了往死里揍。"

回来的路上，丛坤茗一个劲儿地道谢。

凌云河说："谢什么谢？我们还得谢你们呢，英雄有了用武之地，这是好事嘛。不是你们几个给我们创造这么好的机会，驴年马月才能显示一下。"

痞子们回去之后，果然没有人敢声张。挨打之后约两个星期，痞子们还理了发换了衣裳，到七中队去拜师，当然遭到拒绝和训斥。凌云河声色俱厉地说："我们是革命军队，不是江湖好汉，谁稀罕你们搞这一套？你们既不读书，也不看报，不学无术。我等乃堂堂的预备军官，岂能收你等无知小厮为徒？回去，休得荒唐！"

痞子们唯唯诺诺而退，但是孝敬的烟酒和点心却被凌云河坦然接收下来了，毫不含糊地与众炮手分而享之。

第八章

一

绿色的越野面包车行进在绿色的丛林里，沿着碎石公路上下盘旋。

此路人马是奔着军区炮兵教导大队去的。战区分管作战训练的副司令员萧天英在出发之前声明自己是"请事假"，是到 N-017 去"探亲访友"的，而且是半保密性质，所以就轻车简从，没有庞大的工作组，随行人员只有军区炮兵司令部的参谋韩陌阡、军区文化部的干事赵湘芎和军区歌舞团的创作员夏玫玫。

这支队伍很精致。从人员组成上看，委实有点像"探亲访友"的架势，每个人同萧副司令员都有着直接或间接的关系。夏玫玫是老人家的外甥女，前一天得知舅父大人要到 N-017 来，觉得新鲜，便死乞白赖地要跟着来，美其名曰"体验生活"。鉴于这个要求不算过分，下部队体验生活也的确是师出有名，萧副司令员便勉强地同意了。赵湘芎是老人家老部下的女儿，也是夏玫玫的闺中密友，是被夏玫玫"绑票"陪同的。韩陌阡则堪称铁杆智囊，同时也是教导大队同萧副司令员之间的联络人，自然要随行。

阳光从车窗里斜斜地落进来，落在韩陌阡的脸上。这是一张貌似普通而含量深邃的脸型，既不是知识分子温文尔雅的脸，也不是工人农民的粗糙的脸，上宽下窄略嫌清癯的北方结构，整整齐齐的南方造型，鼻子高大挺拔，有西化倾向，厚厚的嘴唇却常常出于紧闭状态，体现出东方人的含蓄和坚韧。重要的是眼睛，你休想从这双眼睛窥视他的内心。眼睛不小，当你与他那双目光交锋的时候，他会毫不退缩地迎着你的目光，向你展示他的坦诚和无邪，还有可能让你误解为那双眼睛是平淡的迟钝的，时间久了你才会隐隐约约地发现不对劲儿，发现不是那么回事——他永远都在不动声色地观察你研究你，你说得越多，他就研究得越透彻，他在暗处而你永远都在明处。他的那张脸上很少有笑容和怒容，尤其是很少见到大笑和大怒。所有偏激的情绪在涌向脸膛之前，都已经在漫长的冲击过程中遭到了理性的坚决镇压，暴露给外部世界的永远都是经过了严格处理的正常的表情。更多的时候，那张脸是在不显山不露水地平静着，这种平静掩盖了思想的起伏——它无时无刻不在思考，你绝不可以从他的表情上判断出他的喜怒哀乐，因此他永远都是神秘的，也是充满了魅力的——这是军人的脸，军人就应该有这样一张脸，坚毅、冷峻、沉稳，这一切，便构成了一个军人沉静睿智的庄重。

与韩陌阡的沉稳形成鲜明对比的是夏玫玫。夏玫玫宽额头长鼻梁，眸子黑圆，机警中又不乏妩媚，虽然已结过婚，是个二十七岁的少妇了，但那副伶俐和俏皮的模样，仍旧显露着少女的风采和"艺术家"桀骜不驯的秉性，一喜一怒一惊一乍都毫无保留地铺陈在脸上。但那张脸是漂亮的。自从引进了日本电影《追捕》之后，韩陌阡越来越发现，夏玫玫很有点像《追捕》里面那个重情重义而又敢作敢为的真由美，形象、气质、胆量乃至说话的表情和态度都有点像。遗憾的是，韩陌阡不是杜丘，尽管他也常常是一副沉默寡言的冷峻形象，而且还有一张同杜丘差不多刚毅的脸庞以及嘴角，甚至个头比杜丘还高出一截，但是，他不能接受夏玫玫稀里糊涂的爱情，更重要的是，他和夏玫玫没有遇上像真由美的父亲那样开明和善解人意的支持者。萧副司令员对他韩陌阡信任有加，但是，从来看不出他老人家有把夏玫玫的归宿交给他的意思。唯独在他同夏玫玫的关系上，他在萧副司令员面前会隐隐约约地感到窘迫。

如果说夏玫玫可以算得上俊俏的话，那么她的女伴赵湘苧就可以称之为漂亮了，但她的漂亮缺乏个性，因而具有很大的普遍性，是那种能够在军营中经常见到的漂亮，眉清目秀，典雅端庄，嘴角上始终挂着一丝朴素的笑意。这种漂亮的不足之处是不够经久耐磨，除了漂亮，还是漂亮，第一眼见到多少漂亮，看上十遍八遍还是那么多漂亮。而夏玫玫的漂亮在于，第一眼往往不是那么让人震撼魂魄，但你要是接触多了，你会发现有一种美丽，就像藏在她的皮肤下面，会一点一滴地向外渗透，直到有一天，她会洇满你的整个视野。

二

同韩陌阡苦难的过去形成鲜明对照，夏玫玫的童年和少年则是充满阳光的，在三年自然灾害期间，她不仅没有挨饿，而且还有牛奶喝。她的父母都是跟随萧天英一起参加抗日队伍的老革命，也是军队的高级干部，她小小年纪就参加了"红色少年艺术团"，是在"我们是共产主义接班人"的歌声中长大的，当然也自信自己是一个天然的革命者，但是到了中学时期，在一次到郊外的学农活动中，这个革命的后代却表现得令人失望。

那天，几个孩子在麦田里发现了一只硕大的癞蛤蟆，有人说这东西是害虫，应该实施无产阶级专政，胆子大的便捡起石子土块去砸，癞蛤蟆受到骚扰，夺路而逃，恰好就经过夏玫玫的身边，一看那满身疙瘩的丑陋怪物，夏玫玫腿都吓软了，当时就惨叫一声，跌跌撞撞地奔上了田埂。在此后的一个星期学农劳动中，无论老师和红卫兵中队干部怎样做工作，什么"无产阶级只有解放全人类才能最后解放自己"啦，什么"祖祖辈辈打豺狼，打不尽豺狼绝不下战场"啦，什么"要与劳动人民打成一片，培养一不怕苦二不怕死的革命精神"啦，等等，任你把嘴皮子磨破，夏玫玫死活不下麦田了，最后老师火了，说："夏玫玫你还写了入团申请书，不参加劳动你能入团吗？"夏玫玫低着头说："不让我入团我就不入了，反正我是不下麦田了。"这件事情在十几年以后可以看成是夏玫玫在政治信仰上的第一次动摇。

十六岁那年，夏玫玫作为一个文艺人才，被特招入伍，先是在下面部队的毛泽东思想文艺宣传队里跳忠字舞，后来又调到军区歌舞团。星期天自然是要到舅舅家里改善伙食的，并且在萧家拥有一间卧室。萧天英只有一个前妻生下的独生女萧歌，女儿女婿都在某某军医大学工作，家里没有孩子在身边，所以老两口对夏玫玫格外疼爱，差不多也相当于一颗掌上明珠，尤其是萧夫人，自己没有生过孩子，对夏玫玫爱护得更加细心，她原来跟夏玫玫的母亲就是要好的同学，而且是通过夏玫玫的母亲才认识萧天英的，姑嫂的感情自然不一般，因而这位舅母对夏玫玫这个外甥女也情感深厚。

据说，当初在为夏玫玫确定职业的时候，还是以萧夫人的意见为主导意见的。在夏玫玫参军之后，萧副司令员本来想让她改行学医或者搞机要通信，萧夫人从中间跟夏玫玫一谈，都被驳斥了，夏玫玫说她不能见血，见血头晕，而且闻不惯来苏水的味道，闻了就想吐。自然是没法学医了。搞机要通信也不行，夏玫玫说她对于数字和机器过敏，在电器附近坐长了手脚麻木——这些话当然都是遁词了，说白了一句话，她就是喜欢跳舞。

后来萧夫人就做萧副司令员的工作，说玫玫这孩子，看来就是搞艺术的，搞医太理性，不符她的性格，机要通信又很枯燥，孩子不愿意放弃专业，就别勉强她了。

几年后，就在萧天英家里，夏玫玫认识了韩陌阡。

那年韩陌阡二十六岁，刚刚受到萧副司令员的赏识，正处于小心翼翼的阶段。打从第一次见到夏玫玫起，韩陌阡就知道这是个聪明的丫头，也知道这不是个听话的丫头。虽然那时候她年纪还不大，却已经是个很有主意的女孩了。

但是，他喜欢她，喜欢她那双骨碌不定的眸子，喜欢她那不知天高地厚的脾气。当然，她很倔，也经常干傻事。

有一年夏天，夏玫玫不知道从哪里把她舅母过去穿的一件湖蓝色旗袍翻出来了，那天萧副司令员家里正好来了几个老部下，警卫员又泡茶又削水果忙不过来，她便自告奋勇帮一手，谁也没有想到，在大批"封、资、修"的年代，在视奇装异服为洪水猛兽的萧副司令员家的客厅里，会有一个穿着旗袍的女子大模大样地招摇过市——她是故意的，她原来以为她肯定会得到一些表扬和赞叹——这女孩好漂亮啊！可是，她没有听到这样的话，萧副司令员家客厅坐着的人都表现出临危不惧的表情，用一种奇怪的、就像是看一个稀有动物的神情看着她，谁也没有说一句恭维话。事后，萧副司令员大发雷霆，不仅将夏玫玫狠狠地训了一顿，指责其"小小年纪就妖里妖气的不本分"，而且还把夫人痛斥了一番，说她不该不检点，不把那些资产阶级的东西放好，诱导孩子犯错误，甚至还有怂恿包庇的嫌疑。

终于有一天，萧天英当着夏玫玫的面对韩陌阡说："玫玫初中还没毕业就参军了，那些年学校又不像个样子，这孩子读书少，小韩你要帮她多读一点书。数理化我看就算了，那东西不是一天两天能攻上去的，你可以帮她在文科上下点功夫，尤其是文学，搞艺术的，没有点文学修养不行。"萧副司令员有这样的委托，韩陌阡当然受宠若惊，这不是一般的信任啊。可是在为夏玫玫选书的时候，却有点费脑筋。虽然当时正在进行检验真理标准的讨论，但是十年特殊岁月毕竟在人们的心灵里留下许多捉摸不透的东西，尤其是老革命的心理很难把握，弄得不好，首长要是不喜欢，刚刚靠上去的亲近就会受到损伤，那就是弄巧成拙了。

几天后，韩陌阡便夹了几本书到萧副司令员家里。萧副司令员的夫人是军区总医院的门诊部主任，老知识分子了，翻了翻韩陌阡带去的书，无非是《树立无产阶级的文艺思想》《我们的艺术是为人民大众服务的》之类。萧夫人笑笑说："别让玫玫再看这些了，艺术是有自己的规律的。"

韩陌阡有些尴尬，说："图书室里都是这些东西，我看的那些书又不太适合玫玫看。"萧夫人想了想，对夏玫玫说："对了，那一年总医院破'四旧'，把俱乐部图书室给抄了，我觉得那些书烧了怪可惜，让你马叔叔暗中留了几箱，就在你萧歌姐姐的屋里藏着，你们可以拖出来翻翻，说不定那里面有好东西。"

韩陌阡闻言大喜。

那个星期天的上午，他和夏玫玫钻进萧歌原来住的那间卧室里，从床底下拖出了四个木头箱子，里面多数都是医学专业书籍，也有一些古典文学，居然还有《登坛必究》《太白阴经》和《纪效新书》，更让韩陌阡惊喜的是，他居然在那封存了若干年的、已经陈旧了的故纸堆里，看见了普希金、雨果、巴尔扎克、莫泊桑……天啊，那一瞬间韩陌阡的心在剧烈地颤抖，这些名字对他来说是多么熟悉啊，熟悉得就像每天夜晚都可以看见的天上的星星。可是这些名字对他来说又是多么遥远啊，遥远得也像每天晚上都可以看见的天上的星星。在他前二十六年的历程里，除了专业书籍和《毛主席语录》，他读的最多的就是马恩列斯著作。但是，就在那个上午，在萧天英家里的那个十几平方米的房间里，出现了前所未有的辉煌，群星璀璨，珠宝生辉——在中国以外，在仍然处在水深火热的占世界人口四分之三的人群当中，那些耀眼的明星终于真实地出现了。

韩陌阡竭力地控制住自己的激动，对夏玫玫说："首长要你提高文学修养，你就先读这本《莫泊桑小说集》吧。"

在韩陌阡说这话的时候，夏玫玫并没有理睬他，她也进入了自己的境界。先是翻出了一本诗集，是惠特曼的《我歌唱带电的肉体》，夏玫玫火眼金睛，一眼就认定这本书与她的专业有某种联系，她是搞舞蹈的嘛，她想看看大师对于人体是个什么态度。接着，就是一通大刀阔斧的倒腾，凡是她一眼没有相中的，一概扔出几米开外，凡是初选认为有些意思的，则统统放在身边，并且毫不含糊地压上一条腿，以表示占有。

等韩陌阡回过神来，不禁吃了一惊——这小姑娘不知道从哪里翻出了一本画册，她正看着的那一页，是一个身穿透明纱衣的女郎，在蔚蓝的天空下，女郎修长的赤裸的双臂举在头顶上方，手背相靠。女郎的两只足尖微微踮起，长腿玉立，圆润的胴体宛若数株鲜嫩的笋节组合而成的塑像在向天上生长，在塑像上半部分，隆起着两丘浑圆的山峦，山的峰巅镶嵌着两棵紫红色的樱桃，在纱衣的云雾中若隐若现。山峰的下面是一片坦荡的平原，如同雪白的绸缎从高山流泻下来，终于在一个山谷里隐没，而山谷的平面是一片初生的色泽淡雅的芳草。一片花瓣在画面上出现了，一片鲜红的、初绽的、还挂着露珠的红玫瑰的花瓣缀在薄如蝉翼的纱衣上，就在平原和芳草之间静静地弹拨出一个悠扬的音符，似乎是在掩盖，又似乎是在强调，似乎是在喧宾夺主，似乎是在映照主题，就像一个美丽的伴娘依偎在更加美丽的新娘的身边，她们共同营造了一个美轮美奂的绚丽构图。"天啊……她可真美，像个仙女。"夏玫玫轻轻地叹息一声。

韩陌阡没有说话，他也被这个意外的美丽惊得目瞪口呆。

"她是谁？"

韩陌阡看了看画面下面的文字，几乎是咬牙切齿地说了一句："多丽丝·汉弗莱。"

"多丽丝·汉弗莱是谁？"夏玫玫又问了一句。

"不知道。"韩陌阡迅速地从这美的震撼中清醒过来，低沉却有力地对夏玫玫说，"这本画册不许你拿出去。"

"不！它是我的了。"夏玫玫不由分说地把画册合上，并且塞进一个柜子的衣服堆里。

韩陌阡说："如果让首长知道了，你在看这东西，那就……"

"知道了又能怎么样？我就是要看。"

韩陌阡做出一副恶狠狠的样子，说："夏玫玫我警告你，这是黄色画册，首长知道你在看黄色画册，我们两个都要倒霉，那是要闯大祸的。"

夏玫玫看了看韩陌阡，突然笑了，笑出一口雪白的牙齿、一脸的狡黠，说："去你的，什么黄色的红色的，这是艺术，别以为我什么都不懂。"

那本画册终于被夏玫玫私吞了，好在她没让它在公开场合露面，也没给韩陌阡找麻烦。尽管韩陌阡曾经十分严肃地担心过那本画册和夏玫玫的任性会酿成祸害，但是，真实的情况却是，他和夏玫玫一道读完了十几本在当时看来还算是禁书的书籍，两个人并因此而建立了一种十分危险的关系。

一年之后，初步解开欲望禁锢的中国人从严重的精神贫血中喘出一口长气，中国的文学艺术出现了空前的繁荣和浮躁，各种裸露的或半裸露的女体男体铺天盖地地出现在各种刊物的封面封底上，而且良莠混杂光怪陆离，那就不仅是审美意义的需求了，还有饥饿者对于食物的生理需求。比起公开亮相的那些搔首弄姿的美女俊男，夏玫玫所拥有的那本画册，越来越显示了它的高贵和神圣。或许还可以这么认为，夏玫玫对于自己所从事的职业，对于舞蹈这门艺术的真正理解，对于人体巨大的美的价值和开发这种真美的价值的充分认识，还是从那本画册开始受到启蒙的。她在此后不久就弄清楚了，那个打动她震撼她的人是二十世纪初美国著名的现代舞蹈家。当她如饥似渴地读完了厚厚的《古希腊舞蹈意象》《世界舞蹈史》以及《生命的律动》之后，她已经在无形当中把多丽丝·汉弗莱看成了自己的楷模和艺术精神之母。她甚至形成了这样一个信仰，在所有的审美对象当中，最美的还是人，因此，在所有的艺术当中，最美的艺术还是人体艺术，而在所有的与人体有关的艺术当中，最高的表现方式又只能是舞蹈，因为舞蹈是运动的人体，是由鲜活的肉体直接陈述的语言。

三

车子沿教导大队营区盘旋一圈，最后驶进了一片平地，在一块不大的球场边上停了下来。球场上端坐着几个方队，围成了一个会场，会场中央悬挂着一条红底横幅，"教育训练汇报大会"八个大字赫然醒目。

萧副司令员还没有钻出车门，早有几个上了年纪的干部一拥而上，礼毕，簇拥着萧副司令员神采奕奕地走向主席台位置。其余人员也由教导大队的干部引导在主席台后排就座。坐下之后，萧天英似乎想起了什么事情，环顾四周，问姚大队长："祝敬亚同志来了没有？"

姚大队长回答说："来了，"然后就朝下面喊，"祝副处长！"

居然没有人回答。祝敬亚其实就在台下的教员队里，显然他还不太适应

"祝副处长"这个称呼，在他的记忆中，他永远都是教员，即便他在七中队也担任一定的领导职务，学员们也还是称呼他教员。他一时还没弄明白"祝副处长"是谁，直到身旁的人捅了捅他，他才恍然悟到"祝副处长"原来就是"祝敬亚"，就是自己，于是打了一个激灵，仓促地应了一声"到"，便站了起来。

按道理说，祝敬亚不是第一次见到萧天英，当年他在军区当参谋时，萧天英是军区炮兵司令员，军区机关和军区炮兵机关同在一个城市，而且祝敬亚分工的专业职责是炮兵训练，没理由没见过萧天英。但在今天这个时刻，无论是萧天英还是祝敬亚，彼此都感到陌生。萧天英看见的是一张布满沧桑的农夫般的老脸，尽管那副身躯是立正的，可略显佝偻的腰板却无论如何也站不直了。这情景让萧天英心中无限感慨。

萧天英向祝敬亚打了一个手势，说："坐下吧，祝敬亚同志。"又说，"祝敬亚同志，你的情况我知道了。培训中队成立以来，你做了大量的工作，很有成效。谢谢你啊好同志！"

祝敬亚坐下，无语地注视着萧天英，嘴巴哆嗦了几下，一句话没说出来，竟然从眼眶里漫出了两行热泪。此泪既非为委屈而流，也非为感激而流。这一时刻，祝敬亚的心情，说百感交集，真是再恰当不过了。

萧天英并没有让自己的情绪在祝敬亚的身上停留太长时间，恰到好处地调整了情绪，恢复了大军区副司令员的庄重和矜持，举起睿智和威严的目光，居高临下地扫视着凝如雕像的部队。

在主持人宣布开会之前，萧副司令员突然扭过脑袋问立在主席台左后侧的两位女兵："丫头们，我先考考你们，你们认一认，东西南北八个方队，哪个方队是预提干部速成队？"夏玫玫和赵湘苈站了起来，红着脸扫描了一遍，觉得不大好分辨，一样的军装，一样的军容，一样端正的姿势，一样虎虎生威的眼神，一样差不多的年龄，各个方队间似乎没有太大的区别。两个人开了个短促的小会，又将求援的目光投向韩陌阡。韩陌阡其实已经判断得八九不离十了，但他此刻也不是很清楚萧副司令员的用意，当然不敢瞎参谋，扭过脸去装着没看见。夏玫玫心里骂了一声这小子不是玩意儿，硬着头皮指着面向主席台中央的方队说："这个队。"

萧副司令员不动声色地问："根据何在啊？"

夏玫玫说："看起来兵龄老一点。"

"还有呢？"

"军装旧一点，还有……他们坐在中间。"

萧副司令员朗声一笑："恐怕没有这么简单。我告诉你们，名字是早就知道了，但是我也是今天第一次来见他们，我跟你们一样靠肉眼来判断。不是你们错了，就是我错了。依我这双老眼之见，从东往西数，第三个队就是预提干部速成培训中队。"萧副司令员说完，调整目光，东看西看。教导大队的首长们都不作声。各方队仍然端坐不动，目视主席台。

萧副司令员突然一拍桌子，大喊一声："预提干部速成队听口令——起立！"

主席台上的人尚未回过神，只见一块绿色的正方形从会场某处拔地而起，像一方经过严格修剪的树林，纹丝不动地伫立在春天的阳光下。

夏玫玫和赵湘芎举目看去，那片挺拔的树林，正是萧副司令员认定的那个方队。

会场像是吃了一惊，教导大队姚大队长率先鼓掌，接着掌声骤起。

训练汇报大会既定的程序被打乱了。

萧副司令员简单地得意了一下，看了看夏玫玫和赵湘芎，目光的意思是说：怎么样，我老人家的老眼没看错吧？然后摸摸风纪扣，巍巍地站了起来，向那片挺立的方队还了一个军礼，说："坐下。"

方队坐下后，主持会议的大队政委歪下脑袋，从桌面上把目光送到萧副司令员的面前，低声请示："首长，是否可以开始了？"萧副司令员目不斜视，说："当然可以。"

先是姚大队长念了一篇讲话稿，接下来是七个学员中队陆续表演自己的汇报科目。一至四中队都是班长培训队，汇报的是炮兵班占领阵地的指挥，班长由十名学员担任，炮班则由临时配属的战教连提供。夏玫玫误指为速成队的是五中队，也就是技工培训队，属于志愿兵预转队，汇报的是临战状态火炮故障的排除。六中队是干部轮训队，汇报的是指挥所参谋作业想定。

终于轮到七中队了。

萧副司令员举起一只巴掌，让暂停，说："你们就不要搞什么表演汇报了，你们明天给我操个炮，我看看就行了。你们六十三个人的名字大部分我都记住了，可是一个也没有见过，现在，我来跟大家对对号。"然后就开始点名。点到一个，站起来一个，向台上敬一个礼，萧副司令员的目光在那年轻挺拔的躯体上作短暂停留，点头致意。

当点名点到常双群的时候，萧副司令员没有马上让他坐下去，而是开玩笑似的说："啊，常双群，都说你是小个头尖子，我看你的个头不算小嘛，跟希特勒差不多，恐怕还要高一点，你有一米几？"

常双群答道："报告萧副司令员，七队学员常双群，身高一米六五。"萧副司令员笑了笑说："我们的炮兵真是好高骛远，一米六五就算矮子啦？荒唐。"

说着，笑容一敛，郑重神色说："同志们知道吗，就是这个身高一米六五的老兵班长，在炮兵班技术战术训练考核中，连续两年夺了团里的第一，师里的第一，去年又拿了全军区炮兵考核的第一。你们看他矮吗？我看一点也不矮。据说跟他一起抗衡的班长个头都比他高，可是他偏偏把高他一头的大个子们都压了一头。不容易啊。人的高大与否并不是以身高来衡量的，我看常双群就很高大。将来你找女朋友，她要是嫌弃你个子矮，你给我打个电话，我来教育她。"

会场上空悠然荡漾出一片轻松的波浪，主席台上传出克制的微笑。常双群的脸红了。

萧副司令员说："常双群你不要害臊，我的姑娘要不是早嫁出去了，我就命令她等着嫁给你。当然你要不同意就另外一回事了。你坐下吧。"

点名点到魏文建的时候，萧副司令员又停顿下来，说："听说你跟我一样有一脸络腮胡子，我感到很自豪。当然了，胡子和胡子是不一样的，我的胡子没有你的胡子年轻也没有你的胡子漂亮。我知道你刮干净了。我就是要提醒你，每天都不要忘记刮胡子，再漂亮也得忍痛割爱。到我这个年纪也不许留胡子，军人嘛。"

然后又转向会场："诸位，你们知道你们面前站着的这个人是个什么人吗？这个人个子也不大，但是胆子不小，据说他在这次报考教导大队的时候，以一个班长的身份，完成了炮兵群指挥员的作业想定。他居然敢否定军区炮兵的权威答案，而且事实证明他是正确的。依我看，沿着正常的道路走下去，这个人在十年之内指挥一个团是没有问题的。那么二十年后呢？如果他经历一场战争，如果他不犯错误，二十年后他的前程是不好估量的。谢谢你啊魏文建，你可是大大地给我们络腮胡子争光了。"

尽管没有人大声说笑，但是会场里的气氛是欢快的，官兵们脸上的内容是活泼的。夏玫玫和赵湘芗从来没有见过这样的场面，当然也就不好比较这个会和别的会有什么不同。夏玫玫压低声音对赵湘芗说："老爷子没有儿子，他今天是来看儿子的。"赵湘芗笑笑："那你就有六十三个表弟了。"夏玫玫说："我看我那位危险了，没准等他们毕业了，老人家会动员我嫁给这些人当中的一个。"赵湘芗说："不会，你年龄太大了。你要比他们大好几岁呢。""你的意思是说，你还有可能勾引一个？""我警告你，谁要是敢打这个主意毁我长城，当心老爷子毙了她。"

两个人斗嘴间，萧副司令员又点了几个人，其中有连续两年获得军区考核第一名的谭文韬，有连续三年立过二等功的阚珍奇，有获过若干单项第一名的凌云河，有带兵模范栗智高，有创造过七千米距离山地射击全班十发优秀的蔡德罕，有这次报考教导大队综合成绩总分第四的安国华……每个人站起来，身上都披着灿烂的荣誉之光，每个名字后面，都有一串响亮的注解。不要说夏玫玫和赵湘芗震惊，也不要说其他学员队和大队部那些男兵女兵赞叹不已，就连有些教员也被深深地震撼了，他们只知道自己的学员们来之不易，也知道他们在炮兵领域身手不凡，但对于他们入队前曾经创造过那么多辉煌，教员们还是估计不足。

四

萧副司令员等人的晚餐是在七中队进行的。

晚餐实际上成了萧副司令员的动员大会。按规定教导大队学员是不许喝酒的，今晚却破例上了白酒。萧副司令员说："你们在这里受训，只准喝两次酒，两次我都参加，今晚是第一次，等你们受训结束，级别命令下了，四个兜兜穿上了，我再来为你们送行。"

韩陌阡悄悄地对赵湘芗和夏玫玫说："今晚首长要尽兴了。"夏玫玫瞪起眼睛说："老韩你要挡驾，老人家喝醉了你要负责。"韩陌阡阴阳怪气地眨着眼睛说："这个驾可不是好挡的，我劝你们也不要自找倒霉。首长高兴了，你就让他热闹一番。根据我所掌握的情况，老人家是喝不醉的。老人家今晚不仅要喝酒，恐怕还要高歌一曲。不信你们等着看。"

这晚的聚餐果然如火如荼。能喝酒的，就放开肚皮喝了。萧副司令员是晚兴致很高，学员们渐次敬酒，来者不拒，开始数杯一饮而尽，倒是学员们自己提出来，首长不能这么喝，我们年轻，我们喝光，首长意思意思就行了。首长跟我们碰杯，我们给首长代酒。

喝了一阵子，萧副司令员的豪气有增无减，就给大家讲喝酒的光荣传统，说："湘芗、玫玫，你们知道吗，退回二十年，我们，我跟你爸爸他们，哪里用酒杯啊，喝酒全是拿碗，大碗喝酒，大碗吃肉。我们那气派，别说叫你吃喝了，看着你都害怕。"

赵湘芗不作声，抿着嘴笑。赵湘芗的爸爸赵云飞是萧副司令员的老部下，萧副司令员当别茨山军区司令员时，赵云飞是别茨山军区司令部的参谋长。赵云飞活着时，隔三岔五萧天英总是要邀几个老部下畅饮一通。

教导大队的干部说："不用说退回二十年，首长七八年前到 N-017 来，都是军用茶缸伺候，两个副省长都喝跑了。"

萧副司令员哈哈大笑，说："这种小酒杯，看起来精致漂亮，我们跟国民党谈判时就用这东西，我们不搞假斯文那一套，把十几杯倒进碗里一口喝光。国民党那些官喝不过我们，求饶，我们不依，硬灌他们。我说扛枪的人把脑袋掖在裤腰带上，连死都不怕，还怕喝酒吗？看一个人敢不敢喝酒，就能看得出来他敢不敢同鬼子拼刺刀。喝！谁不喝就抽自己的耳刮子。国民党那些官确实是孬种，保命哲学学得好，宁肯扇自己的耳刮子也不喝酒。"教导大队的干部说："我们都听说过，国民党的一个少将就在首长的面前自己扇自己的耳刮子，脸都打青了也不敢喝酒。"

萧天英说："那是啊，他怕死。喝完酒，我们就拉国民党的军官唱歌，唱《大刀进行曲》，我们唱得气势磅礴，还不是唱一遍，我们酒后唱歌，一唱都是三遍五遍，还不换样，就逮住一首歌唱。你们听听，'大刀向鬼子们的头上砍去'，你想想一连把这首歌唱三遍五遍是个什么效果？让他们心虚，让他们胆寒。我们在一边唱，国民党那些军官呢，就在一边东倒西歪，死狗一样。我们越是唱得起劲，他们越是双腿发软。我们其实也不是酒桶，但我们用这种手段吓唬他们，从气势上压他们一头。唱完歌，我们的酒就醒了，还可以喝。在喝酒的问题上让他们看看我们的英雄气概，看看这些人不达到目的是不会罢休的。以后南下千里追击的时候，有一个上校，听说追击他的是萧天英的部队，干脆不跑了，让他的部队在路边的一个村庄外搭起白帐篷，等着投诚。投过来之后对我说，就凭那次看你们喝酒听你们唱歌，我就知道我们大势已去，不是你们的对手。你们是意气风发，我们是死气沉沉，那还跟你们打个什么劲啊，投降算了。你看，就是喝顿酒，里面都很有政治学问。当然，今天我们没有谈判，也没有政治。现在看来的确是岁数不饶人了，那我老人家就倚老卖老了。"

学员们饭前都是有思想准备的，一是要让首长尽兴，二是不能让首长喝醉。情况是在报到时就已明朗了的，在这些老兵的前途命运受到严重考验时，就是这位当年纵马驰骋名震别茨半壁河山的萧副司令员，就是这位在战争年代积累了赫赫战功和精彩历史的老军人，利用自己的威望和影响，上下斡旋，大声疾呼，要为部队留一批优秀的老兵苗子，留下这群土生土长知根知底的老兵，从而才有了这个艰苦卓绝的七中队。

从某种意义上讲，萧副司令员就是这六十三个人的保护神，是他们最可信赖和尊敬的长者，最慈祥的父辈，跟着这样的首长，你还有什么不能舍弃的呢？你当然要英勇献身，你可以为他去拼搏，更可以为他去死。这里面还不仅仅是一个简单的感恩戴德的问题，这里面有感情和理解所焕发出来的巨大的精神力量。强将手下无弱兵，这是自从有了军队以来的战争史上的一条铁的法则，而强将之所以强，除了他的谋略和智慧，更有他人格的感召力量，更有他和士兵的心心相印。

老兵们没有多少言语，在跟萧副司令员碰杯的时候，许多人的眼睛是湿润的，心灵的虔诚就像一面旌旗，在年轻宽阔的胸腔里猎猎作响。

晚餐结束，萧副司令员意犹未尽，果然豪兴大发，问教导大队的干部："就这么吃了睡睡了吃？"

教导大队的干部赶紧说："我们牢记首长的指示，出征不能没酒，酒后不能没歌，首长是不是先来一首《飞兵奇袭沙家浜》？"

萧天英举起胳膊，蒲扇般的巨掌在空中挥了几挥，哈哈一笑，说："唱那玩意儿干啥？都给我拢过来，一起唱，《三大纪律八项注意》，革命军人个个要牢记，三大纪律八项注意。饭前唱歌调味，酒后唱歌壮气。今天借酒为你们壮行，高歌为你们打气！"

然后就开唱，萧天英亲自指挥，众学员腔音爆发，唱得气冲霄汉。

第九章

一

萧副司令员黎明即起，先是在大队部后的山根下张牙舞爪地比画了一阵太极拳，打得通体舒泰，然后叫上韩陌阡，红光满面地沿着操场小跑了一圈。松弛下来的时候，萧副司令员一边做着扩胸运动，一边漫不经心地问韩陌阡："对七中队初步印象如何？"

韩陌阡回答："千里挑一，尖子中的尖子，自然是炮兵精英了。"

萧副司令员侧过脸来，很有力度地看了韩陌阡一眼，说："哎，这话可不能说得太早了。七中队也是肉身凡胎，人，这种动物是可塑性最大的动物，这些人还很年轻，单是在军事技术上过硬，还不能算人中精品，要成大器，思想素质还得提高。"说着，用手拍了拍后脑勺，"脑袋脑袋，这个装大脑的袋子内容很复杂，要帮助他们装上应该装的东西。"

韩陌阡说："根据我所掌握的情况，这些人的思想基础还是很牢固的。"

萧副司令员说："训练这一块看来问题不大，那个祝敬亚是个干事的人。但是这样的同志往往也有……弱点，确实有点只顾埋头拉车，不会抬头看路。政治上不敏感。政治是灵魂，是统帅，对这些年轻人，尤其不能忽视思想政治建设。你要帮我多从这方面想点问题。"

韩陌阡有点意外地看着萧副司令员，一时不知道老人家在动什么念头。但是他在此刻想到了另外一个问题，字斟句酌地说："首长，指标是六十三个，现在学员也正好是六十三个，这里面好像还应该有个……"然后就不往下说了。

萧天英心里一动，停下脚步，问道："你是什么意思？"

韩陌阡仍然是一副小心翼翼的样子，说："我有个不成熟的想法，我认为六十三个学员来争取六十三个指标，似乎有点轻松了，从科学管理的角度上讲，引入竞争机制，给他们点压力，给点危机感，恐怕对于强化他们成长是有好处的。这也符合首长的一贯原则，精兵要精，锤炼要严。"萧天英停止动作，再一次深刻地看了韩陌阡一眼，点了点头，若有所思地说："啊，你这个想法还真想到点子上了，我看这个问题有研究价值。"

这时候教导大队的几个长官和萧副司令员的随行人员也纷纷起床，来陪萧副司令员散步。

萧副司令员问姚大队长："你们这里有没有澡堂子啊？"

姚大队长说："有一个，不过是男女合用的。"

萧天英扭头看着姚大队长，满脸狐疑："搞什么鬼？"

姚大队长知道自己没有说明白，急忙解释："是这样的，就是一个大屋，有盆塘，有淋浴。星期六是男同志洗，星期天是女兵和家属洗。"

"一个星期只洗一次？"

"我们这里缺煤，一个星期能够保障洗一次就算不错了。"

"洗一次澡要多少煤？"

姚大队长想了一下，说："半吨。"

萧天英又把头转向韩陌阡："记一下，回去给军需部唐治山打个电话，每个月给教导大队解决四吨煤。要保证学员每个星期洗上两次澡。女同志和家属也要洗两次。"

姚大队长说："那我们就跟着沾光了。"

"你们没有听说过吗，美国监狱里的犯人，每个星期洗两次澡还提出抗议，说只让洗两次澡太少了，不人道。娘的，连犯人都养尊处优。我们的学员是要当军官的，要鼓励他们、支持他们洗澡，洗掉身上的市民习气、农民习气，洗掉这个习气那个习气，洗出军官的颜色，洗出一身干干净净的军官的精神气儿。军官的身上只能有一种气，是士气，也是正气。"姚大队长说："落实萧副司令员这个指示一点困难都没有。如果首长有兴趣的话，是不是可以亲自视察视察我们的澡堂子？"

"你又打我什么主意？少设圈套让我钻。"

姚大队长察言观色，得出结论老爷子今天心情尚好，笑笑说："萧副司令员，送佛送到西天，您老人家好事做到底吧，拨一笔款子——也就是七八千块钱，我们再筹一点，把澡堂子分开。我这好歹也是个副师级单位，该有一个像样的浴室了，您老人家的部队，男女同浴……这名声听起来有点欠妥啊。"

萧副司令员断然否决："不行。你别得寸进尺了。你这个副师级，也就是团级的兵力，没有学员了，你就是个连长。图那个排场干什么？能省得省，还是要讲究艰苦奋斗。钱我有啊，我就是不给你们，该花的十万八万我一个条子，不该花的我一分钱都不给。"

又说："洗澡也不光是依靠澡堂子，提倡洗冷水浴，我老人家几十年冷水浴，通体舒泰，朝气蓬勃，啊，你们说是不是？"

姚大队长见要钱无门，回头是岸，连连说是："萧副司令员老当益壮，越活越年轻了。"

萧天英说："扯淡，我又没吃长生不老灵丹妙药，怎么能越活越年轻啊？我是越活越明白了，越活越精神了。"

走了一段路程，萧天英突然想起了一件事，问教导大队的姚大队长："昨天，那个去给我送材料的同志叫什么名字？"姚大队长想了想说："首长说的是吴黄陂吧，是训练处副处长。"

"哦，"萧副司令员点了点头，"是姓吴。表现怎么样啊？"

姚大队长心里一动：嘿，吴黄陂果然出手不凡，一面之交，就给萧副司令员留下印象了。这不，已经开始过问表现了。吴黄陂是姚大队长手下的得力干将，当然是要把话往好里说了："这个人表现很好，业务精，反应快，有敬业精神，能吃苦。"

"哦。"萧副司令员哦了一声，语气里似乎有点不太相信。

"什么文化程度？"

"大专。陆院毕业的。"姚大队长更来劲了，思忖吴黄陂要交好运了，首长连文化程度都关注到了，没准要往军区调哩。

可萧副司令员再哼一声，便没有下文了。恰在这时，大队部门口已经出现了零星人员，姚大队长说："吴黄陂同志就在那边，是不是把他叫过来，首长指示几句。"

萧天英说："可以啊，叫他过来，我来问问情况。"

等吴黄陂精神抖擞地跑步过来，韩陌阡就不禁哑然失笑了。萧副司令员之所以对那个吴副处长"印象很深"，与他的表现完全无关，引起萧副司令员重视的是他的鼻子——酒糟鼻子，看来这个同志要委屈一下了。

萧天英说："吴副处长，听说你是抓训练的，那咱们两个人还是同行啊。"

吴黄陂红着脸说："我抓的训练哪里能跟首长相提并论。首长抓的是千军万马，我抓的是鸡零狗碎。"

"哦，"萧副司令员笑笑，说，"既然是抓训练的，那我们两个人就训练方面的有关问题来交流一下，吴副处长意下如何啊？"

吴黄陂的头皮顿时就麻了起来，就连韩陌阡也不禁为吴黄陂暗中捏了一把汗。别人不摸底细，他韩陌阡是知道的，老爷子要刁难了。为什么？就是因为那个酒糟鼻子的嫌疑，委实冤枉啊。萧副司令员果然开考："吴副处长，'操手足号令易，而操心性气难；有形之操易，而不操之操难'，知道这话是谁说的吗？"

吴黄陂霎时就出了一头冷汗，期期艾艾地说："报告……报告萧副司令员，我不知道。"

"知道这话是什么意思吗？"

吴黄陂更加紧张，用目光向姚大队长求援，可是此刻姚大队长也紧张起来了，生怕危及自己，一句话也不敢言语。

吴黄陂说："首长，我学习得不够，我……不理解。我……我要加强……"

萧副司令员笑了笑，冷笑，说："好，那我告诉你，这话出自《练兵实纪》，是戚继光说的，意思是，操练手足的号令容易，而操练思想和勇气的号令困难；有形的训练容易，不能操课的训练困难。哪些科目是不能在操课中体现的训练呢？就是意志和胆气。我再问你，'练兵之要，先在练将'，这话是谁说的？"

吴黄陂额头上的汗珠眼看着就滚了下来。他现在已经来不及喊冤了，这真是天外飞来的横祸，他怎么也想不到今天稀里糊涂地撞上萧副司令员的枪口，祸源竟是他的不争气的鼻子。吴黄陂结结巴巴地说："我……我，不知道，我学习不够……"

萧天英不动声色，说："这话还是戚继光说的。这个意思就不用我解释了吧，所谓练兵，就是先要练你们这些人，当官的。我再考考你，'教兵之法，练胆为先；练胆之法，习艺为先。艺精则胆壮，胆壮则兵强'，这话是谁说的啊？"

吴黄陂连连受挫，深知今天不被折腾个狗血喷头是过不去的，也就死猪不怕开水烫了，想了想说："这话还是戚继光说的。"

萧天英原地不动，脸上居然有了微笑，问吴黄陂："你敢肯定？"

吴黄陂十分不肯定地说："我……敢肯定。"

萧天英冷笑一声："我也敢肯定，我敢肯定你在投机取巧。这话出自《正气堂集》，是明朝俞大猷说的。"

吴黄陂顿时无地自容，呆若木鸡。

萧副司令员向吴黄陂挥了挥手："好了，该干什么干什么去吧。"

吴黄陂如获大赦，规规矩矩地敬了个礼，迈着两条机械的腿，生硬地跑回到二百米以外的厕所里去了。

空气很紧张，教导大队的干部脸色都很尴尬，并且恐惧。萧天英问姚大队长："你这里的干部都不读书吗？"

姚大队长顾不上擦擦一头冷汗，回答说："也是读的，不过，有些不够深入全面……"

萧天英粗暴地打断了姚大队长的话头："什么不深入不全面，压根儿就没读。这些都是常识，怎么能不读呢？作为军官，不读兵书，这算什么军官？我出一百道题，你教导大队的干部能答出十题，我就喊你老姚姚副司令员，我给你敬礼。当然了，你也不用紧张，我不考你了，也不光你这里是这个现象。现在有一个很奇怪的现象，军官不读兵书，真是他妈的混天度日。"

姚大队长一脸惶恐，连连点头，说："是是是，我们要注意弥补。"

"好了，今天不算批评，也不要为难那个吴副处长了，抓训练的都很辛苦，难免顾此失彼，不做学问的也不是他一个，说到底，你们大家也好不到哪里去，以后注意加强就是了。"萧天英最后豁达大度地说。

二

起床号响过不到五分钟，大队机关的官兵也全副武装地拉了出来，开始按部就班地出操，一队队步伐整齐，口令雄壮有力。山谷里顿时被激活了，热气腾腾地喧嚣起来。

正在炮兵独立师蹲点的军区炮兵司令部参谋长姜兰亭和炮兵政治部副主任乐钧也于昨晚连夜赶过来，此时已经跟在萧天英的身后了。萧天英一大早就逮住个机会训了一顿人，心情居然好上加好。环顾左右，看着姜兰亭和乐钧说："怎么样，还是基层部队出操出得地道，有气势，有那么一股嗷嗷叫的劲头。军区机关里的早操不像早操，倒像是学生娃娃们起哄，乌合之众，乱糟糟的。"

姜兰亭深有感触地说："那是啊，秀才练功，花拳绣腿。"

毕竟是上了一把年纪，萧天英活动了一个清晨，此时已经气喘吁吁了，但是他仍然昂首挺胸，保持着年轻健壮的姿态，边跑边说："积六十五年人生经验，我认为保持健康最重要的注意事项就是——要坚持出操。早晨起来，跟上队伍，跑出节奏，让你这副老骨头跟着年轻人，你也就年轻了，跑个五公里越野虽然也累，但是精神放松。要是扯起喉咙喊一阵子口令，把肚子里沤了一夜的污泥浊水都吼出来，那你就什么毛病都没有了。"

乐钧说："首长的观点新鲜，也很精辟。"

萧天英说："不要以为我跟你们瞎扯淡。我有一个老战友，战争年代还算一条好汉，我当司令员，他当政委，打仗配合那是没说的。和平时期却经不住考验，批某某某同志时他积极，批某某某同志他也积极，跟阴谋家搅到一块去了，那还会有个好？'文革'一结束，他蔫了，好在党的政策不是一棍子打死，撤了职，不让他掌权了，但是生活上还享受副兵团级待遇。他糟心啊，比我还小两岁，这几年什么毛病都出来了，医院一住就是半年。我到北京去开会，抽空去看他，他看见我气色比他好，问我有什么保养秘方，我告诉他，秘方是有啊……啊，你们猜猜我这个秘方是什么？"

大家都说猜不出来。萧天英得意地说："猜不出来吧？我告诉你们，扎扎实实工作，老老实实做人，心里没有杂七杂八的念头，屁股后面干干净净地没有尾巴，那比什么祖传秘方都强。你看，我们现在在这里出操，脑子里只有口令，只有一个意志，只有一个意念，神经都调动在同一种节奏里，精神气整个都集中在一种意境里。跟着队列一起行进，一起吼歌，一起吼口令，膛音迸发，把肚子里的污泥浊气都排了出来，一个早操下来，胜过练一天气功，你里里外外都是干净的，当然健康了。"

姜兰亭的肚子比较大，出操出得有些吃力，吭吭哧哧地说："听萧副司令员一席话，胜读十年保健书。这次回机关以后，我们要把师以上干部坚持出操作为一项制度落实。"

萧天英朗声笑道："谈何容易！你们这些人，官当大了，肚皮跟着大，架子也跟着大，跟连队士兵一起跑步，你还曲不下身子弯不下腰呢。就算你去出操，也恐怕是做个姿态，表演性质的。要真心出操，你就得忘记你是军级师级，在队列里你什么也不是，你就是个士兵。只有这样，你才会年轻。你能做得到吗？"

姜兰亭说："我能做到。别的不说，就为弄掉肚皮里这多出来的一块，我也要咬牙坚持下去。"

萧天英说："好！你老姜能坚持出操半年，我号召全区官兵学习姜兰亭。"说完哈哈大笑。又转过头去问教导大队的姚大队长，"啊，老姚，你们的书读得不怎么样，但是我看你这队伍还挺像那么回事，有声有色，气壮山河啊！你是不是提前做了手脚，摆个八卦阵来欺骗领导啊？"

姚大队长振作起精神，说："岂敢，我敢蒙蔽基辛格也不敢蒙蔽萧副司令员啊。您这双火眼金睛看什么不是一针见血？没有金刚钻，我就不敢揽这瓷器活，既然萧副司令员把我放到这里，我就要把这支队伍带出萧支队的水平。"

萧天英放慢脚步，狠狠地笑了两声，笑出了十分愉快的感觉，说："好啊，我看你姚大队长还会进步。但是你要记住，没有文化的军队是愚蠢的军队，不读兵书的军官是愚蠢的军官，你们还有很多漏洞。光匹夫之勇是很不够的。不光是要读祖宗留下的经典著作，还要关注世界战争动态。我们现在的装备落后，但是思想不能落后，要掌握新知识。否则，就是鸟枪换炮，你还不会使用不会指挥，那就悲哀了。"

姚大队长说："一定落实萧副司令员的指示，多读书，实践与理论相结合，全面发展。"

萧天英留了面子，就不再批评了，继续跑步。跑了两圈，姚大队长紧跟几步，提醒萧天英说："萧副司令员，七中队那边已经准备好了，我们过去吧。"

萧天英说："好，看操炮去。"

姚大队长说："那就请首长上车吧。"

萧天英大手一挥说："扯淡！里把路坐什么车？都给我跑步过去。"

然后运足丹田之气，陡然回首，出其不意地向分成几坨的大队部官兵喊了一嗓子——"全体注意，听我口令！"

偌大的操场顿时寂静下来了，喧嚣了一个清晨的所有声音纷纷坠落尘埃。

"各单位成四路纵队，按编制序列，集合！"

经过了短暂的骚动之后，部队解散了，又重新集合起来，按萧天英的口令，摆成了四列纵队。萧天英往身后看了看，十几名中高级军官面面相觑之后，也不由自主地挪动躯体，自觉地排成四列。待一切就绪，萧天英又下了一道口令："目标七中队，跑步——走！"

队伍又重新活跃起来，长龙一般离开操场，爬上碎石公路，步履齐整地向七中队驻地涌了过去。

"一、二、三——四！"萧副司令员有板有眼地喊。

"一、二、三——四！"中高级军官们夹紧臀部，歇斯底里地喊。

这当口，夏玫玫和赵湘芗也在大队部的女兵方队里。夏玫玫低声对赵湘芗说："老爷子今天又来劲了，当起连长来了。怪不得有人说他老人家疯疯癫癫地没有个大首长的稳重。"

赵湘芗说："这话你敢当着首长的面说吗？"

夏玫玫说："我又没有活得不耐烦，当他面说干什么？"

赵湘芗说："我倒是觉得，真正的好首长，倒不一定就要那么道貌岸然的，就我们萧副司令员这个样子可亲可敬。"

三

七中队的训练场地上，已经安置了若干门装束完整的口径某某某毫米榴弹炮。这是一个营的装备。

萧天英率领的队伍赶到时，教导大队的陈副大队长已经将部队整理完毕，老远就做好了报告的准备。萧天英向那边挥了挥手说："你们教导队的人就不要掺和了，一切让他们自己组织。"说完，将身后的队伍交给姚大队长，自己带领军区来的人马，在临时布置的观礼台上从容就座，问姚大队长："他们才六十三个人，怎么搞了一个营的炮？"

姚大队长正襟危坐，答道："七中队学员们自己要求的，说是既然给萧副司令员表演，就得拿出看家本事，他们不仅要减员操作，还要将操作发挥到历史最高水平。"

哦……萧副司令员点了点头，不再询问了，摘下老花镜，专注地观察场地。

这时候，后来的部队也各自找到了自己的位置，围成了一个方形。场地上，陈副大队长和七中队的干部交换了一下意见，一套新的指挥系统迅速确立了。不久，萧天英和机关大员们就看见了一个英俊精悍的学员跑步越出队列，观礼台上的夏玫玫眼尖，嘀咕了一声——是凌云河。凌云河以干净利索的口令准确地将表演区队指挥到位，下了一声嘹亮的立正口令，然后正步走向观礼台。

萧天英起立，迎视着正向自己铿锵逼近的士兵和他心目中未来的炮兵军官。所有的目光在这一瞬间都集中在凌云河的身上。在恰当的位置上，凌云河啪的一声立定，抬臂，举腕，戴着白手套的右手五指并拢，在胸前划了一道急遽的闪电，便稳稳地升至额侧，中指紧靠帽檐，手背与手腕以及小臂呈一条协调直线，全身平衡若磐。

赵湘芗不禁惊叹一声："好漂亮的军礼！"

"报告副司令员同志，W军区炮兵教导大队第七中队操练准备完毕，是否开始，请指示！报告人，七中队学员、临时中队长凌云河。"这套报告词吐词清晰，发音标准，洪亮有力而音量适度。

萧天英却纹丝不动，用挑剔的目光注视着眼前的士兵，突然向身后的韩陌阡摆了摆手。

韩陌阡立即离开座位，并从口袋里掏出了卷尺，一头交给萧天英身边的姚大队长，自己扯着另外一端向凌云河跑过去。

测量完毕，韩陌阡向萧天英报告："十五米余。"

萧天英不动声色地问："条令？"

韩陌阡答："队列条令规定，训练中连级分队遇到上级首长，在发现时就地立正报告，有准备的请示报告，报告人距离接受报告者应在十五至二十米。此间差别视检阅者级别灵活掌握。级别高则稍远。以步幅八十厘米计算，此报告人与首长的距离在十九步以上。应视为标准。"

萧副司令员静静地听着，那双锐利的老眼仍然没有离开凌云河："纠正他的动作。"

韩陌阡后退两步，上下打量凌云河，再转到身后，伸手沿凌云河的后脑勺到脚后跟劈了一掌，然后立正回答："报告副司令员，报告人动作规范，无须纠正。"

"哦……"终于，萧天英长长地哦了一声，回首四顾，"同志们看清楚了吗？"

身边人无语点头。

"好吧，那就开始吧。"萧天英说完，这才抬起右臂，认真地向凌云河回了一个并不标准的军礼，随口说了一句，"按计划进行。"

凌云河庄重地回答了一声："是！"然后仍以正步返回队列中央，立定，注视片刻，喊了一声："各炮——就位！"

队列猛然炸开，人头攒动，迅速而准确地散布在炮位四周，或蹲或立，或前腿弓后退绷呈冲锋陷阵状。一切又复归寂然。又一道膛音从凌云河的胸腔里迸出："战斗——准备！"

立于各个炮位右后侧的炮长们手中的三角红旗倏然砍下，十个声音几乎在同一刹那爆发——开架！

精彩的序幕拉开了。只在瞬间，沉寂的场地复活了，似乎狂风大作，六十多个身影奔腾跳跃，犹如六十多棵绿树，在口令的雷鸣中扭动翻卷，青春的活力在顷刻间释放，沉睡的炮体在震颤中惊醒，痉挛呻吟，几十只年轻雄壮的胳膊如同狂风中呼啸的森林，在绿色的琴键上猛力弹拨，奏出隆重的喧哗……灰色的炮衣在空中飘飞如云，又悠扬坠地。大架在血肉的冲撞中豁然开朗，洞开幽深的渠道。高低机和方向机急遽旋转，长长的炮管抬起头来傲视北方，又齐刷刷遥指西方的山脊……神经末梢的全部感觉都在刹那间流过臂弯凝于指间，激情和欲望在血管里在骨骼间在心灵深处的沟壑里旗帜般猎猎作响熊熊燃烧……黄土地上尘沙飞扬日月无光，场外的树林在汹涌的风中摇摆战栗，呐喊声奔跑声口令声撞击声交织沸腾，所有的声响在年轻的生命的炉膛里冶炼成一曲惊天裂帛的雄浑旋律扑向浩瀚晴空……

终于，一切都在浑然的默契中建立了。十几门大口径榴弹炮的躯体在春天清晨的阳光下裸露出崭新的光泽。朝霞满天，春风微抚。士兵们又以不同的姿势各自回到待发位置，或蹲或立，或做瞄准状，或做装填状，或做接替状，或做搬运状，如同一个个静止的雕像。

观礼台上，没有人说话。停了许久，萧天英才面无表情地问："时间？"

韩陌阡大声报告："五十九秒。"

萧副司令员怔了一下，不由自主地站了起来，看了看场地上一触即发的七中队，又回过头来四下里看了看，然后就取下了眼镜，并且隆重地咳嗽了几声。

军区来的人都知道，老头子激动了。果然，萧副司令员一反严厉，脸色松弛下来，向七中队挥了挥手，温和并且慈祥地说："同志们……请稍息……原地坐下吧。"

说完，移动双腿，离开了观礼台，走进了场地，从第一门炮开始，挨个查看，既看炮上的操作精度，也看炮手们的眼睛。就这么一直看下去，一言不发，一声没说。看到最后，目光落在立正于场地中央的凌云河身上，才说了一个字："好。"

凌云河立正，敬礼，无言。

萧天英注意地又看了凌云河一眼，又说了一个字："好。"

凌云河还是一动没动，行注目礼。

离开了凌云河的位置，走了两步之后，萧天英又回过头来补充了一句："谢谢。"然后，萧天英走到了场地中央，缓缓地车转巨大的身躯，把自己交给所有的年轻的和不太年轻的目光，开始了他的长篇讲话——

"同志们，我原先有计划还要看一看构工的，现在看来不用看了。今天早晨，我让大家看了两个东西，一个是准确，一个是迅速。准确是空间意义的，迅速是时间意义的。这两个概念就构成了炮兵艺术的全部精髓所在，甚至也可以说是战争艺术的全部精髓所在。训练方面我就不多讲了，我今天要讲的是另外一些话题，用知识分子的话说，属于意识形态范畴……"说到这里，萧天英停顿下来，向操练场看了看。好像他此刻面对的已经不再是一个只有七八百人的炮兵教导大队和军区炮兵机关的零星人员，而是面对着一支庞大的军队和若干个高级指挥机构。操场上没有人对"意识形态范畴"做出反应，七中队纹丝不动，目光全部集中在萧天英的身上。萧天英不易察觉地点了点头，接着说："好，看来没有人被我这个问题吓倒。我首先要提出一个问题，我们今天在这里是在做什么？是训练，是检验，是展示，也是炫耀，可是同志们想一想，这一切归根到底又是为了什么？谁能回答我这个问题？"

场地一片寂静，少顷，一个虽然低沉但并不微弱的声音像是一阵轻风从人们的头顶上方掠过："为了……战争。"

萧天英敏锐地捕捉到了声音的来源，提高嗓门喝道："凌云河，大声说！"

凌云河咔的一个立正，提高膛音，吼了一句："为、了、战、争！"

"很——好！"

萧天英举起了手臂，向队列里的凌云河挥了挥，说："是的，说得对，我们今天所做的一切，就是为了战争，甚至可以说就是战争。同志们，不要以为我们现在在这里仅仅是搞个训练，比画一下花拳绣腿，不是。我看见的是战争，是炮击，是覆盖或者摧毁。在我看来，任何一场战争，无非都是由两个阶段组成的，一是起跳阶段，二是跳跃阶段，而我们今天的一切努力，都是在起跳阶段的惯性助跑。大家都知道，在军区我是分管训练的。这几十年我都在想，现在和平了，没有仗打了，我们的军队好像有点无所事事了，摆在外面的刀枪虽然没有入库，但是思想上确实有马放南山的怠慢。训练中有了松懈的苗头，一抓再抓，总是不那么得力。原因是什么？就是没有战争的紧迫感。"说到这里，萧天英停顿下来了，目光四周扫描。操场上一片全神贯注的目光。没有人对萧副司令员的振聋发聩的观点做出反应。

萧天英喝了一口水，稍微降低了声调，接着说："事实上，战争一天也没有离开我们，只不过它是以一种隐蔽的方式暗中进行的罢了。我们的身边天天都在打仗，我们的头顶上天天都有各种侦察卫星转来转去，我们的脚底下到处都是原子弹。所以我就要提醒同志们，把你们像炼金一样层层熬炼出来，在最没有可能的情况下给你们创造了当军官的可能，并不仅仅是为了让你们穿上四个兜擦亮皮鞋去挑选女朋友的，也不是为了让你们以军官的身份回到老家的田埂上耀武扬威光宗耀祖的。这支军队对你们的最起码的要求，就是要求你们能够打仗，能够指挥麾下的部队在战争中大显身手，其他的一切都是次要的。忘战必危，对于军人来说，居安思危这根弦，每一秒钟都不能放松……"

部队如同一片凝固了的森林，纹丝不动地静止于夏日的阳光里。年轻的目光像是春天的雨水，一遍遍地洗浴着场地中央那个有着历史的辉煌和现实的睿智的老兵，战争风云骤然从遥远的天穹隆隆移来，赫然君临于这个鲜花明媚的早晨。

一腔战争热血喧哗着奔腾起来，健壮的骨骼被激烈的向往烤灼出铿锵的裂响。

炮手们的心被煮沸了。是的，对于军人来说，一切都是次要的，唯有战争才是重要的。战争是军人最根本的使命和燃烧生命的涅槃。当初，他们确实是为了要当军官才一路披荆斩棘在重重包围中杀开一条血路来到了 N-017，那时候他们没有把他们的拼杀同战争这个概念更多地联系在一起思考，可是，他们一旦从这里走出去，那就随时要扑向随时而来的血战之中。每一匹马都不是为了战争出生的，但是，一旦它们成为战马，那它就将显示一匹战马所具有的优秀品质，在战争的天空下，树起一座丰碑。

萧天英接着说："作为一名军官，仅仅熟练于自己手中的武器是远远不够的。老话说，拳不离手，曲不离口，我们这些炮兵指挥员把火炮的脾气摸透，这是最基本的要求。在这个基础上，更要学会熟练并且精确地掌握自己的部队，熟练并且精确地掌握自己的敌人。你们要了解历史，你们要了解人类，你们要了解自然，你们需要学习的东西太多。我们大家都比较欣赏诸葛亮，他老先生在很多年前就告诉过我们，作为军官要达到一种什么样的境界。他说，'将之器，其用大小不同。若乃察其奸，伺其祸，为众所服，此十夫之将'，这大约就是你们现在的这个水平，能够发现问题，能够运用手段，大家服气，就可以当一个班排长了；'夙兴夜寐，言词密察，此百夫之将'，这大约就是指的连营长了，白天训练，夜里睡觉，饮食起居一丝不苟，能够严格要求自己和部队，当然这个意思不光是说吃得饱睡得着的问题，是指指挥员的气质从容不迫；'直而有虑，勇而能斗，此千夫之将'，这大约就是指旅团长了，正直而且善于思考，英勇善战；'外貌桓桓，中情烈烈，知人勤劳，悉人饥寒，此万夫之将'，这里还有个军人仪表和政治态度的问题，要忠诚，还要关心爱护部队，这样的人可以当军长师长；'进贤进能，日慎一日，诚信宽大，闲于理乱，此十万人之将'，这就是说，既能采纳正确意见，又能听得进不同意见，胸怀大局，决策慎重，讲究信用，善于处理棘手问题，这样的人就可以当兵团或大区首长了……啊，本人惭愧啊，我还没有达到这个境界，所以我跟你们一样，要修身养性，要加强素质培养。孔明老先生对我们还有更高的要求，仁爱恰于下，信义服邻国，上知天文，中察人事，下识地理，四海之内，视如家室，此天下之将。同志们想一想，当个带兵的官还真不容易，这里面还没有提到战术、技术和谋略的问题，仅仅是为将者的修养就那么一大串串，孙子关于为将五德的智、信、仁、勇、严，在各个级别各个层次上也都有体现。当然了，时代不同了，诸葛孔明的这一套恐怕已经不太适用于我们的干部政策了，我今天说这些，就是要提醒诸位，关于干部修养问题，我们的前辈同行在几千年以前就很重视，我们今天就更应该重视了，没有文化的军队是愚蠢的军队，不注重干部修养的军队，当然是更愚蠢的军队……"

围绕战争意识和军官修养问题，萧天英足足讲了半个小时。这也可以看成是萧副司令员在七中队的唯一一次讲课。

四

回到大队部吃过早饭后，萧天英带领姜兰亭和乐钧等几位大员驱车到关外距此七十公里的独立师和靶场视察，夏玫玫和韩陌阡、赵湘芗则落得一身轻松，终于可以自由支配这个晴朗的上午了。三个人一拍即合，要爬到贯山顶上去"触摸"蓝天，这个愿望尽管十分宏伟，可真的爬上去，发现距离蓝天还是那么遥远，似乎压根儿就没有缩短一点尺寸。

这也是难得的闲情逸致了。

教导大队的几十幢营房散珠碎玉一般坐落在别茨山脉十几条沟壑里，同营房外的小型平原浑然一体。这里没有围墙，只有若隐若现的铁丝网蚯蚓般逶迤环绕。营房外有麦田，有芋头地，还有一大片金黄金黄的油菜花，像是另外一轮太阳落在山峦的脚下，铺排出荡漾起伏的灿烂的湖水。

站在贯山顶上，韩陌阡却对这美好的山川景致有些麻木。他突然想到了一个问题。

今天早晨饭后，萧副司令员告诉韩陌阡，要为七中队配一个全面素质过硬的政治教员。萧副司令员说，政治是灵魂，这一群好苗子，光是在军事上见长还不够，兵之胜则皆于政。要培养他们的政治素质，要抓"枢纽工程"建设，要把他们身上的那些小资产阶级意识、小市民意识、小农民意识、小军阀意识等"枝枝权权"给我捋干净了，要让他们脱胎换骨地成长为新型的炮兵指挥员。最重要的是，要"治气"——司威武不屈鞠躬尽瘁之贞气，司经天纬地胸宽怀广之豪气，司襟怀坦白廉洁奉公之正气，司一往无前视死如归之勇气。

"人生来之不易，人才来之不易，七中队来之不易，要保证他们成为正直的参天大树，不仅是为军队，也造福于国家。"萧副司令员如是说。

韩陌阡当时心里一动，就揣摩开了。军区炮兵政治部的乐钧副主任也在这里，按照常规，给七中队配专职政治教员的事，应该先同乐副主任打招呼，可萧副司令员却越过了乐副主任，直接把这个意思同他说了。

老爷子是不是对他有什么安排啊？韩陌阡的思维里突然跳出一个令人不安的疑问。

天气有点热了。已经懒洋洋准备下山的夏玫玫忽然发现了情况，七中队的操场上出现了一群人影。人影列队整齐，但好像每个人的手里都操着物件。他们走进炮场，很快便分散开来，在火炮四周忙碌。夏玫玫问道："他们在干什么？"韩陌阡说："根据我的经验，是七中队擦炮。走，我们去看看。"夏玫玫不以为然地说："擦炮有什么看头？"

韩陌阡说："夏玫玫你孤陋寡闻了吧？炮兵操炮蔚为壮观，大放光芒，而擦炮也是很有讲究的。我劝你们这些艺术家还是多看几眼，没准灵感就在今天出现。"

赵湘芗说："我同意。"

夏玫玫见状，耸了耸肩，说："那好吧。"

三个人思想很不统一地下山而来，到了操场，看见果然是七中队的学员们，有的拎桶灌水，有的扯布，还有的四五个人抱着长长的捅炮杆，喊着"一二一二"的号子，一寸一寸地往炮膛里用力。站在操场边上，夏玫玫突然问韩陌阡："你说这些小伙子的爱情生活应该是个什么样子，他们在这受训期间会不会谈恋爱？"

韩陌阡诡秘一笑说："这可是个尖端问题，我说不好。不过有一点可以肯定，恋爱这东西是个好东西，如果不出什么意外的话，一般人恐怕都不会拒绝做这件事情，七中队的小伙子当然也不会例外。但是话又说回来了，恋爱不仅需要激情，还需要精力。他们现在正处于高度紧张状态，比学赶帮如火如荼，恋爱这东西恐怕就要暂时少想。从心理学的角度讲，这里面有个情感转移的问题。"

这时一个英俊的小伙子走过来了，他们认识这个人叫凌云河。凌云河跟他们打了个招呼，说："各位首长，我们浑身油腻，就不敬礼报告了。条令规定不敬礼的前提中有一句——在……其他不便敬礼的场合。"

夏玫玫马上接茬，笑着说："你小子是给萧副司令员敬礼敬出了架子，把敬礼的规格抬上去了，欺负我们官小，不屑于给我们敬礼。据本人理解，那个不便敬礼的场合主要是指在厕所里或者放不开手脚的场合。"赵湘芗补充说："还有敌我斗争中不宜暴露身份的场合。"

凌云河此时的确有点春风得意，早晨在萧副司令员面前的优异表现让他一个上午都有些心花怒放的快感，说起话来也就无拘无束。笑笑，不卑不亢地说："首长们学条令学得好。我之所以没给你们敬礼，是看你们太年轻了，看样子赵首长比我还小，我是怕敬礼把你们敬老了，使你们在心里产生老同志的感觉。"

夏玫玫说："好甜的嘴，我看你要是骗姑娘，绝对是个高手。"说完肆无忌惮地笑了起来。军区机关"首长"和七中队学员之间的距离感就这么在笑谈声中驱散了。夏玫玫和赵湘芗跟着凌云河抵近他的炮位，兴致勃勃地打听火炮的结构和各部位功能。赵湘芗趴在炮闩后面透过炮身，突然惊叫起来，说："夏玫玫你过来看，好精彩的一副景致。"

夏玫玫便俯下身体，眯起一只眼睛，果然就看见了前所未见的图景——程亮的炮膛像一根雪白的玉柱前伸，炮口处洒落几滴阳光，在炮膛的内部反溅出一圈圈光环，扑朔迷离，缤纷璀璨，几条流畅的曲线平行着旋转着上升，连接着从炮口处涌进来的那片蓝天——委实很有诗情画意。夏玫玫突发奇想，说："小凌，你能不能让我们参加一次操炮？"

凌云河没有这个思想准备，想了想说："按规定是不可以的，因为我们今天过行政日，所有的炮都在操场上，这里一有动作，全弄脏了，这就超出我们学员的职权范围了……这样吧，我去找谭文韬他们商量一下，把炮推出去练。"

夏玫玫说："那太好了。"然后又招呼凌云河走近自己，小声吩咐说，"把你们那几个拔尖的都请过来，咱们练就练个高品位的。"

韩陌阡马上打岔："别。当炮手，这里每个人都是拔尖的，都是大材小用。凌云河你还是选几个有代表性的来，我们也多认识几个人。"

凌云河说："你指的是哪方面的代表性？"

韩陌阡说："方方面面。"

凌云河想了一下，微微一笑，似乎明白了。凌云河离开炮位不久，转回来时身后便跟了几个人，谭文韬、常双群、栗智高、魏文建，还有两个夏玫玫和赵湘芗不大熟悉，他们自我介绍叫马程度和蔡德罕。韩陌阡一见这几个人，心里就笑了——嗬，还果真挺有代表性的，看来凌云河对这个"代表性"的理解，主要是根据入队成绩上衡量的。谭文韬和常双群理所当然是上游，魏文建和栗智高基本上居于中等水平线，而马程度和蔡德罕则是货真价实的下等生。马程度比蔡德罕高出一个名次，蔡德罕是七中队的孙山，而且这个孙山可以说还是他韩陌阡从废纸篓子里挖掘出来的，没有那天中午他的下楼上楼，初中生蔡德罕恐怕早就被政审关卡在朔阳关外了。

凌云河说："首长们要跟咱们一起操一次炮，咱们临时组成一个示范班，首长们可以分别担任一、二、三炮手。"

夏玫玫说："别首长首长的，除了老韩，我们两个女的都是连级干部，算个什么首长啊？你这么一喊，怪生分的。我们加入炮班，都是弟兄了，就喊老夏老韩老……赵干事吧。"

然后挥了挥手臂，派头十足地陡提一股豪情喊了一嗓子："弟兄们，给我上！"

凌云河问自己的几个同伙："咱们谁当炮长？"谭文韬有点犹豫，若有所思地说："炮长谁当都可以。不过……凌云河，把炮推出去，是不是要请示一下中队干部？"

凌云河怔了一下，耷拉眼皮想了一下说："我看就算了，就一会儿工夫，再说，他们是军区的官，也不是外人。"

谭文韬说："还是请示一下好。中队干部绝对不会不同意的，请示一下，中队高兴，还会支持，今天的活动也可以算一项工作，点名的时候这也是一条。"

夏玫玫不耐烦了，觉得谭文韬有些啰唆，大大咧咧地说："这点破事还请示什么？凌云河你挂帅，把炮推出去，出了问题我负责。"

一直不动声色的韩陌阡此刻插了进来，不咸不淡地说："我认为谭文韬同学说得有道理。最好还是报告一声。问题倒是不一定出，但是军中无小事，动用装备，就必须报告。报告既是尊重，也可以获取支持，何乐不为呢？"

这时候魏文建站出来了，说："你们照样准备，我去报告。"

果然不出谭文韬和韩陌阡所料，中队干部听说军区机关的几个干部要参加炮班操练，不仅没有反对的意思，而且十分重视，中队长满头大汗地亲自跑过来，还让一个学员去叫来了卫生员。等火炮推出场外，大队部的楚兰也挎着照相机赶过来了。

五

火炮被推到了二区队宿舍的东侧，这是一片没有树荫的开阔地。按照新的组合，由常双群临时担任炮长，谭文韬担任瞄准手，辅导对象是夏玫玫。栗智高担任一炮手，辅导对象是赵湘芎。凌云河担任二炮手，辅导对象是韩陌阡。马程度和蔡德罕分别作为四、五炮手操练装填动作。第一步是示范演练，夏玫玫等人先在圈外观看。

常双群全副武装，手执三角小旗，立于炮侧，目光炯炯。先是炮前整队集合。常双群下达口令："立正！向右——看——齐！"

唰唰，唰唰唰，唰唰……

站在一旁的夏玫玫突然问："老阡，你说，部队集合的时候，为什么通常都是向右看齐，而不是向左看齐？这里面有没有文化？"韩陌阡不假思索地说："排头兵在前面嘛，你没看右边第一个是凌云河？他个头最高。"夏玫玫仍然有疑问："那么为什么就不可以把排头兵放在左边呢？"韩陌阡语塞了。是啊，事在人为嘛，为什么排头兵就不可以在左边呢？韩陌阡将眉头拧成一个痛苦的疙瘩，老老实实地坦白："这个问题，我还真说不上来。"赵湘芎倒是说上来了："习惯成自然吧，可能最早一支军队集合的时候，右边的士兵个头最大，大家都以他为标杆，以后就约定俗成了。"

不仅是韩陌阡，就连夏玫玫也觉得赵湘芎的观点有点问题——有一定的道理，但仍然缺乏确凿的说服力。夏玫玫想了一下，说："好像有点意思了，但是，我觉得，这里面说不定还有一些说头呢。"

韩陌阡说："当然有说头，军营里的所有语言动作都是有历史的，都是有依据的。赵湘芎说得有道理，军队有些言行举止是约定俗成的，但还有问题，在约定俗成之前，肯定都有规范的过程。这更属于军营文化范畴了。"夏玫玫不耐烦地说："我问你的是为什么要向右看齐，没有请你们探讨军营文化。"

韩陌阡说："这个问题我可以在明后天专门给你上一堂课，现在，我们得集中精力看操炮了。"夏玫玫撇撇嘴说："知之为知之，不知为不知。"

韩陌阡笑笑说："好了，我不懂装懂行了吧？个别人就是以出一些古怪刁钻的问题考倒我引为自豪，我满足她的虚荣心。"

在三十多米外的地方，临时组成的战炮班各就各位，严阵以待如张弓之弩。一声令下，龙吟虎啸，看得夏玫玫和赵湘芎眼花缭乱。只几十秒工夫，沉睡的炮体便骤然惊醒，翘首分腿，俨然一副临战姿态。

然后是分解动作，炮手们按照各自的分工，一个要领一个要领地讲解，并让首长们以分解动作进行体会。这些要领并不复杂，关键在于熟练和准确。夏玫玫感觉良好，学了两遍便摩拳擦掌跃跃欲试，吆喝赵湘芗和韩陌阡替换掉师傅，准备赤膊上阵。

最后是收炮，给榴弹炮紧身束腰，敛臂拢腿穿衣戴帽，刚才那副虎虎生威的昂然尊容，又迅速地恢复到非战期间的平和状态，一副低眉顺眼不浮不躁的表情。

机关大员们来了情绪，终于摩拳擦掌亲自上阵了。

新的炮班分工完毕，仍然是常双群担任指挥。当"一炮——射击准备！"的口令下达之后，夏玫玫突然感到脑子里一片空白，茫然不知所措，原先已经准备好了的手不知道该先抓什么，慌乱中扭过脸去看赵湘芗，赵湘芗的方寸却还没乱，两臂夹胸伸长脖子，提着开架棍憋红了脸蛋，死命地往外抬。再转眼去看韩陌阡，那副模样简直惨不忍睹，按照分工他现在应该是和担任一炮手的赵湘芗协调开架，可这老兄硬是安不上开架棍，在那里张牙舞爪乱抓乱拽，嘴里还不停地喊叫"怎么办怎么办"，可就是没有办法。可怜赵湘芗没有人配合，只好一个人抱着开架棍吭吭哧哧往外挪，那边稳如泰山，这边就要多使十倍的力气。

夏玫玫忘记了自己的职责，看着看着忍俊不禁，扑哧一下就笑出了声。就在这时候她听见了一声雷霆般的断喝："瞄准手精力集中，安装瞄准镜！"她打了一个激灵，这才想起来瞄准手就是自己，赶紧弯下腰去，从镜盒里小心翼翼地捧出瞄准镜，却也邪门，急得满头冷汗也对不上燕尾槽，等到对好了，拧紧定螺的时候就轻松了。做完这一切，便依照规定的姿势，前腿弓后腿绷，闭起左眼，右眼贴上接目镜，吊线一般往前瞅——动作到此，她的任务就算告一段落，往下的装定诸元平衡水准仪她是做不了的。

在栗智高和凌云河的协助下，韩陌阡和赵湘芗的开架任务最终也赖赖巴巴地完成了。

夏玫玫一边擦汗一边揶揄韩陌阡说："老韩，你歇着吧，还炮兵司令部的参谋呢，就你那两下子，连新兵都不如。"

韩陌阡沮丧地说："严格说起来，我也算是个'学生官'，原先当的是副指导员，当了参谋也只是搞理论，一次炮也没有摸过，再说……"夏玫玫说："行啦行啦，一看你就是纸上谈兵的高手叶公好龙，还不够耽误事呢。"韩陌阡当然听出了夏玫玫此言的弦外之音，笑了笑，没说话。夏玫玫又说："往下进行的时候，你躲远点乘凉去，我和赵湘苧上。"

韩陌阡既不生气也不着急，咧嘴一笑说："好啊，你以为不带我参加我就怕了是不是？我简直就是被你拖进深渊的。好，我解放了，我可不再陪你受洋罪了。"

"赵湘苧你觉得怎么样？"

赵湘苧仍然处于亢奋之中，红红的脸蛋喷射着火焰般的热潮，艳若桃李，快乐地说："很好，感觉很好。再来一次。"

再往下进行的时候，就比刚才要熟练得多，一熟练，当然也就能沉得住气了。虽然动作还是有点拖泥带水，但是好歹能够不缺程序地做下来。

中队干部不失时机地送上口缸，里面盛着凉飕飕的绿豆汤，爽口沁心。中队长操着一口河南侉腔说："你们还真不赖，我看练到这里就中了吧，别累出了毛病。"

夏玫玫刚刚练出滋味，意犹未尽，岂肯轻易罢休，摆摆手说："没关系没关系，咱已经是炮手了，再给咱来一套综合动作。"

于是再练。这一次是全套的战术展开。从下达口令那一瞬间开始，夏玫玫的神经便紧紧地扣在了操作的程序之中。她感到她已经完全融进了一个特殊的群体，她和他们一样共同承担着一次履行职责的过程。现在什么都不存在了，只有一声接着一声铿锵的口令，只有一个统一的意志施展在绿色的炮体上。那些凸显的、粗犷的、雄性的肌腱在阳光下呐喊着，伸张、收拢、聚集、分散，形态各异肥瘦不均的手指以舞蹈般的默契相互配合，她听见了小伙子们的热血在哗哗流动，膨胀的青春在收缩之后猝然迸裂，激情的旗帜在春风里高高扬起猎猎作响，生命的江河在龙腾虎跃中汹涌澎湃，雄性的浓醇的气息朝雾般升腾弥漫……终于，安静的炮体从沉睡中再一次复苏，呻吟着战栗着扭动着修长的腰肢，将身躯舒展成一个开放型的"大"字，在蔚蓝的天穹下面袒露了一个绿色的写意！

就是在这个时候，她想起了那首激情飞扬热血沸腾的诗歌——《我歌唱带电的肉体》。啊，这真是一种、绝对是一种美妙的抒情方式，而且是独属于炮手们的最佳的抒情方式……夏玫玫在这一瞬间忽然看见一束清纯的阳光倏然落下，射进了她心中那片最柔软的地方，顿时照亮了一片正在生长的麦苗。尽管那缕阳光稍纵即逝，来也匆匆，去也匆匆，但它还是在夏玫玫的心灵深处犁出了爆炸般的火焰，熊熊燃烧映红了想象的天宇……她在恍惚中放下了手中操作的兵器，摇摇晃晃地走出了圈子。这时候她已经看不见眼前正在发生着的一切了，她的目光缥缈而又悠远，她走进了一个神秘的领地，走到一个遥远的岁月，她似乎看见了野地里噼啪燃烧的篝火和火堆旁狂欢的人群，他们脚踝上串着雪白的骨片，衣不蔽体蓬头垢面手执木棒，他们奔跑着跳跃着追逐着，汇成了一个巨大的生命的旋涡，永无止境地滚动滚动滚动，一个美丽的女人从旋涡的中心脱颖而出，面带惊世骇俗的微笑冉冉升起……

——我歌唱，带电的肉体！

结束了。

夏玫玫听见一个声音从很远的地方传过来：一炮射击准备完毕！

她猝然醒悟。那是那个姓常的小伙子在举旗向虚构中的指挥员报告。"夏玫玫，你怎么啦？"是赵湘芗在喊。她睁开眼睛，春风扑面而来。她向四周看了看，七中队的小伙子们都用惊愕的目光在看着她。

她说："没什么，我没什么。"

赵湘芗看了看她通红的脸颊，不安地问："你是不是病了？好像有点发烧。"

她推开了赵湘芗的手，说："没什么我真的没什么，好像有些疲劳。一会儿就好。"

然后她对七中队的干部说："我累了，请弟兄……不，请兄弟们帮个忙，再像刚才这样操作一次。"

赵湘芗满脸狐疑："夏玫玫你怎么回事，好像不大对劲儿啊？"

夏玫玫差不多是粗暴地瞪了赵湘芗一眼，恶狠狠地说："我没事，跟他们讲，再操作一遍，我要认真地看一次。"

七中队的学员门不知道这位军区机关来的女军官中了哪门子邪，只好精神抖擞地又操练了一次收用炮。

直到离开 N-017，赵湘芗也没有弄清楚夏玫玫反常的原因，她只好把这种反常理解为"走火入魔"。

六

东边是一座不算太大的山包，长长的呈弧形环绕山根下的零散建筑。操场边上有几株硕大的槐树，看样子有一把年纪了，树皮上的皱纹蔚为壮观，但树叶却是碧绿的，槐花还是刚刚开放的，拂在暖暖的微风里面，熏陶出一片清香。借小憩之机，夏玫玫和赵湘芎跟着楚兰漫山遍野选景照相，凌云河等人则簇拥着韩陌阡，请老韩给介绍点来自上面的情况。其实老韩心里透明，这帮小子贼着呢，介绍什么情况？他们最关心的无非就是他们这次入队学习的前景，尽管已经很明确了，但是定级命令没下，四个兜还没有穿上，怎么说心里也还有点不踏实，尽管明知他韩陌阡不是军委主席，不是一言九鼎决定他们命运的人物，但是，他还是想听听你的"高见"。韩陌阡倒是很乐意跟这些人多接触一些。作为萧副司令员身边的人，他要掌握更多的情况，同样，作为萧副司令员身边的人，他还有教导教导这些小伙子的义务。

韩陌阡说："聊天可以啊，虽然是到 N-017 才跟大家见上面，但你们的名字我可是早都知道，一个个都如雷贯耳，W 军区炮兵精英都在这里了，我们大家也是神交已久了。跟这么多尖子在一起，也是本人的荣幸啊。"

常双群马上就摸出一包带锡皮纸的大前门牌纸烟，大大咧咧地往韩陌阡面前一亮："老韩，来一根？"韩陌阡连连摆手，说："这个荣幸我可就消受不起了，你自己抽吧。"

常双群便不再谦虚，把烟叼上，掏出打火机，很专业地点着火，抽了一口。韩陌阡有点惊讶，问道："教导大队允许学员抽烟？"

凌云河说："特批。这小子是著名烟鬼，在老部队师长都给他赠烟。"

哦，韩陌阡哦了一声，点点头说："尖子到底不一样，不说别的待遇了，光是闹个特批抽烟的政策，也足可见在领导心目中的地位了。不过，香烟这东西没什么好，抽来抽去，也就是抽个尼古丁。你好在还没有抽出一口焦黄的牙齿，不然的话，这次能不能来到 N-017 恐怕都是两说呢。"学员们自然不清楚萧副司令员对于"焦黄的牙齿"和"酒糟鼻子"的态度，怔怔地看着韩陌阡，不知他是什么意思。但韩陌阡没有解释，笑笑，对常双群说："抽烟坏处很多，我倒是建议，趁现在还年轻，把它戒了。"常双群还没表态，马程度主动替他说出了心声："那可不行，老常有句口号，不让吃饭可以，不让抽烟不行。"

韩陌阡笑了，说："哈，气派。这叫什么？这就叫恃才傲物。要不是有几项第一垫底，他有底气这么说吗？马程度你也别不服气，你要是有几项第一垫底，也可以搞点小自由。"

马程度说："再自由，我也不抽烟，有钱干点什么不好？花钱买毛病嘛，人财两亏。"

凌云河瞪了马程度一眼："谁跟你一样啊，铁公鸡——一毛不拔。"

一直旁观缄默的栗智高这时候也挤到前排，皱了皱眉秀，说："老韩，给咱们讲讲萧副司令员吧。"

韩陌阡假装糊涂："萧副司令员有什么好讲的？"

凌云河说："听说萧副司令员在别茨山打过游击，又是咱们 W 军区炮兵司令部的第一任司令员。咱们这次搭上最后一班车，也都亏了他老人家，就冲萧副司令员，咱们也得把学习搞上去，不能让他老人家失望，老韩你说是不是？"

韩陌阡说："聊天可以，但是不谈萧副司令员，背后议论首长是犯忌讳的。再说，我跟你们一样，对首长的情况也很少知道。只有一条可以跟你们讲，这次组建七中队，萧副司令员的呼声最高，这确实是铁的事实。"马程度突然问："老韩，萧副司令员是什么地方人？"

韩陌阡顿了一下，做惊讶状说："中国人啊，你连这个都不知道？"

"萧副司令员是某某省某某县人，你老乡。你今天找去问问，没准萧副司令员会把你这个老乡先提起来呢。"凌云河说得一本正经，不像是开玩笑的样子。

众人哄然大笑。马程度翻翻眼皮，欲待发作，又忍住了。韩陌阡及时切入正题，问道："怎么样，学习是不是有点紧张？"

凌云河说："有什么好紧张的？当兵几年干的都是这个行当，老科目不费劲，新科目不陌生，直到目前，好像还没有难住。我们倒是希望多学点新鲜内容。我们现在正处于信息时代的边缘，工业时代的机械化装备眼看就走向了穷途末路，未来战争是高科技战争，是信息战争，兵器装备更新很快，我们目前使用的还是二战时期的炮种，显然是落后了。"

韩陌阡很认真地看着凌云河，说："看来你还真是深谋远虑呢。"又转向谭文韬等人，问："你们也有这样的看法吗？"

谭文韬想了想说："从理论上讲，是这样的。工业时代和信息时代的最大区别就在于，在工业时代，战争的因素都是可以预料的，而走进信息时代，装备的更新速度，战争样式的变化速度，都是呈突然爆发状态的，我们真的很难预料明天的真正会以什么样的面貌出现。但是话又说回来了，在目前的状况下，我们还是应该立足现实，兵器虽然落后了，但是基本理论并没有落后，新装备没有跟上来，我们只能把力气用在现有装备上。"

"我同意老谭的观点。好高骛远是不可取的。"马程度很不满意凌云河的态度，认为凌云河是在老韩面前故弄玄虚显示自己。老装备怎么啦？老装备你凌云河也不是全都精通，老装备就让咱老马气喘吁吁了。老韩是管训练的，又是萧副司令员面前的大红人，你在他面前夸夸其谈什么高科技未来战争，他要是当真了，跟萧副司令一汇报，给你增加一点电子激光微积分什么的，不是搬起石头砸自己的脚吗？

韩陌阡说："装备落后是事实，眼下解决不了也是事实。按我的理解，选拔你们到这里学习，一方面是掌握现有装备的指挥技能，更重要的一方面恐怕还是要培养一种精神，或者说是造就一种职业艺术。马程度，你想过没有，从这里出去，你将会有什么变化？"

马程度挠挠头皮，有些不好意思地说："明摆着的嘛，从这里出去，咱们就是干部了。"

韩陌阡从人堆里找到了蔡德罕："蔡德罕，你说呢？"

一般说来，在这样的场合，不点到他，他是不会主动往台前站的。蔡德罕看看凌云河，又看看谭文韬，很没有把握地说："从这里出去，当干部是……是个变化，不过这种变化还不是根本的，真正的变化还应该是……我也说不好，根本的变化还应该是我们这些人的变化……"蔡德罕一紧张，就语无伦次了。

魏文建略一沉吟，接过蔡德罕的话说："应该说，从这里出去，我们最大的变化就是从一个炮手成长为一个炮兵基层指挥员了。"

韩陌阡深以为然，高兴地说："是了，大家说得都没错，从这里出去，大家就是干部了，这是第一层次的变化，是身份和形式上的。蔡德罕的看法其实已经接近本质了，就是魏文建说的，是一个炮兵指挥员了。炮兵指挥员和干部之间，看起来是一回事，事实上又有很大的区别。穿上四个兜蹬上皮鞋，摇身一变就是干部，但是大家要有一个清醒的认识，当个炮兵指挥员，绝不仅仅是四个兜和皮鞋的问题。"

大家连连称是，说，不仅要在形式上当一个干部，还要在思想上找到当干部的感觉。

韩陌阡又说："看一个干部，一个军队干部，一个军官，他是不是一个真实的军官，只看一点就行了，那就是看他热爱不热爱他所从事的工作。热爱了，他就会把这项工作当作自己的事业，当作自己所追求的艺术。他会将他的全副身心投入这项事业，创造和完美这项事业。如果不热爱，只是把这项工作当作一种谋生的手段，仅仅注重军官身份而不注重军官内在素质的提高净化，那就只能被动地机械性地完成任务，就谈不上有多少热情和创造性。其实，别小看了咱们这些已经落后了的兵器，按照夏玫玫同志的观点，就在这些兵器里面，就有深刻的艺术精神，就凝聚着无数创造性的劳动。一门炮摆在那里，大家对它熟得不能再熟了，每一个部件，每一项功能，就连它有多大的射程，有几根膛线，都烂熟于心。这些问题看起来已经十分简单了，可是，殊不知这里的每一个细节，每一个零部件的更新演化，都经过了人类漫长的思考。譬如从滑膛炮到线膛炮的改革，就那么几条膛线的增加，对于炮兵来说，可以说是一次巨大的飞跃，可是，这个飞跃居然是在几代人努力了一百多年才完成的。大家如果留心的话，你会发现，即使是一个小小的水准仪的投入使用，里面都有十分复杂的故事。你们知道，在炮兵这个行当里，诞生过哪些世界级的著名人物吗？"

凌云河脱口而出："拿破仑。"

魏文建试试探探地说："马歇尔算不算一个？还有巴顿。"

凌云河断然否定："马歇尔不是，马歇尔是弗吉尼亚军事学院的毕业生，巴顿也不是，巴顿是西点军校毕业生，是装甲兵专家。蒙哥马利倒好像是。"

韩陌阡不置可否。谭文韬感到老韩的目光又落在了自己的身上，便说："恩格斯。"

凌云河像是吃了一惊，瞪着眼睛瞅着谭文韬："恩格斯是炮兵吗？我怎么不知道？"

"恩格斯在认识马克思之前，当过炮兵中尉。"韩陌阡说，"看看，咱们炮兵还真是英雄辈出啊。我作为一名炮兵，首先感到很光荣，其次感到很渺小，未知的领域居然还有那么大，学一辈子也不可能穷尽。当然也没必要穷尽。但既然作为一名炮兵指挥员，把这项工作当作一项事业，从而去追求其中无穷的艺术，的确是我们应该持有的态度。否则，咱们这个炮兵就当假了。"

马程度说："咱们要知道那么多干什么？把炮打好了就得了，上了战场，靠大炮说话。"韩陌阡笑笑，朝马程度点了点头："这话也没错。当然，我说的艺术精神和战争实际需要是两回事。但我认为大家在和平时期，受训成为军官，要有一定的军营文化修养。军营文化是一种特殊文化，是很有艺术魅力的。我们学习，不能搞急功近利，用什么就学什么，这样不行，容易浅薄。我作为你们的朋友，建议你们多读书，多思考。"

<h1 style="text-align:center">七</h1>

夏玫玫和赵湘芗踏遍青山，风光了一圈回到七中队操场上，发现韩陌阡还在跟七中队学员大侃特侃。夏玫玫对赵湘芗说："瞧瞧，这个鬼男人就是有诲人不倦的精神。他上知天文，下知地理，五大洲四大洋革命风云都集中在他的脑袋里。不知道他又在向这些年轻人灌输什么鬼文化。他在机关当参谋憋得慌，一个正营级干部差不多也就是个通信员，鸡毛蒜皮忙得屁颠屁颠的还谁都吆喝。这回可逮住机会了。"然后就大声嚷嚷，"老阡，憋坏了吧？跑到这里过官瘾来了。"

韩陌阡装出一副委屈的样子，说："是兄弟们硬要拉着我聊天的，可不是我要过什么官瘾啊。"

大家也纷纷替韩陌阡不平，说："是我们请老韩帮我们长见识的，老韩可没在我们身上过官瘾。"夏玫玫笑笑说："看来老韩把这些年轻人糊弄住了。咱也别打搅了，你们继续，我们旁听。"然后就选了位置坐下。

凌云河不失时机地提出了一个问题："老韩，咱们中国炮兵最早的将帅是谁？"

韩陌阡想了想，说："应该是戚继光吧。炮兵作为兵种出现于战场，是在明朝，当然那时候还不叫炮兵，士卒用的是管形火器，《明史》中有这样的记载：古所谓炮，皆以机发石。元初得西域炮，攻金蔡州城，始用火器，然造发不传，后亦罕用。也就是说，不会制造，失传了。到了明成祖时期，成立了专门的火器部队，叫神机营，后来戚继光又创建了装备火器的车营，用战车装配火器，运载比较方便，从而增强了火器的机动性能。咱们当炮兵指挥员的，是应该多知道一些炮兵的历史。尤其应该对戚继光这样的名将应该有所了解。"

凌云河说："很受启发。老韩要是来给咱们当教员就好了，我们会成为好朋友的。"

韩陌阡连连摆手，说："老弟，那可不一定啊，变成师生关系，咱们的朋友关系恐怕就很难维持了。"

栗智高说:"萧副司令说,要我们随时准备打仗,老韩你分析分析,我们这有生之年,会不会赶上一场战争?"

韩陌阡做惊讶状:"我们现在正在打仗啊,你们连这个都没有看出来?"

大家全愣了,包括夏玫玫和赵湘芎。什么叫正在打仗啊?蓝天丽日,鲜花盛开,连战争的影子也看不见啊。老韩却说得一本正经的,白日做梦吧。韩陌阡笑笑说:"不理解吧?这说明咱们的兵还没当出真滋味。我告诉你们,本人这话可不是随便说的。这样说吧,虽然我们这里暂时看不见刀光剑影金戈铁马,但是大家想想,今天我们在这里训练,心里是不是有对手?"

"当然有。某某国和某某某国是我们的假想敌嘛。"凌云河说。

"这就对了。我们在训练中有我们的假想敌。但是在这个世界的另外一些地方,某某国和某某某国的军队在干什么呢?完全可以想象,就在今天,在同一时刻,我们的假想敌也在进行同样的训练,它们同样是以我们为假想敌的。虽然不见炮火连天血肉横飞,但暗中较量并没有停止,这就是萧副司令说的,战争实际上一天也没有离开我们。只不过这种战争是以和平的方式进行的。和平既是战争的终极目的,也是战争的最高表现形式。只有当我们的兵力、装备和对这些装备的运用程度与他们旗鼓相当势均力敌的时候,只有当我们的综合国力足以承受他们的冲击的时候,战争才会以这种训练的方式,在肉眼看不见的战线上对峙,对峙就是依靠我们的实力不战而屈人之兵,彼此实力相当达到足以构成对峙的基础,才能相安无事。当然了,形成对峙的前提还有综合国力和政治外交等方面的因素,但军事实力是最重要的因素。诸位兄弟听明白了,是对峙而不仅仅是训练,对峙是以训练形式出现的战争。没有我们如此过硬的对峙性的训练效果,你看和平还会不会属于你?只要你一手软,这种对峙的均衡立即就会被真实的铁蹄踏得粉碎,战争就会滚滚而来……这个道理,其实大家用心一想就会明白的。"

七中队炮手精英们怔怔地看着这个来自高级机关的老韩同志,无话可说。连夏玫玫和赵湘芎也都不说话,老老实实地接受韩陌阡的雄辩。是不一样啊,这个人就是深刻、精辟,看问题入木三分。这就不能不让你五体投地屁股朝天了。

第十章

一

萧副司令离开贯山之后不久，七中队出现了一次小小的波动，原因是大队部给七中队配了三个区队长。在此之前，学员队的班长是由学员们轮流担任的，区队长则由中队指定三名学员临时担任，谭文韬就是一区队的代理区队长，二、三区队的区队长分别由某某集团军的阚珍奇和某某省军区的安国华代理。都是老兵了，虽然当了班长区队长，其实也算不上是个什么官儿，起个上传下达联络人的作用而已。但是现在突然另外配了三名区队长，学员们心里就多少有点不自在。

谭文韬和阚珍奇等人稀里糊涂丢了一项区队长的官帽，后退一步当了班长，凌云河等一、四、七班的班长则后退再当副班长，其他人依次类推。当不当这些个不上品位的小官倒没什么，别扭的是这几个人来到此处的动机。

这三名区队长也是士兵，跟学员们差不多的兵龄。为什么把他们配来，大队部机关里有一些传说，有的说这三个人也是没有提起来的干部苗子，上次在七中队选拔中落榜了，后来通过关系挤到教导大队来，是来等机会的。

另外一种说法是，这三个人中，一区队的张崮生和二区队的童自学是姚大队长在某炮兵师当副师长时培养的苗子，是大队长把他们抽调过来的，三区队的江村匀是大队余政委在某分区当政治部主任时的警卫员。对以上两种说法，学员们并不以为然，无论是论实力还是资格，他们都是无法和通过正常渠道选拔上来的学员们抗衡的。

还有第三种说法，就不能不让学员们重视了。说这几个老兵一个是军区某首长的侄儿，一个是总部某官员的儿子，还有一个是军委现职某首长在解放战争中老房东的孙子，也是因为生不逢时，没有来得及直接提干就遇上了干部制度改革，现在只好采取迂回战术，放在七中队，跟班学习跟班作业，等待学习结束，学员当中或者有人成绩出了问题，或者身体出了问题，甚至考虑到了有人会犯错误而被取消学员资格，随时准备取而代之。

不管这些传说有没有根据，但毕竟不是让人愉快的消息。就连教员们都暗地不平。这些学员已经够不容易的了，提了几年都没有提起来，能到贯山脚下可以说是过五关斩六将，好不容易才有了这么一个机会，凭什么还来分一杯羹？而且不是个分享的问题，是你有我无的问题。

学员们对这三个莫名其妙的区队长都很冷漠，自己却在暗中较了劲，心弦于是又绷紧了。原来大家虽然也没有放松，但那是在没有外部压力的情况下，就像跑步，六十三个人一起出发，跑快跑慢，都是要到达目的地的。现在不一样了，有几个人在你身边伺候着窥探着，满怀希望地盼望你出问题。你要是落伍了，他就有可能占据你的位置。你的失败，正是他的胜利。

竞争又出现了，这是六十三个人对三个人的竞争，看起来不是势均力敌，可是，谁又知道在这三个人的身后是怎样的背景呢？而且，它带来的负面影响还不止于此，竞争一旦出现，就不仅是六十三比三了，学员内部也势必会因为这三个人的出现而产生新的角逐，竞争机制随即引入。大家不宣而战，每个人都懂得那个道理，那就是不管那三个人的来头真假，也不管他们有多么雄厚的背景靠山，必须首先保证自己在前六十名，才能绝对稳操胜券。

一区队新来的区队长叫张崮生，乍一看当兵是有些年头了，个头不高，眼睛不大，说话不多，精神不足，有点未老先衰的样子。张崮生刚刚住进来的时候，就显得格格不入，学员这个圈子他是无论如何也挤不进去的。学员们不谋而合地很少搭理他，更谈不上支持工作了。

白天上课，张崮生也跟着去，大家各忙各的顾不上他。晚上回来日子就难受了。该熄灯的时候不熄灯，学员们躺在铺上交流学习体会，或者谈论一些针砭时弊的话题，很有针对性地声讨开后门的不正之风，义愤填膺地指责有些当官的挖别人墙脚塞自己私货的不道德行径。

总之有说不完的牢骚。学员们都是从大门考进来的，又受到萧副司令的厚爱，对于自己的卓越有了充分的认识，说起话来振振有词，丝毫不掩饰自己的优越感。

张崮生就一遍一遍地喊，熄灯啦，熄灯啦。

自然是没有人理睬他的。控制灯绳的是二班的马程度。谁要以为一脸憨厚的马程度是一根筋心眼不够使，那他就看走眼了。

马程度在原部队理所当然地就是个尖子，既然在千万大军中杀开一条血路跻身于非凡的七中队，显然也是有他的绝招的。马程度的重要绝活之一就是滚加滚减，他对于数字的敏感和悟性非常人能比。炮兵的坐标精确到米，五位数后面还有小数点，指挥员在一边马不停蹄地读出数据，马程度睁着一双貌似傻乎乎的眼睛盯着你，你读出十组八组都不要紧，加减乘除各种运算随你变换，你把情况出完了，他能脱口而出把最后的结果告诉你——这个本事，在炮兵的行当里，不能不说是个巨大的优势。

事情往往又有正反两个方面，凡有强项，就必有弱势。马程度既然是处理数字方面的天才，尽管他能把滚加滚减运算到登峰造极的地步，也必然就会在数字以外的某个领域出现智商的死角，暴露出与他的天才匹配的愚蠢和迟钝。一涉及弹测法、紧密法、夹差法、成果法这些设计原理，他就没办法了，十几堂课晕车坐下来，比别人落下来一大截，这段时间心里正在着慌，又见斜刺里杀出三个所谓的"区队长"，更为严重的是大家都在传说这三个人是来觊觎学员提干指标的，他的恐慌感和敌意自然比别人又多了几分。

马程度是不会配合张崮生的。什么区队长，你叫拉灯绳咱就拉了？我听你的有个好吗？马程度装聋作哑。

张崮生急了就喊："马程度，熄灯啦，你拉一下吧。"

马程度皮笑肉不笑地说："区队长，我在练夹差法呢。你老人家又不是不知道，我在班里成绩倒数，我不加油不行，我要老是搞倒数，恐怕有人要顶我的名额呢。"

仅仅是一个熄灯问题，就很让张崮生下不了台。张崮生说："大家怎么对我这样呢？不是我自己想来当这个卵子区队长，是大队安排我来的。你们老是不熄灯，我是要挨批评的。我有我的难处，给我一个面子行不行？"

张崮生的话说得可怜巴巴的，可是没有人相信他。

谭文韬从心眼里同情张崮生，甚至还有点心疼。老兵了，就为了争取加那两个兜，把人格都扭曲了，把人的尊严都抛在脑后了，这算是怎么回事啊？有时候躺在铺上就想，张崮生你是何苦呢，你也是吃了三四年军粮的人了，咱们老兵再怎么说也不能把腰弯下去。你来凑这份热闹，让人瞧不起，光是大家看你的那眼光就让人受不了。活人还能叫尿憋死了？提不了干你就没有别的出路了？学员们看你的那眼神，就像看贼似的。

谭文韬看不过去了，就说："马程度，练什么夹差法？白天干什么去了？把灯拉了。"话说得强硬。马程度这才乖乖地把灯拉灭了。

在学员的心目中，谭文韬是有地位的，这不仅是因为他曾经在全军区拿过两次第一，还因为他对大家都比较帮助，尤其马程度，是需要谭文韬经常给他上小课的，对于谭文韬，马程度是个小小的崇拜者，可以说言听计从。

张崮生对谭文韬自然应该感激，但是也见不到他脸上有什么流露。

二

进入六月，七中队开到了瓦岗寨地区驻训，科目是炮兵的基础功能训练——定点。

用祝敬亚教员的话说，军事地形学既是一个指挥员必备的基础，也可以把它同人生哲学结合起来。作为一个炮兵指挥员，既不是地质专家，也不是地理专家，但是他必须运用地理和地质原理将地表形态研究透彻。我们所处的宇宙里，一草一木一人一狗都有个位置问题，军事地形学说到底就是关于位置的学问。而位置不仅具有军事意义，它还是我们一切行为的依据。

然后就是关于位置的阐释。从高斯-克吕格投影的原理到高斯平面直角坐标网的构成，从地理坐标的经纬度到子午线和方位角原理。祝敬亚往讲台上抱了一个大西瓜，把瓜皮一块一块地取下来，比比画画地说，设想将地球表面铺展成平面，分别以英国的格林尼治天文台和赤道作为横坐标和纵坐标起始原点，覆盖以纵横网络，形成坐标系，以数字指示某点空间位置。譬如一棵树，只有将它放在坐标系的网络里，才能不分国界不分阶级地用数字确定它在宇宙中间的位置。

祝教员说，定点和做人是一个道理，人也有自己的坐标，但是人的坐标是可以变换空间位置的。纵坐标是人的品格，横坐标是人的才干。如果把一个人走向社会作为坐标原点，那么，他在平面直角坐标系里的最好的人生道路，应该是呈四十五度角向上发展。也就是说，他必须有健康的品格和与这品格相适应的能力，人品的高度和能力的长度两条线交会的地方，就是你的人生坐标。光是品德高尚而能力平庸的人不行，纵坐标大于横坐标太多，太大，脚下空空，能力就十分有限了，好心做不了好事。如果一个人才华出众而品质一般，横坐标值大于纵坐标值过多，同样不行，人生射线离原始的水平线太近，那点能量仅仅能够满足自己的消耗，于社会益处不大。如果是品质恶劣，那就更不行，人生射线在原始的水平线以下，纵坐标取负值，他的才华可能会成为人类的灾难。希特勒就是这样的人。

祝敬亚不仅口头传授，而且，为了直观，还画了一个德才直角坐标系示意图：

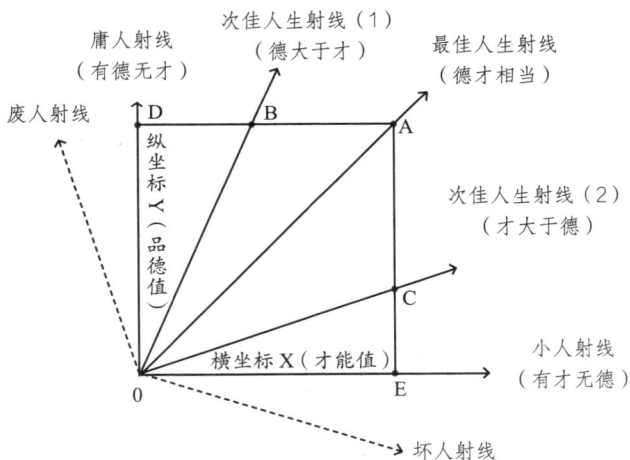

在这个坐标系里，呈现如下态势：

品德值大于才能值，在一个适当的范围内（锐角大于或等于四十五度），是个比较有能力的好人。（见图中所示 B、A 点）

品德值小于才能值，在一个适当的范围内（锐角小于四十五度），是个比较好的有能力的人。（见图中所示 C 点）

有德无才（角度为九十度），是个平庸的好人。（见图中所示 D 点）

有才无德（角度为零度），是个平庸的小人。（见图中所示 E 点）

无论是品德射线还是才能射线，一旦超出了直角坐标系，那就统统是非正常人，前者是废人，后者是坏人。

祝教员说来说去，一句话，德才相当，相辅相成，呈四十五度上升，乃为最佳人生弹道弧线。由纵坐标值和横坐标值构成的面积最大，亦即对社会的贡献最大。（见图中所示 A 点）

下课之后，学员们就议论纷纷，祝教员的论述显然有独到之处，不仅精辟，而且形象。

当天晚上散步的时候，凌云河拽住了谭文韬，重点讨论了这位颇为独特的先生。凌云河问谭文韬："你知道祝教员为什么叫拐五洞吗？"

谭文韬想了想说："大约是在部队时候的代号。"

凌云河嘿嘿一笑说："我原先也是这么想，现在我突然明白了。不是代号，是绰号。祝教员口口声声四十五度，你想想还有没有另外一种方式可以表述四十五度这个概念？"

谭文韬想了一会儿，恍然大悟，大笑着说："明白了明白了，四十五度就是七百五十密位，七百五十就是七五零，七五零就是拐五洞。这个绰号取得还真有文化，既贴切又含蓄，挺有琢磨头的。"

凌云河说："就冲这个绰号就能看出来他为什么官当得不顺了，他是个书呆子，才干都消耗在学问上了，在社会上，尤其是与人打交道的能力太差。为什么有本事又上不去？就是因为他把劲用偏了，他以为他尽职尽责满腹经纶就是拐五洞了？幼稚。其实谁也不可能把自己做人的道路先确定个角度，再沿着这条射线往前走。你是走在社会上，完全是跟着感觉走的，你是什么人就必然走什么路，是不以人的意志为转移的。再说社会发展到今天，衡量人的能力已经不仅仅是看他的学问和才华了，而更重要的是看他处理人际关系的能力。当官的所有的学问都是关于人际关系的学问。这门学问甚至比制造卫星的学问都重要，你不从人际关系的坐标系里把自己的站立点找出来，你就是有摘下月亮的本事也按着不让你去摘，起不到实际作用的本事叫什么本事？"

谭文韬有点发愣，他没有想到凌云河会把问题思考到这样的深度。想了想说："你这个人，张口闭口都离不开当官。"

凌云河说："我就看不惯你假模假式的。你要是没有官瘾，那你还攒了劲不屈不挠地考这个教导大队做什么？"

谭文韬说："当然，如果以进步幅度衡量，祝教员好像是慢了一些，但是人各有志，他走的不是当官的路。"

凌云河说："对了。你没听有人说吗，什么叫垃圾？垃圾就是放错了地方的宝贝。这话是有道理的。你分析看看，在所有的人际关系当中，祝教员最适合于处理教学关系，所以他是我们的好教员。要是把他放在战场上，他就是个参谋，当参谋长都不合适。他会听你我的指挥你信不信？"

谭文韬哼了一声，讥讽地说："恐怕只有，你敢指挥他。你谁不敢指挥啊？"

凌云河说："这绝不是狂妄。战争的学问从很大的程度上讲，也是人际关系的学问。指挥员不一定是专家，但是他必须善于指挥专家。甚至可以说，一个指挥员的本事就在于他会不会使用那些比他更有本事的人，当然这个本事指的是专业能力。如果撇开其他因素仅从指挥系统上讲，士兵的才能在于运用技术使用武器，连长的才能在于运用战术使用士兵，团长的才能在于运用智慧使用连长，而军长的才能则在于运用谋略使用团长。"谭文韬嘿嘿一声冷笑，一针见血地指出："又是从哪本书上背下来的，在我面前也不放过卖弄？"

凌云河当然不会在乎谭文韬的攻击，说："读书是学习，使用也是学习，而且是更重要的学习。你想啊，战争制胜有那么多因素，地形兵力装备敌情气候条件，等等，除了神仙，谁也不可能样样精通，知道点皮毛就不错了。所以说，精通的只能当参谋，懂点皮毛的才可以当指挥员。如果说当指挥员必须精通一门学问的话，那么这门学问首先就应该是人际关系的学问，上级的、部属的、敌人的、友军的，你把所有人的情况，包括智力、意志、品德、技术等都烂熟于心了，你的指挥就游刃有余了。"

谭文韬说："你不好好研究教程，琢磨这些东西干什么？"

凌云河嘿嘿一笑说："教程有什么好研究的？我用一半力气就可以排在前十名，我可不去跟你争第一，我只想争最大的。第一和最大是两个概念。能在技术上、战术上甚至在战役思想用兵谋略上都占据第一流水平，未必就是最大的权威，要不怎么诸葛亮还归刘备指挥呢？你在这里即使把第一垄断了，以后也未必就比我指挥的人马多，不信十年以后看。咱们现在学的都是小道道，打打基础而已。你以为我会当一个职业炮兵啊？实话告诉你，我是以炮学为看家本领，陆海空三军的情况都关心，思想政治工作方法咱都没有放松学习。我尤其关注的是未来高技术战争。实话告诉你，我压根儿就看不上这些什么加农炮榴弹炮，这些玩意儿在未来战争中根本就派不上用场。你们这些人就知道为了眼前利益去弄四个兜，并没有多少人从未来战争的实际出发去思考问题。现在边境也在小打小闹，可那算什么战争？可笑。老谭我跟你讲一句大实话，现在真正能够清醒地理解未来战争的人不多。可是我们不能不把目光放远一点。"

谭文韬耸了耸鼻子，看猴子一般看着凌云河说："妈的，野心不小。"凌云河说："我倒是建议你多研究一下《参考消息》，看看几个大国的武器装备都到了什么程度了。我现在将一句大话在这里放着，我估计，以后如果再发生大的战争，那绝对是你我连想都想不到的样式。我甚至可以讲，在未来高技术战争里，《孙子兵法》都不一定能够派上用场。什么战术啊，什么谋略啊，什么声东击西、瞒天过海，恐怕还没等你把阵势摆好，战争已经结束了。"

谭文韬说："你这话有悲观情绪。如此说来，我们这些不发达的国家就束手无策啦？"凌云河狡黠一笑，说："老谭你是个明白人，你知道我这个杞人忧天忧得不是完全没有道理。至于说如何作为，不是你我这样的小兵嘎子能够决策的。我也绝不会认为你就甘心当个炮兵连长营长什么的，不然你小子那么卖命地整干什么？每回小考你假考三四，大考全是第一。教员说，对数算到小数后一位就是好成绩了，你这个牲口硬是要算到小数后三位，你在前面可着劲地猛跑，可把弟兄们坑苦了，马程度硬是被你们这些尖子逼得差点儿犯病。"

谭文韬说："别胡扯。你这话传到马程度耳朵里，他还可能真会这么想。难道我他妈的成绩好一点儿还成坏人了？"

三

三个"区队长"也参加了瓦岗寨驻训，这一点很让七中队学员反感，马程度之流则在反感中又多了几分警惕，马程度曾经不止一次对凌云河和谭文韬嘀咕："看看，这几个狗日的果然是有狼子野心的，你说我们学员来定点，他们来凑什么热闹？还主动交作业。谁让他们交的？多事不是？"

谭文韬不客气地训斥马程度，说："你小子也太小心眼了，你管那么多干什么？你把你那一摊子学好就行了，像你这样疑鬼疑神的只顾把心思放在琢磨别人身上了，成绩能好吗？成绩要是上不去，我看他把你顶了也是活该。"

话是这么说，但是持谭文韬这种态度的毕竟不是很多，多数学员还是用一种颇不友好的态度对待这三个不速之客。

从瓦岗寨驻训回到 N-017 之后，关于按时熄灯的问题仍然解决不了，而且说风凉话的已经不是马程度一个人了，对于窥伺提干指标的人，七中队学员有理由同仇敌忾。于是乎，有人活学活用，结合祝敬亚的四十五度人格论，经常含沙射影地说些谁谁谁德才兼备，谁谁谁有才无德，谁谁谁有德无才之类的话题。马程度甚至在公开场合下不怀好意地问张岗生，一个死皮赖脸企图顶替别人指标的人，他的人生射线是多少度？与此同时，二、三区队也有人采用不拘一格的方式，分别对童自学和江村匀进行精神包抄。在这样的环境下，张岗生、童自学和江村匀自然十分孤立，按照多数学员的想法，他们居然没有卷起铺盖逃之夭夭，简直是个奇迹。

"就冲这一点，也可以看出来，这三个家伙是个花岗岩脑袋——狗日的早晚要把咱们顶掉几个。不信你们等着瞧。"马程度忧心忡忡同时又信誓旦旦地如是说。

有天吃过晚饭，张岗生独自一人爬贯山，步子走得很慢，一耸一耸的，两肩耷拉着，无精打采的样子。谭文韬从饭堂回来，老远看着张岗生的背影，觉得那背影居然很有苍凉感，顿生恻隐之心，便信步跟了上去。

这正是夏日黄昏时刻，欲落未落的太阳像是一粒硕大的蛋黄，挤压在西方的山脊上，下缘已经被挤破了，橘黄色的液体将山体染成一片一片灿烂的海洋。谭文韬追上张岗生，两个人对视一眼，谁也没有说话，就在山坡上选了一块地方坐了下来。落日的余晖从远方弥漫过来，在两副军装上面铺排出斑驳的图案。

还是谭文韬先开的口："老张，是不是心里不痛快啊？"

张岗生苦笑着说："没什么。"又说，"谢谢你帮助了我。"然后就没有下文了。

谭文韬想了想，单刀直入地问："老张，咱们都是老兵了，明人不做暗事。你告诉我，你是怎样到这里来的？"

张岗生说："你是说……你也相信传说，说我是来等待顶替你们的……"

谭文韬说："我是不会担心的，有人有这个担心，你也应该谅解。大家到了这一步，都不是容易的，谁也不希望节外生枝让自己泡了汤。"

张崮生说："我理解，可是……我也难啊。"

谭文韬心里一动，看来，传说还真不是空穴来风。"你真是来……等待什么的吗？"谭文韬以为张崮生也许会否认或者含糊，却不料张崮生回答得十分肯定："是的。我是在等待。"尽管早有思想准备，但是当张崮生自己证实了那些传说，谭文韬还是情不自禁地哼了一声，牙痛似的。事实本身让他意外，张崮生的坦率也让他意外。"你估计这种等待会是什么结果呢？"

"不知道。但是我必须等待，只要还有一线希望，我就要等下去。这是我的最后一个机会了。我感谢有人给了我这个等待的机会。"

谭文韬注意到了，张崮生的话里有一句"感谢这个机会"，他敏感地意识到在这句话的背后好像有文章。"你希望是什么结果？如果你们三个人等待成功了，就意味着要从学员里淘汰掉三个人，你不觉得这很不合适吗？"

"是的。但是我不能放弃我的权利。我希望参加一场公平竞争，要么我获胜，留下来，要么碰得鼻青脸肿，扛起铺盖卷子滚蛋。"张崮生说这话的时候，眼睛里跳动着倔强的光芒。谭文韬心里觉得好笑，便冷笑了一声："什么叫公平竞争啊？我们参加选拔的时候你在哪里？你知道那种呕心沥血的滋味吗？"张崮生看了谭文韬一眼，把头垂下了。"那时候我的家里出了点事，我没有赶上。可是我不能就此……"

就在这一瞬间，谭文韬从张崮生的眼睛里看见了一种他所熟悉的东西，他自己的眼睛里也有这种东西，那是由渴望所点燃的理想之光，是在命运的大山压迫之下由不屈和挣扎碰撞出来的火星。

谭文韬突然惶惑了。一个男人面对另外一个男人，一个坦率的男人面对另外一个坦率的男人，他们要么会成为患难之交的朋友，要么会成为不共戴天的敌人。可是张崮生他是敌人吗？当然不是，他充其量不过是一个为了捍卫自己利益的老兵，只不过他的获得可能是建立在别人失去的基础上，这就使他的行为不容置疑地打上了自私的烙印。可是……站在张崮生的角度设身处地地想一想，他没有过分，他并没有采取不正当的手段来挤对别人，他只是在等待，尽管他的等待动机不是那么高尚，可是他也没有做过什么卑鄙的事情啊。都是老兵了，都当过干部苗子，你们至少已经有了百分之九十五以上的提干可能，而他只不过是抱着百分之几以下的希望等待，他是弱者而你们占尽了风光，他有什么可怕的呢？你看着他不顺眼，是因为觉得他在窥伺你的前程位置，这使你感到不舒服，感到前程险恶。可这并不是他的错。

是啊，你就让他等待好了，你要是比他优秀，就给他一个等待的机会，在最后的角逐中，干净漂亮地把他踢下阵来，让他输得心明眼亮。你要是草包一个，终于被他扑上来咬了一口，那是你自己不争气。

谭文韬又想到了另外一个问题，那便是张嵩生神秘的背景，这也是引起众多学员反感的因素。"老张你跟我说实话，你是不是有个很有权势的……家庭或者亲戚？"

张嵩生怔了一下，笑了："谭文韬……哦，过去，我说的是我们见面以前，我一直在心里把你作为标杆的，我是佩服你的，我都应该称你一声谭老一……谭老一你想啊，我要真是有一个当大区司令的伯父，还能等到今天来跟你们挤得头破血流吗？无稽之谈。"

"那么，你是通过什么门路到七中队来的？"

"这个我不能告诉你。我唯一可以告诉你的是，我问心无愧，我到七中队来，完全是走的光明大道，个人没做一点动作，是组织上安排我们来的。请你相信我。"

落日终于全部隐进山脊线下面，山野里升腾起初夏的暮色。从这里望出去，在群山中间有一块小小的平原，阡陌纵横，青纱无垠。太阳落下去的方向，放射状地辐射出许多云絮，那就是火烧云了。火烧云笼罩着已经升起炊烟的村庄。田野里见不到农人和拖拉机的踪影了，只剩下晚归的牧童，在田埂边牵着水牛慢悠悠地晃荡。

在这个霞飞满天的夏日的晚间，谭文韬突然暗中做出了一项决定，他要帮助张嵩生。把他当作真正的对手来帮助。但是这个意思谭文韬没有说出来，他只是善意地提醒张嵩生，能考进七中队的，不说有三头六臂八仙过海的神通，但是，在炮兵这个行当里，七中队的人的确是身经百战久经考验的，恐怕不是那么轻易就会败阵的，也许你等到最后还是竹篮打水。

张嵩生笑笑说："当然，我知道。"

谭文韬后来把他和张嵩生的交往告诉凌云河了。凌云河笑着说："好啊，你成了咱们七中队的内奸了。等结束的时候有人被他们顶了，你不挨掐才怪。"谭文韬说："机会是大家的，不能说一进入七中队就算进了保险柜，咱们也一样多了挑战，我认为这不是坏事。"凌云河说："好，欢迎参与，不怕竞争，有大家风范，丈夫气概。"顿了顿又说，"你老兄是站着说话不腰疼。你底子厚实基础好，脑子反应快，成绩始终都是处于领先地位。可是你看马程度蔡德罕他们，考进七中队已经使出了吃奶的力气，成绩栏里的名次一直都在五十名以后徘徊。原先还不那么紧张，自从来了两个区队长，精神状态马上就不一样了，空前紧迫，马程度的夹差法本来就是弱项，这段时间没命地练，脸都熬绿了。要是让张崮生他们顶了，岂不也是个悲剧？"

谭文韬怔怔地想了想，凌云河的话不无道理。可是，他又委实很同情张崮生。他自己也闹不明白，他在感情上甚至偏向张崮生，也许是张崮生那副忍气吞声的样子打动了他，也许是他的竞争条件更加恶劣？

谭文韬说："这真是一件残酷的事情，反正总是有人得到鲜花，有人要泪眼相看。为什么会这样呢？"凌云河说："凡是有人的地方就有左中右，就有争夺，这是人际关系原理的一条铁的法则。"

四

星期六的下午理论课结束之后，凌云河笑嘻嘻地问谭文韬："伙计，星期天怎么过？"

谭文韬老老实实地回答："上午打球，下午睡觉，晚上写信。"谭文韬说的是实话，他到教导大队来，只给已经升任营长的李建武写过一封信，其他连家信都没有写。

凌云河说："好主意。不过还有比这更好的主意。有人邀请我们去云雾峰玩，中午野餐。你看怎么样？"谭文韬警觉地问："谁邀请我们？"凌云河笑笑说："你紧张什么？是丛坤茗和楚兰。"

谭文韬狐疑地看着凌云河："那……不太合适吧？"凌云河反问道："有什么不合适？"谭文韬想了想说："反正就是不合适。"

凌云河说："第一，节假日外出咱们请假，合适。第二，条令规定不许单人外出，咱们是四个人外出，合适。第三，条令规定战士服役期间不许谈恋爱，咱们不谈恋爱只是结伴游山玩水，合适。"

谭文韬觉得凌云河有些强词夺理，说："照你这么一说，还真没有什么太大的不合适。可是我觉得咱们两个男的和她们两个女的一起出去玩，有点别扭。"

凌云河说："只要你心里没有什么别别扭扭的想法，就没有什么别扭的事情。咱们都是要当干部的，不能老有土老帽意识。你知道吗，五十年代咱们军队还专门有军官舞厅，节假日军官们都去跳舞，搂着如花似玉的大姑娘都不别扭，现在反而连跟姑娘一起上山都不敢了，时光倒流嘛，简直是后退嘛。"

谭文韬问："是谁发起的？"凌云河说："这个并不重要，重要的是你去不去？"谭文韬旗帜鲜明地回答："不去。"凌云河眨了眨眼，阴阳怪气地嘿嘿一笑说："真不去啊？那我就叫常双群了。可是你得保密。"谭文韬说："既然是光明磊落的，还保什么密？"凌云河说："光明磊落的事情也不能满世界张扬啊。阶级斗争要天天讲月月讲年年讲，要提高警惕，防止阶级敌人乘虚而入。"谭文韬说："行了，我就当不知道这件事。"

这个夜晚谭文韬睡得不怎么踏实。谭文韬有点替凌云河担心。兄弟，咱们能有今天可不是容易的事，你得珍惜。有些问题，咱们还得忍着点，为了咱们的大想法，管紧你那个小想法，可别因小失大。

自从那次在汝定城"镇压反革命"回来之后不久，谭文韬就感觉到了什么，大队部的一号队花丛坤茗看凌云河的那份眼神儿，似乎多了一点内容。如果七中队有人谈恋爱，第一个开始的恐怕就是凌云河，这家伙爱虚张声势，有一套蛊惑姑娘的战术。

谭文韬站在自己的立场上分析，自己在这个问题上反应也不算太迟钝，在大队部那些姑娘中，他说不清楚为什么，他倒是更喜欢楚兰一些。他不能不承认自己对那个温文尔雅的女孩子是很有好感的。但是他十分警惕地遏制了这种好感。他不想在这个问题上再给自己找麻烦了。经济基础没有打牢，就谈不上上层建筑。但是，有些问题，却不是以个人的理性思考所能够转移的。譬如说感情这东西，不像装定诸元，装多少是多少，你把自己的分寸定在一定的界限上，可是它不一定就老老实实按你的规矩。什么叫好感？好感就是一种说不清楚的感觉。

那次借书半个月之后，一天晚上他和魏文建去大队部的军人服务社买牙膏，回来的路上看见有几个女兵正在橱窗下指指点点，见他和魏文建走近了，姑娘们不再叽叽喳喳了，几双青春的眼睛一齐转过来，毫不遮掩地看着他和魏文建，看得两个人很不好意思，谭文韬赶紧低头去看自己的风纪扣，疑惑是自己身上某个部位不得体或者扣错了扣子。幸好都不是。后来他就听见清脆的一声："谭文韬，九一八。"

谭文韬当时愣了一下，闹不明白是怎么回事，等女兵们咯咯咯一阵脆笑，才知道这几个女兵正在办橱窗，公布各中队本月训练成绩，谭文韬的综合成绩是九十一点八，居全中队第三。排在第一的是常双群，第二是阚珍奇，第五位居然是二区队那个成绩一直比较靠后的蔡德罕。

这段时间，每次小考谭文韬都后退一步，将自己的名次移到第三第四或第五——当然，到了第五，他就不会再往下掉了，而第一第二则经常拜托给常双群、阚珍奇甚至栗智高。这也是一种自我保护的战术。

喊他的姑娘叫柳漱。柳漱说："谭文韬你一直都是排在最前的，这次怎么搞到第三啦？"他笑笑说："我又不会神机妙算，哪能次次领先啊？"这时候他注意到了楚兰。在他跟柳漱说话的时候，楚兰一直微笑不语。他向楚兰笑笑，楚兰也向他笑笑。他们甚至连话也没有说，但是他对楚兰那赧然一笑印象极佳。再后来女兵们往七中队去的次数多了，交往也自然了，他才知道楚兰是大队部那群女兵当中的才女，会写新闻报道，还写得一手好字。

当然，喜欢就是喜欢，绝对没有别的意思。

爱情是什么？爱情跟作战是一个道理，只有当你拥有一定实力，你的布阵谋局才是有意义的。他谭文韬不会打无把握之仗，纸上谈兵画饼充饥的事他更不会干。而凌云河和丛坤茗就不好说了，这两个人都是激情型的，不太矜持，又郎才女貌，接触多了，没准会酝酿出一些缠绵来。

晚上熄灯之后，谭文韬突然有些后悔。自从来到贯山脚下，快一个季度过去了，才去过一次县城，还跟土流氓打了一架，弄得连商店都没逛好。这段时间集中力量突击于战术理论的补习，生活单调而且劳累，既然凌云河他们有了那么个活动，其实跟着出去玩玩也挺好的。这一夜委实是个不眠之夜，谭文韬辗转反侧。一种在近年来遭到严重镇压的情愫像泉水一样一点一滴地重新流回到今天的感觉器官里。他是个老兵，是个骨干，是个班长，是个正在准备穿上四个兜的军官。可是，他毕竟是个二十岁刚刚出头的血气方刚的青年。那种雄性的激情，那种发自生命内部的本能的冲动，即使压上三座大山，也不是说消灭就可以消灭的。它们可以沉默一时蛰伏一时，但它们不会永久沉默。它们在时时咬噬着他折磨着他，只要有了可乘之机，它们就会从某个角落里防不胜防地发射出来，冲撞和膨胀他的血管，燃烧他的骨骼，让那旺盛的生命的河流在他的灵魂深处奔腾喧哗。

在这个繁星满天的夜晚，谭文韬双手为枕，大睁着双眼，望着朦胧的天花板和暗河一样流进宿舍的夜色，视野扑朔迷离。他突然想起了那片油菜地。那是怎样的一片油菜地啊，金黄，灿烂，无边无际，像涟漪一样涌向天之尽头。就在那海洋一样宽阔和深邃的油菜地里，埋藏着他一段刻骨铭心的情感经历。熄灯号响一个小时之后，人民解放军预提炮兵军官、未来战争的优秀指挥员谭文韬似睡非睡地闭上了那双在白日炯炯有神的眼睛……

五

那年那月那日。天上有颗好太阳。

一条埋没在花丛里的田埂，从茸茸蔓蔓的原野上犁出了一道若隐若现的沟壑。露水在丰满的叶片上滚动，聚集成硕大的颗粒，挂在叶梢上欲滴未滴，于是便有了一地细碎的阳光，在碧绿和鲜黄之间静止着流淌着。

一个少男和一个少女在花间踯躅前行。

跟在赵灵灵的身后往前走的时候，高中毕业生谭文韬并不知道他和她要到哪里去，是去干什么。那时候的知识青年大都没有多少知识，但是在乡下人的眼里，又似乎特有知识。赵灵灵是从城里来的，是表里如一的知识青年，就连褂子和裤子也穿得很有知识——军用皮带拦腰束着上身的的确良碎花布衬衣，将小胸脯烘托得乡下人不敢拿正眼去看。认起真来说，谭文韬算不上什么正经八百的知识青年，尤其是算不上下乡的知识青年，只不过是一个将小集镇商品粮户口就地转为农村户口的"还乡团"，也穿着哔叽布学生中山装，左上兜还明晃晃地插着一根"长江"牌自来水笔，人五人六地混迹于知识青年的队伍里，像个抓革命促生产的公社干部，并且还像城里人那样学会了在田埂上散步，煞有介事地拈花惹草。花是油菜花，准确地说是庄稼，不娇媚也不高贵，却盛开，旁若无人恣意纵情，形成了此起彼伏的滔滔气势，簇拥着拍打着天壤的连接处。谭文韬和赵灵灵就被包围在金黄色的潮水之中。空气中弥漫着花粉甜蜜的味道，不断有蜜蜂蝴蝶为这浓郁的香味醉倒，在他们的身边晕头转向地飞来旋去，犹如情侣如醉如痴地舞蹈。

　　油菜花和油菜花上空的阳光扑朔迷离地荡漾着，在两个少年十八岁的血肉里召唤出一些莫名的躁动，他们毫无准备和戒备，却心有灵犀地走上了那条田埂，走进了那片辽阔得有些神秘的油菜花地。他们在当时说了些什么，已经十分朦胧了，依稀记得好像是讨论过一部刚刚放映的电影，是朝鲜故事片，名叫《看不见的战线》。赵灵灵说她好羡慕那个女中尉，她是那样地漂亮，穿上军装又是那样地英姿焕发。

　　"我要是能当上兵就好了，能当上女中尉就更好了。最好是咱俩一起当兵，你肯定进步会比我快，你可以当一个大尉，我们可以并肩战斗，我们会成为英雄的。"赵灵灵说。

　　谭文韬没有吭气。谭文韬那时候认为赵灵灵的想法是凭空的幻想，是不着边际的事。对于今生今世能不能当上大尉，他心里一点谱也没有。他的现实理想是当一个村支书或者公社团委书记。

　　在以后的漫长岁月里，谭文韬可以淡忘许多细节，但有一个细节却始终清晰。他记得那天赵灵灵穿的是一件白底碎绿花的的确良衬衣，下身配着经过修改了的绿军裤，将正在成熟的身材曲线勾勒得十分生动。她站着，他也站着。此前谭文韬曾经不止一次悄悄地注意过赵灵灵的眼睛，那双眼睛无论如何是他认识的那些乡下女孩子所不能比拟的，大而且亮，绝对不会像乡下女孩子那样躲躲闪闪的，只有她赵灵灵的眼睛敢于那样看人，只要她看你，她就会毫无遮拦地看，圆圆的眸子流光溢彩，长长的睫毛偶尔扑闪一下，那目光简直就是逼视，能看得你忐忑不安，让你没做亏心事也亏了心，心里虚虚的。他怕那双眼睛，那是一种他负担不起的高贵的美丽，里面也有他不敢正视的骄傲的野性。而在那天，谭文韬终于注意到赵灵灵的身体了。他本来正在注视着天上的浮云。作为一个胸怀革命理想而壮志未酬的小镇青年，他越来越觉得自己的理想没戏了，他有很多思想只能向远天的那些白色的绵状物体做无声的表达。但似乎是在突然间，他听见了一个灿烂的微笑和一个微笑着的夏天——真的走进夏天了，他发现他的心里正在翻卷着盛夏酷暑的滚滚热浪。他的目光在天穹的云面上惊惊悸悸地颤动了一下，立刻便被来自左侧的闪电般的光辉灼痛了——他看见了挂在赵灵灵脸上的两片红晕，像是刚刚开放的桃花，她的嘴唇微微开启，眼中流淌的是深渊里清澈的泉水。

　　谭文韬手里正玩弄的半截草棍顿时停止了转动，并发出了断裂的呻吟。她说，多好的天气啊，我们坐一会儿吧。他说那就坐吧。就怕弄脏了你的衣服。她笑笑，从裤兜里掏出了一块方格手帕，铺展开来，然后就拉过谭文韬的手说，跟我坐一起嘛，离那么远干什么？

后来，危险和美妙的事情便在同一时刻发生了。当然，危险和美妙总是相辅相成的。

太阳依然在头顶盘旋，油菜花儿在燃烧，蓝天丽日之下，是一片熊熊的金黄色的火焰，天气在那一瞬间无孔不入地热了起来。那是一个奇特的瞬间，是一个从来没有呈现过的，而且将来也永远不可能复制的瞬间。谭文韬坐下了，此刻他和这个一向高傲的女孩子挨得那么近，她身上淡淡的香味不断地刺激着他的鼻翼。他并且咬紧牙关放肆地像她看他那样看着她。他从她那半启半合的嘴唇里感受到了一种强烈的召唤，那是一个少女全部和最高美丽的集中展示，是一朵鲜花在首次绽开时溅溢出来的最鲜艳的色彩。

他听见她喊了他一声，她叫出了他的名字，那声音轻微得就像梦幻。他已经记不清自己当时的反应了，他是被她那种奇怪的、从来没有见到过的生动的样子震惊了，茫然不知所措。他想他是回答了一声，他不知道她还会说什么，可是她什么也没有说，只是那么微笑地看着他。后来她又喊了他一声，声音同样是异样地朦胧，就像是轻轻的叹息。

啊，十八岁啊十八岁，谭文韬将永远记住了他和她的十八岁。他知道从他和她的十八岁的身体里同时发出了源于生命深处的信息，滚动地、烫热地、强硬地、不容置疑地命令着他去做一件事。只要他有那个胆量，他就会把那件事做得如同阳光一般灿烂。她不会拒绝他。他想他首先就应该占领那两片欲启又合的嘴唇，那里有温热的湿润在等待着他，然后他将继续向她胸前那两峰明显隆起的小小高地上攀登，他想象不出来那两座高地上是怎样一种景致，再然后……再然后会发生什么事情他就不知道了，那就要跟着感觉走了……

幸福的时刻就要到来了，在那个他曾经无数次朦胧地想象过的预感过的事情上，已经临近了画龙点睛的重大时机。然而，就在这人生一堂至关重要的课程即将揭晓的时候，一件不幸的事情发生了——大队伙房的瘸腿大师傅杜大爷把中午饭做好了。

杜大爷一步一跳地走出伙房，站在大队部伙房门口的土坎上，手搭凉棚遮住阳光，眯缝着昏花的老眼四下里逡巡一番，终于在老远的万花丛中发现了两个含含糊糊的人影，然后憋足丹田之气，左腿一撩，一只手往干瘦的屁股上猛力一拍，就迸出了惊世骇俗的一嗓子：

"开——饭——了！"

如果能够以冷静的态度心平气和地分析，杜大爷不可能看见他们的表情，也不可能看见他们是拉着手坐在田埂上的。但赵灵灵却由此凝固了神情，机警地抽回了手，赧颜一笑说："今天可真热啊。"谭文韬也回过神来，讪讪地说："是啊，今天可真热。"赵灵灵站起身子，把脸转过去了，朝向大队伙房那边，以一个优秀的插队知青和农村生产大队团支部书记的口吻说："我们走吧，杜大爷等我们吃完饭还要回家干活呢。"谭文韬也站了起来，机械地应和说："那就走吧。"然后就无精打采地跟着赵灵灵走了，走出了这块辽阔而绚丽的金黄色的油菜花地，安全和遗憾在同一时间成了定局……后来，赵灵灵返城走了，临走的时候托人转交给他一封信，中心内容是——我们都还年轻，要把精力放在共产主义事业上，革命友谊万古长青。

几年之后，当谭文韬平静地躺在别茨山深处如水般静谧的夜晚，终于有机会耐心回味并认真总结当年那段不曾罗曼的罗曼史的时候，真有一种恍如隔世的感觉。这一切是不是都是碰巧呢？碰巧一个男人遇上了这个女人而不是那个女人，碰巧这个女人生下的是这个孩子而不是那个孩子，碰巧这个孩子是个男孩并且长大了，碰巧这个男孩与一个女孩相识在一片油菜地畔，碰巧一对少男少女在酝酿了一种美好而危险的情绪、已经看到了头顶高悬的禁果并且已经徘徊在陷阱的边缘的时候，碰巧大队部的瘸腿大师傅杜大爷把饭做好了。如果没有这些碰巧，他或许就提前当上了失足青年或未婚丈夫，那么，今天的一切也就不成立了，也就没今天他在别茨山腹地为了自己的前程和命运做顽强的冲刺了。这些过程看起来都是偶然的，可是，这些偶然里又似乎蕴含着必然，似乎总有一个强大的力量在冥冥中左右着他，校正着他的人生轨迹。这股力量不是别的，就是他自己的感觉，就是他自己的意志为了前进所做出的必然选择，就是他本人的自我约束的力量。如果没有这种力量，即便是杜大爷的及时出现惊飞了一场春梦，他也会在以后杜大爷没有出现的那些日子里重温春梦。油菜地是永远的，油菜花地里的感觉还可以重新找回来——只要你愿意去找。可是他没有去找。在此后同赵灵灵相处的日子里，他一次又一次地咬紧牙关，克制着他那个年龄经常出现的冲动，表现得冷静而坦然，从而平稳地度过了爱情的茫茫黑夜，健康地继续成长，顺利地走进了军营，成为一名优秀的士兵和骨干，成为人民解放军的一名前程坦荡的预提军官。意志啊意志，这对一个人来说是多么重要的东西，对军人来说就更是至关重要的了。从一定的程度上讲。克制力，往往就是一个人、一个军人、一个指挥员乃至一支军队的生命。为了将来，他必须克制。

六

星期天是个晴天，湛蓝的天空纯净如洗，像是一块透明的蓝色玻璃，笼罩在渐次起伏的别茨山区。这是个诱人的天气，在这种天气里，是应该到户外去走走。当然最好是有几个合脾气够水准的朋友一起走。早晨吃饭的时候，谭文韬装得漫不经心，问凌云河："常双群答应去吗？"

凌云河说："我还没有跟他说。"

谭文韬想了想，说："别跟他说了，我亲自去。"

凌云河狡黠地笑笑说："老谭你知道咱俩的最大区别是什么吗？一个苹果放在桌子上，凌云河第一眼见到就决定吃它，谭文韬则要围着桌子绕三圈才能决定。我就知道你昨夜又进行了激烈的思想斗争，最后还是正确的革命路线占了上风。"停了停又说，"你当然得亲自去，丛坤茗和楚兰都说请你一道，我要是跟常双群说了，那算什么事儿？"

谭文韬："你可得注意了，咱们又不是去结对子，谁去不一样？"

凌云河说："当然不一样。你读书太少，不懂得女孩子的心理。朋友也得讲个对味嘛，叫你跟马程度去散步你干不干？他老是跟你讨论夹差法你烦不烦？没劲嘛。当然我不是说常双群没劲，常双群去了不热闹。大烟鬼老谋深算的样子，聊起天来也严肃得心事重重的，姑娘们受不了。"

谭文韬正色道："我还必须提醒你。我去和你去的动机不一样。你名曰爬山，其实心怀鬼胎，有不可告人的阴谋。而我是真正的爬山，并且捎带着监视你。"

凌云河笑笑，说："管好你自己吧。我要是真的想出格，你就是军统特务也发现不了蛛丝马迹，除非我自己炫耀。"

吃了饭就出发。走出教导大队大门约里把地，丛坤茗和楚兰已经在树荫下等候了。楚兰说："看咱们这行动，跟搞地下工作似的，就差没有左手戴手套了。"凌云河说："革命嘛，总是有一定的神秘性。革命的意义就在于它神秘，如果是全大队公开地组织爬云雾山，我宁肯在家跟马程度他们切磋夹差法。"

大家轻松一笑。

走出 N-017，已是小晌午了。天气越来越热。无风树静，汗却没完没了地顺着脊梁往下淌。女孩子心细，还带了两把阳伞。凌云河和谭文韬连草帽也没戴，光着脑袋任太阳晒。丛坤茗说："这样不行，你们两个都是祖国的花朵军队的栋梁，哪能让太阳这么烤你们啊，伞你们打吧。"

凌云河说："要学那泰山顶上一青松，烈日喷焰晒不死，严寒冰雪郁郁葱葱。我们把伞打了，你两个水灵滋润的姑娘一会儿就成木乃伊了。我们久经考验了。同志们往前走吧，不要管我。"

丛坤茗说："我怎么听这话有点王成的味道？还为了胜利向我开炮呢。"

楚兰扑哧一声笑了："我们真傻，两个人合打一把不就行了吗？"说完紧走几步，顺理成章地同谭文韬把肩并起来。那边丛坤茗也笑着同凌云河并排而行。

可是问题并没有得到解决。走了不到三十米，大家又都觉得不对劲，步子迈得别扭，出汗反而更多了。凌云河说："这样不行，伞小人大，覆盖不了，你照顾我，我照顾你，谁也没占到便宜。我看这两把伞还是你们自己享用吧。"

谭文韬在楚兰身边已经局促得快虚脱了，也积极响应凌云河的提议，说："我们炮手都是久经考验了，这点太阳算啥？我们不跟你们分享了。"说完一步跨出来，扬眉吐气地站在太阳底下，还仰脸朝天打了几个喷嚏。

丛坤茗和楚兰相视微笑，汗涔涔的脸上洋溢着健康的红晕。丛坤茗说："别找借口了，你们两个男同志人高马大的，心里却鬼鬼祟祟的。"

凌云河和谭文韬都不说话，不好意思地挠头皮。

丛坤茗没来由地就把脸色暗了下来，眼睛里不易察觉地闪动了一丝忧郁，叹了一口气道："看看咱们这兵当的，历史到了咱们手里，就像又回到了万恶的封建社会，连并肩战斗都不敢了。你们怕什么？不就是合打一把伞吗，战争岁月里女同志还背伤员呢。"

楚兰说："坤茗你行了，他们现在处在非常时期，注意一点是应该理解的。"丛坤茗说："你这话是什么意思？什么叫非常时期？咱们也当过解放军的干部苗子嘛，他们要当官，咱们这些人民群众就都成了狐狸精啦？岂有此理！"凌云河说："好了好了，你厉害。我跟你说我怕的不是影响，我怕我靠你太近你会爱上我，到时候你可别喊上当。"丛坤茗说："自不量力。你以为我老丛就那么容易受你蛊惑？没有的事。"凌云河说："你这样讲还真不一定，楚兰你和老谭作证，等我回部队了，不出三年，我就把丛坤茗追到手。"

楚兰笑着说："那我们就等着花好月圆那一天吧。"

到云雾峰，要经过县城，几人一商量，还是先搭车。夏天的县城比以往多了许多颜色，这几年已经开始流行连衣裙了，虽然还没有大张旗鼓地盛行，从款式和色彩上有点试试探探的味道，但毕竟不再是过去单一的灰色蓝色占主导地位了。女孩子穿上连衣裙果然别有韵味，有线条了，有起伏了，身段的优势也就显出来了。相比之下，当兵的女孩子就有些自惭形秽，一律是肥腰肥裤腿的绿军裤，那裤子女孩子穿可以，老爷子老太太穿也行。上身则是一件历史悠久的白洋布长袖衬衣，蓬松宽大，再好的体形也被埋没在其中了。街上的花姑娘们就觉得当兵的女孩子很蠢，很傻。

当兵的女孩子也当真傻眼了，这是怎么了？退回几年，女兵们是多么神气啊，红领章红帽徽，灿烂耀眼，光彩照人，走在大街上感觉良好，招来的尽是羡慕和嫉妒，可是转眼之间三五年不到，世事如烟，这身军装便成了过去的辉煌，人们再看到军装，只能对两个字产生敏感的联想，这两个字就是奇和怪。甚至就连这个巴掌大的小县城，昨天还面朝黄土背朝天的乡下姑娘，今天也穿得花枝招展，坐在街面上，用一种奇怪的眼光，打量着穿白洋布长袖衬衣的当兵的姑娘，眸子里毫不掩饰自己的惊奇和困惑。

条令规定，战士服役期间，不得着奇装异服。在某某年代，几乎所有的部队对这一规定都有一个相似的阐释：战士不得着军装以外的服装。有些地方即使没有做出明确规定，但是也往往形成了一种约定俗成的规矩。

在营房里，约定俗成的规矩往往比白纸黑字的规章制度更加具有约束力。

丛坤茗是在县城的百货大楼门口坚定了决心的。她要去买一件的确良短袖衬衫。她用义无反顾的口气把自己的决定告诉楚兰。楚兰没有马上表态，想了一会儿才说："我也买一件。"她们没有将自己的重大举措告诉两个男兵，她们让他们在百货大楼的门口等待，想干什么干什么。

谭文韬和凌云河等了二十三分四十六秒，丛坤茗和楚兰才出现在百货大楼的门口。两个男同志在感觉上首先就是眼前亮了一下，感觉两个女同志同来的路上有了很大的区别，变得有些陌生了。当硝烟散尽之后，两个男同志终于弄明白了，这两个女同志更漂亮了，或者说漂亮得更像她们自己了。她们的脸上挂着明显的羞涩，是那种乡下女孩子头一次穿新衣服共有的不好意思。

凌云河和谭文韬看地形一般搜索着目标区域的每一个异常情况——丛坤茗穿了一件鹅黄色黑碎花点的确良短袖衬衫，楚兰穿的是湖绿色的，丛坤茗的头上多了一只樱桃色的发卡，楚兰的头上不显眼地多了一根天蓝色的丝带。所有的零碎搭配得浑然天成，既不勉强也不做作，恰到好处地点缀了两张漂亮的脸庞。丛坤茗说："别那样看着我们，好像我们做贼了似的。"

凌云河真诚地感叹了一声："到底是咱当兵的姑娘，不打扮吧，穿那件白洋布就像田埂上挖猪菜的，一打扮起来吧，就像演电影的，相比之下，这小县城的丫头们就是瞎涂乱抹了。"谭文韬好半天才回过神来，傻乎乎地问："回到大队部，你们还敢这样穿吗？"

丛坤茗瞪了谭文韬一眼："为什么不敢穿？我们当了五六年兵了，今年就是复员的人了，连个的确良也不敢穿？"说完，鼻子倏然一酸，眼睛居然湿润了。

云雾山在县城西南十几公里的地方，属于别茨山余脉的一支，虽然海拔只有七百多米，但是因其风景秀丽，名胜古老而驰名远近。

据说原先有一座寺庙，应该算是佛教名刹，但是在前些年乱糟糟的岁月里，不知道被什么人砸个稀烂。这几年已经有了开放的声音，当地政府为了吸引游客增加财政收入，以财政拨款和民间募捐相结合的形式，积累资金重建云雾山旅游景点，山上于是有了不少仿古建筑，其主殿依山傍岩，古朴端庄，气象雄浑。殿的北边是青砖素瓦的读书亭，绿树掩映，曲廊蜿蜒幽静；西面是视野开阔的望云阁，天晴站在阁顶，方圆数十里山川河流尽收眼底，东边群峰簇拥，云蒸霞蔚，南面是一湖碧水，浩渺无垠。

炮兵教导大队所在的位置虽然距离此地不算远，但是作为教导大队的老兵，丛坤茗和楚兰却从来没有到这里来过。倒也不全是因为时间不从容，主要还是没有那个情趣。这一次有了七中队两个明星级炮手陪同，心境自然大不一样。上山的路上，谭文韬说："你们叫唤了几天，我还当云雾山是多么高大多么险峻呢，也不过就是七八百米的高程。"

凌云河说:"山不在高,有仙则名;水不在深,有龙则灵。这山是有讲究的。据说这里最早不是寺庙,之所以出名,是因为有一个在京城做大官的人来这里隐居读书。你到里面就看见了,里面有颂吟庐、洗墨池,还有弈台歌榭,整个是一个封建阶级逃避阶级斗争、享乐消遣的地方。"

丛坤茗惊讶地说:"咦,凌云河啊,看不出来你土了吧唧的,肚子里还有点学问呢,原来不光会操炮啊?"

凌云河神秘地笑笑:"你把我们都看成什么人了?你以为我们就是四肢发达大脑迟钝的低级动物?不是吹的,给我三个月时间,我老凌能把唐诗三百首倒背如流,你们信不信?"

丛坤茗笑道:"说你胖你就喘了,就你那肚子里装的那点墨水,唬得住别人还蒙得了我?你不过就是早有准备,来之前看了《云雾山志》是不是?你行了,你在萧副司令面前已经够出风头了,就连游山玩水这点机会也不放过,还在我们这些战友面前卖弄,简直是个阴谋家。"谭文韬趁火打劫:"我可算不上阴谋家,雕虫小技而已。"

楚兰说:"坤茗你也不要这样讲,人家这样做也是别有用心,还不是为了给你一个好印象?让你这么一揭老底,积极性大大受挫。"

凌云河哈哈哈哈大笑,说:"好厉害的丫头,一针见血,硬是想看看我老凌脸红?没那回事。我们这张炮手的脸是不锈钢造的,随你们怎么糟践,只要战友们高兴,我宁肯牺牲自己的面子。"

楚兰说:"好,有男人风度,像个知识分子。"楚兰今天心情很好,前几天接到赵湘芗的来信,证实了今年政治学院确实要开设新闻专业,而且重点面向部队招生,在录取原则上专业成果起决定性的作用。根据赵湘芗所掌握的情况,像楚兰这样具有竞争实力的不多,出线的可能性很大。到了半山坡,果然就看见了一幢古色古香的茅舍,舍前有几畦花圃,花圃外面有一大片菜地。茅舍的房檐下悬着一块木匾,上书"逍遥斋"三个行草。门框两边镌着一副楹联:宠辱不惊,闲看庭前花开花落;去留无意,漫随天上云卷云舒。丛坤茗问:"这是什么意思?"凌云河想了一下说:"果然是个读书人的境界。宠辱和去留,大约指的就是受不受朝廷喜欢了,在这里流露出来的,喜不喜欢都无所谓了,当不当官都无足轻重了,有闲心种自己的花,看天上的云。这是一种超脱精神。"丛坤茗说:"这个人有意思,不知道他当的是什么官,当得这么不耐烦。"楚兰在一旁看墙上的说明，介绍这个"逍遥斋"的主人原来是个巡抚，巡抚是个多大的官？大家都不知道，正好旁边有个看门的老头，他义务解说道，所谓巡抚，就是朝廷的封疆大吏，一般来说跟省委书记省长差不多大。凌云河说："乖乖，这老小子恐怕是吃多了撑的，放着那么大的官不做，到这里来种什么菜。我国有几亿农民，在乎他一个大吏种的那点子菜？"

谭文韬说："这是高人一着。当官虽然显赫，但是也有当官的苦处，虽然在老百姓面前耀武扬威八面威风，可是在皇帝面前，压根儿就没有自由，成天都是点头哈腰满脸媚笑，孙子一样。宦海沉浮，险象环生。官当得再大都不行，当得再大上面都还有官，就算当了皇帝，还成天提心吊胆，生怕人家把他推翻了，把他宰了。从这个意义上讲，当官的都是奴才，古时候当官，没有奴颜媚骨，那是一天也当不下去的。"

凌云河说："哟，谭文韬你好像是看破红尘了。那你还死乞白赖地来上这个教导大队干什么？回家种地得了。"

谭文韬说："完全是两回事。人家来这里隐居，是因为人家已经当过了大官，把官瘾过足了，把官当出了境界，见好就收，功成身退，才算是隐居。咱们一天官也没有当过，排长的滋味都没品尝过，你去种菜那算是哪门子事？你本来就是个乡巴佬嘛，你种菜那是分内的事情。你想啊，一个大官，他高兴了来种菜，跟你爹我爹种菜那种感觉一样吗？差远了。所以说，咱们现在要考虑的不是隐居的问题，而首先是要取得隐居资格的问题。"

第十一章

一

夏玫玫现在当真有点"走火入魔"了。从 N-017 返回军区大院之后，她向歌舞团领导请了一个月的创作假，然后就把自己关在卧室兼书房里，闭门不出，朋友不会，应酬不去，电话不接，好像真有点不食人间烟火了。

在夏玫玫的情感世界里，有一段奇特的经历，当然是发生在她和韩陌阡之间的。那时候她是一个没有受过任何污染的少女，某种意义上，少女的欲望并不以确切的需要来表达，一个在某些领域阅历浅薄的少女往往连自己也搞不清楚她到底想要什么，但有一种实实在在的渴望无时无刻不在灼烤着她、燃烧着她，她总想抓住什么、拥抱什么、吞噬什么，而离她最近的猎物当然就是韩陌阡。但是，正是由于韩陌阡的严于律己，才没有对彼此构成麻烦。后来，在萧副司令不容置疑的高压下，经人介绍她同军区司令部康副参谋长的儿子、军区炮兵政治部保卫处干事康平相识，打了两年的持久战，终于建立了同志式的婚姻关系。结婚半年之后，夏玫玫才恍有所悟，当年她对韩陌阡的那份感情，只是一个少女不成熟的冲动，是经不起时间检验的，只有婚姻才是结局。即使是被动的婚姻，也是一种结局。

康平自然是无从得知那段历史的，就是知道了，他也不会在乎的。他知道这场婚姻对他的家庭和他本人意味着什么，他的老爹是萧天英的老部下，去年由某军的副军长提拔为军区的副参谋长，萧天英还说了话。眼下，司令员重病在身，萧天英作为常务副司令员，坐上第一把交椅指日可待。本来，他就把这场婚姻看成是政治缔姻。

应该说，夏玫玫和康平的婚姻基本上是没有波澜的，任何一个房间，都不能缺少必需的家具，哪怕那家具的款式和质地颜色都不合她的心意，但她必须让它们摆放在那里。尽管她不喜欢康平，但她需要一个丈夫。她为什么会长久地不喜欢她这个百依百顺的丈夫呢？她说不清楚，但有一点很清楚，是韩陌阡在她的脑子里作怪。韩陌阡说，不自信的人话多，康平偏偏就话多。就是这个话多的男人，使她从一个少女变成一个妇女。她不否认一个男人所给予女人的快乐，但是，她认为那种快乐是平庸和通俗的，满足的是一种低级的需求。

新婚过了两年再叫新婚就不合适了，从感觉上和实质上她都觉得新意是有限的。后来终于就有了一套三居室的营职房。因为没有孩子，夏玫玫首先提出在住房上也实行军事化，分为男生宿舍、女生宿舍和候补少儿宿舍（夏玫玫一想到她会有孩子就紧张得要命，就拒绝康平的接近，所以那间房子实际上成了会议室），盥洗室叫卫生所，厨房叫炊事班。夏玫玫当仁不让地占领其中一间最大的，女生宿舍比男生宿舍足足多出四个平米。大家平时分室而居，偶尔在周末或不是周末（在制定这项制度时，留了可塑性很大的余地），两个人兵合一处，开一次"班务会"。"班务会"从内容到形式，从周期长短到一次性长短，都是有讲究的，那就要看康干事的表现和夏玫玫的情绪了。

这段时间两个人的"班务会"有点不太正常，"冷战"时间超过了结婚以来历史上最高纪录。康干事不能忍受的倒不是开不上"班务会"，缺了张屠夫，他不愁没肉吃。军区一些刚刚解放出来的老干部的少爷小姐中流行一句话：一万年太久，只争朝夕。康平在结婚前，一方面向夏玫玫步步紧逼，另一方面还捎带着黏糊别人。康平对夏玫玫有别的警惕。因为一向性格开朗大大咧咧的夏玫玫，自从到别茨山 N-017 去了一趟回来之后，在不经意间就有些变化，嘴巴少了许多怪话，眉宇间则多了一些深沉。有一天，康干事突然想到了一个十分可怕的问题，天哪，这娘们儿到山里去了一趟，莫非是弄了个婚外恋回来。留意侦察几天，好像又不是。这娘们儿天天都在画人物素描，各种动态，各种布局，各种造型，画了又改又涂，画了一张又一张，几天工夫就画掉了几本稿纸。

说婚外恋自然是不着边际，从行为上讲，她和韩陌阡之间，既然没有发生过什么，也就不存在断裂什么。但要说是移情别恋（当然是临时性的，而且与韩陌阡无关），也不算太牵强。夏玫玫现在委实进入到一个神奇的创作状态里去了，想象的思维在一个无限辽阔的空间里自由翱翔。是啊，舞蹈艺术说到底是人体艺术，而人体艺术是所有艺术中最能传情达意的艺术。她曾经是一个舞蹈演员，而且是一个十分勤奋的舞蹈演员，但是年龄一天天地大了（舞蹈艺术对于人的青春是何等苛刻啊），二十六七岁了再跳舞，无疑是秋后的蚂蚱蹦跶不了几天了，所以她只好当了编导，就像多数运动员退役之后当教练是一个道理，是没有办法的办法。

别茨山之行，她的收获是意外的。她不敢奢望会在 N-017 那么一片山坳里激发出什么灵感，舞蹈艺术不比小说艺术，不是说有生活积累有人物形象就可以制作加工的。比起其他的艺术门类，舞蹈更需要想象，也更需要天才。她信奉中国古代美学家之说，诗言志，"言之不足，故嗟叹之，嗟叹之不足，故咏歌之，咏歌之不足，不知手之舞之，足之蹈之也"。由此就将人类表达情感的方式分为四个层次——言志、嗟叹、歌咏、舞蹈，而舞蹈显然是表达情感的最高手段了。诗词也好，歌赋也罢，都是靠文字语言来传情达意，而一切文字语言都有其不可摆脱的局限性，只有舞蹈是通过一种特殊的语言，是由艺术最根本的主体——人体，通过抽象的意念和形象的动作，直接向观众传达情绪。

在 N-017，她感到她的体内被注射了一种奇异的热情。她知道，她和所有人关注的东西都不一样。在那里，萧副司令关注的是他的部队有没有战斗力，那些学员能不能带兵，能不能作战。他的艺术是战争。韩陌阡关注的是那些人的行为和心理素质，他像看牙口那样研究那些年轻人，他甚至在窥探他们，他的艺术就是窥探他们的灵魂并且试图掌握他们。赵湘芗关注的是他们的理想和行为，她总是企图从生活里看见他们理想的旗帜，通过他们的行为寻找到一种崇高的精神。唯有她夏玫玫把这一切都放在次要的地位，她关注的是更为深刻的东西，透过他们的事迹，透过那些辉煌的壮举，甚至透过他们所焕发的激情，她看见的是力量——是什么使他们如此壮烈地燃烧？是艺术。尽管他们自己并不一定意识到了这一点，但是，他们在操练中所表现的全身心的投入，游刃有余的技巧，收缩有致起落酣畅的动作，都充分地表明，他们已经进入到一种艺术的境界。

她懂得她所从事的事业有着可以开拓的无限宽阔的疆域，但是她必须寻找到独属于她自己的那一方蓝天并成为这片蓝天的皇后。她必须首先唤醒自己刺痛自己燃烧自己，她才有可能去唤醒、刺痛和燃烧她的臣民。她终于在她认为最没有可能的地方找到了可能，在她认为最没有抽象价值的行当里发现了最有价值的形象。那时候她的脑子里没有晴空没有雨雪，没有衣食住行没有柴米油盐，只有一群人，一群男人，一群活生生的健壮、丰满、刚劲、猛烈、无往不胜的男人，男人们在奔跑、跳跃、托举、俯冲，那一瞬间，她所感受到的是一股强劲的雄风，扑面而来，浓烈呼啸，裹挟着青春的烫热的气息，令她迷醉也令她震撼，令她热血沸腾也使她浮想联翩。"我歌唱带电的肉体"——惠特曼再一次从她心灵的一个隐秘的地方出现了，从波谲云诡的海面上冉冉升起，那双纯净的睿智的蓝色的眼睛正在深情地注视着她——睁开你的慧眼吧，看看那流畅的律动，看看那洒脱的旋转，看看那气贯长虹的托举，看看那行云流水一般的默契，这一切意味着什么呢？符号、象征、韵律、节奏、秩序……还有生命，生命原来是这样燃烧的。

在离开 N-017 的日子里，夏玫玫一遍又一遍地回味那天她参加操炮的每一个细节。她觉得在那时候，曾经有一个阶段，她已经不是再作为一个艺术工作者，也不是作为一名旁观者，而完全是一个女人，甚至是一个柔弱的纤细的女人，置身在奔腾的男人的汪洋大海里，被一种不可遏制的深不可测的激情冲撞并淹没。顿悟是在什么时候开始的呢？也许就是那个瞬间，她是在一阵玄冥的体验中被骤然惊醒的，她听见了一个雄浑的声音在大喊：开——架！

开……架？

是的。所有的动作都体现了一个精神，开架，开机，开闩，把一个沉睡的物体打开了，把这个物体上的每一个细胞都激活了……最终是开炮——那是爆炸了的男人的生命。就是在那声振聋发聩的喊声中，她发现她猝不及防地也被打开了，智慧大门洞开，灵感长驱直入，思绪滔滔，激情滚滚。炮手们粗犷身姿如同一只无形的大手，在她心灵深处那片鲜花盛开的地方，抚摸出一阵幸福的疼痛。打开！打开！打开自己，打开自己的心灵，打开自己的生命，打开自己的情与爱，把自己的身体和灵魂一起袒露展开，让别茨山的氤氲徐徐进入，让自己的渴望的激情拥抱那蓬勃燃烧的旗帜般飘扬的青春。

她预感到，一个新的艺术生命就要诞生了。她甚至相信，这生命将是不朽的。她在经过了最初的阵痛之后，决定在古典的基础上大量地糅进芭蕾的风格。

炮手激情的张扬动作的伸展都是呈放射型的，这是民族的传统的画圆方式所难以承担的，尽管这种画圆是优美的——她将在她的作品里灌注一种全新的现代精神。

当然，她不会把那种龙腾虎跃径直搬到台上，艺术和生活的有机结合将是一个长期的孕育过程，而且是一个艰难的过程。正因为有了这种艰难，所以她必须把自己封闭起来，限定在一个纯洁的艺术空间。她甚至因此而多次婉言谢绝了丈夫康平关于开"班务会"的请求。她觉得在这个伟大而庄严的创作时刻，进行某些世俗的活动是一件不严肃的事情。她的体验已经够充分的了，满满地充溢着心房。她无须康平协助，他不可能给她提供新鲜的感受，反而有可能用"人间烟火"将她心中的美好熏燎出一些汗臭。对于艺术家（她现在越来越觉得自己是个艺术家了，而且是一个悟性很高很有灵气的艺术家）来说，不食或适当地少食人间烟火是必要的。

二

韩陌阡这段时间在冥冥中有一种预感——在自己的人生道路上可能会出现一次比较重要的转折。从 N-017 回到军区之后，萧副司令就教导大队七中队的思想政治工作和政治教员问题，再一次跟韩陌阡"探讨"过。萧副司令把这项工作称之为"枢纽工程"，萧副司令说，越是一支过硬的队伍，就越不能放松政治思想建设。七中队最后是个什么成色，关键还是要看政治素质是不是相应地跟上去了，他打算选派一个品德绝对可靠、有深厚的理论功底，而同时又对我军思想政治长远建设有深刻认识的人去。

韩陌阡回答说，可以给干部部打个招呼，请他们考察。

岂料萧副司令员当时就把眼睛一瞪说，请他们考察，我还跟你说干什么？这回就让韩陌阡犯琢磨了，莫不是这老人家在打自己什么主意？要真是这样，还真麻烦，他委实不希望这是真的，可越琢磨就越是觉得这可能就是真的。要是老人家确实有这个想法，他纵使有一千条理由，那也是不敢提出一条的。

没想到又出了个意外，从上面传出来一个风声，尽管是风声，也足以令人震惊的了——教导大队七中队的干部名额有可能被收回。

夏玫玫和赵湘芗就是在这时候——情况仍然十分严峻的时候来找他的，她们满腔热忱地来打听，什么时候还到 N-017 去。

听两位女士道明来意，韩陌阡的脸上愁云密布，好半天才苦苦一笑，说："还去什么去？七中队的事麻烦了，恐怕要泡汤。"两位女军官面面相觑，夏玫玫说："你不是开玩笑吧？"韩陌阡说："我又不是搞创作的，想象力没你们丰富，这个玩笑我想不出来。"

赵湘芎怔怔地看着韩陌阡："萧副司令员知道这个情况吗？"

韩陌阡说："犯傻。他能不知道吗？老人家嘴角都上火起泡了。这几天坐卧不安，每天都跟总部通电话。司令员和政委也着急了，听说军区在家的常委已经开了会，虽然内部也有争论，但最后还是统一了思想，又向总部写了报告。"

夏玫玫和赵湘芎愣了半天才问："到底出了什么事，为什么不算数了？"

韩陌阡回答说："听说别的军区向总部告了状，说我们落实新的干部政策不彻底，搞了自留田。我们有个七中队，在其他军区的老兵中产生了负面影响。"

夏玫玫似乎还不大相信，疑疑惑惑地看着韩陌阡。赵湘芎嘴里嘀咕："怎么会这样啊怎么会这样啊，这不是害人吗，这样出尔反尔地折腾，让那些老兵怎么办啊？"

韩陌阡说："谁不是这样想呢？不过也不一定，军区常委都在向总部反映，这是既成事实了，总部也不会轻易决定的。"

夏玫玫的心里也是空落落的，就算不说她同那些人的感情，可那台倾注了她心血和才华的舞蹈设计，也全是由他们而抽象出来的。她很仗义地骂道："妈的，什么玩意儿，他们自己没心没肺，不珍惜人才，不知道想办法留骨干，还挑别人的事，真差劲儿。"韩陌阡说："是差劲儿。"然后大家都不吭声了。

为此鸣不平的还不止这几个人。在等待消息的日子里，军区大院里，凡是跟七中队有过联系的人无不为之着急。最恼火的自然还是萧副司令员。七中队的建立，虽然是军区常委定的决心，但动议是他最先提出来的，这群骨干的成长凝结着他几年的心血，好不容易才被留下来，曙光就在前头，天气又晴转多云，老人家的心里委实熬煎。

半个月之后情况明朗了。总部给了军区一个明确的答复，七中队既然已经组建了，而且是按照院校统一课程施教的，应予承认，可以考虑纳入陆军学校作为一个特别中队。

消息传来，军区炮兵机关大大地松了一口气。赵湘芎夏玫玫和韩陌阡还不谋而合地聚在一起议论了一番。赵湘芎说："这下好了，七中队那些家伙恐怕还不知道这里的曲折呢，问题就解决了，真是苍天有眼。"

夏玫玫说："什么苍天有眼，是老爷子，没有老爷子，苍天从来都是睁只眼闭只眼。"

韩陌阡说："夏玫玫，现在我可以回答你在 N-017 给我提出的问题了。"夏玫玫稀里糊涂地问："什么问题？""向右看齐的问题。""天啊……"夏玫玫夸张地叫了一声，"我早就忘到九霄云外了，这个鬼男人还在耿耿于怀。"

"什么叫耿耿于怀啊？你那个问题提得好，启动我的脑筋了。军营文化博大精深，处处留心皆学问。为什么向右看齐？中国古代《礼记·少仪》上记载了这样一种军礼——我说的是礼仪，不是狭义的敬礼——'乘兵车，出先刃，入后刃。军尚左，卒尚右。'意思是坐在军车上出门的时候，要把刀枪的锋刃向前，指向敌方，回来的时候，要把刀枪的锋刃向后。将帅以左边为贵，士卒以右边为贵。为什么这样呢？因为左为阳，军将行伍尊尚左方，表示生而不败。右为阴，士卒行伍尊尚右方，表示敢死决心。这可能就是向右看齐的最初模式，一代代演变下来，由模式而约定俗成，由约定俗成而习惯，而规范，而条令……你们别瞪着我，我不是瞎说的。古代战争列阵布局大多带有宗教色彩，有的还有巫术思想。我们现在的队列动作乃至习惯，细究起来，都是有据可循的。包括立正，强调军人站如松，最初的意思就是为了拔气，立足大地，拔顶天之气。"

夏玫玫认真地瞅着韩陌阡，文转向赵湘芎："你认为他说得对吗？这鬼男人又在故弄玄虚。"赵湘芎微笑着说："既然你我找不出充分的理由驳斥他，真的假的也只能听凭他说了，谁让咱们不是高参呢？"

三

赵湘芎认真地看完了楚兰寄来的第一篇小说习作之后，几乎不敢相信这就是那个看起来温存腼腆的女孩内心世界的袒露。小说乍一看不见什么才华，语言极其朴实，朴实到了几乎像儿童寓言故事。叙述结构清晰，对于人物的性格把握也很到位。让赵湘芎感到诧异的，是小说里透视出来的一种奇怪的情绪和独特的感知倾向。

　　这是一篇描绘战争的小说，同赵湘芗以前读过的所有的战争小说都不一样，这里面既没有英雄主义的格调，也没有爱国主义的激情，整个小说就是一场战争的过程，就是一群形态各异的人物，在作者布置的战争舞台上充分地表演。小说写的是没有时代背景、没有是非比较甚至没有国籍国界的一片地域，一支炮兵队伍在一场鏖战中被数万大军围困在某座神秘的山上，在团长谭西南和政委魏东北的率领下，在山上筑城垒寨，与敌人形成长期对峙，等待援兵。而在等待和对峙的过程中，军医主任雪儿和副团长凌光耀相爱，从而爱情这条线贯串了战争的全部经过。为了解脱围困，参谋长常书韧通过对于突围路线和兵员体力的精密计算，掌握了气候变化的契机，制订了一项突围计划。在突围中，副团长凌光耀和紧随他的雪儿带领一支小区队杀开一条血路，穿插至敌人的大本营，迷惑敌人视线，最后全部阵亡。谭西南和魏东北则分别带领主力沿峡谷神秘转移。小说的结尾是这样的：

　　　　一切复归寂静。半个时辰前还狼奔豕突的林带中央飘动最后一缕暖暖的硝烟，倒下的身躯和倒下的树木互相凝视，用无神的眼神询问各自的历史和未来。一支古老的兵器插在年轻的自行火炮的嘴里，两面颜色和形状不同的旗帜同时黯然无色，斜斜地挂在残缺的树枝上，像是两只喘息的苍鹰。有一只松鼠试探着从躯体们的脸上跳来跳去，嗅着新鲜的液体散发的气味。月亮升起来了，它缓慢地抖动着，将一汪幽蓝的光辉无声地泼洒下来，霎时，便有凉飕飕的夜风从树林的缝隙里流过，满地都流淌着这幽蓝的波涛……女人站起来了，她去除了身上的褴褛的衣衫，捧起了那副胸前插着利剑的武士的躯体。淡蓝色的轻烟随着她上升的胴体而徐徐移动……然后她和他凌空飞翔，在林子的上空飘来飘去，俯瞰着检阅着他们的过去。当林子里传来野兽第一声咳嗽的时候，她拔出了爱人胸前的剑，用它轻轻地划开了自己的胸部，两颗心于是像两极磁石一样黏合在一起，悄然飘落尘埃，在地上溅起两瓣幽蓝的波浪……

作品的名字叫《一地幽蓝》。

难道这就是战争？这就是文学的战争或者说是战争的文学？

大军区政治部文化部干事赵湘芗以其所能拥有的文学感觉，居然很难对这篇作品的优劣做出评价。但她又不能不承认，她从这篇被楚兰谦称为习作的作品里领略到的是一种前所未有的感受。她简直闹不清那个极像村姑的别茨山女兵的小脑瓜子里都装了些什么，她以为她对楚兰已经十分了解了，可是这篇作品使她几乎是大吃一惊地发现，她甚至压根儿就不认识那个女孩。可是她又不能不承认，战争与爱情这两大千年不衰的主题，在这篇习作里得到了完美和奇妙的融合。战争的雄阔，战争中人的壮烈，还有那种地老天荒的爱情，古老而又新鲜的童话般的意境就在那流动着的一地幽蓝中冉冉升起了。

军区文化部办有一个内部文学刊物，赵湘芗兼任刊物的编辑，她拿不定主意是否要把这篇稿子拿出去发表，她确实从来没有看见过这样的小说。后来她决定先让夏玫玫和韩陌阡过目。夏玫玫看了小说之后很久没有表态，她惊异地发现，楚兰所描述的战争境界，居然唤醒了她心中的一片领地，这蓝色的战争似曾相识，正是她曾经无数次幻想的颜色啊。夏玫玫怔了许久才说："不知道是我们落后了还是小姑娘走在了我们的前面。我不敢说这是一篇好小说，但是我至少敢说这不是一篇差小说。这是一篇会引起争议的作品，也许它的意义就在于会引起争议。可以说，我是很欣赏这篇作品的，这样的情节和意境要是搬到舞台上，没准会引起轰动的。在我们传统的思维里，战争是红色的，是橘黄色的，是黑色的，而一地幽蓝，则是诗意的战争。好，我认为好，尽管它还不是很成熟。实话对诸位讲，这篇小说对于我修改我的舞蹈设计可能都有启发……老阡你不要用那种眼光看我，我当然是不会随便乱摘人家的胜利果实的。赵湘芗你应该把它用在刊物上，就当文学新人的探索之作也行啊。楚兰正处于考学前的竞争状态，发表这么一篇较长的作品，也算是对她的火力支援。"

赵湘芗踌躇了一会儿说："要是有人批判怎么办，那我们不是帮倒忙吗？"

夏玫玫说："没有的事，你那个破杂志，除了读者来信，谁去批评啊？真有火眼金睛的，都去关注《人民文学》《十月》去了。再说，这篇稿子一不反党，二没散布消极情调，三没有黄色思想，有什么好批的？"

赵湘芗转过脑袋问韩陌阡："你说呢？"

韩陌阡把稿子看了一遍，又回过头来噼里啪啦一阵乱翻，两只很有内涵的眼睛游移不定地东张西望了一番，然后两臂一摊，摆出个学者的架势，不慌不忙地说："要说嘛，这篇小说是有点出奇，这几年文学界开始折腾什么现代派，表现什么意识潜意识，我看这篇小说有这个迹象……当然了，你们二位都是搞形象思维的，我这个文学爱好者说这些有班门弄斧的嫌疑，不过我认为发表是没有问题的。这篇小说提供了很多新的东西，也可以看作是对传统军事文学的一种挑战。赵湘芎你别怕啊，挑战不一定是坏事。我要是你们主编，我就同意发表。在文学上，只要内容是健康的，形式上玩点花样，怎么说也不是坏事。"

夏玫玫说："我完全同意老阡的意见。"

赵湘芎沉吟片刻，说："我再想想。"

韩陌阡端起茶杯，在手里握住，悠悠地说："能不能发表，那是你们的事。我今天感到意外的是楚兰这篇作品里的人物。不知道你们二位注意了没有，这篇小说你说它是浪漫主义的产物，我看又不尽然，里面又有明显的现实感。"

赵湘芎和夏玫玫同时瞪大了眼睛，注视着韩陌阡那副老谋深算的表情。

韩陌阡说："作品里虽然没有历史背景，但是它写的是一个炮兵团，而且还有政委，这就说明作者还没有完全摆脱我们军队现实结构的框架。从整个战争过程中的人物性格发展和行为看，那个团长是谁？我认为是以七中队的谭文韬为基本模型的。政委是魏文建，副团长是凌云河，参谋长是常双群。姑且撇开小说的文学得失不谈，里面的角色分配是很值得琢磨的。这里面有点预言的味道。"

夏玫玫思忖片刻，恍然地说："哇，还真是这么回事。"

赵湘芎问道："我就是不理解，她怎么会这样分工？从我们知道的情况看，那个凌云河在他们那伙人当中，应该算最出类拔萃的。上次萧副司令去视察，也是他充当一号角色，仪表堂堂，姿态端正，再加上业务拔尖，是个理想中的军官形象。她居然让她当副团长，屈居谭文韬和魏文建之下。这丫头没准是爱上了姓谭的。"

韩陌阡不动声色地看了赵湘芎一眼，说："话恐怕不能这么说。楚兰之所以这么写，可能只是凭借一种直感，但这直感说不定还真有她的科学性。这就要涉及对干部素质的认识了。在本人看来，凌云河这个人，军人气质和能力都无可挑剔，但是他跟谭文韬恐怕还不是一个档次。"

赵湘芎惊讶地问："你怎么会得出这样的判断？"

韩陌阡仍然不紧不慢地说："凌云河风头太健，不懂得节制，特别是好为人师，容易树敌。这个人是干才。谭文韬藏而不露，城府很深，这是将才。"

夏玫玫说："你的节制指的是什么？举例说明。"

韩陌阡说:"一句话说到底,他——太爱说话了。"

赵湘苎惊讶地说:"仅仅是话多一点,就这么重要吗?"

韩陌阡微微一笑,说:"太重要了。话多话少简直就是区别干部修养的重要水准……我这里指的是严肃场合,不是我们这样的瞎聊。就说开会发言吧,有的人不说是因为不敢说,有的人不说是因为不会说,而有的人不说则是他不想说。但也有人抢着说。凌云河就属于会说敢说抢着说的,谭文韬则是会说敢说又不急于说的。抢着说的往往是不堪一击的,言多必失嘛。最后说的往往执简驭繁,就是结论。"

赵湘苎怔怔地听着韩陌阡的长篇宏论,很不以为然,说:"照你这么一说,能力强的反而不会受到重用了。"

韩陌阡反问道:"我说过这种话吗,为什么得不到重用?让他当副团长难道就不是重用吗?你们又怎么能断定谭文韬的能力次于凌云河呢?完全是凭印象嘛。女人往往容易以貌取人,这是很不科学的。再说,我们现在进行的是理论上的探讨,实际的情况当然也不会完全是这样。这里面还有很多复杂的因素,譬如环境不一样,对于干部的选择也应该是不一样的,战时重指挥才能,和平时期重管理经验。还有顶头上司的好恶不一样,干部的遭遇当然也不一样,对于干部的使用不可能有一把绝对精密的尺子测量。"

赵湘苎说:"就通常意义而言,如果说楚兰的作品里那个团长谭西南是谭文韬的化身,你认为这种选择有道理吗?"韩陌阡想了想说:"我以为基本上是合适的。谭文韬和凌云河比较起来,属于后发制人的一类。他的最大的优点就是话少,而话多话少,同一个人的素质密切相关。那个谭文韬,可以说是天时、地利、人和都占全了,你别看他很少说话,但是在关键性的问题上,他是寸步不让的。到目前为止,他的训练成绩在七中队还是第一流的。他不说,他做给你看。一流的总不是坏事吧?再有,谭文韬有一个最大的特点就是谨慎。怎么表现呢?就是请示。我们那一次跟着起哄操炮,就是他坚持要请示。可千万不要小看了这个请示,看一个人能不能坚持请示,善于不善于请示,这往往是关系到一个干部——我这里说的是干部而不是军官——生存立足的重要问题。"

夏玫玫断然说:"我觉得你是在信口开河。"

韩陌阡把稿子往茶几上一放,大度一笑说:"我当然是信口开河。我又不是干部部长,我对自己今天说的话是不负责任的。但是,如果我们再过二十年回过头来看，没准今天的预言会兑现。我们今天要解决的是，坚定你的信心，早点把楚兰的小说发表出来。如果要发表，我还建议，把里面的谭凌魏常四个姓氏全部换掉，以免不必要的猜测和麻烦。"

第十二章

一

预防针是 BGC 野战医院体检队来打的，教导大队卫生所协助。体检队打完针就走了，留下大队部一个医助和卫生员丛坤茗、柳潋继续观察。

这一天的值班班长是三区队的潘道德，因为潘道德是七中队唯一戴着近视眼镜的人，所以绰号"潘四眼"。

开饭之前，潘四眼把队伍集合好，一路上喊着口令带着往饭堂去，过了中队部，一眼瞥见队伍后面跟着卫生所的三个人，都是女同志，灵机一动，突然喊了声："噫，不好，肚子疼，凌云河你帮我带下队。"

凌云河不知是计，就当仁不让地闪出队列，走到了指挥位置上。后来发现吃饭的队伍里还有丛坤茗等女兵，凌云河还暗自欣喜——又一个露脸的机会来了。

队伍到了饭堂门口，重新整队唱歌，唱的是《战友战友亲如兄弟》，凌云河的拍子打得比较专业，有板有眼有气势，很潇洒的样子，一边打着拍子，一边留意观察队列后面的几个女同志，除了那个叫田丽芬的年轻医助跟着他的拍子似唱非唱地闭合嘴巴，两个女战士反而显得很不正规，在队列外面嘻嘻哈哈做小动作，根本没有在意他优美的指挥动作。凌云河难免有点扫兴。

就餐是以班为单位划分桌位的。

丛坤茗等人在七中队就餐也不是一次两次了，按照惯例都在中队部饭桌上就餐，这回也不例外。但以往不把她们当客人，遇上什么吃什么，跟在自己的伙食单位一个待遇，仅仅是解决个生理需要，但那天多少有点特殊，因为那天不仅打了预防针，还抽了血，所以中午就加了两道菜，一个是萝卜炖肉，一个是鸡蛋炒韭菜，中队部桌子上还多了一道鲫鱼炖豆腐和糖拌西红柿，其指导思想是照顾卫生所三个女同志的。

饭堂里很安静，没有人说话，一切动作都在不言不语中进行，各班小值日熟练并且精确地分菜，众人秩序井然地进食。"君子食无语"在这里得到了良好的贯彻，不像基层连队有人在吃饭的时候念表扬稿子，也不像基层连队有干部在大家进食的过程中不厌其烦地说一二三四。但这种安静又是轰轰烈烈的，饭堂里只有一个声音，便是咀嚼和吞咽的声音。

几个女同志观察了一下，多数人的吃相都不太雅观，埋头奋战，颇有点雷厉风行速战速决的意思。中队部这一桌子才开了个头，各班的桌子上已经陆续走人了。吃到半饱的时候，中队干部也抹抹嘴走了，说："你们女同志吃饭慢，还讲究个姿势，你们慢慢用。"说完就走了。

饭堂里所剩人员寥寥无几，一直注意这边动向的凌云河就端着碗过来了，欲盖弥彰地说："哈，有鱼头，你们几个不喜欢吃鱼头吗？那我就分享了。"

柳激说："醉翁之意不在酒吧，吃什么鱼头，看你那狼吞虎咽的架势，像吃人，我们田医助在这里，行政二十三级，属于首长阶层，你得规矩点。"

凌云河满脸苦难地说："我怎么不规矩了，我不就是想分一口鱼头羹吗，你柳老兵怎么老看我像牛鬼蛇神似的。你们不吃浪费了，为了防止你们犯罪，我再找一个人帮忙。大家请看那里——"

"那里"还有一个满脸憨厚的蔡德罕。

此刻，蔡德罕正在遥远的一张桌子上享受最后的幸福，他分得了四样菜，全部集中在一只大海碗里——七中队学员大部分使用的都是不锈钢的饭匙饭叉和盘子，唯有蔡德罕用的是两只巨大的海碗，并且坚持使用竹筷，用他自己的话说是保持无产阶级本色——四样菜集中在一只碗里，各菜的味道当然互相浸透，但是蔡德罕不在乎，他可以吃出第五种乃至第六种第七种味道。只要是分到他海碗里的东西，一般说来，他是不会让它剩下的。

学员们说，蔡德罕的那两只德高望重的海碗，吃干饭的时候洗不洗问题都不大，要是用来盛稀饭呢，尤其是吃大米稀饭的时候，就更不用洗了。有人曾经信誓旦旦地说，他亲眼看见过蔡德罕的一个极其精彩的动作，五一会餐那天，蔡德罕吃完饭向洗碗池走的时候，以迅雷不及掩耳的速度，将自己的碗舔了个底朝天，那只碗里装的就是糖拌西红柿，这小子据说家穷，命中缺糖，据说活到十一岁的时候才吃过第一块水果糖，当时还被那种甜味吓了一下，不停地问那个给他糖吃的好人，这东西有没有毒。

除了上次萧副司令员来这儿会餐，今天也是小改善了，这对别人不是个大事，但对于蔡德罕来说也不是个小事。当然，当了几年兵，肚子里的油水已经得到了补充，犯不着舔碗了，但是，分到碗里的这些东西不填进肚子里，他是绝不会离开的。贪污和浪费是极大的犯罪嘛。什么叫正气？不浪费也是一种正气。

凌云河在远处喊道："蔡德罕，过来，首长席上的菜还八成新，不吃白不吃。"蔡德罕朝这边看看，并笑笑，说："我已经吃了很多啦，饱了。"凌云河说："这边有鱼头炖豆腐，还有糖拌西红柿。"

丛坤茗和柳漱都料定蔡德罕不会过来，蔡德罕不像凌云河那样跟她们熟悉，随便不起来，再说，他也肯定没有凌云河那种对女同志毫不畏惧的胆量。

但是她们想错了。

蔡德罕不仅过来了，还端着他的那两只个性鲜明并且很有了一把年纪的大海碗，脸上没有丝毫的羞涩和拘谨，走过来在凌云河的身边稳稳当当地坐下，笑笑，襟怀坦白地说："我别的没什么能耐，就是能吃。"

柳漱赶紧说："那就吃吧，你们中队的干部假秀气，这碗鱼头汤基本上没动。"说着，主动站起身子把鱼头汤搬到蔡德罕面前。

田丽芬已经用毕，但是坐着没动，饶有兴味地看着蔡德罕和凌云河。丛坤茗还在细嚼慢咽，她欣赏的内容主要是一盘青椒炒土豆丝，一边吃，一边眉目含笑地看着蔡德罕。凌云河说："老蔡委屈你了，她们几个女同志几双丹凤眼盯着你，你不紧张吧？"

蔡德罕说："没关系，我死都不怕，还怕阶级姐妹盯着？鱼头我是吃不下了，这盘洋柿子看来剩余价值不多了，我就……嘿嘿……"

说完，自己动手，把小半盘糖拌西红柿倒进自己那只已经空了的海碗里，也不看众人眼色，旁若无人地喝了下去，喝得津津有味。喝完了，又掂起筷子，将碗底还粘着的一小块夹起来，送进嘴里。这一套动作前后紧凑，没有半点踌踏，而且面不改色，泰然自若，看得几个女同志都有些呆了，并且还被他嘴里发出的声音勾起了食欲。

田丽芬又为自己倒了小半碗鱼头汤，丛坤茗也将土豆丝拨了一些到碗里，柳激则加了半碗米饭。

吃到最后，还剩下半个鱼头，凌云河问蔡德罕："怎么办？"蔡德罕认真地打量鱼头，认为堪用，便说："怎么办都行，但要是倒了就可惜了。"凌云河便将鱼头连汤一起倒进了蔡德罕的海碗里。蔡德罕说："我得把它放到水缸里冰着，不然晚上就馊了。"说完，冲几个女同志笑笑，说了声谢谢，拿起碗袋，理直气壮高视阔步地走了。

在回大队部的路上，丛坤茗说："凌云河也真是，出人家的洋相。"

田丽芬说："这些人怎么这个德行啊，都老兵了，还这么农民，没教养。"

柳激本来就不喜欢田丽芬，同年的兵，别人都没有提起来，不知道做了什么动作，唯独她提起来了。虽然是个助理军医，可她那点本事，乘以十也不如她和丛坤茗。七中队学员新来不知道，其他几个中队的学员到卫生所打针，都要先侦察侦察田大夫在不在，要是正好是她当班，病号往往宁肯放弃一次治疗机会，也要绕开田大夫这一关严峻的考验——她打针老脱靶。

柳激说："我看你们都没说到本质上，凌云河不是出他的洋相，姓蔡的也没有出洋相。贪污和浪费是极大的犯罪，他又没有多吃多占，无非就是不忍心浪费。什么叫教养？汗滴禾下土，粒粒皆辛苦。我看他品质高尚，珍惜粮食，比我们大家都有教养。"

田丽芬当然听出柳激话语中暗藏的机锋，但她又不敢正面接招，只好报以苦笑，再也不说话了。

二

在七中队，祝敬亚自然是受到普遍尊重的，但要论起虔诚程度，则又数常双群和马程度为最，常、马二人被学员们戏谑为祝教员的"研究生"。

但研究生和研究生也是不一样的。常双群往祝教员家里去得多，是祝教员主动邀请的，祝教员喜欢这个老气横秋却认真执着的小个子，他这个研究生是祝敬亚主动带的。据说祝教员有三大本笔记，是他老人家在几十年教学中积累的经验，既有理论价值，又十分贴切实际，可以看成是炮兵群以内指挥中所有疑难问题解答之大成。显然，那是一座由鲜血凝成的宝库。祝教员已经是花甲之年了，这笔宝贵的财富当然是不会埋没的，就像家传秘方，最后留给谁，是个众人都很关注的问题。学员里有业余观察家分析认为，拐五洞的精神财富，恐怕是要选择常双群来继承了。

马程度也是祝敬亚最忠实的学生，但马程度对于拐五洞的忠诚不同于常双群，他老是跟屁虫似的跟着拐五洞，是因为他在夹差法的面前遇到了空前的阻力。祝敬亚之所以收下马程度做研究生，是被动的。

倘若在课堂上听祝敬亚给你讲夹差法，那就简单得很，无非就是那几大步骤，利用试射点的试射成果，连接观察所和阵地关系位置，调制出实弹连测的射击图，决定目标的开始诸元。然后，妥了。

可是这几大步骤却把马程度坑苦了。在原来的部队，马程度只是个炮班长，所学的全是阵地上的一套，总的说来还是得心应手的。而决定诸元是射击指挥员的事，需要有很强的参谋业务能力。主观、侧观他知道，阵地和主观、侧观的三角关系他也可以算出来，用炮弹当尺子量出观目距离的原理他也懂，而一旦进入 я 和 з 的领域，这个系数那个参数一搅和，就天昏地暗了。漫无边际都是公式不说，用的还都是奇形怪状的外文字母，代数几何全都变了样，加减乘除不按规矩来，这实在让荒诞岁月里毕业的高中生马程度吃不消，几下就搅糊涂了。于是便到处求情，不辞辛劳也不耻下问，积极性前所未有地高涨，请谭文韬辅导，请常双群辅导，请凌云河辅导，可是效果仍然不明显。这些人也都学得囫囵吞枣，靠的是死记硬背，自己运算可以，给别人辅导就显得力不从心。

自从来了三个莫名其妙的区队长，马程度的心理压力就特别大，邻铺的常双群有好几次听他讲梦话，不外乎是科学有险阻苦战能过关之类，还有一次居然喊出了口号要打倒某某某。

近来这段时间，马程度又跟夹差法较上劲了，星期天也死乞白赖拖着常双群去找祝教员。在马程度的思想深处，还有一个隐蔽的疑惑，别说谭文韬凌云河等人教学经验不足，就算他们能点石成金，可是也未必竭尽全力帮他。说一千道一万，真想学到本事，还得靠教员。当然，马程度是一个外粗内秀的人，占占同学们的小便宜可以，教员的便宜他一般是不占的，教员掏心掏肺地帮你把疑难问题弄明白，那比天大的便宜还实惠，这个账，一向精通于数字的马程度是能够算得过来的。牺牲了祝教员的休息时间，马程度也自有他的补偿方式。他知道祝教员别的没有什么嗜好，就是爱抿两口，于是不惜血本，花了九元六角钱，从大队军人服务社里买了两瓶"杜康"。

酒是藏在作业包里送去的。从包里拿出来的时候，马程度的心里很壮气，圆圆的大脸盘子上鲜花盛开，笑出了十分真诚，多少还有一点媚态。

果然，祝敬亚一见到这么好的酒，两眼立时就焕发了青春。要知道，不是过年过节，他平时连两块多钱的精装苞谷酒都舍不得享用，他平时喝的都是散装的地瓜干子烧酒，原料本身就是劣等的，又是当地县里酒厂粗制滥造的，除了个冲鼻辣嗓的酒味，别的什么好味道也没有。"何以解忧，唯有杜康"，这可是一世英雄曹孟德都满口赞誉的美酒"杜康"啊。

祝敬亚把两瓶酒一起抱在怀里，放到鼻子底下，煞有介事地闻了闻，然后问马程度："小马，你这是什么意思？"马程度笑容可掬地说："没有别的意思，孝敬祝教员啊。"祝敬亚脸上依然挂着微笑，说："你我非亲非故，孝敬我干什么？"马程度还没有听出祝教员话里的杀机，恭恭敬敬地说："我老是找祝教员补课，耽搁了教员的时间，这两瓶酒算不了啥，一点小心意罢了。"

祝敬亚的脸色渐渐地就没了笑容，把两瓶酒往桌子上一放，说："岂有此理。我是教员，你是学员，教员帮学生补课天经地义。就算是休息时间多干了一点，也是因为教学无方。我作为教员，理应承担责任。什么叫教学相长？授课的和受课的目的是一样的。你没有学透，我有责任，怎么还能喝你的酒呢？"

马程度傻眼了，圆圆的脸上拉出了一个肥胖的惊叹号，嘴里含含糊糊地嘟囔说："教员，我知道您对这东西……就这两瓶酒……"

祝敬亚挥手打断了马程度的辩解，阴沉着脸说："我是喜欢喝酒，贪杯，可是我不贪别人的东西，我当教员，怎么说也是解放军的军官，你是不是看我这把老骨头不像个堂堂正正的军官了，就可以随随便便地送礼了？我跟你讲，社会上现在又有了开后门送礼的风气了，我最看不起这一点了，小市民这样做还有个礼尚往来的说法，你是我的学员，也可以说是部属，部属给上司送酒，尤其是军队里的部属给上司送酒，是我最不能容忍的。这既是对你自己人格的贬低，也是对本教员的不尊重。大丈夫立于天地之间，怎么能干这种偷鸡摸狗的事？你看你还弄个作业包，那是用来装军事作业器材的，你居然用它装这两瓶浊酒，掖着藏着的，跟偷鸡摸狗有什么区别？"

不到三分钟时间，马程度被整了个汗流浃背。想想真是晦气，自己本来一片好心好意，可祝敬业批评不说，还这么上纲上线，两瓶小酒硬是换来一场阶级斗争。不怪人家说这老家伙迂腐，实在是不堪救药。再说，这又不是开后门，又没有什么见不得人的阴暗企图，用得着这么认真吗？心里这么想着，嘴里就说了出来，话说得很冲："教员要是不乐意，咱再拿走就是了，这又不是高考收买你老人家给咱透题，针尖大个事，咋恁认真呢？"

祝敬亚一拍桌子说："世界上怕就怕认真二字，共产党就最讲认真。为人师表，不认真行吗？你为什么老是学不好夹差法？我看认真上也有问题。"

斗争的结果是，马程度乖乖地把两瓶酒又揣走了，并且以每瓶降价五角五分的价格处理给了同学凌云河。

但这两瓶酒的故事并没有到此为止。

三

某月某日，凌云河接到家里寄来的三十元钱，本着有福同享，有难同当的精神，冒着违反纪律的危险，在一个星期天的下午，背上了这两瓶酒，约上几个人到距N-017五公里的长岗集小饭馆里"打平伙"（凑份子）打牙祭，参加的人有谭文韬、魏文建、常双群、栗智高，还有蔡德罕和马程度。

本来谭文韬还想叫上二区队阚珍奇的，因为同是一流人物，够处。但跟凌云河建议的时候，凌云河说，那个人一天到晚只干一件事，就是抢第一，打个球请他他死活不给面子，最大的官迷，没劲。

但是，凌云河本来也想叫上潘四眼的，则又被魏文建制止了。潘四眼在本中队专业成绩也是往后排的，但是小子心眼活络，入队不久就跟中队干部打得火热，不说是拍马溜须吧，多少也有点八面玲珑的嫌疑，要不然怎么会让他个三流学员当班长呢，实绩和荣誉不匹配，在七中队是要遭到蔑视的。但奇怪的是，凌云河却不蔑视潘四眼，要不是魏文建等人及时纠正，凌潘二人还差点儿成了莫逆之交。魏文建不喜欢潘四眼，曾经郑重其事地警告过凌云河，你小子牛气哄哄的，经常有妄语狂言，潘四眼像个爱打小报告的人，你离他远一点。

凌云河却不以为然，说这个人无非就是心眼多一点，而且都是小心眼，没大出息，哪怕是个坏人，也不过是个平庸的坏人，我还在乎他？再说他跟你我是一个省的老乡，主动向我靠拢，我也不能让人家热脸贴咱冷屁股嘛。

但是这一次，魏文建坚决阻挠，不让凌云河通知潘四眼参加打牙祭。一群两个兜的学员跑到营区外面吃肉喝酒，多少有点违纪，必须高度保密。谭文韬和常双群是绝对没有问题的，蔡德罕和栗智高也没有问题，就是马程度，小毛病多一些，但是告黑状的事情还是不至于做的。

后来征求谭文韬的意见，谭文韬说："潘四眼就算了，他一参加，三区队都知道了，也就等于全中队都知道了。"如此，才将潘四眼排斥在外。没有潘四眼垫底，倒霉的事情便全让马程度承包了。

按原定计划，说好了是由凌云河请客的，吃完了一算账，开支三十七元，常双群和谭文韬等人都是有备而来，跟凌云河抢着付款，几个人打得不可开交。后来栗智高和魏文建都坚持算是打平伙，大家平摊。

马程度当时不吭气，不用算就知道，三十七除以七，一平摊他就得摊上五元二角八分多，本人出五元二角八分算占便宜，出五元二角九分就吃亏了。问题还不在这里，问题在于早知道是打平伙，驴日的才跑老远地来吃这顿饭呢。可要是不同意吧又显得太抠门了，显然说不过去。居然就连穷光蛋蔡德罕也积极响应，从他那干瘪的左上兜里掏出了四张一块的票子，又从右上兜里抠出一把毛票，连钢镚儿都抠出来了。

马程度心疼得直打哆嗦，先骂蔡德罕——竹筒里放屁，你个泥腿子充什么棍？你舔碗的历史这么快就忘记啦？忘记过去就意味着背叛啊！

骂完蔡德罕又骂栗智高和魏文建——这两只驴站着说话不腰疼，饱汉不知饿汉饥，我能跟你们比吗？你们家里都有土皇帝，不要你们的钱。我家里人人抠得贼死，不仅不支持我，还要我往家里寄津贴费。

再骂谭文韬和常双群，看你们那虚情假意的样子，推推搡搡像个武打的样子，赶快把钱付了不就干净利索了吗？怎么就交不出去了呢，花拳绣腿不落实处。

最后骂店老板——他娘的，五块多钱啊，差一分多就五块三了，拿这钱干什么不好，凭啥要扔在这顿饭上？红烧肉盘子虽大肉却不多，一条鲤鱼紧戳慢戳三筷子就完了，黄鳝炒蒜苗黄鳝都钻到蒜地里了，还照死里放盐，咸得腌肠子，就一道雏鸡炖栗子是道好菜，全体人民都往蔡德罕的碗里划拉，狗日的凌云河硬是把大半碟子都扒到蔡德罕碗里了。难怪这泥腿子积极出钱了。

心疼归心疼，气是不能漏的，箭在弦上不得不发，于是也昂首挺胸地咋呼，打平伙打平伙，大家分摊——他还是寄希望于凌云河，这狗日的一贯大大咧咧的，好像从来不把钱当钱，狗日的家里想必也富得流油，来打牙祭是他提出来的，他说过是他请客的，大家客气归客气，他还当真要大家平摊吗，他好意思吗？

然而马程度又想错了。

按照凌云河往常的做派，你们争吵是你们的事，他是不会理睬的，他会不容置疑地把钱付了。但这次邪门了，争来争去，他反而坐着不动了，并且不怀好意地看着马程度，竟然假模假式地叹了一口气说："好吧，既然大家意见一致，全票通过，那就平摊吧。每人出五块，剩下的都是我的。"

马程度顿时倒吸一口冷气。

每人出五块，马程度就够心疼的了，可是凌云河还有一个"不过"。凌云河嬉皮笑脸地看着马程度，说："不过，马程度，别人出五块，你出五块可不行。你浑身是肉，还拼命地吃肉，你比谁吃得都多。这且不说了。还有酒呢。两瓶破酒你要了我九块钱，瞧瞧，你个小舅子还跟同学做生意，这是炮兵的品质吗？九块钱，七个人平摊，你算算是多少？别人是我主动奉献的，你可得把钱交出来，你喝得最多，至少也有四两……"

面子当然是重要的，但是还有比面子更重要的东西。钞票啊钞票，这可是直接关系到经济利益的问题啊。是可忍，孰不可忍！

马程度终于忍无可忍了，愤然站起身子，面红耳赤地叫道："我愿意多喝吗？不是你狗日的一个劲儿地劝，我能喝那么多吗？今天回去要是被中队干部发现了挨了批，我就揭发你狗日的，就是你撺掇我们违反规定的。"

凌云河仍然笑容可掬，说："不要转移视线，揭发不揭发那是你的自由，但是你喝了酒就得交钱。我收你一块六角酒钱不算多吧？连凑份子的钱给我六块六，剩下的还有半斤酒，归你了。"

马程度差点儿没有当场休克过去。

后来还果真就出事了。

<h1 style="text-align:center">四</h1>

最早发现马程度失常的是教员拐五洞。

祝教员当初虽然把马程度的两瓶酒退了回去，却不能退却马程度一片虔诚的好学精神。马程度知错必改，改得表里如一，不仅再也没有给祝教员送酒，倘若正好遇上祝教员上了雅兴，他还会陪祝教员滋溜两口地瓜烧。

这一天，马程度恳求常双群再顾茅庐，被常双群拒绝了。常双群说："你也让祝教员休息一下，你这样没完没了地缠着，谁能受得了啊？"

正好这天魏文建也有个问题不大明白，就陪马程度来了。魏文建的问题自然很快就迎刃而解了，祝敬亚扔给魏文建一个笔记本，说，我还有些实际操作体会，你可以巩固巩固。然后就全力以赴对付马程度。

祝敬亚被马程度缠了一个上午，一个上午只讲了两个误差——开始距离的误差，开始方向的误差。讲得口干舌燥。

自从祝敬亚切入主题，魏文建就躲进了祝教员的厨房，看那本祝教员自编的讲义，不光是看他要关注的那一部分，看着看着就入了神，这个笔记本正是大家传说的那本"兵操秘籍"，正经八百是从实践到理论再从理论到实践的经验结晶，祝教员当了几十年教员，系统的理论著作只有这一本厚厚的讲义，可谓字字珠玑句句经典。魏文建心里烫热：祝教员并非厚此薄彼啊，看来老人家压根儿就没有"私传"的意思嘛。

魏文建在一厢读得三魂渺渺茅塞屡开，那一厢却苦了马程度，更苦了祝教员。

祝小瑜星期天不上学，马程度坐在桌子的这边，祝小瑜就坐在桌子的那边，骨碌着两只乌黑的眼珠子，看她爸爸一遍一遍地讲解，又看那个比她大十多岁的师兄愁眉苦脸地听，觉得挺好玩。后来祝小瑜就笑嘻嘻地说了一句："真笨。"好像她都已经听懂了。

马程度最后只好说："教员，我好像明白一点了，我回去再消化消化。"其实是更不明白了。

魏文建看了两个多小时的讲义，红光满面地走出厨房，劝马程度说："你可以废寝忘食，祝教员还要吃饭呢。你这是钻进死胡同了，最好先放一放，关键要靠自己悟，悟到位了，有时候无师自通也是可能的。"

马程度阴沉着脸说："我能放得下吗？你看张崮生他们，也跟咱们一样上课，我已经打听到了，狗日的不光有靠山，原来他还是个大尖子，被军区炮兵机关调去编教材的，本来也是要直接提干的。这回明显是要来夺指标的。我要是过不了这一关，往后更抓瞎。好不容易才考来的，要是让他们给顶了，我的眼泪往哪里咽啊。"

魏文建听了马程度这番肺腑之言，哭笑不得，但是也不好说什么，就没有往心里去。

回去之后，魏文建跟谭文韬等人说，你们要注意，别把马程度急出毛病了。谭文韬等人也发现马程度这段时间变得更阴郁了，晚上的梦话说得也更多了，呼呼噜噜的听不分明，多数都好像是与夹差法有关。

有天又是单独上小课，马程度拖着常双群和魏文建一起去，常双群和魏文建陪着难受，马程度更难受，听着听着眼睛就游到窗外去了，嘴里喃喃地自言自语："我完了，我不行了……"

祝敬亚吃了一惊，赶紧问道："马程度你怎么啦？"

马程度还是看着窗外，旁若无人地兀自嘟囔："我完了，我是没有当干部的命了，我被狗日的顶了……"

祝敬亚大骇，赶紧叫常双群和魏文建去找中队干部，把马程度送到卫生所检查，卫生所检查不出所以然，又往 BGC 野战医院送。

没过几天就有消息传来，马程度得了一种奇怪的病，叫作恐慌型忧郁症。

第十三章

一

七月二十日，夏玫玫惨淡经营的大型舞蹈《燃烧之谷》终于正式彩排了。

据夏玫玫说，萧副司令员也将莅临观看。这就有点拉大旗做虎皮了。除了政治部首长审查节目，大区首长亲自光临观看彩排，还是不多见的。

赵湘芗进来的时候，韩陌阡已经在第三排落座了。虽然是炎热天气，但是韩陌阡却穿着军装，而且风纪扣一丝不苟，里面是一件士兵穿的那种洋布衬衣，军容很严整的样子。赵湘芗便挨着韩陌阡坐下，等待夏玫玫出面。两个人聊了十多分钟，观众席上出现了一阵起立打招呼的骚动——萧副司令员果真来了。

由于军区司令员韩辉重病住院，这期间军区大院里有了许多传说，主题当然都是围绕未来司令员的人选问题。据机关职业预言家分析，副司令员兼司令部参谋长沈阵雨接任司令员一职的可能性最大，一是年龄优势，沈阵雨才五十六岁，属于少壮派。二是沈阵雨对于和平时期的部队建设很有独到的见解，工作作风务实，机关上下口碑都很好。第三，沈阵雨在总部担任过二级部的部长，上层熟悉。这一条的作用是很难估计的。

但是，在韩辉的免职命令和新司令员的任职命令没有下达之时，由萧天英作为常务副司令员主持工作。显然，萧天英也是未来司令员的重要人选之一。在现任的副司令员中，萧天英年龄居于中等，资历却高过了任何一个副职，包括七个副司令员和五个副政委。

在韩陌阡看来，主持日常工作的萧副司令员，并没有像人们预料的那样做出什么重大举措，以显示自己的实力，为扶正增加分数，而相反的是，在公开的场合，已经很难看见他露面了。他老人家今天居然亲自观看一台小小的彩排，可见夏玫玫在背后下了多大的力气。

萧副司令员落座之后，灯光骤然暗了下来，大幕徐徐拉开。此时夏玫玫幽灵一样出现了，乖乖地坐在萧副司令员身边，向韩陌阡和赵湘苧连续抛来几个媚眼。

在灯光的作用下，背景显得十分深远，就在那深远的背景上，出现了一轮巨大的火球，那是经过放大处理了的太阳，弥漫了整个天穹。太阳的右下角，有一堆黑色的轮廓，隐隐约约的像是一座陡峭的山峰。黑色投影的左侧是一块暗红色的长方形，像一面旗帜。随着一阵悠扬的长笛的鸣奏，灯光流水般地泻落下来，舞台上春光明媚，长方形动了起来，犹如一群山花的蓓蕾在缓缓绽开，十几名穿着透明白纱裙的姑娘翩翩起舞，在欢快的音乐中围绕着那座山峰（现在可以看出来了，那是由十几个身着绿军装的小伙子组成的群雕）蝴蝶恋花般轻盈欲飞，如醉如痴如梦如幻。在一阵雄健有力的旋律中，男演员们迈着正步（那是经过处理之后的分解动作），向台前逼近……绿色和白色构成了一汪缤纷的河流，在舞台上簇拥、流淌、旋转、交叉、分解、聚拢。在长达十几分钟的轻歌曼舞之后，灯光变淡、变暗、变黑，女演员们飘逸地隐去了……当视野从新光明之后，舞台上出现了一门火炮的廓影。男演员们在台前做匍匐前进状，动作有点像奔腾的骏马，又有点像正在冲锋的士兵。

二

灯光从舞台上反弹下来，落在韩陌阡的脸上。这张脸上一如既往地没有表情。

事实上，节目只进行到一半，韩陌阡就走进了夏玫玫的灵魂深处。没有比他更了解夏玫玫的人了。至于康平，不是糊涂也是假装糊涂，他同夏玫玫的关系，像不少拥有法律许可的夫妻一样，实际上是生活在同一空间的陌生人。韩陌阡从来就不认为康平会真正读懂夏玫玫，就像他从来不相信这对夫妻会真正恩爱一样。

　　毋庸置疑，夏玫玫的确是别具匠心的，从审美的角度上看，这台节目有许多耐人寻味的东西——当然，不是所有的人都能体会到这一点，更不是所有的人都能接受这一点。整台节目有动有静，有优美的有壮阔的，有萋萋芳草有高山雄姿，有奔腾跳跃有小河潺潺。但是很快韩陌阡就意识到了一个秘密——一个只有他才有可能领悟的秘密，这台舞蹈里注入了一种神奇的力量——生命的力量。看了这台节目，韩陌阡明白夏玫玫几个月前在 N-017 炮场上失态的原因了。那几乎就是一次受孕的过程——"我歌唱带电的肉体"。

　　现在，韩陌阡的两只眼睛分别注视着两个地方，他的左眼目不转睛地落在奔腾旋转的舞台上，右眼却在翻阅着历史的一页。他相信他是唯一读懂了这台舞蹈的人，就像当年那个热辣辣的夏天的夜晚他从她的身上读出了青春的芬芳一样。

　　退回到七年前，夏玫玫还是个小姑娘的时候，她和韩陌阡的关系既有点像师生关系，又有点像兄妹关系，甚至还有点像其他的什么关系，总之比正常的同志关系要亲近得多，而所有的这些关系都是在萧天英允许的范围之内。那时候，他对这个比他小七岁的姑娘有着很复杂的感情：一方面由于出身背景的悬殊，他必须小心翼翼地照顾她并且服从她；另一方面，在两年多的时间内，他陪着她啃完了十几本文艺理论书籍，他差不多也快成为一个艺术鉴赏家了。

　　他们频繁接触却始终没有出格，这当然得益于韩陌阡坚定的革命意志，也得益于夏玫玫的天真无邪。

　　他是绝不会唐突这个红色家族的掌上明珠的，甚至在非原则的问题上做出过许多让步，譬如她要求他在星期天陪着她到江边去玩，譬如她要求他下部队的时候坚持给她打电话，尽管他很忙，但他从来没有违拗她的意志。她还提出过一个非常荒诞的、不近人情的无理要求——不许他会女朋友。

　　事实上他那时候也的确没有正式谈过恋爱，虽然有个女朋友林丰，也是若即若离的，距离建立婚姻关系的要求还差得很远。夏玫玫的那些个无理要求曾经让他浮想联翩，他把它们理解为一种暗示，他在幸福的遐想当中又深感恐慌，他察觉他对这个姑娘已经十分……疼爱了，这是很危险的事情，因为无论是萧副司令员还是萧夫人，都没有这方面的丝毫考虑，他们就是把他作为一个秘书使用，虽然他不是秘书。他的这种身份，与首长家的孩子倘若瓜葛不清，那是犯大忌的。再说，萧副司令员毫无戒心地把辅导栽培夏玫玫的重任交给了他，那份信任是不容亵渎的，更是他不敢亵渎的。因此，在把握同夏玫玫的关系上，他委实经受了一场严峻的考验，既没有让她感到冷落，又不至于惹出嫌疑。他的努力是成功的。

只有一次，他让夏玫玫真正地恼火了一次，起因是一件很小的事情。那天两个人在一起聊天，不知道是从哪里扯出了一个话题，就是关于狮子和羚羊究竟谁跑得快的问题。韩陌阡认为当然是狮子跑得快，夏玫玫认为是羚羊跑得快。韩陌阡的理由是狮子凶悍，羚羊总是被狮子吃掉的，既然是狮子吃羚羊，当然说明是狮子跑得快，跑得快才能追得上嘛，这还有什么值得怀疑的？

夏玫玫则大不以为然，夏玫玫的理由是羚羊体积小，行动灵巧，而狮子笨重，狮子是吃不掉羚羊的。韩陌阡反击说："火车的体积比自行车体积大，你能说自行车比火车跑得快？"夏玫玫当时被问住了，气急败坏地问："你说狮子比羚羊跑得快，你有什么根据。"韩陌阡毫不退让地说："羚羊总是被狮子吃掉，就是根据。"

夏玫玫说："你强词夺理，你说羚羊总是被狮子吃掉，又有什么根据？"

韩陌阡说："你说羚羊比狮子跑得快，你又有什么……""根据"两个字还没说出来他就打住了，他惊愕地看见夏玫玫的眼睛里已经涌上了泪水，正怀着深仇大恨一般地怒视着他。他怔了一下，马上换了一副笑脸，说："你看你，这算什么事啊，完全是开玩笑嘛……当然是羚羊跑得比狮子快了，狮子那么笨的家伙，怎么能跑得过羚羊呢？我本来是想让你高兴的，才故意逗你的。"

岂料道歉还送不出去，夏玫玫依然不肯罢休，眼泪从漂亮的睫毛上坠下来，继续着愤怒："你不要假投降，你说羚羊比狮子跑得快，你有什么根据？"韩陌阡说："这话是你说的啊，是你说的羚羊比狮子跑得快嘛。"

夏玫玫说："这话是我说的是不错，可是你既然认输了，你就得让我赢个明白。"这就是货真价实的蛮横不讲道理了。但韩陌阡并不认为这是仗势欺人，反而觉得这姑娘蛮横得可爱。为了早点息战，韩陌阡脑袋转了一圈，灵机一动，脱口而出："我看过一本介绍动物的书，对各类动物的奔跑速度都有个比较，老虎是每分钟三百至三百五十米，狮子是每分钟二百六十至三百米，羚羊是每分钟四百二十至四百六十米，羚羊在走兽里奔跑速度第三，而且持续时间是老虎和狮子远远不能相比的，当然是羚羊快了。"

夏玫玫起先将信将疑，看贼似的看着韩陌阡，见他讲得有鼻子有眼，而且态度一本正经，又由不得不信。其实韩陌阡是为了应急瞎编的，大致估计罢了。没想到几天之后，夏玫玫居然拿了本书找到炮兵司令部大院，说："老阡你真行啊，我知道你是糊弄我的，可是你糊弄得还真差不多呢。你这个鬼男人，你这个泥做的鬼男人会神机妙算啊？"

说着，夏玫玫把书往桌子上一扔，扯住韩陌阡的耳朵，在他脸上亲了一口。

韩陌阡没有感到太大的幸福，倒有点哭笑不得。

就从那个时候开始，夏玫玫开始称呼韩陌阡为"泥做的鬼男人"了，这个称呼包含的内容无限宽广。就是这个称呼，才让韩陌阡真正明白了，这个世界上有个"水做的小女人"，已经开始把他往她的心底收藏了。

还有一次，夏玫玫鬼里鬼气地对他说："老阡我告诉你一个秘密，我不是萧副司令员的外甥女，我是他的私生女，你信不信？"韩陌阡一怔，顿时紧张起来，强作镇静地说："胆大包天了，什么玩笑都敢开，这话要是被萧副司令员听了去，你挨骂不说，我还得陪着倒霉。"夏玫玫却是一本正经，说："不骗你，我确实是他的私生女，这样跟你说吧，我是他们老两口共同的私生女。"

韩陌阡被她说糊涂了，也说得更紧张了，无比庄严地说："我不听，我坚决不听，求求你不要把你们家的隐私告诉我。"

但是，他哪里敌得过夏玫玫？夏玫玫朝气蓬勃地给他讲了一个至今也未经证实的故事。

夏玫玫说，那是"不久不久以前"的事了——不久不久以前，W军区炮兵司令员某某某的夫人因患绝症住院，某某某的妹妹陪住在医院里照料嫂子，在那家医院里她有个很要好的同学，大学刚刚毕业，还没成家，没有负担，早晚也经常到医院去看望某某某的夫人，照顾得尽心尽力。某某某那时候还不到四十岁，却已经扛上了少将军衔，英气勃勃的很引人注目，某某某妹妹的同学对这位年轻的将军十分崇拜，某某某对这位女大学生也很喜欢，在他夫人住院一年多的时间里，两个人渐渐地产生了感情，并且做出了在那个时候不该做的事情。这件事没能瞒过某某某夫人的眼睛。某某某感到愧对将不久于世的夫人，请求宽恕，某某某的夫人却十分大度，对某某某说，这些年你是爱我的，我是知道的。你们的关系我完全理解。我不行了，可是我还没给你留下一条根，你就跟她结婚吧,让她替我生个儿子,对我也是个安慰。不久,某某某的原配就去世了,可是某某某妹妹的同学这时候也已经怀孕三个多月了,某某某考虑夫人尸骨未寒,马上续弦有伤大雅,便密谋安排他妹妹假装怀孕,他妹妹的同学则扮演照料同学的角色,两个女人一起住进了某某某妹妹的家里,生下的孩子就落在了某某某妹妹的名下。

"遗憾的是,那孩子不是个儿子,是个女孩——她就是我。"

韩陌阡听天书一般听夏玫玫讲完,笑了笑说:"这回我相信了,你真是搞艺术的,想象力丰富。"夏玫玫说:"我说的是事实,信不信由你。"韩陌阡说:"这么说,某某某妹妹的同学就是某某某现在的夫人了,你是他们的亲生女儿,现在已经可以公开了嘛,你干吗还舅舅舅妈地喊?"夏玫玫怪怪地一笑,说:"你贼精贼精的,怎么连这个也不懂?他们正式结婚的时候,我已经三岁了,能公开吗?无论是出于政治的还是道德的考虑,这个秘密都只能永远地保住。所以说,我跟他们在一起的时候,老觉得别扭。"

韩陌阡说:"哪怕你把这个故事编得再天衣无缝,我也不相信,我认为你脑子有问题,有妄想狂的症状。我再也不听你的这些鬼话呢。"说完起身就走。

夏玫玫跟在后面哈哈大笑,说:"老阡你真是个傻瓜青年,就连这点考验都经受不起。管他真的假的,就是编个故事,是多大个事吗,你怕什么怕?"

……

三

舞蹈仍在继续,雄浑的热浪从台上扑到台下,烤灼着观众的眼睛。

突然,士兵装束的演员在音乐的感召下,退回至背景深处,一阵惊天动地的呐喊似天边隆隆滚过的雷鸣,士兵们在前进、后退,再前进,再后退,恰似惊龙回旋,所有的身躯都直立了,肌肉隆起的臂膀在强烈的灯光下向空中伸张,犹如正在熊熊燃烧的火焰在颤抖……火炮的廓影在士兵们的簇拥下被推到舞台中心位置……熟悉炮兵生活的人从士兵们的动作中能够隐隐约约地意识到那是分解了的开架动作,节奏一致,遒劲有力,然而,在经过了艺术处理之后,这些动作又是那样从容自如,过程的转换游刃有余,火炮的廓影在士兵们排山倒海一样的起伏中被撕裂了,痉挛着敞开了胸腔……

　　夏玫玫扭过脸来，向韩陌阡和赵湘芎递过来一个探询的微笑，赵湘芎嘴巴张了张，还没说出口，韩陌阡就举起右手，左手食指顶住右手掌心，做了个暂停的暗示。

　　夏玫玫又看了看萧副司令员，老人家仍然端坐如山，纹丝不动，像是很认真的样子。而无论是韩陌阡还是夏玫玫，心里都已经有几分预感了，老人家不满意，至少在眼下（而眼下已经是高潮了）还看不出有什么激动，不然他早就谈笑风生了。

　　……又一束圆柱形的灯光笼罩下来，观众席里出现了惊叹声……那门火炮的廓影是由十名女演员的身体组合而成的造型，她们一群像精灵一般，在士兵们的手里被分解了，扭动、倾倒、挣扎、动荡，被托举入云，又轻落尘埃，裙纱翻飞，长发瀑泻，骨柔如水……当领舞的甩飞身上的白纱之后，韩陌阡的心顿时提到了嗓子眼上，他疑惑自己是看错了，领舞的女演员难道是裸体的吗？擦亮眼睛再看一遍，不是，但是，那身紧身的舞衣委实太薄了，薄如蝉翼，透明如纱，那副身躯所有的曲线，凹凸分明，所有的部位都若隐若现。那无疑是一副美丽的身躯，美丽的身躯在美丽地舞蹈——她在领舞男演员的托举下如同一只白色的海鸟展翅翱翔，轻轻落地，缓缓地仰倒在萋萋绿茵上，在暗淡了的灯光下，定格成一门单炮的造型。音乐高亢起来，伴着一声两声金属的碰撞或呻吟，进军的鼓号如同奔驰的马蹄，细碎地踏在舞台上，将一种莫名的情绪散落在观众席的上空……终于静止下来，女演员们全部抛去了身上的纱衣，以纯粹的身体重新组合造型，呈现了一个豁然开朗的新的生命体……那是已经被打开了的处于临战状态的火炮的雄姿。

　　这时候萧副司令员回过头来，韩陌阡的心里顿时一阵心跳——他是在替夏玫玫心跳呢——他比谁都知道，萧副司令员不可能喜欢这台节目，就是让他韩陌阡来拍板，他也不会同意在部队上演这样的节目的，不管这节目是好是坏，他首先要把握的是它将给部队带去的效果。果然，萧天英只是向他和赵湘芎（不带任何感情色彩地）点了点头，也向夏玫玫点了点头，算是打了招呼，然后又庄严地回过头去继续观看。夏玫玫向韩陌阡两手一摊：坏菜了。韩陌阡则安如泰山，纹丝不动。

　　……士兵们仍在舞蹈、翻滚、跳跃、奔腾，激情——那一泻千里无可遏制的激情在胸腔内敛聚、浓缩、躁动、爆炸，他们呐喊着扑向他们的炮位——那座由女性的身体堆砌的战栗着的山峰，他们跃动的身躯如同隆隆滚动的浪潮，澎湃的海洋里爆发出来的一浪高过一浪的涛声向观众席上扑面而来，浸透并冲撞着观赏者的心灵……

结束了，士兵们扑向背景深处，一面旗帜——那是火红的灯光从空中覆盖而下，霎时，构造了天红、地红、人红、山红的奇观，红色的潮水淹没了台上台下……春光再现，依然阳光明媚山花绚丽。

观众陆续退场，萧天英仍然纹丝不动。坐在萧天英身边的文化部长见萧副司令始终一言不发，心里有点怯怯的，小声说："首长，给我们讲几句吧。"

萧天英看看台上，又看看台下，顾左右而言他："大家都吃饭了吗？"

文化部长说："舞蹈演员在登台前照例是不吃饭的。"

萧天英说："噢，今天又懂了一个常识。"

文化部长一听不对劲儿，朝夏玫玫看了一眼，夏玫玫却灰着个脸不抬头，她已经觉察出来了，她的心血，她充满了热情和生命力量编织的梦幻将要遭到毁灭性的打击。

"首长，讲两句吧，这个……节目……时间……恐怕还要……改进……"文化部长简直是语无伦次了。

萧天英不紧不慢地伸出手来，有条不紊地梳理着脑袋上的稀发，慢悠悠地开了腔："叫我说什么？我又不懂跳舞。开口就是指示，我一个外行，指示什么？是好是坏，你们心里还没数？请你们政治部的首长和专家来看。"说完，举起军帽扣在头上，站起身子，头也不回地扬长而去。

四

萧天英单独召见韩陌阡是在军区常委扩大会议之后，这次召见让韩陌阡有点摸不着头脑。按照常规，萧副司令员现在正处于非常时期，有多少重大问题等待他拍板决策啊。可这老人家居然不紧不慢，而且专门利用了半个下午，跟他这个正营职干部聊天。

聊……天？

可萧副司令员就是这么说的。萧副司令员什么都聊，从他在别茨山打游击聊起，聊到了在军区炮兵、在军区这几十年的风风雨雨坎坎坷坷，甚至还聊到了女人问题。萧副司令员问道:"小韩,你的爱人是在总医院工作吧?"韩陌阡回答说是的。萧副司令员再问:"是哪个学校毕业的?"韩陌阡回答说是某某军医大学毕业的。

萧副司令员沉吟片刻说:"那是真正的知识分子了。当然喽,你也是个知识分子,而且我认为你是个大知识分子。"

韩陌阡茫然不知所措。

萧天英很长时间都没有说话,把脸转向窗外,似乎沉浸在斜窗而来的一缕夕阳之中,一遍遍地用五指梳理着顶上稀疏的头发。过了四五分钟(在韩陌阡的感觉里几乎相当于几个昼夜),萧副司令员才向韩陌阡做了一个年轻的微笑,说:"知识分子好啊,一个人拥有实实在在的知识,就拥有了最真实的价值。"

韩陌阡说:"其实首长也是个知识分子呀,首长也是高中毕业,还是抗大的模范学员呢。"萧天英愣了一下,哈哈笑了起来,说:"是啊是啊,我们也是上过大学的呢……不过,那就不能算知识分子了,我们那时候,叫作从战争中学习战争。"

韩陌阡说:"首长不是说过,在所有的征服中,人征服人是最大的征服,在所有的享受中,人享受人是最大的享受吗?那么无论是征服人还是享受人,恐怕都只有在战争中才能充分体现出来。"

萧天英狐疑地看着韩陌阡:"我说过这样的话吗?我怎么记不起来了?"

韩陌阡说:"某某某某年八一建军节,我跟首长到某军某师阅兵,当晚首长喝了十六杯茅台,以每杯三钱计算,首长喝酒在半斤左右。酒后,指挥全体参宴人员唱《国际歌》。夜里十一点二十分,回到招待所,首长让我调收音机,突然调到了《美国之音》,出现了邓丽君的歌,是《月亮代表我的心》,我当时吓坏了,赶紧调走,可您又让我给调回来。我跟首长汇报是台湾歌星的靡靡之音,首长说扯淡,这歌唱得蛮有味道,就听这歌。我当时心里很慌,手忙脚乱地找不到那个频道了,首长还推了我一把,您亲自把它调出来了,可惜只听了个尾巴。首长的那两句话就是那天晚上说的。您还说听二胡听钢琴,味道都不如听人唱,活生生的人唱,那歌唱得让人心里舒坦……"

往下韩陌阡就不说了。萧天英当时还有几句话:"听了邓丽君的歌,人就年轻了,就想多活几年……"最后一句话是:"他妈的,靡靡之音还可以解酒!"

萧天英凸起眼珠子看着韩陌阡,那神态就像看一个江洋大盗。

"好小子，你简直就是安插在老子身边的特务嘛。你是不是把这些都记录在案了，你还记下了老子的什么罪证啦？"

韩陌阡不慌不忙地说："首长如果要写回忆录，我可能比您本人提供的资料还要多。如果不写呢，那这些资料就是我个人的财富了。这个世界上不可能再有第二个人同我分享。"

萧天英再次哈哈大笑："小韩你要知道，你这样做是很危险的……我指的是对别人。"

韩陌阡说："我对别的首长身上的这些事情不感兴趣。首长是我们炮兵的戚继光啊。"

萧天英说："你以为戚继光是好当的啊？我比戚继光老实多了，就这还不断有人抓尾巴呢……啊，以后谁再敢说我是炮兵的戚继光，我就……当然，他只要不犯错误，我也不能把他怎么样。"说完，又是一阵爽朗的笑声。

聊天聊到这个份儿上，就要进入了实质性阶段了。

萧天英站起身子，背起手，踱了两个来回，又重新坐下，红光满面地看着韩陌阡说："哈哈，我没看错，咱俩是好朋友，妈的，我就喜欢老兵，喜欢好老兵。我告诉你，这个院子里，就咱俩是好朋友。"

韩陌阡心里咯噔一声：天啊，我什么时候跟这么大的首长交上朋友啦，更何况还是好朋友呢，这恐怕不是好兆头。

萧天英说："最近，我看了你的大作《必须重视世界军事革命——从体能技能到智能的转变是未来战争对现代军官的迫切需要》，很受教育。你小子行啊，口气大得啊，竟敢对全军指手画脚。一、我对你的一些新鲜观点有兴趣……听清楚了，是有兴趣，而不是完全赞同。二、你对七中队的意义和对这些人的分析，本副司令基本同意。三、我已经于四个小时以前向你们炮兵党委提了建议，拟调你担任 W 军区炮兵教导大队政治部副主任兼政治教研室主任，主管七中队的思想政治工作和政治课的教学。从正营职到副团职，官升一级。怎么样？"

韩陌阡怔了一下，说："可是，我是个军事干部啊，去当政治部的副主任……"

萧天英狡黠地一笑，说："小韩，你说说，一个排长，他是军事干部还是政工干部？"

韩陌阡知道萧副司令又设了个圈套让他钻，可是明知是圈套又不能不钻，挠挠头皮，只好说："军政都是他。"

萧天英说："这就对了。你那个芝麻官，在我的眼里，也就跟个排长差不多。"

韩陌阡苦笑着说："我早就预感到首长会下这么一步棋。"

萧天英故作惊讶地问："怎么，你还不想升官？"

韩陌阡说："首长你都决定了，我想不想还不都等于零？"

萧天英认真了："啊，怎么能说是决定呢？调动任免都是要经过一级党委的，我个人哪有权力决定啊？我这只是建议……不过嘛，你也得做好准备。工作明天就开始移交，陪你爱人逛一个礼拜公园，然后你就给我……嘿嘿，你就给我等通知吧。"

一个礼拜才过了两天，正式命令就下来了。

从内心讲，韩陌阡并不太想去升那个官，机关里正缺着一个副处长，他是最有竞争力的，萧副司令员也知道这个情况，并且认为他是当然的人选。可是老人家现在改变了主意，而且看得出来是更大的信任。他韩陌阡不是个糊涂蛋，哪头轻哪头重，用心一掂就清楚了。

第十四章

一

进入八月中旬，定点已经进行到实际运用阶段了。

定点在距离驻地三十多公里的野外进行，从这里眺望 N-017 一带，一片群峰之峡郁郁葱葱，宛若一个小小的盆地，秋季的花卉在峡谷里跳动着金黄的色泽。

这段时间，炮手们每天的工作便是给山川河流和树林们编号，满眼嫣红姹紫，举目绿荫碧波，看起来委实是一件赏心悦目的事情，可是在炮手们的心里，却无暇去亲近这自然的恩赐。因为这是为战争准备的。战斗已经远远地结束了，但是战争依然存在。尽管战争并没有在身边真实地发生，但是对于这些炮手来说，战争的思考却从来都没有停止过。给这些漂亮的树木和俊秀的山峦编号确定目标，是为了让它们作为替代物，是要让它们引火烧身，随时准备摧毁它们。炮手们的全部努力就是为了一个目标——精确。就是这两个字，让七中队的炮手们费尽了心机。

用拐五洞的话说，大地是一篇名著，每个人都徜徉其中，但是只有极个别的人能够读出大概的内容，也只有极个别的人能领会某些实质，在宇宙中，只有一个人能够读懂大地的全部内容，这个人只能是上帝。

祝敬亚说，高斯-克吕格投影实际上也没有解决误差问题，只不过相对精确地设置了一个参照系，给了一个定点的依据。因为地球是圆的，把地球的表面撕开铺展，应该是若干而且可以是无止境划分的不规则平面，而绝不可能是一个直角平面。谁知道一根直线到底有多细？谁也不可能弄明白。既然人连一根直线终究有多细都弄不明白，那么就可以理直气壮地说，所有的真理都是相对的。谁能告诉我一根直线应该是多细，我就承认他是上帝。现在看来上帝是不存在的。我们就是生活在迷网之中。正是因为有了永远的未知，才有了永远的探索，否则人将不人。

祝敬亚的理论既抽象又具体，这是不可否认的。而以矮引为自豪的常双群却无暇顾及对真理与伪真理的探索了，他突然发现自己的眼睛出了毛病。

那是在一个下午，祝敬亚给学员们指示了七个目标点，交卷的时候，常双群出现了前所未有的迟疑。判分结果出来之后，常双群的答案有两个在及格以外，其中的一个简直是驴唇不对马嘴，差之千里。这个结果让教员和学员们均感到意外，而常双群本人则深感震惊。一个不祥的预感像是一个蛰伏在心灵深处的毒蛇，在这个天高云淡的秋日的下午，正在一截一截地复苏，并且开始噬咬。

常双群在休息的时候不动声色地抽了三根烟卷，然后以眼神把谭文韬拉到一边，请他指示一下四号方位物。谭文韬用测地机将四号方位物标定之后说，十字线中央位置即是。

常双群俯下身体，将脑袋死死地压在接目镜上，足足观察了五六分钟，再站起身子眼睛里就蒙上了巨大的惶惑，一言不发地又抽了一支烟卷，然后问谭文韬："谭老一，你知道青山为什么叫青山吗？明明是绿的嘛。"

谭文韬有些摸不着头脑，不知道常双群为什么会不着边际地提出这么个问题，便回答说："叫青山可能是一种习惯，再说有些山确实是青的，至少从远处看是青的。"

常双群沉思片刻说："好像有点道理。军事地形学对于颜色划分得很细。南方的山有黛色的，有赭色的，有嫩绿色的，就是没有说有青色的。与青色相近的颜色有哪些？"

谭文韬想了想说："最近的应该是蓝色，天蓝海蓝湖蓝，然后就是绿色。"

常双群指着五六百米处的一片水网稻田地问："你说那块稻田是什么颜色？"

谭文韬不是很确定地说："应该算是黄绿色，那是快要收割的稻子了。"

常双群半天没吭声，过了一会儿才背起手来，像是进入某种旁若无人的状态，兀自嘟哝，含糊不清，不知道说些什么。

谭文韬说："侦察教程对于地形颜色分得更细。黄绿色是暖调颜色，与红色黄色和黑白反差都是很大的，应该是很好区别的。"

常双群笑了笑说："有没有灰色的稻田和水网稻田地？"

谭文韬开玩笑说："据我所知，中国没有，东南亚有没有就不好说了。"

常双群眨眨眼睛说："那我就比你强了，我就见过灰色的水网稻田地。"

谭文韬盯着常双群，说："扯淡。这是不可能的。"想了想又问，"你搞什么鬼？"

常双群面无表情地看了谭文韬一眼，突然脸上掠过一丝不易察觉的抽搐，靠近谭文韬说："老谭，你别咋呼，我现在看见的水网稻田地，就是灰色的，铅灰色。"

谭文韬大感意外。"怎么会呢？再好好看看。"

常双群说："我看过十遍了，没错，就是铅灰色。"然后以极其低沉和肯定的声音说："我的眼睛坏了。"

谭文韬吃了一惊，怔怔地看着常双群，腔调都变了，说："你不要瞎说，不要无病呻吟，也许你是太疲劳了。"

常双群苦笑了一声说："但愿如此。老谭我告诉你，我有感觉不是一天两天了。教员说的是红色墙角，我看的是无色，我刚才标定的是山脊线左边的那个墙角，跟教员指示的那个方向南辕北辙。这是色盲症状。"谭文韬伸手拽了常双群一把，低沉地喝了一声："这话不要再说了，传出去不得了。"

常双群抬头看了看远处，再回过头来向观察所的人群扫了一眼。点点头说："我明白，再观察几天吧。如果确实，那就不能怨我不努力了，那是老天爷对不起我，而不是我对不起他了。"

二

谭文韬一个晚上都很注意观察常双群的表情。常双群的脸上没有表情。常双群倒是显得泰然自若，吃饭的时候反而安慰谭文韬说："你愁眉苦脸地干个啥，好大个事吗？砍头还不过是个碗大的疤，这个毛病它能把我怎么着？大不了还是哪里来哪里去嘛。打起背包就出发。你吃你的饭。"好像问题不是出在他的身上，好像问题是出在谭文韬的身上。谭文韬说："这样不行，要想办法。"

常双群说："我看书了，这熊毛病没法子治。"

谭文韬说："今晚我跟凌云河和魏文建商量一下，采取果断措施。这件事情作为一项核心机密，严格控制在我们四个人的心里。"

常双群无动于衷，想了一会儿才说："重点课程全都铺开了，大家都很紧张。我看就不要让弟兄们牵涉精力了。"

谭文韬当时没有表态，但是晚上快熄灯的时候，还是把凌云河和魏文建叫出了宿舍，三个人就蹲在操场外边，以篮球作为掩护，召开了紧急会议。凌云河和魏文建听谭文韬介绍了情况，也是吃惊不小。魏文建问："严重吗？"

谭文韬说："看来是比较严重，连红蓝铅笔都区别不开了。"

几句话一说，三个人便陷入了沉默。

秋风已经凉了，空气中有些潮湿。谭文韬打了个寒噤说："封锁消息是第一重要的，除了我们四个人，任何人都要防范。尤其是要警惕三个区队长和潘四眼。从现在开始，我们要有保护方案。现在正在进行地形科目，野外作业，涉及色彩的内容多，弄得不好就会暴露。本星期之内，作业的时候，我们三人至少要有一个人在老常附近，进行形状暗示。还不能把动作做得太明显了。老魏你们两个一直是指挥和操作配合的对子，恐怕更方便一些。这事你多留点神。"

凌云河说："这个星期过去了，往下会好对付一些。案头作业不要紧，就是标图一关要格外注意。今天晚上我就把各色铅笔刻上记号，明天出发之前跟老常换过来。图纸和其他器材上的记号明天以后再说。"

魏文建说："还要考虑长远计划。老常心里有障碍，近期恐怕在治疗方面不敢有动作。凌云河你不是说丛坤茗的父亲是眼科大夫吗？你做个动作，编个故事，请丛坤茗的父亲做个书面诊断，哪怕是临时恢复措施也行。反正色盲不是个要命的病，混过这一关就行，以后他可以搞政工或者坐机关嘛。"

凌云河说："行，起不起作用我们都试一试。老谭你还得做老常的思想工作。这家伙性子硬，别自己沉不住气先露了马脚。"

谭文韬说："现在方案基本上明确了。一是消息保密，我们三个共同负责。

二是器材保障，老凌重点负责。三是操作保护，以老魏为主。四是治疗保健，老凌多想办法，可以在不透露事实真相的前提下跟丛坤茗商量一下。我老家有个名气很大的中医，我也写信求教。五是思想保证，要稳住老常的情绪。我先介入的情况，这一点由我多操点心。大家想一想，还有没有遗漏的细节。"

凌云河想了想说："必要的时候可以跟拐五洞暗示一下，他要是留心了，会解决很大的问题。"

谭文韬断然否决，说："不妥。祝教员这个人绝对是个好人，我们完全可以相信他。但有一条，他书生气太浓，又特别仗义，一旦帮忙，他恐怕做不到滴水不漏，我担心他帮忙太过反而引起别人注意。不到万不得已，还是不要急于告诉他。"

魏文建点了点头说："老谭想得细，有政治头脑。"

几个人又商量了一阵，将保密和保护方案反复推敲了，这才分手。

常双群睡在上铺，和凌云河中间隔着马程度。马程度的床已经空着了。是个阴天，窗子紧挨着常双群的铺，有丝丝缕缕的秋风从窗框的缝隙里钻进来，在耳边敲打出刺刺啦啦的声音，像是山野漫不经心吟唱的小夜曲。

谭文韬他们回来的时候，已经熄灯了。黑暗中常双群向床沿伸出一条胳膊，便有人在这条胳膊上捏了一把，凭感觉常双群知道这是凌云河。常双群说："睡吧。"

恍惚中便看见几个人影散了去，各自在自己的铺上做了一番手脚，一切便都静了下来。这个时候，便有一种很热的东西从常双群的心里滋生出来，很快地弥漫在这间包容了二十多条汉子的空旷的房间。他当然知道谭文韬和凌云河他们去做什么去了，这是一种无须语言表达的情感。

炮手的宿舍就像一片海洋，每到夜深人静，海面平坦而潜流涌动，年轻的梦犹如血气方刚的风帆，在各自的区域里动荡漂泊，雄性的生命在深沉的鼾声中犹如隆重的马蹄，掠过梦幻的草原，在长空下纵横驰骋。这又是一个深不可测的古井，思维的线条恰似纷乱的触角，沿着幽暗的井壁尺尺寸寸地向上盘旋，不时碰撞出一阵呻吟或一阵欢呼。这里集中了同一种优秀的士兵和二十多颗年轻的心脏。这里正蛰伏着二十多个浓缩的世界。今夜他们收敛了躯干，在这里安详入梦静若处子，当太阳从大地的背后款款移来，当嘹亮的号音碾过夜幕在山谷荡起第一声宣言的时候，他们就会一跃而起呼啸奔腾。

是的，这是优秀的集体。训练相同，服装相同，饭菜相同，甚至连生活方式也差不多是相同的。这个集体把一种精神天长日久地注射到一群同样年轻的肌体，把一种意志不厌其烦地灌输给这些强壮的血管，久而久之，它就变成了生命中的一个重要组成部分。信念是种子，把它种进士兵灵魂的土壤里，它就会长成精神之树。

可是，却有一棵正在苗壮的并且是出类拔萃的年轻的树干突遭横祸，不知道是哪路神仙派来了这么一个不起眼的小虫子，无声无息却又不屈不挠地咬噬它的根须。

常双群久久难以入眠。今夜他领略到了空前的孤独。尽管有几颗诚挚的心在身边热烈地烤灼，他仍然提前承受了生命的寒冷。他感到他已经站在这个绿色方队的边缘了，有一种魔鬼般的力量对他紧抓不放，拉着他一寸一寸地向命运的低洼处滑行。他似乎已经看见了不久之后的一幅景象——身边的这些朝夕相处的兄弟们终于跨过了人生的一段沼泽，踏上坦途，迎着新鲜的春风，精神抖擞地走向九派河之滨、太行山脚下，活跃于中原广袤的土地上。而他，一个色盲症患者，一个被炮兵事业所遗弃的前炮兵业务尖子，将无奈地背着一副萎缩的铺盖，只能站在门前的土圩子上，用力地睁开一双分不清红蓝紫绿的迷惘的眼睛，面无表情地注视他们目送他们眺望他们。那些已经并不遥远的业绩倏然离他遥远了。

色——盲？色盲是个什么东西？

就在十天之前，他还对这两个奇怪的字眼一无所知。而现在，这个不受欢迎的玩意儿就像一个赖皮的盲肠，阴阳怪气地长在了他的体内。他想拒绝它，他讨厌这个不速之客。据他所知，他家祖宗三代没有听说谁有这个毛病，他没有思想准备，弄上这个尾巴夹在身上，毫无道理嘛。

可是，它却不以人的意志为转移地不请自来。命运是多么不可捉摸的东西啊，它偏偏在你最得意的时候给你一个不得意，在你最自信的时候从斜刺里飞起一脚踢掉你的自信，踢给你一个苦涩的无奈。

常双群的苦恼还不仅仅是提干的希望受到了威胁，他突然意识到色盲这个东西在他今后的生活中会产生的巨大的影响，那比能不能当上干部显然还要严重得多。你看上帝考虑得是多么周全？他给了人一张嘴巴，不仅可以吃喝，还可以品尝，他给了人一双耳朵，不仅可以听人说话，还可以听见音乐和一切天籁之音，他给了人一双眼睛，不仅可以看见外部世界的形状，还可以看见一切物体的色彩。

上帝是没错的。可是有人却违背了上帝的善意安排，他居然只能看见形状而看不见色彩了。使用了二十二年的眼睛在顷刻之间丧失了一部分，而且是至关重要的一部分功能，如此一来，电视机是不用买彩色的了。星期天他在队部看新闻，他还奇怪这回的新闻为什么全是黑白节目，幸亏当时没有傻乎乎地乱问。他想上帝之所以给人的五官配置得如此周全，无非就是希望人类能够利用这些物件充分地认识和享受生活中发生的一切。

常双群想，他作为一个品学兼优的男人，是应该行使这些权力的，就像享受歌者唱歌和舞者跳舞。他想象不出来，如果他看见的永远是歌者舞者的黑白面孔，看见的是一团黑乎乎的影子老是在那里蹦蹦跶跶走来走去，会是怎样的一种滋味。他们的美丽是与他们的鲜艳血肉相连的，而他将永远地看不见这个世界上任何绚丽的色彩了。他想如果不出什么太大的意外的话，按道理他还应该在不久的将来与某位女子建立婚姻关系，他希望她是一个漂亮的姑娘，希望她脸色红晕皮肤白皙明眸皓齿，可是他能够充分地欣赏到她的漂亮吗？还有那些斑斓的鲜花，天上瑰丽的朝霞，田野里荡漾的青纱，湛蓝的天空和深黛色的海洋，银色的游鱼和碧绿的莲叶……全都远他而去。

如果可以选择的话，他宁肯当一个聋子，而保留对于色彩的接受和判断能力。在人的生命中，色彩的需要比起形状的需要更为重要。比起色彩，旋律和气息甚至都可以退居次要地位。一个人一旦失去了对于色彩的接收和判断，这个世界便对他隐藏了一半以上的内容。

三

星期五中午打篮球的时候，凌云河很有技巧地摔了一跤，把膝盖内侧弄破了鸡蛋大一块，然后就到大队卫生所去抹紫药水。这次行动是找丛坤茗咨询有关色盲的医疗方案。可偏偏不巧的是，丛坤茗那天中午跟田医助到四中队给一个教员瘫在床上的家属换药去了。柳潋给他消了炎，又很细致地上了一块敷料，两个人有一搭无一搭地聊着天。

硬着头皮等了十几分钟，丛坤茗还是没有回来，凌云河就不好继续赖下去了，含含糊糊地说走又不走。柳激说："凌云河你干吗猴头猴脑的，心怀鬼胎啊。说老实话，你是来上药的还是别有什么阴谋企图？"

凌云河说："血证如山，我这腿上分明有伤嘛，你柳激这么大一双漂亮的眼睛硬是视而不见，对阶级兄弟太没感情了。再说了，你这个小破卫生所，我能实施什么阴谋？就是谋财害命，也轮不到你这儿啊。"

柳激说："腿上有伤算得了什么，你们这些豺狼为了达到不可告人的目的，什么事情做不出来？六中队的崔大山纠缠丛坤茗，也是把腿碰了老大一个口子，一天来换两次药，也不嫌累，每次来也是贼头贼脑的，还干部呢。"然后拖长了音怪里怪气地说，"实话告诉你，你那点小伎俩，是个人都能看明白，我这双眼睛可是标准的一点五。你这个王连举是把我当鸠山糊弄啊。快快从实招来，这伤是……"

凌云河说："岂有此理，我为革命光荣负伤，你却把我当王连举对待。你以为大家都是崔大山啊？"嘴里这样说，心里却突然掠过一阵不自在。虽说丛坤茗还不是他的什么人，跟他还是同志战友关系，可是在他的感觉里，好像丛坤茗跟他已经有了某种心照不宣的默契，有了一种甜蜜的牵连，有了一种看不见却又扯不断的关系。可是平白无故地出现了一个崔大山，实在让人感觉不舒服。

柳激就咯咯地笑，说："你当然不是崔大山，崔大山瞄准丛坤茗不是一天两天了，入队的时候就盯上了，情书写了有半抽屉。哎，我说这些你不会吃醋吧？"凌云河说："不会，要是有人给你写情书，我倒是真的要吃醋了。"柳激说："你们七中队是遵守条令条例的模范，小伙子们一个个都是不食人间烟火刀枪不入的正人君子，还会吃咱们这些大兵的醋？去你妈的。"凌云河说："怎么兵一当老了，嘴巴就不干不净了？下次再遇上小痞子找你麻烦，我第一个溜之大吉。"

柳激说："我跟你说，你用不着吃崔大山的醋，丛坤茗在这个问题上旗帜鲜明，说什么崔大山，别的压根儿就不提，单看他那口恶劣的牙齿他就不是好人，都连级干部了，还獐头鼠目的。有想法就光明磊落地提出来嘛，偷偷摸摸的老是打迂回战，今天送一拃包橘子，明天塞一封信，就三步远的路，什么话不能当面说，还用得着写什么劳什子信？"

凌云河说："你厉害。我不信你就没个隐私。也要替别人想想嘛。条令规定战士不许谈恋爱，他一个连级干部，敢敲锣打鼓满世界嚷嚷我爱丛坤茗吗？那不是自找倒霉吗？”

柳漱说：“什么叫战士不许谈恋爱啊？我们都超期服役两年了，眼看都往三十岁走的人了，现在还不该留一手？明年大家都复员了，今年不在部队把人头落实了，你让我们回家嫁给老百姓啊？不行，一万年太久，只争朝夕。我跟你交个底，我们大队部的几个老一点的女兵开会形成过决议，就是要争分夺秒，要抢在复员之前把对象搞好。”

凌云河说：“好，不愧是老兵，认识明确，决心正确。我坚决支持姐妹们的正义行动。必要的时候可以给你们担负通信和警戒保障。你的目标确定了吗？”

柳漱嬉皮笑脸地说：“那是当然的了。六中队都是干部，没结婚的年龄也大了，嫌老。其他中队都是战士中队，一是嫩了，二是前途没戏，所以我们的主要目标就是七中队。你们是祖国的花朵、军队的栋梁。趁你们现在官还没当上，先下手为强。具体分工是丛坤茗把你标定，楚兰进攻谭文韬，含笑跟魏文建先打游击战。至于我嘛，作战计划目前保密，发现一个旗鼓相当的阵地，则一举拿下。”

凌云河大笑说：“哈哈，我们七中队好福气，等我们结业了，兵力至少又多了半个班。”

笑了几声，眉头一皱做严肃状，说：“柳漱你干什么，你是不是想吓唬我们啊，那是吓唬不住的。我们这些人死都不怕，还怕姑娘来爱吗？怕就怕你们说的是鬼话，别先让我的弟兄们心花怒放，把影响造得天大，把成绩弄得很差，到时候你们就插翅逃跑了。我告诉你，这个玩笑是开不得的，我们炮手做什么事都讲究个精确，谁要是误导我们，把炮弹装填了又不让我们发射，那是要吃后果的。我们炮手逼急眼了，敢跟你拼刺刀你信不信？”

柳漱说：“你还真别吓唬我，咱们也是摸爬滚打好几年的了，还真吃硬不吃软。所以我们把七中队作为主攻对象呢。”

凌云河说：“不开玩笑了，我要走了，迟了回去要挨批。”

柳漱说：“到底是落荒而逃了吧。你先别走，说点正经的。怎么说咱们也是患难之交了，你给我说一句真话，你对坤茗有没有那个意思？”

凌云河心猿意马地说：“当然有那个意思。你是不是想当红娘啊？那你就给咱传个话，说凌云河说了，等他回到部队当了炮兵团长，就来追丛坤茗。丛坤茗要是看不上咱，我就来追你，你要是也看不上咱，咱就去追楚兰刘含笑，反正我老凌这一辈子铁了心，要娶一个 N-017 的女兵当老婆。"柳漱说："卑鄙。等你当团长到猴年马月了，那时候我们恐怕都抱孙子了，谁还用得着你追？"

凌云河做了个夸张的表情，惊呼一声："好家伙，老柳你把我想得那么悲观，用得了那么多年吗？我郑重地告诉你，凌云河当团长，也不过就是七八年的事，既然有情又岂在朝朝暮暮？七八年的时间都不能等，你们也太经不起时间的检验啦。"

凌云河咬紧牙关跟柳漱磨蹭了许久，直到个把小时之后，丛坤茗才从大队部门口出现，见凌云河在门诊室里，怔了一下，问道："凌青松你怎么啦？"

凌云河说："打球把脚崴了。"

丛坤茗皱皱眉头说："怎么搞的，老是崴。"

柳漱做了一个酸溜溜的怪相说："那有什么？有人为了理想，敢把牢底来坐穿，崴个脚算什么？"说完，腰肢一扭，袅袅娜娜地走了，出门时又丢给凌云河一句话，"爱情尚未成功，同志仍须努力。"

柳漱一走，这里立即就进入了紧张的地下工作状态。凌云河说："你可算回来了，把我急死了。咱们长话短说吧。你老爸不是眼科大夫吗，赶紧写信问问，治疗色盲……当然是紧急治疗，有没有什么高招？"

丛坤茗吃了一惊，问道："怎么回事？谁得了色盲？"

凌云河说："先别问这个，你先写封信，最好是能到县城打个电话。大队里的军线电话不能打，要保密。"

丛坤茗怔怔地看着凌云河，半晌才说："疑人不用，用人不疑。你连实话都不肯告诉我，还要我帮忙，我为什么要帮你这个忙？你是我什么人？"

凌云河说："嗨，你们女同志就是爱刨根问底。你问是谁干什么？就是我。"

丛坤茗说："凌云河你也睁开眼睛看清楚了，我老丛虽然是个大头兵，可我在这里是当医生用的。你这双眼睛贼得像 X 光，哪里会是什么色盲啊？你不告诉我是谁，我是不会帮这个忙的。没准我还帮了阶级敌人呢。"

凌云河见瞒不住，只好老老实实地说是常双群。

丛坤茗沉吟片刻，在胸前抱起双臂，居高临下地看着凌云河，说："姓常的有毛病你急什么急？不是说你们还有三个区队长在等着竞争吗，色盲一个就少了一个竞争对手，对你来说未必是坏事呢。"

凌云河愕然地抬起头来，盯着丛坤茗好一阵入木三分地猛看，说："你怎么能这样想？你要是开玩笑那就不说了，你要是真这样想，那就太可怕了。"

丛坤茗仍然不冷不热，淡淡一笑说："有什么可怕的？竞争嘛，就是这样残酷。我们这些人经历的事情比这可怕多了。我自己连一点希望都没有了，还会帮你们这些幸运儿吗？"

凌云河站了起来，冷笑一声说："妈的，现在的人怎么都变成了这样？太不可思议了。我没想到……算了，我走了。不过，我是因为信任你才跟你交了实底的。你可以不帮这个忙，但是，如果你胆敢把这件事情捅出去，那你就是七中队最凶恶的敌人。"说完，便迈动步子向门外走。

"站住！"一声断喝之后，凌云河回过头来，看见丛坤茗面带怒容，眼睛里甚至还有些潮湿。他愣住了。

"凌云河，你还是不了解我啊，我是想跟你多……好了好了，你这个人啊……你让常双群明天早操过后到塘埂上散步，我先看看症状，再想办法。"

第十五章

一

政治部副主任兼政治教研室主任韩陌阡上任伊始，就接手处理了两件棘手的问题。

第一件事是 BGC 野战医院来了通知，说马程度可以出院了。

马程度在治疗恐惧型忧郁症的同时，也对脚臭进行了治疗，脚臭倒是治好了，医生用一种很奇怪的药水给他洗脚，每洗一次，马程度都要杀猪一般大喊大叫，洗过之后，脚上就要蜕掉一层死皮，洗几次蜕几次，几次下来，脚就不臭了。但是他的恐惧型忧郁症却无法根治，医院说这种毛病不是一天两天了，根深蒂固了，用药只能控制，关键是精神不能紧张。可是七中队天生就是个让人紧张的地方，甚至可以说它的价值也就是由紧张体现的。教导大队党委经过讨论，决定让马程度退学。可马程度死活不干，痛哭流涕，韩陌阡虽然极善雄辩，但马程度刀枪不入，任你猛刮东西南北风，他咬定青山不放松。

马程度哭着叫喊，说我生是七中队的人，死是七中队的鬼，我还没有拿到任职命令，谁让我走谁就是迫害我。

这回就让韩陌阡尝到思想政治工作者的苦衷了。

马程度，男，某某某某年六月出生，民族：汉。籍贯：某某省侨武县。

家庭出身：平民。本人成分：学生。文化程度：高中。某某某某年三月入伍，某某某某年十二月入党，历任战士、炊事班副班长、战炮班副班长、班长。在某某某某年所带班担任全团"三大条令训练先行班"，同年参加集团军合成战术演练，获构工、伪装两项优秀奖，快速机动良好奖。

　　家庭主要成员情况。父亲：马至善，侨武县城关镇公路段工人。政治面貌：群众。母亲：傅国珍，侨武县城关镇正式照相馆工人。政治面貌：群众。伯父：马至安，中共某某省委组织部办公室工作人员。政治面貌：党外民主人士。

　　马程度的鉴定卡片倒是有几个地方引起了韩陌阡的兴趣。一是家庭成员一栏，他把他的叔叔排斥在外，却他把他的伯父填了上去，显然他的伯父是他们家族的骄傲，问题是他的伯父在组织部门工作，怎么又会是"党外民主人士"？是不是把某个民主党派的组织部错填成中共省委的组织部了？再有，像他这样一个家庭，全部都在上班工作，家庭经济状况应该是很好了，为什么要填"一般"呢？这样的家庭经济状况都一般，像蔡德罕那样的就简直暗无天日了。

　　从一份几近概略的卡片鉴定上，没有发现马程度家族有某方面遗传基因的蛛丝马迹。

　　韩陌阡于是又将他的全部档案调了过来。档案中关于马程度的记载仍然十分有限：除了上述卡片介绍的基本情况，便是应征入伍登记表、入团志愿书、入党志愿书和一堆立功嘉奖卡片，连队党支部、营党委、团政治处的鉴定，无非是工作积极、训练刻苦、尊敬领导、团结同志、勇于开展批评和自我批评之类。再有就是体检表了——肝功正常，心肺未见异常，耳鼻喉正常，泌尿系统正常……

　　韩陌阡知道马程度有臭脚的毛病，但体检表上没有显示。因此韩陌阡有理由认为，这份档案有很大的局限性，太概略了，充其量只是一个人政治历程的抽象缩写，从一定的程度上甚至有许多想当然杜撰的东西，有些甚至可能仅仅是以立档人提供的内容为依据的，虽然将一个人的概貌抽象出来了，可是它远远不是一个人的真实情况，它遗漏了许多至关重要的细节，譬如此人的家族遗传基因、智商、嗜好、勇气、情感、道德基础、意志承受力和隐秘的心理活动等，最能反映人的真实状态的反而只字不提。

　　韩陌阡这时候突然起了一个念头：在组织上为每个人建立的这份档案后面，还应该为大家立上第二份档案，专门记载他们的生理轨迹和精神轨迹。

　　韩陌阡来到 N-017 不久，对于马程度缺乏充分的理性认识，但在感觉上，他觉得这个胖老兵哭天抹泪的行为与他档案所显示的内容出入很大，把这样一个人排除在七中队之外，韩陌阡不会有太多的伤感。但是，工作还得一步一步地做，他是一个思想政治工作者，马程度在他刚来的时候就及时地把自己送上门来，作为一件工作让他做，既是对他的考验，也是给他一个机会。这老弟有毛病，你还不能操之过急，弄得不好他又犯病，那就更加麻烦了。

　　韩陌阡于艰难的思考中再将档案翻了几遍，目光在介绍马程度家庭成员和经济状况的有限的文字上不厌其烦地耕耘，结果发现了，马程度还有一个舅舅，在老家务农，卡片上没有介绍，而在连队的鉴定中，则有一份关于他务农的舅舅和母亲经常患病，家庭经济状况不佳，在这种情况下，马程度还能够把有限的津贴节省下来，学雷锋做好事的事迹。韩陌阡于是便跟马程度的父亲通了几封信。

　　三封信之后，马程度的父亲就赶到了 N-017，老人家还是通情达理的，流着眼泪对马程度说："孩子，不是部队不要咱了，是咱没那个命啊。"老人家跟韩陌阡交了实底，他们家确实是有家族病史，马程度的大舅就是一个精神病患者，他的母亲也患有羊角风。

　　韩陌阡说："这个情况组织上已经知道了。功名利禄都是次要的，重要的是不能把马程度同志的身体拖垮了。"

　　马程度的父亲说："首长说的是大实话，我代表他娘谢谢首长。"

　　然后，就对马程度同志展开了全面的攻势。

　　父亲劝，同学劝，以韩陌阡为代表的领导反复做工作，里应外合前后夹击，耗了两个多礼拜，马程度才满怀辛酸地离开了 N-017，并且就此复员了。走的时候还拉着凌云河和魏文建的手说："老凌，老魏，我马程度命苦啊，眼看都快煮熟的鸭子又飞走了。我祝弟兄们有个好结果，将来你们当了官，别忘了给咱写个信，咱也是个骄傲啊……"说着说着就说不下去了，弄得凌云河和魏文建也是眼泪丝丝的，心里很不是个滋味。

　　直到送马程度走的那天，韩陌阡才装着若无其事的样子，顺便问了一句："马大叔，马程度是不是有一个伯父在某某省委组织部工作啊？"

马至善同志愣了一下，好半天才明白过来："哦，你是说他大爷啊，啥省委组织部工作？他一个大字不识，靠的是那年淮海战役一位首长住过咱家的房，他大爷找首长帮的忙，混了个合同工的差使，是传达室的门卫，给人家看大门哩。"

"哦……"韩陌阡也哦了一声，嘴上说，"看大门也是革命工作嘛。"心里却想，这马程度你还真不能小看，硬是给他那个目不识丁的大爷闹了个"党外民主人士"的头衔。

送走了马程度父子，韩陌阡接手处理的第二件事还是七中队学员的问题。七中队不仅军事训练和政治学习严格，军体课也很苛刻，不及格同样是定不了级的。二区队的黄友华基础差了一点，玩命地练，结果从横木马上摔了下来，右臂关节粉碎性骨折，落了个二等一级残疾。二等一级残疾是不可能再成为炮兵指挥员了，同马程度一个遭遇，黄友华也被决定退学。当然是想不通了，可是又没有别的出路，韩陌阡通过和黄友华原部队联系，决定让黄友华回到原部队，先到团农场当会计，等待转志愿兵的机会。这样好说歹说，黄友华才挥泪离开。

提干的任职命令还没下来，就先后除了两名，在七中队自然要引起一些骚动，兔死狐悲，大家心里都有些凄凉感。于是就有人议论，这下好了，张崮生和童自学、江村匀他们恐怕要窃喜，没准就是因为这三个家伙掺和进来，败了七中队的旺气。

张崮生和童自学江村匀的日子更难过了。哭不得，笑不得。表示同情吧，那当然是猫哭老鼠了；不表示同情吧，又是幸灾乐祸。是的，他们是看见了机会，可是当机会差不多快要成为事实的时候，那种被人蔑视和敌视的煎熬委实不是常人能够忍受的。

二

韩陌阡给七中队上的第一堂政治课是马克思青年时代的一篇文章——《青年选择职业时的考虑》。讲完之后，韩陌阡做了一个出乎大家意料的动作，韩陌阡说："你们中间立志选择当军事干部的，请举手。"

教室里突然出现了沉默，少顷，便犹犹豫豫地举起了一片手臂。这些人当中有谭文韬、凌云河、阚珍奇、栗智高等人。

韩陌阡数了数，说："四十五个，现在咱们还有六十一个学员，看来志在当军事干部的占绝大多数。那么，立志当政工干部的请举手。"

这回犹豫的时间短了一些，举手的有常双群、魏文建、潘道德等人，还有那个韩陌阡十分留意的蔡德罕。

常双群举手使韩陌阡多少感到有点意外，同时也多少有一丝宽慰——他此刻的身份已是政工首长了，如果选择当政工干部的都是像蔡德罕这样专业比较吃力的人，对他所从事的职业无疑是一种讽刺。

更令韩陌阡意外的是，谭文韬再一次举了手，他是唯一举了两次手的人。

韩陌阡让大家把手放下，然后半开玩笑似的对谭文韬说："你是脚踏两只船啊。你的智商和专业成绩在七中队可以说是一流的，当政工干部是不是有点……专业不对口？"

谭文韬反问道："韩教员的意思是不是说，政工干部就不需要一流的智商和一流的专业才能了？"

韩陌阡似笑非笑地说："我的意思当然不是说政工干部就可以降低智商和专业才能，但人有所长，各人强项不同，兴趣不同，热情也不同，你们在学习的过程中，也必然会有选择定式。"

谭文韬坦然地说："我认为，我军的军事干部和政工干部应该集政治素质和对于军事行动的指挥才能于一身。一个优秀的军事指挥员必须具备相应的政治素质，而一个优秀的政治工作者，也必须有相应的军事指挥才能。在这方面，刘伯承和邓小平就是最好的典范。在战争年代里，集军政于一身的例子很多，可以实施绝对集中的统一，这是符合战争规律的。"

韩陌阡："我认为谭文韬同学这个见解是有深度的，我们可以围绕军事干部和政工干部的素质进行思考，围绕军事干部和政工干部的关系思考，这对你们的全面成长是有好处的。魏文建，你是怎么认识的？"

魏文建说："韩教员曾经指导我们多读书，我读了一本书，是明朝王鸣鹤所著，叫《登坛必究》，书中有一段话：'练兵之法，莫先练心。人心齐一，则百万之众，即一人之身。'战争制胜有许多因素，但精神因素是第一位的。苏东坡也说过，'战以勇为主，以气为决'。可见'气'的重要性。但是怎样励气，靠的就是政工干部的不间断且有针对性的思想工作。我认为一个政工干部的职责就是要使百万之众成为一人之身，这是对战争胜利的根本保障。正因为认识到了这项工作的重要性，我才选择了做政治工作。"

"很好。关于政工干部的重要性，魏文建说出了一些，但还远远不止这些，大家可以探讨。"韩陌阡向魏文建点了点头，表达了赞许，接着又说，"现在，我还要对一个概念的认识进行规范，大家记住，以后，无论是军事干部还是政工干部，对他们的正确称呼应该是——军官。"

学员们都是第一次听到有人把干部和军官这两个概念区别开来，多数人的眼睛里流露出惊奇和疑惑。有人小声嘀咕：干部和军官难道不是一回事吗？我们过去以为干部就是军官，军官就是干部。

韩陌阡矜持地笑了笑，侃侃而谈："当然不是一回事，否则就不会是两种叫法了。只不过我们这么多年混着叫，大家没有太在意这里的区别罢了。我今天就是要特意提醒大家，离开了N-017，你们就是军官了，而不仅仅是干部了。军官是一种特定的阶层，在西方甚至是贵族阶层。我军六十年代中期前，也是叫军官，那时已有了规范化的意思。叫着叫着就不叫了，按照荒诞岁月的思维方式，被称之为官的是剥削阶级，是不跟群众打成一片的。再有一点，那时候不分青红皂白地学苏联，当军官还要吃军官食堂，要喝牛奶跳洋舞，这一套咱们的老一辈那些土八路消受不起。再说，军官们对部队实行教学式管理，组织训练都交给专业军士，值班的时候穿着笔挺的军服，把皮鞋擦得贼亮，夹着教义像教授一样，这不是坑我们的土八路吗？光擦皮鞋一项就受不了。你想啊，把部队交给专业军士能放心吗？开玩笑，这哪里是我们这些人的习惯啊？不习惯，后来还是不当军官了，还是当干部过瘾。什么叫干部？这个词也是从苏联引进的，广义是指国家公职人员，具体一点说就是担任一定领导和管理工作的人员。我认为这个概念有点语焉不详，不明确。什么叫干部？农村的生产队长也是干部。军队的指挥员还是应该叫军官，就是在军队里担负指挥职务的国家官员。官就是官，兵就是兵，军人的脑子里应该有适当的等级观念。现在强调学历，以院校培养为指挥员主要来源，看来就是有点规范化的趋势，以后恐怕还是得叫军官。听起来也像那么一回事……据我预测，用不了多久，我军还会恢复军衔制，那么，大家就是名副其实的军官了。所以说，从现在开始，你们每一秒钟都要注意寻找——寻找军官的感觉而不是生产队长或者支部书记的感觉。"

头一堂课，大家就被镇住了——韩教员到底是从大机关下来的，肚子里装的全是学问啊，不服行吗？

这天，韩陌阡把魏文建的档案调出来了。

魏文建，男，某某某某年八月出生，某某某某年一月入伍，某某某某年三月入党。籍贯：某某省怀远县界贝集。家庭出身：小业主。本人成分：学生。文化程度：高中。民族：汉。历任战士、文书（军械员）、班长、代理排长，连队团支部副书记。在某某某某年 J 集团军射击理论考核中获个人第二名，同年被所在师评为"四会教练员"，所在班在两年内五次获得"基层管理现行班"流动红旗，在驻地军民共同组织的《潘晓到底代表谁》的答辩演讲竞赛中，获得第二名。荣立三等功二次……

家庭主要成员情况。祖母：魏陈氏，家庭妇女……

三

淅沥淅沥的阵雨持续下了一天一夜，清晨突然放晴。太阳从东方的山脊线上水淋淋地爬向天空，透过刚被雨水冲刷过的叶茎，像细碎的银块散落在草木的缝隙里，铺排一地斑驳。玫瑰色的霞光在别茨山麓弥漫荡漾。视野清晰透亮，空气里洋溢着栀子花的芬芳。受了一夜惊吓的山鸟从恐怖中苏醒，起先试探着叽喳了几声，这里叫了那里应，工夫不大便形成合唱，伴着坡上多路喧腾的溪流，汇成了夏晨雨后美妙的旋律。

谭文韬右耳根上夹着半截铅笔，呈大虾状弯腰探头，一只手托着作业夹，另一只手来来回回地旋动体视仪上的高低螺。从接目镜里看出去，是一片灌木错综的山地，在雨后的太阳下面反映着鲜艳的水色。山根处隐隐约约地涌动着乳白色的氤氲，放大着涌向接物镜面，使视野更加扑朔迷离。

谭文韬在捕捉二号方位物，那是山脊线上的一棵独立树，从形状上看，应该是针叶杉。谭文韬不时抬眼观察右侧的常双群。常双群也伏在体视镜上，一副聚精会神的样子，终于将额头稍离接目镜，左手在腰际翻腕向谭文韬比画了一下，谭文韬看见了那根翘起的大拇指，二人会心地对视一笑。

这是反坦克战术基础课程。战术教员是恢复高考制度之后第一批直接从地方考进军队院校的"学生官"，名字叫张陵水，一个月以前才分到教导大队，看样子年纪要比学员们普遍小一至两岁，也就是说，在学员们当兵后的第二或者第三年，张陵水这群人才穿上军装，此前应该还喊解放军叔叔，然而眼下已经是四个兜崭新皮鞋锃亮了，这就让学员们心里有一丝隐隐约约的不自在，酸溜溜的。

谭文韬的心里就很不平衡，心想如果当年不是差那三分，自己不就是老大学生了吗？或者那时候不来当兵，也报考军校，再坚持考一年两年，自己不也是"学生官"了吗？就那一步之差，不仅多费了许多周折，而且还有了性质的区别，自己这样走的路，即使提了干，也还是没有文凭的半路出家的老解放。即使像这样挖空心思地玩命，到头来，教导大队挂靠的那所陆军学校，届时也只会发给他们一纸中等专业毕业证书。而张陵水他们一天士兵没有当过，却俨然是天生的职业军官了。

但是不得不承认，人家也有强项。理论上懂得多，真正操作起来，没有老解放们熟练，但是人家那程序绝对规范，一招一式都是有理论依据的。讲起课来，开始是有一点磕巴，但是一混熟了，就滔滔不绝，引经据典，光是火力准备这一战斗要素，就向学员灌输了闻所未闻的大量信息，而且形象直观，深入浅出通俗易懂。张陵水说："为什么说炮兵业务具有很大的艺术性呢？还有一点可以说明，那就是想象力，炮兵是需要想象力的。比如体视仪这东西，从接目镜到接物镜，不过三十厘米长，但是炮兵指挥员就要练出这个本事，他的目光穿过体视仪之后，就变成了一把立体的尺子，伸出去凌驾在田野和山川的上空，每一个目标都在这把尺子的刻度上。这就不是一般人能够做得到的了。的确是要想象。体视仪里有两条弧线，而在观察者的眼睛里，它们必须合二而一，只有当它在你的眼睛里重叠之后，它才是，准确地说它才像一把尺子。这个尺子实际上是不存在的，它只存在于你的想象之中。"这是老炮手们遇到的新问题——关于操作的艺术升华。

魏文建也抱着一架体视仪，目光如手，伸进魔幻般的体视仪里，一遍又一遍地抓住那两条由若干省略号组成的虚线，在想象的世界里把它们拧在一起，形成一根直尺。然而事与愿违，那两条虚线就像两根同极的磁力线，目光之手稍一松懈，它们就倏然分开，像两条躯体平行的蛇，昂着脑袋看着他。体视仪刚刚装备不久，是为了对坦克行直接瞄准射击而专门研制的，多数学员都觉得这玩意儿实在难以对付。

凌云河却有着浓厚的兴趣。课间休息的时候，几个人坐在一起交流体会，凌云河说："这东西好，这东西能帮助人的视力无限延长。想想我们这些当人的动物是多么可怜，天气再好也只能看那么一点远。火星那么大个球体，放到咱人的眼睛里就像一粒灰尘。人应该有两种视力：一种是感官的，一种是心理的。感官是自然的，心理是社会的，感官的认识外部世界，心理的把握内部世界。感官的尺度认识决定能力，心理的尺度把握决定人格。"

魏文建说："我怎么听这话这么耳熟，就像是拐五洞在咱们身边。"谭文韬笑道："咱们这一年收获大，不光要速成几个拐五洞，恐怕还要诞生个幺洞幺。"

常双群一直笑而不语。事实上，最让人担心的就是常双群。这段时间，他自己倒是一副听天由命的样子，但把谭文韬、凌云河和魏文建搞得高度紧张，只要是野外作业，地下工作就要布置得十分周密，一个人对于色彩失去了区别，判断方位物就自然要困难得多，没有人在周围做动作，随时都有可能露馅。凌云河通过丛坤茗给他弄了一副进口的矫正眼镜，刚戴上还真的起了点作用，但是很快他们就知道这是一步死棋——这个时候怎么能戴眼镜呢，这不是不打自招吗？

前几天，谭文韬的老爸谭镇长也写了信来，说家乡一个著名中医出的方子，用毒蛇的眼睛，最好是两头蛇或三头蛇的眼睛，加上几种常见的药材，可以炮制药液，十分见效。老中医还信誓旦旦地向谭镇长保证，如果按他要求做了还不见效果，他从此就不在百泉抛头露面了。

几个人在休息日溜出去，从周围的几个乡村中医那里也得到了证实，那种毒蛇的眼睛对治疗色盲确实有奇效。可是，一时半会儿从哪里去找毒蛇呢，更不用说找到两个头三个头的毒蛇了。因此，在外出野训中，寻找毒蛇又是这几个地下工作者心照不宣的任务。只是，这一切都在暗中进行，没有成功之时，他们没有必要告诉常双群。

凌云河问："老常，你觉得体视仪这玩意儿好对付吗？"常双群说："嘿嘿，看来是天无绝人之路，有不行的就有行的。老常一摸体视仪，立马就有一根尺子抛了出去。两千米之内我的误差不会超过五。"

魏文建说："我问题大了，死活都是两条虚线，别说伸出去了，就这两条虚线都看不清楚。看得我直犯恶心。张陵水那小舅子跟我的邹乒乓一个年纪，比老子少当两年兵，居然敢说老子缺乏想象力，你还不敢说不是，搞得忍气吞声的。"

不久，反坦克战术基础课程完毕，大队组织七中队打了一次直接瞄准枪管实弹射击，所谓枪管实弹射击，就是不用开设观察所，在近距离用体视仪直接瞄准目标，用张陵水的话说，就是把炮当枪的干活。

实弹射击成绩公布之后，大家不禁瞠目结舌。原先成绩最差的蔡德罕，一跟头翻了十万八千里，首发命中，枪代炮打运动靶，居然十发九中，荣登此次考核榜首，不仅压了凌云河一头，还把谭文韬和常双群、阚珍奇等权威人士甩了一截，气得凌云河直犯嘀咕，教训蔡德罕说："你这小子，函数对数数数糊涂，把炮当枪倒来劲了，你这个狗东西真应该到步兵团去。"

更让人不愉快的是，所谓的区队长张崮生和二区队的童自学三区队的江村匀，也跟着学得不错，尽管他们的成绩不在统计之列，但是教员还是给他们打了分数。张陵水不了解这几个人的内幕和他们同学员的关系，在小结的时候，狠狠地表扬了他们一顿，说是这几个同志虽然没有学习任务，还坚持跟班上课，可见对自己要求严格。不是学员都有这样高的积极性，那学员就更应该上一层楼。

这顿表扬既让学员们不痛快，也使得张崮生和童自学、江村匀反而更加难堪，用有些学员的话说，是狼子野心的又一次大暴露。

四

韩陌阡现在用不着去调研那些杂乱无章的鉴定和成绩表格之类的材料了，作为主管七中队的政治部副主任，他顺理成章地把每个学员的档案都调到了自己的案头。

谭文韬，男，某某某某年一月出生，民族：汉。家庭出身：手工业者。本人成分：学生。籍贯：某某省襄随市百泉镇。高中文化。某某某某年三月入伍，某某某某年十二月入党，历任战士、副班长、班长、代理排长。在某某某某年二月军区炮兵专业竞赛中获个人全能第一，所带班获综合成绩第三。荣立二等功一次、三等功二次，受团、营、连各级嘉奖五次。某某某某年二月考入 W 军区炮兵教导大队预提干部速成培训队。

家庭主要成员情况。父亲：谭学孔，襄随市百泉公社党委书记。政治面貌：中共正式党员。母亲：朱民，百泉小学教导主任。政治面貌：中共正式党员。姐姐，谭文君，某某省襄随市师范学校教师……

档案，多么奇妙的东西！

每一个档案都装在硬纸盒里，上面赫然写着"卷宗"两个宋体大字，下面是编号，六十多个生命的年轻历程，六十多道青春的人生轨迹，全都浓缩在几十页薄薄的、发黄的道林纸上，被一些漂亮的或不漂亮的汉字诠释着，那里面有他们的家庭出身、民族、籍贯、文化程度、专业成绩、工作表现，还有血型和他们的健康状况，包括谁有轻微的鼻窦炎和关节炎之类，从生理和政治历程的角度讲，这些人没有隐私，他们的一切都被囊括在硬纸盒的卷宗里，只要他韩副主任有兴致，就可以打开卷宗，将他们一览无遗……

当然，这些人都是经过反复筛选的，是一遍一遍从众多的士兵中出乎其类拔乎其萃的，他们的档案不可能给别人提供更多的挑剔的地方，就连鼻窦炎也必须是轻微的，他们的一切都只能是健康和纯洁的。

但是，同一本书，不同的人会读出不同的经验和感受。韩陌阡不是机械地读，照本宣科地读。现在，韩陌阡是越来越会读这些档案了，他会把他的智力和想象力参与其中，于是便读出了无限延伸的内容。他的一只眼睛看见的是有形而抽象的文字，另一只眼睛看见的却是无形而生动的故事。透过那些精练的或不精练的注解，韩陌阡甚至还可以看见来自不同地域的山川河流和民俗风情，更重要的是，还能看见他们所指向的地方——看一个人的过去，就知道他的现在，看一个人的现在，就知道他的将来——这话好像有点唯心主义色彩，但这话又好像是一个伟人说的。

韩陌阡读过很多书，可以称得上是博览群书勤学好思之士。但是，在读这些写着"卷宗"的档案时，他发现了，像砖石一样整整齐齐地码在他办公桌上的这些档案，才是最生动的和最具体的鸿篇巨制。它们可以给你提供无限丰富的联想，从而使你得以同你自身以外的其他生命水乳交融。有时候他想，像夏玫玫和赵湘芗那些搞艺术的人，真应该多读读这些档案。可惜她们没有这个资格和这份便利。

在七中队为数不多的农村兵当中，倘若比一比成分，蔡德罕可以算是一个货真价实的无产阶级。世世代代面朝黄土背朝天自然是不用说了，而且穷得透彻。在他出生的第二年，就赶上了著名的困难期，父母先后去世，舅舅见他还有一口气，便把他领了回家。也怪计划生育动作得晚，蔡德罕的舅舅和舅妈后来又生了两男两女，他背了老大背老二，自小就开始了保姆工作。不能不说舅舅舅妈还是非常好心的，到了该上学的时候，还是让他上了学。穷人的孩子早当家，勤工俭学这一套蔡德罕不陌生，他从八九岁就开始了，夜晚打柴，大清早背到街上去卖，卖完了上学。尽管如此，他的学习成绩在班里还算好的。上学上到四年级，家里无论如何供养不起了，为了读书，他答应舅舅舅妈，不吃家里的饭，省下粮食给弟弟妹妹，并且自己解决学费书费。中午放学，别的孩子回家吃饭，他就到离学校两里多路的河湾里捡柴，他吃过河边的灰灰菜，吃过生竹笋，吃过生螃蟹，吃过野蘑菇。一言以蔽之，凡是能够入口的，能够咬得动的，这个十来岁的孩子几乎都品尝过，并且没有被毒死。在整个童年和少年时代，他就像一棵野生的小草，自生自灭，却又顽强得惊人，简直就是打不死的吴清华饿不死的白毛女。有两个故事可以说明蔡德罕的无产阶级本色。

蔡德罕有一个远房堂叔，是本大队的支书，家境自然要好多了，还出了个闺女在县城读高中。支书堂叔家里有个大事小事，就把蔡德罕当狗腿子使唤，然后给碗饭吃，给件把旧衣裳。有个夏天的早晨，蔡德罕去给堂叔家送井水，还没进门，放假回到乡下的堂姐从屋子里出来了，一只手拿个很好看的塑料棍（后来他才知道那东西叫牙刷子），另一只手端着搪瓷缸子，本来是要到水缸边去的，见堂弟挑来一担新鲜的还飘动着雾气的井水，便朝他笑笑，然后向他走过来，弯下腰去，从前面那只水桶里舀了一缸子。

他很奇怪堂姐的动作——把那白乎乎的药膏一样的东西挤在毛刷上，在嘴里捅来捣去的，竟然还能捣出许多白沫。那天蔡德罕很大胆地做了一件事，趁堂叔一家在堂屋里吃早饭，他从廊檐下面的洗脸架上发现了那种叫作牙膏的东西，他先是提心吊胆地挤了一点，用手指头蘸着放到舌头上，他立马就被一种奇妙的感觉惊呆了：那东西不仅甜丝丝的，还有一种说不清楚的凉爽的滋味，沿着舌头根子往心里沁，满肚子都是清香。他坚信不疑，这东西原来是可以吃的，于是他又狠狠地挤出了一股，以非常快的速度吃了下去。倘若不是怕吃得太多了会被堂姐发现，他会把那大半截牙膏都吃进肚子里的。那年他十二岁。

还有一个故事发生在他读初三那年。

当时，他的同桌是公社农技站干部的孩子。有一次这个同学家里砍红麻，蔡德罕自告奋勇放学后去帮忙，他算准了可以吃一顿肉，一顿有酱油的红彤彤香喷喷的猪肉。这个十四岁的孩子一声不吭地干完了同学一家准备要干一天的活，一直干到小半夜，中间只喝了几瓷缸凉水，饿得饥肠辘辘，前胸贴在后背上。终于到了吃饭的时候，桌子上没有出现他期待的有酱油的猪肉，同学的母亲给他盛了一碗面条，上面敷着薄薄的一层鸡蛋花，他几乎连什么味道都没尝出来，那碗面条就喝进了肚子。同学的母亲问他吃饱了吗，他没说话。同学的母亲叹了一口气，进锅屋又给他盛了一碗面条，这回上面没有鸡蛋花了，里面只有几根白菜丝。他知道他的吃相太狼虎了，让同学的母亲看不起了，于是就放慢了速度，一点一点地吃，这样还可以尽量把咀嚼的幸福持续得长久一点。

后来有人敲门，同学的母亲出了堂屋开院门去了，同学看了他一眼，突然扒开了自己碗里上面的面条，从碗底现出了两个荷包蛋，紧紧张张地划拉到他的碗里，说，赶快吃，莫让俺娘瞅见了。他心里先是一热，然后又是一冷，他坐着没动，吞下了眼泪，默默地、但坚决地把那两个荷包蛋又夹回到同学的碗里。

初中毕业之后，蔡德罕就回到舅舅家里，成了一个挣工分的满劳力。这个遍尝了人间苦头的年轻人多了一个心眼，劳动之余，他就到当支书的远房堂叔家里做零活，种菜，喂猪，插秧，车水，甚至还帮堂姐纳鞋底。当了三年义务短工换来了一次参军的机会。一次，就这一次就足够了，他不仅穿上了军装，而且第一次像城里人那样穿上了洋布裤头，像城里人那样学会了刷牙。更重要的是他以无与伦比的热情和勤奋树起了一根训练标杆，差点儿就当上了干部，虽然没有提起来，但最终考进了希望的摇篮——七中队。

在直瞄实弹射击考核中虽然名列第一，但蔡德罕不敢有丝毫的松懈。他知道，对于他来说，仍然是任重道远的。在整个七中队，他是唯一被特批参加选拔考试的初中生，这也是他当初当了孙山的主要原因，炮上作业他本来是可以数在前三十名之列的，他吃亏就吃亏在文化考试上，高中数学基本不会，只考了二十分，从而大大地拉了后腿。

如今随着课程的进展，射击理论越来越深奥，什么夹差法、弹测法、成果法、对数、函数、离散误差、毁伤概率，等等，都是要计算的，简直云遮雾罩。已经有一个马程度被挑下马来，而即使是马程度，文化底子也比他强，这就不能不使蔡德罕时时都有一种危机感。

五

七中队学员终于有一天察觉到了一个现象，近几个月，中队里的形势好像在不知不觉中有了许多变化。刚入队那段日子，考虑到学员都是老兵，在原部队都是骨干和干部苗子，都有相当的自我约束和自我管理能力，所以在行政上就没有苛求。规章制度都在那里摆着的，学员们果然也都自觉，班有班长，区队有区队长，早操训练课余学习，该怎么进行就怎么进行，一日生活秩序有条不紊。所以，中队干部就相对轻松。

但是近段时间不一样了，中队干部查铺查哨勤了，找人谈心了解情况勤了，晚点名次数增加了，班务会和组织生活要求的深度不一样了，每次都要求大家详细汇报本周工作和思想状况。连张岗生、童自学和江村匀这些天来都似乎活跃了许多，再喊熄灯或者派公差勤务，态度强硬了许多，好像他们已经换上了四个兜，真的成了区队长了似的。

不仅如此，到了月底，又有了一个异乎寻常的新规定——在节假日里，七中队的中队干部批准学员外出的权限，仅限于在 N-017 范围内活动。学员请假在半天以上的，要先打报告，讲清请假理由，将去何处，会见何人，何时离队，何时归队，请假期间有过哪些活动，等等，事无巨细，什么都要写清楚。此报告要报政治部审批，同意后方可外出。

这个规定一宣布，七中队的学员就蒙了——天啊，这是怎么回事，简直是把同志们当劳教分子对待了。

星期五是行政日，下午不到教室，由学员们自己整理作业，写心得体会。

午休起床之后，凌云河看了看表，还有半个小时才上课，便落实萧副司令员关于"要鼓励学员们冷水浴"的指示，跳进二区队西边的水塘里，痛痛快快地洗了个凉水澡。洗得心旷神怡，洗痛快了，穿上裤衩背心，又跑到东边的山坡上引吭高歌——

> 临行喝妈一碗——（呃）酒，
> 浑身是胆——雄赳（呃）赳，
> 鸠山（嗳）设——宴和我交朋友，
> 千杯（呃）万盏会应酬，

　　时令不好（嗷——嗷）风雪来得骤……

　　正豪情满怀之际，还没等他把那句"妈要把冷暖时刻记心头"交代清楚，风雪果然就来了——潘四眼一路小跑蹦到了操场上。"赶快下来，集合了！"

　　"集什么合，不是行政日吗？"

　　"韩教员要上小课，让我们到大队部去。"

　　凌云河说："韩教员是不是要给本人发奖啊？这个星期本球队又是三战三捷，他是政治部的头，应该鼓舞士气嘛。"

　　"别做梦了，赶快下来。"

　　凌云河说："镇静，慌什么慌，我裤子还在宿舍里呢。"然后继续哼着刚才剩余的部分，把"妈的冷暖"交代清楚了，穿上军装，检查了上上下下的风纪扣，这才气宇轩昂地走出宿舍。到了大队政治部会议室才知道，今天是一个小型座谈会。参加的学员有魏文建、谭文韬、阚珍奇、凌云河、潘道德、安国华、蔡德罕、单槐树等十几个人。内容主要是入队以来的思想状况，包括入学动机，也包括毕业后的设想。

　　凌云河在发言的时候说："自从上次听了韩教员关于军官职业精神的阐述，我们都很受启发，的确是要站在军官的高度来认识问题和有意识地培养这种职业精神了。今天韩教员让我们来……"这时候韩陌阡打断了凌云河的话头："哪个韩教员叫你们来的？"

　　凌云河怔了一下，惶惑地看着韩陌阡，嗫嚅地说："不是你……吗？"

　　"谁是你？"

　　"哦，对了，是韩主任。"凌云河的眼睛里闪过一丝不易察觉的狡黠的笑意，很认真地说。心里却明显地不痛快了，这个人的脸怎么说变就变？

　　韩陌阡的脸色虽然平静，语气却很重："我提醒大家注意，这是大队政治部会议室，坐在这里的既不是站在你们教室里给你们讲课的韩教员，也不是政治教研室的韩主任，而是政治部韩副主任。"

　　全体愕然。因为教导大队有个约定俗成的规矩，凡是给学员上课的，都是称呼教员的。祝敬亚挂名也是基础教研室主任，还是教务处的副处长，但是大家都喊他祝教员，很自然的。更何况韩陌阡过去曾是七中队的好朋友，还跟他们一起操过炮，那时候一点架子也没有，大家都很熟悉，喊韩参谋的有，喊韩秘书的也有，多数的时候是喊老韩，还称兄道弟的，没当回事嘛，怎么突然间把架子端起来了？而且还端得这么大。

韩陌阡当然清楚写在大家脸上的不自在表情，韩陌阡淡淡一笑，凌云河顿时就发现那微笑同当初在炮场上见到的微笑大相径庭，明显地矜持。韩陌阡说："大家要搞清楚，规范称呼也是培养军官意识的一项基础科目，什么场合有什么称呼，在教室里你们可以称呼我为韩教员，在政治教研室你们可以称呼我为韩主任，在这里，在政治部会议室，本人的最高职务是政治部副主任。"说着顺手把面前一堆东西往旁边推了推。大家看清楚了，那是一堆档案，硬纸盒的脊背上写着名字，正是今天与会人员的。

气氛顿时压抑下来了，小小的会议室里笼罩着庄重严肃的情绪。大家的发言都很谨慎，字斟句酌，生怕被韩副主任抓住了尾巴弄个难堪。

韩副主任果真是一副政治部首长的做派，坐姿优雅，表情沉着，静静地听汇报，并不插话，偶尔缓缓地移动目光，以一种居高临下的角度，扫视众学员的面孔。从那上宽下窄略嫌清癯并且把胡子刮得干干净净的脸上，你休想窥探出他对你的好恶。

这个座谈会开得冷飕飕的。但大家仍然正襟危坐，嗓子再痒也不敢咳嗽，脸上再痒也不敢抓耳挠腮。因为韩副主任提过要求，军人要有个军人的样子，站如松，行如风，坐如钟，头上要有一股气。

韩副主任说过："看一个人在开会的时候能够坚持多长时间一动不动，就知道他有多高的素质，能有多大的造化。"

最后韩副主任总结说："看来大家还不习惯严肃的汇报，准备也不充分。这样不行。按照过去的建制，教导大队是旅级单位，能够在旅一级政治部门汇报思想的，至少是连级以上军官。以后再开这样的会，你们就要把自己看成是连级以上军官。一个军官，没有相应的表达能力是不行的，我不要求你们口若悬河，但是，必须培养起码的对问题的分析归纳能力和表述能力，一个口齿不清楚的人是不能当军官的。"

然后散会。韩副主任让其他人先走一步，却把谭文韬和凌云河单独留下来了。

六

凌云河，男，某某某某年七月出生，民族：汉。家庭出身：中农。本人成分：学生。籍贯：某某省怀远县。高中文化。某某某某年十二月入伍，某某某某年二月入党，历任战士、副班长、班长、代理排长。荣立三等功，受团、营、连各级嘉奖三次。在某某某某年二月J集团军炮兵专业竞赛中获个人全能第一、所带班获综合成绩第二。某某某某年某月考入W军区炮兵教导大队预提干部速成培训队……

韩副主任开宗明义地说："你们两个都是学习尖子，但今天留下你们不是为了表扬你们。听说你们刚入队不久，就在汝定公园打了一架？"

谭文韬和凌云河吃了一惊，对看一眼，面面相觑。天啊，这事都过去两个月了，这老兄是怎么知道的？谭文韬底气不足地说："是有这么回事，因为小痞子耍流氓……"

韩陌阡说："哦，很好。怜香惜玉，乃丈夫胸怀，战友受辱，拔刀相助，责无旁贷。军人嘛，就应该这样。我们的职责是，对外抵御侵略，对内镇压反革命。几个土流氓算不上反革命，但是行为上显然是不革命的，说他有反革命倾向也不过分，打了活该。这件事情组织上就不追究了。"

不光是凌云河愕然，谭文韬也有些意外。但还没有来得及得意，韩陌阡又说："不过，以后不许擅自打了。今后凡有武力行动，均须向我报告……现在，再给我谈谈你们几个人到云雾山的情况，凌云河先谈。"

两个人这才明白过来，关于云雾山的行动，才是韩副主任今天要抓的主题。凌云河的脸上明显地爬上了抵触情绪，把头一抬，迎着韩副主任的目光，酝酿了一副好汉做事好汉当的气概，笑了一下，冷笑，说："这件事情我们早都忘了，因为——因为我们没把它当回事。如果韩副主任认为有必要了解，我可以详细汇报。"

韩陌阡无动于衷，冷静地注视着凌云河。凌云河被那束凉飕飕的目光逼得心慌，知道在这个人面前是不可能蒙混过关的，头皮一硬，接着说了下去："两个月……也许是三个月前的一个星期天，也就是惩治土流氓之后不久的一天，我，谭文韬，大队部勤务班长楚兰，卫生班长丛坤茗，我们四个人，上午九点二十分出发，离开 N-017，中午十一时许到汝定城，搭三轮车于十二时左右到达云雾山。自始至终，我们四个人结伴而行，所谈问题，全部可以公开发表。"

韩副主任表情依然淡漠，手里漫不经心地摆弄一个档案盒，看着凌云河，轻描淡写地问道："是谁发起的？"

凌云河愣了一下，马上回答："是我，凌云河。"

"当初——我说的是在汝定打架之前，你们是怎么认识丛坤茗和楚兰的？"

凌云河回答："谭文韬本来不认识她们，我是打球伤了腿，到卫生所上药时认识了丛坤茗。后来又有了汝定那次互相帮助，就比较熟悉了。我去换药的时候，向丛坤茗打听此地名胜云雾山。她开玩笑说，要是我肯掏钱买车票，她可以给我带路。她这样说了，我就动心了，因为从前在原部队的时候，就听说军区靶场附近有个云雾山，风景很好，确实想去看看。那个星期天我就动员了谭文韬。必须说明的是，谭文韬当时并不想去，是我反复动员的，并且要求丛坤茗再找一个女伴。"

这时候谭文韬插上去了，说："我也不是完全不认识丛坤茗和楚兰，在汝定……惩治土流氓之前，我到卫生所要过感冒药，也去资料室借过书，同这两个女同志都熟悉。"

韩陌阡没有理睬谭文韬，视线专一地看着凌云河："为什么要动员谭文韬一起去？"

凌云河想了一下，说："有规定，单人不许外出。"

"不是还有一个丛坤茗吗？"韩陌阡向前倾了倾上体，矜持地笑了笑。在凌云河和谭文韬看来，这个笑容就很有一些深刻的内涵了。

"可是……可是丛坤茗她是个女同志，我有顾虑……"凌云河有些坐不住了，两只手在膝盖上不断地搓动。

谭文韬赶紧支援，说："凌云河本来动员我，说如果我同意去，他就不跟丛坤茗一起去了，虽然我们没有歪门邪道，但还是要注意影响，大家都是老兵了，还是谨慎点好。我说既然丛坤茗熟悉路线，不如一起去。人多了集体行动也不算违反规定。"

"说得好。"韩陌阡又淡淡地笑了笑，只是用两边的嘴角牵动了一下鼻沟纹，你还没有看清那笑容的实际含义，那笑容就倏然不见了，这种皮笑肉不笑的笑容七中队的学员近来越发见得多了，韩陌阡把手里的档案盒往前面重重地一推，加重了口气："为什么是两个男同志和两个女同志，为什么又是你们这两个男同志和她们那两个女同志？"

谭文韬刚要张口，韩陌阡做了个制止的手势："这个问题由凌云河回答。"

凌云河此时当真沉不住气了，脸上已经出现了红潮。但是凌云河没有低头，甚至有些恼羞成怒的冲动，生硬地说："一、我和丛坤茗认识。二、丛坤茗和楚兰比较要好。三、我和谭文韬对脾气。四、楚兰知道七中队有个谭老一，丛坤茗也知道谭文韬的大名，她们对训练尖子印象较好。就是这些。我们没做任何坏事，韩副主任你可以彻底调查。"

韩陌阡继续发起进攻："好，我相信你们，还有那两个女兵，在交往中没有非常行为。我再问你一个问题——你们向中队请假的时候，说过是和两个女兵一起到云雾山吗？"

凌云河顿时语塞，像是挨了重重一击，喘着粗气，恶狠狠地看着韩陌阡，说："没有。"

"为什么不如实汇报？"

谭文韬怕凌云河沉不住气，急中生智，抢过话头说："因为——在我们请假的时候，还没有拿定主意要不要请她们一起去。但是，我们要去云雾山是已经决定了，所以我们请假时只说是去云雾山。而请两位女兵是请假之后才最后决定的，请假在先，约她们二人在后，这应该不算欺骗组织。再说，批假人也没有问我们要同什么人在一起。"

韩陌阡把头扭过来了，看着谭文韬，看了很久才说："难怪大家都喊你谭老一，果然是谭老一啊，善于机变。"

凌云河说："请问韩副主任，条令上有没有规定，请假外出还要报告跟什么人在一起？"

韩陌阡不慌不忙地说："条令上好像没有这样规定，但是条令上也没有规定跟谁一起外出可以不报告。这已经不是条令所能管得到的内容了。现在我规定，你们二人今后外出，必须向我报告。报告内容还包括，几点几分跟谁在一起，都说了一些什么。"

凌云河勃然变色："韩副主任，我可以向你保证，在离开 N-017 之前，你拿机关枪在后面撵，我也不会外出了。"

韩陌阡仍然不愠不火，说："这样也好，就集中精力学习吧。"

凌云河和谭文韬怀着一肚皮窝囊气，却又不能不忍气吞声，等到韩陌阡抛出一句"你们可以回去了"之后，如获大赦，强行按捺住心头的将要逃离虎口的激动，坚持了最后三秒钟的稳重，走到门口，还没来得及扬眉吐气，又听见身后传来一声严厉的低喝："回来！"

二人心里一紧，对视一眼，又赶紧返身回到韩陌阡的门口。谭文韬问："韩副主任，还有教导吗？"韩陌阡头也不抬，冷冷地甩过来一句："为什么不给我敬礼？"

谭文韬噎了一口气，凌云河把话头接过去了，不高不低地说："韩副主任，我们来的时候已经给首长您敬过礼了呀。"

韩陌阡仍然没抬头，继续翻动写字台上的档案："在会议中，入会时下级要向上级敬礼，离会时，下级还要向上级敬礼。"

凌云河的嘴角掠过一丝冷笑："条令有规定吗？"

韩陌阡还是没抬头，看也不看他们，说："我规定的。"

一句话把七中队学员中的两个头面人物定在原地。二人你看看我，我看看你，谁都一肚子牢骚，谁也没敢发作一句，最后谭文韬向凌云河使了个眼色，两个人便同时把右臂抬起来了，气势汹汹地敬了一个礼。

韩陌阡笑了，把手里的卷宗轻轻一合，又换了一份，打开，看了一眼，目不转睛，像是对卷宗说了一句："你们可以走了。"

走出门口，一路上谭文韬和凌云河都没有说话，心有余悸，生怕韩陌阡的幽灵又跟在身后。直到快回到宿舍了，凌云河才张开嘴巴，让太阳把嗓子狠狠地晒了一阵子，轰轰烈烈地打了几个喷嚏，然后揉揉鼻子说："你知道我刚才在给韩陌阡敬礼的时候心里想的是什么吗？你没看出来吧，我一边敬礼，心里还念念有词，手背上面站着的是凌云河，手掌下面压着的是韩陌阡，我提醒自己，这不是给狗娘养的韩陌阡敬礼，这是在扇他呢。"

谭文韬说："这样心里就好受了一些是不是？典型的自欺欺人。"凌云河晃着拳头说："宰相肚里能撑船。大丈夫能屈能伸，纵也天下，横也天下。今日且忍了他这口鸟气，等有一天，老子蹿到他头上去了，让他一天给老子敬二十个礼。"

谭文韬青着脸说："别阿Q了，水涨船高，你往上蹿，他就不往上蹿啦？他就原地踏步等着你往他前面蹿？别忘记了，他现在已经是副团级干部……军官了。"

凌云河说："你说蹊跷不蹊跷，这狗娘养的怎么专门跟你我过不去呢？"

谭文韬说："这你都不懂？这叫敲山震虎。枪打出头鸟，擒贼先擒王。你小子情种的名声大了，韩副主任就是要挫挫你的锐气。我恐怕是陪绑的，没有锐气却沾了一身晦气。"

凌云河叫起屈来，"我怎么是情种了？不过是虚张声势开点玩笑罢了，一点实际动作都没有。"

谭文韬笑笑说："所以说啊，还是老实一点好，光打雷不下雨的事情少做，虚假那个繁荣干什么？找不自在嘛。"

第十六章

一

秋天原野里覆盖了一层褐色，别茨山下纵横交错的谷地平原上麦浪滚滚，空气中弥漫着成熟的芬芳。西天上铺排着瑰丽的霞晕，像是挂在山脊上方的一面旗帜。有粗犷的歌声从麦地的某一个地方响亮地传出，那是收割者愉快心情的真实表达。

丛坤茗漫无目的地走在营房外面的地埂上，情绪却与这热烈的晚景很不协调。一年一度的老兵复员工作又开始了。今天下午所长在会上传达了上级关于今年复员工作的安排，丛坤茗突然意识到了自己的危机。是啊，当兵六个年头了，铁打的营盘流水的兵，这是一条铁的法则，是该考虑归宿了。可是……尽管她不止一次地想到过这个问题，但当复员的信号真的君临于眼前，她还是感到了一种刻骨铭心的疼痛，怅惘如同汹涌而来的潮水，洗刷着冲击着她的神经。

她不想复员，尤其是现在。她本能地排斥"复员"这两个字。复——员？复员意味着什么？复员就是复原。前两年招收工农兵大学生的时候有一句流行的话，叫"社来社去"，读完大学还回到人民公社去。那时候她就很反感这个说法。大学生都到人民公社里去那叫什么大学生？现在轮到自己了。原来就是老百姓，明天还是老百姓，要脱掉这身暖暖的军装，要摘掉头上的五星衣领上的两面红旗，这些东西就像是借来的，脱了之后就不再是军人了，以后再到军营里，就要接受岗哨的盘问，就要出示不知道那是什么单位的证明信，如果还有可能同军队有什么瓜葛，也只可能是当一个军人的妻子，成为一名军属。

早知道还要当老百姓，她当这几年兵干什么？

沿着麦地边的铁丝网向东走，绕过一个大水塘，下一个坡，就是七中队的驻地。远远地，她看见球场上有几个奔腾的身影，恍恍惚惚地，她像是看见了那个人，那个高大健壮浑身焕发着英气的准军官。

她知道，自己此刻如此流连忘返，如此眷恋这所营房这块地方，有很大的成分是因为那个人。他们之间难道发生了什么吗？没有。除了开几句玩笑，除了一起去过县城一起到云雾山度过了一个周末，他们之间别的什么也没有发生过。可是在她的心里，却隐隐约约又越来越强烈地感觉到，她和他之间是发生了什么，尽管没有一句哪怕是极其微妙的暗示。她从心里喜欢那个人，喜欢他什么呢？说不清楚。一个人喜欢一个人难道非要有什么理由不可吗？有种滋味说不出。

这时候，她需要他，也许毫无道理。如果他出现在她的面前，也许她会不顾一切地向他倾诉，说说她的过去，说说她的现在，说说她的愿望和那个埋藏在心底的秘密，然后倾听他的主张，如果他认为她给贺伯伯家打电话合适，那么她今晚就到独立师去挂一号台，如果他认为这样做有损尊严和人格，那她就会毫不犹豫地放弃这个想法。

啊，女兵就是女兵，哪怕她面对伤病员有条不紊，哪怕她割起阑尾得心应手从容不迫，哪怕她平时胸有成竹昂首挺胸，可是当重大的选择摆在面前，还是不免要打乱方寸。尤其是还有那么一个强硬的似乎浑身都是智慧和见解的男人就在身边不远的地方呢？

可是，她不能。在这个时候，她却不能像以前那样坦然自如地到七中队去了。政治部副主任韩陌阡已经找她谈过话了，韩副主任对她这个老兵倒是表现出了亲切和尊重，首先充分地肯定了她在 N-017 数年如一日兢兢业业工作的表现，对她目前的处境表示理解和同情，甚至表示，组织上应该对这样的好兵给予应有的重视和关怀。韩陌阡说，如果她不想复员的话，他可以向大队党委提出来，把她作为重点业务骨干继续留下，贵在坚持，也许胜利就在最后的坚持中出现。

她回答韩副主任说，她再想一想。

　　后来韩副主任就提到了她和七中队学员交往的事。韩副主任的话很平淡，像是随便问问。但是她能够从他那漫不经心的话语里领会出一种暗示——她要注意了，感情的丝线是不能随便扯动的，那是会引起疼痛的。韩副主任的意思是大家都克制一下，这是对她这样优秀的老兵的保护，但是她明白，韩副主任恐怕更多的还是为七中队着想。大队机关的人都看出来了，韩陌阡到N-017，是有来头的，有人说他是一个小型钦差大臣，是萧副司令员专门派来掌握和控制七中队的，所以，虽然他只是政治部的副主任，但他说话是有分量的。

　　她反复琢磨过韩副主任的话，那话说得很含蓄，应该说没有恶意，但是疼痛的确是已经出现了。她不能不慎重地约束自己的行为了。她真后悔，上次没有抓住时机把凌云河拉上一起去县城。三个星期前，她的当眼科专家的老爹给她寄来一个沉甸甸的包裹，里面是一副进口的矫色眼镜。老爹在信里很详细地介绍了眼镜的功能和使用方法。丛坤茗接到包裹，不光是高兴，还有一丝隐隐约约的幸福。那不仅是帮助常双群，也是极大地帮助了凌云河。一个人能够为别人解决他解决不了的难题，当然是非常令人愉快的事情。

　　可是，这个包裹竟然是她和柳漱去县城取回来的。她对柳漱说这是凌云河请她配的老花镜，给他父亲用的。当时柳漱就提议说，这是帮凌云河的忙，理应由他去取。就算咱们不嫌累，他凌云河也应该跟着去啊。丛坤茗却说，算了，帮人帮到底，反正咱们这些老兵也没有什么紧急公务，借此机会逛趟街，也掉不了几斤肉。柳漱说，你别搞障眼法，你心里那点小意思瞒得过别人还能瞒得过我？你无非就是看上了姓凌的，心疼他，才拖着我跟你练跑步。丛坤茗当时笑笑，没有承认，也没有驳斥。其实就是柳漱说的那回事。中期会考快要开始了，七中队又进入到紧张阶段，她确实不想在这个时候把凌云河拉出去，那还不仅是时间上的考虑，她知道自己的心里是怎么回事，她怕她万一关不严情感的阀门，流露给凌云河，恐怕是要分他心的。而在这个时候，以情感的东西去分人家的心，是一件很不理智的事情。老兵了，什么叫老兵？老兵就要善于把握自己，就要把问题往更深处想一想。

　　柳漱那天直言不讳地警告她说，坤茗你要注意，不要陷得太深，你在这里把他护得孩子似的，他那里不一定明白你的心。再说，七中队这些人都是有过曲折经历的，过五关斩六将，以后，只要给他们一个舞台，他们就会大刀阔斧杀开一片天地，他们都是有野心的。像凌云河这样的浑身都是激情都是刺，当炮兵指挥员那差不了，可是当丈夫恐怕就没那么听招呼。像你这样的，恕我直言，美人还子，然而自古红颜薄命，还真不如找个没棱没角的听话的男人。

这话丛坤茗当时也是不置可否，心里却是老大的不以为然。心想，我找个那么听话的男人干什么？你说是野心，我说是抱负，找个有野心有抱负有气魄有激情的男人，给他当牛做马心也情愿，找个没脾没气没见没识没胆没量的男人，给他当姑奶奶皇太后我也不干。

丛坤茗的后悔在于，那天的确应该让凌云河和她一道去县城取东西而不是和柳潋一起去，不料情况来得这么急，错过了那个机会，就很难再有合适的理由造成长时间在一起的机会了。按以前的经验，老兵复员的工作一旦铺开，就会紧锣密鼓一鼓作气，涉及人的进退去留，怕有反复，怕找麻烦，各级都强调速战速决。弄不好，恐怕连见面都难了。

在这个秋收气氛浓郁的落日黄昏，丛坤茗久久地徘徊在熟透了的田野里，一次又一次地苦苦思量——她再一次想起了远在北京的章阿姨。贺伯伯虽然已经去世了，但是章阿姨还在，贺伯伯手下一帮子人仍然位高权重，仅仅以章阿姨在全国人大的地位，为她说一句话是完全能够办得到的……她委实下不了这个决心，要不要给章阿姨打个电话，告诉她，她正面临着人生的一次重要选择，她不想离开军队，她不想复员，请章阿姨给贺伯伯和她在军区的老战友打个电话吧。只这一次，坤茗只向你们提这一次要求，也许，这才首先是小茗的终身大事。太阳在西边的山脊上跳了几跳，终于融化了，像是一团巨大的稀稀的蛋黄，一点一点渗进青山背后。天色暗了下来，田野里拾麦穗的孩子也三三两两地回了村舍。丛坤茗依然在苍凉的暮色里踟蹰，她看见了那个身影，近在咫尺，却远如天涯，泪水在不知不觉中流过了脸颊。

二

常双群的问题终于还是暴露了。好在这次只有一个人发现，而且还是七中队最为尊敬和信赖的人，他就是祝敬亚。

在炮兵战术学里，有一个重要的课程，叫标图作业，即按上级下达的作业想定，在图上标注敌情、我情、双方兵力部署、双方决心。只要基础打牢，这实际上是一桩很轻松的作业，艺术感觉好一点的人，可以标出非常漂亮的决心图。但是问题落实到常双群的头上就麻烦了。从某种意义上讲，标图作业就是对于色彩的运用。大的方面好办，我红敌蓝，在笔上做点文章就行了，可是还有一些零碎不好办，譬如方位物啦，工事啦，兵种符号啦，地物地貌啦，黄黑紫绿，变化莫测，这就给谭文韬和凌云河等人对常双群的配合增加了难度。再加上韩陌阡一直跟班听课，张崮生之流又自作多情地掺杂在学员中间，学员们的一举一动都出在严密的监视之下，作弊充满了危险，有时候甚至无从下手。

终于有一天，祝敬亚教员在收上来的作业中，意外地然后是震惊地发现了他一向认为最堪造就的常双群，几乎把所有的颜色都弄反了，甚至出现了"敌红我蓝"的重大错误。那当口祝敬亚不禁倒吸一口冷气——要知道，倘若退回几年前，仅这点技术性的失误往往就会被上升到政治的高度，那是要遭到批判甚至很有可能会坐牢的。当然，现在是不会出现那样的悲剧了，但是，这份作业也似乎预示着另一场悲剧的不可避免。祝敬亚捧着那张图，研究了很长时间，他知道，以常双群卓越的成绩，如果不是别有原因，是断然不会出现这种失误的，作为一个富有经验的老炮兵，祝敬亚做出了准确的判断——常双群的眼睛出问题了。

当天中午，常双群就被祝敬亚单独叫到家里，一见面，还没等他发问，常双群就先把底交了："教员，你发现了，我的眼睛……"祝敬亚做了个动作，示意他不要说下去了，然后问道："采取什么措施了吗？"常双群说："凌云河帮我弄了一副矫正眼镜，多少管点用，但是不敢戴。谭文韬家里寄来一个方子，其他药材好办，但要用毒蛇的眼睛做引子，目前还没弄到。"说完，叹了一口气，故作轻松地说："其实也没有啥，无非就是提不成干，颜色分不出来，好歹我还是分得出来的。我已经有思想准备了，再遮掩下去也不是个事，还连累同学们陪着我提心吊胆的，牵涉他们的精力。再说，韩陌阡副主任是个很讲原则的人，他要是知道了同学们联合帮我隐瞒这件事，对大家都不利。"

祝敬亚惊愕地问："你有什么想法？"

常双群掏了一根烟衔在嘴上，看了看祝敬亚，又把烟卷取了下来。祝敬亚说："你抽吧，不要紧的。"

常双群便把烟点着了，猛抽了两口说："我得退学了，早复员早安排工作。"

祝敬亚不动声色地看着常双群，沉吟片刻说："路已经走到这一步了，半途而废太可惜了。退学是下策。依我之见，还是要沉住气，只要别人不发现，你还应该坚持。图上作业不要紧，我可以挡住。往后，野外作业也少了。以后毕业了，你可以留下来当教员，或者搞政工。"

"谭文韬他们也是这样说，可就怕纸里包不住火啊。"

祝敬亚想了想说："不管怎样说，那层纸只要没被戳破，你就得咬紧牙关挺住，挺住就有希望。"

常双群默默抽烟，一脸的平静。祝敬亚又强调说："常双群你听见了没有？挺住，只要过了这个豁口，前面就是一片蓝天。你各方面素质都很好，我不能眼看着你因为那点小毛病就丧失了机会。你应该在部队发展。你答应我，坚持。我也想点办法。"

常双群的眼眶有些潮湿，看了祝敬亚一眼，终于开口了，慢吞吞地说："教员，我答应你，再坚持一段时间。"

谭文韬和凌云河等人很快就搞清楚了，就在那天上标图课之前，头天夜里，他们为常双群做的准备工作还是天衣无缝的，可是下课之后，居然发现常双群使用的那根红蓝铅笔上做的记号恰好同原定的记号相反，难怪常双群会把红蓝混用。显然，有人搞鬼，做了手脚，那么，到底是谁呢？一时半会儿还没有头绪，怀疑谁根据都不是很足。但毋庸置疑，最大的嫌疑人就是一区队临时区队长张崮生，而如果真是张崮生的话，问题就严重了，因为张崮生的背后站着个韩陌阡。

现在，七中队的学员才终于弄清了张崮生、童自学和江村匀的来历，谁也没有想到，让他们来到这里担任所谓的区队长，等待顶替提干指标，竟然就是韩陌阡出的主意。

而且，从大队部的老兵中又传出个说法，说是韩副主任经常单独找这三个人谈心，每次从韩副主任的办公室或者宿舍里出来，这几个家伙的精神面貌都明显有所改善。据说，这三个人原先都是经韩陌阡推荐到军区炮兵机关参与编写教材的，原本是要提干的，后来因为政策变了，没提起来，又正好赶上组建了个七中队，韩陌阡就向萧副司令建议，增设区队长，强化学员的竞争意识。更有甚者，说韩副主任跟那三个人都许了愿，只要他们努力工作，把学习成绩保证在前二十名，最后就是学员提不起来，也要把他们几个人提起来。

这个传说大家不是全信，但也由不得大家全不信。

大家也都看出来了，自从韩陌阡来到N-017后，这三个人就像吃了激素，工作热情平地涨高三尺。当初马程度和黄友华退了学，虽然这几个人表面上没有流露喜悦，但心里肯定是激动万分，他们巴不得再退掉几个呢。如果常双群又被淘汰了，那这三个人简直就是稳操胜券了。

可是，没有人再敢像马程度当初那样肆无忌惮地以实际行动抵制他们了，抵制只能在心里悄悄地进行。即使关于他们来历的传说仅仅是传说，但是韩副主任明显地给他们撑腰却是有目共睹的。韩陌阡还给了他们批假权限和其他一些权限，以助其威风。而这几个人也真以为自己是个人物了，把那点权限使用得滴水不漏。谁要是到大队部去，没有跟他们请假，情况很快就会反馈到韩陌阡那里，用某些人的话说，进一步暴露了狐假虎威狗仗人势的嚣张气焰。以至于有的学员恨恨地骂，要不是冲煮熟的鸭子，非把这几个"军统"收拾一顿不可。

三

七中队的学员越来越认识到了韩副主任的神秘和可怕。

当初入队时，所有的人的心里都充满了阳光，他们已跨过了数道激流险滩，以为从此等在脚下的就是坦途了，进了N-017就是进了提干的保险箱，"煮熟的鸭子"和牛皮鞋都在不远的地方深情地等待着他们，他们唯一需要付出的就是耐心，就是在这一年半的时间内风平浪静地完成学业——那些课程又算得了什么呢？即使是马程度和蔡德罕，虽然信心比别人略逊一筹，但多出一把力气最终过关应该是没问题的。可就在你心里充满阳光时，韩陌阡给你弄了几个非驴非马的所谓区队长来，队伍里多出三个人，形势立即就不一样了。好马也有失蹄的时候，就连魏文建和常双群、谭文韬、凌云河这样的尖子，虽不至于像马程度和蔡德罕他们那样惶惶不可终日，但要说危机感一点没有，也不现实。你在明处，他在暗处，你在光天化日之下张牙舞爪，他躲在阴暗的角落里觊觎你算计你。还不仅在成绩方面，譬如思想方面、作风方面，还有身体，哪方面出点问题，都会有人窃喜。站在某种高度去看，又不能不佩服韩陌阡这阴险的一招委实有他的高明之处，给你安上几个随时准备对你取而代之的人物，那种约束力和钳制力，比十个指导员的威力都大。

七中队的学员现在对韩陌阡的感情越来越复杂。

你说他阴险吧，也没看他收拾过谁，你说他是个好领导吧，他又把你折腾得神经兮兮。各种规章制度都分外地严格起来了。他简直就像驯化一群动物一样调教这些学员，他有各项土政策对《三大纪律八项注意》进行补充，譬如他搞了个十不许——不许抽烟喝酒，不许随地吐痰，不许跷二郎腿，不许说脏话，不许穿尼龙袜子，不许哼民间小调，不许打扑克，走在大街上不许东张西望，吃大蒜大葱不刷牙不许在公共场合露面，不许……他完全是把自己的好恶强加给别人，凡是他认为低级趣味或无聊的游戏，一概——不许。

还有，韩副主任明确规定，不许用卫生纸以外的任何纸张（尤其是报纸）处理解手的善后工作——对于个别经济条件差的人来说，这个规定当然要带来直接的经济损失，蔡德罕对这个规定就很有意见，但也是敢怒不敢言，咬紧牙关也得买几卷卫生纸放在床头柜里——穷虽穷点，但人穷志不短，像有些人那样经常从别人那里顺便揪一截卫生纸的事情，他蔡德罕还是做不出来的。

韩副主任委实无孔不入，管天管地，管思想管放屁，连你吃什么穿什么用什么，他都要坚定不移地管着你。

就军人的着装问题，韩陌阡曾经数次发表过观点，一个基本的思想就是应该发什么穿什么。韩副主任尤其厌恶那些上面穿着一件军装下面套一条便装裤子或者上面穿一件灰涤卡蓝涤卡而下面穿一条军裤的装束，他把这种装束称之为假洋鬼子，而营区里偏偏就有一些假洋鬼子在节假日里出现，在他的眼前晃来晃去不伦不类地扎他的眼睛，那都是一些经济实力不太雄厚而偏偏又想显示与众不同的小干部们的所作所为，在韩陌阡看来浅薄而且愚蠢。条令上没有规定不许这样穿，但是韩陌阡对七中队学员说，韩副主任规定不许这样穿。韩副主任说，练了多年齐步正步的汉子，还是穿起军装精神。既然喜欢穿老百姓服装喜欢扮演假洋鬼子，那你来当兵干什么？军装的功能不仅仅是衣服，它还负载着深刻的社会意义。一个人一旦穿上军装，就有一份职责扛在肩上，同时也有一份约束装在心里。在一定程度上，一套军装就相当于半个连长指导员，你穿上军装，就有半个连长指导员跟在你身后。

对于诸多的不许，学员们由不适应到适应，终于就很适应了，终于学会了严格按照韩副主任指定的路线前进。这段时间，出格的事情一桩没有，平静得不能再平静了，可是在大家的心里，却仍然还有实实在在的惶恐，生怕自己弄出什么纰漏，让韩副主任抓住了把柄，在定级的时候给你轻轻地挠一下痒，你的指标就完了，那可是要命的事情。

后来就不知道从哪个角落里冒出了个"反动口号"，说韩教员这三个字，译成英语就是"克格勃"的意思，韩副主任这四个字译成英语，就是"法西斯蒂"的意思，而韩陌阡这三个字，译成英语就是"三座大山"的意思，七中队头上有三座大山，考核检查韩陌阡，韩陌阡就是压在七中队广大人民头上的最大的大山。

就在韩陌阡到任后的两个月左右，军区炮兵接到上级指示，为了全面培养这批士兵精华，适应未来形势的需要，为教导大队增设英语课。

谁要是抱着侥幸心理，以为这是走个过场，那他就大错特错了。一个月要集中一个礼拜专门上英语，不光是七中队，韩陌阡和机关干部跟着一起上，当堂提问，当堂出丑。周末笔试，监考极严，成绩张榜公布。仅这一项课程，就有两三个人开始动摇了，自己也不知道自己还能把洋相坚持到多长时间。

以前的拔尖分子统统遇到了新的挑战，因为英语成绩不合格，同样是定不了级的，就连谭文韬和凌云河等人也被逼得抓耳挠腮。有人发牢骚说，咱们是炮兵，玩的是杀人放火的勾当，又不是去和美帝国主义英帝国主义谈情说爱做生意，学这曲里拐弯的鬼话干啥！

然而牢骚归牢骚，真学起元音辅音倒装句子，谁也不敢掉以轻心。

四

韩陌阡委实有点像"三座大山"，给七中队施加的压力越来越大。除了英语不是他带来的，别的额外负担差不多都是他带来的，既定的课程无一减免，他还要求，每个学员至少必须精读一至两本军事典籍著作，分带兵、将德、谋略、战术几个方面，每个月每人要写出一份心得体会，平时供学员自我交流或择优推荐发表，毕业时将作为军事理论修养成绩，载入档案。

抵触情绪不能说没有，但情绪只能是情绪。虽然具体要求是韩副主任本人提出来的，但是这个要求很快就以大队教务部和政治部联合通知的形式下发到每个人的手上。

N-017的图书室出现了前所未有的繁荣。七中队学员几乎每个人都来过，将所有书架里里外外地耕耘个透彻。

谭文韬也来了。谭文韬走进图书室，神色坦然自若。在经历了若干次反省之后，他认为他没有什么可以心虚的。别人能来借书，他就不能来啦？韩副主任明察秋毫，在轰轰烈烈的读书活动中，他没有理由不来，来是正常的，不来是不正常的，不来就是此地无银三百两了。

七中队学员借的书都很冷僻，多是古典，但并非文学，而是各种兵书，有刘基的《百战奇略》，有揭暄的《兵经百篇》，有诸葛亮的《将苑》，而借的最多的，还是王鸣鹤的《登坛必究》、李筌的《太白阴经》和戚继光的《练兵实纪》，学员们自己能翻出来的就自己翻，翻不到的，就给楚兰留下目录。

楚兰这段日子工作量大大增加了。楚兰已经做好了计划，下星期要专门往市里跑，能买的买，买不到就到市图书室借。虽然自己也要考学，但是她不能耽搁七中队的需要。姚大队长、余政委和韩副主任都曾经在机关人员会议上强调过，学员队的事再小也是大事，个人的事再大也是小事。教导大队的机关不是领导机关，而是保障机关，所有人的工作只有一个目标，就是全心全意地服务于教学。以至于打扫卫生助民劳动这些原本是正常的工作，都落在了机关十分有限的官兵身上。大家都很明白，所谓学员队，重点还是七中队，用个别人牢骚话说，七中队是国防干部祖国花朵嘛。

谭文韬专程赶来借书之前，多数学员都是空手而归，偶尔侥幸能找到的，除了《孙子兵法》和《吴子》，别的品种不多。谭文韬是对准要来借尉缭子《兵谈》的，找遍书架，没有。楚兰说："你们七中队借书都借到公元前原始公社去了，看看你的同学给我开的清单，一股子出土文物的味道，好多连听说都没有听说过，我到哪里找？只好进城求援了。"

谭文韬在书架的缝隙里钻来钻去，钻了几趟，很有把握地对楚兰说："你先别进城，那耽误工夫。韩副主任指定的读物，不是无中生有的。依我看来，我们需要的那些书，咱们这里可能都有。"

楚兰说："图书室所有家当都在光天化日之下了，就这些。"

谭文韬指了指一个书架，让楚兰从上往下看上面的顶板，顶板的反面写的是"W军区军官训练团"字样。谭文韬说："就凭这几个字，可以判定在N-017的图书室曾有过大量藏书，过去的军官训练团是很规范的，不会少了兵书。如果不被破坏的话，这些书应该还在。你可以找老一点的教员打听一下，说不定这笔财富就埋在我们脚下的某个地方。"

楚兰将信将疑，但还是悄悄打听了。果然像谭文韬分析的那样，教导大队的前身是 W 军区军官训练团，军事文化遗产底子很厚，甚至厚过于众多正规院校，大比武那几年里，图书室最多藏书达八千余册一千余种，且多数是军事典籍著作，基本上囊括七中队学员开的那些书目。

然后就开始挖掘。根据几个老教员的回忆，荒诞岁月开始时，图书室被作为"封资修"的黑仓库给封死了。后来来了一批接受改造的"阶级异己分子"，需要腾房子，这些书都被清理到废旧器材库的角落里去了。

楚兰闻言大喜过望，请示韩副主任安排几个人去清器材库，几个人干了一个早晨，昏天黑地地扫清外围，将几吨重的废铜烂铁移开，果然发现了一堆灰头灰脸的书籍，还有不少线装书，真可谓踏破铁鞋无觅处，得来全不费工夫，没花一分钱就发了一笔不小的洋财。

五

常双群从中队文书那里得到通知，说是韩副主任要找他和栗智高开展促膝谈心活动，心里就有些明白了。韩副主任这几天比较注意常双群，尤其是比较注意他的眼睛。

有一次晚上看电影，常双群实在不甘心把好好的彩色片当黑白片看，偷偷地戴了一会儿矫正眼镜，还没有等他把银幕上的色彩看出来，倒先看见了右边射过来两束锐利的目光，便赶紧把眼镜摘了下来。那场电影就看得十分缥缈了，自己安慰自己说，也许根本就没有人注意他，只是自己做贼心虚罢了。但事实并不是这样简单，电影结束回到宿舍之后，凌云河就骂他找死，说韩副主任那晚确实在注意他。韩副主任恨不得再淘汰掉几个学员，以确保他安插进来的那三个狗腿子万无一失。虽然已经空出来了两个指标，还有一个没有落到实处。这下好了，早晚他要收拾你。果然就收拾了。

同样惶恐不安的还有栗智高。栗智高横想竖想，闹不明白到底是哪根毛没理顺撞上了韩副主任的枪口，一路上嘀嘀咕咕一个劲儿地从自身找原因，并幻想找到对付韩副主任的理由。当然，他也有心虚的地方，譬如在他的档案里，家庭出身一栏填的是"社员"，这是一个很暧昧的概念。什么是社员？社员实际上就是"地主"的代名词。再说，还有他爷爷那一段历史，是国民党员，旧社会当过保长，虽然不算恶霸，但毕竟没有贫下中农根红苗正。出身不由己，道路可选择，话虽这么说，但韩副主任一天到晚都在捏大家的软肋，他要想找你的事，不是个事也是个事。

在往大队部去的路上，栗智高愁眉苦脸地问常双群："老常你说是咋回事呢，这几天没出什么纰漏啊。"常双群说："韩副主任找你谈话，也不一定都是有纰漏啊。"

栗智高说："自从来了个韩副主任，我吃饭连饭粒都不敢掉，馒头渣子掉到桌子上都不敢往潲水缸里扔，军容风纪内务卫生哪方面都小心又小心，扒掉皮里里外外也找不出自己一个茬，你说他老人家还找咱促膝谈心是个啥意思？"

常双群不吭气。常双群心里想，韩副主任找你谈心，那就跑不掉你的毛病。本人比你问题严重多了，本人都面不改色心不跳，你慌张个啥？栗智高窃喜有了这样一个权威做垫背的，假装关心地问："你是个啥问题？"

常双群偏不让他满足。常双群说："我跟未婚妻吹灯了，韩副主任恐怕要给我定个喜新厌旧的罪名。"栗智高说："你瞎扯。别人不知道，我还不知道？你哪里来的未婚妻？"常双群说："我上个星期到汝定城发展的，这个星期觉得不合适，就吹了。"栗智高狐疑地看着常双群说："你这个牲口也不看看什么时候了，还敢开这样的玩笑？"常双群说："什么时候了，不就是韩副主任找谈话吗？砍头还不过碗大的疤，我又没有杀人放火，我干吗要胆战心惊的？看你那没出息的样儿。"

常双群是想通了——天要下雨，娘要嫁人，不是以谁的意志为转移的。既然韩副主任已经发现了，也好，干脆暴露算了，也免得成天提心吊胆的，还拖累了别人。何必呢？

这次接见是在韩副主任宿舍进行的。两人在门外喊了报告敬了礼，韩副主任说："进来。常双群你坐那里，栗智高你坐这里。"

常双群和栗智高是七中队第一个走进韩副主任宿舍的人。这才知道，韩副主任的宿舍简陋得不成体统。虽然家属没有跟过来，但按照团职干部的待遇，韩陌阡还是被分配住在教导大队的家属区里。韩陌阡没要那个团级待遇，只占了两间平房。里面一间是卧室，外面的既是会客室又是书房。不论是卧室会客室还是书房，一律简单铺陈，除了必需的用品，两间屋里没有一件多余的东西。这些必需品，同他身上的穿着搭配起来十分协调，基本上都是军用品，内衣也是白背心加上国防裤衩。

韩陌阡在检查七中队内务时，曾很严肃地告诫过大家——军人，吃的是军粮，穿的是军装，住的是营房，睡的是板床。一切非军事化的东西都要尽量避免。这绝不是个形式问题，这涉及军营文化的内核素质。

几乎没有人见到过韩陌阡在营区内穿便衣，也几乎没有人看见过韩陌阡有风纪扣不扣好的时候。韩陌阡曾经一再谆谆教导过七中队学员："一个军人，他走在哪里，哪里就是军队。一个军人，他住在哪里，哪里就是营房。"

韩陌阡的两间房子委实被他打扮得像个标准的营房。他是以他自己的实际行动证实着自己的理论——所有的物件都是轻型的，归拢有序，摆放有致，门庭内外清洁整齐，一张单人硬板床上，洁白的床单平整坦荡一尘不染，薄薄的绿色军用棉被叠得方方正正一丝不苟，跟士兵的内务没有什么两样。

进门之后不久，常双群和栗智高便注意到了，韩副主任卧室外间会客室的两屉桌上放着两份档案，正是他们二人的。

但韩副主任没有去翻那档案，只是像摞书一样把它们摞在一起，在手里上下交替，洗牌一般洗着玩。韩副主任的眼睛先看着栗智高，栗智高半个屁股坐在椅子上，把上体挺得笔直，两条腿也搁得十分严整，双手搭在膝盖上，像石雕一样一动不动。常双群心里冷笑一声，栗智高你犯得着这样吗？动作也太夸张了，你个大男人，做作什么？

常双群虽然也很严肃，却严肃得自然。心想反正是暴露了，咱一个革命老兵，规矩要讲，但要是叫咱低三下四奴颜媚相，咱是不会干的。

> 栗智高，男，某某某某年二月出生，某某某某年三月入伍，某某某某年五月入党，历任战士、副班长、班长、代理排长。家庭出身：社员。
>
> 家庭主要成员情况。爷爷：栗钦州，曾任伪职，开明士绅，现年事已高，居家休息。父亲：栗茂，侨武县供销合作社副主任。政治面貌：中共正式党员。母亲：白国玉，家庭妇女。政治面貌：群众。弟弟，栗辉，在校学生……

韩副主任把两个人都分别打量了一阵子，不紧不慢地开腔了："栗智高同学，知道我请你来干什么吗？"

栗智高胸脯一挺说："听韩副主任指示。"

　　韩副主任淡淡一笑。坐在门后的常双群突然发现韩副主任是用半边脸笑的，而且那笑不是从心里笑出来的，而是用嘴角扯出来的，分解动作，似笑非笑。

　　韩副主任似笑非笑："栗智高同志，我要表扬你。在七中队，你是最讲卫生的，也很注意整洁。军人嘛，就要养成整洁的良好习惯。看一个人讲不讲卫生，就能看出来他读没读过书，就能看出来他受过什么教育。"

　　栗智高又挺了一下胸脯。韩副主任接着说："你们老家我去过，那个小县城脏得要死，熏出来一大群不讲卫生的人。马程度脚臭是生理现象，不能怪他，但是我听说他在医院里曾经创造过三个星期不洗澡的纪录，并且饭前便后不洗手，这就不是生理原因了。好了，马程度同志已经离队了，也算是鱼归大海了，我们就不说他了。还有单槐树，也是个不讲卫生的人。你能出淤泥而不染，难能可贵。你是单槐树的副班长，又是他的同乡，你有责任帮助他。"常双群心里咔嚓动了一下——韩副主任说到个"生理现象"，还提到了马程度，这就是对他进行暗示了。看来，韩副主任是拿栗智高做铺垫的，好戏当然还是咱来唱主角。

　　常双群悲壮地想，光荣啊，这双狗日的眼睛，别的没给咱带来多少好处，硬是让咱成了韩副主任心里的"重点人"，牛啊。

　　栗智高对韩副主任的话却是另外一种反应，他差点儿就要告单槐树的状了。还要怎么帮助？为了督促他及时洗床单袜子，不知道吵过多少次了，就差没动武了。生成的骨头长成的肉，狗娘养的本性难移，我有啥法？但栗智高没讲这些，毕竟是同学老乡，单槐树那点毛病，怎么说也是人民内部矛盾。他要是在韩副主任面前加油添醋，那也太他娘的不够意思了，况且还有常双群在这里监听呢。

　　韩副主任说："但是——"

　　栗智高心里马上一跳：坏了！

　　果然，韩副主任把脸一板，说："但是，你栗智高也有你的毛病。翻开你的衣领，看看里面是什么？"

　　栗智高从肺部喘出一声惨叫——妈的，问题原来出在这里。他穿的是一件鸭蛋青色的的确良衬衣。

　　韩副主任说："看来条令学得不够深入啊，士兵按规定着装，应该没有什么困难吧？"

　　栗智高把肩膀向下塌了一截，胸脯立即由凸而凹，变成了小弧度的单括号。

　　韩副主任说："看一个人穿什么衣服，就能看出他心里装着什么动机。当兵的，发什么穿什么。看看我，八年前的布衬衣，越洗越白，看见了吧，它难看吗？我穿它就比你矮一截吗？你穿这件的确良干什么？你穿这么漂亮的鸭蛋青的确良衬衣，还不是照样要给我这个穿布衬衣的人敬礼？要树立无产阶级的审美观，养成艰苦朴素的作风。"

栗智高的脸由红变白，再变红，唯唯诺诺地说："是，韩副主任批评得对，我改正，树立无产阶级的审美观，养成艰苦朴素的作风。"

韩副主任说："回去把我的话告诉三个区队长，七中队所有学员在队期间，一律穿军用品，发什么穿什么。违反这个规定，区队长有权批评，拒不改正，向我报告。"然后，又就衣服问题，上升到理论高度，进行了全面的阐述。

六

尽管烟瘾已经对常双群进行了数次袭击，他还是咬紧牙关挺住了。在韩副主任的宿舍里，不经过允许，是不能抽烟的。但你要向他请示，那就是自找没趣了。

常双群就是在这一瞬间才明白韩副主任为什么是在宿舍里接见他们——榜样的力量是无穷的，他是要让你们看看他这个团级干部是怎样严以律己的。

常双群在一旁冷眼相观，心想栗智高真是活该。

精明过人的栗智高是臭美臭晕了头，怎么就想不起来换件士兵衬衣呢？就冲这一点，你挨批是活该。当然，常双群在同情栗智高的时候，更多的是同情自己，一个更严峻的现实在等着他，那可就不是挨一顿批的问题了，可是，又有什么办法呢，这是真正的身不由己啊。

在韩副主任向栗智高灌输他的军装理论时，常双群始终坚持端正的姿势。韩副主任讲了半个多小时，他也端正了半个多小时。最后，韩副主任终于挥了挥手，打发栗智高先走一步，说他要单独和常双群谈谈。

栗智高顾不上擦一擦脑门上的冷汗，敬了个礼就退出去了，惶惶如丧家之犬。

摊牌的时候到了。常双群情不自禁地摸了摸鼻子上面那一双苦命的眼睛，心里倏然涌上一层悲壮，对自己说，别紧张，就是那个事。与其让组织审贼似的盘问，还不如自己先向组织汇报，即使什么都不落，也落个光明磊落。常双群把腰杆挺直了，他看着韩副主任，韩副主任也在看着他。

沉默。对峙。一双健康的眼睛，一双不健康的眼睛，一双决定别人命运的眼睛，一双命运被别人决定的眼睛，在同一刹那射出心灵之光，在空中相遇并碰撞。终于，对峙结束了，韩副主任收回了目光，上宽下窄略嫌清癯的脸上除了自身的皮肉，再也见不到任何别的内容。韩副主任的语气也很正常，问道："常双群啊，知道我为什么找你吗？"

常双群笑了笑，以韩副主任为楷模，也是用半边脸笑的。常双群说："韩副主任火眼金睛，明察秋毫。您明白，我当然也明白。"

韩副主任说："是啊，你是个明白人。你知道，本副主任一向有按自己的标准要求你们的习惯。你接受得接受，不能接受也得接受。要不怎么叫上级下级呢？"

常双群冷静地说："是的，命中注定的东西，不是以个人意志为转移的。我听从组织处理。马程度不是已经走了吗？黄友华也走了，天涯何处无芳草啊。韩副主任放心，怎么处理我都痛痛快快地接受。"

韩陌阡定定地看着常双群，突然笑了。这回常双群看得真切，韩副主任两边脸都在笑，是真笑。韩副主任说："我听说过常双群顽固不化，看来真是名不虚传。你是不是还想说不让吃饭可以，不让抽烟不行啊？"常双群顿时愣住了：怎么，不是因为眼睛的事？

正在发怔，又见韩副主任笑脸一变，低喝一声："什么天涯何处无芳草？还青山处处埋忠骨呢。常双群我告诉你，没那回事！三条腿的驴我没见过，四条腿的骡子我见得多了，蒋介石有八百万军队都被我军赶到小岛上去了，我就不信拧不过你个小小的常双群。听着，从今天起，把烟——戒了。只要我韩陌阡还在N-017，就不能容忍你抽烟。一个士兵，十几块钱的津贴，你烧什么烧？成天叼着根烟卷，就像地痞无赖。要抽可以，毕业了，官当上了，回部队去你想怎么抽就怎么抽。但在N-017不行。我命令，把烟戒了，听明白了没有？"

常双群好半天才回过神来，犹如醍醐灌顶，他本来想说"不"的，他想说，烟咱是不会戒的，你这个官咱也不当了，可一不留神，说出来的却是："听明白了，把烟戒了。坚决戒掉。"说完了，自己都吓了一跳：我怎么能这么大声跟韩副主任说话？

韩陌阡却没在意他说话音量的大小，站了起来，将两盒档案放进了抽屉，对常双群挥了挥手，说："好了，你可以走了。"

第十七章

一

对于萧副司令员关于"要抓'枢纽工程'建设，要把他们身上的那些小资产阶级意识、小农民意识、小军阀意识等'枝枝权权'捋干净，要让他们脱胎换骨地成长为新型的炮兵指挥员"的指示精神，韩陌阡是心领神会的。

在韩陌阡看来，这个诞生于非常时期的特殊群体，是一株株从良好的种子和肥沃的土壤里刚刚抽芽的树苗，这些树苗最终能不能健康地成长为参天大树，是需要不间断灌溉和修理的。作为一个极其看重文化修养的军官，韩陌阡对于军事生活的每一个细节和概念都有着浓厚的兴趣，他不仅要琢磨它们的现实意义，而且还重视它们的来历、历史本义和演变过程。

譬如说训练。训练是什么？从古至今大家都在用这两个字，无非是枪炮戟剑龙腾虎跃。但韩陌阡发现了，训练有两重含意，一是训，二是练，训是首位的，练是在训的基础上进行的。训，就是思想政治工作，训导正气士气勇气，训导爱国之心、爱民之心、民族责任感、社会责任感和道德意识。练，则是具体的战术技术和技能的演练。也就是说，在古代兵法里，思想政治工作也是放在首位的。那么思想工作归根到底要解决个什么问题呢？气也。解决这个"气"的问题，就是要练心。"练心则气壮"。也正是因为这个"气"字，韩陌阡比较重视魏文建的动态了。

　　魏文建不久之后就写了一篇标题为《浅论中国古代兵法中的思想政治工作》的论文，恭恭敬敬地送给韩副主任"雅正"。韩副主任看了，也雅正了，说："既然是浅论，浅就浅一点吧。这篇文章，你是不是有什么想法啊？"

　　魏文建说："韩副主任要求我们加强理论修养，我这也算是加强修养的一个具体表现吧，别的没有什么想法。"

　　韩陌阡说："我要是直接给你推荐给谁，多少也有一点开后门的嫌疑，非君子所为。依我看来，浅是浅了一点，但是能够提出这个问题，就不简单，发表总还是可以的。这样，我写几句话，你把它抄下来，寄给《探索与思考》杂志，争取发表一下。"

　　韩陌阡写下的几句话是：第一，欢迎提出宝贵意见，不欢迎提出不宝贵意见；第二，欢迎隆重推出。第三，不欢迎退稿。写好之后，让魏文建抄下来，仍以魏文建的名义寄给《探索与思考》杂志的某某某。

　　魏文建有些发愣，说："这样写行吗？某某某编辑会不会认为这个作者狂妄，扔废纸篓里了？"

　　韩陌阡笑笑说："某某某我熟悉，他就是这么个人，吃硬不吃软。你越是唯唯诺诺，他越轻视你。你口气大些，他反而重视，至少他会把这篇文章看完的，只要他看完了，他就没有不发的道理，这在战术上叫'夺气'。"

　　后来，这篇论文果然发表了，还加了编者按，说，一个士兵，能够站在历史和现实的高度，探讨中国古代兵法中的思想政治工作，难能可贵。

　　魏文建在心里就不能不佩服了，韩副主任的"夺气"确有出其不意之妙。

　　戚继光在《练兵实纪》中说："走阵于场，习艺于师，召耳目以金鼓，齐勇怯以刑名，皆兵中之一事。"但如果忽视了练心，那就从根本上影响了战斗力。"人有此身，先有此气心。气发于外，根原于心……练心则气壮……故出诸心者为真气，则出于气者为真勇矣。""气根于心，则百败不可挫。"《左传》中也说："夫战，勇气也。"

　　气是什么？世间万物皆有"气"，军人之"气"就是勇气、锐气、豪气、胆气、气节、气质、气度。把这些"气"理顺了凝聚起来，就是军人的士气。人活着靠的就是一口气，一支军队有没有战斗力，靠的就是一股气。挥师奋进掩军厮杀需要"固气"，冲锋陷阵单打独斗需要"固气"，而和平时期更需要"固气"，思想政治工作是长期而坚韧的，养兵千日用兵一时，那"一时"之所以能用，就在于"千日之养"。用兵是最后的目的，是根本的结果，而"养兵"则贯串了一个生命从非军人到军人到职业军人到"勇冠三军、足智多谋"的优秀的职业军人的漫长过程，如此看来，思想政治工作者的任务就十分艰巨而且严峻了。

对于修剪七中队的"枝枝杈杈"，韩陌阡采取的基本上是中医疗法，阴阳均衡，调血补气。关于"气"的问题，魏文建有一定的认识，但那毕竟是片鳞只爪。老师就是老师，学生就是学生。比起魏文建，韩陌阡的认识就要深入得多了。韩陌阡认为，对于士气的因势利导，实际上可以囊括思想管理和行政管理的所有精髓。气不匀时要匀气，气不振时要振气，气不顺时要理气，气不足时要鼓气，气太旺时要消气。要把脉搏把准了，要一个穴位一个穴位地探讨清楚了，排除那些浊气贱气土气小家子气穷酸气。而在目前，落实在七中队身上，至关重要的是培养出顶天立地的浩然正气。一个军官，没有正气，就等于没有了一切。

一天，在讲完了政治经济学中关于"剩余价值"理论之后，韩陌阡突然做了一个课外动作，提议大家把自己所有的衣兜翻出来。尽管韩陌阡再三强调凭自愿，但是大家都觉得没有多少不自愿的理由和必要，便纷纷地将两个上衣兜和两个裤兜翻了出来，兜中寥寥无几的东西在光天化日之下暴露无遗。

韩陌阡沿着教室里的通道来来回回地巡视几遭，发现多数人的口袋里没有装东西，仅有的几件东西如下：一把折叠式小剪刀（栗智高的，用途是修剪指甲）、两张白纸（魏文建的，用途不明）、十一杆钢笔（谭文韬等人的，用途显然）。再有，就是一些钞票和钢镚儿，最大的一笔是凌云河的，计有九元四角六分。

韩陌阡的正课其实才刚刚开始。韩陌阡做惊奇状，问凌云河："你在口袋里装这么多钱干什么？"凌云河老老实实地回答说："随时准备到大队部储蓄所里存起来，因为没有地方可花。"

韩陌阡点点头说："好，这就对了。"又说，"一般说来，一个男同志，能不花钱就不花钱，花钱这种婆婆妈妈的事应该交给女同志去办。我身上就很少装钱。现在我们就来谈谈钱的问题。大家都很清楚，用不了多久，当你们提干定级之后，每个月发给你们的就不是几元十几元津贴费了，而是五六十元钱的工资，也就是军官薪金。我来提一个问题，拿士兵津贴和拿军官薪金的最大区别是什么？"

教室里安静了一会儿，第一个举手的是三区队八班的孙定毅。孙定毅说："数量的变化标志着地位的变化，但更重要的是，拿军官薪金也就意味着肩上的责任更重了，一个军官所承受的工作量和职责都比一个士兵要多得多。"

韩陌阡说："很好。我的第二个问题是，假如，你们现在都已经拿了一年的军官薪金，每个人的口袋里都装着六七百元钱，现在出了突发事件，对面的山林失火了，需要我们紧急扑救，你们会义无反顾地投身到救火战斗当中吗？是不是要考虑先把口袋里的钱安置好了才出发？"

教室里又安静了一阵子。凌云河说："险情迫在眉睫，个人生死尚且置于不顾，还在乎什么钱呢？我想，真的遇上那样的情况，我们不会想那么多的。"韩陌阡看着凌云河，问道："你真的是这么想？"凌云河说："我是这么想的。""你敢肯定大家都是这么想？"

凌云河想了想说："我想应该是的，我们大家都是有责任感的。"

韩陌阡微笑着向教室里全体人员扫视了一圈，口气平缓地说："是啊，理论上是这样，但要真的让全体同志都能这样做又谈何容易啊。岳飞有一句话：'文官不爱钱，武官不怕死，天下太平矣。'岳大元帅这话在今天看来有些毛病，这是针对他那个时代文官和武官的特点说的，并不是说武官就可以爱钱，文官就可以怕死。但是从某种意义上讲，这句话里面有个因果关系，不爱钱并不一定就不怕死，但爱钱的人必然怕死。"

韩陌阡的话说得掷地有声振聋发聩，还有一股武断之气。

大家心里难免质疑：有这么严重吗？何以见得爱钱的人就必然怕死？韩陌阡说："作为一个军人，最可耻的莫过于怕死了，而要做到不怕死，最起码的一点就必须做到不爱钱。忧国忘身是军人的基本素质，如果连金钱财产都割舍不下，何谈忘身？重财必然轻义，百万家产，重金负累，难免瞻前顾后患得患失，怕死之心必然大于轻财重义之人。中国古代名将中有许多楷模，汉朝大将霍去病功高盖世，汉武帝要替他修建府第，霍去病说：匈奴未灭，何以家为。东汉大将马援南征交趾——也就是今天的越南——得胜归来，光武帝派人慰劳，安排他好好休息。马援说，南方虽然胜了，但是西北还有战事，我请求挂帅再去西征，'男儿要当死于边野，以马革裹尸还葬耳，何能卧床上在儿女手中邪？'

从这一点就能看出来了，能够屡建功勋留下英名的，多是那些视钱财为粪土、看待遇如鸿毛的人，男人爱财非君子，丈夫重义成英雄。这个'义'，就是正确的人生观。像众多流芳千古的著名将领那样，把物资利益和精神追求的关系处理得如此高尚，才可以说是修成了军人的正果。大家能够做到吗？"

大家都不吭气。大家在看着韩副主任的时候，眼睛里隐隐约约地闪烁着一个问号："韩副主任，你能做得到吗？"

韩副主任读出来了那些问号，笑笑说："当然了，不是什么人都能达到那种境界的，但是，回到现实中来，我对大家寄予的希望是，要追求，要有意识地修炼自己，尽量做一个干净的军人。为什么今天要说这些呢？是因为必须说。我们国家前些年很穷，吃个肉买个蛋都要计划，连粮食都要凭粮票，也就是说，如果没有粮票，就有吃不饱的可能，我顺便问一句：在座的有没有吃不饱的经历啊？"

底下议论纷纷，说：吃不饱的经历太有了，"瓜菜代"代到最后连瓜菜也没有了。城里人有粮票，好歹有二三十斤，怎么说，也能吃个半饱，乡下人说声没吃的一饿能饿上半年，就凭咱这肚皮功夫，美帝国主义就比不了，你让他饿上半年试试？

大家说得很热闹，唯有蔡德罕笑而不语。蔡德罕心里说，你们挨得那点饿算得了什么？让本人说一说挨饿的光荣历史，吓你们一个半死，本人简直不屑于跟你们一比。

韩陌阡及时地制止了畅所欲言，韩陌阡说："吃不饱的历史恐怕一去不复返了，现在开始改革开放了，物质文明要上去。但有一点要提醒大家，历史的经验值得注意，往往是物质文明上去了，精神文明就会受到冲击，叫花子进大饭店，弄不好就找错门。富裕了不是坏事，但'为富不仁'这句话不是毫无来由的，金钱这东西，不能完全没有，也不能太多，尤其是我们军人，把金钱看得过重，把钱弄多了，绝对不是好事。过去大家都穷，我们军官有固定的收入，比起社会一般阶层，经济条件算是优越的了。但我敢断言，国门打开了，思想解放了，生产上去了，市场繁荣了，用不了几年，我们军官的经济地位在相比之下就会远远落后于现在，如果谁是想通过当军官这个职业来改变自己的政治地位和经济条件，那么，我可以负责任地劝你一句，你可以改弦易辙了，现在为时不晚。"

众学员被韩副主任这一番话说得屏声敛气，无论是回顾历史还是展望未来，韩副主任的话都不是危言耸听。

韩陌阡接着说："看一个人对待金钱的态度，也能从一定程度上看出他的职业精神，能够看出他将会不会是一个好军官。一个好军官，应该是身先士卒的，但是如果过于看重个人利益，患得患失，他就不可能身先士卒。魏文建，昨天我交给你的书你看了吗？"

魏文建起立回答："看了。"

"看明白了吗？"

"基本上看明白了。"

"那好，由你来给大家讲一讲田单的故事。"

魏文建略一思忖，然后开讲：从前，也就是战国时期，田单是齐国上将，曾以五里之城、十里之郭的弱小力量，打败了强敌燕军。因为立过许多战功，有了许多荣誉，也得到了不少赏赐，财富多了，沉湎于金银财宝，陶醉于花天酒地，战斗意志就薄弱了。后来兴兵十万，兵多将广，去打翟国，有个叫鲁仲连的先生料定他打不下来。田单不信邪，率兵将翟国团团围住，连续进攻了三个月果然毫无进展。田单只好再次求教于鲁仲连。鲁仲连说：你在即墨的时候，坐着就编织土筐，站着就手拿铁锹，你唱着歌激励士卒，"国家快要亡了，魂魄已经丧了，人民已经无家可归了"，那时候帅有决死之心，士卒无苟生之想，所以那时候就能战无不胜。现在你封地富饶，珍宝无数，一心在想着活着的乐趣，哪里还愿意去冒着死的危险呢？每次进攻的时候，你都躲在土丘的后面，用盾牌护着脑袋，嘴里大喊冲啊杀啊，可是自己纹丝不动，士卒们看见你那个样子，谁还愿意冒死效力呢？田单听了鲁仲连的话，恍然大悟，也羞愧难当。第二天战斗开始，田单把头发挽起来，一直站到敌方箭矢可以射到的地方，弃盾荷戟，奋勇当先。士卒见主帅不顾生死，无不奋勇向前，以一当十，很快就把翟城攻下来了。

典故讲完了，教室里再次出现了沉默。韩陌阡站起身子问道："怎么样，有没有受到一点启发啊？"大家回答说很受启发。

韩陌阡说："为将之道，学问万千。我们的鼻祖孙子给军官概括了'五德'，即智、信、仁、勇、严。《六韬》中也有'五才'之说，即勇、智、仁、信、忠。但是，不爱钱不怕死是这一切素质的先决条件。没有这两条，其他就是空话。

'马革裹尸'和'匈奴未灭，何以家为'都成了我们军队脍炙人口流芳千古的经典箴言，大家作为带兵的人，要熟悉这些典范，要当一个明明白白的有文化的军官。当然了，古为今用，也要取其精华，去其糟粕。读书要读个明白，可是怎样才能算是明白，就有许多讲究。智慧的人读智慧的书，往往能读出一些额外的智慧，或者会引发一些智慧的思考。对于同一事物，不同的时代有不同的评判原则和标准，今人读古典，应该读出今人的思想，对于传统文化中的那些已经形成定式的经验重新进行多维观照和立体剖析，从而大大地拓宽典故的可读疆域。好的精神营养要汲取，有些观点，受时代的局限，适用于当时未必适用于当今，那就靠大家具体情况具体分析了。"

二

楚兰是大队首长已经明确了要留一年，争取一个最后考学机会的。但是，当复员的精神一传达，她还是不由自主地感到了一种危机。毕竟是年龄不饶人，这次复员就算避开了，可是考学也只能是最后一次了。

今晚，她不可避免地又想到了于小慧。

其实，于小慧当年向她求情，举出的理由根本站不住脚。于小慧毫无羞耻地对楚兰讲，她怀孕了，已经两个月了，男方是军区大院的一个小军官，他们是在她夏天探亲回 W 城时认识的，从认识到做了那件事，只有十天。于小慧把眼睛都哭红了，说她必须找机会把肚子里的东西打掉，可是她刚刚探亲不久，根本没有理由再请假了，如果这一次能让她参加考学，她就可以借考学之机在 W 城待上三五天。如果失去了这个机会，在教导大队里这么眼看一天天混下去，纸里包不住火，早晚要暴露，那她就只有死路一条了。

楚兰说不清楚自己当时对于小慧是厌恶还是痛恨，她不能理解这个一向精明而且很有主见的副班长怎么会在这件事情上这么轻率。她没有谈过恋爱，她是严格按照军队规定在约束自己，那种事情一想起来心里就跳得慌。

她比别人更清楚，在教导大队里，也有不少火辣辣的眼光在注意自己，可是她坚定地回避了那些目光。她始终在提醒自己，自己是一个战士，是一个没有取得恋爱资格的兵。她的一举一动都不能超越规范。

有一次，机关的一个年轻的未婚干事给她写了一张纸条，约她一起去县城，她吓得心慌意乱，无论是当面应承还是当面拒绝，她都没有勇气，于是就采取溜之大吉的办法。在被约的那天上午，她躲进丛坤茗的宿舍里一直不敢出门，生怕被那个干部发现。她心里又慌又怕，像做贼似的，趴在窗后向外窥探。她看见那个干部在她和赵丽的宿舍外面久久徘徊，不时看表，一直到十点多钟才快快离去。

第二天上班时，她和那个干部在办公室中间过道里相遇，避之不及，只好硬着头皮迎了上去，就在那个干部期期艾艾地要说什么的时候，她急中生智，咔嚓来了一个立正，然后抬臂给那个干部敬了一个军礼。那个干部被她这突如其来的正规礼节牢牢地钉在原地，半天没有说出话来，最后只好叹了口气，无限辛酸，掉头而去。

她的心里又何尝好受呢？这一切都仅仅因为她是一个兵。如果她是一个干部，她就不会有那样深刻的自卑，也不会有那样敏感的胆怯。她可以大大方方地和他来往，同意了就光明磊落地相处，不同意也可以开诚布公地说个清楚。

可是，她是个兵，这一切都要复杂得多。一旦有了风声，当干部的可以找出一千个理由承担或者开脱，可是当战士的浑身是嘴也说不清楚。

在别茨山军事禁区里，曾经发生过这样一件事情，那还是好几年前的事了。一个男干部和一个女战士闹出了绯闻，那个干部正在进步的关键时刻，一推三六五，全是那个女战士的责任。部队首长本来对于女兵就有成见，在友邻部队的一次安全防事故会议上，一个有着相当级别的首长甚至还编了一个顺口溜，叫作"查铺查哨查思想，防火防盗防女兵"。据说那个部队的女兵集体大哭了一场，并且联名写信告了那个首长一状，虽说那个首长后来挨了军区萧副司令员的严厉批评，可是部队对于女兵的警惕却并没有因此而有丝毫的放松，尽管有些首长在某些场合对待女兵并不自重。

在当兵的日子里，楚兰坚守着自己的原则，她看不起那些一触即动没有头脑的女孩子，更看不起那些为了某种目的轻易出卖情感的人。自古红颜薄命，可是在有的地方，不是红颜也照样薄命，女人是祸水的看法在相当一些首长的脑袋里，至今仍然根深蒂固。在这样的环境里，当个女兵，就要格外小心，真的假的都要离得远远的才是上策。

就在她拒绝同那位干部同行的一个星期以后，那位干部仍然没有放弃努力，又找了借口把她堵在资料室里，几乎是声泪俱下地向她表白，他是真心爱她，他并不是那种逢场作戏的人，他们可以不马上建立关系，他只请求她给他一个答复，她心中有他的位置就行了，以后他们还是照样的同志关系，在公开场合他绝不会暴露他们心中的默契。可是楚兰依然咬紧牙关绝不松口，不是说看不中他，这个问题压根儿还没有进入她的思考范围之内。她就是不能容忍自己的心里有一点杂念，她怕事情一旦有了开头，便会一发不可收。心里有了情感，她的表情就不会从容，让她在人前装疯卖傻，她是做不来的。

没有例外，韩陌阡也找楚兰谈了话。韩副主任现在是她的顶头上司，说话就没那么客气了。韩副主任说，一个人做点好事并不难，难的是一辈子做好事，不做坏事。

她捉摸不透韩副主任这话是什么意思。

韩副主任说，楚兰我跟你讲，你的情况其实我是很了解的。你很有头脑，也有才华，你的小说我都看了，《一地幽蓝》有意境。我看你可以沿着这条路走下去。你还有机会，夏玫玫和赵湘芗给你出的主意不错，报考政治学院有希望，对你来说也是一条捷径。但你不能掉以轻心，一万年太久，只争朝夕。这段时间我对你只有一个要求，排除一切私心杂念，全力以赴复习。

楚兰知道，韩副主任说的所谓"私心杂念"，无非就是男女方面的交往。她感谢韩副主任，在前面的道路没有展开之时，她委实不能有"私心杂念"，最后的机会，她必须抓住。更何况还有一堆工作缠绕着她呢。

三

自从谭文韬帮助楚兰挖掘出原军官训练团遗留下来的资料，教导大队的资料室兼图书室又空前地丰富起来了，多了一些古色古香的军事典籍著作，也同时给七中队学员提供了一片更为辽阔的战争思维空间。生吞活剥也好，死记硬背也好，融会贯通也好，反正是八仙过海，各显神通。既然韩副主任要求大家学习古典军事思想，即使是辅助课程，但谁也不敢马虎对待。

但有一个人却对此有些三心二意的，此人就是凌云河。凌云河无一例外地也要泡图书室，但是泡着泡着，大方向就偏了，兵书没看几本，却对角落里的一堆过时的《参考消息》发生了浓厚的兴趣，并且跟楚兰开了后门，抱了一堆回到宿舍，剪剪贴贴，居然整了厚厚的一本。谭文韬感到奇怪，有一次善意地提醒他，要读兵书，世界上花花绿绿的东西现在还不是研究的时候。凌云河却一本正经地说："此言差矣。老兄你发现没有，韩副主任给我们讲古代兵法，其实说来说去，主要都是从思想政治工作角度讲的。治气、带兵、战争意识、表率作用，等等。谋略和战术思想讲的并不多。"

谭文韬想了想，似乎也是这么回事，便说："韩副主任是政工首长嘛，当然更注重古代兵法中的思想内容。"

凌云河嘿嘿一笑说："那你就太小看我们敬爱的韩副主任了。我告诉你，韩某人是一个思维活跃、绝对有远见卓识的人。就算他不去潜心研究，单凭感觉，他对古代军事理论中有现实指导意义的东西，也会进行本能的选择。你们这些假书呆子，一头钻进故纸堆里，你们哪里知道，这个世界现在发生了多大的变化啊。你以为你把加榴炮加农炮伺候好了就能打仗了啊？没那回事。我告诉你，在未来战争中，这些常规武器简直就没有多少用武之地。你看这则消息。某某某某年六月以色列的十四架战斗机，绕过阿拉伯众多国家的雷达监视区，避开美军 E-3A 预警机的探测，神出鬼没地飞临伊拉克首都巴格达东南二十公里的空域，一举摧毁了伊拉克用五年时间、耗资五亿美元建起的核反应堆。整个作战时间只用了两分钟。再看八月份，在锡德拉湾上空，美军两架 E-14 战斗机，从'尼米兹'号航空母舰上突然升空，用两枚'响尾蛇'导弹，分别击中了利比亚两架苏 -22 战斗机，战斗时间仅仅一分钟。"

谭文韬沉吟片刻，问道："这能说明什么问题呢？"

凌云河说："这还不明白吗？这就是快速打击，闪电式。第二次世界大战以来，世界各国都在日新月异地发展装备，已经先进到了我们闻所未闻的地步。可是我们呢？我们还是枪呀炮的，而且几十年过去了，还是五几式六几式的。这怎么行呢？还搞人海战术啊？"

谭文韬说："我听你这话好像有点自暴自弃的意识。你的意识是不是说，没有先进的装备就不能打仗啦？"

凌云河说："别扣大帽子。我们这样说，过去小米加步枪也照样能够夺取江山，但是，我有个预感，未来的战争恐怕要复杂得多。你看看这个词：革命。革命不是请客吃饭，不是绘画绣花。不过，这个革命和你我理解的革命不一样。这叫新军事革命。这真可以说是天翻地覆的变化。人家也有炮兵，但你看看人家的伪装，天衣无缝。看看人家是怎样确定诸元的？我们现在有了测距机，可以单观定点了，不用双观交会了，不用肉眼估计了，就算先进了。可是，你再看看这则消息。这里有一个'信息战'的新名词。我琢磨了好长时间，这个'信息战'是个什么意思呢？他们造了一种机器，叫计算机，这东西用到战场上，威力太大了。它一秒钟运算几万亿次。具体到咱们炮兵的头上，一旦扫描到目标，情报、通信、指挥、战斗的全过程都由它负责了。还有这个，这劳什子叫什么卫星导航系统，他的炮兵是怎样确定诸元的？根本就不用人工了，目标出现，它在雷达标定的同时，测、算、传、装、打，咱们几十分钟的事，它几秒钟就解决了。我的个天啊，你我使出吃奶的劲还在翻射表定标尺，他已经打完了。"谭文韬说："我警告你，别危言耸听。中国战争有中国战争的特点，他有先进的装备，我们有先进的人。"

凌云河说："你是一个出类拔萃的阿Q。不过，阿Q精神也是需要的。我这样说并不是说就孬种了，我也认为，人，战争制胜的重要因素还是人。问题在于，取得战争胜利的人是什么人？不是那些坐井观天夜郎自大的人，而是能够看见危机并且付诸紧急行动迎头赶上的人。"

谭文韬说："我仍然坚持认为，传统的战法不能轻易否定。韩副主任说，美国的西点军校也在研究我们的《孙子兵法》嘛。它就那么了不起？"

凌云河说："我跟你讲，他们研究的不是《孙子兵法》，而是我们这些自以为在军事理论上学富五车的孙子的后代。我对兵法——也包括《孙子兵法》，没有你们的兴趣大。我就不相信，两千多年前的古人，他有多少智慧？他参加过多少战争？他连加榴炮都没见过，他知道什么叫陆海天立体作战吗？不要搞得神乎其神的。没有先知先觉。孙子说，要'藏于九地之下''动于九天之上'，这倒是有立体战争的预见。如果我们不把它理解为伟大的想象的话，那就只能理解为吹牛说大话了。现在，有了战斗机，卫星也用于战争了，潜艇钻进海底，'藏于九地之下''动于九天之上'才是现实。未来战争是高技术战争，什么样式，什么手段，什么目的，神速和精确到什么程度，别说是两千年前的古人，就是现在的军事家，也很难预料。当然，古代兵法里有些原则对今天的常规战争是有指导作用的，而且有许多要靠今天的人根据今天的现实情况发挥，或者说灵活运用。但要把那些东西作为战争制胜的法宝，就可笑了。我不厚今薄古，但绝不会厚古薄今。"凌云河的这一席话，听得谭文韬简直呆了，居然半天作声不得。他不能完全同意凌云河的观点，但是平心而论，他又不能不承认凌云河的见解确实值得深思。谭文韬说："你也太狂妄了，反权威连鼻祖都反了。你敢在课堂上当着韩副主任的面阐述你的观点吗？"

凌云河笑笑说："不是不敢，是时机没到。我现在越来越承认了，韩副主任是一个有远见卓识的人，他不可能对我的新观点无动于衷，更不会排斥。我现在正在琢磨，等琢磨得有条理了，能够自圆其说了，我当然要在课堂上出一把风头。没准会让韩副主任刮目相看，彻底改变对咱的不良印象，你信不信？"

谭文韬说："照我看来，其实韩副主任对你也并没有多少不良印象，感觉上他还是挺欣赏你的。不过，眼下咱还是得把炮上的功夫和营群战术弄明白，要是把成绩拉下去毕不了业，你对未来战争再高瞻远瞩，恐怕也没有机会一展身手了。"

凌云河说："这是自然，我老凌不是糊涂人，不管怎么说，先把四个兜穿上是当务之急。古人说人无远虑，必有近忧，我们现在的情况是，近忧问题不解决，就谈不上远虑。"

四

七中队勘查阵地训练也是在瓦岗寨地区进行的。

站在瓦岗寨地区某处的山头撒开目光之网，东边峻岭嵯峨群峰叠翠，似乎是隐蔽着人间深处的一个重要秘密。北边是朔阳关遗址，虽经千年风化，但那青石垒就的兵城仍然不屈不挠地耸立在中原群山之间的一片沃野上，像是在无语地诉说着什么，又像是在无语地提醒着什么。西南方就是 W 军区辽阔的靶场了，起伏的丘陵地带兵房星罗棋布，绿色的植被覆盖着不动声色的各类兵器。这一切，便构成了瓦岗寨地区神秘的军事氛围，古老而又新鲜。

在从 6 号阵地向 7 号阵地转移的途中，发生了一件不大不小的事情——二区队的单槐树在收拾器材的时候，顺便向路边吐了一口痰。单槐树这几天有点感冒，嗓子里总有一些不清朗的感觉。这口痰吐得极不是时候，但吐出去就收不回来了，正琢磨是否要采取什么措施掩盖这个不光彩的行径，还没有来得及付诸行动，便觉得背后有一股冷飕飕的阴风灌进脖颈子里，心里惨叫一声：糟了！

回过头去一看，果然是糟了——韩陌阡副主任就站在他背后不到五米的地方，一双锐利的目光不偏不倚地盯着他。

单槐树的心里立刻就毛了。

韩陌阡不止一次地说过，辨别一个人是不是文明的，需要对他的综合素质进行全面衡量，但是要确定一个人是不文明的，就很简单了，一件小事就能说明问题，譬如他说不说脏话，看不看庸俗下流的图书，会不会随地吐痰。

韩副主任最憎恶的显然就是随地吐痰。有一次韩陌阡表扬魏文建说，魏文建是个真君子，一个铁证如山的例子是，魏文建有一次在从大队部领教材返回七中队的路上，下了大路，到路边十几米的一个垃圾堆里吐了一口痰。

"一个人，能够在没有任何人在场的情况下，而且还是在公路上，都能做到不随地吐痰，可见这个人是具有很高的文明素养的，这是真文明而不是假文明。"韩副主任如是说。

这里面显然有一个问题，既然是"没有任何人在场"，那么韩副主任又何以得知魏文建是到路边十几米的垃圾堆里吐了一口痰呢？没有人敢问这个问题，只能把它理解为韩副主任的掐指妙算，或者是暗中跟踪，无论是掐指妙算还是暗中监视，都是一件十分可怕的事情。

若干年后，当魏文建成为某集团军一名营房处长并涉嫌经济犯罪的时候，只有一个人想起了他当年"下到公路边上吐痰"的事情，此人就是单槐树。单槐树对别人说，魏文建早在十几年前吐痰的问题上就暴露了善于弄虚作假的蛛丝马迹，这个同志会做伪账，这是后话了。

韩副主任简直是先知先觉，简直是无处不在——当然，他只在你心里最虚的时候出现。

现在，韩副主任又准确及时地出现了——在单槐树正为不识相地吐了一口痰而高度心虚的时候。但是韩副主任并没有提出批评，就那么用一双平静的眼睛注视着单槐树，将单槐树同志注视得心惊肉跳。单槐树惶惶地站了起来，语无伦次地说："韩……韩副主任……我不文明……我改正……"说着，就伸出脚去将地面上的土踩松，就像某种动物拉了粪便之后还会掩埋丑恶一样。

但是，韩副主任制止了单槐树的行动。

韩副主任对于单槐树在卫生方面的劣迹早就留意了，韩副主任曾就这个问题四次翻过单槐树的档案，从档案上虽然没有找到这个人卫生欠缺的历史依据，但是，他知道单槐树生活的那个县城是极其肮脏的，他在前几年外调一名预提干部（那时候提干需要到预提对象的家乡调查他的家庭成员和社会关系状况）的时候去过那里，他对那里的厕所（当地人叫茅坑）印象深刻，并且深恶痛绝，根本就下不去脚。就冲这一点，把从那个肮脏的地方脱颖而出的单槐树挑选出来，作为开展文明卫生歼灭战的典型，也不算冤枉他。

韩陌阡叫过来单槐树所在班的副班长栗智高，韩陌阡对栗智高说："单槐树同志将他体内一些多余的东西排泄在这里，请你鉴别一下，这是什么行为？"

栗智高是个有洁癖的人，过来之后，一眼就看见了地上一摊醒目的东西，恶心得两只眼睛东倒西歪，鼻子极其排斥地向上紧耸，但是有韩副主任在场，又不能做出过于娇滴滴的样子——他的过于干净同样也遭到过韩副主任的鄙夷，韩副主任说，爱干净是文明的，干净成癖就不是文明的了，凡事都有个度，过了分寸，同样讨厌。"娇滴滴"这三个字正是韩副主任赠送给他的，就差没说他"妖里妖气"了。

栗智高当然明白，他此刻必须把立场先站稳了。这个问题好解决，他平时就看不惯单槐树窝囊吧唧的样子，每次检查内务卫生都要跟他打一阵嘴皮子官司。这回好了，总算逮住个幸灾乐祸的机会了。于是他就做出更加厌恶的样子，恶狠狠地看了单槐树一眼，咬牙切齿地说："这是随地吐痰。"

单槐树有些不服气，嘟嘟囔囔地说："这是野外，怎么叫随地啊？"

栗智高看了韩副主任一眼，韩副主任无动于衷，似乎很冷漠地看着他同单槐树辩论。

栗智高说："什么叫野外？以你为圆心，以二十米为半径画个圆，全区队都能装进来了。韩副主任说过，两个人在一起就是公共场合，你在公共场合这样做，简直可耻。"

单槐树哑口无言，只好可怜巴巴地看着韩副主任，等待他发落。韩副主任偏不马上表态，又让周围的几个学员参与讨论。谁也不敢马虎，马上就抖擞了精神。大家都知道，既然韩副主任让你讨论，那你无论如何得说个子午酉卯，否则韩副主任不是说你有抵触情绪，就是说你看问题迟钝或者说你表达能力不行。谁愿意落个看问题迟钝或者表达能力不行的评价啊？大家都是要当干部——不，大家都是要当军官的，看问题迟钝行吗？表达能力不行那算什么军官啊？因此，大家宁肯得罪单槐树，也绝不会缄默不语，而且还都想竭力地表达一下"表达能力"。

如此一来，单槐树就惨了，有人把他的这口痰（单槐树后来坚持说那只是一口唾沫）同农民习气结合起来了，有人把这个问题同现代文明意识结合起来了，有人把这个问题上升到了理论的高度，同国防正规化、现代化结合起来了，说我们的国家正在从大农业国走向繁荣的工业国，我们的军队再也不是土包子游击队了，我们这些人不是绿林好汉山大王，而是——必须是具有高度教养的现代化的军官，因此提高军官素质，必须从一点一滴抓起，具体地说，就是从这口痰抓起。还有人说，一口痰不是小事，它是一个窗口，体现了我们这个时代的精神面貌，从它的身上甚至能够看出一支军队的战斗力。等等，等等，不一而足。

讨论之初，单槐树还能咬紧牙关做出一副痛心疾首悔过的样子，但是大家七嘴八舌地说多了，单槐树就把心横下了——呸，你们就是说上一车皮，老子也不过就是吐了一口唾沫，而且还不是吐在室内。砍头不过碗大的疤，我不信就这一口唾沫你们就休了我。

想到这里，底气就凭空添了许多，腰杆子也硬朗了许多，两扇眼皮子陡然一睁，大义凛然地瞪向每一个向他发动语言攻势的人，一副死猪不怕开水烫的英雄气概，心里却在慷慨激昂地臭骂栗智高，这牲口一天到晚妖里妖气的假干净，跑到卫生所跟柳滢套近乎，要来一大堆酒精棉球，尿泡尿也用酒精棉球擦手，这牲口怎么能带兵打仗啊？他也不怕老子半夜里往他被窝里撒耗子屎？

再骂韩副主任。嘿嘿，这个阴谋家还在搞挑动群众斗群众那一套哩，你管我能管一辈子不成？离开你这黑暗的统治，老子把唾沫——把痰吐到房顶上你管得着吗？

尽管心里骂得义愤填膺气壮山河，但嘴里是不敢露出半个脏字的。

讨论持续了半个小时之久，最后的结果是，韩副主任勒令单槐树于明天早操前交出一份"认识深刻、态度诚恳、改正措施有力"的检讨。

五

蔡德罕这段时间有一件事情弄不明白。

自从韩副主任要求大家都必须养成良好的军官生活习惯之后，他就坚持早晚两次刷牙，而且，只要是吃了大葱大蒜，都要狠狠地刷牙。偏偏他是北方人，喜欢吃面条，每次都少不了要啃几口大葱大蒜，如此一来，牙膏的消耗量就明显地增加了；毛巾必须是白的，被褥不能有气味，还要勤换内衣，也当然要耗去一些肥皂洗衣粉；上厕所不许带报纸了，要买"文明"牌南京产的卫生纸，也算是史无前例的享受了，自然又要增加一笔开支。这样七算八算，十块钱的津贴费每个月就只剩下四块钱了，除了每个月为营外山区学校捐的一块钱，还剩下三块。给学校捐款是谭文韬、栗智高和凌云河等几个家庭经济条件比较好的人发起的，只限于极少几个人知道。但是蔡德罕得到信了，联想到自己童年的苦日子，踊跃参加这一高尚行动。本来大家是不同意他参加的，凌云河还表示可以算他一份，但不要他出钱。蔡德罕坚决不同意，穷是穷点，接受别人的恩赐不是他的秉性，他义无反顾地按月交了那一块钱。这样一来，他每个月只能给他的穷舅舅寄三块钱了。而在此之前，最高峰他每个月给舅舅寄过八块钱。他写信向舅舅解释说，他存了一点钱，等三表弟娶亲的时候，他会大大地支持一把的。他的如意算盘是，到那时候，他或许就已经定级成了军官了，支援舅舅百儿八十都是力所能及的。

可是不久舅舅写信来问他，你说每个月只寄三块，怎么成了十块？先有个三块的汇款单，后又有一张七块的汇款单，咱每个月都要往乡邮所里去两趟，惹得别的军属家都眼红，说是咱强娃（蔡德罕乳名）兴许当了军官。你要是真当军官了，索性再多寄几块，也别分两次寄了，也省得老舅老往乡邮所跑了，也省得别的军属家眼红了。

蔡德罕就很纳闷，是谁在学雷锋当无名英雄呢？把全中队六十几号人琢磨遍了，虽然有几个家庭条件好的，但是韩副主任严格规定不许家长往部队寄钱，大家都是靠几块钱津贴费维持日常必需，恐怕也没有谁能每个月雷打不动地拿出七块钱往他身上补贴。

后来有一天就想明白了，估计是谭文韬、凌云河和栗智高他们几个人联合干的，集体的力量是无穷的。

把思路想到这里，蔡德罕心里就很不安——他不想当别人的扶贫对象。再说，给舅舅寄钱是为了报恩，从当兵到现在，报了三年多了。人家说从牙缝里抠出来那是夸张，他从牙缝里抠出来的却是实实在在的，至少是牙膏比别人用得少，刷牙的时候多用一点力气，多摩擦几个来回也就有了，这不是从牙缝里抠出来的又是什么？这是最真实的抠牙缝。

三年下来，也对得起舅舅一家了。再寄钱，全是心意了，既然是个心意，有多少力量办多少事，也是不可强求的事。可是，让同学们省吃俭用帮他尽这份心意，就不合适了，他拿什么去还他们的情呢？不知道那就算了，既然知道了，他就不能装聋作哑了。

再发津贴费时，他就多了个心眼，密切注视谭文韬等人的开支情况，并且还到军人服务社的小邮所里侦察，却没侦察出个所以然出来。

这天下午政治课的内容是辩证唯物主义常识，韩副主任用了一半时间去阐述"一分为二"和"具体问题具体分析""好事也可以变成坏事，坏事也可以变成好事"，然后又补充了一个课题——《官兵关系与战斗力》。像这样的课外课，韩副主任的教学方法都比较灵活，不是一个人高谈阔论，而是发动大家参与，号召讲故事。学员们对这种教学方法很感兴趣，对于韩副主任指定的诸如《登坛必究》《纪效新书》和《练兵实纪》之类的课外读物也读得津津有味。尤其是《登坛必究》，韩副主任好像特别推崇这本书——尽管大家知道《登坛必究》是一本兵书，但还是对这本书有点排斥或者说是有畏惧心理。这鬼书光看书名简直就是一种暗示，一看"登坛必究"这几个字，就由不得你不紧张一阵子，你就会有很多联想，不光是个登坛必究的问题，你走路他究，你说话他究，你做梦想心事吃喝拉撒睡他都究，而且究住就不放——排斥也好，畏惧也好，但是，这本书你却不能不读。不读，他更会究住你不放。

常双群讲的是"投醪劳师"。话说春秋时期，秦穆公率领部队征伐晋国，走到一条大河边，宿营歇息，秦穆公想慰问部队，但是只有一坛子美酒，远远不够分配，分配不均还有可能引起偏心之嫌，正在为难之际，参谋长蹇叔献计说，只要爱兵心诚，就是一粒米落进河里也可以酿一河酒。秦穆公认为这话讲得有道理，于是把这一坛子美酒倒进河里，顿时满河飘香，三军共饮，人人感奋，深为秦穆公真诚爱兵所激励，作战时无不奋勇当先，连战连捷。

谭文韬讲的是"吮疽励士"。话说战国时期著名军事家吴起有一次查铺查哨，发现一名士卒脸色蜡黄面带苦相，于是上前问寒问暖，原来这名士卒有家族遗传病史，连续数代男人腿上长疮，脓毒集聚，若不及时救治，这条腿就废了。吴起听了，二话不说，蹲下身子，为这位生疮的士卒挤脓，挤不干净就用嘴吸——需要说明的是，这并不是吴起故作姿态，因为那时候医疗设备落后——这位士卒的母亲听说这件事情之后，不但没有感谢吴起的意思，反而号啕大哭不已。别人问她为什么要哭，她说，往年孩子的父亲也是生疽被吴大将军吮吸过，因此心甘情愿地为吴大将军效力，英勇战死。现在儿子又被吴大将军吮吸，儿子为了报答吴大将军，肯定是不会惜命的，我断定他也活不长了，因此痛哭。

魏文建讲的是一个近现代故事。话说红军长征的时候，有一次过雪山，一军团首长看见雪山顶上有个同志一动不动，就喊他赶快跟上。谁知走到跟前才发现，那个人已经死了，被冻成了一尊雕像。更让首长惊讶的是，那个同志身上只穿了一件单衣。首长勃然大怒，命令这支部队的军需处长跑步过来，他要质问那个军需处长为什么不给他的战士配发棉衣，旁边的人告诉首长，这个被冻死的同志就是这个部队的军需处长，他是这支部队唯一没有分到棉衣的人。

故事说完了，教室里静了一阵，然后开展讨论。就官兵一体和凝聚力，军心和斗志问题大家各抒己见。

凌云河说："我认为我们现在学古代兵法，最可取的就是治军带兵之道。中国军队有中国军队的特色和传统。在未来战争中，三十六计都不一定用得上，瞒天过海诱敌深入声东击西那一套也都不一定灵光，但是只要有军队，传统的治军和带兵方法就有可取之处。纵观古今中外名将，无不是爱兵楷模。诸葛亮说：'夫为将之道，军井未汲，将不言渴；军食未熟，将不言饥；军火未然，将不言寒；军幕未施，将不言困；夏不操扇，雨不张盖，与众同也。''士未坐勿坐，士未食勿食，同寒暑，等劳逸，齐甘苦，均危患，如此，则士必尽死，敌必可亡。'我非常欣赏诸葛亮说的，凡将士若肯将实心拿出，爱军是爱军的心，操练是操练的心，上阵是上阵的心，必无不胜之理。"

韩陌阡说："看来大家对爱兵的重要性都有自己的认识，爱兵是战争制胜的重要基础是没有疑问的了。大家都是要带兵的人，又是处在和平时期，要真的做到爱兵这一条，并不是一件容易的事情。从上面几个故事里大家都看出来了，爱兵是需要个人做出牺牲的，秦穆公牺牲的是一坛美酒，虽然价值不是太大，但是举动特殊，影响很大。吴起帮士兵吮吸疮脓，一方面放下了大将的架子，另一方面还不卫生，这种牺牲就比较直接了。而我军前辈的那位军需处长，则是以自己的生命为代价的。同学们扪心自问，这种事情你们能够做得到吗？"

大家都不吭气。韩陌阡便点名，第一个就点到了谭文韬。

谭文韬站起来说："这恐怕要具体情况具体分析。我认为在现代战争中，最大的爱兵还是提高指挥员的素质，提高指挥作战的能力，尽量减少不必要的牺牲。至于说能不能像那位军需处长那样，在困难的时候把生的希望留给别人，我们中肯定有人能够做到这一点，我也有可能做到这一点，或者说，今天有可能做不到，明天就有可能做到了。再有一点，同我们前辈的那位红军军需处长相比，我感到秦穆公的'投醪劳师'和吴起的'吮疽励士'都有一点表演性质，千秋美谈中也有偶然成分，还多少有点愚兵的嫌疑。戚继光有句话：'为将之道，所谓身先士卒者，非独临阵身先，件件苦处，要当身先；所谓同滋味者，非独患难时同滋味，平处时亦要同滋味。'我们对兵的爱护，应该体现在日常生活的每一个环节当中，在和平时期就建立血浓于水的官兵关系，投入到战争当中，你就是不给他美酒不给他吸脓，他也照样服从命令听指挥。"

韩陌阡笑笑说："很好，看问题就要这样看，正着看，反着看，从上往下看，从下往上看，这样才能把历史遗留下来的财富发展地继承，在实践中就不会生搬硬套而是融会贯通有所创新。我要求读兵书，并不是只读这个原则那个战术，而是要读出独到的见解，读出自己的智慧。"

六

蔡德罕就是在这堂课结束之后课间休息的时候，向韩陌阡报告了有人向他舅舅家寄钱的事情的。

韩陌阡说："好啊，有人学雷锋，这不是坏事，你还报告它干什么？"蔡德罕说："可我总得知道是谁干的吧？这样不明不白地承着一份情，我心里不踏实。"

韩陌阡不咸不淡地说："这就是你的问题了，人家要学雷锋做无名英雄，你却要搞个水落石出，把人家暴露出来，那他不就成了表演了？"

蔡德罕觉得韩副主任这话有点问题，至少也是不负责任。但是他又不好——当然更不敢反驳韩副主任，只得罢休，还是暗中侦察算了。

岂料第二堂课开始，韩副主任就把这件事情抖搂出去了。韩副主任说："作为准军官，继承我们民族的传统美德，是必须的。古人尚知路见不平，拔刀相助，朋友有难，慷慨解囊。我们要弘扬这种精神。"然后就雷锋精神又回到了军官素质建设上来，叫大家讨论。

大家当然重视了，这是几十年来包括荒诞岁月都没有受到冲击的一种精神，这么多年来，雷锋精神与天地同在，与日月争辉，凡是有人的地方就有雷锋精神，一个雷锋精神使军营的面貌日新月异，英雄辈出，这是有目共睹的事实。

但是，凌云河发言的时候却非常混账地走了一火，凌云河说："雷锋同志是个好同志，他把自己的钱都花在别人的头上了，成天都在想着给别人做好事。可是韩副主任教导我们说，事情都是一分为二的，金无足赤，人无完人，雷锋同志他就一点缺点都没有吗？"

本来很踊跃的空气，让凌云河斜刺里放一横炮，气氛顿时紧张起来了。韩陌阡皱着眉头看了凌云河一眼，说："让你讨论学习雷锋精神，你去琢磨人家的缺点干什么？"

凌云河不识眼色，理直气壮地说："韩副主任让我们结合军官素质讨论，以韩副主任的军官标准衡量，我看雷锋同志还有欠缺。仅仅做好事助人为乐，并且作为一种理想和一生的奋斗目标，是不是有点……"

"你是不是想说，胸无大志？"

"我那里敢说雷锋同志胸无大志？人各有志嘛。我的意思是说，作为军人，全神贯注的应该是战争，军人应该以战争为最高事业，比起战争中的牺牲和建树，其他的这个好事那个奉献，都是鸡零狗碎不足挂齿的。军人嘛，还是应该大处着眼。我们不要忘记了，雷锋同志他是个军人，而军人，首先应该注重的还是战争，这也是韩副主任您孜孜不倦教诲我们的……"一语既出，举座皆惊。

这时候谭文韬站了起来，说："我们同时还不应该忘记，雷锋同志他是一个士兵，而且是一个和平时期的士兵。我的理解是，战争应该每时每刻都存在于我们的思维之中，但它绝不可能始终支配我们的生活。战争稍纵即逝，而人类生活永存。如果换个思路，在雷锋的时代，战争爆发了，我们完全有理由相信，雷锋同志他是一个勇于献身的优秀士兵。"

凌云河怔怔地听完谭文韬的观点，说："我认为老谭的话……"

"什么老谭老谭的，没大没小的。军人应该称呼职务或叫同志。"韩副主任义正词严地说。凌云河霎时就明白了，韩副主任对自己已经很不满意了。凌云河的喉结响亮地动了一下，咽下一口晦气，不屈不挠地说："我认为谭文韬同学的话有些诡辩色彩。实践是检验真理的标准，雷锋同志他没有上过战场，你有什么依据证明他在战场就是一个勇于献身的优秀士兵？"

谭文韬说："既然实践是检验真理的标准，你又有什么依据证明雷锋同志他在战场上就不是一个优秀的士兵？你敢肯定，一个在和平时期表现卓越的优秀士兵在战场上肯定就不优秀？毫无道理嘛。记住那句话，雷锋同志他不爱钱，韩副主任曾经教导过我们说，不爱钱的不一定都不怕死，但爱钱的肯定怕死。从这个意义上讲，雷锋在战场上优秀的可能大于我们任何人。"

凌云河顿时语塞，沉吟一会儿才说："是啊，雷锋同志他……"

韩陌阡及时地把凌云河从难堪中解脱出来了。说："好了，这个话题不要扯远了。我来说两句。我认为，凌云河同志和谭文韬同志的发言都很有价值……"

凌云河有些吃惊地看着韩陌阡，他没想到韩陌阡是这个态度。

"我说的是有价值，不一定就是说这两个同志的观点都正确。凌云河的意义在于他敢于向权威提出质疑，军人执行命令应该是一个声音，但军人看问题应该是多元的。需要说明的是，我们提倡学习雷锋，学的是雷锋精神。经过这么多年的总结和升华，通过电视、电影、报纸和其他媒介的广泛宣传，雷锋精神已经不再是哪一个人的财富了，而是一种美德的象征。就个体而言，就是雷锋同志还活着，雷锋同志也要学习雷锋，因为个体的雷锋不是个完人，雷锋精神则是完美的，而且随着时间的延伸，雷锋精神还会不断得到发展和完善。相对而言，谭文韬同志的观点更有现实意义。一个军官的成长，应该是多方面的，雷锋精神在很大程度上囊括了和平时期一个军人应该具备的诸多方面的素质。"

说到这里，韩陌阡举目四顾，见教室里鸦雀无声，便果断地挥挥手，用不容置疑的口气说："这堂课就到这里。作业是思考，没有文字作业。"下课之后，大家各自收拾学习用具。

凌云河附在谭文韬的耳边说了一句悄悄话："我告诉你一个秘密，我发现了一个非常卑鄙的政客。姓谭。"

谭文韬对凌云河说："我们还可以讨论。"

凌云河冷笑，说："一个人，如果太有政治头脑了，他的军事头脑就渺小了。"

谭文韬微笑，说："一个人，如果太没有政治头脑了，那他就根本谈不上有军事头脑。"

"一个人不讲真话，是人格的最大缺陷。"

"一个人敢于坚持真理，才是值得尊敬的。你凌云河不仅应该尊敬韩副主任，你还应该尊敬我。认识问题，你不仅肤浅，而且片面。你不要认为标新立异否认权威就是水平，权威和楷模之所以存在，就因为它有存在的理由。不学会全面而深入地看问题，是不可能当上炮兵司令的。"

凌立河阴阳怪气地看着谭文韬，突然笑了，笑得不怀好意："谭某，你以为今天在课堂你抢到头彩了吗？不，你错了。凭感觉我看出来了，老韩同志心里更欣赏的其实是我的观点。"

第十八章

一

夏玫玫是在彩排结束之后的第二天，被萧副司令员召到了家里的，她没有被萧副司令员与生俱来的威严所吓倒，她像一个奔赴战场的士兵，怀着决战的慷慨，并随时准备为捍卫自己的艺术进行不屈不挠的战斗。

那天彩排结束之后，韩陌阡看着她那郁郁寡欢满脸悲壮的样子，走在她的背后悄悄地说："节目是有创意的，但是这样的节目要是一下子就能通过，反而不正常了。你要有思想准备，你的这个现代，派别说萧副司令员了，就是广大观众，也不一定能够接受。你要理解，这是中国，这是军队。"韩陌阡在说这话的时候，有些言不由衷，也有些撒谎的心虚，但他觉得他有必要在这个时候给予夏玫玫适当的安慰，他并且还在黑暗处轻轻地抚摸了她的肩膀。夏玫玫当时心里顿时一热，在当时的情况下，确实没有比韩陌阡的这句话更有安慰力度的了。

对于自己，韩陌阡是苛之又苛，竭力检点，每日三省。但是，对于女人，即使对于有相当缺点甚至丑陋的女人，韩陌阡却永远都是宽容的。韩陌阡内心有一个隐秘的信条，既然自己是个男人，今生今世就不应该伤害任何一个女人，哪怕她并不是一个好女人。而夏玫玫还谈不上是不好的女人和丑女人。在韩陌阡的心里，她是一个好女人并且可爱。分别的时候，韩陌阡对夏玫玫说："好事多磨，往往越磨越精。其实也不一定大改，一个是服装，一个是动作，再接近生活一点。"

夏玫玫说:"不!"

韩陌阡说:"小小的让步其实是一种很有效的战术,又不是投降。岂不闻'小不忍则乱大谋'之说?退一步海阔天空,以退为攻,何乐而不为?"夏玫玫又说:"不,就是不。批评可以接受,节目就是不改。这台节目是有灵魂的,改了就成了尸体了。"

几天之后,正式对抗在萧副司令员的书房里展开了,除了对立的双方,观战者还有萧副司令员的夫人和他的秘书。但是到战斗发起之后,萧副司令员就把夫人往外赶。萧夫人料定这一老一少有一场争执,赖着不走,说:"你们又不是谈什么军事机密,我可以旁听一下嘛。"

萧副司令员瞪起眼睛说:"有你在她就胆壮,就是你把她宠坏了,我们谈工作,你掺和什么?去看你的书去。"——硬是把萧夫人赶回自己的房间了。而那个夏玫玫一向不怎么理睬的秘书,不用萧副司令员驱赶,就主动地溜到楼下去了,以免城门失火,殃及池鱼。

交锋之前,夏玫玫先稳定了一下情绪,首先把一盘磁带装进了组合音响里,说:"首长,在您老人家正式训话之前,我想请你听几首好歌,也许对沟通我们两代人的艺术观念有帮助。"萧天英狐疑地看着她:"什么歌?"夏玫玫笑笑,脸上退去了桀骜不驯的野性,甚至还涌现出撒娇的妩媚,说:"您老人家听听就知道了。"

音乐终于响了,舒缓,悠扬,缠绵,然后出现了一个甜美的声音:

> ……你问我爱你有多深,我爱你有几分,
>
> 你去想一想,你去看一看,月亮代表我的心。
>
> 轻轻的一个吻,已经打动我的心,
>
> 深深的一段情,叫我思念到如今……

萧天英起先还饶有兴趣地听着,但是没有沉浸到歌声里去,阶级斗争并没有结束,他不知道这个鬼头鬼脑的外甥女在搞什么花样,所以听得很警惕。听着听着,脸色就阴沉下来了,一拍茶几吼了起来:"关掉,什么爱呀吻呀情的乱七八糟的,简直是资产阶级腐朽的生活方式!"

夏玫玫顿时蒙了。她不止一次地听韩陌阡说老人家喜欢这首歌，难道还有假？莫非韩陌阡这狗东西在搞恶作剧？不，给他八个虎胆，他也不敢开这样的玩笑。

怔了半天，夏玫玫在心里暗自叫苦——智者千虑，必有一失。这回没把老人家的脉搏把准。你以为你是谁，他在你面前照样还是大区副司令员，是军队高级干部。邓丽君是什么人？高级干部听邓丽君是犯忌的，何况楼下就是秘书司机警卫员呢？

夏玫玫关上录音机，一屁股埋在沙发上，再也不发一言。就凭萧副司令员人前人后对待邓丽君的两种截然不同的态度，她就知道她很难说服他，同时更坚定了不被他说服的决心。

萧副司令员说："你板着脸干什么？今天是非正式谈话，容许争论。"夏玫玫说："你老人家那么大的官，我才是个连级干部，有争论的资格吗？不是一个等量级的啊。泰山压只猴子，我哪里能够动弹得了？"

萧副司令员坐在沙发上，敲了敲面前的茶几，说："你不要赌气，我又不是什么暴君。这是在家里，不是在萧副司令员的办公室里。我以一个普通观众的身份同你这个舞蹈艺术家探讨艺术，是不是有点委屈你啊？"

她说："我苦干了两个多月，连你的一句话都没有得到。节目已经被押到刑场了，怎么个毙法我已经管不着了，还有什么争论的？"

萧副司令员说："我也没说要毙嘛。我说过什么了？我什么也没说。"

"不表态，那不就是态度吗？"

萧副司令员笑了："好，你说得对。不表态就是我的态度。我的态度就是不满意。我请你们到N-017去，是叫你们体验一下，受受教育，感受部队生活。可你却搞了这么一台不伦不类的东西。你还对我进行欺骗，说是以七中队操炮训练动作为原型，基本上反映了……你还说是什么浓郁的部队生活气息，要不是这样说，我才不会去管这个闲事呢。可是去了，你让我难受了一个晚上，上当了。我怎么就看不出来那是操炮？"

夏玫玫没吭气。看不出来？那是你不会看。况且，舞蹈这艺术，尤其是现代舞，仅仅依靠眼睛是看不出所以然的，那得用心灵，用你的情感去体验，去领悟。可是，跟他老人家说这些有用吗？跟他说惠特曼，他不知道惠特曼是哪个部队的，跟他说邓肯，他不知道邓肯是什么兵种。

萧天英说:"《红色娘子军》和《白毛女》也是跳舞,广大的观众就能够看得明白。"

夏玫玫说:"那不是一回事,《红色娘子军》和《白毛女》都是家喻户晓的故事了,先有故事在心,再有舞蹈上台,连看带猜。可我设计的只是一个生活片段,不是演话剧,也不是讲故事,那些动作是从生活中抽象出来的、经过处理了的、升华了的艺术再现,表现的是生命的体验。"她在强行灌输了,什么象征,什么模拟,什么意象,什么指向性、多义性、涵盖性……自己都觉得自己提高了,从实践到理论都能自圆其说了。可是很快她就发现她在继续犯着错误。

萧副司令员根本不听她那一套。他说:"别跟我说这性那性的,我是大老粗,听不懂,我老人家只在乎一个性——真实性。你那是什么舞,我看既不是芭蕾舞,也不是民族舞,整个一个大杂烩。"

夏玫玫说:"我那是现代舞,是人体语言的最佳表达方式。舞蹈不是戏剧,也不是故事。我说的反映炮兵生活,并不是说就是把炮兵动作搬上舞台,现代舞蹈讲抽象,是一种形而上的方式。"

萧天英大手一挥说:"少来什么现代派。你编节目是给大家看的,总得让人看懂嘛。炮兵操练就是炮兵操练,你搞那几个女孩子上去干什么,动作做得软绵绵的,哪像是在操炮啊?我看简直像不健康的动作。让演员把衣服穿成那个样子,是个什么意思?"

夏玫玫振振有词地说:"舞蹈是人体艺术。为什么芭蕾舞演员,尤其是男演员,比我们暴露得多了,就是要让身体表达情绪。为什么体操运动员都穿紧身服呢,就是要展示人体的美。"

萧天英一拍茶几说:"狡辩,我看《红色娘子军》就不是这样!"

夏玫玫说:"《红色娘子军》也是穿短裤的,要把腿露出来一点。其实那更糟糕,是荒诞岁月造成的畸形。"

萧天英说:"胡说。娘子军穿短裤是因为她们是热带部队,不是为了露出一点什么。你不要歪曲。"

夏玫玫绝不屈服,冷笑一声问道:"请问首长,在我军的历史上,有发短裤军装的先例吗?"

这回轮到萧天英语塞了。他想了想说:"我再问你,你让那些女演员勾肩搭背地架成一门炮,让那些男演员把女演员恩过来举过去的,是个什么艺术?这主意也亏得你能想得出来。舞跳得是不错，好看，该优美的优美了，该奔放的奔放了，该雄壮的雄壮了，可那是操炮吗？似是而非，上天入地什么都来，男的女的一锅煮，又是花又是草的，我看有资产阶级情调。还有演员们的吼声，女演员们的声音也不太对劲儿，不像是在搞训练，他们在干什么我看得不明不白。女演员不是不能上，但你得安排好，譬如电话兵查线、人民群众送水送茶之类的，但衣服要穿好……"

天啊……夏玫玫心里惨叫一声，差点儿就呻吟出来——他老人家是把军区歌舞团降低到业余宣传队的水平上去了。

夏玫玫知道自己惨了。但是，换个角度，你要说萧副司令员一点没有看出眉目来，那就是你的迟钝了，他自称是"艺术的门外汉"，但是你所津津乐道的感受、领悟之类的，他并不是完全没有感受到领悟到，而他所说的似是而非，恰好印证了舞蹈动作的另一重要性质——不确定性。最后，萧天英站起身子，巍峨地竖在夏玫玫的面前，像是一尊凛然不可侵犯的雕像，铁青着脸，严肃地对夏玫玫说："你不要跟我说这个艺术那个艺术，记住一条，你是军队文艺工作者，军队文艺团体姓军。你创作的节目要对部队负责，寓教于乐，思想要健康，不要受资产阶级的影响。你要从思想上提高认识，好好反省。节目要改，不改不能上演！"

此次交锋，以夏玫玫垂头丧气离开萧副司令员家的大院而告结束。那是个星期天，本来舅妈已经安排中午加菜了，但是夏玫玫没有情绪享受了。她甚至对一向疼爱她的舅妈也恶狠狠起来，居然毫无来由地来了句："高贵者最愚蠢，卑贱者最聪明，肉食者鄙。"

弄得舅妈一脸苦笑。

二

夏玫玫的节目终于又经过了重大修改，改成了萧副司令员期望的，并且能够被广大官兵接受的面目——形象地生动地明朗地反映了炮手的生活，真实而壮观。名字也改成了《炮兵进行曲》，表现的是一群炮兵的训练生活。公演之后，首先在机关就反映不错，说是像那么回事，很逼真，有气势，催人向上。

夏玫玫也终于从梦幻中惊醒过来。是啊，萧副司令员说得没错，军队文艺团体姓军，它必须以服务于军队为首要任务。离开了服务部队，它就没有理由存在了。

那台舞蹈已不属于夏玫玫了，或者说夏玫玫也不属于那台舞蹈了。每个人都有自己的艺术，萧副司令员的艺术是战争。在 N-017，他是萧副司令员，他关注的是那些人的胜利与失败，是对那些棋子的谋篇布局。赵湘芗的艺术是那些人的行为方式，她看见的是那些可歌可泣的事迹。韩陌阡的艺术是意识形态，他看见的是一种提纲挈领的精神控制着一群灵魂。而她夏玫玫，作为一个舞蹈艺术家，她看见的是他们的肉体，是他们的年轻健壮的骨骼里所放射出来的激情的骚动，是从那些汗津津的脸上和躯体上绽开的生命的光芒。她相信她的艺术是最本质的，她不会放弃，七中队仍然在她的心里奔腾跳跃，仍然在她的梦幻中翩翩起舞。

就在同萧副司令员发生争论不久，她在 W 市歌舞团编导郭婧夫妇的家里，结识了一个复员军人、画家黄子川。黄子川不到四十岁年纪，但看起来已是四十开外的人了，即使坐在人家的客厅里，一件脏兮兮的米黄色风衣也绝不离身，胡子拉碴的，脸上也很灰暗，肿眼皮泡的始终都像没睡醒的样子，尤其糟糕的是，黄子川还穿着一双开了帮沿的旧皮鞋。

夏玫玫一见这个人印象就不好，觉得这个人的不修边幅是假装的，是对当前艺术界流行行头的拙劣模仿。夏玫玫心想：什么玩意儿，画家怎么啦，画家就要把头发胡子留这么长，画家就可以不把脸洗干净？不怪没当上军官，就这假模假式的表情，就有损军威。

郭婧的爱人看出了夏玫玫的鄙夷态度，介绍说黄子川这两天为了出国东奔西跑，累病了，昨天夜里还在发烧，今天是带病前来做客的，为的是同 W 市军界艺术家加强横向联系。

后来就发现，黄子川并不是她所蔑视的装腔作势的人物，甚至还很善解人意。在她和郭婧谈论她的那台已被偷梁换柱的舞蹈设计时，黄子川一直眨巴着两只沉重的眼皮注视着她，极少插话，但偶尔插上一句，就插中要害了。黄子川说："小夏，我感觉你已经进入到一个纯粹的境界了，而军队艺术团体的职能属性决定了它不可能是纯艺术的，它是以完成任务作为存在前提的。你显然已经不适合在军队工作了，你为什么不到地方发展呢？这样对你和你的团体都有好处。"

黄子川讲完了，夏玫玫好长一阵子没有表态，但是越琢磨越觉得黄子川讲得有道理。

以后夏玫玫就渐渐地摸清了黄子川的底细。此人某某年代末曾经在一个团里的电影队当过放映员，是从画电影宣传画起家的。用他自己的话说是不甘心画一辈子宣传画，毅然复员回到 W 市，虽然安排了一个码头搬运的工作，却从来不去上班。在荒诞岁月里，外面的世界翻了天，他却两耳不闻窗外事，躲进小楼成一统，画白菜，画公鸡，画石头，画得最多的还是黄牛——虽然很像真的，可惜却不能入口。黄子川家是一般工人家庭，条件有限，那些年东西匮乏，城市供应不好，而他却没完没了地做那种画饼充饥的事情，在家里几乎是人见人烦。说起来也是，一个壮壮实实的年轻汉子，不仅分文不挣，在家里坐吃坐喝，还要不厌其烦地从父母和兄弟姐妹那里勒索钱财购买纸张颜料，实在没有道理。自己忍辱负重饱尝世态炎凉，也给别人带去深深的厌恶。两个哥哥和嫂子意见最大，恨不得请公安局找个茬子把这小子关到号子里，让公家去养活这个不劳而获的寄生虫。

可是没过几年，时过境迁了，荒诞岁月结束了，中国人一下子明白过来了，前几年都在瞎折腾，把好好的日子过得亏了又亏，于是就奋力补偿，而这种补偿最初也是从精神上开始的，文学当了先锋，原先藏在大街小巷里的雨果巴尔扎克莎士比亚等重新露面，戏剧电影美术舞蹈歌曲在祖国的大江南北遍地开花，《洪湖水浪打浪》和《绣金匾》在九百六十万平方公里的土地上，声振林木响遏行云地风靡了两三年。黄子川还没回过神来就哧溜一下红了起来，先是画人民敬爱的伟人像，从区文化站画到市文化宫，从尺寸小幅画到半壁层楼规模，画完了伟人像，又操起老本行，画他的黄牛，山水田园之间，芳草溪流之畔，一匹匹黄牛或洋洋得意或含情脉脉，交头接耳意趣盎然。这一画，就画出了个大画家的地位，还画出了满口袋票子。哥哥嫂子这才弄明白了这小子画的那些白菜黄牛远比菜市场卖的真家伙值钱，再也不盼望公安局来抓这小子进号子了，不仅伺候其坐吃坐喝，还慌不迭地给这个三十多岁的光棍弟弟介绍女朋友，无上光荣地巴结了一阵子。

夏玫玫认识黄子川的时候，黄子川正忙活着要出国，要到日本去发展。黄子川听了夏玫玫的一番谈吐之后，一针见血地说："我明白了，小夏的构想是以炮手生活为素材，体现的是一种爱的精神。"

当时夏玫玫听了这话有些吃惊，觉得这人悟性不差。

夏玫玫说："不完全是，也不完全不是。"

黄子川说："这就对了，我们国画界有个说法，太似而媚俗，不似而欺世。艺术的魅力就在似是而非之间。"然后就向郭婧的爱人建议，把夏玫玫原先的设计搬到 W 市的舞台上，以现代舞的面貌出现，一定会为 W 市的广大青年所拥护。这也算是对广大青年进行艺术的启蒙，免得他们以为把屁股扭来扭去的迪斯科就是现代舞了。

郭婧的爱人欣然接受了这个建议，说："好，我早就劝小夏跟我们联手，她还看不起，还有解放军老大的思想。其实她是自己耽搁自己。"夏玫玫觉得不是坏事，这事就这么定下来了，并表示要自己领衔。

半年之后，W 市当真演出了一台现代舞蹈，即恢复了本来面目的《燃烧之谷》，编导是夏玫玫，艺术指导是郭婧夫妇。此节目在青少年观众中居然大受欢迎，还在年度获得本省大奖——这也是后话了。

三

在北京开会的时候，萧天英就有一种不安的预感。

军委首长某某在会议期间单独召见了他和另外几个老战友，大家狠狠地亲热了一下，聊了许多难忘的旧事。在战争年代里，这十几个人都是政委的老部属，那时在他和另外一位元帅的麾下，这支声威显赫的野战军几乎打遍了全中国，无论是战争年代还是和平时期，政委的工作不断变化，几起几落，但是大家一直亲热地喊他某某政委。

大家都清楚，政委向来是以严格而不徇私情著称的，对部下要求极严，在他那里，没有山头派系一说。一九五五年授军衔的时候，他过去最器重的一个同志认为自己评少将评低了，写信向他反映，不仅没有得到解决，反而挨了一顿狠批。这次老人家居然不避山头之嫌，把过去的部属集中起来单独接见，委实有些让人费解，敏感一点的，甚至还因此忐忑不安，总觉得不像是什么好事。

果然，在动情地回顾了一段往事之后，政委最后又语重心长地说了一番话，说战争年代出来的干部，刚解放的时候，四十多岁就是军区兵团级的干部，相当年轻了。可是，一和平就是几十年，下面的干部还可以转业，越往上走越走不动，不是终身制也成了终身制。这几年又解放了一大批，大家都积极要求为党多做工作，心情是可以理解的，可是又带来了一些负面影响，一个军区的副司令员副政治委员有十几个，怎么得了哇？大区级以上的干部都是七老八十的，接见外宾，差不多的职务，却是两个辈分，就显得中国将军德高望重了，也就显得咱们中国的将军老态龙钟了。我们的干部真是严重的老化了。现在是拨乱反正万象更新，一切都要走向正规化现代化，我们这些老同志能跟得上吗？显然力不从心了。怎么办？这时候就要看姿态了。能干的干，干不动了就下来，革命革了几十年，也该退下来享享福了。我给诸位同志哥打个招呼，革命意志不能衰退，晚节要保，但是位置就不一定要死保不放了。要有思想准备，要放手让年轻的同志多担担子。

大家都是明白人，领会上级意图，那是一点就透。审时度势看看部队高级干部年龄状况，也确实是岁数不饶人了。

接见过程当中，大家都表现得气宇轩昂，纷纷向老上级表态，长江后浪推前浪，我们能干多少干多少，干不动了就靠边站，给年轻的同志当啦啦队，绝不当革命的拦路虎。

话说得是漂亮，但是要说一点想法也没有，那又不是事实。理智是一回事，感情又是另外一回事。这些人有高官不一定有厚禄，战争年代从枪林弹雨里杀开一条血路活了过来，和平时期从造反抄家批判当中挺了过来，靠的是什么？靠的就是个信仰，靠的就是那面旗帜，靠的就是革命到底的一股气。这两年方方面面关系刚刚理顺，刚刚扬眉吐气了，准备甩开膀子大干一场了，可是，转眼之间，又老了，又要考虑"让贤"了。能没有活思想吗？

四

从北京回来之后，萧天英更加注意锻炼身体了。早晨跑步是数年如一日的，就寝之前还给自己加了一个科目，在卧室里做俯卧撑。上机关办公楼，很是注重姿态，昂首挺胸，往会场一坐，稳如磐石。

有时候自己问自己，我老萧当真老了吗？没有嘛。腰身硬朗，红光满面，这能算老吗？就这样退下来，甘心吗？不甘心！军人就像个骑手，几十年来，骑着革命的骏马，一直往前飞奔，说停就停下来，那怎么行？还得往前蹿一蹿，就是从马背上摔下来，也得往前滚几滚。这辆老车跑了几十年，几十年运足的惯性，不是说声煞住就能煞得住的。

但是，有时候又有另一番感受，在常委会上还不觉得，大家都老得差不多，像沈阵雨那样的少壮派在常委班子里毕竟是少数，可是俯瞰一下部门领导，看一看二级部长们，心里就有些不是滋味。

以前他就曾经对一个四十多岁的二级部副部长开过玩笑，说我二十八岁就是旅长了，授少将的时候才三十七岁。像你这个年纪，军区炮兵司令员已经当了十年了。那个副部长说，我们哪能跟首长比啊？首长那是从战争中打出来的，我们在和平时期平平庸庸，基本上没什么建树，四十八岁的副师职已经算快的了。那时候他听了这话感觉很受用，有种意满志得的快意。可是现在想来，又似乎不是那么回事。你们这些老家伙一个个高高在上，把位置都紧紧地盘踞着不放，他们这些年轻人想进步也进步不了啊。你以为他就没有当大区副司令员的水平？你把位置让给他试试？不出三年，他就有可能比你干得好。什么叫培养，提拔使用就是最好的培养。你身体好又能怎么样？年龄摆在那儿，还是那句话，革命者不能当拦路虎。

萧天英终于感到痛苦了，这痛苦不是一天两天形成的，而是一岁一年一点一滴地积累的，只不过是在更多的日子里它潜伏在自己的灵魂深处，在轰轰烈烈的事业的覆盖之下没有出头的机会，被忽略了。可是它如今——从北京回来之后——终于开始发作了，这痛苦就是对于衰老的恐惧。是的，是恐惧，这是从年轻的时候就开始的恐惧，是一年加深一分的恐惧，这恐惧就像尾巴一样一直跟着他跟了几十年，你跑步跑得再快也甩不掉它，你练俯卧撑的时候它就重重地压在你的背上，让你趴下去就撑不起来。迈过五十岁的坎子，他就意识到了他又遇到一个新的而且是更加凶恶的敌人，这个敌人不屈不挠坚定不移尾随而来，从那时候起，他就开始跟自己的年龄或者叫老化进行了艰苦卓绝的斗争，但是这个凶恶的敌人注定是最后的胜利者，它最终还是要挥动它不可抗拒的铁拳，一次又一次永不止歇地击打他有血有肉的躯体，直到最后把他彻底撂倒在地为止。

是老了。不服老行吗？在公众场合，在需要智力和体力的时候，尽管他仪表堂堂巍峨如山，可是只有他自己知道，那是提虚劲，底气毕竟不足。好汉不提当年勇。看看现在这个样子，简直就是几十年前那个虎虎生威的萧天英的模仿者，一副精神抖擞起来容易，可是你能一直抖擞下去吗？

他甚至感到一阵内疚，有点对不起底下的那些同志。老了就是老了，火力弱了就是弱了，谁没有年轻过，谁没有这一天？该交的是得交了，该让的是得让了，老家伙要老得明白，要是等着别人来动员，那就被动了，最后这一仗就算败惨了。

无论从哪个角度讲，萧天英都是做好了离休的准备的。在新司令员没有任命之时，虽然他是主持日常工作的常务副司令员，但是，在进行重大决策的时候，他比以往更加重视军区司令部参谋长沈阵雨的意见了，而且不失时机地安排沈阵雨到各野战军和省军区去检查部队，全面掌握情况，以便顺利完成交接。

以萧天英对形势的分析，沈阵雨即使不能马上接任司令员一职，但是在下一步调整的时候，当上常务副司令应该是顺理成章的，他应该扶他上马走一程。而在此前不久，他还是把沈阵雨作为主要竞争对手的。

当然，在做好大的举措的同时，萧天英也没忘记细节的安排。这些细节包括在军区机关帮助沈阵雨树立威信，也包括给老部下们下下毛毛雨，以防止弯子转得太急了，老部下们思想不通。还包括对 N-017 那个炮兵基准中队学业进展情况的关照。

韩陌阡在电话里向萧天英报告说，七中队一切正常，思想稳定，训练抓得很紧，基本上是按照院校的课程在向前推进。韩陌阡并且开玩笑似的说，放心吧首长，七中队出来的学员，将不比西点军校的差。

萧天英说那就好，还要注意把他们的思想统一到军队长远建设这个大的轨道上来，不能光抓业务忽视思想建设，要全面健康发展，带兵、养兵、管兵、用兵都要上升到理论高度来认识，首先还是要立足当一个好兵，经得起摔打，经得起磨难，经得起胜利，也要经得起挫折。把他们炼成钢铁，炼成栋梁。

萧副司令员在讲这话的时候，已经有了一点悲壮色彩了。远隔千里的韩陌阡没有听出来，而疲于奔命的七中队学员当然更是无从揣摩萧副司令员此时的心态，他们还企盼着这老人家把"司令员"前面那个戴了多少年的"副"字早日去掉呢。

忽然有一天，萧天英接到了北京的一个绝密电话。如果在一个月前，这个电话也许会使他喜出望外，而现在他却感到意外了。鉴于近年要进行一次大的精简整编工作，各大单位的班子要进行调整，上面有动议，要他出任 W 军区司令员。

　　萧天英攥着电话沉吟片刻，轻轻地问："我可以谈谈自己的想法吗？"

　　电话里说："现在就是征求你本人的意见。"

　　萧天英说："我已经六十五岁了。"

　　电话里说出了一个名字，正是前不久给他们打招呼的那位老首长某某政委。电话里没有多说了，要求萧天英在十二个小时之内回话。

五

　　这天吃晚饭时，萧夫人向萧副司令员提起了夏玫玫要求转业，并且有出国的念头。外界有议论，说玫玫现在和地方文艺界联系频繁，出门不穿军装，而且打扮得有点出格。

　　萧夫人在说这话的时候很谨慎，她听到的还不光是这些议论，还有更严重的说法，是康平报告的，说经常看见夏玫玫和一个姓黄的画家出双入对于一些社交场合。这种家长里短的话萧夫人是不屑于说的。

　　萧天英一听就火了："这孩子搞什么鬼？怎么对不起她啦？什么道理？出什么国，她既不是科学家又不是外交家，到国外做什么，叛国投敌啊？"

　　萧天英自然不会想到，仅仅是因为他对她的舞蹈设计不满，就会引起这个后果。这顿晚餐被吃得气势汹汹，不到十分钟就结束了。

　　当晚，萧天英冲夫人狠狠地发了一通脾气，说："惯坏了惯坏了，这孩子真是惯坏了。她这个倔性子像谁？她父亲一辈子都是个安分守己的人，执行命令说一不二，她母亲也是个知书达理的人物，怎么就生出这么个浑身长刺的东西？"

　　萧夫人笑笑说："玫玫那倔脾气，我看倒是有点像你。"

　　萧天英愣了愣，一挥巴掌说："岂有此理。她怎么能跟我比，我是个彻底的无产阶级，忠诚的布尔什维克。我老早就发现这孩子脑子里有资产阶级思想作怪。她编的那台舞蹈你没看，芭蕾舞不像芭蕾舞，民族舞不像民族舞，随意性很大，格调不高，似是而非。操炮不像操炮，倒像一群男女在舞台上做别的事情，成何体统？"

　　萧夫人想了一下，说："这样说，倒是真有一些现代意识了，现代派就讲这个，不满足于生活的真实，强调自由宣泄，表现什么生命本体语言。你让她老老实实地去表现炮兵生活，那当然是有距离的。不过在我看来，艺术这东西，也是仁者见仁智者见智。"

萧天英盯着年轻的老伴——用一种涵义十分复杂的目光盯着她，说："都是你，让她学医你说她见血头晕，学机要通信你说她手脚发麻。全是你宠的。她要是叛国投敌了，你就是教唆犯。"

萧夫人讷讷地说："也没这么严重，出国恐怕是异想天开，真要出去，你一伸手不就挡住了？这孩子从小吃过苦头，心理发展不是很健全，我是觉得她搞艺术对她有好处。就是搞现代派也未必是坏事，她的心灵需要自由。"

萧天英冷笑一声说："你要负责，你要持负责的态度。放任自流就是不负责任你知道吗？不负责就是犯罪你知道吗？"

萧夫人也动气了："老萧你怎么能这样说话，我怎么不负责任了，我也是为了她好嘛。"

萧天英说："好了，你不要再为她辩护了。在我们军队，没有什么这个派那个派，只有革命派。不去真实地反映我们军队火热的生活，体现顽强拼搏无私奉献的精神，那我们还养着那些文艺团体干什么？都去搞什么现代派，光怪陆离的，不仅不能鼓舞士气，还会传染不健康的情绪。这是我们不能容许的！"

萧夫人想了想说："你们不是老说吗，出身不由己，道路可选择吗？如果她选择了更适合她发展的道路，我看转业也未必是坏事。"

萧天英瞪着夫人说："你说得倒轻松。她转业去干什么，就去搞现代派，搞那些连衣服都穿不完整的自由舞？那不让人笑掉大牙？我们是个什么家庭，我们是革命家庭，绝不容许她当革命的叛徒。我跟政治部打招呼，夏玫玫的转业问题要慎重，没有我发话，看她能插翅而逃不成。"萧夫人看了看丈夫，不再言语了。

六

对萧天英来说，这段时间确实是多事之秋。

经过一番慎重思考，他向军委的老首长答复说，鉴于年龄和身体状况，他请求不再担任更重要的职务，而应该让年轻一点的同志早点站到前台来。他作为一个老同志，将无条件地支持新司令员的工作，并且可以在近两年内多做一些具体工作。

能够下这个决心，可以说是表现出了非常高的姿态，他在副司令员的位置上已经干了十多个年头，一直是安之若素的。现在，在年龄不占优势的情况下，终于有了扶正的机会，按照他目前的健康状况，折腾个三五年不成问题，在台上还可以大显一番身手，对他来说，也是一生的完美总结。就是将来离休了，待遇不一样，感觉也不一样。

但是，他却把这最后的机会拱手相让了。

萧天英的态度让军委的老首长感到欣慰。一向严肃的老首长很动情地说："为什么我们要提出来请你当司令员？就是因为知道你有这个胸怀。好啊，这才是真正的共产党员，我们打来天下，并不是就为了死死地坐着不放，而是要把它建设好，交给后人。你萧天英在对待个人进退去留方面给老同志们做出了样子，我感谢你！"

老首长在快要结束电话谈话的时候，给了他三句话：党性坚定，人格高尚，品质可贵。但是，对于是否同意他的请求，老首长并没有正面表态。

这是一段心情复杂的日子。而恰在这时候，后院起了一场小火，革命后代、红色家族的接班人夏玫玫，在最不应该转业的时候提出了转业。无论从哪个角度上讲，萧天英也不会感到是件好事。他很后悔，当初就不该让她去学什么舞蹈，不知道是自己年龄果然大了跟不上形势了，还是年轻人往前面跑得太快了跑出了格，在两代人之间明显地出现了观念差距，这就是当时的一个时髦说法，叫作"代沟"。

可他萧天英不承认自己僵化，他从来就是一个开明的人，甚至因为他的开明还遇到过挫折。他想他和夏玫玫之间的分歧还不仅仅是个艺术观念的问题，艺术是什么？艺术是为工农兵大众服务的，军队的艺术是什么？军队的艺术是为军队服务的，也可以说是为战争服务的，不容许你搞个人情感宣泄那一套。你别拿大旗做虎皮，拿什么艺术吓唬人，我不是艺术家，但我知道艺术是要给别人看的，是要给人提供精神食粮的。你说一千道一万也没有用，你就是按着我的头皮，我也不会承认你那种自我表现的东西就是艺术，不对社会负责，不对军队负责，那叫什么艺术？艺术观念不是个单纯的问题，它甚至还反映人的追求、理想、信仰……天啊，现在的年轻人，他们在信仰什么？这可是一个原则问题，如果不能正确引导，将要关系到一代人的信仰问题，不把他们拧上革命的轨道，他们甚至会出现信仰危机……

第十九章

一

韩陌阡以不容置疑的态度，勒令七中队学员全体使用普通话。这个举措得到了祝敬亚的拥护。

韩陌阡对祝敬亚其人早就耳闻，可以说心仪已久。祝敬亚当然也知道在他被重新起用这件事情上韩陌阡起的作用。韩陌阡来到教导大队之后不久，很快就同祝敬亚成为莫逆之交，并且曾经小酌。但是两人在交往中谁也没有提及那档子事，韩陌阡没有表功的意思，祝敬亚也没有感谢的话，这就是君子之交的风格了。即便是两人小酌，也很少高谈阔论，但彼此的认同确是心照不宣的。

自从那年萧副司令员对韩陌阡的滴酒不沾表示"不屑"之后，他就有意识地培养自己的酒量了。萧副司令员的话有些不讲理，可要站在另一个角度，好像又有那么一点意思。是啊，一个人连酒都不会喝，或者说是不敢喝，他还能当军官吗？军人嘛，雅兴忽来诗下酒，豪情一去剑留客。酗酒可耻，但是滴酒不沾也不见得是什么高尚的品质。韩陌阡生活简单，祝敬亚日子清贫，君子之交，这二人再匹配不过了。有时候韩陌阡从伙房买来两样菜蔬，就端到祝敬亚家，酒逢知己，还是很能弥补空寂的。

对于祝敬亚的四十五度人格论，韩陌阡很是推崇，这个理论与他的 AB 论又有许多异曲同工之妙。

韩陌阡刚来的时候，也曾向学员灌输过他的类似思想，他认为，每个人作为一个个体，都有社会属性和自然属性两个方面，他把人的社会属性命名为 A，将人的自然属性命名为 B。韩陌阡说，一般的人，应该是 AABB 型，也就是说，他的社会责任感和利己原则是相辅相成的，完全的 AAAA 型是绝对的圣人，是天使，因此是不存在的。完全的 BBBB 型是绝对的坏人，是魔鬼，因此同样是不存在的。一个好人应该是 AAAB 型或者 AAA……B 型，社会责任感充分大于对自身利益的追求。而作为一个军官，当然就应该是这样的人。军官是社会的而不是个体的。既然是以社会责任感为生存的前提，他必须使用社会规范的语言，尽量排除方言俚语的杂质。看一个人在普通话上下了多大的功夫，就知道他改造自己的决心有多大。

按照韩陌阡的观点，一个军官之所以区别于普通的老百姓，就在于附着在他身上的社会属性大于自然属性。一个卓越的军官，不仅要把他的职业当作一种工作，更要看作是一项事业。他不再是想干什么就干什么了，也不再是能干什么就干什么了，还不再是想怎么干就怎么干了。作为一个军官，在职责当中，不想干的要干，不会干的也要学着干，而想干的那些事情则往往要放弃了。他必须把自己个人的许多欲望和别的方面的才干都收敛起来，就像杂技里钻桶节目那样，把自己的锋芒集中地约束起来，钻进那只狭窄的桶里，规范到一个军官所必需的标准上来。只有你把你的工作看成是你的事业的时候，你才是主动的，你才会对它注入你的艺术精神，你才会投入真诚的激情，你才会义无反顾地为之献身。如果你不把这项工作升华成你的事业，那么，你将不是一个好军官，你会在履行职责的过程中处处被动，捉襟见肘。尽管讲普通话不算是苛刻的要求，但对于七中队相当一部分人来说，这仍然是一个不大不小的难题。

七中队学员来自祖国的大江南北，有湖北人，有河南人，有安徽人，还有来自上海、广东、山东等地的，大家所操语言的确是五花八门曲里拐弯的，确实是值得规范一下子了。

韩陌阡曾经就推广普通话的重要性专门给大家上了一堂课，他写了一张字条，选了一个来自某某省新洲籍的学员上台朗读。字条上写的是"今天星期日，上街接女儿，天下雨了，要穿解放鞋"。

那位学员不知是计，上台就念，结果念出了哄堂大笑——那段话被他念成了"今天星期祆，上该该乳儿，天下乳了，要穿该放孩"。

韩陌阡说，大家听清了吧，这样怎么行呢？大家都是要当指挥员的，上传下达都靠嘴巴，一二三四五六七，他说一饿三吃吾漏吃。打起仗来岂不是要乱套。

这话一点也没说错，由不得你不服。可话又说回来了，用了二十多年的土话，一下子要彻底纠正过来，当然不是一件轻而易举的事情。

但韩陌阡不管这一套，他找你谈话，你必须说普通话，不标准也得说，你一边说，他一边训斥你，他就是要用他的准则来塑造你。一个多月下来，大家就习惯了，南腔北调开始逐步走向统一。

不仅如此，韩陌阡还有一些奇怪的甚至是不近情理的规定，譬如他规定不许大笑，还规定尽量少说话。这当然更是土政策了。韩陌阡对"少说话"这条土政策的解释是，军人——军官应该威严的，应该保留一定的神秘，军人的性格、情趣、好恶都应该属于军事情报范畴，喜怒哀乐形于色则一览无遗，一览无遗的军官当然不是好军官。

为什么要少说话呢？韩副主任的观点是，看一个人说话多少，就能看出他的涵养深邃与否。话多话少，是一个干部是否成熟的重要标志。一个铁的法则是，官当得越大，话就越少。在解放军军官的行列里，说话最多的就是排长。每升一级，他就要减去一部分话，减去越多，他进步的幅度就越大。当然赌气或者因为别的原因不爱说话那是另外一回事。军委主席就很少说话，他要是把话说多了，部队就要忙死。

韩副主任说的这话，你敢说没有道理？韩陌阡的思想光芒无时无刻不在笼罩着七中队灵魂的旷野。

七中队的学员们越来越买他的账了，并且这种买账不再是那种表面的和被动的，相当一部分人甚至开始崇拜韩陌阡了。崇拜自然有崇拜的道理。他能把滑铁卢会战的全过程滔滔不绝娓娓道来，他能把古今中外那么多名将名战如数家珍，你能吗？你不能，你除了炮上功夫，甚至连《登坛必究》《六韬》和《太白阴经》都说不完整，那你当然得听他的了。

尤其让学员们服气的是，自从韩陌阡来了之后，政治课再也没有过去那么枯燥了。不说是学富五车吧，但韩陌阡传递给学员的，知识新鲜，表述生动，而且深入浅出。韩陌阡从来不讲课本上的那些东西，说那些东西死记硬背就行了，他的主要精力放在灌输一个主题上，那就是对于军官这种特殊职业（用韩陌阡的话说是特殊的文化群体）的反复剖析。韩陌阡在课堂上引经据典，比较了世界各国军官成长途径和历史上出现过的优秀的或糟糕的范例，就军官自身的文化积淀、接受教育的层次、军官的智商、军官的想象力和创造力、军官的敏感性、军官的灵活性、军官的坚定性、军官的献身精神、军官对于士兵的魅力、军官的意志和勇气等十几个方面进行了独到的探讨。

二

　　群众的眼睛是雪亮的。时间长了大家就对韩副主任加深了了解。这个人清心寡欲，不嗜烟酒，不贪财色，不说脏话，除了开展经常性的批人活动，偶尔打打乒乓球下下围棋象棋，别的没什么嗜好，连扑克都不打。

　　韩陌阡认为，下围棋象棋是文明的游戏，打扑克是粗俗的游戏，节假日休息可以打打扑克痛快一阵子，但军官还是下象棋与身份匹配。机关那些单身干部每逢节假日聚在一起大呼小叫地拱猪捉鳖，统统被韩副主任斥之为不学无术低级趣味，他向来是不屑与之同流合污的。训练他跟你一起晒太阳挨雨淋，生活他跟你一起吃糙米饭啃军用馒头。我军的一个中级干部，手中握有相当实权的政治工作者，能做到这样，还要怎么样呢？除了思想工作行政管理抓得严了甚至于苛刻了一点，就个人品质而言，你几乎从他身上找不到什么瑕疵，那你就不能不佩服他了。

　　韩陌阡在给七中队讲课的时候，曾警告过这些有幸搭上末班车的老兵们，在现代化的今天，军官生长于院校已经是不可逆转的趋势了。现在重视学历，干部制度一刀切，一下子把那么多在部队兢兢业业的老兵骨干都排斥在外，从表面上看，这好像不太公平，甚至让人心寒。但换一个角度，又不尽然。我们不妨做个比较，暂且把从地方考入军事院校毕业即为军官的这一部分称之为"学院派"，把在部队土生土长先士兵后干部的这一部分称之为"营院派"。在未来十年、二十年甚至三十年，我们的中高级指挥员却依然是营院派，还是土八路领导新八路。而另外一个事实是，什么东西都是运动的，凡是运动的都是有惯性的，包括情感和习惯。好就好在我们的干部换血是从基础做起，现在从院校出来的干部大都是连排级干部，十年之后就是营团级干部，二十年三十年呢，未来的军队必然是学院派的。你们是土八路的底子，等待你们的是学院派的圈子，不站在更高的角度，就是当了军官，也仍然很快就会相形见绌的。

七中队学员的神经立马又被上了一圈紧箍。

韩陌阡说，全世界真正强大的军队军官的主要来源都是院校。这是科学的。我们已经土八路了几十年，几十年带兵都是八仙过海各显神通，各路拳脚都有，很不规范。军官的职业素质训练和知识结构远远落后于时代，不能再落后下去了。过去的战争是常规作战，个顶个，人对人，打游击捉麻雀，咱们土八路大显神通，但是以后不行了，就连现在，我放肆地说，也不行。现在和以后的战争是高科技战争。同志们应该注意到，现在世界军事状况已经有了很大的变化，出现了传感技术、隐身技术、光电技术，计算机的运用使战争样式越来越趋于信息化，精确制导和快速伸张将使战争规模在空间和时间上大为缩小。咱们在这里把兵练得再好，可人家不跟你摆开阵势打，你还没有看见人家，人家的导弹激光就来了。我们的武器为什么更新不了？一是因为没有装备，二是有了装备也缺乏掌握新装备的人才，所以要从院校培养军官。"学生官"目前正在向部队大量涌入，甚至也可以说，一种新的价值观念和价值目的，新的文化形态正在向军队的固有文化的核心处逼近。当然，根据部队现状，也有一些人反映，"学生官"没有兵味，实际经验不足，连喊口令都怯怯乎乎的，带兵能力很弱，但这是极其短暂的现象。什么事情都有一个过程。从眼前的表面上看，"学生官"刚到部队，环境不熟悉，氛围不适应，性格上也比较文静，没有老兵那种虎虎生威的气势。但是用不了多久，一旦他们找准了感觉，该继承的他们继承了，用不着继承的他们自然而然就忽略了，他们的带兵方法必然走向规范化程序化。规范化教育出来的军官，无论是带兵还是用兵，都必将优秀于"土生土长"的干部。

那堂课对七中队的敲打是十分奏效的，大家反复体会韩副主任的话，深知任重道远，对自身有了新的认识。下课之后，凌云河得意地对谭文韬说："怎么样，你以为就是我一个人杞人忧天？韩副主任果然有职业军人素质，对于未来战争的预见，这老人家比你我都明白。这个人在这里当个芝麻官真是太可惜了。他要是总部首长，他敢把训练大纲给改了你信不信？别看他嘴上不说，没准咱们天天奉为看家宝贝的这些破枪烂炮，他敢弄去回炉炼铁你信不信？"谭文韬说："回炉炼铁可不行，咱们没有巡航导弹，手榴弹还是不能丢。"

凌云河煞有介事地叹了一口气，说："是啊，手里有个家伙，总比赤手空拳好。哪怕它是烧火棍呢？可是，我是多么想弄几个巡航导弹玩玩啊。跟美帝国主义和苏修相比，这几条破枪破炮实在不是个东西了。"

韩副主任还有一个经典语录：在得意的时候想想不得意，在不得意的时候想想得意，任何时候都要把自己的位置找准，要搞清楚自己的成色。你以为你是谁，你以为你就是炮兵精英啦？说你是你可以勉强算个训练尖子，说你不是，你什么也不是，训练尖子过去有，今天有，明天有，这里有，那里有，W 军区有，Y 军区，X 军区也有。

七中队学员再不知天高地厚，但是，在韩副主任不厌其烦的教诲下，大家就没脾气了。韩副主任就有这个本事，就像驯化一群烈马，你太刚烈了太爱尥蹶子不行，可是你要太温顺了完全不尥蹶子也不行。他就是要你又凶猛又听话，而且还是心悦诚服地听话，有知识有教养地听话。就连凌云河这样"崇洋媚外"的人，也不得不暂时放弃"弄几个巡航导弹玩玩"的幻想，仍然老老实实地勤学苦练"破枪破炮"。

三

这年秋天，韩陌阡将自己的上述思想整理出来，写了一篇洋洋洒洒四千余字的论文《职业军官论》，在北京一家军队刊物《探索与研究》上摘要发表了。这篇文章除了阐述他的学院派与营院派理论，还着重鼓吹了他的七中队，其中有这样一段文字：

……有一个特殊的情况向我们提供了另外一个思路。不妨举例说明，某某军区为了解决干部青黄不接的现状，通过严格的考核，从数千名带兵练兵骨干中选拔出六十多个优秀骨干，组建了一个预提干部（未来的军官）培训中队。我认为这是一件十分值得重视的事。留下那些骨干的重要意义并不完全在于他们的技术，技术人人都可以学会。也当然不仅仅是为了对付战争，因为战争将在什么时候在什么地方出现，我们都还不知道。一支部队的存在是需要强大的精神作为支撑的。培训中队是一个象征，它代表了从某某年代到某某年代三十多年间直接由士兵中产生的军官的最高素质，培训中队的成立是一次最集中的体现，也是最后的一次体现。留下他们，更重要的意义在于留下一种士兵的奋斗精神，它将随着培训中队的解体撒向部队，像种子一样，在部队潜移默化，形成一种看不见抓不着的精神传统，源源不断地向部队渗透。

韩陌阡在这个例子的最后部分，给了培训中队一个非常有力的存在理由——在我们的军队里，有相当一批土生土长的干部，他知道什么是不好的，但他不一定知道什么是最好的和怎样才能做得最好，摸着石头过河，跟着感觉走。"学生官"呢，新信息接受得多，规范教育接受得多，理论上有体系可循，他们知道什么是好的，却一时又不知道不好的根源在哪里，过于理想化和浪漫化。而某某军区炮兵教导大队培训中队恰好是处在这两种文化的边缘地带，他们既在传统军营文化中浸泡过，又能同改革后的军官体系接轨，他们既是从士兵中保留下来的最后一批骨干力量，同时又赶上了知识型的最早一班车，他们既是从训练场上摸爬滚打出来的，又进入了军区一级的教导大队，经过了系统的培训，我们可以把这种培训看成是准军校……甚至是比军校还要严格和实际的强化训练。可以说他们占尽了天时地利，无论就意志、体能、技能、智能和管理经验还是军人的职业精神，他们都要大大地胜过土生土长的基层干部，也同样胜过近几年的"学生官"。

这篇文章不久就出现在萧天英的案头。无论是韩陌阡还是萧天英，在撰写或者阅读这篇论文（只能算是一家之言）的时候都没有想到，这篇论文在不久的将来，会给沉默地活跃于 N-017 的那群老兵骨干们带去多少直接利益。

第二十章

一

赵湘芗殚精竭虑，花费一个多月时间，写了一篇报告文学，题目叫《深山里的老兵》，自我感觉不错，请夏玫玫看了。夏玫玫却没个恭维话。夏玫玫说："这部作品要是给老爷子看了，他可能会喜欢，但我觉得意思不大。你写的都是好人好事，刻苦精神、拼搏精神、奉献精神，可是你并不了解这些人。拘泥于事实而浅薄于灵魂。其实这些人身上更可贵的是艺术精神。把炮练好了就是奉献啦？把炮弹奉献给谁？你那东西可以算报告而不能算文学，文学是艺术，就写几个人几件事，也标以文学桂冠，是对文学艺术的歪曲。"

夏玫玫的话说得很尖刻，但是赵湘芗不跟她计较，她知道夏玫玫这段时间心情不好。不仅是因为节目遭到了严厉的镇压，还由于同一个春风得意的画家接触频繁而在歌舞团里传出绯闻，两口子争吵了数次，婚姻已经到了"最危险的关头"。

后来就听说夏玫玫打了转业报告。

赵湘芗得到这个消息后，开始还以为是讹传，打电话问夏玫玫，夏玫玫说："是有这个事。"赵湘芗说："你疯了，你这么年轻，在部队干得这么好，为什么要走？"夏玫玫说："我干得好吗？原来我也以为干得好，现在我不这么认为了。"赵湘芗说："你的《炮兵进行曲》不仅公演了，还到北京参加了会演，还拿了奖，你还要怎么样？"夏玫玫说："可那还是我的节目吗？节目单上编导倒是我的名字，可是，那台节目只保留了我设计的躯壳，而抽掉了它的灵魂，保留了它的情节，却抽掉了它的艺术。去掉了我设计的特殊的背景，去掉了鲜花和美女，也去掉了真实的生命冲动，成了一个地地道道的炮兵舞步，只有动作的雄壮，却听不见生命的歌声。很真实，是生活的真实而不是艺术的真实。实践证明，老爷子是对的，老爷子说，军队艺术姓军，这是绝对真理。现在看来是我错了，我陷入了资产阶级艺术观念的泥沼，天真地要搞什么人体自由语言发挥，简直异想天开。"

赵湘芗说："你这就是赌气了，分歧不就是上不上女演员吗，又不是原则问题。"

夏玫玫说："你看看那动作，整个是操炮动作的照搬。而我不想照搬，我赋予舞蹈者的是另外的激情。你看不出来，说了你也不懂。反正我是不适应部队了，那我不转业还干什么？"

不久以后的事实证明，夏玫玫是不适应在军队工作了，而这个事实也多少与赵湘芗的那篇"报告文学"有点关系。夏玫玫把赵湘芗的报告文学看走眼了。她自己的节目被改得不伦不类，而赵湘芗的那篇在她看来不是文学的文学，在北京的一家军队刊物发表后，不仅反响强烈，被中央人民广播电台连播，而且还获了一项大奖。与此相比，倒是她自己毫无建树，如此一来，她更茫然了。

现在，夏玫玫拿她自己和赵湘芗比较，她终于理解萧副司令员了。站在一个军区代理最高长官（而且极有可能就是最高长官）的位置上，他对那种突如其来的现代派的东西表示异议完全是正常的，甚至是应该的。当她冷静下来之后，她就明白了，不是老爷子僵化，而是她自己表现得不是时候。萧副司令员已经够宽容的了，并且可以说够开明的了，不要说他是一个大军区的军事长官，在那个年代里，就是大学教授对她的现代意识也不一定能够接受。她之所以要转业，并不完全是为了赌气。她感觉到自己已经真正地进入到一种艺术状态之中了，像是冥冥中有一个天使在云端召唤，引导她走向属于自己的那自由的、舒展的、奔放的、美妙的艺术王国。在那里，她的每一个细胞都可以歌唱，她的每一个欲望都可以舞蹈，她的每一寸肌肤都可以发出耀眼的光芒……她将不再为"任务"而忙碌。

二

萧天英开完常委扩大会议，红光满面地离开了办公大楼，谈笑风生地坐进了汽车，却铁青着面孔走进了家门。

老狗黄南下正蹲在门口的阶梯上晒太阳，微微眯着双眼，一副德高望重的样子。见第一主人回来，呈现出高兴的样子，摇着尾巴迎了上去。

黄南下的皮是黄的，黄得纯粹，金黄，没有酒糟鼻子，也没有焦黄的牙齿，小时候聪明伶俐，短腿跑得飞快，而且善解人意，是一条上品位的好狗。

以往，萧天英在心情好的时候，常常要跟它玩一些杂耍，训练它攀登，丈把高的杏树，黄南下也能爬上去，甚至还能用前爪摘下几颗杏子。但近年不行了，黄南下岁数大了，七岁的年纪在它那个圈子里，当然不算年轻。年龄一大，就懒了，就有了一些德高望重的矜持，杏子树就很少爬了。但萧天英念它昔日的风采，仍然给予很高的待遇。以往萧天英每次从外面回来，都要摸摸黄南下的脑袋，表达一定程度的问候，有时候还会从口袋里掏出某样零食或者小玩意儿，逗黄南下一乐。

但是今天有点反常。今天黄南下没有受到应有的重视，在它满怀深情迎向萧天英的时候，萧天英的脸是板着的，眼睛里也没有了往常的温和，好像很有一股晦气。黄南下一看形势不妙，赶紧把尾巴耷拉下来，往边上挪了一步，很有礼貌地给萧天英让了路。

黄南下这个名字是萧天英亲自取的。这个名字在三十多年前曾经属于萧天英的警卫员，那是一个十分伶俐的小伙子，本来是个孤儿，参军的时候只有一条半截裤子和一个黄二蛋的名字，萧天英嫌黄二蛋这个名字过于不雅，才给他取了个黄南下。警卫员黄南下在抗美援朝战争中阵亡了，那时候黄南下已经是连队的指导员了，五次战役最紧张的时候，萧天英号召"婆姨娃娃一起上"，黄南下第一个报了名，下到连队先当排长，再当指导员，896高地血战一场，黄南下的连队打到最后只剩下了四个人，黄南下跟美军一个黑人士兵单打独斗，黄南下咬掉了美军士兵一只耳朵，美军士兵劈掉了黄南下一条胳膊，最后两个人抱在一起滚下了高地，黄南下拉响了身上的手榴弹。

三十年后，萧天英得到了一条漂亮的小狗。取名的时候，萧天英深情地看着它，说：就叫黄南下吧。

黄南下刚进萧家十分受宠，曾经有相当长一段时间，萧天英常常看着黄南下出神。那是他出山之后，第一次被提名为 W 军区司令员候选人而没被通过。据说上面有人发了话，说萧天英是某某某的老部下，一贯爱标新立异，是某某某搞资本主义路线的黑干将，是带枪的某某。不仅没当上司令员，反而连工作也被限制了，虽然还是个副司令员，但是有职无权，大事小事一律不予过问，差不多就是个寓公。那时候跟黄南下在一起的时候，萧天英就想到了抗美援朝战争中阵亡了的那个黄南下。萧天英想，黄南下要是还活着，也是五十岁的人了。一个人过了五十，再做工作就有限了。而那时候他也是快要六十岁的人了，还不让甩开膀子干一场，简直就是在剥夺他的生命。

快进房门的时候，萧天英才注意到黄南下的委屈，这个忠实而且本分的动物，不知道老爷子今天为什么不痛快，虽然被冷落了并且已经靠边站了，但那双一向明亮的眼睛还在执着地跟踪着主人的后背，充满了疑问和同情。

萧天英便站住了，又转过身来，唤了两声，向黄南下挤出一个生硬的笑容，以表示道歉和慰问。这一笑，心情居然又好一些了。

三

调整后大区班子的任职命令到了，新任司令员是沈阵雨。

尽管这件事情早就不是秘密了，但在常委扩大会上正式宣布这项命令的时候，萧天英还是长长地出了一口气，为军委的这个正确选择真诚地感到欣慰，甚至有如释重负的感觉。同一份任职命令上，宣布萧天英担任 W 军区顾问组组长（享受大军区正职待遇），萧天英也感到很满意，并且多少还有一点歉疚，因为同他一起在台上工作的十几个大区副职，只有他一个人得到了这份殊荣，其他同志要不就是顾问，要不就是原地不动，要么就是离休。就是顾问里面，还有三个人比他年龄大。

失落感是在回家的车上产生的。

顾——问？顾问是个什么角色？他知道这是对他高度重视和嘉勉的表示，可是他却对这个重视和嘉勉感到了委屈，他甚至觉得还不如继续当他的常务副司令员，那是有职有权的角色，在那个位置上，还可以竭尽全力多做工作，继续只争朝夕地大抓一把军事训练，而这个顾问恐怕就不是那么回事了。不在其位，不谋其政，顾得上就顾，可以过问才过问。或者说人家让你顾你就顾，让你问才能问。

他还尤其反感那个括号。什么大军区正职待遇？荒唐！简直有点交易的嫌疑，我萧天英戎马一生，小命老命都是党的，还在乎个什么待遇？只要还能工作，给个军长师长的都照样干。不能工作了，哪怕是享受总统待遇也等于零。

萧天英经过夫人卧室的时候，没有进去也没有停住步子，只说了声："跟厨房打个招呼，加两个菜，我要喝酒。"然后就进书房了。

以萧天英掌握的情况看，W军区新任司令员的最后确定，某某政委是说话了的。这就不能不让萧天英暗自庆幸。看来这步棋还是走对了。某某政委对部属一向要求极严，战争年代贯彻的是矫枉过正的作风，谁想走他的门子达到个人的目的，只有两个字——休想。回想起当初某某政委的秘书打电话征询他的意见，那里面可能多少就有些试探的味道，摸摸他有多少底气，摸摸他有多高的境界，那也算是最后的一次考核了，考核的不仅是他的工作能力、政策水平、认识水准，恐怕更重要的还是看看这个老家伙现在是个什么姿态，还能不能审时度势跟上形势。

他不否认，如果他那时候态度暧昧一点，姿态稍微放低一点，回答的口气稍微含糊一点，那么，这一次司令员一职很有可能就是他的了。可是，这样一来，他在某某政委的心目中是个什么地位呢？某某政委说不定会失望的——啊，这个萧天英，表起态来慷慨激昂，事到临头就瞻前顾后了，到底还是不能脱俗啊，那就放他一马吧，也是革命了大半辈子的人了——这完全是有可能的，许多老同志的最后一步都是这么走的——带有照顾性的晋升，然后体面地退出前台。而他没有暧昧，没有含糊，他不仅如实地介绍了他对班子的看法，还如数家珍般地列举了沈阵雨的优势和政绩，为某某政委提供决策依据。

现在看来，在W军区司令员人选上，当初极有可能就是在他和沈阵雨两个人之间寻找平衡，而且某某政委的倾向意见可能是沈阵雨大于萧天英，但中间出现过反复，特别是在他萧天英力荐沈阵雨之后，某某政委又观察了一阵子。

萧天英现在无法判断在那颗举世瞩目的伟大的头颅里都发生过什么，但他知道，正是因为他力荐了沈阵雨，某某政委才曾经一度想让他对沈阵雨"先带一带"，也正是因为他一再推让，某某政委才放心了，才对他的人格进行了最后的认可——既然他萧天英在这个问题上表现出了高风亮节，真诚地支持沈阵雨，那么，某某政委就没有什么不放心的了。

思路进入这一层，就差不多惊出了一身冷汗，到底是伟人啊，某某政委厉害啊，自己当初倘若暴露一己私心，就会被他尽收眼底，即使给了他那个职务，某某政委也会有无奈的感觉。而萧天英知道，眼下，老同志的问题已经成了某某政委的一件棘手问题，在这种情况下，他萧天英的行为对老首长无疑是一种温暖的安慰。

好了，也算是打了一个大胜仗，即便什么战果也没有，也落个一身正气，晚节英明。

想是想通了，但仍然很累。

萧夫人到厨房跟炊事员交代清楚，上楼到了萧天英的书房，见萧天英坐在沙发上，四肢大开，把全身的重量最大限度地施加给沙发，显示很疲惫的样子。萧夫人问了声："是不是不舒服？"萧天英抬起眼皮："不舒服还喝什么酒啊？舒服，舒服得很啊。"

萧夫人看了丈夫一眼，又悄悄地退出去了。多少年的夫妻生活，已经形成了这样一个默契：在丈夫不愿说话的时候，她绝对不会多问一句。丈夫工作上的事，她更是从不插手。知识分子出身的首长夫人和非知识分子出身的首长夫人之间的区别，主要就体现在这一点上。

"老姜，来，坐一会儿。"

萧天英突然坐了起来，把个庞大的身躯收敛起来，给夫人让出了一块地方。

萧夫人有些诧异，估计丈夫是有心事了。轻手轻脚地沏了一杯龙井，放在丈夫的沙发前面的茶几上，无语地坐在丈夫的身边。

沉默。沉默了许久，萧天英举起一只手，放在头顶上，张开五指，向后捋着光泽尚新但已明显稀疏的头发，重重地出了一口长气："完了，生命到此为止。"

萧夫人心里咯噔跳了一下，一向温文尔雅的脸上也失去了矜持："怎么，去医院了？我看你都很正常嘛。"

"我说的是政治生命。政治生命，到此为止。往后，就是苟延残喘了。"萧天英的这几句话音量不大，但低沉有力，有点咬牙切齿的味道。

萧夫人的心这才从嗓门回到原处。但她没有继续追问下去。只要不是关系到丈夫的健康，任是天大的事发生了，萧天英自己不说，她就不会过问。

萧天英第一次向夫人谈起了这次军区班子调整的事。

萧夫人说:"老萧,我跟着你这么多年,看着你几起几落,看着你争强好胜,看着你废寝忘食,我从来没有泼冷水。你说过,人生在世就是一口气,要把这口气用够用足,用到重要环节上。我同意你的观点。你现在的结局是个好结局。真的,没有比这更好的结局了。前半辈子问心无愧,后半辈子心旷神怡。急流勇退,安度晚年,我们的生活开始了。"

萧天英苦笑一声:"没有生活了,只有日子了。"

萧夫人笑笑说:"我们也该过过日子了。追求是无穷的,工作也是无穷的,地球离开谁都照样转动。所以呀,老萧我劝你尽快适应。轻轻松松的,当一个好老头。"

萧天英说:"道理是懂的啊,但你要知道,这些年我一直是在一线往前冲,就像一个骑手,不是说停下就能停下的,那一股惯性怎么了得啊,哪怕从马背上掉下来,我也得往前再滚几滚。"

萧夫人说:"你看,让你当个顾问组长,不就是给你一个再往前滚几滚的空间吗,就是要让你把心里攒着的那些气释放出去,用个透彻。"

萧天英怔怔地看着夫人,笑了:"好,萧天英的老婆到底是名门闺秀,看问题超凡脱俗。好,我就来适应吧,争取给你当个好老头。生活要过,日子嘛,我们也把它过得像回事。啊,你说是不是?就是种个花,我也把它种出大军区副司令员的水平……啊,不是了,现在应该说是让它享受大军区正职待遇。"说完,哈哈大笑。

电话就是在这个时候响起的。

"是萧副司令员吗?"

"是,我是萧天英。"

"萧副司令员,您请等一下。"

萧天英觉得这个声音非同寻常,还没等他琢磨出味道,电话那头传出了一个熟悉的、有些苍老的、四川方言味道浓厚的口音:"萧天英吗,我是某某。"

萧天英几乎不敢相信自己的耳朵,心中顿时一热:"政委,我是萧天英啊。首长……祝您健康。"

"萧天英同志,第一,我向你表示祝贺;第二,我向你表示感谢。你做得好啊,做出了榜样。我送给你几句话:戎马一生,英雄一生;主动让贤,品质高尚；发挥余热，继续革命。"萧天英的眼睛霎时热了，湿润了："谢谢政委，我人在二线，心在一线，请政委放心。"

"来年春暖花开，我要到你们那里去看看，你要请我的客。"

"政委，我等待那一天。"

"代我向你的夫人问好。"

放下电话，萧天英已是老泪纵横了。

这天晚上，萧天英豪饮半瓶茅台，酒毕，强行拉着夫人，并召集秘书、警卫参谋等人，高歌一曲《毛主席的战士最听党的话》，大有精神"不正常"之嫌疑。其实自我感觉很正常。

四

夏玫玫要求转业的消息很快就传到了N-017，韩陌阡对此倒是并没有感到太大的意外，他甚至早就预感会有这一天。对于夏玫玫的一切正常的和非正常的言行，他都不会大惊小怪。但是，他感到了疼痛——真的是疼痛，像这样揪心揪肺地为一个女人疼痛，在他韩陌阡的生命历程中，还是极其罕见的。他是一个天生的职业革命者，他到这个世界上来是担负有重要使命的，改造社会和他人是他与生俱来的职责，儿女情长这种软绵绵的东西不属于他韩陌阡。然而，他现在还是感到了疼痛，只有当疼痛终于穿透肌肤向他的心灵袭来的时候，他才发现，他对那个女子竟然是深深地爱着的。

可是，为什么当初就没有把这种感情同行动结合起来呢？真诚地检点自己的情感细软，他有什么理由否认那种情感呢？他记得，当萧副司令员最初说出来要让他辅导夏玫玫的时候，他几乎吃了一惊，那个在当时情窦未开的女孩谈不上美丽，但绝对漂亮。而夏玫玫呢，当她得知这个其貌不扬、脸庞上宽下窄略嫌清癯的年轻军官即将成为她的导师的时候，既不惊奇，也不羞涩，而是忽闪着一双明亮的黑眸认认真真地看了他一眼。就那一眼，就撞出了火花。

韩陌阡缺乏同异性交往的经验，他竭力地从思维里驱逐"异性"这个概念。她看起来还像个孩子，她的目光像是大漠深处在坎儿井边长出的黑葡萄，是在清泉和蓝天之间结出的果实，从那里面你看不出一丝污染。但他从那绝不避人的清澈的目光中感受到一种野性的魔力，那一瞬间他就有了预感，这是一个不好对付的学生，他有麻烦了。她只要轻轻地一瞥，就能精确地扫描出你的阴暗。那才是如履薄冰呢。

在最初的几次接触中，他把自己定在这样一个位置上，慈爱、严厉，并且道貌岸然，希望循序渐进地把她的审美趣味纳入他所设计的轨道。但她总有自己的花样，他引导她阅读高尔基的散文诗《海燕》，她却对福尔摩斯探案小说发生了兴趣，他让她朗诵《西去列车的窗口》，她却偏偏喜欢上了惠特曼的《我歌唱带电的肉体》，他向她灌输《红楼梦》的反封建思想，她却拒不接受，她说她看《红楼梦》就是才子佳人悲欢离合的故事。其他的她不懂，也没兴趣。

他又不能不承认她是聪颖的，有很高的悟性，宁可发表自己的谬论，也不对自己所不理解的真理人云亦云。但她还是对他表示了敬重，并且真诚地驳斥他和依赖他，偶尔还称呼他一声老师。

他们的关系一直是在正常和不正常之间游动着。但终于有一天，发生了一件事——他们一起走进了那个玫瑰飘香的初夏的夜晚，他们匆匆地拥抱了对方又像扔开炸弹一样紧急地扔掉对方，朝着不同的方向落荒而逃。

五

那年夏天，萧副司令员夫妇到北戴河休养去了。有一天，夏玫玫打电话要韩陌阡去一趟，韩陌阡当时有点犯踌躇，他知道萧副司令员家里的勤杂人员那几天都回警卫营了，除了一个岗哨，家里只有夏玫玫一个人，情况有点复杂。再者，按照萧副司令员的部署，夏玫玫已经开始和康平接上头了，并且向韩陌阡表示那个人她不怎么喜欢，太殷勤了，有点妖里妖气的，甚至流露出了不再交往的意思。在这种情况下她要单独跟他见面，他就不能不慎重了。

但不去见面也是不合适的。经再三权衡，韩陌阡还是大义凛然地去了，他相信他的自控能力和随机应变的本领。革命军人死都不怕，还怕一个女孩子吗？

韩陌阡赶到的时候，夏玫玫刚刚洗过澡，穿得很随意，是一件白纱连衣裙。头发还湿漉漉的，没怎么梳理，瀑布一般飘在脑后，散发着一阵玉兰的馨香，上面还醒目地系着一个玫瑰红的发带。

两个人开始坐在客厅里聊天，扯一些不着边际的闲话，显然是有些心猿意马。聊得不耐烦了，夏玫玫突然发起攻击，单刀直入地问道："老阡你老实坦白，你有没有过生活作风方面的问题？"

韩陌阡早有思想准备，面不改色心不跳，坦然回答："无产阶级只有彻底解放全人类，才能最后解放自己。本人对于生活作风问题不感兴趣。"夏玫玫冷笑一声说："假的就是假的，伪装应当剥去。我怎么听人说你和通信站的林丰不干不净的？"

韩陌阡倏然一惊，但是仍然坚持镇定，平静地说："处过一段时间，但还够不上生活作风问题。"

在这个问题上，韩陌阡打了埋伏。他和林丰的确有过一段热恋，而且已经离生活作风问题了不远了——他和林丰毕竟都是二十七八的人了。他暗自琢磨，如果夏玫玫继续盘问，他就干脆亮明，他仍然打算和林丰继续来往，并且在适当的时候结婚。他还担心，夏玫玫有可能要向他打听康平的"生活作风问题"，他也想好了对策，一句"不了解情况"推之大吉。出乎意料，夏玫玫并没有继续纠缠。

那天天气很热，客厅里电风扇开到了最高一挡，不时掀动夏玫玫的裙裾，为舞蹈而生的漂亮的双腿老是在韩陌阡的眼前晃。夏玫玫有好长一阵时间没有说话，弄得韩陌阡一头冷汗。后来夏玫玫居然笑了，毫无理由地笑了起来，脸色虽然有点红晕，但是一双美目却火辣辣地逼人。

夏玫玫自我陶醉般地笑了一阵子，站起身子，走近韩陌阡，亭亭玉立在他的视野上空，那双眼睛也野性十足地看着韩陌阡。韩陌阡意识到了不对劲儿，不知所措地看着夏玫玫，惊慌地说："玫玫，你……"

夏玫玫不笑了，什么也不说，就那么怪怪地狠狠地烫烫地看着韩陌阡，眼睛里又莫名其妙地涌上一层潮湿，看了一会儿才说："老阡，你喜欢我吗？"

韩陌阡避开了夏玫玫锋利的目光，讷讷地说："玫玫，你听我说……我当然喜欢你，我真的……可是……"

"可是什么？你好像有点怕我。是怕我，还是怕你的萧副司令员？"

韩陌阡语无伦次了，说："不是这么回事，你听我说……"

"我什么也不听，我知道你喜欢我，你爱我！你说，你爱我！"

"我……我……"韩陌阡什么都想到了，就是没有想到夏玫玫会采取这样的方式，简直是不可抵挡的。

夏玫玫一进入状态，就咄咄逼人了，美丽的双眼像是烫热的枪口，准确地指向韩陌阡的脑门与鼻子之间那两块发光的地方："你说，你爱我！你必须说，说你的真心话，让你的心灵发言，说出来，说出来你最想说的话。你不说，你就是个坏人。"

"我是………可是……"

"没有可是，只有爱！你再说一遍，你爱我！"

"我……我……夏玫玫，你不能这样！"

夏玫玫一步一步地向他逼了过来。

韩陌阡闭上了眼睛。对手已经找到了他的最薄弱的地方，她用最柔软的兵器摧毁了他精心构筑了几年的防御工事。韩陌阡几乎眩晕了，他感觉到他在一瞬间进入到一个神奇的境界，他从炎热的夏天走进了春天，四周鲜花盛开，阳光明媚，芳香四溢，绿色的原野无边无垠，向天穹尽头滔滔铺排……耳边拂过一阵奇妙的音乐……白云飘过来了，一个身影从缭绕的白云里冉冉升起——眼前一片血红。

他睁开了眼睛，这才发现窗帘已经被关得密不透风，客厅里所有的灯光都打开了，花盆里的月季和兰花似乎刚刚开放，满室生辉……他终于再次看见她了，连衣裙已经落在他身边的凉椅上，那个他看着成熟起来的姑娘，一个魔鬼般的天使，一个无所畏惧的女神，腰间似系非系地搭着一条透明的白纱，随着袅娜的舞步云烟一般飘绕——她在舞蹈，她在为他而舞，啊，这是天使之舞，没有伴奏，而优美的旋律就在他的耳畔回响。那雪白的长臂在晶莹地流动，那青春的峰峦闪耀着玫瑰的光泽。她在无声地舞蹈，为青春而舞，为生命而舞，为爱情而舞，为他而舞……韩陌阡分明已经听见了自己的体内传出了咆哮般的怒吼，血管在膨胀，骨骼在碰撞，冲锋的号角已经吹响，年轻的躯体向他发出了果断的命令。啊，这个洁白无瑕的女孩，她在向他展示她的全部的美丽……流淌的，运动着的，生长着的，升腾着的……鲜活的美丽。

是的，这是真正的美女，无论从哪个角度看，这都是一个当之无愧的美女。这是一坛封了二十一年的美酒，这是一汪没有启封的陈年佳酿，她在呼唤，她在等待，她在用一种特殊的方式表达她的反叛，显示她抗争的力量，她渴望他去吸吮她啜饮她，她渴望他的智慧和灵魂一起走进她的深处——今夜，她就是他透明的新娘……

可是，你没有权利享受这具美丽的肉体。没有任何人赋予你这种权利，她有权利向你展示她的美丽，展示她的青春，展示她的生命。但是，你无权接受。

这个二十一岁的、情窦初开的女孩子已经陷入一场虚构的、不理智的、不现实的爱情梦幻之中，她的一切所作所为都没有错。只要你挺起胸膛，她就会融化在你的怀抱里，那么，一切都会见鬼，那个善于伪装的康平自然不在话下，萧副司令员的命令也会灰飞烟灭，一场超凡脱俗的伟大壮举就会隆重成立……可是，你不能。

韩陌阡在那当口听到了一声威严的呵斥——只要你胆敢进犯，胆敢在这条布满荆棘的道路上再往前走一步，踏上雷池的边缘，那你就是一个老谋深算的罪犯。不……不！

经历了半个世纪（也许是十几分钟）的漫长的心灵的搏斗之后，韩陌阡头上的冷汗终于被风干了，并且恢复了正常呼吸。他坐正了身体，冷静得如同一个购票进场的观众。他默默地观看，默默地欣赏，默默地用目光赞美。

终于，夏玫玫倒下了，就倒在他的眼前，她的双手攀住了他的膝盖，把烫热的脸颊放在他的腿上，闭上了眼睛，静静地喘息，犹如一只疲惫的小鹿。

他捧住了她的脸颊，他找到了那两片娇艳欲滴的鲜红的花瓣，他俯下了盛满了思想的脑袋，他低下了排除了欲念的头颅，轻轻地、隆重地在她的额头上吻了一下。

然后，一切就结束了。

夏玫玫是眼含热泪注视着他离开的，他的步子迈得有条不紊，他的身躯在那一瞬间高大起来，又渐渐地萎缩下去，终于从门口消失，像个幽灵，淹没在浓黑的夜幕之中。

一个严重的危险，一个美丽的错误和他们擦肩而过。

几年之后，当韩陌阡回想起那年夏天的一幕，一方面为自己的坚定的理性而庆幸，另一方面也仍然感到深深的后怕。

以后他曾经无数次在暗中观察，萧天英夫妇虽然对他充满了信赖，但是绝对没有丝毫把夏玫玫嫁给他的意思，甚至有了对他警觉的嫌疑，要不，为什么要生拉死扯地非要弄来一个奇形怪状的康平呢？康平再平庸，他也有一个身为高级干部的父亲啊。

自从有了那次经历之后，夏玫玫也似乎并没有多少陷入情网的反常反应。

韩陌阡判断，她之所以在那个夏天的夜晚有那样的举动，完全可以看成是一个处在青春躁动期女孩的冲动，或者是出于对媒妁之约心血来潮的反抗，是毫无责任感的。那个向他袒露了全部的女子不是夏玫玫，而是一种叫作荷尔蒙的奇怪的东西。倘若他当时把持不住自己，脑子一热，那后果就不堪设想了，这些年他将以什么样的心态与神态同萧副司令员一家周旋，那简直是不堪想象的。

再往后，彼此都结婚了，夏玫玫麻木不仁地嫁给了康平，韩陌阡也同林丰组成了家庭，没看见谁为谁死去活来痛不欲生，也没见谁为谁"消得人憔悴"，大家都活得挺轻松挺自在的，至少表面上是这样，就像什么也没有发生过。韩陌阡的夫人林丰并且还在一年之后给他生了一个又白又胖的大头儿子，欢乐之中他无比庆幸，同时也就更加明白了，说到底，像夏玫玫这样的女人，是不太适合为人之妻的，尤其是不太适合做他的妻子，就像他不适合做萧天英的秘书一样。

但是他终于疼痛了。他在冥冥中有种预感，夏玫玫的悲剧就要开始上演了，而在这场悲剧里，他是扮演了重要角色的，至少他没有尽到他应尽的责任。他终于发现，不知道是从什么时候开始的，有人在他的一贯刚强的心上系了一根纤细的丝线，时间用它那只无形的手拉扯着丝线的另一端，而且越拉越紧，疼痛的感觉在他的生命里不可遏止地弥漫开来。

第二十一章

一

在一个天气晴好的日子里，七中队由两辆大交通车运载，前往参观朔阳关。

朔阳关已经很老很老了，却巍然屹立。千古金城汤池如今成了一个名胜景点，供风雅的或者附庸风雅的游人参观，并收取门票。兵城上不见了旌幡猎猎，也不见戟剑枪槊同日月争辉，烽火硝烟丝丝缕缕都已渗透进岁月深处，以城墙上满目疮痍的斑驳痕迹暗示着一段历史。

这本老书被重新包装了，多出了许多花里胡哨的东西。兵城上有许多男男女女，勾肩搭背煞有介事，曾经是攻不破的防线在新的时尚面前沉默不语。但是，军人在这里，仍然能够触摸到灼热的昨天。举目仰望，关城之上，两个五尺见方的正楷大字——"兵城"，依然如同旗帜，在历史的天空上高高飘扬。

七中队学员从这里读出了铁马冰河的记载，读出了作为军人的辉煌与壮烈。后世许多名流都曾瞻仰过这所兵城，不知何人所为，朔阳关碑林里留下了张家玉《军中夜感》里的"裹尸马革英雄事，纵死终令汗竹香"。有《木兰诗》里的"万里赴戎机，关山度若飞"。还有柳宗元的"烈士不妄死，所死在忠贞"，孟子的"志士不忘在沟壑，勇士不忘丧其元"。这里留下的墨宝几乎都是强调军人视死如归之慷慨气节的。

凭吊归来，再上政治课的时候，七中队教室的黑板上只出现了三个字——

不怕死。

这个课题言简意赅，触目惊心。

作为一个思想政治工作者，韩陌阡庆幸萧副司令员给了他这么一个机会，让他终于登上了管理意识形态的舞台。

这的确是一个美妙的舞台，在这里，他的激情和能量得到了最大程度的发挥。他早就渴望自己能够成为一个管理别人思想的领导者，他适合于管理别人的思想而不是管理吃喝拉撒鸡毛蒜皮。在所有的管理工作当中，管理别人的思想，是最根本的管理。他不仅要在"中介文化"上建立和完善各种规章制度，而更重要的是要在"核心文化"里注入新鲜血液，他要领导他们的大脑，控制他们的中枢——这才是最根本的领导。他的理想是，以七中队为据点，采取不同的方式，灌输一种健康的、高亢的、职业军人的情愫，他要把那些参差不齐的枝干全部修理一新，使其苗壮齐整，使所有的思想都统一到一个意志上来。这里就像一个炉膛，凡是从他这里熬炼出去的，都经过了严格的过滤，滤去了他们身上的小市民习气、小农民意识、小资产阶级意识、小土豪劣绅意识、做梦天上下馅饼的投机意识等，而最终成为一个纯粹的、经过高度凝练的、勇于为事业献身的职业军官。

在不久前发表的《重铸军官的职业精神》一文里，韩陌阡表述了这样一个观点：在军队，整体生活和特殊的使命构成了特殊的文化氛围，装备属于物质文化，是军营文化的边缘，具有一定的可塑性。边缘文化之间是最容易互相沟通的，比如对于兵器的使用，使用的目的一致，可以融会贯通。我们甚至可以根据装备的变化更新来改变我们的训练计划、教育大纲乃至条令条例和规章制度。而规范则是军营文化的中介。中介文化较之物质文化，有一定的稳定性，但也不是一成不变的。只有军队的成员，尤其是军官阶层，才是军营文化的核心，最具有稳固性。我们在千百年来的战争中积淀下来的政治信仰、精神情感、道德观念、战争目的等，在非规范化的军官思维里，根深蒂固。在新的时期，在正规化的旗帜下，重铸军官的军人品格，更新价值观念和价值目的，强调职业精神，是重建整个军营文化的核心所在。一句话，就是要让军官们明白，军官就是军官，而不是其他。我们每个人都不一定是为战争而生，但是一旦选择了军官的职业，就应该准备或者等待——为战争而死。实践证明，韩陌阡的努力是卓有成效的。

教导大队各位首长都很明确，韩陌阡到 N-017 来，重点是来抓七中队来的，而且他所提出来的动议，都是经过深思熟虑的，既有理论高度，也有实践内容，往往无懈可击。因此，在对七中队的思想管理上，实施的方案基本上都是韩陌阡的杰作。现在，无论是从行动上还是思想上，七中队都一步步走向了韩陌阡的规范，走向了韩陌阡为他们设计的职业军官的正轨。

韩陌阡首先从军官的性质讲起。韩陌阡设问：一个军官，同一般的社会公民有哪些区别？

回答出来的区别当然是很多的，譬如说职责任务、仪表姿态、身份待遇等。韩陌阡说，你们说得都对。但有最重要的一条，就是军官不能怕死。不怕死是军官区别于非军官的重要标志。一个人穿上军装之后，他就不再简单是一个通常意义的人了，他的所有活动都围绕着一个中心，都与死亡有关。大家想想，这是不是耸人听闻？

大家回答说不是耸人听闻，事实上就是这么回事。

韩陌阡说，司马穰苴有一段名言：将受命之日则忘其家，临军约束则忘其亲，援枹鼓之急则忘其身。也就是说，将帅接受了领军作战的命令，就不能再想家事了；军队出发行军宿营，就不能再想念亲人了；到了战场指挥战斗，就不能考虑个人安危了。为将之道，不仅不能考虑个人安危，而且还要置亲人的安危于不顾。

然后举了几个例子。

举例之一：北魏将领崔楷守殷州，上任时别人都说那里危险，劝他不要带家眷。崔楷没有接受别人的善意劝阻，说，我独自一人赴任，朝廷生疑，将士的思想也难以稳定。于是合家前往。后来敌人围城来势凶猛，殷州城危在旦夕，部将中有人瞒着他把他的家属子女转移出去了。崔楷得知后大怒，说决战未战，我的家眷却先逃了出去，严重地动摇了军心，连奴仆都会引以为耻。又连夜派人把家属子女接回殷州城。这个举动对守城将士鼓舞很大，作战时人人奋勇，在兵力悬殊的情况下，守住了殷州城。

举例之二：南朝梁将羊侃的儿子被叛臣侯景捕获当作人质，两军交战之际，羊侃披坚执锐于阵前，对他的儿子和侯景说，我不仅是一个儿子的父亲，更是朝廷重臣，是统兵数万的将领，我不会因为我的儿子在敌人手里就徇私失职。又过了几天，两军交锋，侯景军又把羊侃的儿子押到阵前企图要挟羊侃退兵。

羊侃对儿子说，我以为你早就死了，怎么还活着？我绝不会因为你影响我的决心。说完，张弩引弓，将自己的儿子一箭射死。羊侃军目睹这一壮烈行为，无不为之感奋，大声呼叫着"报仇"的口号，挥军冲突，侯景军大败。

举例之三：唐朝将领屈突通所部有一次被敌人大军围困，情势十分危急，有人劝他投降。屈突通说，我这个头颅是唐朝将军的头颅，不是狗头，它是不会向它的敌人低下的。他经常用手摩着自己的脖颈子对部属说，自从我受命率部与敌作战，我就做好准备了，为了国家，这个地方迟早要挨上一刀。正是由于屈突通做好了必死的准备，并且能够以自己的模范行动感召部队，所以即使在最不利的条件下部队也能保持高昂的斗志，夺取了战争的最后胜利。

在韩陌阡看来，军队的思想政治工作，说到底要落实到勇敢作战上来，而勇敢与否，首先就要解决个"气"的问题，有气则勇，无气则馁，勇是气的表现，气是勇的实质。一是要树"正气"，有了正气才有士气，有了士气才有勇气。而军事职业的功能，归根到底都要落实到一个"勇气"上。勇气的核心问题，就是不怕死。而一支部队在战争中有没有舍生忘死的勇敢精神，靠的当然又是军官了。将不勇则三军不锐，将勇则所向披靡。汉朝的刘向综合了前人有关"必死"（抱定死战的决心）的言论，在其著作《说苑·指武》中说："必死不如乐死，乐死不如甘死，甘死不如义死，义死不如视死如归。""故一人必死，十人弗能待也；十人必死，百人弗能待也；百人必死，千人弗能待也；千人必死，万人弗能待也；万人必死，则横行乎天下。"而在战争实际中，还有一个重要的法则——抱必死决心则未必先死，无必死决心则未必不死。戚继光对此就有精辟的见解，认为凡是有血气的生物，莫不爱生畏死，重要的是爱生不能贪生，轻死也得死而得当，不说重于泰山，也不能轻于耗子。但奋勇当先的不一定都死，畏缩不前的不一定不亡，冲锋陷阵者勇往直前，夺取战争的胜利，都是活着的功臣，瞻前顾后各自保命，五十步和一百步的最后结果不是被敌人追杀，也会被军法处死。

韩陌阡就"五十步笑百步"这个典故，让学员们发表"高见"。韩陌阡说："在这个例子当中，你们认为谁最可笑？"

一个学员回答："当然是五十步最可笑，同样是逃跑，他还有脸笑话别人，真是恬不知耻。"

韩陌阡又把谭文韬点起来了。

谭文韬说："还是一百步最可笑，不仅可笑，而且可杀，五十步完全有理由取笑一百步。因为，在逃跑的时间和空间上，二者有着很大的不同。一百步是先逃者，是最早动摇军心者。五十步极有可能就是因为以一百步为'楷模'才逃之夭夭的，如果上军事法庭，罪魁祸首还是一百步。"

韩陌阡对谭文韬的观点表示欣赏，说："这才是军官的正确思维。在战场上，谁先逃跑就应该先杀谁，这是不容置疑的。"

七中队学员对韩陌阡如此不厌其烦地向他们灌输战争意识，已经习以为常了。他们没有觉得这有什么奇怪的，纸上谈兵也是一种手段，甚至是一种必需的手段。一支部队，每一秒钟都不能没有战争意识，军队这架巨大机器里的部件，都是以服务于战争为唯一生存依据的，不认识到这一点，还当什么兵？战争中固然需要激励士气，但士气不是说激励就能激励起来的，一支部队倘若平时风气不正，官兵有气无力，一旦投入到战斗当中，临时抱佛脚，仅靠战场鼓动能够激励起来的"气"，可以说是十分有限的。所以说，战争的胜负往往是在和平时期就已经决定了的。而平时怎么励气，就看思想政治工作者的引导灌输了。小道理要讲，大道理也要讲，无论是大道理还是小道理，由不同的人来讲，效果是迥然不同的，这不仅仅是因为讲解的能力，还有讲授者的人格力量在其中起作用。一个浅显通俗的道理是，要求别人做到的，你必须首先自己做到。言传身教怎么体现？应该是身教大于言传。韩陌阡说他本人现在也还不能证实自己是勇敢的，但他每天都要对自己说几遍，不要怕死，死亡是每个人共有的义务和权利。

韩陌阡说，看一个军人他是否勇敢，最后的考场当然是战场了。但是，也不是说平时就无法检验，看一个人有没有牺牲个人利益的精神，看一个人有没有责任感和使命感，看一个人为人处事的姿态，都能看出他是重利轻义的人还是一个勇于奉献的人。我对七中队出去的学员有个具体的期望，我希望我的学员平时不贪财，战时不怕死，爱国爱兵，正确地使用自己的生命。

二

没有迹象表明，这个中午要出点事情。七中队的宿舍里很安静。自从韩陌阡来到N-017，这种安静就在应该安静的时候不容置疑地覆盖下来。

不仅是七中队，整个 N-017 都是秩序井然。

秩序，这在韩陌阡的词典里，是一个重要的词。韩陌阡像背书一样将七中队每个学员的情况咀嚼得烂熟，他们的家庭背景，文化积累，性格特征，作风养成……所有的关于人的秉性，无不在他的视野之内。在操场上，在炮场上，在教室里，在观察所里，他们的名字都叫炮兵或者学员，他们穿着同样的军服，他们迈着同样的步伐，他们喊着同样的口令，他们甚至吃着同样的饭菜，在同一时间内进入睡眠。但是，他知道，他们的心灵世界仍然是千差万别形态迥异的。

七中队也进入了似是而非的睡眠状态。

上午学习的科目是"高技术局部战争中炮兵的新任务"，由"学生官"教员张陵水讲授。张陵水现在已经不是刚来时候的张陵水了，每日里把小皮鞋擦得锃亮，军装用茶缸熨得笔挺，而且有迹象表明，这小子已经开始物色对象了。此地离城几十公里，附近有几所稀稀拉拉的村庄，大队部的女兵又多是战士，可供选择的对象委实有限，所以就经常抱怨，他之所以来到 N-017，完全是对革命事业的奉献。

既然是"高科技"，内容当然都是新的，都是闻所未闻的东西，什么拦截武装直升机，压制制导武器，压制电子兵器……张陵水口若悬河，学员们晕晕乎乎。谁都不敢肯定张陵水这小子上了战场会不会屁滚尿流，但是纸上谈兵你就不能不服气他的深厚功底了。炮上的零碎他糊弄不了这些老炮兵，而一涉及所谓的"高科技"领域，真的假的对的错的便全由他了。他上过四年本科你上过吗？他学过"远程多因素理论分析"，你学过吗？他会假装说漏嘴了经常漏嘴说一些"Sorry"或"Good Morning"之类的洋文你会吗？

你不会，你就得听他的，他说太阳是扁的你也只好跟着说是扁的。

这年头，小知识分子不风光了，也没见到大知识分子有多少风光，就他们这些不大不小的知识分子牛气。

一个上午下来，大家身心俱累。中午这一会儿，难得小憩一阵。

现在，张崮生等人的日子得到了空前的改善，学员们再也不会轻易地对他们讽刺挖苦了，而对他们表示了一定程度的尊重和礼貌，尽管这种尊重和礼貌里面包含着无奈和警惕的成分。他们的背后，有一股强大的力量，韩陌阡曾经暗示过他们，学员提干的指标不会减少，只要他们坚持跟班学习，把成绩搞上去，最后同学员一起定级是有可能的。当然，他们的心里仍然不踏实，他们知道，仅仅把成绩搞上去还不够，要想增强说服力，他们应该把成绩搞到前面去，如果在学员毕业的时候，他们的成绩在前几名，剩下来的话就好说了。因此，他们不会松懈，为了达到目的，他们必须拿出比学员们更大的干劲，不仅要跟上他们，还要超越他们。

竞争，就像一条大山下的暗流，仍然在隐蔽地并且激烈地进行着。

这个中午，学员们在休息，教员在休息，机关保障人员在休息，整个 N-017 营区里的绝大多数人都在休息或者假休息，只有一个人已经摆脱了世俗的纷争和劳累，进入了一个神秘的境界，这个人就是祝敬亚。

三

在祝敬亚的记忆里，他已经有很长时间没有到这里来了，这是 N-017 以外的地盘了，归汝定城下面的一个乡管辖，但是这里乱石嶙峋杂草丛生，种不了庄稼，所以罕见人迹。

祝敬亚此刻还在后怕，祝小瑜这小东西也太胆大了，大路不走偏走小道，说是抄近，结果被吓得魂飞魄散，回到家里脸还是白的。倘若这种事发生在老百姓的家里，可能还会搞些神神道道的动作给孩子招魂的。当然，话又说回来，如果不是这孩子被吓了一下，他也就不会到这里来了。

是秋末冬初的季节了，别茨山像一个上了年纪的老媪，一点点褪去了曾经有过的丰韵，袒露一身无奈的皱褶。阳光依然清澈，凉飕飕的秋风从身边河水般地流过，将蒿草压出个倾斜的姿势。

这一天其实还是有点先兆的。先兆之一是这一天中午大队伙房多了两个菜，一个是韭菜炒鸡蛋，另一个是辣子炒鸡丁。而这两个菜，前者是祝小瑜喜欢的，后者又是祝敬亚颇为热爱的下酒菜。先兆之二是，韩陌阡这天没有来和祝敬亚凑份子"小酌"，韩陌阡自己在食堂简单餐毕，就回到宿舍读他的《青年马克思传》去了，所以进入情况的只能是祝敬亚一个人。这个中午倘若韩陌阡来了，事情的结局可能就不是这样了。先兆之三是，祝敬亚这天不仅买了韭菜炒鸡蛋和辣子炒鸡丁，还破例奢侈了一下，买了一碟五香花生。因为这天下午他没有课，喝个小酒睡个午觉是他的基本追求。回到宿舍，祝敬亚先将各菜分出一半，在锅底倒上开水焗好，再打开一瓶价值两元五角五分的当地产的精装苞谷烧酒，就着自己的那份菜，自斟自饮，津津有味地喝了起来，而且越喝味道越浓，在祝小瑜回家之前，独自一人居然喝了将近四两，这就是征兆之四了。然后，征兆之五就出现了，而征兆之五离事实已经不远了。

祝小瑜放学回到家里的时候，说话的声音都有点变样了。祝小瑜说："爸爸，你见过三个头的蛇吗，好怕人啊！"

祝敬亚起先没有反应过来，稀里糊涂地说："哪有什么三个头的蛇啊，你怕是看错了。"

祝小瑜说："一点不假，不信你问小蔓跟东胜，我们三个都看见了，中间一个头，两边还有两个头，它昂着头，脖颈子离地这么高，还冲我们吐舌头……"

祝小瑜绘声绘色地描述，还打了个寒噤，老爹也听得毛骨悚然。祝敬亚突然想起来了，是了，这就是当地人说的那种叫作三鸟蛇的东西了，剧毒。祝敬亚的脑海里刷地闪过一个念头，问祝小瑜："告诉爸爸，你们是在什么地方看见的？"

祝小瑜说了地方，说是在二拐子东边。

祝敬亚听了，先愣了愣，然后撮起酒杯，一仰脖子，将里面半杯约有五钱的烈性液体灌进瘦骨嶙峋的躯体，跟祝小瑜交代："你的饭在锅里，你自己吃吧，我出去一趟。"又交代，"吃完饭不用洗碗，想看书就看书，不想看书就睡会儿觉。碗放锅里等爸爸回来洗。"

然后，就拎了根木棍，高视阔步地走了出去。

在快要出 N-017 大门的时候，祝敬亚停住了步子，犹豫了一下，打算从七中队叫上两个人，回头走了几步，想了想，又算了，掉过头来，仍然独自一人去了。

他是怕兴师动众的把影响搞大了。这个书呆子，这个皓首穷经的炮兵专家，这个将自己的坎坷的一生都交给了职责的老式军人，对于那个传授中的民间秘方的可信程度已经来不及论证了，他抱着一腔良好的愿望，愚蠢而慷慨地把自己送进一场惨烈的战争当中，而且没有援兵，完全是孤军作战，他平生第一次犯了兵家大忌。

四

是这个地方了，这里就叫"二拐子"。

祝敬亚依稀记得，刚到军官训练团工作的时候，是听说过，二拐子这地方是个蛇窝。祝敬亚判定，这个季节蛇虫一般是不出窝的，要不是受到了骚扰，就是有什么特殊的原因，譬如急需食物之类。即使出动，行动也很懒怠，走不远，也不会离窝太远。

可是，找了好大一会儿，还是不见蛛丝马迹。感觉是有点老眼昏花了，摘下眼镜，用衣襟擦了擦，弓下腰，再用棍子拨拉草棵，浑浊的老眼像细密的梳子，一遍遍地梳理眼前的每一片草丛。这里不会有了，这是一块青色的石头，这是一截树枝，这是……这紫红的东西是个什么玩意儿……

祝敬亚看不清楚，便弯下腰蹲到地上去摸，这一摸就摸出个天大的麻烦来……那又红又紫的东西突然蠕动起来，先是懒洋洋的，大约是回过神来，弄明白了是有另外一种动物在打它的主意，就高度警觉起来了。

祝敬亚还没明白过来，便听见唰的一声呼哨，面前有一道闪电急遽地掠过——这回他看清楚了，看得真真切切——他差点儿没有喊出声来，就是它，就是他历经千辛万苦满怀希望要找的它。

祝敬亚连想也没想，就舞动手中的木棍，扑了上去。可是，这个一肚子炮兵韬略的炮兵理论教员太低估他的对手了——它有三副头脑，尽管那里面不具备高级的灵长动物的智慧，它还有六只眼睛——天哪，那六只年轻的、机警的、为了捍卫自己的生命而焕发出战斗光芒的眼睛绝不是祝敬亚那双老眼所能够比拟的——它就在他前方不到五米远的地方，它高高地昂起了它稀有的头颅，六只眼睛犹如六只明亮的枪口，在威慑它的敌人退却的同时，也在诱惑着它的敌人前进——是的，只要他不去进犯它，它就会将这对峙坚持到最后，它它摸不清对手的底细，此时它还不敢断定，战争一旦爆发，谁会是最后的胜利者。从它的本意上讲，它不希望战争升级，眼前的这个敌人虽然笨手笨脚，但它知道，这个庞然大物的名字叫作人，人这种动物它见得多了，尽管它常常受到他们的骚扰甚至进犯，尽管在它和它的同类的一生当中都要逃避他们的伤害，尽管在所有的敌人当中人这种动物对它的危害最为严重，但是，只要他们不主动发起攻击，它还是希望能够与之和平共处。

然而，战争已经到了一触即发的紧急时刻了，他——动手了。他在这一瞬间由一个素不相识的路人变成了它最凶恶的敌人。它明显地看出了对手的下巴在哆嗦，它甚至听见了他心里滚动着的隆隆的战斗欲望。

同时，它也惊喜地看出了他的胆怯。

他胆怯了吗？是的，他是胆怯了，在他那耀武扬威的躯体里，一丝真实的胆怯从他最不在意的地方——从他腮上的肌肉里向外抖动。他从来没有见过这样奇怪的动物，即使它不是剧毒的三鸟蛇，仅仅凭着它那出奇的面貌，也足够让人肝胆俱寒了。

可是，另外一种激情很快就驱散了他的恐惧，三分酒意焕发出十分战斗热情。为了胜利，他必须勇往直前。他竭力使自己那颗怦怦乱跳的心平静下来，尽量跳得正常一些。

然后，他再一次摘下眼镜擦了擦。他坚定地、沉稳地、缓慢地向敌人逼近了。

它浑身的关节在这一瞬间骤然收缩，它的躯体顿时坚硬如铁，它在收缩中紧急思考，是退却还是迎战？

可是他仍然在一寸寸地向它逼近，它迅速判明了，退却不是明智之举，看他那副恶狠狠的样子，看他那满脸凝聚的滔滔杀气，不取它的性命他是不会善罢甘休的。怎么办？狭路相逢勇者胜。它开始积聚力量，把躯体缩小到最低限度，并且低下了高昂的头颅。它知道它的优势。就在那凶狠的第一轮进攻扑面而来之际，它迅速地缩成一团，紧紧地护住了生命的中枢。现在，他的手里已经没有兵器了，目标是运动的而他却无法掌握它的运动方向，从而也无法确定射击的提前量。那根木棍已被掷出两丈开外，而对手并没有被击中。他向周围观察了一番，没有顺手的武器了，他只好抓起一块石头，借这块石头壮胆，冲上去又捡起了木棍，再次向它发起进攻。

它终于决定还击了。它没有理由坐以待毙，就在他抛掷了木棍而立足未稳之际，它奋不顾身地从草丛里飞了出来，用它那能量巨大的兵器——它细小而锋利的牙齿，在他的腿上噬咬了一口。然而这次还击没有奏效，它咬在了一种厚厚的软绵绵的东西上。它立即就意识到了另一种弱势——对手是有盔甲的而它是赤裸裸的，所以它最终还是决定逃之夭夭。

可是已经由不得它了，它突然感到腹部一阵烫热，一个热乎乎湿漉漉的东西在钳制着它挤压着它，它知道它危在旦夕，它别无选择，它只能进行生命的最后一搏，它竭尽全力扭它的眼睛里喷射着仇恨的火焰，它的胸腔迸发出咝咝的怒吼，它的冷飕飕的呼吸和他的热乎乎的呼吸交织在一起，它没有被那醇浓的酒香所陶醉，它把它所有的希望和绝望全部凝聚在骨骼里，从那越来越紧却越来越力不从心的钳制中脱身而出，像一株在狂风中呼啸的树枝，在他的手上，在他的脸上，在他的脖子上，留下它复仇的痕迹⋯⋯

他知道他被击中了。他的眉头也被猝不及防地啄了一口，他搞不清楚它用的是哪一颗脑袋，但他不相信死神就这样轻易地降临，他仍然狠命地攥着它，向它发出更加猛烈的进攻，在跳跃的同时拼命地把它往地上摔打，他和他腹中六十二度精装苞谷烧酒一起跳跃，他和满身绚丽五彩缤纷的它一起舞蹈，他的炮兵思想和它的求生欲望一起在生命的边缘挣扎着扭动。在这一瞬间里，二拐子这个名不见经传的地方杀声沉闷飞沙走石，蓝天苍茫日月暗淡。好一场惊天动地的血肉混战！

他终于把它挤碎了，折断了，摔成一条扭动的绳索，他的血和它的血一起从他的指缝里溢出，然后，他用尽最后的力气，攥着他的战利品，跌跌撞撞地返回了他的家园——N-017。

五

除了他们，没有人知道祝敬亚教员为什么会在这个平常的中午到二拐子这个鬼地方来，为什么会同一条奇形怪状的毒蛇发生了肉搏，以至于同归于尽，而他们是不会暴露这个秘密的。他们在祝敬亚的墓前宣过誓，要把这个秘密埋进灵魂深处。

他们是凌云河、魏文建、谭文韬和常双群。

祝教员被蛇咬伤致死的噩耗传到七中队，已经是晚上了，当时大家正在吃饭，而此前他们一点消息也没有得到。根据韩陌阡副主任的指示，在抢救期间，这个消息对外封锁，尤其是对七中队学员保密。

终于到了不得不解密的时候了。

第一个消息是张陵水带回来的。张陵水目前还是个单身汉，是驻队教员，吃住都在七中队。张陵水这段时间一有工夫就往大队部跑，据中队文书透露，是去找卫生所医助田丽芬"磋商"什么，每次回来脸上都有些鬼鬼祟祟的喜色。

是日下午下课之后，张陵水又到大队部去了一趟，回来之后脸色很不好看，在饭桌上像是漫不经心地提起，祝敬亚教员被毒蛇咬伤了，已经运到BGC野战医院抢救去了，姚大队长和韩陌阡副主任都去了，大队卫生所的田丽芬和丛坤茗也去了。

常双群和谭文韬的饭桌紧挨着队部的桌子，起先听得不太真切，等到中队干部们一再询问，就明白了来龙去脉，常双群的第一个反应是停住了进食，筷子戳在碗里，半天没有动静，那双眼睛看着张陵水的小白脸，竟然黑不溜秋的。谭文韬在桌子底下踢了他一脚，常双群看了谭文韬一眼，把筷子一搁，慢吞吞地站起来，走到潲水缸前，把小半碗饭菜倒掉，再到水管前把碗洗尽，套上碗套，放进碗柜。从容不迫地做完这一切，就离开了饭堂。

常双群一出门，凌云河就过来了，跟谭文韬和魏文建交换了一下眼神，几个人心照不宣，也离开了饭堂。出了饭堂，就往大队部方向跑，果然不出所料，常双群已经在前面了。

追了上去，常双群铁青着脸，一言不发。凌云河说："常双群你干什么去？祝教员现在已经到 BGC 医院了，你到大队部也见不着了。"

常双群还是不吭气，黑着脸往前跑。

谭文韬也在后面喊，说："常双群你冷静一点，现在情况不明，咱们还不能失态，要看祝教员是天经地义的，但是必须把情况摸清了才能行动。"

常双群终于开口说话了，说："还有什么不明白的？明摆着的，祝教员是为了我被蛇咬的，那么毒的蛇，能有个好吗？祝教员要是有个三长两短，那我就是千古罪人了。"

几个人连跑带吵，刚走到大队部办公楼前，就见一辆吉普车迎面开了过来。几个人便站在路边，车子近了，停了下来，从车上下来了一个人，没戴军帽，显得蓬头垢面，一身颓气。

仔细一看，是韩陌阡。韩陌阡也看见了常双群等人，用一种异常冷峻的目光向这个方向睃了一眼，然后一步一踱地走了过来，阴沉沉地只说了一句话——祝敬亚同志去世了。

六

这是真正的黑夜了，真正的黑夜里见不到一丝光亮。山峦、森林、河流、鲜花……全都消失了，一切都被浸泡在夜的海洋里。

祝教员，我们来看您来了，您一定也看见了我们。我们不仅是您的学生，也是您的孩子啊。是的，人的生命是脆弱的，脆弱得就像一张薄纸，针扎即透水泡即散火烧即灰，宇宙里运行着那么多乱糟糟的陨石，哪怕只有指头大的一粒挣脱了正常的轨道，穿过大气层从空中落下来，它的重力加速度即能穿透过我们的头顶，击碎我们所有的思想。即使井口的直径只有八十厘米，即使那里面只盛有几吨水，可是只要我们失足落下去，它就可以使我们的理想、劣习、追求、兴趣、智商以及所有的崇高的或不崇高的经历在顷刻之间窒息成一团腐朽的肉泥。人的一生有多么漫长啊，几十年几万天几千万分钟几亿万秒钟，只要在这几亿万秒钟里有零点零零零……一秒钟，公路上奔驰的汽车轮子下迸起哪怕只有一片小小的玻璃屑，穿过我们的肋骨钉进我们的心脏，或者一根高压电线断了下来落在我们的身上，那么，我们所有的欢乐、细胞、痛苦、血液、爱情……都会一起停止跳动。这种危险每零点零零零……一秒钟都是存在的。

何况还有刺刀、冲锋枪、大炮、导弹、原子弹……这个世界上，可以消灭生命的东西不是太少而是太多了，性能越来越丰富，技术越来越精湛，造型越来越精巧，携带越来越方便……

可是，在更多的时候，我们脆弱的生命却又那样坚硬，火烧不死，水淹不死，枪打不死，刀扎不死，我们躲过了所有的索命的兵器，我们对付一切要命的勾当有一个最有效的对策，打得赢就打，打不赢就跑。依靠我们的双腿，依靠我们永不停息的奔跑，我们躲过了多少灾难啊？许多跑不过我们的人都死了，许多比我们优秀或者不比我们优秀的人都心酸无奈地离开了这个世界，而我们依然津津有味地活着，不屈不挠地活着，活过了童年、少年、青年、中年、壮年、老年，即使已经完全丧失了人格和人性以及人的功能，也还是死皮赖脸地活着，还贪得无厌地想长命百岁，甚至还痴心妄想长生不老。有些人杀人越货坑蒙拐骗谋财害命男盗女娼，有些人一无所知浑浑噩噩对社会毫无贡献，而他们同样有脸活着并且活得充满乐趣，他们唯一的理想和最高的追求就是活下去，没完没了不厌其烦不道德不知趣地活着，每当死亡的危险降临的时候，他们拔腿奔跑，跑得远远的，让别人替他们挡住死神追赶的步伐，然后继续毫无建树地活着，令人憎恶地活着。

可是您却死了。无论如何，您也是在这个时候不该死去的人，这个社会多余的人绝不是您。绝不是！您为什么不跑呢，您不仅不跑，还主动向死神靠拢。

是您自己杀死了自己啊。

哦，我们明白了，您就是您的四十五度人格论的最虔诚的践行者，您就是韩副主任说的那种叫作 AAA……B 型的人。这些天来，我们读了您的历史，我们读了你的灵魂，我们一直在瞻仰您那双永远不灭的眼睛。毕竟，您是把生命献给了别人的人啊，您也要为自己，您也有过自私的努力，而您最终不是为了自己结束自己的。祝教员，您教给我们的，又何止是区区炮兵战术地形学之类的世俗的学问啊，您给我们留下了一本厚厚的人生哲学经典。

我们来看您了，在这个月光似水的夜晚，在这个举世沉睡的梦幻之夜，我们——您最喜爱的学生，我们就是要选择这样一个空旷的夜晚，一切都安静下来了，只有我们和您——我们敬爱的导师在这里畅谈人生和理想。我们已经听到您说的话了，您说，不要为我的死感到伤心，其实死亡有什么值得悲伤的呢？我们的幸福、欢乐、爱情、事业……这一切不都是因为我们终将死去才具有价值的吗？孩子们，如果上帝宣布你永不死去，那么你还会吃饭、恋爱、操练、学习……吗？你还用得着去争取这样那样的荣誉、地位、价值、前程……吗？孩子们，我现在知道了，一个永不死去的人就像一粒没有生命的沙子在宇宙间漫无目的地遨游，是毫无意义的，一个永不死亡的人怎么会有欲望呢？而欲望正是支撑我们活下去的理由啊。所以说，死亡是我们最好的归宿，至少我们可以知道，在死亡之后还有新生的可能，如果让我们永不死去，那就连新生的可能——仅仅是可能也就完全不存在了。

是的，教员您说得对。死亡没有什么可怕的。可是你的确是离开我们过早了，早得我们毫无思想准备。因为我们还要走很长一段路，我们需要您像阳光一样照耀我们。

多么安静的夜晚啊，万籁俱寂，月朗星稀，立在山上，思接千古，神游八荒，极目苍穹，宇宙间一片混沌。

立足在 N-017 的这块土地上，立足在贯山之巅，他们似乎看见了一个历经沧桑的身影正从云端飘逸而来，向他们靠近，在他们的视野里放大清晰，又朦胧离去。他们似乎听见了一声轻轻的叹息，那张熟悉的脸庞似乎正在慈祥地注视着他们，那个熟悉的声音似乎在低语……孩子们，我能做的都已经做了，你们每个人也都会成为阳光的。常双群我知道你在想什么，从我离开那天起，你连一滴眼泪都没有流，可是你的心已经被热泪浸泡得麻木了。你用不着这样。死人的事是经常发生的，而且要永远发生下去。现在我知道了，我给你抓的那条蛇，其实用处不大。可是那是我的良好愿望，正是为了这个愿望，我才提前离开你们的。你与其悲伤，不如振作精神，把剩下的学业完成，达到你理想的目的，这就是对我最大的安慰。你能答应我吗？

我答应。

啊，祝教员，我们听见您的声音了，您说，我们都是您最器重的学生，您说人生短暂，死得其所则死而无憾，您说您已经是一缕魂魄了，而我们还是人间的凡夫俗子，您要我们当一个优秀的凡夫俗子，无论将来做什么，都不要轻易降低标准，把短暂的人生过程活出长度和高度——沿着德才兼备的四十五度，把自己的生命发射到最大的极限。

我们真切地听见了您的声音，您是让我们宣誓吗？我们在您面前宣誓：一、我们不会说出真相，我们知道您的心愿，我们将保守这个秘密。二、在未来的路上，将用心用力地做一个优秀而善良的人。我们记住了您最后留给我们的那句话，一切动物都是无辜的。再也不要与它们为敌了。我们宣誓……

七

祝敬亚的遗体火化之后，掩埋在 N-017 大院东边的贯山上，而那里，已经有了一座坟茔，里面就是传说中的十几年前为了爱情献身的年轻的女医助。

关于女医助的故事，仍然是个谜。当祝敬亚去世之后，N-017 院里有人传出流言，说那位女医助实际上就是祝敬亚落难时的恋人。常双群他们对这种说法宁信其有不信其无，祝教员一生辛劳一生坎坷，去世之后还有一个美丽的女医助在九泉之下相伴，也算是没有缺憾了。

祝小瑜不知道爸爸去世的消息，除了疑惑，没有经受更大的打击，这一点应该归功于韩陌阡。还是在医院抢救的过程中，韩陌阡就给萧副司令员打了电话，采取果断措施，派人将祝小瑜从村里小学接出来，专人搭乘火车，直接送往 W 市韩陌阡的家里。护送的叔叔仅仅告诉祝小瑜，她的爸爸到边境执行任务去了，这一年，她只能到 W 市读书了。此后，她将在韩陌阡夫人林丰的监护下，在 W 市南京路小学完成她的学业。

在祝敬亚的家里，常双群等人发现了那条被当地人称之为三鸟蛇的怪物。凌云河通过丛坤茗，向 W 战区的眼科专家咨询了，得到的回答是，对于这种剧毒的动物身上的器官，不可轻易使用。丛坤茗的父亲指导丛坤茗先将毒蛇用酒浸泡起来，待论证此物对色盲确有疗效而且对人体无害之后，方可使用。

常双群连续几个昼夜两眼失神，上课的时候也是神情恍惚，有时候嘴里还会情不自禁地嘟囔一些什么，这种状况令谭文韬、凌云河等人十分担心。只要有空子可钻，几个人就要围住常双群，反复进行教育，坚决不让暴露祝敬亚捕蛇的真相。道理是显而易见的，为了常双群，祝教员把老命都豁出去了，就是希望他能坚持到毕业，如果此时把真相和盘托出，那就辜负了祝教员的一片良苦用心了，祝教员会死不瞑目的。

在强大的思想工作面前，常双群终于答应了暂时保守秘密，坚持到底。可是，压在心里的巨大的愧疚和悔恨却无时无刻不在噬咬他的神经。

在这个漆黑的夜晚，趁着夜训归营之前的短暂工夫，凌云河鼓动常双群、谭文韬和魏文建悄悄地登上了贯山，默默地祭奠他们敬爱的教员，并且宣誓，永远保住那个秘密，力争全部顺利毕业并成为本中队最优秀的学员，以告慰教员在天之灵，同时也进一步稳定常双群的情绪。

八

如注的雨水从高天上纷纷扬扬飘洒而来，越过朔阳关，落在 N-017 的沟壑里，洗出了一片青山秀水。

这是初冬的雨，是一场大雪的前奏。丛坤茗就在这滂沱的大雨里搭上了前往 W 市的特快列车。她是利用探亲假的机会，去从事一些秘密的和不秘密的活动。这些活动包括：带上那条祝敬亚为之送命的三鸟蛇，请他的父亲和 W 军区总医院的专家们鉴定那副民间药方，对于色盲的疗效是否确实存在。还包括，七中队学员秘密筹措二百六十八元现款，委托她捎给林丰，用于补贴祝小瑜的读书开销。这件事情当然是瞒着韩副主任的。第三件事就是她个人的事了，她在 W 市进行短暂逗留之后，还将乘车北上，去看望已经处于垂危状态的章阿姨。

上个星期，贺先豹——她童年的豹子哥哥从北京辗转打来电话，说是章阿姨病了，而且是绝症，已经住进了解放军总医院。

这个电话是章阿姨让贺先豹打的，章阿姨的意思是让她到北京去，"娘俩儿见一面"，贺先豹只是如实地转达了母亲的意思，别的并没有多说什么，但是丛坤茗顿时明白了，章阿姨这一住院恐怕凶多吉少。两个月以前，贺伯伯已经先走一步了，这对章阿姨无疑是个致命的打击。放下电话，丛坤茗的眼泪已经涌到眼眶的前沿了。也就是在这个时候，她才发现她是深深地爱着章阿姨的，就像章阿姨对她的疼爱一样真实。于是她便请了假。来之前，她邀了柳漱和楚兰一起在营区外面的山上采了一些五瓣丁香的蓓蕾。快到冬天了，这娇嫩的花儿十分难寻，尤其是五瓣丁香，还是蓓蕾，没有开放，要从枝叶上辨认。柳漱和楚兰帮助采了不少，可是都大多被她淘汰了。这是一种象征着吉祥的礼物，她必须用心，用一份真实的感情对待这件工作，哪怕它仅仅是一个缥缈的心愿。

上午采完了花，下午她就登上了列车。

回到 W 市之后，第一件任务很快就完成了。经专家研究，丛坤茗带回去的那种被称之为三岛蛇的毒蛇的眼睛作为一种药材，对人体无害，同另外十几味药材一起炮制，对于矫正人的视力确有好处，但那作用是微弱而缓慢的，须长期服用方能改善——教授们一再强调，是改善而不是根治。

第二件事也很顺利，当丛坤茗把七中队学员筹集的心意交给林丰时，林丰眼含热泪收下了，并向丛坤茗打听了韩陌阡的近况。

丛坤茗发自内心地告诉林丰，韩副主任在 N-017 是最受尊敬的领导之一，身体很好，就是有点累，林大姐要多写信劝韩副主任注意休息。

然后，丛坤茗就带着一腔沉甸甸的心事，登上了开往北京的列车。

到车站接她的是贺先豹和他的工人阶级妻子。乍一见面，贺先豹见她仍然穿着两个兜笨重的棉衣，有些发愣，字斟句酌地问道："小茗，怎么还没提起来？"

丛坤茗抿嘴笑笑说："不努力呗。"

贺先豹眨了眨眼，说："你这个人啦，你跟你爸一样臭硬，太要强了。革命靠自己是不错，可是你也不看都什么年头了。什么干部政策改革？看看咱们大院里的那些人，军以上干部的孩子谁受政策改革的影响了？要是听我妈的，你现在至少是连级干部了。"

丛坤茗说："那样磊落吗？"

贺先豹几乎嘲笑了，说："是不磊落，可是磊落的人要归不磊落的人的领导，这就磊落了吗？"

丛坤茗及时转换话题，问："章阿姨现在怎么样？"

贺先豹悻悻地说："还能怎么样，苟延残喘罢了，就等着你这个干女儿来送终了。小茗我跟你讲，这回你不要含蓄了，老太太临死前肯定要发话。知道某某吧？他现在在总部工作，他过去一直是老爷子的手下，老爷子当师长，他是师里的干部科长，老爷子当军长，他是军里的干部处长，老爷子当大区司令员，他是军区的干部部部长，老爷子到北京来，他也到北京来，老爷子的后事就是他张罗的。这回该替老太太办后事了。他每个星期都要来两三次。只要他过问了，你的问题就迎刃而解了。"

贺先豹的工人阶级妻子也帮腔说："小茗我们都知道你和丛叔叔的为人，我们一家都钦佩，但是嫂子我得劝劝你，你得识时务。妈妈老惦记你，她是真心疼爱你，你给她一个机会帮你说句话，实际上是对她老人家的安慰。"丛坤茗说："章阿姨病成这个样子，我怎么能说得出口啊？"贺先豹说："我可告诉你小茗，机不可失，时不再来，过了这个村可就没那个店了。你相机行事吧，逮上机会，我跟你大嫂也配合一下。"

丛坤茗说："别了，要说我自己说。"

在一间宽阔的高干病房里，她看见了那位对她终生疼爱的老人，她简直不敢相信，眼前这位形容枯槁的老人就是她的章阿姨。章阿姨年轻的时候是一个纵队的一枝花，在丛坤茗的记忆里，章阿姨的皮肤永远都像雪梨一样白嫩，章阿姨的脸上永远是光彩夺目春意盎然的，章阿姨的一举一动都是那么雅致得体，章阿姨的声音一直都是那样圆润悦耳……可是，呈现在丛坤茗眼前的却是一个双眼深陷皮肤松弛苍白得毫无血色而且行将就木的老妪，她连看她一眼的力气都没有了，丛坤茗走进病房的那一当口，她在熟睡，抑或是在昏迷。在那一瞬间，丛坤茗抑止了一路上的泪水又汹涌而出，以至于泣不成声，只得背过身去哽噎。

后来章阿姨终于苏醒了，缓缓地抬起了眼皮，渐渐地看见了她，向她招了招手——实际上只是用手指在胸前弹动了两下。丛坤茗靠了过去，坐在床边的凳子上，并把手伸了过去，让章阿姨把它握在自己骨瘦如柴的掌中，轻轻地、几乎是静止地摩挲。

丛坤茗的心里顿时又滚过一阵凄凉。

这双手，曾经是那样的丰润，章阿姨曾经是那样精心地保养着它，然而，现在它终于干涸了，干涸得几近龟裂，上面爬满了蚯蚓般青紫参差交错的血管。

章阿姨嘴里嘟囔了一句什么，丛坤茗听清楚了。章阿姨说的是："孩子，我总算还能再见你一面。"

丛坤茗突然从心底滚过悲哀——对于生命之脆弱和无奈的悲哀。哦，天啊，这是怎么啦，为什么会这样呢？这一切都是谁造成的呢？

只有一个答案——时间。

时间，一个多么奇怪的东西，它让我们在其中占据一个小小的碎片，让我们生活一个阶段，然后，又一点一点地把我们变大变老，一个人和一棵树有什么区别呢？所有的生命都只不过是从时间的横断面上剥落下来的一粒极小的微尘，从发芽开花到成长，哪怕最后长成参天大树，也还是逃不过时间的巨掌。在这个世界上，一切都是渺小的，都是不堪一击的，唯有时间永存。

是的，没有什么力量比时间更强大的了，也没有什么生命比时间更持久的了，时间就是辽阔无垠的海洋，你不知道哪里是它的彼岸，所有的生命都浸泡其中，鲜花、绿树、荣誉、爱情、欢乐、痛苦……时间用它无与伦比的巨掌轻轻地抚摸所有这一切，它在允许你生存并且为你提供生存空间的同时，也在不动声色地风化你腐蚀你，在时间的海洋里浸泡久了，即使再高贵再美丽的面容和身段，也必将香消玉殒，最终它们都落下一个同样的结局，只剩下了一个共同的名字——历史。

她的心里突然有一种超脱的释然。世俗的东西在这里又算得了什么呢？

章阿姨的病情不太稳定，神志时而浑噩时而清醒，清醒的时候就同丛坤茗聊天，什么都问，爸爸好吗，妈妈好吗，你的工作情况怎么样？阿姨是不行喽，你贺伯伯在那边寂寞呢，不适应呢，老东西又在发火呢，叫我去，那我就不能不去。说着说着就笑了，很坦然，看不出一个面临死亡的人的恐慌。

丛坤茗心里于是就想，到底是老革命啊，到底是从战争年代走过来的人，什么都不在乎。一个人能在死亡面前如此平静，这不是一般的境界。以这样的心态走进死亡，应该是幸福的。是啊，恐慌又有什么用呢？既然是必然的，既然是不可抗拒的，又何必哭天喊地死乞白赖呢，不仅无济于事，而且损坏了几十年塑造的形象。

如此一来，自己的那点人间凡夫俗子的琐碎小事就更不足挂齿了。

章阿姨有时候也问，问小茗还有没有什么事需要她办。老太太的手就像是戴了一只透明的薄手套，罩着峰峦般起伏的蜿蜒山脉，在她的发丝间轻轻地移动。章阿姨说，你伯伯和你阿姨官当得不小了，但是没有造过孽，现在没权没势了，但是有人，还是可以讲上话的。

丛坤茗的心里便有一阵躁动，有时候真想跟章阿姨说了，说一说这些年的努力，说一说眼下的窘境，说一说自己的想法。可是，每次都是在话即将出口的瞬间，又被坚决地镇压下去了——她不忍。

九

一日，来了一个已见富态的首长，被几个医护人员簇拥着走进了章阿姨的病房。当时丛坤茗正在给章阿姨揉胳膊，马上便有一个护士接替上来。

进门的一瞬间，首长看见了丛坤茗，用疑问的眼光扫视了这个穿着两个兜棉衣的漂亮女兵，目光很有力度。

丛坤茗见有大首长来，就知趣地离开了病房。返身关门的时候，她发现首长还在注视她，她知道一个普通的士兵出现在章阿姨的病房里是引人注目的，她的脸一下子就红了。

贺先豹当时就在病房的会客室里，贺先豹告诉丛坤茗说，这就是在总部工作的某某某了。贺先豹说："你正在里面陪老太太，出来干什么？不要老是出来，你就一直待在老太太的身边，某某某肯定要跟你说话，你就是不说，老太太也会把你的情况跟他介绍，那样就水到渠成了，你也不会有低三下四的感觉。"

丛坤茗说："先豹你把我看成什么人了？章阿姨病成这样，我还能算计自己的事吗，那我不是彻底地没心没肺了？"

贺先豹大大咧咧地说："看看，又犯傻了不是？这完全是两回事。谁也不怀疑你对老太太的一片真感情，但这并不是说你就没有自己的生活。再说，这几天你本身也都是一直在老太太的身边嘛。你说你明天就要归队了，那你今天不去老太太身边值班，跑到这里偷懒啊？"

丛坤茗说："你别搞激将法，现在阿姨面前有三个护士在那里守着，我休息一会儿怎么啦？"

贺先豹苦笑一下说："彻底地没救了。就是啊，平时怎么不见三个护士一起来伺候？这时候却都一下子拥过来了。每次某某某来，她们都有好几个人一起来，没事也找点事做，干什么？就是想留个印象。谁都知道某某某是分工管什么的，谁都知道某某某说话的分量，谁都知道某某某是极重感情的首长。某某某每次都问老太太，这里的医生怎么样，这里的护士怎么样？老太太每次都要帮她们说好话。我告诉你，她们中间有一个人想上某医大，想从护士转成医生。有一个人想解决两地分居问题，请老太太说句话，老太太真说了，现在她们的名字已经记在某某某秘书的小本子上了。你要是再清高，那就是自己对自己不负责任了。"

贺先豹这么振振有词地一说，就由不得丛坤茗不动心了。贺先豹见她沉吟不语，又趁热打铁，说："叫你去病房，又不是让你给人磕头，不弯腰不低头，你犹豫什么？这是机遇你懂吗，如果一个人连送上门的机遇都抓不住，或者傻乎乎的根本就不去抓住那机遇，那她确实不行，活该她永远望洋兴叹。"

丛坤茗仍然低头不语。可是，那一腔心事啊，那像岩浆一样蛰伏在青春的生命里的愿望啊，终于，在心里，开始缓缓地流动起来，同年轻的血一起流动，并且越流越快，越流越猛，终于形成了滔滔奔腾的势头。

是啊，自己不比别人差，自己是勤奋的是努力的，自己是出色的优秀的，无论是人格还是智慧，都可以毫不愧怍地说，自己是应该拥有自己所追求的那一份的。既然不公平的事情已经出现了，那么，还在苦苦地守着什么呢？人生是这样短暂，也许，先豹说得是有道理的，机遇，是机遇，抓住机遇也是一种能力。抓不住，那就活该了，那就只能永远当一个怨天尤人的庸才了。

贺先豹什么时候离开的，丛坤茗不知道，但是，她清楚地听见了病房里的说话声，她的心里一阵突突乱跳，跳得很急也很慌。

是个机遇，简直就是天赐良机，章阿姨今天出现了前所未有的良好状态，从说话的音量和节奏上看，丛坤茗甚至能够判断出床头摇高了，章阿姨是在半躺着同某某某首长说话。

更让人怦然心动的事紧接着出现了。

抬起头来，她一眼就看见了会客室里那束丁香。

那是五瓣丁香，是能够给人带来吉祥的祝福的五瓣丁香，是她从别茨山采来的小蓓蕾，她一直在精心地照料着它们守候着它们，它们沉默了一个多星期了，直到今天早晨，她望着它们那紧紧裹着的小身躯还在暗暗地着急，因为明天，至多是后天，她就要回 N-017 了，而它们居然毫无开放的迹象。早晨她还在想，如果在她临走之前这些花还不开放，那她将把它们带走，她不能把一束不会开放的花（何况又是蕴含着祝福和愿望的花呢）带进病房，她不能让章阿姨看见一个不会说话的祝福。而在现在，在这个非凡的重大的初冬的上午，它们竟然善解人意地盛开了，它们开得是这样及时，这样隆重，小小的花瓣像一粒粒微型的太阳，鲜艳夺目。

丛坤茗的眼里突然涌上一层湿热，五瓣丁香啊五瓣丁香，你是从那九天飘逸而来的天使吗，你是幸运之神派来助我一臂之力的吗？在这个时候，再合适不过了，章阿姨的精神气好了，甚至能够听到轻微的笑声了。这个吉祥的天使啊，这个时候你出现在老人的面前，又会带去多少喜悦和赞叹啊！

天意啊——真是天意。

终于，丛坤茗捧起了——几乎是抱起了插满了五瓣丁香的花瓶，向病房走去。

一步，两步……只要再上前一步，轻轻地拧动那柄黄铜把手，那么，她和她的五瓣丁香就会轻盈地出现在章阿姨的视野里，当然，还会出现在那位位高权重又极重感情的某某某首长的视野。然后，情绪正好的章阿姨就会介绍这是她的干女儿，可能还会介绍她的父亲，介绍两家几十年相濡以沫的交情，某某某首长会问起她的工作情况，再然后……她的心跳在骤然间加快，她已经感觉到脸上的烫热了。她想她的脸一定红了，红得鲜鲜亮亮的，就像这最大限度绽放的五瓣丁香。

好了，现在，她的手已经触摸到那个冰凉的金属体了。她轻轻地动了它一下，奇怪的事情发生了，它居然不像以往那样润滑了，它居然发出了声音——尽管那声音已经轻得不能再轻了，可是，在她听来，却不啻是一声巨大的轰鸣，她被这声轰鸣惊呆了，或者说她是被自己内心深处传出来的声音惊呆了。

她松开了黄铜把手，木木地站在原地，纹丝不动，她感到她已经跨过了一段漫长的旅途，她在这段漫长的旅途里艰难地跋涉了至少有半个世纪。她太累了，她的心和双腿已经衰竭了，她再也走不动了，万里长征只剩下了最后的一步，可是，可是……她实在是走不动了。

她终于没有再去拧那充满了诱惑的闪闪发光的黄铜把手，尽管在此之前她已经数不清她曾经拧过它多少次了。那时候她连想也不用想，伸手就把它拧开了，那样轻松，那样自如。可是，现在，她却感到了它的沉重和冷峻。

是的，这一切都是很自然的，花开了，祝福的花，吉祥的花，它们盛开了，它们的确是应该在章阿姨精神状态最好的时候出现在她的面前，这是她曾经想象过和期盼的场面，这些花是从千里之外带来的啊，它们已经悄悄地沉默了一百多个小时了，它们和她一样在等待这个开放的时刻……

没有人会发现什么异常，没有人知道她的心里是怎样的境界，不会出现一点点不自然的痕迹……可是，她还是坚决地立定了。

是的，别人不知道她在想什么，别人不会看出她的念头，而她是知道的，她知道异常恰好出现在她的心里，此刻，她的心里不仅有这束纯洁的鲜花，还有别的什么。还有比她心里的不自然更不自然的东西了吗？还有比自己心里的异常更不正常的东西了吗？还有比内心装着一个不可告人的秘密更让人艰辛的了吗？就在十分钟之前，在某某某首长没有出现的时候，这一切问题都不是问题，这一切都是顺理成章的，都是干干净净真真实实的。可是，在十分钟之后，在某某某首长已经出现了之后，不是问题也是问题了。不行，她做不到。她过去做不到，现在做不到，将来还是做不到。她不能玷污她从 N-017 一株一株觅来的这些清白的小花，她不能将她美好的愿望和虔诚的祝福掺杂进别的什么东西之后再献给章阿姨。

丛坤茗在病房外面的会客室里坐了一会儿，望着那束充分开放的五瓣丁香，心里越发虚起来。还有那扇一推即开的门——鸭蛋青色的木制小门，在这一瞬间也成了一只窥视的眼睛，尽管在此之前她已经走了无数遭无数遍，都是神色坦然问心无愧的，可是今天它似乎成了旁门左道，成了一条检验灵魂的鸿沟。

她不知道贺先豹到哪里去了，要是这时候他在这里，一定会再次怂恿她督促她，她想，说不定她会抵御不住那怂恿和蛊惑的。

她终于站起身子，悄悄地走出会客室并乘上了电梯，离开了住院大楼，在楼下的花园里长久地踟蹰徘徊。

第二十二章

一

凛冽的冬季的风从遥远的北方南下，掠过中原辽阔的土地，再从朔阳关的缝隙里挤进别茨山区，就变成强弩之末，柔和了许多。细碎的雪糁落在植被覆盖的山峦里，很快就消失在竹根树缝里。

这是一个温暖的冬天，但是，与这场微弱的初雪一起来到 N-017 的，却是一个无比寒冷的信息。

这两年，恢复高考之后的"学生官"陆续毕业，已经有三批先后补充到部队，仅 W 军区就有数以千计的"学生官"到基层任职。而这几年，正是新中国建立以来考学热情最高的几年，举国上下漫山遍野响彻着一个时代的最强音——考大学。以回城知青和应届高中毕业生为主力，以无职待业青年为后续部队，工农兵学商全民参战，几乎是地不分东西南北，人不分男女老幼，程度不分高低（不知一元一次方程为何物的比比皆是），岁数不分大小（四五十岁的考生比比皆是），但有一线机会可能报上名，就绝不放弃复习，复习复习再复习，呈现了热衷知识的空前繁荣。一个民族在骤然间拉起了无数支浩浩荡荡的考学队伍，条条江河归大海，先是归到了各个大专院校，然后又流向社会，流向祖国的大江南北……流向了军队。

现在，军队基层干部不再是匮乏了，而是严重超员了，超员到了膨胀的地步。于是就开始了转业，精简，并当机立断地调整计划。

调整的计划落实到 W 军区炮兵教导大队的头上，是将原计划分配的六十三个提干名额，削减一半强，剩下三十个指标——这已经是天高地厚了。

消息最初传来的时候，没有人相信这是真的。无论是感情还是理智，大家都坚决怀疑这个消息的真实程度。就连韩陌阡也火急火燎地一个上午往机关打了十几个电话。

只有一个人对这个消息确信不疑，此人就是萧顾问。萧顾问这两天也在忙着打电话，往干部部门打，往军务部门打，甚至还屈尊给处长和参谋干事们打，半真半假地开玩笑说："我已经退到二线了，在不久的将来，我还要往三线四线五线上退，带兵打仗我是没那个福分了，也不存在拉帮结派搞萧家军的问题，但是，那个七中队是军区党委从几千名战士骨干中选拔出来的，一下子就给我消灭掉一大半，我心疼。"

总部的那些熟人在深表同情的同时也表示爱莫能助，这可不是开个后门的问题。

剩下的一招，就是给他在军委工作的老首长打。当然，电话是老首长的秘书接的。萧顾问对老首长的秘书说，请向首长报告，这个队是我抓的，我给那些年轻人许过愿封过官，我不能失信于民。我行使我最后的权力，提出最后的请求，让这些人齐装满员地毕业。

老首长的秘书答应向老首长转达萧顾问的请求。

电话是星期三打的，星期四有了答复："首长不表态。"

二

W 军区新任司令员沈阵雨和新任政委对于七中队的问题给予高度重视，电话里商量不清，沈司令员亲自到萧顾问的办公室里研究。

研究来研究去，沈司令员最后出了个主意，让萧顾问的秘书把韩陌阡发表在《研究与探讨》上面的那篇文章用传真机传到总部几个首长手上，同时以司令员、政委、萧顾问联名的形式，向总部写了一份报告，请求保留 W 军区炮兵教导大队七中队预提干部指标。

这件事情来来回回地纠缠了一个礼拜，总部的几位首长还当真翻阅了韩陌阡的那篇文章，虽然觉得有些强词夺理，并且有点游离强化军队基层知识结构的大方向，但此文有些观点也不无道理。

斡旋的最后结果是，本着精益求精的原则，再给 W 军区炮兵教导大队七中队增加三个预提指标。

至此，萧天英只好沉默了。

准确的信息传到 N-017，已经是半个月以后了。在这半个月里，七中队的学员是在突如其来的惶惑和期盼中度过的，各种传说纷至沓来，东西南北尽是冷风。但有一条，没见谁上蹿下跳，也压根儿就没有地方上蹿下跳，同学之间多了许多矜持，往军人服务社和卫生所去的人明显减少了。

韩陌阡再次将学员们的档案调了出来，堆在办公桌上，用目光之犁一遍一遍地耕耘。他没有权力决定他们的进退去留，他可以做的，就是研究他们，分析他们，预测他们。但他知道，新的一轮竞争角逐看来是不可避免的了。半年多，他把他们读了个透彻，品行操守，意志性格，智商才情，理想抱负，甚至于谁有胃溃疡，谁有胆结石，谁长了鸡眼，谁患了感冒，都在他的掌握之中，可是，他却无法掌握他们的未来。

他越来越坚信，这是一个卓越的群体，把他们撒向炮兵部队，他们将是一支无与伦比的生力军。他不仅相信七中队，更相信他本人的关于两种文化结晶体的理论。

现在，从形式上看，所有人的档案内容大同小异，都由一系列概念和数字组成，而且都存在着同样的不完整——缺少一张印刷在十六开五十克胶版纸上的《干部任免报告表》，而这又是多么严重的缺少啊。在未来三个月的时间里，高悬在他们六十一个人头顶上的，只剩下了三十三份希望了，也就是说，最终还要有二十八个人落下马来，再次粉碎当军官的夙愿，在一个阳光明媚的或者天气阴沉的春天的上午或者下午，背起他们简陋的行李卷子，离开二号营区，离开 N-017，退回到朔阳关外，乘坐南下或者北上的列车，从此永远地结束了他们的炮兵生涯。

这二十八个落马者究竟是谁呢？你要是到七中队去看看，你会发现他们每个人都不像是未来的落马者，他们的脸上都很淡漠，都很平静，他们一如既往地进行政治学习，一丝不苟地整理内务，心平气和地完成公差勤务，仍然聚精会神地练习阵地指挥、射击指挥，进行图上作业、沙盘作业，平静地吃饭，平静地睡觉，平静地洗脸刷牙……在经历了一年多的磨炼之后，他们终于学会了平静地对待和等待一切新情况新问题。

三

据不完全统计，蔡德罕那天晚上至少叹了三十多口气，这是单槐树向别人透露的。

自从提干指标削减的消息被证实之后，七中队学员的日子就难过了。现在，不仅要把新的课程吃深吃透，以往的科目也得重新搬出来，再咀嚼他个滚瓜烂熟。操场上很少看到打篮球的身影了，星期六晚上放电影，有相当数量的人请病假，就连凌云河这样曾经不可一世的人物也老实谦虚了许多。原先几个成绩好的人责无旁贷地要承担部分业余辅导活动，互相帮助蔚然成风，但是，现在不太一样了，大家都忙，谁也不敢打包票说自己能万无一失。

近一年来，从修正量的计算、成果法、精密法、弹测法，到夹差法决定射击诸元，从连排战术到群团战术，从射弹散布概率到火力分配原则，蔡德罕像是度过了一个漫长的世纪，跌跌撞撞的总算一路跟了上来。而眼下，正在进行的是解弹道方程决定射击诸元，要解决的是高科技战争中的细节难题。这千真万确是一道难题，这个系数，那个参数，这个公式，那个定律，闻所未闻。倘若是在几个礼拜以前上这个科目，蔡德罕也不至于迟钝到如此地步，就算是三个区队长在一旁窥视，他也不会是最后一名了，哪怕他再一次充当孙山，也是可以光荣毕业的。

但现在不行了，现在只剩下三十三个指标了。除了政治课和政治表现，除了思想品德鉴定暂时没有定论，论起业务成绩，蔡德罕掰着指头千算万算，他的综合成绩无论如何也排不到前三十三名，尽管他可以把枪代炮打得出神入化炉火纯青，可那不解决问题，炮兵指挥员的真功夫还是要看射击理论和战术理论。

韩副主任又开始找人谈话了，但是现在谈话的内容明显地有所改变。过去韩副主任强调的是规范，是军官的素质，是军营文化的秩序。如今，韩副主任谈话的主要内容都是正确对待全局利益与个人利益之间的关系问题。

魏文建被谈过了，凌云河被谈过了，栗智高被谈过了，谭文韬被谈过了，表现好的和表现比较好的，成绩好的和成绩比较好的他都谈。

听过来人说，韩副主任在同学员谈话的时候，桌子上除了那些档案，还有一本厚厚的《青年马克思传》，滔滔不绝地大谈《青年在选择职业时的考虑》，大谈崇高的革命理想和远大抱负，有志青年要高瞻远瞩，风物长宜放眼量，不计较一时一地的得失，不为眼前利益患得患失，等等，一句话，叫你一颗红心做好两手准备，革命战士一块砖，哪里需要哪里搬，这里多了往别处搬。

韩副主任似乎一视同仁，对谁都是这番话，不管你表现高低，你看不出来韩副主任谈话的态度。从这些被谈人员身上，无法判断出韩副主任对于这些人进退去留的倾向，自然也无从判断出上级的意图。

终于就轮到蔡德罕了。

四

韩陌阡对蔡德罕采取的是"摸摸底气，泄泄躁气"的态度。在韩陌阡看来，蔡德罕心气很高，但实力薄弱，目前毫无疑问如临大敌，那根弦不能让他绷得太紧了，马程度的悲剧大家都是记忆犹新的。

蔡德罕在往韩副主任办公室去的路上，心里涌动的是即将奔赴抗日战场的激动和壮烈，蔡德罕抱死了一条原则——我基础是差一点，这也不是一天两天的事情了，这是有目共睹的事实，可是我跟上来了，这也是有目共睹的事实。过去我跟上来了，现在我还会跟上去。只要没有彻底地被打下阵来，我是不会自己放下武器的。韩副主任你让我一颗红心两手准备可以，大家都这么准备我也这样准备，但是我不会放弃我的第一准备的，你要是动员我现在就做第二准备，我是坚决不答应的。

果然，韩副主任以马克思的《青年在选择职业时的考虑》为基本教材，首先给他上了一堂政治课。

蔡德罕记得，韩副主任在刚到 N-017 的时候，也给大家讲了马克思的这篇文章，那时候，韩副主任对大家选择做一名炮兵指挥员表示赞许，说炮兵是常规战争的骨干力量，是未来战争武器更新的先驱力量，革命导师恩格斯和法国军事家拿破仑都曾经是炮兵指挥员。韩副主任说，革命导师马克思认为，每个人都有一定的思想、信念和目标，人类能够在一定时期内对某种信念做出冷静的分析，从而选择一种既符合世界需要，又符合自身发展的目标。大家选择做炮兵指挥员，可以看作是有理想有抱负的，是对国防事业的贡献。

这一次，韩副主任同样搬出了《青年在选择职业时的考虑》，但此一时，彼一时了，韩副主任强调的着重点不一样了，韩副主任说，马克思还认为，虽然每个人都有自己的思想和信念，有选择职业的权利，但是，他还必须在一定时期内对某种信念做出冷静的分析，从而选择一种既符合世界需要，又符合自身发展的目标，任何个人的自由活动、求知欲望和生活热情，都会受到一定的限制，这种限制就在于任何人都处在一定的自然和社会关系之中。譬如，个人首先要考虑自身的实际条件，包括能力和身体素质，只有选择同自身能力相适应的活动，才能获得自身的完善和发展，等等。

韩副主任把马克思的理论阐述到这里，蔡德罕的心里就明白了大半。好你个韩副主任，绕来绕去兜这么大个圈子，其实就是一句话，人贵有自知之明，你是断定我蔡德罕不是他们的对手了，给我打预防针，叫我早早"选择同自身能力相适应的活动"，退出最后的竞争。可是韩副主任你想错了，我不会就这么轻易退出的，还有几个月的时间，终考还没见分晓，鹿死谁手尚未可知，人生难得几回搏，最后这一搏，拼掉小命我也是要搏的。衡量一个人是不是称职也不能完全就看这理论那法则，纸上谈兵我是差点火候，可是真玩起炮，全中队能跟我一比高低的也不过几个十几个人。再说了，我蔡德罕不管是在原部队还是在七中队，思想作风和日常工作你找不出一点纰漏，你韩副主任规定的必须用卫生纸擦屁股，我二话没说就执行了。全面素质我并不比别人低，我为什么不战而退？我不退，生命不息，战斗不止，小车不倒只管推，到推不上去了的时候再说。

韩陌阡一边摆弄着蔡德罕的档案一边问道："蔡德罕啊，现在大家都知道了，指标要减少，一部分人最后提不起来，你对这个问题有什么想法没有？"

蔡德罕毫不含糊地回答："有。马克思他老人家教导我们，要选择同自身能力相适应的活动，我就选择了当炮兵……军官，我觉得我就是干这个事最能发挥我的聪明才智。"

韩陌阡有点意外，不动声色地看着他说："蔡德罕你要知道，指标减掉那么多，竞争就激烈了，其他方面都是软的，但成绩是硬的。你行吗？"蔡德罕说：

"世上无难事，只要肯登攀。我原来就比别人底子差，但我还是跟上了。韩副主任你再给我一个机会，让我坚持到底。"

韩陌阡说："我告诉你，我没有权力给你机会，也没有权力剥夺你的机会，我不过是作为领导给你提个醒。我先给你讲讲大道理，马克思说：'历史承认那些为共同目标劳动因而自己变得高尚的人是伟大的人物；经验赞美那些为大多数人带来幸福的人是最幸福的人。'从这个意义上讲，我们大家要树立高尚的思想，提干不是目的，提干只是为了更好地为国防现代化做贡献，无论提得起来提不起来，我们都同样可以在不同的岗位上为国家和民族做贡献，你说是不是？"

蔡德罕回答说："是。"心里却在想，站着说话不腰疼，你韩副主任已经是团级干部了，每月拿六七十块钱工资，可我才拿几块钱的津贴费，我家连像样的房子都没有，要是提不了，就连这几块钱的津贴也得泡汤。咱俩掉个个儿，让我在你那个岗位上为国防现代化做贡献，请你到咱那生产队去为国家和民族做贡献，你干吗？

韩陌阡又说："再给你讲小道理。你别忘了，你是全中队唯一的初中毕业生。当然了，现在还没有文件说淘汰初中生，但我担心，到了最后，会不会有人把这个问题提出来。要知道，既然竞争是残酷的，你就要把问题多想几个方面。"

蔡德罕顿时愣住了——是啊，他是个初中生，这可不是个小问题。万一哪个同学为了打击别人抬高自己，把这个问题反映一下，没准上面当真就把初中生的竞争资格给撸了。

蔡德罕本来就虚张的声势明显地就收敛了许多，半天没说出什么，用一双类似老农般沧桑的目光可怜巴巴地看着韩陌阡。

韩陌阡说："当然了，你也别紧张，这只是我本人的担忧。我作为一名政工首长，在这个非常的时候，有责任帮助每个人把自己的困难想足想够，做好最坏的思想准备。但这并不等于说就让大家泄气。记住我的话，在最得意的时候想想不得意，在最不得意的时候想想曾经有过的得意。过去在农村，你穷得连裤衩都没穿过，现在呢，你已经养成了文明生活的习惯，学会了管理，成为一名中共党员，中国人民解放军炮兵的一名班长，无论如何，这几年兵你没有白当。即使就这么复员，你也无愧了，你说是吗？"

蔡德罕怔怔地看着韩陌阡，机械地点了点头。韩陌阡又说："同时，又不能打退堂鼓，正如你说的，最后没见分晓，还不能掉以轻心，该巩固的要巩固，该突击的要突击。还要注意身体的承受力，不要把身体搞垮了，这才是最重要的。"

蔡德罕心里一热，他突然发现，这个被大家当作"三座大山"压在七中队头上的人，对他蔡德罕竟然是天高地厚。蔡德罕就差没流眼泪了，嗓音湿漉漉地说："韩副主任，请首长放心，我蔡德罕不是马程度，我不会神经的。我记住了您的话，我会努力的，也会正确对待的。即使最后败下阵来，我还是一名党员、一个班长，我不会让自己垮掉的。"

有了这个态度，韩陌阡就放心了，并且觉得有必要再鼓点气。"兵之胜负者，气也……气有消长，无常盈……若一用之而不治，再用则浊，三用则涸。"蔡德罕既然一颗红心两手准备了，那就该给他治点气了。韩陌阡点点头说："这就对了。中国兵法有一句话：'胜兵先胜而后求战，败兵先战而后求胜。'蔡德罕你能够审时度势，把握自己的强项和弱势，或上或下都能持超然态度，这其实就是最佳的竞技状态。事情往往就是这样，你越刻意，越是不一定遂意，你把退路看好了，心里没有负担了，轻装上阵，没准就轻轻松松地冲过去了。"

五

N-017这段时间内紧外松，从大队到中队干部，最担心的就是出事。马程度是个例子，黄友华也是个例子，那样的事情不能再出了，不能让大家为了一个指标先把自己的身体解决了。还有思想方面的，会不会有人经不起挫折想不开的？这个情况不能完全排除，还有没有人急眼了采取不光彩手段挤对别人的？也不能不防。

韩陌阡仍然坚持跟班作业，到了夜间，查铺查哨明显加强了，韩陌阡甚至交代中队干部，要注意那些夜里说梦话的学员，谁梦话多了，他第二天就要找他谈话。

韩陌阡自然也找了三个区队长谈话做工作，并且通过他们做学员的工作。张崮生和童自学都很明智，向韩陌阡表态，他们不再跟学员争指标了。江村匀虽然有点想不通，但一想到自己本来就是个"候补队员"，属于"大年三十捡来的兔子，有它没它照样过年"一类，不想想通也得通了，还不如站个姿态，留下个好印象。于是也向韩陌阡振振有词地表了态，不仅不跟学员争指标，还要一如既往地做好工作，保障学员们进行最后的冲刺。

韩陌阡抓住了三个"区队长"的典型，把他们的态度上升到老兵人格的高度，结合革命导师马克思的思想，狠狠地表扬了他们，并且让他们在学员军人大会上公开谈出他们的想法。这三位老兵说，他们剩下能够做的，就是全心全意为学员服务，搞好保障，甚至表示要替学员做好事，打水扫地的事情他们尽量多做，让学员们更加集中力量学习。同时，他们也会利用他们在业务上的一技之长，对个别同学的某些科目进行帮助。

韩陌阡借这几个人刮起的强劲东风，反复向学员们灌输，什么是老兵？在任何时候，任何环境里，都能经得起考验，都能挺起男人的脊梁，这就是老兵，是炮兵优秀的品格。

半个多月下来了，七中队没有出现异常情况。

据韩陌阡密切观察，说梦话的人确实增加了，有人还在梦里背诵"优化射击指挥自动化工作流程"和英语单词。但是，没有人犯病，没有人争吵，没有人吃不下饭，没有人压床板，也没有出现韩陌阡十分警惕的互相挤对攻讦的行为。竞争仍然在按部就班地进行，在平静的生活表层的覆盖之下，像一条暗流，正常地、健康地、不见波澜地向前汩汩流动。

不能不承认，这果真是一群被铸硬了筋骨的老兵。老兵就是老兵，天塌下来挺得住，不惊不乍，不浮不躁，不卑不亢，不显山不露水。

然而，韩陌阡却丝毫不敢懈怠。对于他来说，这也是一个决战时刻，快一年了，他的"中枢工程"蓬勃开展，方方面面都充分体现了思想政治工作的巨大威力，倘若在这个时候出了纰漏，不说前功尽弃，至少也不能算尽善尽美。

怕有事，事就来了。

是一份匿名信，别的没有多说，就是揭发常双群眼睛色盲的问题。说这样的眼睛是不能继续留在炮兵部队了。

韩陌阡在看到这封信时，不禁倒吸了一口冷气，这是他最不愿意看见的事情，他曾预想过各种方案，假设过会出现这样或那样的问题，预演过各种处理措施。当然，他也不是没有想到过，在指标珍贵如命的时刻，也可能会出现互相排斥和挤对的情况——这艘小船委实过于拥挤了，每落水一个，船上的其他人就会多一分安全。在关系到前程的非常时刻，他能想象出大家内心的浮躁，能理解大家的情绪。但是，七中队的学员都是清楚的，韩副主任是最讨厌匿名信的。君子坦荡荡，小人长戚戚。共产党员光明磊落，大丈夫敢作敢当，有意见或者反映事实，完全应该通过正常渠道，这种鬼祟卑琐的做法，实在同军人尤其是军官应有的秉性相去甚远。

然而，还是有人冒韩副主任之大不韪，写了匿名信，把自己多一分安全的可能建立在别人彻底没了安全的基础之上。这个行为在韩陌阡的眼里，差不多类同于贪生怕死。

除了厌恶，韩陌阡当然也必须重视匿名信所反映的内容。

在军事词典里，"色盲"是一个引人注目的词条，对于色彩的分辨迟钝，勘察地形是要受影响的，沙盘作业和图上作业也有困难。按照军官体格标准，色盲患者是不可以成为指挥员的。这个常识韩陌阡当然清楚。但问题总有正反两个方面，在现职干部中，也有不少人是色盲，就像入伍时检查身体并非铁板一块无懈可击一样，在提干体检时，也有不少窍门可以蒙混过关。提干之后改行搞后勤搞政工或在机关担任案头文牍工作，可以说大有人在。作为一个原则性和责任感都十分严肃的政工首长，韩陌阡不提倡任何弄虚作假的行为，但是，他最不提倡的，还是写匿名信。

眼下，韩陌阡没有急于考虑怎么处理常双群的问题，而将精力集中于判断这封匿名信的作者。七中队学员的字迹他多半都熟，既然是匿名信，势必要对自己的字迹进行歪曲，但这封信不像是左手写的，伪造的痕迹也不是太明显，基本上还是流畅的。

六

韩陌阡在阅览众人档案的时候，从他们的入伍登记表、入团志愿书、入党志愿书一路琢磨过来，重点研究了他们早期的字迹结构、笔画轻重、习惯性修饰等特征，与匿名信相互对照，居然没有发现太多的蛛丝马迹，这就使韩副主任感到很奇怪了。韩陌阡将自己关在办公室里苦思冥想了一个中午，终于恍有所悟。

当天下午，常双群再一次被叫到了韩副主任的办公室。

　　常双群，男，某某某某年三月出生，某某某某年三月入伍，同年十一月入党。家庭出身：贫农。本人成分：学生。高中文化。籍贯：某某省肥西县三河乡。历任战士、副班长、班长、代理排长。在某某某某年十一月军区炮兵专业竞赛中获个人全能第一，所带班获综合成绩第三。某某某某年某月考入 W 军区炮兵教导大队预提干部速成培训队……

　　常双群走进韩陌阡办公室的时候，韩副主任一如既往地冷静，办公桌上放着一杯清茶，冬日的阳光透过玻璃窗斜斜地落进来，茶杯上一缕氤氲袅袅升腾。

　　韩副主任让常双群看了这封信。在常双群看信的时候，韩副主任不动声色地观察着常双群的表情。常双群看完之后，并不吃惊，淡淡一笑说："信中反映的是事实，我的眼睛确实出了问题。"

　　韩陌阡依然面无表情，问道："你估计这封信是谁写的呢？谁平时跟你有矛盾？"

　　常双群说："其实这个问题已经不重要了，这件事情恐怕跟个人恩怨没有太大的关系。现在提干指标紧张，减少竞争对手是大家共同的心愿，也是可以理解的。"

　　韩陌阡用一种锐利的目光看着常双群说："我要你回答的问题是，凭你自己的感觉，谁写这封信的可能性较大？"

　　常双群说："我跟同学们相处都很好，我不能乱猜疑。"

　　"哦……"韩陌阡用手指轻轻地敲了敲桌面，倏然站起来，勃然变色，"你不能乱猜疑，组织上就能乱猜疑啦？常双群你简直胡闹，你还嫌我们这些当领导的轻松了是不是？还来制造混乱？自己写自己的匿名信，亏你能想得出来。"

　　常双群吃了一惊，定定神之后，苦苦一笑说："韩副主任明察秋毫，这信确实……是我写的。"

　　"你为什么要这样做？"

　　常双群怔怔地看着韩副主任，低下脑袋说："我是怕……我很矛盾，我怕我会反悔，我自己真拿不定主意，所以，就干脆采用了这个办法。"

　　韩陌阡说："这个办法就是把难题交给我。我且问你，你认为我对你的情况早就了解了，是不是？"

常双群老老实实地回答说是。

韩陌阡又问道："你已经感觉到本人在这个问题上的态度了。如果不出什么意外的话，这个秘密我还会同你一样继续保守的。是不是？"

常双群说："我是这样认为的。"

韩陌阡说："或许连你自己都没有意识到，或者说没有清晰地意识到，虽然你决定急流勇退，但你没有直接向组织上开诚布公地说出事实真相，而是采用了写信的形式，单独向我一个人反映了。这个动作我认为是有谋略意味的。"

常双群的眼睛睁大了，茫然地看着韩陌阡。

韩陌阡说："基本上判明了这封信的出处之后，我在想，他为什么要这样做呢？可以说百思不得其解。一个人做事，做任何事都是要有一定的动机的，常双群这样做的动机是什么呢？我设计了许多假设，终于，其中的一个假设启发了我的思路。这个假设就是，你常双群这回是投石问路。自从指标缩减的消息被证实之后，你就一直处在水深火热之中。你知道，你取得最后胜利的可能性更小了，你甚至想就此结束。但就这样不战而退，你又不甘心，又隐隐地潜藏着最后一线希望，你把你的选择交给我韩某人再帮你选择一次，只要我韩某人对这件事情依然装糊涂，那么，你也就有可能继续坚持下去，直到最后，让命运来决定你的进退去留。从形式上讲，你为什么要写信而不来当面同我谈呢？这也是一种技巧，当面谈了，那层纸就捅破了。你们都知道，韩副主任是一个很讲原则的人，既然面对面地公开了，我就不太可能继续帮你掩盖。那么，采用写信的方式，事情没有公开挑明，只要我想继续装聋作哑，那么我就可以继续装聋作哑，彼此都留有余地是不是？"

常双群怔怔地看着韩陌阡，表情僵硬。韩陌阡依旧一脸平静，继续深入分析："常双群你这一手来得聪明，甚至智慧。你用一封匿名信把你自己从两难境地解脱出来，却把本人拖进去了，你把难题交给了我，自己却高枕无忧地听天由命去了。"

常双群说："韩副主任，我没想这么多，可是，也许……"

韩陌阡挥了挥手，示意常双群暂停，接着自己的思路往下进行："常双群啊，你可是把韩副主任折腾苦了。从接到这封匿名信之后，我可以说痛心疾首。我是决心要查个水落石出的，不客气地说，一旦查出来这封信的作者，只要我能起作用，那么，写这封信的人最后的结局绝不会比被他揭发的那个人更好。可是查来查去没头绪。我是钻进了你的圈套陷入一个误区里了，因为我在很长时间里都没有想到这是你本人玩的战术。我一遍一遍地翻大家的档案，研究笔迹，研究品行，甚至研究你们的家庭出身。后来我偶然发现，研究来研究去，手里的这些档案少了一份，就是你常双群的，它就在我的抽屉里躺着，可我就是没有想到再把它翻一翻。直到现在我也没有打开它，但是答案已经有了。自从想到了这个问题，我的思路就开始围着你转了。是啊，事情往往就是这样，往往是在最没有可能的地方存在着最大的可能。从怀疑到论证，到最后确定，可以说我也是走过了一个漫长的路程的，差不多有点像推理小说了。最终，我不仅解开了这个疑团，也找到了你制造这个疑团的思想基础。你同意我的说法吗？"

常双群两只眼睛略带嘲讽地看着韩副主任，不卑不亢地问："我能抽支烟吗？"

"不行。"韩陌阡断然不允，接着又严厉地问，"你身上有烟吗？"

"有。"常双群果然从裤兜里掏出一包未启封的烟卷。

韩陌阡很注意地观察常双群的手，那双手有些轻微的颤抖，但没有黄迹。这包烟显然是临时揣上的。临时揣来一包烟，也可以看出常双群的心虚了。韩陌阡说："到目前为止，常双群你还是严格执行本副主任不许学员抽烟的规定的。很好。"

常双群又被韩副主任说糊涂了。韩陌阡却不再解释，说："常双群，你告诉我你的真实想法。"常双群半天低头不语，想了一阵子才说："韩副主任，你的分析……基本上是对的，我确实……很矛盾。"

韩陌阡说："我理解，一个全军区赫赫有名的炮兵精英，过五关，斩六将，一路披荆斩棘地来到 N-017，而且在方方面面都领风骚，眼看就快有个结果了，却被一点眼疾毁了几年修行，实在不甘心啊。我都替你不甘心。"

常双群说："人说出身不由己，道路可选择。可是眼睛不由己，道路就难选择了。韩副主任你既然看得这样明白，我还有什么话说？事实上，我一直都有思想准备，能留下来最好，留不下来，用您教导我们的话说，大丈夫纵也天下，横也天下。现在看来，再坚持就没有意思了，竞争这样激烈，我一个半残废的人，还添什么乱呢？我常双群无论落到哪一步，都是一条汉子，不会给咱们七中队丢脸的，也不会给您韩副主任丢脸的。"

韩陌阡说:"你现在还不要急于表态,我今天同你谈话,不代表组织,可以看成是个人之间的谈心,至多就是为了澄清一个事实。至于你的进退去留,不是哪一个人说了能算的。你在政治上的表现,由政治部门和中队以及同学共同鉴定。专业成绩如何,由训练处和教研室鉴定,身体是否合格,最后将由体检医生鉴定。作为你的政治教员,我倒是给你一句劝告:不要盲动。岂不闻'山重水复疑无路,柳暗花明又一村'?离毕业还有三四个月,这段时间还会发生什么变化,是你我无法预料的。我希望你再坚持下去,这不仅仅是为了你个人。"

常双群说:"韩副主任,对于我,你是不是过于迁就了?"

韩陌阡说:"现在我可以告诉你了,祝教员最后弥留之际,我一直在他身边。"

七

丛坤茗是在做好了充分的复员准备之后,又被紧急通知留下的。

从北京回来后不久,就迎头赶上七中队遇上的一场风暴。大队部的老兵当中有不同的反应,但多数还是挺向着七中队的,尤其是女兵们。

丛坤茗现在还无法清晰地把她和凌云河的关系界定在某一明确的层面上,但她为他担忧是毋庸置疑的。她不是担心他最终会被淘汰下来,而是担心他玩命玩坏了身体。她为什么要为他担心呢?这种担心是同志式的还是掺和有其他复杂的感情,没有人能说得清楚。一个女兵替一个男兵格外地多了一份忧虑,就算不是爱情,恐怕也离爱情不远了。

她已经向卫生所长递交了复员申请书,对于复员离开N-017,她现在已经很坦然了。在北京,她终于同一个绝好的机会擦肩而过,奇怪的是,事后她竟然没后悔,居然很平静地淡忘了这件事情。

贺先豹在送她上火车的时候,曾经充满了深情地对她说:"你知道老太太和老爷子为什么始终不渝地喜欢你吗?就是因为你那个假清高倔脾气。"

她反驳说:"倔脾气是真的,假清高是不存在的。我连什么是清高都没有弄明白呢,何谈清高?"

在说这话的时候,她的心里却跳动着另外一个想法——既然老爷子和老太太喜欢的是她的"假清高"和"倔脾气"，她要是没有这个"假清高"和"倔脾气"，也就不存在让他们疼爱的理由了。想到这里，心里还不禁悸悸地跳了一下——为自己那天最终没有打开那扇门而庆幸。

贺先豹说，也许你是对的，有些事情，有得有失。就说我吧，生长在一个将军家庭，老爷子生前在中央工作，地位不能说不高，条件不能说不优越，可是我有什么呢？连高中文化都没有，还被打拐了一条胳膊。还有，也不知道是因福得祸还是因祸得福，老爷子一辈子枪林弹雨，叱咤风云，"文革"中跟张叔叔你死我活地斗了十几年，一会儿你把我打下台去，一会儿我把你踢进旋涡，到头来，两个人又并肩向马克思报到去了，区别只有三十厘米分的距离——一个骨灰盒在上面，一个骨灰盒在下面。

那当口，贺先豹倒是真有一副大彻大悟的样子。

丛坤茗是怀着平静的心情回到 N-017 的，唯一不平静的便是关于七中队指标削减的事儿。女兵们私下里当然也有一些议论。有一次她跟柳漱说："真是节外生枝，军区费了那么大的劲儿才抢救了这么六十几个人，偏偏还要给他们念紧箍咒，又让他们自相残杀，就是铁打的汉子也被折腾得疲软了。"

柳漱却摇头晃脑没心没肺地说："好啊，这样才是千锤百炼啊。孟子曰：'天将降大任于斯人也，必先苦其心志，劳其筋骨，饿其体肤。'越有难度，就越有高度，沧海横流，方显本色。指标越少，占上鳌头的才越是真英雄。"

丛坤茗叹叹气说："真是站着说话不腰疼啊。"

柳漱却说："什么叫站着说话不腰疼啊？要奋斗就会有牺牲，不付出代价还行？你以为还是过去啊，喂个猪做个饭都能提干了。这样好，这说明我军的干部队伍正在走向高精尖行列，我们这些老兵应该为此欢欣鼓舞才是。"

丛坤茗恨恨地骂道："你是吃不到葡萄嫌葡萄酸，在这里幸灾乐祸吧。你不是和那个讲卫生的栗智高眉来眼去的吗？你就不替他想想？"

柳漱一撇嘴说："鬼才跟他眉来眼去。他爱干净过了头，只要逮上机会，就来要酒精棉球。我看谁要是嫁给那家伙，非被他擦出排骨不可。"

丛坤茗赶紧说："闭嘴，又开始下流了。"

柳漱说："我一点下流的意思也没有，倒是你把我的健康思路硬往黄色路线上引导。"

丛坤茗复员的决心是下了，工作也已经开始联系了，老爸在 W 市的一些老战友老朋友纷纷出动，基本上落实在 W 市某某区人民医院。

丛坤茗想，临走的时候总得跟凌云河见上一面吧，什么关系也没有，但是朋友关系还是有的嘛，就这么不辞而别地离开 N-017，也太不够意思了。左思右想，便去找楚兰商量。岂料这一找，却找了一头雾水。

<h2 style="text-align:center">八</h2>

楚兰这段时间也是进入了决战阶段。

按照历年惯例，春节一过，到了二三月份，新年度考生的摸底考试就开始了。别茨山部队考生的摸底考试一般是在炮兵独立师进行，摸底考核结束后就留在那里集中复习。丛坤茗从北京回来之后，只跟楚兰见了两面，见她老是心不在焉的，一边聊天还一边把眼睛往课本上瞄，便知趣地不再打搅她了。

这天丛坤茗进了楚兰的宿舍，却发现楚兰没有复习，正坐在凳子上两眼望着窗外发愣。

丛坤茗打趣说："科举制度真是害死人，把我们的才女都折磨得魂不附体了。"

楚兰吃了一惊，看见是丛坤茗来了，勉强一笑，说："解放了，再也不受科举制度的害了，该你去受害了。"

丛坤茗一时没有反应过来，仍然满面春风地说："恐怕没那么容易，十年寒窗苦，方为人上人……"说到这里，才把楚兰后面半句话嚼出味道，疑疑惑惑地问道："楚兰你刚才说的是什么？什么该我去受害了？"

楚兰淡淡一笑，缄默不语。

这一下，丛坤茗更是云遮雾罩了，扬起一双漂亮的柳叶眉，原本白里透红的脸上红的成分更多了。"楚兰你给我说清楚，你是什么意思？"

楚兰扭过脸去，避开丛坤茗的目光，笑笑说："如果连你都不知道是怎么回事，那恐怕就没有人知道了。"

丛坤茗越听楚兰的话，越觉得不是个味儿，怔怔地愣在那里，脑子里突然跳出了一丝光线，不禁颤颤地打了一个寒噤——天啊，莫非是……霎时，她有些明白了。

整个下午，丛坤茗心绪不宁，四处打听，终于证实了——上面来了通知，丛坤茗今年继续留队，教导大队战士考学名额被指定到她的名下。至此，她才知道，虽然她没有向章阿姨说过什么，然而，该想到的，老太太还是都替她想到了。她简直不敢想象，大家会怎么看她，七中队那些学员又会怎么看她，尤其是凌云河会怎么看她。她一向是以清高孤傲的面目出现在别人的面前，只一瞬间，就成了倚官仗势、自私钻营的小人，简直让人无地自容啊。

丛坤茗通过独立师的长途台，把电话要到了章阿姨家里，贺先豹接的电话。这段时间，老太太的病情已经稳住了，贺先豹也可以脱身回家休息了。丛坤茗竭力使自己平静下来，问贺先豹："先豹，章阿姨有没有给那位首长说过我的事？"

贺先豹老老实实地回答："说过。就是同某某某首长说的。首长当时就让秘书记下了你的单位，说这样的好同志应该提起来。后来某某某首长的秘书同某某首长的秘书联系了，得到的答复是，现在从战士中直接提干控制十分严格，就是提起来，没有文凭，也还有很多问题。某某的秘书提议安排你先进军校，既能解决身份问题，也能同时解决文凭问题，一步到位。母亲她老人家同意了。"

丛坤茗说："阿姨又不是不知道，我已经过了考学的年龄了，再说，我根本就没有做考学的准备，你让我怎么考？"

贺先豹在电话那头轻轻地笑了笑说："老太太把这些话都跟某某某首长说了，某某某首长只是笑笑，某某某首长的秘书私下里跟老太太说，贺司令员当年一个连被敌人两个团包围得水泄不通，都照样能突出来，比起老司令员，这点小困难又算得了什么？你就放心吧，年龄不是个问题，考试成绩也不是个问题。说你行你就行，不行也行。"

丛坤茗的眼泪唰地一下就涌出来了，她没想到事情会办成这样，她说不清楚她流泪是因为什么，是感谢章阿姨还是被章阿姨委屈的——老人家已经病成了这样，她不能责怪她，可是老人家却给她帮了一个很大的倒忙。

丛坤茗对着话筒说："先豹哥你帮我一个忙，跟章阿姨说一声，请某某某首长取消对我的帮助。"

贺先豹在电话里嘘出了意外的一声，问道："为什么？你不是想留在部队吗？"

丛坤茗说："我想留也不能这样留啊。你知道出现什么情况了吗？我们这里就一个考学指标，早就落实给我的一个战友了她都复习大半年了。这下好，被我顶了，别人会怎么看我啊？这个学我说什么也不能上。"

贺先豹显然也没有想到会出现这个结果，在电话里沉吟片刻，说："这样吧，我跟老太太再说一声，请某某某首长的秘书再给某某首长的秘书打个电话，给你们教导大队增加一个名额不就行了吗？"

丛坤茗说："不，这样也不行，我绝不会走这条路。你跟阿姨说，如果不收回成命，那就是帮我的倒忙了。"

九

果然，丛坤茗顶替楚兰考学的消息很快就传到了七中队。凌云河对魏文建和谭文韬说："没想到没想到，丛坤茗这么一个洁身自好的人，也会做出这样的事。就凭这一点，我就看不起她。"魏文建说："你凭什么看不起她？为了进入这个七中队，你还不是同样处心积虑不择手段？你挤掉的人还少啊？"凌云河说："我的所有的手段都是光明磊落的，我完全靠自我奋斗，靠的是本事，拉靠山找后台算什么玩意儿？"谭文韬说："各人有各人的难处，咱们不知道具体情况，不要瞎议论别人，尤其是凌云河不要在丛坤茗面前表示不尊敬。也许事情并不是咱们想象的这么简单，话说早了容易伤人。咱们当男人的，别的事情做错了还可以改正，女孩子的心伤一次就是一道疤痕。"

凌云河说："今天下午楚兰来找文书统计本周成绩，我问了她，她笑笑，没说是，也没说不是，那你们说还是不是？明摆着的嘛，她们本来很要好，如果没这回事，不用别人了，楚兰本人就会给丛坤茗辟谣。"

谭文韬说："利己之心人皆有之，在利益面前大家都有竞争，这本来也是无可厚非的事情。不过，凭我的感觉，丛坤茗不是那种只顾自己不顾别人的人，咱们不要乱猜疑了。先把你我自己管好。你凌云河要是路见不平，那就是自作多情了，让韩副主任知道了，没你的好事。"

大家这才把这件事情放下。

这段时间，训练强度增加了，阵地业务、射击理论、战术勤务、军事地形等科目都进入到全面复习阶段，还有叽里咕噜的英语，光背单词就要耗去许多脑力。精神是高度紧张的。白天一天劳累下来，到晚上大家就像是从千军万马中突围出来，浑身筋骨散了架。

　　终于有人熬不住了，主动提出来退学。最早提出来退学的是三区队的望绪森，此人的父亲是某省某市某区的公安局长，复员回去也可以安排一份好工作。

　　大队做不了主，又请示军区，萧顾问发下话来，愿意退学的给予批准，就地复员。接着这股风，有几个家庭条件较好的，复员后能够顺利安排工作的，也都摇摇欲坠，又陆续退了三个。但这股风很快就被刹住了。

　　韩陌阡在政治课上宣布，可以退学，但不提倡，大家都是军人，应该培养自己的毅力，军人应该以军人的方式标定自己命运的标尺。目前决战尚未开始，胜负未见分晓，就先丧志，不是军人应有的姿态。

　　如此一来，军心稍微稳定了一些，剩下的五十七个学员，看来是铁了心要参加最后的角逐，直到决定性的冲刺结束。这就看出"勇气"了。用韩副主任的话说，不到长城非好汉，到了长城，无论是雄踞一方还是被打下阵来，都问心无愧了。

　　韩陌阡几乎每个夜晚都要到七中队查铺查哨。薄薄的月光融进薄薄的冰碴上，轧出轻微的响声。进到屋里，先查看一番门后巨大的老虎灶的火眼，看看是否堵死或者过于旺盛，将灶边正在烘烤的棉衣棉鞋翻个个儿，再仔细看看通风窗挂钩是不是挂好了，角度是不是合适，有没有雪花飘进来，最后才擞着电筒一个个床铺照过去，帮这些年轻人披披被子，摆摆睡姿。

　　韩陌阡熟悉这间宿舍，就像他熟悉那一摞厚厚的档案。那些档案是这间屋子的脚本，而这间屋子这是那些档案的舞台。

　　屋里弥漫的永远都是浓厚的热气，夹带着汗腥味儿和从雄性人体的毛细血管里开放出来的血腥味儿，是一个比较纯粹的男生宿舍。但是，这个男生宿舍和别的男生宿舍是有着很大区别的，这不仅是炮手们歇息的地方，还是炮兵作战原则和战术思想的仓库，你轻手轻脚地走进这间屋子，便走进了由年轻的梦幻编织的网络。每当夜深人静，你以为四面雪白的墙壁上仅仅是炉火映照的玫瑰色吗？不，那上面反弹的全是生命的光芒，是青春的激情，是对于未来的多层次的构思，是一张张关于生命运转方式的生动图像。十年二十年之后，这些人将成为几十个司令部的核心，也将是几十个家庭甚至是家族的核心。上帝为我们准备好了一切，但这一切都埋藏在土地里，依靠土地吃饭的绝不仅仅是农民，就连原子弹也是从土地上生长出来的。而现在，这块小小的土地正在生长着一些既抽象同时又很具体的东西，那就是——军官的智商，军官的才情，军官的坚韧，军官的严格，军官的原则性，军官的敏感性，军官的想象力，军官的自控力。

有时候，看着一张张熟睡的或装睡的年轻的脸庞，看着这些脸庞上呈现的沧桑的表情，韩陌阡的心里也会涌上一阵感慨。好啊，这些人真是撞上时候了，真的像一截截生钢坯子，被放进了时代的炉膛里，一次又一次地冶炼锻打。无论从哪个角度上讲，能进入到这个炉膛的，能继续留在这里接受更猛烈的冶炼的，都堪称好材料。这里将使优秀的更加优秀，卓越的更加卓越。金子之所以是金子，就是因为它的体积小而比重大。尽管，他们中最终还将有部分人会被淘汰掉，但他们绝不是渣滓，凡是能够坚持到底的，就不会是渣滓，他们甚至也不是次品，他们只是在优秀的平方构成的阳光下稍逊一筹，他们同样优秀，只不过他们不是优秀的平方。但命运最终将毫不留情地要把他们排斥在炮兵军官的行列之外了，他们最终要成为在高温冶炼下锻造的副产品，在未来的岁月里，在另外一些领域，他们能不能继续优秀，只能让时间来做结论了。

而在此时，韩陌阡则坚信，他们应该是卓越的。

韩陌阡有时候走在路上也会想，他所从事的事业同样如履薄冰，做人的工作是多么艰难而又多么危险啊，稍有不慎，就会出问题，就会出大问题。短短的半年多时间，他终于发现了，这项事业的确是随着他的生命同时到达的艺术。过去，他甚至还曾经对思想政治工作这个概念不以为然过，认为是务虚，而当他终于成为一名政工首长之后，他越来越体会到，没有比这项工作更实在的了，这是进入人的心灵的工作，这真正是关于人的艺术。

在他三十五年的经历中，他发现其实正是在 N-017，他才最大限度、最充分地燃烧了自己，他在矫正着他们，他们也在烤灼着他。像锤子和铁的关系，他锻打和磨炼他们，他们也反过来锻打和磨炼他，作用力有多大，反作用力也就会有多大。他要求他们做到的，他必须首先做到，他也是七中队的一个学员，一个年纪比他们大、阅历比他们丰富、思想比他们成熟的学员。他就是在对他们的苛刻要求中更加明确和成熟了自己的原则。他们在成熟，他也在成熟。他作为一个政工首长的形象，就是在他们的注视和效仿下一步步地立起来了。

自从来到 N-017，他没有回 W 市一次，他的妻子——被他视为同志式的妻子林丰也曾给他写过几封同志式的来信，表示支持，要他注意休息，同时向他汇报了祝小瑜和儿子韩大江的学习情况。他也给妻子写过几封比同志式的情感要多出一些温情的回信，对妻子的态度予以表扬，对妻子给予祝小瑜的爱护表示了同志式的感激。仅此而已。他向萧顾问表过态，不把七中队安安全全地送出 N-017 大院，他就坚决不休假。事业为重这个说法在多数人那里都是虚的，都仅仅是说法而已。而在他韩陌阡这里，不再是"而已"，却是实得不能再实了。对于这一点，恐怕还不能完全用"奉献""职责"之类的概念来解释，最好的解释其实是很简单的两个字——热爱。他是真正的"受命之日则忘其家，临军约束则忘其亲，援枹鼓之急则忘其身"。他不仅仅是在做他分内的这份工作，他更热爱他的事业——这确凿无疑是他的事业，而且还是他生命的艺术。

第二十三章

一

她的思想在黎明前出发了。

一路上，她看见了星星、晨曦、山峦、森林和河流。她轻盈的身躯在很短的时间内便越过千山万水，从那座老迈的朔阳关的上空掠过，无声无息地到达N-017，轻轻落在他的枕边。可他没有被惊醒，仍然在酣睡——他好像十分疲倦了，以至于连伟大的爱情君临于耳畔之际竟浑然无觉，依然我行我素，十分世俗地闭着双眼，享受着生理的片刻舒畅。

在那一瞬间，她有想哭的感觉。她痛恨他的麻木，尽管她知道这麻木是伪造的。

然后她醒了，醒来的时候发现窗外春雨霏霏。

她惊异于自己还能心平气和地睡懒觉，还会做出这样一个情意绵绵的梦，尤其令她惊异的是，这绵绵情意还是落在他的身上。她怎么会爱他呢？怎么会把这样一份情感同他联系在一起？他是一个薄情寡义的人啊，他甚至还是一个不健全的人。因为他对她的温情居然熟视无睹，居然装蒜。她只是对他感兴趣，因为她永远不可能熟悉他，所以她就要永远对他感兴趣。她曾经像研究猴子一样研究他，她像在动物园里抛掷食物引诱猴子那样引诱他，她试图通过解除他的道德武装而解构一种人生原则，试图通过俘获他而俘获某种信仰。但是，她的一切把戏都在他铁面无私的冷峻中土崩瓦解了。

于是她又不得不学会仰视他。

毕竟，他除了让你痛恨以外，并没有多少让你讨厌的地方，那你就不能不对他刮目相看了。这个世界上，有多少俗不可耐的人啊，有多少低级趣味的人啊，可是他们并不知道他们的俗不可耐和低级趣味，仍然津津有味恬不知耻地活着，而且还不遗余力地忙忙碌碌，为自己的利益不厌其烦地增砖添瓦，企图活得更加长久，全然不顾别人的厌恶。他们像丑恶的虫子一样遍布我们这个世界的每个角落，只要你抬起眼睛，就能看见他们那污浊的身影——譬如她的丈夫康平。

她当然知道她不是一个好妻子，但她没有料到她的丈夫更不是一个好丈夫。韩陌阡也不是一个好丈夫，但韩陌阡是一个好男人。康平不是一个好丈夫，更不是一个好男人，甚至压根儿就不算男人。

康平居然敢提出来离婚。他不仅制造了一个她和黄子川的莫须有的绯闻，甚至还搬出了她和韩陌阡的历史往来。其实，他早就偷看她的日记了，早就知道她对"老阡"有一种复杂的感情，但结婚三年多，他没走嘴说出半个字，就可见城府之深了，也可见包藏祸心之大了。她在行为上没有实质性的把柄，而他本人却在近三年内先后同六个女人保持秘密来往，其中还有一个女人为了逼他离婚而上演过自杀未遂的丑剧。

可——笑！这是荒诞造成的可笑。

她终于明白了，他那貌似憨厚的眼睛，当初是因为慑于萧天英的威势才变得闪烁不定。而如今，萧天英不仅没有当上司令员，还退居二线了，而康平的老爹则由副参谋长提升为副司令员，接替了萧天英的常务副司令员工作。他无须再对她百依百顺了。

想想看，这是一件多么荒谬的事情啊，这件事情从一开始就埋下了荒谬的伏笔，她居然成了政治缔缘的受蒙蔽者，并且同样麻木不仁。

她老是怀疑，自己从根本上就是一个来路不明的人物，生活中有那么多不明不白的事情，有那么多解不开的谜。她不仅对自己的过去一无所知，对自己的现在依旧茫然，而对自己的将来同样茫然。她以为她是坚强的甚至是强悍的，但她一次又一次发现，有一股她绝对无法想象的强大的力量自始至终都笼罩在她的头顶，她无法决定自己的职业，无法决定自己的情感，无法决定自己的配偶，甚至无法决定自己的好恶。十六岁参军的时候，她的父亲要征求（实际上是听命于）萧天英的意见，参军之后从事什么职业，她的父亲同样还是要征求萧天英的意见，跟什么人恋爱，不仅她没有权利选择，那个被她称之为父亲的人也没有权利选择。如今她提出转业，她的父亲毫无做主的可能，还是要以萧天英的意见为意见。萧天英说个不字，她就得老老实实地把军装继续穿下去。

至于婚姻问题，更是萧天英大手一挥就决定了的，萧天英把巴掌往桌子上一拍，说，我看康平不错，正经人家，革命军人，行！

于是就行。

现在萧天英又拍巴掌了，一巴掌把桌子上的茶杯拍得乱蹦，吼了声：鼠目小人，流氓成性，离了他！

于是就离。

到底是将军啊，胜败乃兵家常事，聚散亦人之常情。可是感情呢？好像也没有多少损伤，不像寻常百姓之家把事情看得重如泰山。现在认真起来，她恍然大悟，原来她一直都没有开发出自己的感情，也可以说是没有正确地使用自己的情感，因为她向来蔑视"爱情"。

然而，她到底还是发现了自己的怅惘。没有悲欢离合的伤感，只有怅惘。在这场荒诞的聚散中，她毕竟还是有损失的，丢了一件衣服还心疼呢，何况是丢了一个男人？

她当然有理由缅怀韩陌阡。女人是一撇，女人天生就需要一捺支撑。一撇加上一捺才架起一个"人"字造型。传说造物主宙斯最初造出来的人是个圆球，有四条胳膊和四条腿，后来为了人类行动方便，便将他们分为两半，使他们只拥有两条腿和两条胳膊，然后再像搅拌沙子一样地将他们搅拌开来，人类于是就永远地处于寻找之中，竭尽全力地企图找到自己的另一半，然而，这种可能性已经十分渺茫了。在茫茫人海里，大家的面孔都是差不多的，你作为一个女人或男人，每个男人或女人都可能是你的另一半，然而你真正的另一半却只有一个，你找到他或她的可能性趋于无穷小。于是你最终要放弃寻找，遇上个差不多的，地位、学识、品德、形象等，似是而非，不管他或她究竟本来是不是你的那一半，得过且过，实在过不下去了则不过，则拉倒，则去他娘的。

夏玫玫的后悔就在于，她最终没把韩陌阡培养出来。她说不清她是不是爱他，但她对他感兴趣，尤其是同康平比较，他因神秘和正派而充满了魅力。有一点她不会怀疑，韩陌阡是一眼深邃的古井，无论是才华还是品德，都是不可能一览无余的，仅此一点，就足够她勘探一生了。

<h2 style="text-align:center">二</h2>

在这个春雨缠绵的日子里，在事业和婚姻都出现了荒诞局面之后，夏玫玫才发现她居然是一只生活在藩篱中的小鸟，她以为她是孙大圣，从来可以无拘无束为所欲为的，而现在她弄明白了，她即使一跟头翻上十万八千里，也还是跳不出如来佛的掌心。

眼下，还有什么好做的？

她拎起了练功鞋。老爷子已经不让她跳舞了，认为她应该成熟了，应该在政治上或者其他正经的领域里有所建树了——难道跳舞就是不成熟？舞蹈难道不是正经的领域？岂有此理。练功房里空荡荡的，只有她，一个已经二十七岁了的前舞蹈演员，又重新穿上了练功鞋，一遍又一遍地纵情舞蹈。

没有设计，没有构思，所有的动作都是在瞬间从情感深处绽放出来的，她感到她的激情得到了最大限度的释放，心灵的空间进入了前所未有的自由状态。一招一式，一转一扭，一跃一旋，自然而然，水到渠成，全都由自己的情感支配。

这不是舞剧，也不是表演，这是为自己而舞蹈，这是生命的本能袒露。为自己而舞的舞蹈才是真正的舞蹈，不是为了表演的舞蹈恰好是最充分的表演。真正的真实正在这里。

尽管窗外春雨潇潇，冬季遗留的冷风还在城市的上空回旋，她却大汗淋漓。汗水湿透了练功鞋，湿透了练功服，在脸上、胳膊上、腿上汇成无数条蜿蜒的溪流，弯弯曲曲地落在地上，木板地面也是水渍一片。

对面是一副巨大的镜子，镜子里一个修长的女体在尽情地张扬。她惊异于自己的身材依然这般优美，惊异于自己的舞姿依然这般流畅，惊异于自己爆发的激情依然奔放。镜子里出现的是一个几近疯狂的舞者，生命的火焰在扭动的身躯上散发着燃烧的热量。她跳的不是民族舞，也不是古典芭蕾，那是一套即兴发挥的动作，是一个从艺术心灵里流淌出来的自然的河流，是一道终于冲出了闸门的瀑布在澎湃飞泻，是生命之花的恣意开放。

似乎是直到现在——应该说是在 N-017 的时候开始的，她才终于对自己的艺术有了更深一步的理解和体验，这才是真正的舞蹈啊，生命如同一片海洋，坦荡、放松、自由，无风的时候像蓝天一样平静，微风掠过，如绸缎般起伏，大风来了，便掀起惊涛骇浪。

这美丽的肉体就是一支灵活的笔，在空中，在地上，在由视线编织的网络中时而腾空而起，又时而轻飘若飞，用自己的身躯抒情，用自己的肢体写意，痛苦、欢乐、幸福、忧伤、爱情、渴望、幽怨、失落……全都集聚在骨骼处，聚集在肌体的表层，在跳跃翻滚和扭动伸张中释放出来，内心的意念清洗一空，尘世的喧嚣荡然无存。

是的，她终于发现了，在表达人类情感上，没有任何艺术能像舞蹈这样尽善尽美，美术、文学、戏曲……与人体语言比较起来，所有的语言都是力不从心的，都是苍白陈旧的，都因极大的局限而片面，都因静止而缺乏生命的感召力，甚至连音乐也不能同舞蹈相提并论，只有舞蹈是无限的，舞蹈能够表现的情感领域无限辽阔，从人体，从人的生命的核心处喷射出来的语言，不同肤色、不同民族、不同信仰甚至是不同时代的人——只要他具有灵长动物的基本功能，那么，他就能够从那扭动着的、蜷曲着的、跳跃着的、开放着的、舒张着的、收缩着的……舞姿里破译出丰富的情感信息，她在你的血管里回旋流动流动回旋，她点点滴滴滴滴点点地渗透到你生命的源头……

世界上没有无缘无故的恨，当然也没有无缘无故的爱。人啊人，只有在进入到自己的艺术境界当中，他才是真正纯洁无瑕的，是清澈的，是透明的，也是——幸福的。

啊，啊，你看见了吗，这里没有爱也没有恨没有厌恶也没有蔑视，这里只有——"带电的——肉体——在——歌唱！"

站在更衣室的大镜子面前，她惊喜地发现了自己仍然是美丽的，并且是年轻的，曲线在静止中流畅起伏，胸部依然挺拔，像是骄傲的山峦，小腹没有出现赘肉，平坦柔韧。还有双腿和双臂，修长洁白，目光落在上面，还能感受到弹性的力度。她有好几年没有这样欣赏自己了，她在这个下午终于可以肆无忌惮地认真地观赏自己了，一片一片地读着自己的青春，一页一页地翻阅自己的感觉，她突然爆发了更大的自信。

仰角

三

W 市的天空从黄昏时开始晴朗，一场春雨将满城浑浊荡涤一新，进入深夜便现出清澈的本色。

回到那套已经干净了的营职宿舍，夏玫玫给自己沏了一杯新鲜的龙井——这是特供给萧副司令员的，萧夫人一如既往地要分一些给她。尽管萧夫人对她疼爱有加，但她是不会把自己最真实的声音向她倾诉的。

她关上了所有的灯光，搬一把藤椅，独自坐在房间中央，开始进入一个宁静的境界。

窗外流动着一地月光，这时候她发现，她所居住的这个城市原来安静极了，芸芸众生都停止了奔波，耳畔只剩下微弱的天籁。月光果然是蓝色的，是透明的幽蓝，就像楚兰的那篇小说。就在这时，她在冥冥中看见了另外一片天地里的另外一片月光，看见了一个生活在另外一个空间和过去时的女子——那片幽蓝的月光若明若暗如梦似幻，从树林的梢尖上落下，铺在一幢农舍的四周。她看见了月光下的那座井台，井台上立着一个修长美丽的身躯，流畅的曲线上反射着幽蓝的光泽。

哦，那个美妙绝伦的少女，像是从一幅名画中走下来的裸体女郎，她正用从井里汲出来的清泉洗浴着自己的心灵……

那就是她最初同韩陌阡在一起留下的记忆。在她掠夺的众多的书籍里，她唯独只认真读了一篇小说，当初在赵湘芗拿来楚兰的作品时，她就毫不含糊地断定，楚兰也读过这篇小说——《蝮蛇》，但不同的是，这篇小说给楚兰带去的是文学启蒙，而对于她，却是情感启蒙。就是这篇小说，使韩陌阡在她的心中变成了另外一个男人。

《蝮蛇》的背景是苏联卫国战争时期，主人公是一个失去家园和亲人的孤女，女扮男装参加了苏联红军，在骑兵连里当了一名通信员。就是在那样一个幽蓝的月夜，在井台上，在泉水的沐浴下，她暴露了自己美丽的胴体，并从此成为她和那位英勇善战的骑兵连长之间的秘密。他们深深地相爱了。后来在一次激战中，她的爱人壮烈战死，她义无反顾地捡起血泊中的骑兵连的旗帜，率领余部呐喊着冲向敌阵，夺取了最后的胜利。再后来，战争结束了，这位女战士却成了社会上多余的人，她永远地沉浸在对她的爱人、她的骑兵连和她的战争生活的怀念之中。她吸烟并且酗酒，与周围的人格格不入，她挥动旗帜的巴掌殴打过企图调戏她的政府官员，她经常把手枪拿在手上威胁那些诬蔑亵渎她和她的战友的那些妇人，她曾经在暴怒中开枪打飞一个女邻居手中的脸盆，因为那个女邻居谩骂她是"骑兵连的婊子"。她以自己强悍的爱情同整个平庸的社会进行顽强的斗争，可是她终究势单力薄，她只能永远生活在不被理解和不被容纳的苦难之中，她最终成了一条人见人怕人见人厌的"蝮蛇"……

读完那篇作品，夏玫玫已是泪流满面。

从此，那片幽蓝的月光便刻骨铭心地存在于她的生命之中。

尽管她对战争中的情感命运还不甚了了，但是，她所受到的那份感动和震撼却是实实在在的，这种感动和震撼促使了她对人生又多了一分思考和理解。她不熟悉战争，但是那篇作品所叙述的战争中的人的高尚的或悲壮的经历，却长久萦绕于怀并且点点滴滴渗透于她青春的生命里。她没有同任何人谈起那片幽蓝的月光和那片让她久久沉迷的幽蓝的树林，包括受命对她进行"艺术辅导"的韩陌阡，只是在她的心里，深深地埋藏着一座幽蓝的井台和井台上那个幽蓝的少女。有时候她甚至觉得她就是她，她的遭遇就是她的遭遇，她的灵魂就是她的灵魂，在另外一个地方，在同一轮月光下，她们的灵魂已经汇在一起了，她们一起追求着美好的爱情，一起抵御着世俗的浊流……而韩陌阡就是那个英勇善战的骑兵连连长。她和她都是在十七岁年龄上走进一个男人的生活的，她无数次幻想过那场战争，幻想过在那血光烈火的桥头争夺战中，韩陌阡挥动马刀纵横驰骋，她则紧紧跟在他的身后护卫着他……她曾经做过梦，就是在那座井台旁边，他认出了她的美丽，在临时连部的那间小木房里，他走进了她的生命深处。她甚至认为韩陌阡会在同一时刻和她做着同一个梦，他们在梦中真实地实施过严密的缠绕。

可是，没有。梦后的第二天她见到韩陌阡时，注意地观察了他的表情，而他的脸上没有任何表情，像以往一样，一本正经，若无其事，绝无丝毫心跳和心虚的迹象。但她坚信不疑，那个梦绝对是在同一时刻产生于他和她之间，他们绝对在梦中共同拥有过同一时间和同一空间。韩陌阡在她的心里，就是那个骑兵连长——韩陌阡永远都是一个挥动战刀的骑士，不管他是不是真的。

这大约就是她的初恋了，这样的初恋是多么没有道理啊，没有道理的初恋当然是脆弱的，在那样的年头还是可耻的，除了压抑，她不敢有半点流露，她

353

必须深藏。

她可以向萧副司令员提出一切要求，但唯独不敢陈言自己的初恋。那时候她还是个孩子——在萧副司令员的统治下，她永远都是个孩子，他待她亲如慈父，又严如暴君，他爱她如掌上明珠，又管她如少年囚犯，他笼罩着她的一切，又搅乱了她的一切，她在他那里几乎得到了一切也几乎弄丢了一切。

她为什么要生活在这样一个家庭呢？为什么要接受他的统治？她有太多的疑惑，也有太多的想象。她比任何人都孤独，她怀疑她的母亲不是她的母亲，同样，她又怀疑她认为是她的母亲的那个女人也不是她的母亲，她怀疑她的父亲不是她的父亲，同样，她又怀疑那个她认为是她父亲的人也不是她的父亲，她认为有个人最有可能爱她，但她同时又怀疑他不爱她，她认为她最有可能爱上那个人，但她又同时怀疑她是否真的爱他。她不仅怀疑别人，同时也怀疑自己。这个世界怎么啦？什么都是似是而非的，她到底是从哪里来的，在来到这个乱糟糟的球体之前，她在哪里，以什么样的方式存在，是一滴水还是一棵树，是一块石头还是一条小鱼，抑或就是那条打遍天下的"蝮蛇"？在心里，她永远认为自己来路不明，而最有可能的，她就是那条蝮蛇。

这种年复一年压抑和怀疑的后果是严重的。在最该她做主的时候她漠然置之，在最不该她做主的时候，她偏要自作主张。

四

夏玫玫的电话不可阻挡地打进了 N-017。

"老阡，跟你通报三件事：第一，我已经向姓康的杂种提出严正声明，离婚，正在交涉；第二，我转业遇到了镇压，正在抗争；第三，我有可能跟人私奔，正在密谋。"

"希望得到祝贺还是安慰？"

"先说第一件事。"

"拟同意。"

"说得轻巧，你为什么不离婚？"

"我结婚可不是为了离婚的。"

"王八蛋结婚是为了离婚的。"

"不出所料，你们能够坚持到现在已经是英勇卓绝了。"

"你当初为什么不反对？"

"我有反对的权利吗？"

"但是你有提出娶我的权利。"

"那样的话，恐怕在三年前就分道扬镳了。"

"这么说来我命中注定留不住男人？"

"两回事。我顾不上你是因为我要做好人，康平顾不上你是因为他要忙着做坏人。而你需要一个不好不坏的男人。"

"再说第二件事。"

"拟不同意。"

"理由？"

"你没有理由。"

"我想换换环境。"

"那可能会更糟。"

"何以见得？"

"你不具备独闯天下的基本能力。"

"这是你一生中最大的误解，不然的话，我就是你举案齐眉的老婆了。第三件事。"

"拟不表态。"

"理由？"

"不干涉别人自由。"

"如此冷漠！难道你就没有一点责任感？"

"你什么时候把这种责任交给了我？"

"难道我们之间没有发生过什么吗？"

"难道我们之间发生过什么了吗？"

"最不重要的都没发生，最重要的都发生过。是不是这样啊，老阡？"

沉默。长久沉默。

"夏玫玫，你要挺住，冷静三个月，你就会发现，太阳还是本来的那颗太阳，蓝天还是那片蓝天，幸福还在你身边。"

"不要假缠绵，我从没有自绝于人民的非分之想，我活得皮实着呢。津津有味，不屈不挠。按时交党费，积极参加组织生活，饭前便后洗手。"

"那个画家是什么牙齿？"

"抽烟，但不黄。"

"形象？"

"高大，挺拔。没有酒糟鼻子。"

"用不用指甲抠鼻孔？"

"从来不，但喜欢用指甲抠耳朵。"

"相对文明。生活作风？"

"可以当一个普通的政工干部，但没有你死心塌地。"

"择偶不是点将。女人对男人太挑剔了，是嫁不出去的。"

"无稽之谈。我不是要跟画家私奔，我正计划去你那里，带着你走。"

"能去哪里？"

"我们可以到美利坚合众国去。"

"即使到了异国他乡，我们两个人仍然可以成立共产党的党小组，还要按时汇报思想，按时交纳党费。"

"老阡，你现在怎么样？还是那么革命化？"

"七情六欲一件不少，旁门左道一步不走。"

"对我还有什么话说？"

"我是爱你的，在我的心里，你永远是我的爱人，我劝阻你，但我尊重你的选择。"

"谢谢。"

打完这个电话，夏玫玫的心情好多了，安安稳稳地睡了一夜好觉。

五

韩陌阡终于疾如流星地回了一趟 W 市。不是因为夏玫玫，而是因为祝小瑜。

当初祝小瑜被送到 W 市的时候，韩陌阡给妻子林丰写过一封短信，大意如下：

这是烈士的遗孤，我向教导大队申请由我们夫妇抚养。第一，按政策，组织上每个月发给祝小瑜三十元生活费，可以在她身上花去二十元，余下十元连同祝敬亚同志的抚恤金存入银行，留作他用。第二，祝小瑜在 N-017上的是农村学校，可以考虑留一级。第三，孩子太小，暂时不要告诉其父去世的消息。第四，祝小瑜称呼林丰为阿姨，对韩陌阡仍称叔叔。第五，拜托了。

林丰是那种妻子型的妻子，跟韩陌阡生活几年，没有多少乐趣，也没有多少不如意。都是行伍出身，习惯于男人一门心思打天下。韩陌阡和夏玫玫的关系她听说了，她比韩陌阡和夏玫玫更清楚，他们的那种关系其实没有关系，当然这是站在社会伦理道德角度来判断的。她对丈夫是支持的，也似乎没有多少理由不支持，这个人从来不干坏事，仅此一条，就不能不让女人敬仰。一个人一年半载不做坏事并不难，三年五载不做坏事也不难，难的是十年二十年不做坏事，更难的是一辈子不做坏事。根据林丰掌握的情况，韩陌阡在前三十多年里，基本上没有做过值得一吵的坏事，而且就人格走向看来，一辈子不做坏事也是有可能的。当然，错事难免。人非圣贤，孰能无错？

总的看来，这是一个相对正确的家庭结构。

林丰没有提出要韩陌阡回来，只在电话里告诉韩陌阡，祝小瑜这几天闷闷不乐，先是少言少语，后又提出要回 N-017，她认为她爸爸执行任务该回来了，她要回到 N-017 去看爸爸。后来弄清楚了，小姑娘在学校受到了歧视，有同学说她脸黑，头发也不好看，还说她没有爸爸妈妈。

韩陌阡一听头皮就麻了，很不礼貌地批评："怎么搞的，连个孩子都哄不住，不会想想办法吗？把情况摸清楚，到学校请老师注意一下。"

林丰说："已经到学校去过四次了，其他问题都解决了，歧视问题也不存在了，小学生懂事，讲讲道理，现在对小瑜都很好。但她还在夜里蒙着脑袋哭。今天上午逃学了，中午我和韩大江等她回来吃饭，半个小时没见人，派韩大江到同学家一问，上午没上学。我们赶紧找，全楼道都出动了，最后从火车站把她找到了，怎么劝都不回来，非要回 N-017 找她爸爸不可。后来答应她说要跟他爸爸和韩叔叔商量，她还是不回来，说要保证给她爸爸打电话，让她爸爸来接她，不然她就不回家。小姑娘这回倔得凶，我只好答应她给她爸爸打电话，她要我保证她爸爸明天一准来，我也只好答应她了。你说怎么办吧，我听你的。"

韩陌阡说："第一，稳住。第二，还是稳住。你请一天假，在家软禁。第三，我马上向政委请假，争取明天一早到家。"

事情就这么定下来了。韩陌阡乘的是头天下午的火车，凌晨四点钟下车，没有通知人接站，十二公里越野，到家已经快到清晨六点了。此时六岁的韩大江还在卧室里酣睡，林丰则红着眼睛和祝小瑜坐在沙发上——看来小家伙是一夜没睡，大有不见鬼子不挂弦的架势。

门一打开，祝小瑜一个机灵就站了起来，直骨碌着眼珠子往韩陌阡的身后看，林丰起身去把门关上，祝小瑜自作主张，又去把门打开，再往楼下看，看了一阵子，突然就撕心裂肺地喊了起来："爸爸，爸爸，你在哪里呀，别捉迷藏了，你快出来吧，小瑜想你啊……"

韩陌阡一头蹿到门口，抱住祝小瑜："孩子……"一句话没有说完，热泪便滚滚而下，还不敢让祝小瑜看见，只把孩子搂紧，不让她回头，却是说不出话，任泪水从祝小瑜的背上溪流一般往下淌。

另外一个方向上，林丰也招架不住了，泪眼蒙眬，低下头转过身去，钻进卫生间，拧开水龙头，呼呼啦啦地放水，趁势把眼泪甩进盥洗池里，又兑了半脸盆温水，端出来，既不敢看祝小瑜，也不敢看丈夫，把脸盆放在地板上，说了声："累了，洗把脸吧……"一语未了，又是泣不成声。韩陌阡把祝小瑜放下了，弯下腰去，拎起毛巾捂住了脸。

祝小瑜不喊了，也不问了，默默地、呆呆地看着韩叔叔洗脸，看着韩叔叔把毛巾捂在脸上，一遍又一遍地擦，拧干了，又擦。看着韩叔叔把毛巾刚放到脸盆里，又从眼眶里淌出了两条小河，顺着脸颊往下淌。

在这一瞬间，韩陌阡才体会到什么叫心碎，什么叫万箭穿心。他曾经认为他这一辈子都不会流泪的，可他没有想到，这一次他会流这么多的泪，似乎是三十多年积攒下来的泪水就在这一时刻全部一倾如注了。

祝小瑜一句话也不再说了，后来就站起来了，慢慢地走过去，抱住了韩陌阡的腰："叔叔，我爸爸，他再也不会来接我了，是吗？"

要坚强啊要坚强，要挺住啊要挺住！韩陌阡拼命地对自己说。"孩子，你爸爸……他病了。"

祝小瑜抬起一双亮晶晶的黑眼睛，看着韩陌阡："我爸爸是得了很重很重的病，是吗叔叔？"

韩陌阡的心里在发颤，有一种万箭穿心般的麻木的疼痛："你爸爸是得了很重很重的病，不过，会治好的。孩子，以后我会让你看爸爸的。"祝小瑜的那双亮晶晶的黑眼睛仍然一动不动地注视着韩陌阡，像两束黑色的箭镞，不偏不倚地射在韩陌阡强硬的心中那片最薄弱最柔软的地方："我爸爸，他是死了吗？"

韩陌阡感到自己几乎快要眩晕了，再一次弯下腰去，把祝小瑜抱了起来："孩子，别再问了！答应我，今天不问。"

祝小瑜在韩陌阡的怀里，挣扎了一下，站到地上，一声不吭。直到这时，两颗晶莹的泪珠才涌出眼窝，接着，又是一颗，只在瞬间，小小的脸蛋上便被泪水淹没了。

六

韩陌阡在 W 市停留了六十五个小时。

经过一天多的努力，祝小瑜终于半信半疑地接受了韩陌阡和林丰的说法——她的爸爸病了，正在治疗当中，她爸爸请他最好的朋友韩叔叔和林丰阿姨照顾小瑜。爸爸病好之后会来看她的，但是她以后就在 W 市读书了。在这里读小学，读中学，还要读大学。

第二天上午，韩陌阡和林丰带着祝小瑜和韩大江上了一趟街，见什么要买什么，要买什么祝小瑜就不要什么。祝小瑜摇头多于说话，要不就说："阿姨都给我买了。不要。"

回到家里，韩陌阡认真地检查了祝小瑜的衣服柜、学习方桌、学习用具柜、零食柜，果然一应俱全，还有一些小姑娘喜欢的零碎玩意儿。看来林丰做得很细，的确没有亏待孩子。

中午韩陌阡安排祝小瑜和韩大江一起看录像，是专门从邻居岳参谋家借来的《米老鼠和唐老鸭》。开始祝小瑜还是心神不定，看得很不专一。韩大江少年不知愁滋味，嘎嘎嘎咕咕咕地又笑又打滚，乐得耳朵都红了。到底是孩子，祝小瑜渐渐也进入了情况，不时发出一两声笑。

韩陌阡和林丰研究下一步的工作，韩陌阡半真半假地开玩笑，首先对林丰所做的工作给予了高度的评价，并且感谢，说是代表 W 军区炮兵教导大队全体官兵向林丰同志致敬。

林丰开玩笑说："结婚七八年了，我听到的这种口头表扬有一百多次了。你能不能拿出一点实际行动？你从来没有单独陪我上过街，从来没有给我买过一件衣服。"

韩陌阡说："你知道我从来不爱上街，就是去了也买不好东西。再说，你有军装，要买什么衣服？"

林丰说："现在提倡干部在节假日和外出的时候穿便衣，我多少也得有件把行头吧？穿军装上街，处处让座不说，讲价都没法讲。"

韩陌阡愕然："讲什么价？社会主义计划经济，商品都是明码标价。"林丰说："现在不一样了，搞改革开放，商品流通多种渠道，可以讨价还价了。"

韩陌阡点点头说："改革开放理论上我是知道的，但还没有想到有'讨价还价'这一说。我们是军人，不穿军装也得让座。不穿军装也不要斤斤计较，我们收入不低，劳动人民不容易，不要显得小家子气。"

林丰说："我只是打个比方，想让你给我买件把衣服。"

韩陌阡想了想说："可以。你知道我花不好钱，你自己买就是了，反正财权在你手里。你看中的尽管买就是了。不过也不要买太好了，军人还是应该以穿军装为主。"

林丰叹了一口气，再笑笑，说："好吧，我自己买。遇上你这样的丈夫有什么办法？"

韩陌阡说："小瑜的事情，还是任重道远，更艰巨的任务还在后面。现在无论如何还是不能将祝敬亚去世的消息告诉孩子，她自己猜测不要紧，只要大人不松口，给她一线希望留在心里，伤害程度就会大大降低。目前要做的是，继续严密观察，一定不能让孩子有任何委屈的感觉，家里，学校，小朋友之间，可能会出现的问题都要考虑到。同时，要多找一些诸如《小兵张嘎》《刘胡兰》《小英雄雨来》等连环画，让祝小瑜和韩大江都多看，培养坚强性格。"

林丰对韩陌阡的分析和安排都表示同意，但提出了一个问题："这孩子自小没有母亲，是父亲带大的，母爱重要，我力所能及，父爱更重要，你要能够在家多住几天，肯定要好得多。"

韩陌阡断然否决："不行，我最迟明天得赶回去。"

"那就让孩子喊我们爸爸妈妈吧，时间长了，对她心理发展有好处。在同学面前她腰杆也硬一些。"

韩陌阡想了想，终于同意了。当初，他之所以坚持还让祝小瑜称呼叔叔阿姨，是基于两个方面的考虑：一是考虑他抚养祝小瑜是受组织委托，让祝小瑜改口喊爸爸妈妈有徇私嫌疑；二是考虑祝敬亚刚刚去世，技术上不好处理。

下午韩陌阡带祝小瑜到学校去的时候，对她说："小瑜，你爸爸现在病得很重，半年之内可能不会来，你要听阿姨的话。你不是没有妈妈吗？你看阿姨像不像你的妈妈？"

祝小瑜说："像，阿姨疼我，每次分东西，给我的都比大江多。"

"那让阿姨给你当妈妈你干不干？"

"干。"祝小瑜回答得很干脆，"阿姨就是我妈妈，老师都这么说。"

"那好，在你爸爸出院之前，你就叫我爸爸，你干不干？"

祝小瑜低头想了想说："干。这样我就有一个妈妈和两个爸爸了。"

"好，那就叫一声我听听。"

"爸爸。"祝小瑜抬起头，一双乌黑晶亮的眸子盯在韩陌阡的脸上，脆脆地叫了一声。

韩陌阡停住了步子，摸了摸祝小瑜的头顶："小瑜，记住，我就是你的爸爸。"

再往前走几步，韩陌阡又说："你比大江大两岁是不是？大江要是惹你了，你不跟他计较是不是？"

"大江不惹我，大江跟我说，要是有同学欺负我，就告诉他，给我报仇。上次阿姨……妈妈买了一盒巧克力，分给大江四块，给我六块，我又给大江三块，大江都没有吃，又还给我了。我也没有吃完，还有四块。"

韩陌阡笑了。韩陌阡说："你比大江大，应该让着他，他呢，比你小，又应该学孔融让梨，这样你们俩就平了，你们要互相爱护，是不是？"

"是。"祝小瑜愉快地回答，像个小小的士兵。

所有的事情都顺利处理完毕之后，韩陌阡也曾动过念头，有没有必要同夏玫玫见上一面。但是权衡再三，还是坚决地遏止了这个想法。

久别胜新婚，心情好了，自然就把该做的事情都做得很透彻，夫道妻道，都很尽职尽责。活到这把年纪，韩陌阡对于感情这东西就有了比较现实的认识，虽然说他一直认为，没有美满的婚姻，只有美满的念头，但是妻子是实实在在的，她能在你需要支撑的时候支撑你，而恰好是这次回来，韩陌阡更体会到了这种支撑的重要性。没有了林丰，他就不可能有一双轻松的腿。

这夜，两个人并肩躺在床上，很久都没有睡着。林丰说："陌阡，也才半年多的工夫，你就瘦多了，才三十多岁的年纪，头上都有白发了，脸上也是一脸沧桑了，像个四十多岁的人。"

韩陌阡说："你是不是感觉跟着我很受苦？"

林丰说："怎么会呢？我感到很踏实。你这个人让人放心。男人嘛，还是应该以事业为重。"

韩陌阡不吭气，但是心里很温暖。林丰是善解人意的，"事业为重"这样的话他爱听。韩陌阡跟妻子讲起了N-017的生活，讲起了七中队，讲得如数家珍。说："这半年多，虽然头上有了两根白发，但收获也不小。过去我没有正经八百地带过兵，这回有这么一支队伍管着，累，也很愉快。跟你说实在话，连我自己现在都发现我自己是一个很不错的男人。"

林丰说："你一直都是一个很不错的男人。"

韩陌阡说："不一样，过去我很注意做人，那里面有个'很注意'在里面，有时候甚至有些装腔作势。这是什么意思呢？就是说，过去的正派正直里面多少有些刻意的地方。而现在呢，我对七中队要求得苛刻，有些细节过去连我自己都没有注意到，现在我要求别人尽善尽美，那我自己首先就得做出榜样，装是装不出来的，得养成习惯。刀在石上磨，刀快了，石面也光了。我在磨他们，他们也在磨我。"

林丰说："男人就应该这样，你扑在事业上，我一点异议都没有，两个孩子都交给我，我不会拖你后退的。我只提醒你两点：一是劳逸结合，不要太累了，身体还是本钱，身体搞坏了，大事干不了，小事也不能干了，这是舍本求末的事。二是不要过于理想，一个人的成长，会受到很多因素的影响，你的七中队也不是生活在真空里，也不仅仅是你韩陌阡一个人在当教员当领导，完全按照个人的意志去塑造人，是很不现实的。"

韩陌阡说："这个道理我明白，这些人基础好，德才两个方面都有优势。我是能做多少做多少，但是，能做一斤，我绝不做八两。所谓养兵千日用兵一时，关键在于养官，关键的关键又在于养管官的官。我觉得我比较适合于做这项工作。至于头上多了几根白头发，身上掉了几斤肉，脸上多了几条皱纹，这都是自然规律，也不一定就是累的。你要是让我成天猫在家里养尊处优，说不定白发更多皱纹更多。"

林丰说："那倒也是。你这个人天生就是一个累命。"

韩陌阡故作轻松，笑笑说："累命好啊，累命就是干大事的命。你没听孟夫子说：天将降大任于斯人也，必先苦其心志，劳其筋骨，饿其体肤。我虽然老相了一点，但实际上并不老嘛，这么修炼下去，说不定会接受大任呢，你这个当夫人的，吃点苦头耐点寂寞也是值得的，你说是不是？"林丰笑了，说："不管你能不能接受'大任'，反正我是嫁鸡随鸡嫁狗随狗了。不过呢，我嫁的不是鸡也不是狗，而是一个不落俗套的男人。我很满足了。"

这一夜，两口子说了许多话。在林丰的印象里，这样的时候并不多。

这夜可以看成他们有婚以来最深入的一次交流。

临走之前，韩陌阡又做了两件事：一是将祝小瑜更名为韩小瑜，二是把韩小瑜转学到军区总医院附近的健康路小学就读。

第二十四章

一

丛坤茗和楚兰是同时离开 N-017 的，丛坤茗是复员，楚兰是到独立师参加高考文化补习班。她们临走的那天，凌云河撺掇谭文韬去送行。谭文韬说："别没事找事了，让韩副主任知道了，对大家都没有好处。"凌云河不以为然地说："你这个人，前怕狼后怕虎，对朋友缺乏真诚。"谭文韬振振有词地反问："我怎么缺乏真诚了？朋友遇上麻烦，我两肋插刀。现在课程压力这么大，韩副主任又管得这么紧，那么多人面前，你我去凑什么热闹，亮相啊？"

凌云河用一种讥讽的目光看着谭文韬，看了一阵，说："你是越来越像韩副主任了，你已经被韩副主任培养成无产阶级革命事业坚定的接班人了。我看你这辈子完蛋了，最后恐怕也是跟韩副主任一个毛病，胸怀革命大志，老婆一趟不来。"

谭文韬说："我警告你，别瞎说，韩副主任的家庭生活很正常，他爱人没来是因为各有工作，你没看见韩副主任办公室和宿舍的玻璃板下面都压着他和他爱人的合影照，两个人亲亲热热的，一点问题没有。"

凌云河问："老谭，我告诉你一个重大秘密，你一定要帮我守住，必要的时候恐怕还要做掩护工作。"

谭文韬说："别告诉我，我守不住，也掩护不了。"

凌云河愣了愣说："你狗日的怎么这么不仗义？"

谭文韬说："我没法仗义啊，你杀人放火我还当帮凶？"

凌云河研究着谭文韬的脸色，说："谁杀人放火啦？实话交底，我给她写了一封信，我跟她讲，现在不要她决定，但是请她等待，等我毕业了，等她工作安排好了我就去找她。我想我会成功的，你信不信？"

谭文韬说："我当然信了。你这个人敢上九天揽月，敢下五洋捉鳖嘛。你什么事情做不出来？不过，据我所知，这封信目前还没有到达丛坤茗的手里。韩副主任说了，等凌云河毕业了他会亲手把信交给丛坤茗的。韩副主任又说了，这是好事，但事情总是辩证的嘛，好事办得不好也恐怕会变成坏事。他担心你不能顺利毕业，怕你在女孩子身上分了心，最终被淘汰下来。"

谭文韬话说得不紧不慢，一本正经，不像是临时胡诌。凌云河听得愣了，疑疑惑惑地问："老谭你说的是什么？我的信真的到韩副主任手里啦？怎么会这样啊，这也太不人道了。老谭你是不是吓唬我？"谭文韬说："你问韩副主任就知道了。"

凌云河顿时呆若木鸡。

谭文韬没有吓唬凌云河，凌云河的那封信的确落到了韩陌阡手里。

凌云河豪气如火，义气如山，而他的悲剧就在于轻信和轻率。当证实了丛坤茗并没有刻意挤对楚兰，并且坚决要求复员之后，心里就很不是滋味了，蛰伏在心中的那份情感再一次蠢蠢欲动，就热火朝天地写了一封信。原来的计划是星期天请假到汝定城，通过邮局发回来。但是这段时间七中队气氛空前紧张，请假十分艰难。恰巧那天潘四眼腹泻，要到卫生所去拾掇一下，凌云河托潘四眼鸿雁传书。据潘四眼说，他是将信夹在丛坤茗那张桌子上的一本《卫生员手册》里的，并且暗示了丛坤茗书里有"密电码"，但是丛坤茗为什么没有及时将"密电码"取走，最终又是怎样落到韩副主任手里，他就不知道了。

凌云河除了自叹倒霉，别无良策，潘四眼所言是真是假，只能是千古之谜了，这种事情是不敢大张旗鼓侦察的。

果然，韩副主任不久就同凌云河开展了第三次谈心活动。

这一回，凌云河就不像第一次那么桀骜不驯了。到了韩副主任的办公室，很正规地敲门喊报告，得到容许进去之后，再规规矩矩地敬礼，直到韩副主任说了声"坐下吧",这才毕恭毕敬地坐下。

韩副主任说:"凌云河啊,知道我是为什么找你吗?"凌云河说:"是……因为那封信。"韩副主任点了点头。"你是个明白人。那封信本来不足以让你我再耗费一次精力,但是,请欣赏你的杰作……"

摊开在韩副主任办公桌上的,不是那封信,而是他这一个月的成绩——战术想定,四点二分;沙盘作业,四点三分;步炮协同,四点五分,而一篇关于《登坛必究》的心得论文,他只写了不足千字,而且避重就轻牵强附会,韩陌阡只给他判了三点五分。

韩陌阡同时还向他展示了魏文建、谭文韬等人发表在《军事研究》《人民炮兵》和军区小报上的文章。凌云河清楚,这些成果,在最后都将参考加分的。全中队本月综合成绩统计表上排列的顺序赫然入目,凌云河的成绩在第二十九名。这是前所未有的大滑坡。

韩副主任说:"凌云河啊,如果我没记错,你是某某年某月出生的,今年也是二十三周岁了。这个年龄,在上半个世纪,应该做父亲了,而居然有人连恋爱都不许你们谈,实在有些不讲道理,本人对此深表同情。"

凌云河被韩副主任的话说得云遮雾罩的,哭不得笑不得,不敢造次,只得继续保持一副老实相,装傻。

韩副主任说:"有些事情啊,就是这样,你想它时它不来,因为它不是你的。有些事情呢,它本来就是你的,你不去想它,该来的时候它也就来了。你说是不是?"

凌云河越来越稀里糊涂,但是必须点头,凌云河起劲地点头说:"是是是,是这样的。韩副主任的话,是放之四海而皆准的至理名言。"

韩副主任脸色一变说:"我的话,一不可以放之四海,二不是皆准,三不是至理名言。但对你凌云河来说,我的话你必须听,哪怕它臭不可闻你也得听。你要是不愿意听,那就咬紧牙关再听三四个月,最多也就是五个月。五个月之后,你骂我韩陌阡,那是你的自由。"

凌云河一动不动,说:"我不会的。"

韩陌阡说:"一年前,也就是在这个时候,我奉萧副司令员的指示,做了一件事情,用萧副司令员的话说,叫作'保底工程',就是从W军区几千个干部苗子中沙里淘金淘出一批精中之精优中之优的尖子,通报到各部队,确保这些人参加七中队选拔考试。我可以说，你们这些最终进入七中队的人，每个人的名字都从我的手里滚了几滚，真正的尖子都来了，皆大欢喜。这当然不是为了个人。现在，你们又面临着竞争，成功与失败的可能各占百分之五十。我们还想保底，还是要优中选优，精中留精。可是，我们谁也没有权力越俎代庖，决定性的最后一仗还要靠你们自己打。这个时候，我不希望你们节外生枝。"

凌云河说："我明白了，我是……我的自控能力不行，韩副主任，我……是动真情了，有时候，我真想不顾一切地向她吐露……"

韩陌阡说："我理解。如果是从朋友的角度，我会为你的这种态度感动的，一个人能够为了爱情而进入不顾一切的境界，不仅值得理解，而且值得尊敬。但是站在另外一个角度考虑，你是一个很有抱负的人，热爱军队，有思想，你对学习中国古代兵法和未来战争的一些思考都是很有见地的，有的甚至可以说是真知灼见。事情往往就是这样，有所长就有所短，譬如在理智上，你就比谭文韬和魏文建他们差把火候。我的观点是，我们不仅是自然的人，更是社会的人，作战讲究个时机，爱情也讲究个时机，'天予不取，反受其咎'，讲的是没有把握住时机，活该倒霉。'时未可战，姑勿与战，亦善计也。''敛翼待时，候风云而后动。'这所指就是时机不成熟的时候不要轻举妄动。你现在大战在即，不可因为儿女情长贻误终生。说白了，你爱的那个人今天在中国明天还在中国，只要她爱你，她跑到天涯海角也是你的，可是你留在军队的机会只有这一次了，掂量掂量轻重，你应该知道怎么做。"

凌云河完全把韩陌阡看作良师益友了，真诚地说："可是，我即使下了决心，也由不得心里不去考虑这方面的事。"

"这就是我要找你谈话的原因。丛坤茗走的时候，我也找她谈了，我告诉她，七中队有个学员爱上她了，她问我是谁，我告诉她就是凌云河。你知道她是怎样一种反应吗？她问我，韩副主任，你反对吗？我说我不反对。她说，等他毕业了，我会主动跟他联系的。请韩副主任转告凌云河，这几个月忘记我，该出现的时候，我自然就会出现在他面前。"

凌云河的眼睛里迅速地涌了一层泪花，几乎哽咽了："韩副主任，我……"他说不下去了，站起身子，立正，端庄地给韩副主任敬了个礼，

"韩副主任，我向你保证，这两个月，我排除一切杂念，全力以赴，争取以优异的成绩向您……"

韩陌阡打断了凌云河满怀豪情的表白："本副主任还要提醒你，我之所以没有找你的麻烦，不是因为我特别器重你，也不是说我就希望你战胜别人独占鳌头。临战动员，是我分内的工作，对于我来说，手心手背都是肉，每个人的思想问题我都要解决。而你自己应该认识到，作为一个军官，你的身上毛病很多，譬如说容易激动，一个军官，应该养成山崩于前不惊，雷霆于后不乱的大将风度，你这样喜怒哀乐均大起大落，是难以担负重任的。当然了，所谓冰冻三尺，非一日之寒，军官的修养既是多方面的，也是长期的。"

"韩副主任，我记住了，我会注意培养自己的。"

"另外，至于这封信是怎样到我手里的，你就不要再去追问了，这不是你的同学捣鬼，是韩副主任的情报机关在发挥作用。行兵之法，斥候为先。这也算是《百战奇略》之一略了。"韩陌阡最后笑笑说。

二

一绺浅浅的鹅黄色在别茨山腹地出现了，接着又是几绺。随着这些颜色的日益清晰，山野里又相继出现了淡红和嫩绿。渐渐地，便有无数泉眼向外喷涌出翠绿的颜色，洇化开来，向四周蔓延，终于将黛青色的山峦洇出一片新绿，映山红又火苗一样燃烧在竹林丛中和溪河岸畔。

别茨山的春天是从内向外铺排的。春天从山脊上奔泻，蓬勃的朝气和热腾腾的活力海浪一般地拍打着山外的世界。霎时，山的根部绿了，与山根结缘的原野绿了，朔阳关那横亘在绿色阡陌之上的青石城墙，抖落了一个岁月风化出来的尘土，像一笔道劲的惊叹号，一如既往地点缀着冷峻的写意。

七中队安全地度过了一个险象环生的春天。一个春天，几乎没有人进城，没有人打球，甚至很少有人到大队部的军人服务社去。教室里，炮场上，沙盘前，尽是气宇轩昂指挥若定的未来炮兵指挥员。七中队出现了前所未有的平静。

然而韩副主任洞若观火，在这巨大的平静下面，正覆盖着巨大的不平静，所有的强弩之弦都已经被扯到了极限，年轻的力量再一次高度浓缩，积聚于命运的箭镞顶端，坚定地瞄准那由三十三个指标组成的箭靶，人生射线的表尺在这平静的掩盖下悄然修订。他们在等待着最后的指令，号角一响，你就会听见骤然膨胀的年轻的血液的喧哗和裹挟风暴的青春的舞蹈，那将是他们在 N-017

的最后的发射，命中在三十三环以内的，他们将获得一张印刷在十六开五十克胶版纸上的《干部任免报告表》，把自己发射在箭靶以外的，他们的档案将会从韩陌阡的办公桌上消失，从大队政治部组干组的保密柜里消失，甚至会从这个世界上消失，重新回到它们诞生的地方，有些以后便再也派不上用场了，成为一段永被忽略的短暂存在。那就怨不得别人了——事业的小路险峻崎岖，在漫长的跋涉中，险峻崎岖的小路上总是有人被省略，被省略的不仅仅是别人的挤对，还有自己的一不留神。上去一个台阶，你就会发现前面还有台阶，你会沿着那不断出现的新的台阶一级一级地走上去。可是一旦掉下来，那就只有看别人的背影叹自己命苦。

"兵之胜负者，气也。士兵能为胜负，而不能司气。气有消长，无常盈，在司气者治制之何如耳。"何如耳？事在人为也。作为思想政治工作者，韩陌阡可以算得上是一个竭智尽忠履行司气职责的"气功大师"。

韩陌阡现在倒是不担心会出事了，反而大张旗鼓地煽动——竞争竞争再竞争。直至取得最后的胜利或者失败。钢铁就是这样炼成的，英雄也是这样造就的。韩陌阡说："一、不提倡退学，反对半途而废，知难而进。坚持到底的，是真英雄。二、不怕出事，是钢筋铁骨的，三百度高温化不了，化了的，就不是钢筋铁骨。三、这是光明磊落的竞争，不是为了功名利禄的尔虞我诈，是以写人的方式占领制高点。四、凡是坚持进入最后决赛的，都可以视为意志坚强人品高尚，淘汰下来的，不是次品，是副产品，是我们 W 军区炮兵教导大队为这个社会锻打的其他方面的人才，放之任何领域都堪重用。"

"凡为人之兵，任是何等壮气，一遇大战后，就或全胜，气必少泄。又复治盛之，以再用，庶气常盈。若一用之而不治，再用则浊，三用则涸。"

韩陌阡真诚地固守一个原则，尽管我们的确是生活在战争的包围之中——七中队现在对这一点已坚信不疑了，但刀光剑影枪林弹雨毕竟在遥远的地方，要保持士气常盈常盛，则需要强化战争意识，挑动群众斗群众也罢，发动内部战争也罢，手段是多方面的，但目的是一个，确保精中之精优中选优，确保一群打不垮拖不烂压不弯击不倒的硬汉子在芸芸众生中脱颖而出，以铮铮铁骨支撑起巍峨的身躯立于天地之间。

在这个炉膛里治炼出来的汉子，应该有一股傲视群雄蔑视世俗的昂扬正气。

常双群主动提出退学，被韩陌阡秘密做了工作——不战而退是不可取的。

蔡德罕在倒数第二个月的综合成绩已经跃进了前十九位——后来居上，胜利在望。谭文韬的综合成绩仍然在前三名浮动，如果在身体和其他方面不出问题的话，看来是稳操胜券了。凌云河化爱情为力量，暂时将爱情和未来战争的问题放到一边，很快又将各项成绩强行恢复到爱前水平，综合成绩在前十名之内。魏文建的一篇《浅论中国古代兵法中的思想政治工作》获《探索与思考》刊物二等奖，政治科目积分增加二分——迂回战术也是制胜的重要谋略之一。

进入到夏末秋初，就是最后的角逐了。

另外，原教导大队担任保障的人员情形也都有了变化。由于教导大队姚大队长的工作，张崮生被调到独立师继续担任教练班长，据说可望当年转为志愿兵，临走时将一只半新的收音机赠送给谭文韬。谭文韬回赠了一副双喜牌乒乓球拍。童自学和江村匀同丛坤茗等人一道复员。丛坤茗复员后被安排在一家中医药药房，已经考取了 W 市电大。楚兰的中篇小说发表在军区文艺刊物之后，获军区本年度业余创作一等奖，并被军区话剧团改编为同名话剧。连同四十余篇新闻报道稿件，以文化和业务双双入围的成绩考入某某政治学院。

大队部的几个女兵当中，只有柳漱比较惨。柳漱负伤了。

三

七月初七中队进入步炮协同战术演练阶段，再一次开进了瓦岗寨地区。大队抽调战教连部分兵力和后勤部分人员随队进驻瓦岗寨，跟踪保障。柳漱是保障人员之一。

导致柳漱负伤的肇事者是蔡德罕。蔡德罕那天作为谭文韬的助手跟随"红军步兵一团"开设前进观察所，在 857 高地实施抵近作业。蔡德罕多少有点紧张，战术教员张陵水分工的时候，让谭文韬担任营长角色，只给了蔡德罕一个指挥排长职务。按说都是学员，就算一个成绩好一点，一个成绩底子差一点，但都是那几个老师教出来的，营长和排长的码子也差得太大了。

蔡德罕的紧张还不在这里。他是有自知之明的，跟谭文韬争个高低，他当然不是对手，再说，以他的一贯原则，是习惯于任劳任怨的。他的紧张在于指挥排长这个角色的艰巨性。在前进观察所作业，营长虽然是最高长官，但真的打起来了，功夫还在指挥排长身上。而计算诸元恰好是他的弱项，张陵水之所以选择他担负指挥排长的作业，也就是有加强他这方面素质的意思。

蔡德罕心里直犯嘀咕。谭文韬比他全面，指挥排长那套业务对谭老一来说是轻车熟路，可是营长这个职务在这次行动中，只有三个动作：一是参加步兵协调会，明确任务；二是选择阵地和观察所位置，确定射击方式；三是在战斗发起后下决心。而这所有的一切，都必须由指挥排长提供精确的方案和数据。如此一来，蔡德罕的压力当然就大了。

但命令是不可抗拒的，再说也没有理由抗拒。说什么？就说让自己当营长，让谭文韬下放当排长，这叫什么话？说不出口嘛。头皮一硬，就赤膊上阵了。好在谭文韬这个"营长"没有摆谱，占领观察所之后，立即同"指挥排长"一道作业，帮了蔡德罕不少忙。担任计算兵的是战教连侦察班的一个小伙子，技术尚可，但是比较死板，"排长"不下命令就纹丝不动。演练开始之后，791电台和"步兵团"配属来的步谈机呜里哇啦的一个劲儿叫唤，各种情况蜂拥而至，蔡德罕拉开架势，定点、查表、计算，指挥尺和计算盘操练得花团锦簇，大伏天里搞出了一身冷汗。

前面几个步骤，"谭营长"亲自检查并亲自参与核算，好歹是没出问题，再往后理出头绪了，蔡德罕也渐渐地得心应手了，却不料风云突变，炮兵群通报，857观察所遭敌炮击，营长阵亡，由指挥排长接替指挥，紧接着又来了几组情况——某某某部在某某地区前进受阻，请求炮火实施压制射击，某某某高地敌一个连实施反扑，请求炮火覆盖，某某某地域我军一个连被敌包围，请求炮兵实施拦阻射击……

蔡德罕不仅自己汗流浃背，还把战教连配属来的那个计算兵骂个狗血喷头——鏖战之际，这小子居然连连出错，害得蔡德罕从营指挥到班计算全一个人包圆儿了，而此时已经"阵亡"了的营长谭文韬正在一棵小树底下悠闲地乘凉。

终于，蔡德罕坚持不住了，先是听见耳朵里嗡嗡乱响，不光有电台里的，有担任导演的张陵水发出来的指令，还有炮声——炮声隆隆，天摇地动，嘴里只来得及叫声"我也要求阵亡"，便一头栽在地上。

谭文韬见势不妙，死而复生，一跃而起，抓起电台话筒就喊医生。

当时柳激正在山下——即以凌云河和魏文建分任连长和指导员的阵地上分发防暑降温药品，接到命令背起药包就往山上跑，跑上来迅速判明蔡德罕是急性暑热性虚脱，先给他打了一针，又灌了两瓶十滴水。十分钟后蔡德罕仍然昏迷，医生久等不来，柳漱担心延误医治会发展成为肺水肿。尽管没有处方权，但柳漱还是当机立断，给蔡德罕挂上 OB-X 静脉滴注，同时组织人员往山下抬。下山的时候，柳漱一只手负责担架，一只手擎着输液瓶，一步没有踩稳，从半山坡上滚了下去。

这次事件的结果是，由于抢救及时，尤其是及时地使用了 OB-X，化险为夷，蔡德罕肺水肿没得上，成绩也没有落下，病前所有作业均在良好以上。但柳漱——这个一向不为广大学员关注的大队卫生员，二十二岁、拥有五年兵龄的女兵，却被摔碎了右腿膝盖关节，成为"中华残疾人协会"的一名年轻成员。

四

七中队最后角逐的序幕在他们入队后第二年的八月正式拉开。

考核的内容覆盖面很大，在所考核的科目中，由于毛泽东军事思想原则、古代兵法理论、三大条令、行政管理、思想工作、后勤保障原则、军事体育、初级英语、兵种常识、世界军事常识等共同科目已根据平时积累分数基本成形，所以在决定命运时，就基本上是专业成绩的权衡了。

在专业考核之前，大队部下发了一份工作志向志愿表，志愿栏里有机关、分队、军事、政治、后勤、技术等栏目，异乎寻常的是，还有职务选择，也就是说，每个人可以根据自己对自己能力的衡量，在从正排职到正营职之间进行选择。谭文韬和栗智高选择的是正连职，魏文建等四十多人选择的是副连职，只有极少数的人选择营职和排职。凌云河选择的是副营职，工种选择的是担任射击指挥的副营长，这个职务在五十年代叫作营参谋长。

只有一个人填报了个正营职，此人便是常双群。

然后就开始强力专业考核。剩下来刺刀见红的项目还有射击理论、阵地指挥、步炮协同、合成战术、军事地形五大项目，全部成绩出来之后，谭文韬再次位居全中队榜首，二区队的阚珍奇获得第二的殊荣，栗智高出其不意地成为季军，凌云河排名第六，魏文建排名第十一。三区队的路黄河以狂喜的心情当选为孙山——第三十三名。

谁也没有想到，曾经最有实力同谭文韬抗衡，在历次月评中反复在一二三名浮动的，并且填报了正营职务的常双群却排名第五十四，距离孙山只隔了二十一个人头。

落榜的还有潘四眼和蔡德罕。

蔡德罕以一个小数点的误差，成为第三十四名，这个小数点先是使一组坐标出格，接着便使射击距离错上加错，然后成为标尺误差，一错再错，如果是在战斗中，依此标尺发射，炸点将在我军炮兵观察所和前沿步兵之间出现，将会出现"亲痛仇快"的局面。蔡德罕呕心沥血苦战了半年多的，也是炮兵指挥员最重要的一课——确定射击诸元的成绩，落了个不及格的下场。如果这个小数点位置得当，他将跻身于前十名之列。而从他将近二百天甘当笨鸟不屈不挠地挣扎结果看来，这个小数点他本来不应该点错的。

事实是残酷的，当总分成绩全部统计完毕并公布于大队部宣传栏里的时候，七中队多数学员都去寻找自己的名字，当时就有人落泪了。落泪的有榜上无名的，也有名在其中的，落选者无语而泣，然后挥泪离开，当选者也是热泪滚滚，默然隐去。

谭文韬、凌云河和魏文建没有去，他们陪同常双群登上了贯山，去看望恩师祝敬亚。

常双群最终放弃了竞争。尽管他仍然按照韩副主任的要求，"以军人的方式"参与了最后的角逐，但是，每一项作业他都只做了一半。

在确定射击诸元的考核中，凌云河就发现了这个问题，下来之后立即通报给谭文韬和魏文建，大家一致声讨常双群"背信弃义"。常双群笑笑说："我没有临阵脱逃就算是意志坚强了。你们不要劝了，我早就拿定主意了，参加而不争夺。参加了，我也就算走完了这一段路程，争夺，就不是好汉了。就算是考好了，把指标占上了，体检万一过不了关，到那时候，我恐怕要白白浪费掉一个指标。何必呢？再说了，大家在这一年半谁没有脱掉一层皮啊，我这双眼睛，到了部队也是麻烦，何不把机会让给眼睛好的同志呢。还是那句话，天涯何处无芳草，我已经选择了最适合我做的工作，当一名道班工人，颜色分不清了，石子和泥巴还是能够分别的，修路这活儿我能干。"

常双群去意已决，大家无话可说了。

"祝教员，对不起了，我终于没有能够贯彻您的意志，但这不是背叛。我永远记住了您的四十五度人格论，就是修路，我也要当一个德才兼备的好工人。

我永远不会忘记自己是一个炮手，是您喜爱的杰出的炮手，是一个军人。离开了这片战场，我还会有自己的一方天地，我绝不会自暴自弃，绝不会！常双群跪倒在祝敬亚的墓前，脸腮紧紧贴在黄土上，长恸不起。谭文韬等人无语伫立，无不泪流满面。

五

在一个烈日偏西的下午，命令下达了——

经中国人民解放军 W 军区党委决定，确定下列人员为中华人民共和国国家机关干部，行政二十三级：谭文韬、阚珍奇、魏文建、刘子越、凌云河、赵家起、安国华、栗智高……

与此同时下达的，还有一份任职命令——

任命：

谭文韬任陆军第某某某师炮兵团指挥连连长；

阚珍奇任某某某集团军师属炮兵团三连连长；

魏文建任陆军第某某某师炮兵团七连副政治指导员；

刘子越任陆军第某某某师炮兵团司令部副连职参谋；

凌云河任陆军第某某某师司令部副连职参谋；

安国华任某某省军区某某某守备区炮兵团七连副连长；

栗智高任炮兵第某师某团八连副政治指导员；

余建设任陆军第某某某师炮兵团七连排长；

……

第二十五章

一

他们都走了。他们终于都走了。

他们带着梦寐以求的任职命令，带着胜利者的亢奋，带着大展身手的激情，带着一肚子建功立业辉煌的梦想，当然，也还有的带着沉重的、无法改变的遗憾，带着无可奈何的酸楚，甚至还带着无法平息的悔恨。优秀的或比较优秀的，淘出来的金子或淘下来的沙子，仪表堂堂的或短小精悍的，自命不凡的或自惭形秽的，天降大任的或乱撞运气的，男的，女的，高的，矮的——总之，他们都走了，他们的躯体连同他们的灵魂一道离开了N-017，离开了贯山，离开了凝结着我们青春生命的七中队。

只有我，蔡德罕，一个穿了二十年军装的老兵，一个前七中队的名列后面的学员，一个前七中队炊事班烹调手艺一流的伙夫，中国人民解放军一类编制序列里的一名前三级专业军士，中国人民解放军二类编制序列里的一名职工，一名编制之外的所谓的留守农场正班级场长，不显山不露水地留在了这里。我没有你们那种鲲鹏展翅的豪情，也没有你们那种虎落平原的怅惘，该得到的得到了，该失去的失去了，当命运的最后判决揭晓之后，我心静如水，灵魂平稳坦荡。我接受了命运对我的安排，哪怕这种安排是不负责任的，不讲道理的，甚至是荒诞可笑的。这是我唯一的选择，也是我唯一正确的选择。

现在，除了年年更换的几个士兵，七中队那一批人里，留在这里的只剩下我一个人了，我像一棵莫名其妙的老树，孤独地立在这道曾经是我们大家共同拥有的山峦里，扎根并且守望。我当然心里明白，你们当中一定有人已经把我忘记了，没有人会重视一个失败者（在你们的心目中可能还是个弱者）。这我可以理解，毕竟又过去了十几年，大家都在各自的岗位上争先恐后（我知道从我们七中队出去的人总是要站在潮头的风口浪尖上的）。所有的人都没有闲着，不管是已经当了师长处长团长县委书记县长的，还是回家种田贩卖小本生意的，层次尽管不同，但统统都在忙碌地活着，有地位的和没有地位的同样按部就班地忙碌。

我也是这样。尽管论起地位我可能是我们那六十三个人中间最差的或者是比较差的，我辛苦但我也很幸福。我是一个比较容易满足的人，当然是相对而言的满足。正是有了容易满足的德行，才导致了我今天在这里检阅你们。是的，是检阅。W 军区撤销了，朔阳关以南这片军事禁区除了个别单位尚在服役，多数地盘都已"化干戈为玉帛"了。你们走向天南海北，当官的当官，发财的发财，走运的走运，倒霉的倒霉，幸福的幸福，受罪的受罪。只有我，十几年来如一日，当一个兵，当一个尽职尽责有一份任务尽一份力的老兵，当一个教练别人并几乎听从任何人指挥的三级专业军士，当一个全民所有制的职工，管理着四个士兵和六百多只肉鸡。

哈哈，各位领导，各位同学，各位先生，你们恐怕做梦也不会想到，前基准中队一位测地业务尖子现在竟然是一个养鸡场的场长，当然是军办的养鸡场的场长。本场产品供应内部，对外概不提供。你们别以为我是个企业家，是个下海的暴发户，不，我还没有那么运气和晦气，我还没有庸俗到为蝇头小利而上蹿下跳的地步。养鸡是副业，留守看护这片营房才是本前三级专业军士和军队职工的正当职责。何况，我们敬爱的祝教员还在这里呢。

你们可以把我淡忘，可是我怎么能忘记你们呢？要知道，在最后的角逐中，总分成绩第三十四名是蔡德罕啊！况且，那是蔡德罕有生以来败得最窝囊的一次，在不决定命运的数次考核中，蔡德罕从来就没有下过前二十五名，偏偏是在紧要关头马失前蹄，落了个第三十四。这就是老天故意跟咱过不去了，为什么就不能是第三十三呢？既然不让咱过那个坎坎，你让咱考个第四十名第五十名咱也败得舒坦，可是你却给了咱第三十四名的名分，就在那个坎坎的边缘，别人都越过去了，轮到咱大门就关死了。

毕业考试获得综合成绩第三十三名的是三区队的路黄河。对于蔡德罕来说，排长这个职务是个鬼门关，而对于路黄河来说，排长这个职务则是起跑线。

十八年之后，路黄河是某某省军区某某某军分区的副司令员，这个在十七年前以一点二分的优势当仁不让地从蔡德罕的头上跨过，欣喜若狂地成为孙山的人，虽然当时只定级为行政二十三级的排长，但此后牢记当年的侥幸，发愤图强，工作极尽刻苦，方方面面关系慎之又慎，前进的道路上畅通无阻，以至于在十八年之后其进步幅度跨越了七中队多数学员，成为仅次于某某某师师长谭文韬和某某师政治委员阚珍奇的第三位师级军官，大校军衔，而某部师参谋长凌云河和某部营房处长魏文建等人才是上校军衔。

蔡德罕跟任何人相比都能心平气和，唯有跟路黄河一比，才深切地体味到"差之毫厘，失之千里"不是瞎说。

当然，蔡德罕有蔡德罕的幸福。至少，蔡德罕有他认为是真正的爱情的爱情。

当初，在N-017接受熬炼时，蔡德罕对"爱情"这两个字想都不敢想，他连个家都没有，连当个排长的愿望都风雨飘摇，给他朵鲜花他也顾不上灌溉，给他爱情他也没地方存放。那时，出风头的是凌云河和谭文韬他们，跟他们在一起，他除了竭尽全力保持自己的尊严，哪还敢有非分之想？爱情这东西对他来说就像天上的星星，别说采摘，看起来都朦胧。在大队部的女兵中，谭文韬和凌云河都很受青睐，就算把大队部二十多个女兵每人撕成两半全都分给七中队，也没有他的份儿，他那时候想——在老婆这个问题上，他仍然有可能再次成为七中队最后的一名——一个连孙山都没有当上的人，哪里还有脸结婚呢？而事实却恰好相反，他差不多是那些人当中第一批结婚的。他有充足的结婚时间和精力。

除了率先结婚和生孩子，这个十几年来隐身于深山的土老帽，还有其他一些非常的举动，也是七中队那些幸运的或不幸运的人们难以望其项背的，譬如说他能够利用一台车床制作各种造型精美的兵器模型，在养鸡之余用这些模型布局谋阵，过一把炮兵团长师长的瘾头。再譬如说他在九十年代中期就开始使用了计算机，并且掌握了P-OX技术，如醉如痴从事于一项运载工具的设计——

当然，这种设计是没有任何功利的，唯一的依据是他乐意，他可以在计算机面前重新操练自己失去的辉煌，从而弥补养鸡生涯带来的空虚。

二

宣布完七中队部分学员定级和任职命令的当天，蔡德罕所做的第一件事就是到 BGC 医院看望柳潋。那时候，柳潋的伤势基本上痊愈，但是落下残疾也基本上无疑了。

才二十二岁啊，正值青春年华的姑娘落下个残疾，今后的日子该怎么过？柳潋一片茫然，夜里常被噩梦惊醒，醒来枕边一片泪痕。那些日子，柳潋的脑子里曾经酝酿过许多计划，其中一个最可行的计划便是积攒了几十片安定。就在还要继续积攒的时候，蔡德罕去了。

蔡德罕除了扛去一大包水果，还抱了一抱从贯山上采摘的野花，医院里的医生护士都忍不住窃笑——他们还没有见识过用粮袋扛着几十公斤水果去看望伤员的，也没有见识过抱着一箩筐野花去看望伤员的——他们哪里知道，这是蔡德罕有生以来第一次一次性花这么多钱，整整用去了他四个月的津贴。他无论如何也找不到一种最能表达他心意的方式，他只能按照传统人情的思维方式，用他的劳动，用他的血汗钱来尽可能地安慰自己。

这个满脸憔悴、浑身汗渍的老兵压根儿不在乎医生护士们的取笑，就那么一本正经而又旁若无人地闯进了柳潋的病房，把肩上扛的、怀里抱的往地上一放，就站在一旁看柳潋，看着看着就流泪了，一句话说不出来，满腹的愧疚、酸楚，当然也还有委屈，全都集中在泪腺上，滔滔不绝，汹涌得不可遏止。

病房里的人都被这条汉子的举动惊呆了，就连柳潋也被这无语的雷霆弄得手足无措。大家这才意识到，这不是一般的探视。

医生和护士们不再窃笑，悄悄退出了病房。同室的病友，能够行动的，也都无声无息地离开，给这个汉子和他的伤员留一个安静的空间。

蔡德罕依旧一言不发，任滔滔热泪一泻千里。

后来，柳潋欠起身子，苍白的脸上泛出红潮，招呼蔡德罕说："你这是何必呢？你这么大一个男人，哭得惊天动地的，别人都被你吓住了。"蔡德罕这才挥了一把泪脸，颤颤巍巍地说了声："柳潋，我……我害了你……你不值得啊……"

柳漱说："我伤了之后，自己都没有为自己这么哭过，就凭你这么动心动肺地哭这一场，我也值得了。蔡德罕啊，你别哭了，我的腿还在啊。别哭了别哭了，我们说说话吧。"

那天，蔡德罕在柳漱的病房里站了一个多小时，说起了自己的结果，说："你看，你为我摔那一跤真不值得，我要是再出息一点……这个世界上，我最对不起的，一个是我的老部队，一个是七中队，再有一个就是你了。"

柳漱说："怎么能怪你呢，也是我一时不小心。说不定还是我害了你，说不定就是因为我受伤了，让你分心了，才走的神，不然的话，也许你就不会出现那个误差了。"

蔡德罕无法形容自己当时听了这话心里的感受，但有一点是明确的，就是从那个时候，他发现这个在 N-017 大院里一直不起眼、不被人注意的女兵，竟然有着无与伦比的美丽，是那种善良的纯洁的美丽。这个自小就失去了父爱母爱的人，这个一直是在贫困和饥饿中挣扎的人，这个一直以艰苦卓绝的坚强维持了自己自尊的人，在这灿烂无比的美丽面前，在柳漱的病床前，隆重地屈下了双腿："柳漱……苍天有眼……它该保佑你啊……"

柳漱说："别担心我，我会好起来的，就是失去了一条腿，我还有另一条腿，我们都还年轻，一切都会好起来的。"

那天，蔡德罕走后，柳漱把她积攒的安定片全都扔进了垃圾篓里。

三

在七中队即将解散前，已升任教导大队副政委兼政治部主任的韩陌阡找蔡德罕谈话，问他是愿意复员还是想留下来继续服役。蔡德罕几乎连想都没想，不假思索地回答："愿意留下来继续为国防事业做贡献。"

后来韩副政委就安排将蔡德罕调到了战教连，担任教练班长——尽管蔡德罕是七中队的第三十四名，但是当个战教连的教练班长，绝对是牛刀杀鸡小菜一碟了。前干部苗子和前七中队第三十四名绝无大材小用的骄矜，倒是本本分分兢兢业业，在韩副政委的调教下，一步一个脚印地"为国防事业做贡献"，在此后的第三年，也就是谭文韬担任营长的那一年，转为志愿兵。

　　柳潋落下残疾之后，先是在 BGC 野战医院住了一个月院，以后又送到 W
军区总医院治疗，虽然保住了右腿没被截肢，但是两条腿无论如何也协调不起
来了，走起路来总是显得腿一长一短。后来又回到 N-017，继续在卫生所里打针
拿药，复员之后没有回到 W 市，由于韩副政委的斡旋，留在教导大队军人服务
社当了一名售货员。至此，七中队的人和跟七中队关系至为密切的人只剩下韩
副政委、蔡德罕和柳潋了。但此时的柳潋已不再是以往那个伶牙俐齿的泼辣女
兵了，柳潋变得沉默寡言，除了工作中的迎来送往，很少再见到她有笑声了。

　　曾经有一个时期，蔡德罕不敢到服务社购物，他怕见到柳潋，他拿不准像
自己这样一个功不成名不就的老兵有没有资格去爱一个那么美丽的姑娘，哪怕
她已经有了残疾依然那么美丽，他曾经无数次在梦中和她相遇。有一次他梦见
他变得很小很小，回到了辛酸的童年，在故乡的那条他经常去捉鱼摸虾糊口的
小河边，他望着西边的落日发呆。他在想，别人都有爹娘，我怎么就没有爹娘
呢？别人家的孩子饿了冷了都有爹娘管，我怎么就像一条野狗一样没有人管
呢？他那天很饿，他听村里的人说过，过了那片林子，再往西走，他的爹娘就
在那里，他那天望啊看啊，等着爹娘出现，可过了很久很久，也没有见到爹娘
的影子，他于是又哭了，他想爹娘是再也不会出现了，他便怏怏地站起身子。
可是往哪里走，却不知道。就在这个时候，他看见天边的云霞开了一条缝隙，
有一阵轻轻的歌声从云端上飘下来，接着他就看见了从那歌声的源头，飘过来
一片五彩霓裳，一个美丽的姑娘带着天使般的微笑，向他招手。就在那一瞬
间，他长大了，长成了一条肌肉丰满的壮汉，他挺起了高大的身躯，迈着结实
的步伐，向空中飘下的天使迎了过去，他接住了她，他抱起了她，她在他宽厚
的胸脯上幸福地依偎着他，他和她一起在云彩下面飘呀飘飞呀飞，越过了翠绿
的树林，清澈的河流，越过了横贯田野的朔阳关，向着一个美妙的境界飘逸而
去……

　　后来，他醒了。醒来之后心跳不已。他知道他梦中的那个姑娘是谁。

　　在一个清明节里，他去给祝敬亚扫墓，意外地发现了柳潋已经先到一步了。
两个人对视了一眼，然后把各自带来的祭奠物品汇在一处，默默地完成了既定
程序，再然后，两个人就坐在祝敬亚墓前的一块石头上，无语地看天上的浮云，
看山下的田野，看远处容貌依旧的朔阳关。

　　终于，蔡德罕说话了："柳潋，都怪我，我连累了你。"柳潋笑笑，没有说

话。蔡德罕又说："你为什么不回 W 市呢？"柳潋叹了一口气说："我为什么就要回 W 市呢？"蔡德罕说："可是，在这里，只要见到你，我的心里就不是个滋味。"柳潋说："见不到我，你的心里就是滋味了吗？"蔡德罕讷讷地说："我就是当牛当马，也赎不下我的那份罪过啊。"柳潋说："N-017 的空气好啊，比哪座城市都好。"蔡德罕说："是好啊，可是，委屈了你。"柳潋说："别说傻话了。你要是不打算离开 N-017，就娶了我吧。"

蔡德罕惊呆了："柳潋，你……何必呢，再怎么说，也不至于……"

柳潋说："是啊，我虽然腿残了，可是没有瘫痪，瘸得也不明显，找个男人不困难，家里介绍的，主动找上门来的也还真不少，可我还真不愿意随随便便地把自己嫁出去，不是人们讲的高不成低不就，是我压根儿看不上。蔡德罕，我们两个人有缘啊，命中注定我就是你的妻子。"

四

战教连志愿兵蔡德罕和大队部军人服务社职工柳潋的婚礼规格很高，是副政委兼政治部主任韩陌阡主持的，居然还惊动了 W 军区的萧顾问。萧顾问让秘书给 N-017 打来电话，由韩陌阡在婚礼上宣读："好战友好同志好夫妻，一对新人两个好兵三好之家；有情人终成眷属，有志者平凡岗位成大业。"

在七中队所有的学员和大队部的女兵中，最后恋爱成功的只有蔡德罕和柳潋，他们是无心插柳，没在意柳就成荫，枝叶繁茂，一对不幸的人儿把爱情的幸福发挥得如火如荼。在他们看来，没有比他们的婚姻更加美满的了，不仅有真实的婚姻，更有真实的爱情，在蔡德罕的眼里，柳潋就是他的祖国，他就像热爱祖国那样热爱他的妻子。

这就是凌云河和谭文韬之流可望而不可即的了。当初他们把声势造得挺像回事，可是一旦离开 N-017，便劳燕分飞各奔前程了。楚兰从某某政治学院毕业之后，在军区小报担任编辑，跟谭文韬通了几封信，还打过电话，发现这个人在情感方面过于冷静，冷静得乏味，也就渐渐地淡了那份心事，好在大家原先都很冷静，不像凌云河那样奋不顾身，基本上也没有多少痛苦，说不联系就不联系了。楚兰后来在报社遇上一位文学导师，由浅入深地爱了一把，随着 W 军区的解散，楚兰和她的导师兼恋人也一起转移到南方另外一个战区工作，水到渠成地结婚了。而此时担任团参谋长的谭文韬也在他的老首长、副师长李建武的大力撮合下，同本师医院的一名医生简单地结了婚。

丛坤茗最终没有嫁给凌云河。在复员回到地方之后，丛坤茗毅然加入了汹涌澎湃的"成人自学"大军，大学文凭拿到手之后，又半脱产进修了骨科专业，四年之后成为 W 市西湖区人民医院骨科第一把刀，成了不折不扣的工作狂。凌云河曾经不屈不挠地写过一百多封信。但只换回了三封回信，内容寥寥，说她没时间谈情说爱，没时间会朋访友，甚至没有时间当科室主任，连感冒的工夫都没有，根本不可能到某某集团军某某炮兵团去当家属。如果凌云河执意要等，她也不反对，那就等她把某某某造成的时间损失补回来再说。

至此，凌云河就心灰意冷了，只好吞下一口苦水，退而求其次，在组织的关心下，同驻地一名地方官员的女儿建立了通俗的恋爱关系，然后结婚，了结了人生的这一麻烦过程，又重新抖擞精神向着炮兵团长的位置冲刺而去。

某某某某年，北方某炮兵指挥学院基本系正营职学员凌云河在数年潜心研究论证的基础上，执简驭繁，写出了一篇观点犀利的论文《惶者生存——必须正视世界新军事革命和我们的差距》。此文列举了大量的事实，以八十年代以来发生的多起局部战争为论据，指出：由于发达国家科学技术的飞跃发展，进入八十年代以后，在军事领域里已经悄悄地发生了一场革命，这场革命以装备的更新和创新为先导，将给未来的战争样式、战争规律和战争手段带来根本性的变化。如果说从冷兵器战争到热兵器的变化是一个渐变的过程，那么，由于计算机技术的注入，从热兵器战争到信息战争则将是一个骤变过程。因此，我们固有的治军模式、训练方式、编制结构乃至军队秩序都将受到冲击。为了尽快适应信息条件下高技术战争的需要，我们的当务之急是要裁减兵员，简化重叠的指挥机构，淘汰落后装备，取消陈旧的训练内容，走精兵强军之路，集中军费的主要部分用于科研，集中训练的主要目的于培养适应高技术战争的人才，力争在近年建设几支在指挥、通信、情报、传输、机动以及战斗反应和战斗力等诸方面都接近现代化的精锐力量。

这篇论文先是在军队一家传播范围十分有限的内部参考读物发表，但紧接着就引起军事理论学术界的关注，并引发了一场争论。有不少有识之士认为，这篇论文虽然不乏偏颇，有过激倾向，问题尖锐，但是发人深思，事实也相对客观，大有可取之处。但持不同意见的人也不在少数，有人甚至指责凌文是对我军几十年建军方略的全盘否定，企图推倒重来，是"唯武器论"的典型表现。后来还是总部一位首长发了话，说在军事理论上也要搞百家争鸣，学术问题不是政治问题，只要动机是好的，不是反军乱军，就要让人说话，不要乱扣帽子，凌云河这才避免了一场麻烦，没有受到更多口诛笔伐。这篇论文给凌云河带来的另外一个收获是，得到了昔日的导师、某炮兵独立师副政委韩陌阡的充分肯定。韩陌阡在其《浅论中国古代兵法中的思想政治工作》一文里，也捎带着阐述了兵家前贤对于未来战争的科学预见和想象，认为，军队必须以准备迎接未来战争为唯一的使命，凡是符合这个原则的则立，不然则废。军队不能养闲人做闲事，不能因循守旧。在新的世界军事格局大前提下，从体制装备到兵员构成，都应该有新的思路。这篇文章同凌云河的文章虽然是两个思路，但殊途同归，都是强调走减员精兵科技强军的道路，一师一生的两篇文章一时间形成了遥相呼应的态势。

五

蔡德罕和柳漱结婚的第二年，W军区解散，萧天英离职休息，原W军区炮兵独立师、靶场和别茨山区的一些军事设施划归南方的一个战区管辖，教导大队则划归独立师管辖，成为该师教导大队。以后精简整编，营房就空了，大队部设了个留守处，在原七中队的营房办了一个养鸡场。蔡德罕就留在养鸡场里以志愿兵的身份当了场长，先是领导了一个班，后来人员不断减缩，最终只剩下四个兵。

蔡德罕对养鸡没有太大的兴趣。蔡德罕无数次苦笑地问自己，养鸡这差使，是我干的吗？教上两天，猴子都知道喂食收蛋。种菜是我干的吗？我是会种菜，可我也不能光种菜啊，我蔡德罕是W军区预提干部培训中队第三十四名啊。

有一次，蔡德罕到留守处去领津贴，看见几个兵正把教导大队的一些废旧器材往车上装，一问，是卖废铁。蔡德罕见有台车床还是八成新，就跟他们说，论斤卖给我。兵们说，你老蔡要是看得起，搬去就是了，也省了我们的力气。这台车床搬回来后，蔡德罕激动得坐卧不安鼓捣了一个多礼拜，还到汝定城去请了师傅，拾掇拾掇，还果真能用。起先，蔡德罕想，车个什么玩意儿呢，柳漱说，车个玩具吧，咱孩子一岁多了，除了从他姥姥家带回来的几个洋娃娃，别的没有，洋娃娃也叫他玩成了泥猴子。蔡德罕一想，有道理，我老蔡别的不比你们进步，儿子是先有了，老子没当上军官，儿子就不能翻个身？对，就从这开始，先给他造几门炮玩玩。山沟里的孩子，我要让他玩上北京上海的孩子都玩不上的玩意儿。

这就一发不可收了。刚开始自然困难重重，老蔡操炮手到擒来，摆弄这玩意儿就眼高手低了。最初车的是榴弹炮，硬是折腾了一个多月，还不太像。后来就好了，可以车榴弹炮了，还可以车炮弹。小蔡德罕——蔡柳生发了个大洋财，牛气得不得了，跑到留守处跟别的孩子煽乎，说他爸爸有个军火库。

蔡德罕何止有个军火库呀！同志们都当官去了，他蔡德罕还在 N-017 年复一年日复一日地进修。种菜，养鸡，看房子，这都他妈的算什么事啊？他最初的想法是车四门榴弹炮，过一把连长的瘾。车好之后，觉得小看自己了，那时候谭文韬和凌云河等人都当营长了，他就干脆车了十八门榴弹炮，这是一个加强榴弹炮营的装备，再接着车了十八门加农炮，十八门十九管火箭炮，这一下子就了不得，整个是一个庞大的加强炮兵群。体力活儿干累了，还会沏一杯清茶，燃一支香烟，优哉游哉地看着这些小玩意儿，心里还当真生出一股豪气，幻觉中自己就是一个大战役中的炮兵群指挥员，可以对着这些小玩意儿发号施令。这时再看自己的杰作，心里无限满足，感觉自己很阔，很先进，很超前，自己才是战争的主角，才是七中队最有成果的人，感觉自己才是带兵打仗的指挥官。

终于有一天，柳潋不干了，怎么看怎么觉得蔡德罕的神经有毛病了。说蔡德罕你人不人鬼不鬼的，养鸡你不好好养，种菜你不好好种，家务你不好好干，没日没夜地整，屋子都快装不下了。这玩意儿造两个玩玩就行了，哪能当个事业啊。

蔡德罕眼一瞪，说："那你说，我还能干啥？"

蔡德罕说的是实话，这就像抽大烟，上瘾了，一天不折腾件把出来就睡不踏实，以至于柳潋老担心这个人神经了。蔡德罕坚持说他没有神经，这是一种寄托，要是不让他车，他才真有可能神经。

柳潋的担心与日俱增，后来还是向韩陌阡报告了，说蔡德罕有问题了，恐怕神经出了毛病，老是对着那些火炮模型念念有词，居然还下口令。看样子是想当官想糊涂了，首长要救救他，不能让他再这样疯疯癫癫的了。此时韩陌阡是集团军政治部韩副主任，听了柳漱的报告，吃惊不小，驱车专程回到 N-017，参观了蔡德罕的杰作。

蔡德罕和柳漱的小家安在原三区队的营房里，将近八十平方米的房子，被隔成了六间，有睡觉的房间，有吃饭的房间，还有一个巨大的工作室，里面居然摆放着三十多门火炮模型，琳琅满目，应接不暇，有中国最古老的火捻发射的"大将军炮"，有戚继光时代的"神机营"的车载独管炮，也有当今世界上最先进的自行火炮，整整一个三十多平方米的房间，桌下地上全是精工制作的火炮模型，而且全是按比例缩小的，形象逼真，尺寸精确，就连内径也都绝不马虎，有的甚至连膛线都清晰可见。

韩陌阡看了之后，又同蔡德罕做了一次长谈，最后跟柳漱说："没问题，蔡德罕没出问题，也不是想当官想疯了，真正的官迷不是这样的，真正的官迷都很清醒。他这是在玩深沉呢，一个人长时间被一种精神所支配，被一种理想所鼓舞，就是这个表现，是正常的。这些东西你们不要轻易糟蹋了，以后还可以捐赠给军事博物馆。"

但是，离开 N-017 后，韩陌阡心里却很不是个味道，这两个人久居偏僻的深山一壑，处于与世半隔绝状态，柳漱兼着养鸡场的饲养员，兼着这个家庭的厨师和菜农，成天扎着脏乎乎的围裙，浑身鸡屎味，跟当地的农妇没什么两样，再也看不出当年那个伶牙俐齿的小女兵模样了。而蔡德罕则彻底恢复了农民本色，一脸老农的表情，只有在谈起他的那些作品的时候，才会眉飞色舞，然而又完全类似于老农丰收后的喜悦。

六

白驹过隙，岁月悠悠。从七中队学员离开 N-017 的那个落日的黄昏算起，蔡德罕在贯山脚下已经度过了十八个春秋。十八年里，这个世界发生了多大的变化啊，苏联解体，东欧剧变，柏林墙倒塌，曼德拉出狱，计算机网络覆盖世界，太空垃圾越来越多，戈尔巴乔夫隐退，阿拉法特终于当了总统，戴安娜王妃香消玉殒，麦当娜驰名全球，克林顿情场露丑，罗纳尔多征服亿万球迷，泰森咬人耳朵，中国长江发生了大洪水……原七中队的学员和与之有关的人也有了很大的变化。

这一年，韩陌阡升任某集团军政委，并将韩小瑜再次更名为祝小瑜，祝小瑜已经从第四军医大学毕业，成为一名中尉军医。谭文韬提干后又先后到某某炮兵指挥学院和国防大学深造，于是年三月担任炮兵某部大校师长。阚珍奇调到北方某集团军担任机械化师的大校政治委员。凌云河现在是某应急部队的师参谋长。魏文建和栗智高在同一个旅里分任旅长和政治委员。进步最慢的，如单槐树、安国华、余建设等人，也都是团长处长一级，各有兵符在手。回到地方的，原三区队的望绪森进步最快，复员之后很快就转为国家干部，十八年内，从派出所所长一直当到省公安厅副厅长。常双群从最底层干起，汗珠子摔成八瓣，由一名搬运工人到乡武专干，到乡党委书记，现在是某某省某某县的县长。还有一个人蔡德罕也没有忘记，美籍华人夏玫玫和她的丈夫黄某某在洛杉矶办了一家远东文化发展有限公司，该公司主要针对中国和日本、韩国以及东南亚等地市场，营销古钱币、古服饰、古字画之类，长江发大水那一年夏玫玫回来了，捐赠十万美元，并因此得到了萧副司令员的表扬，说好，挣资本主义的钱，帮社会主义的忙。但当夏玫玫提出要以十万人民币的代价收购蔡德罕的作品的时候，却被韩陌阡驳回了。韩陌阡说，夏玫玫现在是商人，商人是不会做赔本买卖的，她出十万，这东西的价值就肯定不止十万。讨价还价的结果是，夏玫玫给了蔡德罕一台计算机，韩陌阡让蔡德罕选了几件精致的小玩意儿给夏玫玫当纪念品，其余的作品仍然库存在蔡德罕的"工作间"里待价而沽。韩陌阡跟夏玫玫说，夏玫玫你挣了钱，我建议你积点德，积德可以发大财。一是请你帮助联系，看看哪里有高级的骨科，把柳潋的腿治好，我从我的积蓄里拿出一万块钱赞助。还有一个建议，抗美援朝战争时期，常香玉捐赠了一架作战飞机。我们等待着，一旦战争爆发，你夏大老板和蔡小老板联合起来给我们捐赠一架F-117。不要为富不仁，敢挣敢花那是大家风范，挣了钱不花是小家子气，财源不可能太旺。夏玫玫说，你老阡真会敲竹杠，不过你还真敲到我心里了，我听你的，柳潋的事我放在心上。至于捐飞机嘛，那就看我的造化了。不过，我不希望爆发战争。

夏玫玫的愿望是好的。可是，现实不是以夏玫玫的愿望扭转的。十八年来，这个世界上最令人目不暇接的当然还是战争——越柬战争、苏阿战争、英阿战争、中东战争、海湾战争、印巴战争、波黑战争……一些新的战场出现了——巴格达、锡德拉湾、马尔维纳斯群岛、贝卡谷地、巴拿马、格林纳达……一些新的玩意儿出现了——E-14 战斗机、F-117A 隐形战斗轰炸机、巡航导弹、GPS、航空母舰、硅技术、高能激光、PAC-3 爱国者、战斧、AIM-9X、飞毛腿、全球鹰、C⁴ISR、复仇者、响尾蛇、海狼……天啊，蔡德罕蒙了——这些东西真是前所未闻，都和他熟悉的那些炮和炮兵战术风马牛不相及。从电视里，从收音机里，从柳漱每周进城买菜时给他捎回来的那些报纸刊物上，形形色色的信息依然撞击着他刺激着他。看来，这个世界永远也不会太平，几乎每一天都有战争发生，此起彼伏。四海翻腾云水怒，五洲震荡风雷激。蔡德罕立足养鸡场，放眼全世界，环球同此凉热。他站在前 W 战区 N-017 的贯山脚下，默默地注视着这一切。他像那个忧天杞人，他越来越觉得不对劲儿了，问题严重了。他发现他对那些战争很不熟悉，他从那里看见的是精确制导与以导制导，隐蔽空袭与反隐蔽空袭，激光战、集束战、病毒战、电子战、信息战、隐形战、硬打击与软杀伤……天空、陆、海一体。他困惑了，我们的炮呢？我们威武雄壮的加农炮加榴炮呢？我们的那些操练起来出神入化用起来得心应手的老伙伴呢？我们的有着光荣历史和辉煌功绩的战争之神呢？它们却羞羞答答地很少再露面了，它们知趣地不再充当火力骨干站到战争的前台了，可是它们藏到哪里去了呢？

某年某月某日，某某地区发生某某战争。

蔡德罕对这场战争的是非问题并不关心，谁胜谁负对他来说也并不重要，他感兴趣的是他们在用什么作战，他们是怎样作战的，是闪电战还是持久战，是阵地战还是运动战，是线性防御还是纵深防御，是穿插奇袭还是正面强攻，是诱敌深入还是围点打援，是声东击西还是关门打狗，是梯次进攻还是立体进攻。他很想看看他们的步炮协同和阵地设施，也很想看看他们的火力分配和决定诸元的办法……一句话，他非常想看看他们的炮兵的表现，看看那万炮齐鸣烧红了半边天的壮观场面。

可是这一切他都没有看见，他们的炮兵简直是草包，没有派上大的用场，都是小打小闹。他简直失望了，这仗怎么能这样打？这简直是拿我们炮兵开玩笑。现代战争又怎么啦？难道我们炮兵只能当爆竹用只能放放炮仗？真是岂有此理！

然而，他的这种失望没有持续太长时间，就被一种巨大的愤怒冲得灰飞烟灭。从他那台只能收到当地节目的电视上，他明明白白地看清了一则报道，就在这场战争中，以某某国为首的多国部队的导弹，精确地打进了中国驻某某国大使馆，一枚导弹从天而降，垂直下落，穿透大使馆楼层，另一枚导弹横空出世，拦腰穿透大使馆墙壁。中国驻某某大使馆三名工作人员殉难。

那一瞬间，蔡德罕无比震惊，拍案而起，并摔爆了一瓶孔府家酒。当天晚上，蔡德罕咬牙切齿地啃了整整一只烧鸡，然后摇摇晃晃地独自登上贯山，坐在祝敬亚的墓前。

夜风从遥远的天穹一角启动，掠过朔阳关的上空，在古老的城墙上回旋，吹奏出洞箫般的呜咽。从贯山山顶上望出去，月黑风高，风吹草动，宇宙间星汉稀疏，幽深无垠，似乎在每个角落里都有阴险的眼睛。

啊，战争爆发了，战争就要爆发了，战争早晚会爆发的，战争必然要爆发。战争既然可以在那里爆发，战争也就可以在这里爆发。对了，是这个道理，就是掰手腕，对峙出了问题。平衡出了问题。欺人太甚啊。是可忍，孰不可忍啊。你不要表示遗憾，我揍你一顿也可以表示遗憾，可以表示慰问。祝教员，我没醉，我才喝了一瓶。我比任何时候都清醒。啊，我尊敬的同学们，尊敬的师长旅长政委参谋长们，你们不都是前三十三名吗？你们不是信誓旦旦地要迎接未来战争吗？你们一个个不都自命不凡要为战争献身吗？现在机会来了，该你们大显身手了。你们看见了吗？看见这几枚导弹了吗？看见了那几位无辜的死难者了吗？你们的脸上是什么样的表情？你们的心里是否也在燃烧？你们带兵管兵养兵，千日之养，就在一时之用啊。明天，后天，也许就在今天，就在今天这个晚上，战争的马蹄随时会滚滚而来，踏进你们的梦中。我可以宣誓，我不用再动员了，我已经准备好了，我可以服预备役，可以当民兵参战，可以当民工支前，可以帮你们扒铁路埋地雷，可以推着小车给你们送小米送鸡蛋送大红枣儿，猪哇羊哇送到哪里去，送给那些亲人解放军，如果你们需要的话。可是，你们呢？当着祝敬亚教员的面。我这个山沟里的土老帽不禁要问：你们——我尊敬的大校们上校们中校们，你们准备好了吗？你们敢打吗？你们能够保证召之即来，来之能战，战之能胜吗？

——我蔡德罕拭目以待！

1999 年